苏学文 著

别人的城市

BIE REN DE CHENG SHI

中国文史出版社

图书在版编目（CIP）数据

别人的城市 / 苏学文著. —— 北京：中国文史出版
社, 2022.1

ISBN 978-7-5205-3135-1

Ⅰ.①别⋯ Ⅱ.①苏⋯ Ⅲ.①长篇小说－中国－当代
Ⅳ.①I247.5

中国版本图书馆CIP数据核字(2021)第176787号

责任编辑：刘　夏
装帧设计：欧阳春晓

出版发行：**中国文史出版社**

社　　址：北京市海淀区西八里庄69号院　邮编：100036
电　　话：010-81136606　81136602　81136603（发行部）
传　　真：010-81136655
印　　装：北京温林源印刷有限公司
经　　销：全国新华书店
开　　本：787×1092mm　1/16
字　　数：575千字
印　　张：33
版　　次：2022年3月第1版
印　　次：2022年3月第1次印刷
定　　价：88.00元

目 录 /Contents

目 录／Contents

第一章 01

一

晶都县城到马陵村三十里，马陵村到晶都县城也是三十里。

在马陵村东面三里远的地方有个洪湖火车站，客车在站上停三分钟。每天上午可以坐火车去县城，傍晚还可以坐火车回来。从洪湖站坐火车到晶都县城仅要半个钟头，步行却要三个小时。三个小时的步行路程，对马陵村的人来说是个遥远的距离。

马陵村人很少花钱坐火车到县城去。去县城干什么呢？县城是城里人待的地方，有商场，有楼房，还有大医院。虽然好，乡下社员哪有闲工夫去逛风景。少挣一天的工分不说，坐一趟火车还要花三毛的车票钱呢。如果没有要紧的事，乡下人一般不会到县城去的。

马陵村经常去县城的人是大队支书丁耀宗。丁耀宗去县城，一来是开会，二来是看在县城读高中的女儿丁惠娟。另一个去县城的就是李梦浩了。李梦浩和丁惠娟是同班同学，整个马陵村就两个高中生。

在马陵村社员的心目中，大队支书家的闺女上高中是平常的事情，说不定以后还要上大学呢。支书的儿子，丁惠娟的哥哥初中毕业后就被推荐上工农兵大学了。丁惠娟去县城上高中就不稀奇了。稀奇的是李梦浩也去县城上了高中。李梦浩凭什么？李梦浩的父亲李树霖一不是支书，二不是生产队长，和大队支书也不沾亲带故，这小子凭什么就能去县城上高中？马陵村的人看着李梦浩去县城上高中，私下里就有人撇嘴嘀咕说，上也是白上，也就是少挣两年工分，让家里多背点债罢了。说这话的人多少有点吃不到葡萄、反说葡萄酸的味道。李梦浩和丁惠娟上高中，是完全凭分数考上的。以前上高中必须要大队推荐，大队不推荐，学习成绩再好也上不了。上大学那就更要靠大队党支部和公社"革委会"举荐了。

李梦浩考上县城高中，李树霖是有点扬眉吐气的。李树霖知道，儿子能考上高中就有可能考上大学，上了大学还怕什么呢？上了大学就不再是马陵村的社员了，也不用挣工分了。将来进了城里就吃商品粮，是国家干部了。马陵村有几个国家干部？不就是丁耀宗的儿子一个嘛！

杨月兰却愁得不行，忧心忡忡地说："全大队和梦浩一般大的人都回家挣工分了，怎么还让梦浩去念书？咱们家年年都超支，一年下来分不到几块钱，什么时候能攒下钱来盖上新房子？你让他去念书，将来娶不上媳妇怎么办？"

李树霖有些恼火地说："真是头发长见识短。儿子要是上了大学，成了公家人，还要你给他盖房娶媳妇？"

杨月兰拗不过李树霖，知道上学读书也是好事，就嘟哝说："那随你吧。梦浩将来要是考不上大学，也不要埋怨谁啊。"

李梦浩到县城上高中两年时间，家里的日子过得很窘迫。李梦浩每月从县城回家拿些粮食和煎饼到学校，还要给学校交十块钱的伙食费。十块钱不算多，可是，十块钱对于李树霖来说，那是一个不小的数目。李树霖东借西凑还是供下来了。家里生活艰难点不算什么，再难也难不过"自然灾害"那几年。那几年多难啊，要不是他从部队复员买回来一袋小米，一家人都不知道能不能熬过一冬呢。现在好了，每天都能吃饱饭了，还怕什么呢？一般人家，吃饱了饭就想要吃得更好一点，也有的人家想得更远一些，那就是攒钱盖房子。房子在村里人眼里就是脸面，有粉都要朝脸上搽。一个人的脸面是十分重要的。如果脸面丢了，那就等于丢了半条命。想想看，一个人没了脸面，走到哪里都没人瞧没人睬的，说话也没人听，做人的尊严都没有，那日子还有什么盼头嘛。

如果谁家盖了新房子，这家人在村里就有了脸面；如果是盖了砖瓦房，那无疑就是村里有头有脸的人了，像是搽了胭脂，有红似白，好看得很。马陵村的社员谁不想把粉朝脸上搽呢？可是粉在哪里呢？

李树霖没有粉，难怪村里有人议论说，李树霖身体不好，脑子也坏了，没有粉搽脸上，还借钱买粉抹在腚沟里。李梦浩读书有什么用？是能当饭吃，还是能当钱花？

李树霖却不这看。在李树霖心里，读书比盖房子重要。盖房子只是眼前的一层粉，搽在黑脸上也遮不住丑。读好了书，上成了学，那就便不需要再搽粉了。李树霖不信邪，不相信鸡窝里飞不出金凤凰。他下定决心排除万难也要让李梦浩去县城读高中。

当过六年兵的李树霖听说过，书中自有黄金屋，书中也有颜如玉。眼光放远一点，面包会有的，牛奶也会有的。

记得当年李梦浩还没满月，母亲就颠颠地挪着小脚到邻村算命先生家里，给他测了"八字"。回到家后，神秘地对他们说："老瞎子说了，这孩子不得了，将来是个做官吃公家饭的人！"

李树霖听了虽然不完全相信，但也不能不信。算命先生为什么就算出儿子是当官的，其他人就不是呢？

李梦浩一天天长大，从小学到初中，学习成绩一直都是班级的前三名。奶奶去世时，李梦浩刚上高中。老人虽然没有看见孙子吃上公家饭。但是，可以慰藉老人的是，在马陵村十几个同龄的学生中，只有李梦浩和丁惠娟考上了县城的重点高中。临终，老人看着儿子和李梦浩，颤巍巍地交代说："等孙子考上了大学，成了公家人，你们在我坟头上放挂鞭炮，要两千响的！"

一晃两年过去了，李梦浩高中毕业了。这年夏季，全国高考开考了。

这天晌午，当李梦浩从考场出来，一瞬间，绷紧的身子就像是被扎了胎的车轱辘，一下便软了，两条腿灌了铅般地挪不动步子，脑袋也有些晕眩。按理说，李梦浩走出考场后应该感到轻松才是，但他没有。高考前的几个月，没日没夜地复习备考，脑袋里像上紧发条的钟表，一刻不停地转动。身体也像注了鸡血，兴奋得不得了。虽然，一日三餐吃的是煎饼卷咸菜，或是酱油泡米饭，一点荤腥都没有，但他还是有用不完的精力。这股劲头里有一种不达目的不罢休、背水一战的意思，但更多的还是向命运抗争的倔强劲儿。李梦浩明白，要想改变命运，像他这样家庭出身的人，并不是一件容易的事。父母都是老实巴交的农村社员，姑姨娘舅这些亲戚中，拐几道弯也找不出一个能说话管用的人。唯一的出路就是考大学，只有考上大学，才能鲤鱼跳龙门。李梦浩闭上眼睛，深呼吸几口，吸进去的虽然都是热气，但调了调气息，身体还是清爽了一些。李梦浩等同学们都蜂拥着离开院子，他才向外走去。

丁惠娟正站在门口树荫下等他。李梦浩走到丁惠娟身边，有气无力地问："你考得怎么样？"

丁惠娟看了李梦浩一眼，没精打采地说："不怎么样。你呢？"

李梦浩说："我也好不到哪去。"

丁惠娟说："不管它了！咱们吃饭去。"

李梦浩和丁惠娟吃了在学校食堂的最后一顿午饭，两人便提着行李卷离开了学校。走出学校大门的时候，李梦浩停下来，回头注视着学校的校舍，校舍里已经没有学生了，再远望那学校的操场，也空无一人，显得十分地阒寂。学校已经放假了，到秋季开学的时候，李梦浩就不会再来学校了。也许一生将告别这所学校了。李梦浩弯下腰向学校深深地鞠了一躬，恋恋不舍地转过身子，神情怏怏地离开了。

烈日当空，酷暑难耐。晶都县城街道上空旷得出奇，往日繁华喧闹的景象没有了。偶尔走过一两个行人，也是灰头土脸无精打采的模样。街道两旁梧桐树遮出的阴影，像是一堆破烂垃圾散落在路面，一副脏兮兮的样子。

但是，县城毕竟是县城，街道是宽的，道路是平的，两边除了红砖瓦房，还有几栋外墙涂成黄色的三层楼房。到了晚上，主街道上还有路灯。关键是县城还有电影院，白天晚上都能看电影。县城里汽车虽然不多，自行车却是不少，早晨上班的时候，街道上自行车一会儿过来一辆，一会儿又过来一辆，飞鸽、永久、长征，什么牌子都有，每辆自行车的铃声都很清脆，丁零零——好听得很。李梦浩在晶都县城生活两年，现在就要离开了，以后再来，那就是过客了。虽然这里没有自己的家，县城却是他心里向往和留恋的地方。

此时，丁惠娟与李梦浩的心情却不一样。丁惠娟很平静。晶都县与马陵村之间只有三十里，很近的。说来就来了，想什么时候来就什么时候来，骑自行车或坐火车都可以，有什么伤感的？像生死离别似的，没必要。

丁惠娟愉快地说："终于考完了，再也不用拼命了。"

李梦浩说："考完了，我比考前还紧张呢。"

丁惠娟不理解，问："你紧张什么呀？"

"不知道结果，我能不紧张吗？"

"放松吧。前些时候在书店买了本小说，还没看呢，等我看完了，你看不看？"

"什么小说？"

"《第二次握手》。"

"好看吗？"

"好看。"

"那借我看看。"

"好。等我看完了吧。"

走了一会儿，李梦浩又说："我都三个多月没回家了，也不知道家里怎么样了。"

丁惠娟说："家里能有什么事？你操心太多了。"

李梦浩担心地说："看这天气，今年庄稼肯定要歉收。"

丁惠娟笑了，说："没想到，你还关心庄稼的收成啊。"

李梦浩叹了口气，信口说了一句："商女不知亡国恨，隔江犹唱《后庭花》。"

丁惠娟瞅了眼李梦浩，问道："你说，谁是商女？"

李梦浩知道说错了，忙解释道："不对。说错了。"

丁惠娟哼了一声，不悦地说："你不就是想说，我不知道天旱给马陵村带来的危害嘛！"

李梦浩说："好像就是这个意思吧。"

丁惠娟嗔道："我怎么不知道？我又不是商女！"

李梦浩看到丁惠娟生气了，忙求饶道："好了，好了。我说错了，行了吧？"

丁惠娟严肃地说："我也是吃马陵村粮食长大的，和你一样！"

丁惠娟话是这样说，李梦浩心里却不是这么想。心情能一样吗？李梦浩家本来就穷，又因供他上学，欠了一屁股债，天旱之年庄稼歉收，社员年底分红就少，李梦浩能不焦虑吗？丁惠娟父亲是大队支书，旱涝对他们家影响不大，她又怎么能体会到李梦浩的心情呢！

两人走到一个十字路口，向前走，一直可以走到火车站，向右转，再走一里地就出了县城，沿着砂石路一直通向洪湖公社。是直走，还是向右转？丁惠娟停下来问李梦浩："咱们去坐火车吧，下午还有一趟车。"

李梦浩犹豫起来。李梦浩舍不得花那三毛车票钱，不是吝啬，是李梦浩深知三毛钱来之不易。三毛钱是马陵村社员劳动一天的工分值，三毛钱可以买半斤猪肉，三毛钱可以买两斤食盐，三毛钱还可以买十五盒火柴。三毛钱对于李梦浩家来说，那是一个月的油盐火号钱哪。李梦浩舍不得。

李梦浩说："好久不走路了，身体都僵了，咱们一起走回家吧。"

李梦浩的口气是征求丁惠娟意见的，可行动已经决定了，身子开始向右转了。丁惠娟能说什么呢？什么都不能说了。丁惠娟怎么会不知道李梦浩要走回家的原因呢，她想说，我帮你买车票。可是，这话千万不能说，说了，就伤了李梦浩的自尊。李梦浩在其他同学面前，是一个吃不到肉也要在嘴巴上抹油的人。何况在丁惠娟面前呢。

丁惠娟跟在李梦浩身后说："我随你！那就走回去。"

本来，丁惠娟也是个有主见的人，可在李梦浩面前却显得没主见了。一句我随你！

让李梦浩心里既温馨又感激。

丁惠娟想，走回去也好。在学校两年的时间，她和李梦浩朝夕相处，彼此已经有了依赖，现在毕业了，说不定以后就各奔东西了。丁惠娟心里隐隐地有些怅惘，也有些难舍。虽然天气炎热，身上的汗水把衣衫都湿透了，但是，丁惠娟还是欣然地和李梦浩一起走回马陵村。

一九七九年的夏天，晶都县大旱。从小满到大暑，两个月天上没有落下一滴雨，全县沟枯河干，池塘里的泥鳅都被蒸熟了。城里人还好，乡下人就难受了。社员们收完小麦后，都等着雨水播种，等等不下，等等还是不下。县里召开全县三级干部大会，号召全县党员干部带领广大社员群众与天斗，与地斗，与自然灾害斗，争取在大旱之年夺取全县农业生产大丰收。可是，河里无水，水稻插不下秧苗，抗旱种下的花生才破土，栽下的山芋苗刚返青，日头一晒都蔫了。庄稼人都愁苦得不行，担心秋季歉收，口粮又分不够了。社员们心焦，树上的知了却有些幸灾乐祸，不知好歹的样子，太阳一出来就聒噪，日头越是毒，知了越是叫得欢，叫得人人心烦，叫得整个村庄都有些躁动不安。

两人走出晶都县城后，天气越来越燥热，天地间像个大笼屉，把李梦浩和丁惠娟蒸得汗流浃背，像两个水人了。他们一边走一边抹着脸上的汗水，李梦浩停下脚步，仰脸望着天空，天空什么也没有。四顾茫茫，他放下手中的行李卷，举起双臂，仰天凄厉地叫喊一声："老天爷，行行好吧！下点雨吧！"

丁惠娟嘟哝说："你要是玉皇大帝就好了，说什么时候下雨，那就什么时候下雨了。"

李梦浩望着天空道："说不定，玉帝老儿听到我在喊他呢。"

"听到又能怎么样？"丁惠娟不屑地说。

"听到了，他就会发慈悲了。"

正说话间，日头果真昏黄起来，说变脸就变脸了，云还没来，风先到了。树枝开始摇晃，树叶唰唰地响。玉皇大帝接连打了几个喷嚏。转眼之间，日头没了，天地之间一片混沌，地面的沙子滚动着，随风起舞跳跃。接着，铺天盖地的黑云像草原上一群奔驰的野马，从天边滚滚而来，还没等李梦浩和丁惠娟躲避，就将他们踩在了脚下。憋了很久的雨水，没有前奏，也没有犹豫，豆大的雨点就像箭一般射了下来。

雨点砸在身上，虽然很痛，李梦浩却立在路上，任凭狂风暴雨袭击。丁惠娟拽着李梦浩的胳膊说："你疯了啊？还不躲躲雨！"

李梦浩抹了把脸上的雨水说："下吧，下吧，下它七七四十九天。"

丁惠娟掐了一下李梦浩，生气地说："别疯癫了！"情急之下，拉着李梦浩就朝路边的庄稼地里跑。到了庄稼地，丁惠娟突然发现不远处有个瓜棚，抹了把脸上的雨水说："咱们到瓜棚里去吧！"

两人跑到瓜棚里，外面已经是天地相连了。

李梦浩看了眼丁惠娟，丁惠娟浑身都被雨水淋透了。粉红色的确良褂子贴在身上，薄如蝉翼，能看到的都让李梦浩看到了。李梦浩想把自己的眼睛移开，却又黏住了，在丁惠娟的身体上流连忘返。李梦浩是第一次看到这样惊心动魄的画面，太耀眼了，太迷人了。李梦浩感觉到了口渴。丁惠娟开始还没有注意，只顾看外面的雨。等她收回目光看到李梦浩的神色时才明白过来。丁惠娟的脸一下红了，忙转过身去，恼羞成怒地说："耍什么流氓啊！"

李梦浩嬉皮笑脸地说道："我是在欣赏一幅美人画呢。"

丁惠娟扭头瞪了一眼，说："不许你看！"

李梦浩说："看过了，在眼睛里拔不出来了。"

丁惠娟转身踢了李梦浩一脚，说："你闷坏。"

李梦浩从网兜里取出一条毛巾拧了一下，递给丁惠娟说："用毛巾擦擦吧。"

丁惠娟接过毛巾擦了把脸，说道："瞧你身上，落汤鸡似的。"

李梦浩脱了上衣，把水拧干，又穿在身上说："我不是也让你看了吗？扯平了吧。"

丁惠娟扑哧笑了："谁稀罕看啊。"

李梦浩走到瓜棚门前，透过雨幕向外张望着，"你也把衣服脱下来拧干吧。"

丁惠娟说："我不！"

"你怕什么？我在门前给你看着。"

丁惠娟嗫嚅说："我怕你。"

李梦浩回头瞅了眼丁惠娟，说："我能看的都看了，你还怕啥？"

丁惠娟娇羞地说："都怪你！"

"要怪，你就怪玉帝老儿吧。谁叫他下这么大的雨呢。"李梦浩幸灾乐祸地说。

丁惠娟说："还不是你刚才喊他下的。"

李梦浩哈哈大笑，说："他要是能听我的就好了。"

丁惠娟低声说："这雨下得称你心了吧。"

李梦浩惬意地说："这雨下得好，是场及时雨啊。"

丁惠娟不再说话了。还能说什么？彼此都明白的事，还要再说吗？

李梦浩看见雨中的瓜田里漂起不少鸡蛋大小没有成熟的瓜。这些瓜再有十多天就能摘了。也许正是这些瓜还没有成熟，看瓜的人就没有守在瓜田里。李梦浩认识这些甜瓜，知道哪种瓜好吃，哪种瓜没熟时瓤是苦的。李梦浩一时兴起，冲出瓜棚，从瓜田里摘了两个青皮"梢瓜"，回到瓜棚，对发呆的丁惠娟说："你尝尝，这瓜不苦。"

丁惠娟两手抱着胸，摇摇头说："瓜不熟，我不吃。"

李梦浩将一个瓜用毛巾擦了擦，递给丁惠娟说："真的不苦，你尝尝就知道了。"

丁惠娟不接。丁惠娟两只胳膊抱在胸前，紧紧地护着清晰可见的胸脯。李梦浩将瓜塞到丁惠娟胸前的胳膊上，丁惠娟用胳膊本能地向前一推，胸脯就抵在了李梦浩的手上。李梦浩的手刹那像是触了电一般缩了回来。甜瓜掉在地上摔裂了。一股热血在李梦浩身上沸腾起来，他的脑袋也炸开了一样。李梦浩退了一步，盯着眼前的丁惠娟。此时，丁惠娟感到全身都爬满了蚂蚁，痒得难受。李梦浩的眼睛像长出手了，已经落到丁惠娟的身上了。丁惠娟扭过脸，躲闪着李梦浩那双眼睛。这时，冲动像魔鬼一样附身了，李梦浩张开双臂，大抱大揽地把丁惠娟拥进了怀里。

这太突然了，其实呢，也在预料中。只是丁惠娟还没有做好准备。一瞬间，丁惠娟懵懂了。丁惠娟在李梦浩怀里不由自主地战栗几下。接下来，丁惠娟明白了，本能地挣了几下，可没有挣开。后来丁惠娟索性就不动了。丁惠娟和李梦浩的身体紧紧地贴在一起，仅隔着一层薄薄的衣衫，都能感觉到彼此发烫的肌肤和怦怦的心跳了。他们心里清楚，这是彼此都渴望的呀。哪个少年不多情，哪个少女不怀春呢？丁惠娟在马陵村长大，和李梦浩从小学到高中都是同班同学，小时候没有什么特别的感觉，离开马陵村到县城读高中，她的心里就有了微妙的变化。两个人相视的目光不再像过去那样单纯了。不论是注视还是匆匆一瞥，都掺了一些说不清道不明的内容，就像茶水里放了糖或盐，有了甜或咸的滋味。在丁惠娟眼里，李梦浩到底是最顺眼的，要个头有个头，要模样有模样，走路说话都是文质彬彬的，学习成绩又好。只不过李梦浩家里穷一点，穷一点也不能怪李梦浩。李梦浩的父亲李树霖身体有病，在生产队只挣半个劳力的工分。只有李梦浩母亲杨月兰一个整劳力。渐渐地，在丁惠娟的心里就有了李梦浩的一席之地。

李梦浩也不傻，他从丁惠娟眼神里看出了情意。开始的时候，他还有些躲躲闪闪，像是猫见老鼠似的。不是李梦浩怕丁惠娟，是他有些自卑。丁惠娟是谁！丁惠娟是马陵村大队支书的女儿，到底不是一般的人家，不是谁都能攀上的高枝。在马陵村，丁耀宗也算是高干了。丁惠娟不仅是个高中生，人也长得细挑，模样又好。特别是那双眼睛，像两眼清泉。这样的人家，这样的女孩子，凭李梦浩的家境，他有什么底气和丁惠娟好？

李梦浩读书是十分刻苦的。晶都县影剧院经常放映新片子，很多同学周末都去看，李梦浩却躲在教室里温习功课。在县城上学两年时间，他只看过一场电影，还是丁惠娟买了票拽他去的。那次电影院放的是什么片子，李梦浩都忘了，他只记得看到一半时，丁惠娟和他的手就握在一起了。当时就那么握着，都出汗了，还那么握着，一直握到电影院里亮了灯。

瓜棚外的风雨声，还有雷鸣声都在两颗滚烫的心里消失了，留下来的是年轻人的心声。一个是心潮澎湃，一个是春心荡漾。

由于身体融在了一起，两颗心就近了。此时，李梦浩感觉丁惠娟的身体像是刚出蒸笼的馒头，有些烫手了。于是，有了得寸进尺的念头。丁惠娟呢，娇喘的气息渐渐平缓，两条胳膊箍在李梦浩的腰上，头埋在李梦浩的胸前，不说话了。这个时候是不需要说话的，说话反而画蛇添足了。

说起来，年轻人在初次恋爱的时候，心中都会有千言万语想说出来的。可是，一说又都是废话，便感到很困惑、很无助。有的人还去翻书，背诵爱情箴言。太幼稚了。尤其在关键时候，语言往往是苍白无力的。一个拥抱，一个亲吻，胜过千言万语。初次的肢体接触，不论男女都会感到惊心动魄，效果会出人意料地好。虽然恋爱是需要语言的，但仅靠语言肯定不行。一个人和另一个之间在初级阶段无疑隔着一条河，怎么渡过这条河呢？那就必须架一座桥。语言只是一条船，你摆过来，我渡过去，相当地费劲。风平浪静还好，诗情画意的，一旦遇到暗涌，船可能就翻了。桥就不一样。桥是什么？桥是两个人的肢体。只要把肢体连接一起，肌肤相亲了，两人之间的那条河自然就填平了，成了一片沃野，可以莺飞草长了。

　　说到底，恋爱中的语言只是隔靴搔痒罢了。有什么能比实践更出真知的呢? 只有越过"雷池"，才能实现跨越式发展哪!

　　李梦浩开始用实践检验真理了。他也不说话了，大胆地将手放到丁惠娟的腰上摩挲起来。丁惠娟没有动。李梦浩又进一尺，将手移到了丁惠娟的胸脯上。丁惠娟浑身一哆嗦，扭动几下，还呢喃几声。李梦浩想，这就是同意了。丁惠娟听到李梦浩急促的喘息声，挺直了身子，推开李梦浩喃喃地说: "别急，坐下来歇歇吧。"

　　李梦浩将自己的铺盖卷打开，铺在地上，抻抻床单，让丁惠娟坐下来。李梦浩说: "行李都湿了，委屈一下吧。"

　　丁惠娟放松了，望了外面一眼，靠在李梦浩的身上羞赧地说: "又不是入洞房。"

　　"洞房"是多么撩人的两个字，让人想入非非了。李梦浩立时又热血沸腾起来。他把丁惠娟箍在怀里，嘴里不住地"呵呵"着，手在丁惠娟身上翻来覆去。丁惠娟既有些心惊胆战，又有些神迷和渴望。

　　丁惠娟把李梦浩的脸抬起来，醉眼迷离地盯着他。李梦浩把嘴堵在了她的嘴上。李梦浩是第一次亲吻女人，没有理论指导，根本不懂得方式方法，完全是摸着石头过河。

　　丁惠娟也是第一次。因为都是第一次，两人亲吻就成了一次探索研究的过程。丁惠娟毕竟是女孩子，有些被动，不懂得怎么去配合。李梦浩很积极，开始探索实践。

　　慢慢地，在实践中他们深切地体会到，亲吻原来是一件很美妙的事情，比过年吃肉都解馋。

　　李梦浩和丁惠娟吻得天昏地暗，两个嘴巴像是被黏在了一起，想分都分不开了。亲吻是个体力活，时间久了，也累人。

　　雨前的燥热已经被暴雨浇灭了，雨停后，天空蓝莹莹的，没有一丝风，四野弥漫着一帘薄薄雾岚。田地里的庄稼抖擞起来，玉米挺起了腰杆，花生、山芋和甜瓜秧也都被雨水沐浴得生机盎然。田地边的水渠里积满了水，沟渠里的青蛙和庄稼地里的虫子一起鼓噪起来，像是竞赛一般，此起彼伏。

　　此时，时间是静止的。瓜棚里是温馨的。

　　他们忘记了时间，也忘记了环境。当李梦浩和丁惠娟终于停歇下来，抬头想看看外面的雨停没停的时候，这时他们才发现，西边天际已布满了彩云，夕阳下，田野里一片生机勃勃，金灿耀眼。沟渠积满了水，波光粼粼。一束金光照进瓜棚里，在丁惠娟的脸上涂抹一层灿烂的霞光。

李梦浩站起身，走出瓜棚，望着满天云霞，幸福感油然而生，情不自禁地哼了起来：

"树上的鸟儿成双对，绿水青山绽笑颜，随手摘下花一朵，我与娘子戴发间。从今再不受那奴役苦，夫妻双双把家还，你耕田来我织布，我挑水来你浇园，寒窑虽破能抵风雨，夫妻恩爱苦也甜，你我好比鸳鸯鸟，比翼双飞在人间。"

丁惠娟收拾好行李，走出瓜棚，抿嘴一笑，拉着李梦浩的胳膊，催促说："雨停了，我们也该把家还了。"

二

马陵村是晶都县洪湖公社马陵大队的一个行政村庄。马陵村没有姓马的，也没有姓陵的。马陵村有五大姓氏，赵、孙、李、张、刘，还有一个丁姓，只有十几户人家。过去，每个姓氏集居在一个自然村落，按姓氏叫作赵庄、孙庄、李庄的。刚解放那会儿，每个村落之间还有一些距离和分界。后来人民公社了，六个村庄划为一个生产大队。渐渐地，村庄之间的距离就缩小了，以沟、河、路为分界的标志也在大队统一规划中消失了，形成了一个整体的行政大村。

由于赵、孙、李、张、刘五个姓氏是大姓，人口众多，只有丁姓人口少些；大队刚成立时，关于村名，几个姓氏的人还纠缠纷争了一阵子。丁耀宗的父亲丁应岭是第一任大队书记，丁书记生气了，大手一挥，一锤定音，说："争来争去的，争个球啊！什么也不叫，就叫马陵大队！"

叫马陵大队好，没偏没向，公道自然。丁应岭一语定乾坤。

叫"马陵大队"是有历史根基的。马陵村坐落在马陵山下的丘陵地带。其实，现在的马陵山，严格意义上也称不上山，叫"丘陵"更贴近些。只因马陵山具有历史渊源，从古至今，马陵山也就叫马陵山了。马陵山的由来有很多种说法。

其中一种是据传说，孙猴子大闹天宫后，一气之下，辞了"弼马温"之职，跑回老家花果山竖起"齐天大圣"旗帜，触怒了天威，惹恼了玉皇大帝。猴子有些不懂事了，一点官场游戏规则都不遵守，玉皇大帝能不派人将他捉拿归案吗？钦差大臣杨二郎亲率天兵天将下界捉拿孙大圣。杨二郎与孙大圣大战几十个回合，仍不分胜负。一日，杨二郎人困马乏，从天空中降到马陵山上，那神马驮着杨二郎在马陵山上奔跑，这一跑不要紧，马蹄就将马陵山踩陷了，整座山就成了高低起伏的丘陵。

　　史书上对马陵山也有记载，公元前三四三年，魏国发兵攻打韩国，韩国向齐国求救。齐威王以田盼为主将，孙膑为军师，运用"围魏救赵"的战法，率军直趋魏都大梁，诱使魏军回救，以解韩国之困。这次战役中，孙膑利用庞涓的弱点，诱其就范。最后，大将庞涓智穷力竭，见败局已定，长叹道："遂成竖子之名。"遂愤愧自杀。马陵之战不仅成就了孙膑军事家之名，也给中国战争史上设伏歼敌留下了一个著名的战例。

　　马陵村坐落在丘陵地带，土质十分贫瘠，三尺深土层下面尽是"石硼"。耕地全是沙土。十年九旱，只适合种花生、山芋、小麦和玉米。虽然都是沙土地，但是，出产的花生和山芋同黑土地的味道口感不一样。马陵村的花生个大、肉实、饱满、油多，嚼起来细腻脆香。一斤花生米能榨出半斤油。山芋也与其他地方不同，不仅是名称不同，品质也不一样。其他地方把山芋叫地瓜、红薯，马陵村却叫山芋。这儿的山芋个大、瓷实、水分少，肉质干面，香甜，蒸熟了像栗子。其他地方的"红薯"，四五斤出一斤淀粉，马陵村的山芋三斤就能出一斤淀粉。

　　每年到了农历八月初，地垄里的山芋长成了，个大的有三四斤，个小的也有半斤重。用牛拉犁耕，将山芋沟垄翻开，满地都裸露出紫红皮色的山芋。马陵村人将山芋运回家，一半刨成山芋片，一半放进地窖。刨好的山芋片撒在田间、地头、路边，任太阳暴晒。晒干了，捡回家，既能作一冬的口粮，也能作猪饲料。放进地窖的山芋就十分珍惜了。山芋可生吃，也可蒸煮；蒸出的山芋味道既像栗子，又像鸡蛋黄，很香。秋天煮山芋一般放少许大米一起煮，整锅汤水都是甜的。入冬后，马陵村人就用清水煮，煮熟了，在锅里撒点玉米面，将水搅成糊状，就可以作为一日三餐了。山芋还可以做成"点心"。将半斤左右的山芋整个放进锅里烀，熟了切成片状或条状，放在太阳下晒，晒干了，就是"点心"了。山芋"点心"甜而不腻，筋道、耐嚼，嚼起来就像牛皮糖。

　　农历六月中旬，应该是乡下人清闲的日子。小麦收割完后已晒干归了仓，该交的公粮都交了。马陵村新收的麦子已按人口平均分到了户，仓里留下的除了种子，就是年底再分的工分粮了。麦茬地也用犁翻了一遍，要种的花生，要栽的山芋，有水的生产队都种了、栽了。没有水的生产队也都改种了黄豆和绿豆。虽然天气干旱，土地干裂得冒了烟，但毕竟是集体，人多力量大。晶都县三级干部会议一开过，抗旱的大会战就打响了。没有水库和渠道的村庄，硬是到几里外有水的地方，用肩挑、车拉将水运到了田里，把该浇的庄稼都浇了一遍。田地的春花生和春山芋也都锄过了二遍，秧苗遮掩了垄。入了头伏，就是社员挂锄歇息的日子了。

马陵大队给社员放了三天假。其实放假也并不是真的放假。只不过是早上和中午，生产队长不吹哨子喊出工了。社员们一年到头忙惯了，陡然早上听不到队长出工的哨子响，这一天心里就没了着落。

农闲季节，除了老弱病残和生产队、大队的干部们能在家里歇几晌，其他的人都是闲不住的。每个生产队里都养了几十头牛，有黄牛和水牛，还有几头毛驴。犁田耙地拉车全指望它们。一头牛一天要吃一百多斤青草。到了夏天，青草长茂了，生产队就收青草来喂牛。全村的半大孩子放了暑假都去割草给生产队挣工分，一个暑假割草挣下的工分，到了年底分红就够一年的学费了。

马陵村放假期间，好多人都去割草挣工分。在树荫下乘凉的都是些年底分红超支的人。这些人家里是没有过年余粮的，什么粮食下来就吃什么粮，都比别人家尝新鲜尝得早。他们超支超习惯了，索性就懒散下来，不愿意去起早贪黑吃那份苦累。

李梦浩和丁惠娟回到马陵村后，第二天正好生产队放假。李梦浩起床的时候，已经小半晌了。母亲和梦然都下地割草去了，只有父亲李树霖在院子里磨镰刀。李梦浩洗了把脸，卷了一张煎饼站在门前，一边吃着一边看父亲磨刀。李梦浩没有吭声，脑袋里想的是丁惠娟是不是起床了，在家里做什么。自昨晚两人从晶都县城走回马陵村后，李梦浩心里就放不下丁惠娟了。三十里路虽然走得很累，可李梦浩却想一直走下去。

李树霖用拇指拭了拭刀刃，放下刀，问儿子："考得怎么样？"

"感觉还可以。"李梦浩说。

"什么时候能来通知？"父亲看着儿子问。

"过个把月吧。"李梦浩说。

"你考完试怎么走回来了？"李树霖站起来捶捶腰。

李梦浩望了眼太阳，又瞅了一眼院子，说道："考完试了，我想走走。"

李树霖放下镰刀,掏出烟袋,边抽着烟锅边盘问道:"支书家的惠娟也和你一起走着回来的?"

李梦浩说:"是。"随口又反问,"你是怎么知道的?"

父亲看了眼儿子,脸上溢着笑,吐了一口烟雾,言犹未尽地说:"人家可是支书的闺女。"

李梦浩骄傲自大起来,一梗脖子说:"支书家的人也不高人一等。"过了一会儿,梦浩又小声地嘟囔了一句,"都是一样的人,说不定,我还想把她娶来家呢!"

话声虽小,但还是让父亲听到了。"你要是能把惠娟娶进门,算你小子有能耐!"父亲磕了磕烟锅,拾起磨好的镰刀下地去了。临出门,李树霖又回头说:"这几天就在家歇歇吧,缓缓劲。"

父亲走后,李梦浩在院子里转了一圈,看看自家的院子,一时感到很陌生。院墙是土坯垒的院墙,年久了,被风吹雨淋的土坯都酥了,有的地方还豁了口,豁口的地方没有补,用秫秸秆堵住了。三间堂屋也是老屋,土坯墙,稻草顶,屋顶的稻草也腐了,长了一层青苔和狗尾巴草,风一吹,屋顶的草就不停地摇摆。院子里有几只鸡在觅食,一只红冠子公鸡咕咕咕地叫着,把母鸡唤到身边,公鸡把觅到的食物从嘴里吐出来,让母鸡去吃。李梦浩看着,无聊地一跺脚,又冲鸡群大吼一声。鸡们扑着翅膀四处乱窜,那只大公鸡被惊得一跳,扑扇着两只翅膀,一飞就飞到了屋顶上。公鸡在屋顶站稳了后,就抻长脖子憋红着脸长鸣一声。

院落里有棵梨树,还有一棵枣树。两棵树有碗口粗,梨树和枣树每年都挂满了果子。现在梨子已有鸡蛋大了,枣子刚落了花,星星点点的,只有小米粒大小,还看不出模样。院子中间安放着一盘石磨,磨盘是青石的,磨槽是马陵山的红石凿成的。李梦浩从小到大吃的煎饼都是用粮食磨成糊,又在鏊子上一张一张烙出来的。用石磨能磨出好多样煎饼糊出来,小麦、玉米、高粱、山芋都能放进石磨里磨,磨出糊子来,再用鏊子烙,一张张薄如草纸般的煎饼,焦黄酥脆,叠成一摞,农忙时不用做饭,烧一锅热茶,卷一个煎饼就是一顿主食。用石磨磨粮食,马陵村人叫推磨。推磨一般选在晚饭后或五更鸡叫时。各家也不一样,有半大孩子推磨的,也有妇女推磨的。男人多数都不推磨,男人是整劳力,在生产队里做活都是苦活重活。男人也是一家的顶梁柱,累垮了,一家就塌了天。把粮食磨成糊子后,家里的女人就开始用鏊子烙。烙煎饼是手艺活,需要技术的。会烙的能把煎饼烙得又薄又脆，像一层纸。不会烙的就烙成了薄饼子，黏黏的，半生不熟的。农村的女孩子长到十六七岁就要跟母亲学烙煎饼，要是煎饼都烙不好，别人私下就会嘲笑说，手笨得跟脚似的，大了到哪找婆家啊。所以烙煎饼是女人的专利，也是衡量女人手巧手拙的尺度。

烙煎饼是一项苦差事，虽然不怎么累，但相当地煎熬人。马陵村的灶屋都很低矮，很少有窗户的。灶屋里有泥垒的锅灶，再就是一盘鏊子。鏊子像个老鏊盖，用砖头支在地上，女人就圪蹴在鏊子边，一手烧火，一手用刮片子刮鏊子上的糊糊，一遍一遍不停地刮，刮完了，鏊子上的煎饼也就焦黄酥脆了。烙煎饼用的柴火都是软草，用硬柴火会把煎饼烧焦黑的。鏊子底下多数烧的是麦瓤、稻草、花生秸。遇到雨季，禾草潮湿了，鏊子底下的火就闷闷地怄着烟，整个灶屋就烟雾弥漫，呛得要命。但烙煎饼的女人还得坐在那，不停地咳嗽，不停地抹眼泪，还要坚持不懈地烙下去。晚上烙煎饼的女人，当烙完走出灶屋时，多半到了三更天。堂屋里就会传出男人和孩子的呼噜声。五更起早推磨烙煎饼的女人，多是孩子幼小能吃苦的媳妇。当她们烙完煎饼时，天刚好麻麻亮，洗洗涮涮后，生产队出工的哨子就响了。

李梦浩母亲杨月兰烙出的煎饼也是又薄又脆的。李梦浩七八岁的时候就开始起五更和母亲一起推磨。那时，李梦浩还没有多少力气，只是扶着磨棍跟着走，母亲让他推磨不是让他出力气，是想让儿子在磨道上陪着她，时间过得快些。李梦浩推磨时常闭着眼，续着在被窝里还没有做完的梦。后来弟弟梦然大了，李梦浩就选在晚上和弟弟一起推磨。李梦浩上高中后，就再也没有推过磨。李梦浩不喜欢推磨，不是他懒，实在是在磨道上太熬人，一圈一圈地转，没有起点也没终点。但李梦浩喜欢吃煎饼，特别是母亲烙的煎饼。

整个三伏天李梦浩都没有出门。李梦浩不是娇气怕热，而是他心里焦躁得难受，煎熬得整个人都瘦了一圈。高考成绩一天不下来，他的心里就悬着。李梦浩是个内向的人，脾气也很倔，最主要的一点又表现在自尊心上。自尊心强的人又很容易产生自卑感。李梦浩清楚，只要他在马陵村一露面，左邻右舍婶子大娘就会围过来问长问短。如果说些家常话李梦浩还好应对，若是问起他考得怎么样，啥时去上大学，就难免有点窘迫了。有的人喜欢说风凉腔，还有的人会站在旁边不吭气，懒得去和你搭话，偶尔朝你乜一眼，撇撇嘴，嘴边露出一丝笑。那眼光犹如武林中卑鄙的人投出的飞镖暗器，会直奔要害，击中命门。尤其是嘴边上那一丝笑，那是似笑非笑若隐若现的，看不清摸不着的，那丝笑是绵绵的，也是说不清道不明的，就像毒蛇吐出的舌信子，一伸一缩的，不露痕迹的。但那笑里隐含了好多内容，只有与你结了怨、生了恨的人才会那样对你笑。那是比语言更具杀伤力的一种蔑视和讥讽。也只有一直处于弱势，又要奋力抗争的人才能明白那种笑。那笑会使你浑身寒冷，在三伏天起一身鸡皮疙瘩。

李梦浩从心里害怕那种笑。他在上高中前看过那种笑，那笑是从生产队长李树海嘴角边看到的。当时李梦浩和村上同学考完了试，第二天就和社员一起出工了。那天正好是生产队里铲草沤肥料，有的铲草，有的车运。做农活都是大呼隆的，有男有女，就像戏台唱戏一样，嘴都闲不住。说着笑着就把话扯到他们这帮学生身上。开始议论马陵村十几个初中毕业生谁能考上高中。丁惠娟上高中那是全村人坚信不疑的。支书的闺女不上高中谁上高中？有人说，如今不是靠推荐了，要凭本事看分数了。这时，生产队长李树海就说："看分数，丁惠娟也没啥问题。他哥还是大学生呢。"有人说，梦浩也没问题。李梦浩就看到了队长李树海嘴边那一丝笑。那笑让李梦浩打了个冷战。

李梦浩如果考上了大学，接到了录取通知书，犹如穿了一身盔甲，那些锋利的暗器就伤不到他了。要是考不上，那两年高中就白读了，他将要面朝黄土背朝天，和马陵村的社员们一样，在土里刨食吃了。真是那样的话，李梦浩的脸上就是蒙上一层厚纸也遮不住羞愧了。

李梦浩整日闲在家里，坐也不是，躺也不是。这段日子他只有靠回想在县城读书时的旧事打发时间了。

白天还好，到了夜里，头脑越发地清醒，闭上眼后，他和丁惠娟在一起的一幕幕情景，就像打幻灯片，啪地一张停住了，啪地一张又停住了。他认真地看，仔细地回味。想不看都不行，定在眼前、烙在心里了。李梦浩睡不着，在床上翻来覆去的。父亲就坐到他床边吸烟，父亲一袋接一袋不停地吸，吸得满屋子都是烟雾。父亲不说话，李梦浩也不说话。三星正响，鸡叫了头遍，父亲走出屋子看了看天，回头说："睡吧，这样熬下去，身体会撑不住的。"梦浩听了也不吱声，只是鼻子有些酸，眼里的泪水不知不觉地流了出来，从脖子那儿一直流到枕头上，枕巾湿了一片。

过了些日子，杨月兰憋不住了，早晨在饭桌上，杨月兰说："通知书啥时来啊？庄上人老是问。考完了也不出门，你以前的初中同学都是整劳力了。就这样在家闷着，什么时候是个头？"

李树霖瞅了眼杨月兰，说："等等，再等等吧。"

到了农历六月底（这年闰六月），也就是阳历八月下旬，李梦浩的大学录取通知书还没有到。一连几天，李梦浩一听院门口的狗叫就跑出院子，看是不是公社的邮递员来了。狗三番五次地叫，叫得李梦浩都有点神经质了。

连续几天，他实在熬不住了。有一天晚上，等天黑透的时候，李梦浩悄悄地绕到支书丁耀宗家的院门前，躲在树影下朝丁耀宗家张望。回来后一个多月了，李梦浩都没有见过丁惠娟一面。不是李梦浩不想见，而是心虚不敢见。回到了马陵村，李梦浩的自尊心像一层薄薄的窗户纸，轻轻一戳就会破。支书家的院门是虚掩着的。每天晚上都有人到支书家堂屋坐一会儿，有话没话地唠几句。能到支书家坐的大多是大队的支委们和各生产队队长、会计们。平头百姓一般是不去的，去了也都是有事要求支书的。逢年过节能拎着两瓶"洋河"大曲或是"双沟"酒到丁支书家里坐一坐，那一年里，这家人心情都要比别人舒畅得多。

李梦浩第一次到支书家，是他到晶都县中报到的那天早上。本来，他是不想去的。父亲说，马陵村就你们两个高中生，还不搭伴一起走，让村上人觉得你和惠娟有仇似的。李梦浩背着行李就去了支书家。当时支书丁耀宗不在家，只有支书的媳妇和丁惠娟在。支书的媳妇赵菊英对李梦浩很热情，一点官太太的架子都没有。她让丁惠娟给李梦浩倒了一杯开水，还亲自从桌上的糖罐里舀了一勺白糖放进去。支书家招待客人是用玻璃杯子，和村里社员家不一样。社员家来了亲戚或是客人都是用吃饭的碗喝水。李梦浩捧着杯子坐在木椅上，拘谨得很。看着丁惠娟忙里忙外地收拾行李。赵菊英说梦浩你喝水，梦浩就喝了一口。赵菊英说，咱马陵村十几个初中生，就梦浩有出息。李梦浩听了心里得意，但脸上是僵着的，低着头，不知说什么好。

支书的媳妇赵菊英又说，梦浩这孩子真老实，有你和惠娟在县城做伴念书，我就放心了。赵菊英说话始终是客客气气的，显得十分平易近人和蔼可亲。可李梦浩坐在支书家里，总是有一种压抑感，支书媳妇的亲切那是居高临下的亲切。

支书家堂屋的灯耀眼地亮着。李梦浩知道还有人在丁耀宗家里坐。他就躲在暗处等，一直等到那人出了支书家院门，走远了。李梦浩才走近院门前拍了几下门。丁耀宗听见拍门，咳嗽了一声，说道："大门没闩，进来吧。"一般人进丁耀宗家的大门是不需要敲门的。马陵村的社员也没有敲门的习惯。熟人熟路，进了院子，当院问一句，支书在家吗？在或不在，屋里有人应声就进去了。

丁耀宗说了话，却没有听到脚步声。丁惠娟就从堂屋出来，对父亲说，我去看看。丁惠娟推开院门，透过屋里射出的光线，一眼就看见了李梦浩。丁惠娟没有多想，一把抓住他的胳膊拉到了墙角的黑影里。

丁惠娟狠劲地抠着他的胳膊，嗔怪道："怎么到现在才来？"

李梦浩也觉不到疼，急切问："你接到通知书没有？"

"还没有。你收到了吗？"丁惠娟屏住气息说。

"我也没有。"李梦浩叹了一口气。

这时，丁耀宗在屋里问："是谁啊？怎么不进来？"

丁惠娟忙应道："人走了，没看清。"

丁耀宗说："天不早了，把门闩了吧。"

"会不会是送信的给耽搁了啊？"丁惠娟摇着李梦浩的胳膊小声地问。

"不会吧？"李梦浩低声说。

"要不，明天咱们去学校问问？"丁惠娟把身体向李梦浩身边靠了靠。

"那就去看看。"梦浩胆怯地把身体向后移了移。丁惠娟又把身体向前靠了靠，李梦浩又向后移了移。丁惠娟有些气恼，一用劲把李梦浩拽进怀里，嘟着嘴问："怎么了嘛！变心啦？"

李梦浩慌张地说道："不是。"又咧了咧嘴，扫了周围一眼，"我是怕被人看见呢。"

丁惠娟把胸脯贴在李梦浩的身上，喃喃着："三更半夜的，哪有人啊。"

李梦浩扭头向她家的院子望了望，支书家的堂屋还亮着灯。他壮着胆子把丁惠娟搂在怀里，在她脸上鸡啄米似的亲了几下。丁惠娟的嘴迎合上来，可李梦浩却停下来了。李梦浩把嘴移到丁惠娟的耳边说道："明天上午，我在火车站等你。"说完，李梦浩挣开丁惠娟的胳膊，像只偷嘴的猫一样，转身跑得没有了踪影。

三

第二天，李梦浩吃了早饭，一人早早地来到洪湖火车站。洪湖火车站是陇海线上三等小站，快车是不停的。每天来回两趟慢车，在站上只停三分钟。洪湖站到晶都县只有一站地，半个小时的车程。洪湖公社的社员到县城去，他们一般不坐火车，买车票要花三毛钱，乡下人过日子的算盘打得很精很细，在生产队出力流汗挣一天工分还不值三毛钱呢。耽误一天工分不说，还要贴三毛钱，没有什么大不了的事，坐趟火车去县城就太铺张了。

丁惠娟还没到。按理说，李梦浩应该到支书家和丁惠娟一起走的。可是，李梦浩怯得很，生怕别人看见了说三道四。八字刚有一撇，哪敢在马陵村张扬呢。马陵村人的嘴巴就是大队部的扩音喇叭，有一点声音就能传出去很远，全村人都会听到。李梦浩不得不躲开村人的眼睛。李梦浩在车站候车室里坐了一会儿，就走出候车室来到站台上，站台上没有一个人，车站工作人员也看不见，整个车站冷冷清清的。李梦浩仰头看了看天，日头有一竿多高了，估摸着也就是八点左右。李梦浩知道自己来早了，去晶都县的客车是上午十点钟才到站的，还有两个小时呢。他不愿意回到候车室里，就跳下站台，站在铁轨上。李梦浩在窄窄的铁轨上往前走，上身一摇一晃的，像是早晨从鸭圈里放出的鸭子。走了一段身上出了汗，又下来在枕木上走。两条铁轨在日光下闪着刺眼的光，一直射向远方，就像两条平行线，没有止境地向前伸。李梦浩在铁轨上来回地走，一直走到看见丁惠娟的身影才停住。

丁惠娟紧走了几步，上前牵着李梦浩的手，有点不高兴地问："干吗一个人先走，不等我？"

李梦浩站在铁轨上说："我怕你妈问我。"

"问你什么？"

"问考试的事。"

"有什么好怕的？问就问嘛！"

"我怕考不上。"

"考不上，明年再考。"

"你要考上了呢？"

"考上了，就上啊！"

"我要考不上怎么办？"

"那你再考啊！"

"再考，又考不上呢？"

"乌鸦嘴。"

"你说嘛。"

丁惠娟把李梦浩的手甩掉，问："要是你考上了，我考不上，你会怎么办？"

"你也接着考啊！"

"要是接着考，一直都考不上呢？"

"你肯定会考上的！"

丁惠娟推了一下李梦浩，李梦浩摇晃着跳下铁轨。丁惠娟说："考上也罢，考不上也罢，我都陪着你。"

李梦浩忍了个把月，终于忍不住了。四处张望一下，便将丁惠娟揽进怀里说："我也会陪着你的。"说完，就把嘴凑到丁惠娟的嘴巴上。丁惠娟将李梦浩的舌头咬住了，咬得李梦浩直咧嘴。丁惠娟吐出舌头说："你也不看看这是什么地方！很危险的。"

这时，远处传来隆隆的声音，一声汽笛长鸣，火车由远而近了。两人手拉着手，跳下轨道，向站台奔去。

李梦浩和丁惠娟在晶都县火车站下了车，出了站没有直接去学校看红榜。在来县城之前，他俩心里都急慌得不行，到了县城心里反倒不急了。李梦浩想，考上考不上，今天就知道了，好饭不怕晚。考不上呢，那碗苦药也要迟一点喝。李梦浩说："咱们先逛逛吧。"

丁惠娟也不急。她和李梦浩回马陵村后，就盼着有机会和他手拉着手，在路上肩并肩地走，像小说中的青年人那样，没有顾忌地谈一场恋爱。在家里，丁惠娟下了几次决心想去找李梦浩，可通知书没有到，心里也就七上八下没了情绪。现在两人一起到了县城，她的那份心思就又活泛起来。丁惠娟主动挽起李梦浩的胳膊，说："那就逛一逛。"

李梦浩挺直了腰板，甩了一下头，旁若无人的神态把丁惠娟逗笑了："可惜你头发有点短，甩不起来。"

"长了就像流氓阿飞了。"

"也是。流氓都留长头发。"

"但留长头发的，不一定是流氓。"

"那是什么？"

"艺术家啊。"

两人一边说笑着，一边在县城的街道上悠闲地走着。此时此刻，他们忘记了烦恼，也没有了顾忌。走了一条马路，又走了一条马路。谈恋爱就是要轧马路。因为马路上铺满着阳光，马路上还充满着明媚的爱情，马路可以通向婚姻的殿堂。

阳光将他们的影子缩短了。在阳光照到头顶的时候，幸福的花儿开始绽放了。李梦浩说："咱俩去晶都商场吧。"

"去商场做什么？"

"赶集。"

丁惠娟一时没有明白，说道："这儿不是洪湖公社。"

李梦浩诡秘一笑，拉着丁惠娟就走进了前面的晶都商场。晶都商场是晶都县城最大的商场，楼房也高，比县委办公楼都高，是两年前新建的四层大楼。乡下人到了晶都县城，如果不到晶都商场逛一逛，那就等于白跑一趟县城。李梦浩要去逛商场还有另外一层意思。乡下人找对象，都是由媒人牵线搭桥撮合的。两个不相识的青年男女，在亲朋好友陪同下，约个地点，彼此打量几眼，中了意就告诉媒人，不中意也要告诉媒人。没相看之前，男女一般是不搭话的。一旦相中了，就要定个时间两人逛一次商店，买一件衣服或是买一双鞋子，总归是买一件物品送给女方。城里人叫"定情物"，乡下人则叫"赶集"，只要两人去"赶集"了，关系就算定下了。年轻人定下亲事后，逢年过节男方还要给女方家送"四色礼"，接下来呢，就是下"小柬子"，到了下"大柬子"的时候，男方就定下娶亲的黄道吉日了。

说起来，很有意思了。结婚前，乡村男女是没什么恋爱可谈的。定亲后，有什么要求还需要媒人在中间传话。下"小柬子"时，媒人传过女方的话，男方家就按女方家要求去做。一般是买几丈布料，有的是的确良，有的是卡其布，再有的就是华达呢。家里富裕的还会买一身毛哔叽料子。这些物品一应包好，由媒人送给女方家。下"大柬子"就是给彩礼钱了。虽然烦琐，但是必须有的程序。谁家养了二十年闺女，就简简单单地送给人家做媳妇了？不可能的，赔本的买卖谁都不会做。

　　话又说回来了，也有赔本赚吆喝的。比如，男方是有头有脸的人家，或女方是富裕人家，那就全凭自愿了。女方的嫁妆会很丰富，除了陪送两个红木箱子、一张八仙桌子、两把椅子、一个铜盆架子和被褥、枕头外，还要"贴本"陪送一架缝纫机、自行车、手表、收音机，叫"三转一响"。能陪送"三转一响"的人家少。

　　李梦浩和丁惠娟是自由恋爱。自由恋爱是不按乡下风俗旧规矩的。可是，新规矩是什么呢？没有定论。

　　李梦浩来县城是有准备的。虽然没带多少钱，但还是想要买点什么的。按照马陵村青年人"赶集"的惯例，一般也就是意思一下，表示"定亲"了。这和城里人送个笔记本和一支钢笔作定情物一样，礼轻情意重。李梦浩和丁惠娟走进晶都商场，两个人只是看，不问价。柜台里的营业员很热情，拿眼一瞧就知道他们是恋爱中的人，建议买这个买那个。丁惠娟很干脆，价钱都不问，拉着李梦浩就走。两人从一楼逛到三楼，又从三楼逛到一楼。走到商场门口时，李梦浩停住了，摸了摸上衣口袋，像是突然发现丢了东西，忙对丁惠娟说："你在这等一下，我再回去看看。"

　　当李梦浩回到丁惠娟身边时，丁惠娟看见他手里握着一个纸包，就盯了眼李梦浩，问道："买了件什么？神神秘秘的！"李梦浩的脸红了一下，笑了笑说："来了一趟，也不能白来，我给你买了条红纱巾。"

　　丁惠娟从李梦浩手里接过纸包，撕开一看，果真是一条红彤彤的纱巾。丁惠娟没有忸怩，把纱巾围在头上问道："好看吗？"

　　"好看，好看。"李梦浩附在丁惠娟的耳边说，"像个新娘子样了。"

　　丁惠娟的脸被羞得红到脖子根，一把扯下红纱巾装进衣袋里，走了几步回头说："我们结婚时就围它！"

　　出了商场，已经是晌午了。李梦浩带着丁惠娟走进路边一家小饭馆。正是吃午饭的时候，饭馆里的人很多，排着长长的队。李梦浩让丁惠娟占座位，他一个人去排队。李梦浩买了四个白面馒头、两碗菜。两碗都是一样的菜，白菜炖猪肉，里面还放了几片红辣椒。对于李梦浩来说，已经够奢侈的了。可是，饭馆毕竟是饭馆，不可能就卖一样菜。两碗一样的菜，对于丁惠娟来说，有点寒酸了。

　　李梦浩看了眼窗口说："饭馆和咱们学校的食堂差不多。"

丁惠娟笑了笑，没有吭声。丁惠娟跟父亲丁耀宗下过饭馆，那饭馆和食堂还是不一样的。她知道李梦浩是第一次下饭馆，不好对饭馆说三道四，怕一句话说不好就能伤了李梦浩的自尊心。丁惠娟拿起馒头咬了一口，说道："这儿的馒头比学校食堂的好吃多了。"说完又咬了一口。

李梦浩在学校食堂是很少买馒头的，他吃的是母亲烙的玉米煎饼。对于李梦浩来说，学校的馒头就已经够好吃的了，丁惠娟说比学校的馒头还好吃，他的心里一下子舒坦多了。李梦浩吃饭和在学校时一样，低着头自己吃，不管不顾的。他抬起头的时候，自己的那两个馒头和碗里的菜都吃光了。丁惠娟正看着他，碗里的菜没有动，一个馒头还拿在手里没吃完。

丁惠娟问道："吃饱了吗？"

李梦浩擦了擦额头上的汗，点了点头。

丁惠娟把一个馒头塞给李梦浩，又把碗里的几片肥肉挑到李梦浩的碗里，轻声地说道："你饭量大，要多吃点。"

李梦浩看着碗里的肉，说："你怎么不吃啊？"

丁惠娟说："我还不怎么饿。"

李梦浩说："肥肉香，你也尝尝。"说着把一片肥肉夹到丁惠娟的碗里。

丁惠娟又把碗里的菜和肉拨了一半给李梦浩，盯着李梦浩，贴心地说道："你是个男人，不吃饱怎么能行？"

李梦浩听了，心里一烫，喉结也滚动了几下。这话听起来太贴心了，有女人疼自家男人的意思了。

李梦浩咬了一口馒头，还想咬第二口，但他停住了，开始细嚼慢咽。他一边嚼着一边把目光停在丁惠娟的脸上。丁惠娟也在看他，目不转睛。周围的嘈杂、喧嚣像是画外音，丝毫没有影响她的专注。眼睛像溪水一样清澈透明，时而有浪花闪烁。从闪烁的浪花中分明又能让人感觉到既有满足，又有憧憬。此刻，丁惠娟不仅仅是一个少女的表情，而且，更像一个新婚女子的神色了。

尤其是丁惠娟向李梦浩碗里夹肉的动作，已完全是两口子过日子的情形了。李梦浩冲丁惠娟一笑，嘴里猪肉的美味已经淡了，眼里已有了水光，一闪一闪的，很激动的样子。

丁惠娟说："吃完饭，咱们就去学校。"她咬了口馒头，又说，"回家我也要学习蒸馒头。"

李梦浩说："那我就学习炒菜。"

丁惠娟扑哧一笑："咱们要开饭馆啊？"

李梦浩说："不开饭馆。等将来挣了钱，我带你天天下饭馆，顿顿吃白菜炖肉！"

丁惠娟说："你要求太低了。将来有家了，我每天给你炒四个菜，再温壶酒。"

话说到这个地步了，李梦浩和丁惠娟算是私订终身了。

乡下的姑娘朴实、真诚，一旦定了终身，她们就会死心塌地跟着男人，贴心贴肺地疼男人，会把一腔柔情体现在对男人生活的照料上。她们不像很多城里女人那样矫情、会发嗲，只是嘴上功夫。她们把爱都落实在行动上。比如吃饭，桌子上有了鱼、肉等油水大的菜，女人一般是不动筷子的，即使动一下，也是挑男人吃剩下的。在马陵村女人的心里，男人是家里的一片天，也是一座山。山贫瘠了，树木怎么能枝繁叶茂呢？

城里女人不懂夫妻生活中的辩证法。她们会笑话乡下女人傻，没文化。女人也是半边天，凭什么就是男人的附属品？凭什么男女就不能平等？其实，乡下的女人不傻，她们懂得实践是检验真理的标准，也懂得一分为二看问题。在她们内心深处，阴就是阴，阳就是阳，公鸡不能下蛋，母鸡不能打鸣，都是一个道理！

两人吃完饭去了学校。高考录取的名单早已贴出来了。墙上红纸榜单都褪了颜色，下面还被风扯掉一角。李梦浩和丁惠娟就在红榜前屏住气息，目不转睛地在找他俩的名字。找了一遍，没有。又找了一遍，还是没有。他们又去找学校的门卫，询问别处还有没有贴红榜的名单。门卫摇了摇头。过了一刻，门卫看见两人还不愿离开，就说，录取通知书半月前就发了。要是没接到，那就是没考上。

李梦浩听了有些绝望。但他还是不甘心，倔强地说："榜单被撕掉一块，上面肯定有人名呢！"

门卫不客气地说："你要是没收到录取通知书，有人名那也不是你！"

李梦浩彻底绝望了。当丁惠娟看到李梦浩蜡黄的脸上滚动着豆大的汗珠时，丁惠娟心疼了。

丁惠娟带着哭腔道："走吧，不看了。"

李梦浩和丁惠娟走出晶都县中大门后，在路边一处石阶前，李梦浩一屁股坐到石阶上，他把头深深地埋在两腿间，眼前一片黑暗。丁惠娟站在边上心里也难过，但她没有像李梦浩那样痛苦。丁惠娟拉着李梦浩的胳膊摇了摇。李梦浩抬起头来时，已是满脸泪水，一副迷惘心碎的样子。丁惠娟的心像被揪了一把，疼得掉了泪。

丁惠娟哽咽着说道："咱们复读一年，明年再考吧。"

李梦浩站起来，抹了抹眼泪，有气无力地说："你考吧，我是不考了。"

"为什么不考了？"丁惠娟疑惑地问道。

李梦浩望着天空，在寻找理由。

丁惠娟明白了。李梦浩不是不想复读再考，是李梦浩家里承担不起复读费，也耽误不起一年的时间。如果复读一年，明年再考不上呢？

丁惠娟叹了一口气，坚定地说："你不考，那我也不考了。"

丁惠娟的话虽然很轻，却是斩钉截铁的，也是义无反顾的。女人一旦下定了决心，就不怕牺牲了。

李梦浩把目光慢慢地收回来，一点一点地移到丁惠娟身上，声音哽咽着，悲怆地说道："惠娟，现在我什么都没有了，只有你了！"说完，又戚然地望着天空，天空只有云在飘。

丁惠娟的心一颤。李梦浩的这句话像钉子一样，一下子钉在她心上了。丁惠娟走上前，眼里含着泪，一字一顿地说："梦浩，你放心！就是要饭去，我也跟着你！"

事情有时候就是这样，心爱女人的一句话便可以改变男人的心态，甚至还可以改变男人的命运。李梦浩平静下来后，对丁惠娟说："有你，我该知足了。"

李梦浩回到家后，李树霖看到儿子灰心丧气的样子，知道梦浩没有考上，随口问了一句："惠娟怎么样？"

李梦浩摇了摇头，说："一个样。"

李树霖叹口气说："你没考上，也不丢人。"

杨月兰说："白耽误了两年时间。"

李树霖瞪着眼睛说："你懂什么！"

杨月兰埋怨道："少挣两年工分。"

李梦浩沉默一会儿，生硬地说道："从明天起，我就去挣工分，不吃家里闲饭了。"

李梦浩第二天一出工，就遇上生产队向田地里运猪圈肥料。运猪圈肥料是一个又脏又累的苦力活。男劳力推车子，一天能挣十分工。女劳力拉车子，一天也挣八分工。男女青壮年都集中到粪堆旁，开始互相结对子。

这时，生产队长李树海从不远处走过来。李树海个头不高，很粗壮，脸上的肉紧绷着。眼睛很小，但不是一条缝，而是圆溜溜的像泥鳅眼。看人的时候，眼里不仅有光，有时还带刺。

李树海看见李梦浩推着小车在人群中，故意大声问："梦浩，你也来挣壮劳力的工分？"他瞥了李梦浩一眼，而后嘴边露出了一丝嘲笑，"我看你还是干妇女的活吧！"李树海显然是让李梦浩难堪了。

李梦浩也没有示弱，他瞅了眼李树海，一字一顿地问："我怎么就不能挣壮劳力的工分了？"

李树海想给李梦浩一点颜色看看，干笑一声，说："梦浩行，不枉读了两年高中。可你肚里的墨水是换不了工分的。"他扫了眼人群中的妇女们，又说道，"看看，队里的女劳力谁愿给你拉车子？"

李树海的话不仅是对李梦浩说的，也是对妇女们说的。谁愿意得罪队长呢，巴结都来不及。男女劳力自愿结对，没有人来给李梦浩拉车子。剩下的几个女劳力，李树海又摊派干别的农活了。

李树海站在粪堆边悠闲地抽着烟，他一边和干活的人说笑着，一边用眼睛乜着李梦浩。他在看李梦浩的笑话。李树海的眼睛是会说话的。眼睛说出的话，比嘴巴里的话要厉害得多！李树海眼神就像毒蛇的信子，一伸一缩的，能毒死人！

没人结对就单干。李梦浩一人装车一人推，一个人干两个人的活，别人推一趟他也推一趟。到了晚上记工分，队长只给李梦浩记八分工。

李梦浩气呼呼地问李树海："为什么只给我八分工？"

李树海撇了撇嘴，说道："第一天干活，八分工就不少了。"

李梦浩说："第一天干活，我一个人干两个人的活，工分却少，你还讲不讲理了？"

"讲理，你和谁讲理？"李树海两眼瞪着李梦浩，蛮横起来，扯开嗓门嚷道，"要是嫌工分低，明天就在家待着，别来出工了。"李树海用眼瞟着其他社员，在场的人没一个人替李梦浩说话的，就连梦浩的近房兄弟也在旁边讪笑着。

李梦浩急了，也嚷起来："你凭什么少给我工分？"

"凭我是队长。"李树海越发嚣张了，讥讽说，"嫌工分少，那你考试挣高分啊，考上大学，就不用挣工分了嘛！"

这话显然是掴李梦浩的脸。李梦浩的脸火辣辣的，恨不得冲过去扇李树海一个耳光，可李梦浩毕竟势单力薄，不敢轻举妄动。李梦浩眼睛都红了，眼里却没有泪，只有火，眼里的火碰到哪儿，哪儿就能被烧着。

李梦浩盯了眼李树海，只能愤愤地发狠说："走着瞧！"

此时此刻，李梦浩说话的底气并不足。论力气他还不是李树海的对手，只好把眼前的屈辱忍下来。忍是忍下了，但仇恨的种子种在心里了。

李树海被李梦浩眼里的火灼疼了。李树海恶狠狠地说："这辈子，你李梦浩翻不出我的手掌心！"

李树海正是壮年，家里兄弟四个，各个如狼似虎，在马陵村是一霸。除了大队支部书记丁耀宗，马陵村的社员都惧怕他三分。李树海的话像锤子一样砸在李梦浩心上，砸得李梦浩晕头转向，半天都缓不过气来。李梦浩被砸痛了，砸蒙了，但李梦浩没有被砸倒。李梦浩的倔强脾气支撑着他，使他在李树海面前没有一点惧色。李梦浩憋足浑身的力气，铁青着脸，朝着李树海轻蔑地哼了一声。

第二天照例是运肥料，李梦浩还是落单。大伙正说说笑笑地装车子。丁惠娟从家里扛着铁锹出来了。丁惠娟谁都没有搭理，径直走到李梦浩的车前。李梦浩诧异地看着丁惠娟，他没有想到丁惠娟能出来干农活，更没有想到，丁惠娟会当着全村人的面来和他结对干又脏又累的活。

丁惠娟愤然地说："欺人太甚了！"

说完，和李梦浩一起铲肥料装车子。

李树海从当了队长那天起就开始欺负人，欺负十多年了，都有历史了。回顾一下，有些罄竹难书。要是细说起来，是从批斗"地富反坏右"开始的。

当时，李树海刚当队长不久，大队召开批斗会，台上站着马陵大队十几个"地富反坏右"分子。按说，都是乡里乡亲的，下不去狠手，走走过场也就行了。可是，李树海年轻气盛，看到邻村一个地主分子在接受批判时，腰总是弯不下去。李树海跳上台子，抓着头发就摁了下去，这一摁不要紧，那地主腰没弯下去，却一头栽到台下了。

地主的儿子没敢上前，闺女不干了。闺女叫孙兰英。孙兰英二十多岁还没婆家。不是孙兰英长得丑，也不是疯癫痴傻。可以说，孙兰英长得如花似玉花容月貌。关键是，孙兰英是地主的闺女。要嫁也只能嫁给同类家庭的人。地主的闺女，贫下中农谁敢娶？孙兰英上前扶起父亲，擦了擦父亲头上的血，对父亲说："你等着！"

孙兰英冲到台上，有些一不做二不休破罐破摔的气势，抓住李树海的衣领就要扇他的脸。李树海开始时一怔，这女人疯了！随即一把抓住孙兰英的手说："你要造反是不是？你想变天是不是？"

孙兰英怒火胸中烧，耍泼了。孙兰英又踢又抓又骂："狗汉奸的儿子，你凭什么打人？"

李树海扬起手来就要扇孙兰英的脸，可是手扬起来没有落下去。面前的女人虽然披头散发不像个女人的样子，脸面却很好看，比自己的女人好看多了。他不忍心在她脸上留下指印。李树海把心里的火压了压，把孙兰英推开说："再胡嚼，我撕烂你的嘴！"

孙兰英又扑上来。支书丁耀宗看不下去了，威严地说："行了，适可而止吧！"

李树海也低声地说："不要再闹了，有话台下说。"说完，跳下台说了句，"好男不跟女斗。"

事情并没完。当天晚上，李树海鬼使神差去了孙兰英家，还提着两盒点心。太意外了。地主一家有些受宠若惊了。尤其是孙兰英，都不知如何是好了。地主挨批斗不是一年两年了，习惯了，哪次身上不挨几拳？说起来这次还是轻的，人家就是摁了一下头，栽到台下怨谁呢？还不是怨自己没站稳嘛。至于这样吗？还疯疯癫癫上台和干部闹！太不像话了。

李树海一反常态，平易地坐到地主的床沿上了。地主激动地抓着李树海的手，十分愧疚地自责起来，说："闺女太不像话了，让你下不来台了！"

李树海客气地说："没什么，没什么，当时都在气头上，我不会和兰英计较的。"

孙兰英闹过之后也后悔不迭。往后，谁还敢娶她？

李树海离开时，地主对孙兰英说："你代我送送李队长。"

孙兰英出门送了。这一送，就送出了事。李树海和孙兰英偷偷好了。

没多久，孙兰英怀了孕。孙兰英害怕了，找到李树海，要打掉。李树海不怕，李树海说："我给你找个婆家，在婆家你给我生。"

李树海给孙兰英真的就找了一个婆家。不是外人，是李兴旺的儿子，他的叔伯兄弟。李兴旺和李兴财是亲兄弟，李兴旺是地主，李兴财却是贫农。地主李兴旺两个儿子，只娶了一房儿媳妇。二儿子快三十了，眼看着要打光棍，不承想，老天开眼了，天上掉下个仙女来。

因为两家都是地主，不许大操大办。孙兰英家也没要彩礼，李兴旺家只请了几桌酒席，在门前放了挂鞭炮，就把一个仙女娶进了门。

当年孙兰英就生下一个儿子。第二年又生下一个闺女。闺女像孙兰英，可是，左看右看，模样还有点像李树海。马陵村人私下议论说，真是个杂种。没关系，像谁都姓李！肉烂在锅里嘛。

李树海能把"绿帽子"扣在自家兄弟头上，还有什么事情让他畏惧的呢？

李树海对李梦浩那样，只是给个下马威，还不算真欺负，要是真欺负你了，能让你生不如死。

车子装满了，丁惠娟拽着绳子说："走！"

大伙儿都噤了声。谁也想不到丁惠娟会出来参加生产队劳动，而且还和李梦浩搭伙结对干活。丁惠娟是什么身份啊，不需要吃这份苦的。

丁惠娟到生产队里参加劳动，干又脏又累的苦力活，让人费心思了，弄得全村社员一头雾水。李树海也感到莫名其妙。他背着手走过来，难得露出一张和蔼的笑脸，冲着丁惠娟一笑，亲切地问道："惠娟啊，你怎么也出来干活啦？"

丁惠娟瞅了眼李树海，说："我怎么就不能出来干活啦？我也是马陵村的社员！"

李树海没有计较，说道："干干农活，劳动劳动也好，锻炼身体嘛！"

"我可是来挣工分的！"丁惠娟说。

"要想挣工分，也不需要你出这么苦的力嘛。"李树海以长辈般的口气对丁惠娟说，"前天大队刚传达了上头的一份文件，支书说还要听下面各生产队汇报呢，你文化高，见识广，去帮我写两句。"李树海说话时始终没有看李梦浩一眼。说完了，李树海就和别人搭话了，扯谈了几句，李树海又回头对丁惠娟说："惠娟啊，下午你就不用出工了，在家里写，我给你记男劳力的工分。"

丁惠娟毕竟是丁惠娟。丁惠娟不领这个情，你欺负李梦浩，就是欺负自己的男人，丁惠娟怎么能够不管、袖手旁观呢？

丁惠娟愤怒了，对李树海说："我凭什么要帮你写？我干什么样的活，挣什么样的工分。别人能干我也能干。"

丁惠娟看见李树海脸上先是谄笑着，慢慢地就有了愠色。李树海瞥了眼李梦浩，悻然地走了。

丁惠娟从来没干过这么重的农活。开始，靠着一股冲劲、犟劲，头几车铲肥料还行，半天干下来，两只手就磨出了血泡。李梦浩也一样，两手都血淋淋的了。看到丁惠娟为了他受这份苦累，李梦浩心疼道："你不要再逞强了，我一个人受苦受累就够了，不能再搭上你。"

丁惠娟嗔了句："你说的叫什么话？你能受的苦，我为什么不能和你一起受？"

接下来，李梦浩和丁惠娟都咬牙坚持着。

第三天上工的时候，生产队长李树海走到丁惠娟跟前说："今天就不要运肥了，大队里有差事让你去干。"

丁惠娟说："不去！"

李树海问："为什么不去？"

丁惠娟说："要去，我和李梦浩一起去。"

李树海乜了眼李梦浩，说："那就看在惠娟的面子上，你也一起去吧。"

李梦浩有些不相信，梗着脖子站着不动。丁惠娟在李梦浩身后推了一把，轻声说："还愣着做什么？走！"

李梦浩问："去干什么呢？"

丁惠娟说："管他干什么，在哪干都是挣工分。"

出工的社员们都看出来了，李梦浩是沾丁惠娟的光了。要不是丁支书心疼自家闺女，大队的闲差事怎么会让李梦浩一起去干？可是，丁惠娟为什么要帮李梦浩呢？大家就不明白了。但不管怎么说，如果丁耀宗单把丁惠娟支走，而把李梦浩留下，那样就是和李树海一样欺负人了。

大队支部书记要是欺负人，肯定不会像生产队长那样低水平。

四

世上没有无缘无故的爱，也没有无缘无故的恨。爱与恨，对于每个人来说都是有缘由的。李树海对李梦浩歧视、刁难、打击，其实不是李树海与李梦浩之间的问题，严格地说，是李树海与李树霖他们父辈之间留下来的仇了。

其中的渊源，李梦浩并不知晓，或是只知其一，不知其二。

很久以前，李树海的祖父是马陵村的财主。那时候，好多乡下财主都是靠勤俭持家勤劳致富的，他们置办土地的欲望，就像让媳妇生儿子一样，越多越好。土地多，人丁旺，家族势力就大。李树海的祖父家大业大，可是只生了两个儿子就打住了，不管李财主怎么勤劳努力，种下的种子就是不出苗。没办法，李财主在四十岁那年，又娶了二房。本来娶二房是来生孩子的，可是，李财主怎么能让一个年轻女人在家吃闲饭呢。于是，二房女人便成了给长工们做饭的厨师。

当年马陵村的田地一半都是李财主家的，有良田十几顷，黄牛、水牛、驴几十头。财主家两个儿子，两个儿子怎么能种那么多土地呢，只好雇用十几个长工，农忙时再雇用村里的短工。李财主的儿子，老大叫李兴旺，老二叫李兴财，虽是一母同胞，可是脾气秉性大不一样。李兴旺和父亲一样，十六七岁年纪，耕种犁耙，铁叉扫把扬场锨，样样拿得起放得下。李兴财呢，小时候读了三年私塾，脑袋比大哥机灵，机灵的人往往就不愿下苦力。李兴财从小养成了偷奸耍滑的毛病。如果只是偷奸耍滑也就罢了，还喜欢处处逞能招惹是非。

这年麦收的时候，李兴旺带着长工和短工在地里割麦子。晌午的时候，李兴财给割麦子的人送饭。李兴财赶着牛车，车上坐着父亲的二房女人。二房女人比李兴财大不了几岁，正是颗粒饱满的时候，浑身散发着成熟的味道。相比之下，李兴财倒显得有些枯瘦了。到了地头，李兴财从牛车上卸下箩筐后，本想赶着牛车带父亲二房女人四处逛逛的，可是大哥李兴旺对他说："吃完了饭，你装一车麦子拉回去。"

李兴财脸一下冷了，不高兴地说："我只管送饭，不管拉麦子。"

李兴旺说："不能空车返回去。"

李兴财说："要拉，你拉。我不管。"

这时，刚放下饭碗的李兴钢抹了抹嘴巴，劝解说："我们装好车，你赶回去就行了。"

李兴财说："说得轻巧。"

李兴旺说："赶车有割麦累吗？要不你来割麦子。"

李兴财说："我才不割呢。"说完，甩手就走了。

李兴钢也是马陵村的，兄弟三个，家里只有几亩地，麦收的时候，李兴钢都要出来打短工，挣些碎银贴补家用。李兴钢也是好意，主动把牛车赶到地里装上了麦子。车装好后，李兴钢对李兴旺说："少东家，你赶车回去吧，地里不需你操心。"

李兴旺是实在人，也是好意，说："三哥，你赶车回去吧，顺便再捎桶绿豆汤来。"

李兴钢就赶着牛车回去了。临走的时候，李兴旺把盛饭的箩筐和碗筷也放在麦秸垛上，让李兴钢一起捎带回去。李兴钢多了一句嘴，对李财主的二房女人说："婶子，你坐车上去吧，省得走路。"

二房女人看了看牛车，没吭声就爬上去了。牛车在过一个畦埂时，车轱辘陷在一个犁沟里，李兴钢一甩鞭子，两头黄牛猛一发力，车轱辘一颠簸，车过去了，二房女人却从麦秸垛上滑了下来。其实，牛车上的麦秸垛不高，也就一丈多。滑下来的二房女人没有伤到筋骨，可是地上流了一摊血。

在场的人都慌了，出大事了，二房女人流产了。

怨谁呢？到底该怨谁呢？

李财主没有说什么，只是长叹了一口气。李兴财却不干了，抓着李兴钢的衣领，啪啪就是两耳光，打完了才说，这是一条人命，你赔我们家一条人命！

李兴钢能说什么呢？谁叫自己多管闲事的呢。

收完了麦子，李兴钢工钱没有拿到不说，还赔了两只下蛋的老母鸡。李兴财对李兴钢说："你欠下我们家一条人命，看你拿什么还吧！"李兴钢闷不吭声，说什么都没用了。

到了一九三八年，日本兵来了。日本兵在铁路沿线修碉堡。修碉堡要用人，日本人就向各村维持会摊派民夫。马陵村的保长是李财主，维持会长自然就由他来干了。李财主虽然是维持会长，但他不出面，具体工作都是由儿子李兴财来干。在马陵村李兴财越来越像个人物了，戴着顶日本兵的帽子，在周围村子里转悠着，见到谁家新娶的媳妇，只要是可心的，晚上就会去敲人家的门。李兴财真把自己当日本兵了，很有皇军的做派。日本兵要民夫修碉堡，李兴财便把那些看着不顺眼，或是家里有漂亮女人的男人都派去。当然，李兴财也没有忘记李兴钢兄弟，三个兄弟被派去两个。

修碉堡也不是什么太苦的活，只是管饭不给工钱。好在能吃饱肚子，民夫们也就没多少怨言。碉堡修好后，三个日本兵就驻守在碉堡里，这些日本兵漂洋过海来到中国，他们不仅要吃喝，还要玩女人。吃喝好办，玩女人，到哪儿去找女人？乡下没有妓院，没有现成的女人可供日本人玩，李兴财只有想办法了。这可是一件要命的差事，不好干。不好干也得干。李兴财打起了村里几个"破鞋"女人的主意，私下里雇她们去，一次给两块大洋。可是，那些女人去了几次后，给多少钱死活也不去了。李兴财问她们为什么，去过的女人说，他们不是人，是畜生！日本兵对李兴财说："花姑娘不送来，你的死了死了的。"

到哪儿去找花姑娘去？李兴财突然就想起了李兴钢，李兴钢不是半年前娶了媳妇吗？让李兴钢的媳妇去，李兴钢还欠他家一条人命呢，欠下的债这时不还还等何时？

李兴财来到李兴钢家，避开李兴钢的新媳妇对李兴钢说："三哥，不好了，皇军看上三嫂了。"

李兴钢一听，头一下就炸了，张口就骂："×他祖宗，欺负到家门口了！"

李兴财把日军的黄帽子摘下来，放在嘴边吹了一下，又戴到头上，瞅了眼李兴刚说："皇军你惹不起的。"

李兴钢多大啊，二十岁，正是血气方刚年纪，李兴钢眼睛都红了，说："我去杀了那几个狗娘养的。"

李兴财在旁边一副事不关己的样子，轻描淡写地说："不就是让你媳妇去睡一觉嘛，不值当的。"

这句话伤人了，就像刀扎在李兴钢的心口上，李兴钢瞪着李兴财说："那让你媳妇去。"

李兴财皮笑肉不笑地说："皇军没看上俺媳妇，看上你媳妇了。"

李兴钢冷静下来一想，不对头啊，日本兵没见过他媳妇，怎么就看上了？这里面肯定是李兴财在搞鬼。世上最大的仇和恨，莫过于杀父之仇、夺妻之恨了。李兴财这是要做丧天良的事呢。李兴钢对李兴财说："这样吧，咱俩把女人都带上，一起去碉堡，皇军看上谁就是谁，行吗？"

李兴财被将了一军，将死了，无路可走了。不过，李兴财毕竟是替父行使维持会长的权力，仗着和日本兵走得近，又是替日本兵办事，嚣张得很，也霸道得很，完全是狐假虎威的气势。临走时，李兴财放了句狠话：如果三天内不把女人给皇军送去，还想活吗？

李兴财的话太狠了。要人命了。

李兴钢兄弟三个，老大小时候得了天花，脸上留下了麻子，至今还没有成家。老二李兴铜是个不安分的人，小时候拜了个师父学拳，长大了就想露一手，在马陵村附近，常常是路见不平一声吼，该出手时就出手，惹下了不少麻烦。因没有梁山可投，几年前听说滨海地区有支八路军队伍，到那里能有用武之地，于是，李兴铜就投奔了八路。兄弟三个只有李兴钢老实本分，也只有李兴钢娶了亲成了家。一大家子的人眼前都指望李兴钢传宗接代延续香火呢。李兴财来这么一出，这不是要让人绝后吗？

是可忍孰不可忍。李兴钢想，一不做，二不休，先干掉碉堡里那三个小鬼子再说。李兴钢找来了杀猪刀，开始磨刀霍霍，准备晚上行动。说来也巧，天刚上了黑影，李兴铜悄悄地回来了。李兴铜腰里别着盒子枪，怀里还揣着手榴弹，一看就是要打仗的样子。

李兴钢问二哥回来做什么。李兴铜也不瞒着老三，说："今晚新四军一位首长要过铁路，我是来接应的。"

日本兵封锁铁路沿线后，不仅相隔一里路就修座碉堡，还有巡逻车来回巡逻。铁路南面的新四军和铁路北面的八路军，两路人马时常要过铁路。为了不让日本兵发现，减少不必要的牺牲，就得小心翼翼。

李兴钢说："带着我吧。"

李兴铜问："你去干吗？"

李兴钢说："杀鬼子。"

李兴铜说："你是有了家眷的人，还是在家安分些吧。"

李兴钢便把李兴财的话告诉了二哥。李兴铜骂了一句："这个狗日的，以后我饶不了他。"

李兴铜想了想，又对老三说："今晚那就搂草打兔子，捎带着把碉堡端了吧。"

李兴铜和李兴钢兄弟两个人悄无声息地出了村，趴在碉堡边的玉米地里，等着对面新四军的暗号。

新四军过铁路，本来是不能惊动日本兵的。李兴铜知道，碉堡离火车站只有两里地，这边一有动静，驻守火车站的日本兵就会来增援。一旦失手，不仅兄弟两个要丧命，首长怕是也有危险了。但是，摆在眼前的问题不能不解决，和日本兵不仅是国仇，现在也是家恨了。如果连自家的人都保护不了，还有什么颜面称是好汉呢。事情就是这样，仇恨没落到自个儿头上，头脑都很清醒，一旦落在头上了，谁都会冲动的，要不冲动，那还是个人吗？

玉米地里安静得要命，连虫子都不叫了。李兴钢有些紧张，把抱在怀里的酒坛子打开说："二哥，我想喝口酒。"

"尿你喝不喝？"

李兴钢忙把酒坛子盖好。这时，通往碉堡的小路上，李兴财出现了。李兴财拎着两瓶酒，还有一包东西，大摇大摆地走进了碉堡。李兴钢说，坏了，这狗日的来了，咱们不好办了。李兴铜却笑了，正好，一勺烩，让狗汉奸也一起见阎王吧。

又过了一个时辰，铁路对面响起了三声布谷鸟叫，李兴铜回了三声蛙鸣。李兴铜爬起来说："你别动，我过去把首长带过铁路后就回来找你。"

李兴铜猫着腰跑过铁路，带着五名新四军同志穿过铁路线。这晚如果李兴铜没有计划打碉堡，那么这次接应任务也算圆满完成了。当李兴铜带着新四军的同志走出玉米地后，李兴铜说："你们快走，我还有任务！"说完，转身又回去了。

李兴铜摸到碉堡前，找到了李兴钢。李兴钢握着杀猪刀正在犹豫着。李兴铜一时兴起，对着一个正在喝酒的日本兵就开了枪，开第二枪的时候，没打着。两个日本兵反应过来后，操起枪就向外打。好在还有一颗手榴弹，李兴铜便扔了进去。一声爆炸后，李兴钢抱着酒坛就冲进碉堡里，摔碎酒坛后就点起火。火光中，李兴钢看见了李兴财，李兴财也看见了李兴钢。

李兴钢手里的杀猪刀正想刺向李兴财，李兴财情急之中跪了下来："三哥，别杀我！"

毕竟李兴钢没杀过人，关键时刻就犹豫一下。李兴财眼睛一转就撒了个弥天大谎："今晚，我是来给三哥求情的。"

火光中，一个受伤的日本兵举起枪对着李兴钢，说时迟那时快，叭的一声，李兴铜的枪先响了。李兴钢一怔。李兴财趁机爬起来跑了出去。这一跑不要紧，问题复杂了。

枪声惊动了火车站的日本小队，很快一队日本兵开着巡逻车冲了过来。李兴铜带着李兴钢就消失在茫茫的黑夜里。李兴财从碉堡里跑出来后，按说应该朝马陵村跑，或者去给日本巡逻队报信，但李兴财没有这样做。李兴财看见了李兴铜兄弟端了日本人的碉堡，知道李兴铜不会放过他。留下给日本人报信，肯定也没好果子吃。李兴财索性向远处跑，越远越好。

事情发生了戏剧性的变化。李兴财一直跑，跑到天快亮的时候跑不动了。在一个村庄边上，想找个草垛藏一下，睡一觉。李兴财没想到，这个村庄正是八路军的一个连队驻地，护送新四军首长过铁道线的同志也赶到了这里。

于是，李兴财被发现后，就被带到了连部。李兴财的脑袋转得快，马上就想出了对策。李兴财对连长说，他和李兴铜端掉了日本人的碉堡后，就来投奔八路军了。李兴铜还没回来，李兴财就留在了八路军里。

几个月后，当李兴铜碰见李兴财后，大吃一惊。李兴铜以为李兴财在碉堡里被烧死了，没想到他还活着。还没等李兴铜动手，李兴财就跑了，这才跑回到马陵村。

李兴财当天就找到李兴钢，说："我们讲和吧。"

李兴钢说："讲什么和？"

李兴财说："你放过我一次，我也放你一次。"

李兴钢冷笑一声："你放我一次？"

李兴财说："是，你烧碉堡的事，我给你保密。"

李兴钢说："要是我现在杀了你呢？"

李兴财赖着脸说："那你也活不成。"

李兴钢想一想也是。女人正在坐月子，儿子李树霖还没满月。李兴钢怕了。

李兴财看到李兴钢想息事，又说："乡里乡亲的，我也不想和你结下深仇大恨，咱两家的事到此就算扯平了。"

李兴钢说："你家里女人也显怀了，再做坏事要遭报应的。"

两个人的话都说到家了，冤家宜解不宜结，彼此也就放心了。

可是，李兴财心里还放不下。李兴财不怕李兴钢，但李兴财怕李兴铜。李兴铜是八路军，又是光杆司令，无牵无挂，说不定哪天碰到他，自己的命能不能保住还难说。

一年后，李兴铜在晶都城执行任务时被日本兵抓住了。李兴铜是条汉子，打死都不说。本来日本兵要放了他，也不知怎么了，后来没有放，把他拉到县城边的河沟里枪毙了。李兴钢听说后去收尸，李兴铜的尸体已被野狗吃完了，只剩下了一堆破烂衣裳。李兴钢只好收殓了二哥的衣服回来下了葬。

李兴钢后来托人到县城打听李兴铜的死因，得到消息说，马陵村有人指认李兴铜是八路军。马陵村谁会指认呢？除了李兴财还会有谁？但查无实证，李兴钢也没有办法。

又过几年，日本人投降后，马陵村周边几十里开始了土地革命。谁都没想到，李兴财摇身一变，又成了马陵村的红人。五年前，李兴财生下大儿子李树海后，李财主就将家分了。不偏不倚，一分为二。老大李兴旺分到家产后，勤俭持家，亲耕田地，每年都置办土地。老二李兴财却不这样，只顾生儿子了，五年生了四个。李兴财不勤俭也就罢了，他还喜欢赌钱抽烟土。吃喝嫖赌四大害，李兴财样样都沾，家不败才怪。先是卖土地，后来卖牛驴，有一次到晶都城去赌，差一点把自家女人押上赌桌了。李兴财由一个少东家变成了穷光蛋，家里别的没剩下，就剩下一窝要吃要穿的小崽子了。

事情往往就是这样，好事能变成坏事，坏事也能变成好事。马陵村在农会主任丁应岭的带领下，开始打土豪分田地。穷光蛋李兴财自然是积极分子，每天跟在丁应岭屁股后狗仗人势、耀武扬威，比当维持会长时都逞强。分李兴旺家土地和浮财时，李兴财不仅不避讳，还带人到老大家里翻箱倒柜，把李兴旺两口子气得当场就吐了血。

再到后来，马陵村开始划分阶级。家里有五十亩以上土地的人家就被划为地主，三十亩以上的划为富农，三十亩以下的分为中农、下中农，五亩以下划分为贫农，没有土地的是雇农。李兴旺是地主，李兴财则是贫农。兄弟两人五年时间就成了两个对立的阶级。地主阶级是剥削阶级。以后几十年，地主李兴旺在马陵村都抬不起头，不仅自己抬不起头，还连累了子孙。好在马陵村不只是一个地主，儿子只能娶地主富农家的丫头做媳妇。贫下中农家的闺女谁嫁给地主儿子？地主家就是个火坑，谁敢往里跳？孙子也一样，那可是地主的贤孙，上中学、当兵，哪样都不行。

在李兴财有生之年，每当看到李兴旺被马陵村的社员群众批斗、游街时，都暗自庆幸，有时还会幸灾乐祸地对家里女人说，瞧瞧，当初要不是我有远见，把地卖了，今天你们能过上平安的日子？

表面上看，李兴财虽然过上平安的日子了。可是，他心里一直不踏实。心里有块病，神仙都治不好。李兴铜死了，李兴钢还活着。他当维持会长的事被他狡辩过去了，可是，他向日本人出卖八路军李兴铜的事一直没着落。李兴钢曾经怀疑过他，上面也来人调查过，要不是丁应岭出面担保，说不定李兴财就成了汉奸反革命，那可是要吃枪子的。出卖八路军战士，那可比地主的罪行大多了。

因为怀疑，因为没定论，此事就不了了之。可在李兴钢心里能了结吗？不能，绝对了结不了。不了结怎么办？只有世代传下去了。李兴铜没留下后代，那就传给李树霖吧。李树霖毕竟是侄子，没有切肤之痛的。李树霖知道了这事，虽然心里也有仇恨，但李树霖没有将这仇恨传给儿子李梦浩。都是上辈子人的仇恨了，李树霖不想让儿子心里有负担。

因此，李梦浩只知道李树海和李树霖是冤家对头，导致李树海把私愤撒在了自己身上，却不知道祖辈遗留下的仇和恨。

真的，不知道也好。

五

中秋节前，又到了秋忙时节，马陵村就开始起花生了。这年马陵村各个生产队起花生不再大呼隆，而是分组按劳动亩数记工分。这样，谁干得多谁就工分高，各组相互就有了比较。分组照例是自愿结合，年轻体壮的男女社员便凑到一个组，谁也不愿要老弱病残的人。有的平常手慢，出力不出活的人也容易落单。当李树海宣布分组后，鱼找鱼，虾找虾，很快人群就分散开了。每个组都有一个领头人，他们叽叽喳喳，说说笑笑，分别向花生地进军了。

分完了组，还剩下五个人。两男三女。男的是李梦浩和李梦全，女的是李梦浩叫婶子和嫂子的两个妇女，还有一个是丁惠芬。这五个人有意思了，婶子快五十岁的样子，是个慢性子，不仅说话慢，做活也慢，再加上前几年得了肺结核，不能做体力活，平时都是和老年妇女在一起做农活，比如倒倒粪、摔摔花生、簸簸小麦、捡捡黄豆、剥剥棒子什么的。婶子为什么要和青年人一起来起花生呢？因为起花生工分高，更重要的是，起花生可以吃花生。生产队有个习俗，不论收什么，可以随便吃，但不能往家拿。给吃就不得了了，哪个人一天不吃两斤花生呢。马陵村的花生养人，鲜着吃脆甜，晒干了吃香脆，要是放进"土窑"烧，那就更好了，不吃不知道，一吃吓一跳，原来烧花生比炒花生还要好吃哪。婶子家人口多，负担重，每年分红也少。分红少就意味着一年吃不了几斤油。起花生了，是个补充身体营养的好机会。可是，分组时没人愿意要婶子。嫂子三十多岁，年轻力壮，不仅会说，手脚也麻利，但嫂子干活惜力气，三天打鱼两天晒网的。丁惠芬本不该来的，夏天刚初中毕业，才十六岁，还是个小丫头，哪个组也不想要她拖后腿。再说李梦全，他和梦浩是初中同学，平时有些闷头闷脑的，不说话则罢，说起话就杠，能把人顶个跟头。梦全喜欢一个人躲在一边，看蚂蚁搬家，瞅树上的喜鹊衔草垒巢。村里的嫂子们背地里就笑话他，梦全身上一个零件都不缺，就是头脑缺根弦。其实，梦全头脑不是缺少一根弦，是多了一根弦。这根弦拨动一下就能发出不同一般的音调。有一年春天，梦全在河沟里舀了十几只小蝌蚪放在瓶子里养着，有人问他养这些"蛙乌子"干什么？梦全说，他要看看这些小蝌蚪是怎么退掉小尾巴变成青蛙的。那人笑他说，怎么变成青蛙跟你有关系吗？你该研究一下自己的小蝌蚪怎么变成人的吧。李梦浩回到生产队劳动后，梦全就和梦浩走得近，只有梦浩不笑话他，能和他讨论一些马陵村以外的事情。

李梦浩有些尴尬了。李梦浩个头大，身体壮，干活不惜力气，分组不是没人要，但李梦浩不喜欢凑热闹。平时喜欢扎堆的，在一起说说笑笑的年轻人，分组时就你拉我拽的，像是在拔河比赛，李梦浩便站在一边看热闹。这下好了，孤单了。书上怎么说的？自己不孤独，谁又能让你孤独呢。李梦浩想，不是还有四个人嘛，正好五个人凑一个组。

李梦浩说话了："婶子和嫂子，你们要是不嫌弃，我们几个人一组吧。"

嫂子说："我不能拖累兄弟你，我还是回家吧，不挣这点工分了。"

李梦浩说："嫂子，你放心，不要你干重活，工分咱们都一样。"

嫂子说："那多不好。"

"有什么不好？尺有所短，寸有所长，摔花生捡花生你比我强吧，拉车你也行吧。"

嫂子笑了："你要这样说，我还真不差。我们几个人一组，我看行！"

嫂子都说行了，其他人还有不行的吗？

起花生的工序是这样的。先是用犁把花生耕起来，接下来再把花生秧薅起码成堆，用小推车运到场上，在场上再把花生粒子摔下来。这还不算完，地面上还有散落的花生需要捡，地里还有残留的花生需要用铁耙子一点一点地刨，在土里捞花生是个细致活，男人不愿干，一般都是女人干。把土地里的花生收拾干净了，生产队长验收合格后，会计用弓子丈量一下亩数，工分就出来了。

过去耕地用牛拉犁，现在不用了。马陵村开始机械化了，用手扶拖拉机拉着三张犁，一趟顶三趟，"突突突"就是一个来回，快得很。大片大片的花生被耕起来了，地里白花花的花生像是足月的婴儿躺在褓褓里，等待社员们去亲吻、抚摸、拥抱。虽然它们无声无息地躺在那儿，但它们都懂得社员们的心情，它们是社员的汗水，是社员年底分红时装进口袋里的钱。

开拖拉机的是队长的儿子李梦福。李梦福和李梦浩也是同学，从小学到初中，李梦福的语文就没及格过，但李梦福的口才好，伶牙俐齿。尤其是与村里的嫂子们插科打诨，就像说相声，风趣盎然，又不失文采，让李梦浩难望其项背。李梦福一边开着拖拉机，一边和嫂子耍嘴。李梦福老远就笑嘻嘻地问："嫂子，大哥昨晚回来了没？"

"回来了。"

"地耕了吗？"

"没耕怎么着？"

"没耕的话，我帮耕一下啊。"

"就你，犁铧没淬火吧？"

"生铁我也能把你的地耕三尺深呢。"

嫂子薅起一把花生秧甩过去，笑骂道："留着力气，耕你家翠兰的地吧。"

拖拉机转眼就走远了。这时，一向寡言的婶子说话了："这个梦福，嘴里像有个转轴，以后，翠兰真不是他的对手。"

翠兰是邻村的姑娘，春天刚定的亲。说起来，翠兰和李梦浩他们都是同学，李梦福在上初中时就和翠兰眉来眼去的，别看当时才十五六岁，该有的心思他们都有了，瞒不了人的。翠兰没有考上高中，不是翠兰学习成绩不好，是被李梦福耽误了。女孩子一旦在情感方面动了心思，就容易陷进去，两头牛拉都拉不回来。毕业后，虽然没有定亲，但两人的关系都家喻户晓了。村里就有人嚼舌头，说翠兰虽没过门，但早就是媳妇了。

邻居的二嫂背地里就说，瞧翠兰那屁股，再瞧那小腰，哪点还是个丫头的样子？翠兰的父母听不下去了，催促翠兰抓紧定亲，要嫁就早点嫁，别待在家里招惹闲话。

翠兰对李梦福说，你再不找媒人上门提亲，我就不理你了。

李梦福说，我比你还着急呢。但李梦福父母并没有马上去托人提亲。梦福的妈说，煮熟的鸭子能飞了？还不到结婚的年龄，急什么？

翠兰就等。从年前等到年后，李梦福父母终于让媒人上门提亲了。翠兰很不高兴。翠兰嘟囔说，小气鬼，过完了年来提亲，就是为了省那"四色礼"的钱吧。

婶子的娘家就是邻村的。按辈分翠兰应该叫她小姑的。婶子望着拖拉机说："翠兰那丫头上了几年学，别的没学会，就学会穿衣打扮了，嫁过来，肯定要受老婆婆的气。"

嫂子说："那可不一定。什么人，什么命，不会做家务怎么啦，照样吃香喝辣的！"

婶子瞥了一眼，阴阳怪气道："说的是自己吧。谁能和你一样，你家他大哥是工人，见天都有工资，还是你命好，谁能和你比。"

嫂子知道婶子是说风凉话，但嫂子并不生气。嫂子想，就是命好嘛，马陵村有几个拿工资的？不多嘛，自己都替自己高兴。要不怎么说种不好庄稼一季子，嫁不好丈夫一辈子呢。同样都是女人，别的女社员要风里雨里挣工分，她却不用。别人家每年都吃上年的余粮，她家不用，新粮食分到家，全村她家第一个吃新粮。嫂子出来参加生产劳动，挣工分事小，锻炼身体事大哪。

女人就是这样，手再忙，嘴也不闲着。嫂子转移了话题，问梦浩道："大兄弟，明年还考大学吗？"

李梦浩说："不考了。"

嫂子问："那就甘心当一辈子社员？"

"不当社员还能当什么？"

"当社员那就该考虑亲事了吧。"

"怎么考虑呢？"

"找人提亲啊。"

婶子插话说："惠娟那丫头不错。"

嫂子说："要不要我帮你上支书家提亲？"

李梦全说："梦浩和惠娟是自由恋爱，不需要媒婆的。"

嫂子说："你个死梦全。闷葫芦也开瓢了，梦浩不需要媒婆，你需要不需要？"

婶子说："梦全侄儿也不错，人老实，过日子肯定不差。"

嫂子说："婶子，你看看你娘家村里有没有合适的，帮梦全兄弟说一个。"

婶子说："等忙完了秋收，闲下来我就打听打听。"

嫂子说："要是说成了，梦全你可要买'四色礼'，好好谢婶子呀。"

梦全不好意思起来，嘟哝说："我给婶子再买双皮鞋呀。"

一直埋头干活没有吭声的丁惠芬说话了。丁惠芬直起腰，抹了把脸上的汗，轻声问李梦浩："惠娟姐去当老师了，你怎么不一起去呢？"

李梦浩尴尬了，怎么回答呢？不好回答的话就不要回答了，李梦浩就笑了笑。嫂子接过话，文绉绉地说了一句："梦浩兄弟岂是久居人下的人？"

李梦浩又笑了笑。

嫂子来劲了，想在李梦浩面前显摆一下有文化，又说："能吃得苦中苦，方可做人上人。别看眼下大兄弟和咱们一样是社员，说不定哪天时来运转，扑扇几下就高飞了。"

李梦浩停下手里的活，抬头望了望天空说："嫂子开玩笑了，我能飞到哪里？也就从家里飞到地里吧。"

嫂子说："马陵村有几个高中毕业生？我这话放在这儿，不信，走着瞧。"

丁惠芬说："肯定会和惠娟姐一样，去当老师的吧。"

这时，李树海来了。李树海问："谁要当老师呢？"

几个人都不说话了，埋头薅花生。丁惠芬年纪小，没有看出眉眼高低来。丁惠芬说："梦浩会和惠娟姐一样当老师的。"

李树海笑了笑，走到李梦浩身边问："梦浩，当社员委屈了？"

李梦浩没有理睬，转身推起小车离开了。李树海说："委屈也没用，褪了毛的凤凰不如鸡。"

嫂子接话道："队长的话只说对了一半。"

李树海扭头问："另一半错在哪儿了？"

嫂子笑着说："鸡就是鸡，毛再好看也成不了凤凰。"

李树海一时没话说，悻悻地踢了两脚花生秧，乜了眼嫂子道："真是王八看绿豆，有钱还来挣工分干什么？"

嫂子就是嫂子，有底气的。嫂子嬉笑着说："树海叔，你能剥夺社员劳动的权利？"

李树海知道嫂子的口舌。十多年前，李树海带人批斗李树霖时，嫂子也组织了一批社员准备揪斗"漏网汉奸"。"漏网汉奸"的问题比李树霖"冒充革命干部"的错误严重多了。李树海在会上喊打倒李树霖时，嫂子就登上台喊"打倒汉奸孝子贤孙李树海"。李树海没办法，谁叫父亲李兴财当过维持会长呢。

李树海眼睛里开始生出恨意，又没有办法。李树海只好对着梦全发泄："瞧你薅的花生秧，跟狗刨的一样。"

李梦全嘟囔说："就这样！"

李树海咆哮起来了。李树海将花生秧踢得四处乱飞，骂道："反了你们，上了几年学，敢和老子顶嘴了，有本事，你也去当老师啊！现在就去！"

婶子是和李树海一个房头的，说起来还没出"五服"。婶子自觉能说上话。婶子朝李树海笑了一下，说："树海，消消气，不要跟小孩子们一般见识。"

如果李树海不是跋扈惯了，婶子出来打圆场，搭台阶，他本应该顺坡下的。可是，李树海在社员面前不能失去威风，李树海叫道："你们这组干也是白干，我剥夺不了你劳动的权利，但我能不给你工分。"

嫂子轻蔑地看着李树海，说："你敢！"

嫂子又说："你欺负梦浩一个人不算完，还欺负到老娘头上了！"

嫂子继续说："梦浩是虎落平滩被犬欺，老娘我可不怕你。"

李树海号道："你再多毛，我剥了你的皮。"

嫂子四处瞅了瞅，捡起地里的一把铁耙子，扬起来就要刨李树海。婶子在边上一下抱住了嫂子，喊道："树海，你还不走，非要闹出人命吗？"

李树海走了。留下了没有休止的骂声，也增加了家族之间的仇恨。

中秋节这天，社员们照例是起花生。只是这天到地里干活的年轻人少了。由于农忙，不少年轻人到老丈人家送礼都拖到了这一天。中秋节是大节，按照马陵村人的习俗，不叫中秋节，叫八月半，也有直接叫八月十五的。八月半必须给老丈人送礼。李梦全没有老丈人可送。李梦浩呢，老丈人在哪？近在眼前，又远在天边。李梦浩送不了礼。

不需送礼应该是件好事。但是李梦浩的母亲杨月兰坐不住了。她看到好多有儿有女的人家，过节都是迎来送往的，自己家过节却冷清得很、寡淡得很。杨月兰没生下丫头，只生两个儿子。梦然十三岁，还小。梦浩虚岁都十八了，和他一般大的人多数都送礼了，梦浩却没人送，做母亲的能不急吗？杨月兰抱怨说，当初就不该让梦浩读高中，读那么多的书有什么用？能当饭吃，还是能当衣服穿？李树霖却不这么看，李树霖不知从哪儿听说这样一句话，就说：书中自有黄金屋，书中也有颜如玉。杨月兰听不懂。杨月兰说，别人的儿子都走丈人了，你儿子还在地里干活呢，你不急啊？李树霖自我安慰说，我不急，我没有那么多的钱给梦浩去走老丈人。李树霖扳起手指说，新女婿上门，起码要"四色礼"吧，不说贵重的，就说普通的，猪肉十斤，鲤鱼十斤，洋河大曲八瓶，月饼十斤。知道要多少钱吗？起码要五六十块吧？还有过年呢，同样也得送！算下来，过两个节要两千多工分呢。梦浩要干大半年的农活才行呢。李树霖像是捡了个便宜，又说，你以为他们过节热闹，其实也是闹心呢。

只是过节儿子送礼还是小事，大事还在后头呢。

李树霖家只有三间土坯草房，梦浩和梦然两人住一间，李树霖两口子住一间，还有一间放粮食和杂物。要娶儿媳妇就得盖房子。一般来说，儿子大了，首先就要盖三间房子。过去是盖三间草屋，问题还不算大，可以就地取材。现在不行了，到了八十年代，要盖就得盖红砖瓦房了。马陵村最先盖瓦房的是支书丁耀宗家，接着就是家里有拿工资的人家。现在生产队长李树海家也都买了砖和瓦了。当然，其他有儿子要结婚的人家也都开始筹划了。形势就这么个形势，马陵村各家的状况摆在面前，急死人了。

急也没用。盖三间瓦房需要钱，钱从哪儿来？不能偷，不能抢，天上也不会掉下个金元宝，钱只能靠挣工分。还有一样，就是养猪。一个猪崽喂两年，可以卖一百多元钱。喂两个就能卖三百了。可是，那只是个预算，不能救急的。

李树霖不是没打算盖房子，早打算了。当他听说儿子和丁惠娟好了后，虽然嘴上没有说什么，心里也着急哪。不管怎么说，人家丁惠娟也是金枝玉叶，总不能娶到家住草屋吧。可是，急有什么用？三间瓦房不是说盖就能盖的。需要买砖、瓦、水泥、沙子、石灰、水泥棒，还有门窗、房梁、柴笆，再加上人工，少说要两千块。两千块，对于李树霖家来说，那就是个天文数字。

不盖瓦房行吗？

在马陵村显然不行。乡下有句安慰人的话，叫作图猪不图圈。说的是姑娘只图男方的人才，不计较男方家庭贫穷或富有。这样的人有吗？古今中外都有，但很稀少。尤其是靠媒婆上门提亲说合的，首先说的是家庭怎么样，房子几间，陈粮几缸，兄弟几个。再说男的多高，一年能挣多少工分。女方父母觉得不错，这才同意见面相亲。图猪不图圈，说的只能是自由恋爱的人。所以，李树霖在等待，等待一个图猪不图圈的姑娘嫁给儿子李梦浩。

收完了花生，田里的水稻也该割了。

水稻多数由妇女用镰刀去割，男社员负责用小推车和拖拉机运稻子和脱粒。一个生产小队只有一台脱粒机。那么多稻子割倒了，又运到了大场上，不马上脱粒就捂霉了，遇上下雨也会生芽子。怎么办，生产队就安排青年人日夜轮班脱粒稻谷。脱粒稻子是件辛苦的农活，生产队在场上支起了大锅，老年妇女做饭。大米干饭，还有白菜炖豆腐。冲着那顿大米饭，村里年轻人都出夜工了。一夜两班，歇班的人都在场上的稻草堆里躺着。

谁也没想到丁惠娟能来上夜班。丁惠娟在学校教书，挣的是工资，家里不需要她来挣工分，她也不缺白米干饭吃。但是，丁惠娟有好多天没见到李梦浩了，她是冲着李梦浩来的。

李梦浩看到丁惠娟来了，农活再苦也不觉得苦了。夜晚，他俩躺在稻草堆里，虽然不好拥在一起，但总是一睁眼就能看到对方。不论身子有多乏，只要相视一笑，身上立马就有了力气。他们躺在那里望着天空数星星，身边的机器声、喧闹声都消失了，心里像夜空一样，静得很，也高得很。

收完了秋，马陵村的社员就传说李梦浩和丁惠娟"好了"。他们在说"好了"的时候，语气是神秘的，也是暧昧的，让人琢磨不透的。

李树海听到传言后，嘴边又露出了一丝冷笑。李树海否定说，这是不可能的。李梦浩凭啥能和丁惠娟好？丁惠娟又会看上李梦浩身上哪块肉？李梦浩只是个高考落榜生，家里连三间瓦房都盖不起，支书家怎么可能会看上他！

李树海在村里开始辟谣了。李树海说，不要吃饱饭没事干，嚼舌头根子。丁惠娟和李梦浩好，我不信，坚决不信。李梦浩是癞蛤蟆想吃天鹅肉嘛！

第二章 /02

六

农历十月底，马陵村的社员收完了秋，一年的农活就算忙完了。离过年还有两个月，余下的时间便是平整农田和兴修水利了。每年整修田间沟渠，平整土地，扩大田块，改良低产土壤是马陵大队社员的一项重要任务。

水利是农业的命脉。可是，很多人都不懂。水利与农业有多大关系？其实，关系大了。对马陵村来说，首先是解决社员靠天吃饭的问题。干旱和洪涝一直是影响马陵村的自然灾害，给社员们造成了巨大损失，落后的农田水利建设是制约马陵村发展的主要因素。马陵村是丘陵地，搞好农田水利建设可以有效改善水土流失、洪涝灾害、土地沙漠化等问题。

马陵村的农田水利工程年年搞，可是，夏天一场暴雨就把排水的沟渠冲垮了。第二年又得重新挖沟筑渠，没办法，年复一年，只能如此。好在冬季农闲，闲着也是闲着，那就集中全大队的社员会战吧。

马陵村水利工程会战刚开始，公社又来了新任务。晶都县要在禹山脚下修建一座大型水库，工程量相当大，要每个大队选派一百名青壮年参加大会战。

禹山是古代大禹在此治水而得名。两千多年前，大禹在这里疏通了河道，治理了水灾。两千多年后，为了蓄水抗旱，晶都县要在禹山脚下组织全县青壮年劳力挖坑筑堤，建一座大型水库。水利工程大会战是县里的一件大事，县革委在禹山成立了前沿指挥部，就像当年淮海战役时的支前指挥部一样，相当地重视。

马陵大队派出一百个青壮劳力参加了水利工程大会战。参加会战的社员吃住都在工地。他们用带来的棍棒搭起窝棚架子，再用秫秸和稻草铺盖上，很快住的地方就有了。吃饭的问题更好解决，在沟渠边挖个坑就能埋锅做饭了。

会战开始后，工地上场面十分壮观。全县上万人集中到一起，以生产大队为单位进行施工。有锹挖的，肩挑的，有用小推车推的。社员们以愚公移山和蚂蚁啃骨头的精神，将堤坝内的土石一筐一车运到堤坝上，积沙成塔。远看，人山人海，红旗招展；近看，各个汗流浃背，热火朝天。县指挥部还在一棵老槐树上安了喇叭，从早到晚，昂扬的歌声在工地上空四处飞扬，把工地上的年轻人各个搞得热血沸腾，像是娶亲前那般激动。

　　李梦浩在马陵村的青壮年中力气不算最大的，一般情况下，力气大的都是三十岁左右的人，他们经过了风霜雪雨，都被磨砺得皮糙肉厚了，在劳动中有了经验，用的是巧力，而不是蛮干。所以说，一天下来，他们的力气是用不完的。李梦浩就不一样了，仗着身体强壮，又不甘示弱，干起活来使的是全身的力气。到了晚上，别人还能蹦蹦跳跳，李梦浩却精疲力竭，身子像散了架，支撑不住了。

　　马陵大队带队的是支部副书记丁耀武。丁耀武四十多岁，是丁耀宗的本家兄弟。往日，丁耀武言语不多，在马陵村官架子十足，比支书丁耀宗还像支书。到了工地后，每天从早到晚都披着件大衣，口袋里装着当天的报纸，手指还夹着根烟，四处巡查，一副公社领导的派头。

　　在工地上，丁耀武一般不和社员搭话。丁耀武要说话就在大喇叭里说。一说起来还长篇大论，没完没了。一天上午，丁耀武来到李梦浩他们这一组，社员们和丁副支书打招呼，丁耀武也不说话，只是点点头摆摆手。好多人借此机会想歇一歇，就停下来，没话找话说。丁耀武站在堤坝上没有走，一手叉在腰间，另一只手把烟慢慢地举到脸前，却不抽，任凭烟雾在眼前缭绕。丁耀武在观察，也在研究。马陵村那么多人都停下了手中的工作，李梦浩为什么就不停下来呢？李梦浩是老实呢，还是傻呢？丁耀武一时难以下结论。

　　丁耀武走下堤坝，来到李梦浩身边，拍了拍李梦浩的肩膀说："梦浩，你跟我到指挥部来一下。"说完，丁耀武转身就走了。

　　丁耀武的语气是和蔼的，也是威严的。李梦浩怔住了。

　　旁边的社员看到副支书站了半天，到最后只和李梦浩说了一句话，感到有些莫名其妙。但有的人到底世故一些，便说："梦浩，快去吧，支书叫你肯定有好事。"

　　李梦浩放下小推车，拍了拍身上的泥土，紧走几步，跟在丁耀武身后，默默地走到了大队指挥部。李梦浩是头一次来指挥部，大队指挥部也是用木架子搭的草棚，但宽敞多了，里面有一张办公桌子，桌子上还有扩音器和话筒。丁耀武每天就是在这里指挥马陵村社员会战的。

　　丁耀武客气地说："坐，梦浩。"

　　指挥部里只有一张木板床，没有凳子。

　　李梦浩局促地说："不坐了，我就站着。支书，找我什么事情？"

　　丁耀武从抽屉里取出一份报纸说："根据公社领导的指示，我们要认真学习和宣传一下中央的文件精神，你是个文化人，先学习一下。我识字不多，文章又很长，你画画重点，我好带领全大队的社员一起学习。"

李梦浩接过报纸，从头到尾看了一遍。而后，就在报纸上用笔画了杠，让丁耀武念一遍。遇到不认识的字，李梦浩就用同音字标上。

丁耀武又拍了拍李梦浩的肩膀说："还是有文化好啊，我儿子要是像你一样上高中就好了，也不至于在生产队劳动了。"

丁耀武的儿子丁新军和李梦浩是从小学到初中的同学，没有考上高中。如果考上高中，毕业后肯定也会像丁惠娟一样，到学校里当一名教师。真是可惜了。

丁耀武说这话时是有感而发的，完全没有顾及李梦浩的感受。李梦浩高中毕业了，不是照样回生产队劳动吗。

临走时，丁耀武亲热地说："我看出来了，你是个实在人，刚出校门，身体还嫩，不要出蛮力伤了筋骨。"

李梦浩听出来，这是副支书关心他了。一句话可以暖人心，一句话也可以凉人心。寒冬腊月里，还有什么能比关心的话更能暖李梦浩这颗冻透了的心呢？

这天中午休息的时候，丁耀武在喇叭里说话了。丁耀武说，今天，我传达一下中央的文件精神。文件很长，就摘要地说说吧。从哪里说起呢？那就先从八十年代我们国家主要做些什么事说起吧。八十年代我们要做的主要是三件事。第一件事，是在国际事务中反对霸权主义，维护世界和平。第二件事，是台湾回归祖国，实现祖国统一。第三件事，要加紧经济建设，就是加紧四个现代化建设。进入八十年代，我们国内的形势怎么样呢？有些群众，有些党员，甚至有些干部，对于我们粉碎"四人帮"以后，究竟做了多少事情，不大清楚。他们感到进度太慢，不满足；因为不满足，就对我们所制定的政治路线能不能实现，四个现代化能不能实现，觉得把握不大。应该说，我们的形势是很有利的。这里首先要看到，打倒"四人帮"以后，特别是三中全会以后一年多来，全国形势发展非常快，三中全会不但解决了"文化大革命"十年的问题，也在很大程度上解决了二十多年的问题。

丁耀武传达完文件精神后，郑重地咳嗽两声，停顿片刻，又接着说道："告诉社员们一个好消息，今天上午，大队送来了两头肥猪，还有一百多斤粉条子，今晚就让伙房给大家改善一下，吃一顿猪肉炖粉条子啊！"

马陵村人别的没记住，晚上要吃猪肉炖粉条的话记住了。下午干活的时候，虽然身上流了许多汗，却不觉得口渴，一想到晚上有肉吃，嘴里就生出口水来了。

开晚饭的时候，天已经黑了。天黑不要紧，还有灯。灯是汽油灯，很明亮，眼睛都不敢去看，刺眼睛。汽油灯挂在一根木杆子上，将工地都照得明晃晃的。社员们拿着碗，拥挤在锅灶旁等待打饭菜。要说社员们的饭碗，那是很有特色的，五颜六色，大小不一，有铁的，有铝的，有瓷的，还有塑料的。说是碗，其实不是，像盆，叫盆不合适，应该叫碗盆。一个碗盆能装两斤多米饭，上面还可以再来两勺菜。

开始打饭了。李树贵学过几天厨子，做的大锅米饭不夹生也不煳锅，炒的大锅菜也很有味道。李树贵先给社员盛米饭。往常都是社员自己盛饭，这次是树贵帮着盛，树贵怕大家盛多了吃不下，或是撑坏了肚子。因为还有猪肉炖粉条子呢。社员们一个多月没见肉了，见了肉都像狼了。

有人嫌饭少，开始提意见了："干了一天，也不让吃饱！"

树贵说："那再加一点，话说在前面，都不能剩下了啊！"

挨到李梦浩了，树贵说："大侄子，你少来点米饭吧。"

李梦浩点点头说："好。"

李树贵给梦浩只盛了半碗米饭。打菜的时候，李树贵将勺子在大锅里一搅，拣着肉多的地方盛了满满一勺菜，盖在李梦浩的碗里。李树贵说："吃完了再来盛吧。"

这一顿饭，是李梦浩记忆中吃最多的一次肉了。李梦浩边吃边数，整整二十块五花肉片子，差不多有半斤了。

饭菜是集体的，可肚子是自己的，李梦浩吃完碗里的饭菜，不敢再吃了。有的人吃了一碗，又要了第二碗，像是捡了个便宜。问题马上来了，腰不能弯了，屁股也不能坐了，只能站着。怎么办？树贵怕出事，就让胀肚子的人在工地上遛圈。这一晚没有月亮，汽油灯一直亮到半夜。邻村的社员看到马陵村的人在四处游荡，嘲笑说，真是吃饱了撑的没事干了，半夜三更还游尸。

白天虽然很累，但毕竟可以伸展手脚。最难熬的还是晚上，十几个人挤在一个窝棚里，和衣而躺，潮湿的衣服贴在身上，很久都难以入睡。睡不着，就听李树贵唱小曲。他从年轻时就喜欢唱，唱了几十年，从不感到厌倦。听的人也不觉得絮烦。虽然，那小曲在耳根里熟了，但那曲调是百听不厌的。树贵唱小曲，声音不大，有时只是哼哼，那音调是低缓的、软绵绵的，如泣如诉的，也是余音绕梁的。李梦浩第一次听树贵唱小曲时，鼻腔酸酸的，眼睛都湿了。他没有想到树贵的曲调那么婉约，像一个深庭大院里的怨妇，又像寒窑里盼夫十八载的王宝钏。听完了小曲，窝棚里清静了一刻。年轻人耐不住寂寞，很快又喧闹起来。接着，有人就开始讲男女之间的事。不论是成过家的还是没成过家的，都不避讳，也不觉得害臊。听得久了，过来人倒没什么，年轻人就煎熬了，那是怎样的一种滋味呢？想着就让人难耐。

夜晚的时间如果没有这些故事做铺垫，没有一段话让人心急火燎脸红心跳，那么，这晚就显得很空洞，很无奈，也很寂寥了。

李梦浩最忍受不了的是窝棚里的味道。过去，李梦浩每天早晚都要刷一次牙，每周要洗一次澡。到了工地上，习惯就得改了。不改也不行，哪有水和时间给他刷呢。两个多月没有洗澡，他感到不仅身上馊了，嘴里也有些臭，呼出的气息，自己闻着都有点像猪臊泥味了。窝棚里安静下来后，不久，大家都进入了梦乡。可是，李梦浩还是睡不着，陷入了遐想之中。临睡前在被窝里想心事，是李梦浩一天之中最惬意的时光。

李梦浩回到马陵村后，至今还没有媒人上门说亲，他自己是不急的，但杨月兰急得不行。没有来水利工地前，每天在饭桌上，杨月兰就会愁眉不展地对李树霖说，你也不着急，和梦浩一般大的人都定了亲，想让儿子打光棍啊？

李树霖能耐得住性子，他对杨月兰说，我不相信我儿子说不上媳妇，说早了，过年过节，你有钱送礼？杨月兰还是急，没有钱借钱也得送，不能因为没有钱就让人看笑话！杨月兰几次催丈夫托媒人给儿子提亲事。末了，还是李梦浩的一句话打消了母亲的念头。李梦浩说，你就是给我说个天仙女，我也不要。

话虽这么说，其实，李梦浩心里也不踏实，有时候，感觉丁惠娟就像是水中的月亮，看着就在身边，一旦起了风或是被人搅动一下，那月亮就没了，留下的也只是水面的波纹和碎光了。

越往深处想，李梦浩的心情就越沉重了。禹山工地离马陵村五六十里地，他出来两个月了，丁惠娟一点音讯也没有。村里和工地上的事情全靠拉粮送菜的李梦福来回捎口信。丁惠娟没有让李梦福带来任何消息，也许没有消息就是好消息吧。两地相望，一腔思念，有酸有甜，已是相当地折磨人了。

也许是心事太重的缘故，工地上的不少人都觉得李梦浩寡言、孤僻，不像其他人每天说说笑笑的。他们很好奇，想问，又不知道怎么开口。有人就猜想，是不是因为和丁惠娟的事？从表面看，李梦浩和丁惠娟是般配的，郎才女貌。可惜的是，门不当，户不对。即使丁惠娟愿意，丁耀宗也不一定会同意。这就难办了。现在儿女婚姻虽然不许包办，可是，李梦浩的情况摆在那，大队支书不会让闺女从米箩跳进糠箩的。明眼人一看就明白，凶多吉少了。

既然李梦浩不愿意说话，那么别人就不好上赶着和他说了。这天中午吃过饭后，李树贵看到梦浩坐在那儿发呆，便走到梦浩的身边，悄悄地问道："想家了？"

李梦浩笑了笑，说："不想。"

李树贵又问："有什么事能和叔说不？"

李梦浩又笑了笑，说："没什么事情。"

李树贵说："有事别憋在心里，折磨人呢。"

李梦浩说："叔，你放心，我就是累的，再说话就更累了。"

李树贵叹了口气说："你要是能到学校教书就好了，和支书家丁惠娟一样，就不吃这苦了。"

"叔，不提这事了。"

李树贵说："也不能怨你，要怨就怨你没生在一个当干部的家里。"

李梦浩说："我谁也不怨的。"

话虽是这么说，可是，李梦浩心里还是有怨气的。能不怨吗？记得上小学的时候，晶都县武装部的一辆吉普车从马陵村里驶过，一群放学的孩子追着汽车的屁股跑。李树海在路边问学生们，坐这小车好不好？学生们说好！又问，想不想坐？回答说，想坐。李树海大声地对学生们说，想坐，就要好好学习，将来就能坐这样的小汽车了！李梦福在学生中间说，李梦浩学习好，以后他能坐小汽车。李树海不高兴了，问儿子，那你呢？李梦福说，我开小汽车。李树海更不高兴了，说，你们将来谁都能坐，就他恐怕坐不成！

为什么呢？那时，李梦浩还小，不懂。但是，李树海的这句话他记住了。毕业回马陵村后，李梦浩终于明白了。

明白又能怎么样呢？

李梦浩在心里发狠，我一定要坐上小汽车。

有时就是这样，心一高，在众人面前，就会让人感觉到气傲。一心高气傲就容易被人孤立。关键是自己，就会越发地孤独，不合群。

多数的时候，在社员中李梦浩都是保持沉默状态。不沉默不行，因为他说出口的话，别人接不上茬，就显得很尴尬、很好笑，搞得大家都难为情。干脆，就不说了。尤其是和马陵村的姑娘们，除了丁惠娟，和其他人更说不到一起了。不论是集体劳动，还是路上碰到，她们和别的人都能嘻笑玩闹，见到李梦浩便局促了、害羞了，像是受了惊吓的麻雀，噤了声后就飞走了。不知道是怕李梦浩瞧不起她们呢，还是她们瞧不起李梦浩？这样的情形多少让李梦浩感到落寞和尴尬。

好在水利工地上没有女人，男人在李梦浩面前说话是无所顾忌的，只是李梦浩自己话少罢了。

转眼到了腊月二十，再过三天就是小年了。工地上的人都盼着过年，过年就可以回家了。农村人过年是从过小年开始的。过了小年，家家户户就有过年的气氛了，推煎饼、磨面、做豆腐。还没有娶亲的年轻人就到集市上买礼品走丈人。可是，禹山水库工地还没有放假的迹象。成过家的人还能稳得住神，定了亲的年轻人就慌了手脚。晚了，礼就不好送了，女方家怪罪过来，亲事成与不成就难说了。

这天中午时分，李树海坐着手扶拖拉机到了工地，李树海说："小年不能在家过，咱就在工地过吧！上级领导说了，大禹当年治水三过家门而不进，晚回家几天算什么！"大伙儿从拖拉机上卸下了粮食和白菜、萝卜。大家又围着李树海询问自家的情况，李树海一一说了。

末了，李树海瞅了眼李梦浩，显得很兴奋很张扬，对大伙儿说道："支书的闺女已经说婆家啦！"他说到这儿停住了，又瞥了眼李梦浩。

在大伙儿的追问下，李树海故意慢条斯理地说："听说是公社孙书记的小舅子，吃商品粮的！"

马陵村的社员谁不知道公社的孙书记呢，虽说孙书记是副书记，那也是洪湖公社的"二把手"，一般社员是高攀不上的。大伙儿对支书丁耀宗能攀上这门亲事是羡慕的，也是嫉妒的。有人问，孙书记的小舅子是谁？做什么的？李树海笑了笑，不说了。

你一言我一语的猜测和评论一阵，说过就过了。可李梦浩听了却不一样，每一句话听在耳朵里，却像针扎在心上了。李梦浩开始不信，可是一想又信了。李树海不敢造支书的谣，更不敢拿丁惠娟的亲事当玩笑来讲。特别是提到公社孙书记，有鼻子有眼睛，那就更是八九不离十了。李梦浩站在那里腿脚有点软，身子晃了晃就进了窝棚躺倒了。

丁惠娟怎么可能跟孙书记的小舅子定亲呢？一定是她父母的原因！丁耀宗肯定要将闺女嫁个有权有势的人家，即使不是公社领导的亲戚，也要是哪个大队支书家的儿子。不论什么时候，都要讲究门当户对的。李梦浩感到了心虚，也有点泄气了，他盼着早点回去见到丁惠娟。然而他又怕见到丁惠娟，一旦是真实的，那么，这个年李梦浩怎么过呢。

临近年根，工地上依然红旗招展，广播喇叭里歌曲嘹亮，但是，民工们干活的心劲泄了，人心也散了。到了晚上，窝棚里也没有了以往的喧闹，年轻人不再讲那些撩拨人的男女事情了。只有树贵裹着被子哼小曲。李梦浩听了好多遍都没有听清树贵唱的是什么词，这几晚他终于听清了。

> 二八佳人站在大门前，
> 梳妆打扮心不焉。
> 小郎哎，
> 我一心把你来盼，
> 小郎呀，
> 我一心把你来盼呀！
> 你去东庄把纸牌打，
> 心思总不在家。
> ……
> 年年都有清明节，
> 坟头添上两锹土。
> 小郎呀，
> 表一表露水夫妻情，
> 郎呀，
> 表一表露水夫妻情。

往常，李梦浩听了，只觉曲调凄凉哀怨，听清了词句后，他就感到了伤心和愁苦。树贵哼完后就睡了，李梦浩却睡不着，那词那曲一直萦绕耳边，久久地不肯消失。他躺在窝棚里惆怅得很、伤心得很，心情十分地烦躁，老是想哭，可又哭不出来，伸手一摸，却发现已经满脸是泪了。

七

快过年了，马陵村支部书记丁耀宗家相当热闹。白天，丁耀宗在大队办公室办公事，只有支书媳妇赵菊英在家。支书家的大门一天到晚都是敞开着的，村里的一些女人都爱朝支书家跑，尤其是几个支委的媳妇，有事没事都爱到支书家坐坐，和赵菊英东家长西家短地闲扯一会儿。赵菊英也不烦她们，往往支部里开会研究的事，丁耀宗回家还没有说，赵菊英就已经知道了。有时，女人们在一起也像开会，把支部会议讨论决定的事再议一议，就像上面的人大或政协。议完了再由赵菊英作总结。总结也不是瞎总结，下来赵菊英就会向男人丁耀宗汇报。有些事情丁耀宗听了汇报虽然不表态，但研究过的事就会有些变化。赵菊英虽然是个家庭妇女，但她小时候读过几天书，认识不少字，二十岁的时候从邻村嫁到马陵大队。近朱者赤、近墨者黑，耳濡目染，身上多少沾了点领导干部的作风。赵菊英能说会道，在女人面前自然凌驾于她们之上，女人们就把她当作女支书了。

到了晚上，来支书家串门子的都是男人了，支委们少，多是各生产队的队长和会计们，也有和支书家沾点亲带点故的。即使扯不上亲戚，也有人总能找点理由来支书家坐一坐。支书家新买了一台黑白电视机，十七英寸的。来支书家串门子的人就围在电视机前看电视。支书和来人说话也是有一句没一句的。串门的人看电视、拉呱其实都是次要的，主要的是在支书家里坐了，就是一种亲近，也是一种"关系"。对于支书家来说，也是一种气氛。广播里报纸上不是天天都说，全党全国人民要紧密地团结在以谁谁谁为首的党中央周围吗？那么，马陵村的党员和社员群众自然就要团结在支部书记丁耀宗周围了。怎么团结呢？常到家里坐坐就是一种团结。

丁耀宗喜欢热闹是长期养成的习惯。农村基层干部都有这种习惯。社员家里除了红、白事之外，一年到头谁跑你家里去串门子？从丁耀宗记事起，他家里就没有断过人来串门。当年，丁耀宗的父亲丁应岭就是马陵大队的支部书记。当时，他家每晚上都是人来人往的，不到半夜熄不了灯。一九四八年底淮海战役时，丁应岭当了支前民工队队长，带着民工队从郯城出发，用独轮小推车把军粮一直推到徐州，接着又推到蚌埠。一路艰辛不说，头顶上还有飞机炮弹轰炸。当时，丁耀宗还没成人。丁耀宗就被父亲带着上前线送军粮了。丁应岭在后面推车，丁耀宗在前面拉车，一走就是几百里。一次路上敌机轰炸，一颗炸弹落在丁耀宗前面十几米远，丁耀宗吓傻了。丁应岭上去一脚就把儿子踢到了沟里。丁耀宗摔破了腿，丁应岭裤裆也被弹片削破了。幸好从前线运送伤员的军医路过，及时给他缝起来。伤好回来后，丁应岭一摸发现下面少了一件东西，女人哭天抹泪地说："这要断子绝孙的啊！"

丁应岭踹了女人一脚，呵斥道："屁话！耀宗不是我儿子啊？少了一个蛋子有什么碍处？独头蒜更辣！"

后来，马陵村从农村土地改革，成立农业初级社、高级社，一直到人民公社，丁应岭都是马陵村的领导。到了一九六四年，上级派来了"社教"工作队，丁应岭对工作队长说："王政委，你看我都这么大年纪了，身体也不好，还是退下来，让年轻人干吧！"

王政委是从部队派下来搞社教的团政委，了解丁应岭父子俩在解放战争中支前的事迹。王政委说道："也好，你革命了几十年，也该歇歇，安度晚年了。这样吧，马陵大队的支部书记就由耀宗干。"丁耀宗当时是民兵营长，又是大队支部委员，子承父职顺理成章。丁耀宗在马陵村当支部书记，一干又是十几年。

丁氏家族在马陵村虽然人口少，村落也小。但马陵村的"印把子"掌握在丁耀宗手里，丁氏家族就没人敢欺负了。为了团结其他姓氏的社员群众，丁耀宗还把家搬到李氏家族生产队居住。这样，丁耀宗一家吃李氏家族生产队的口粮，也就是这个生产队的人了。

丁耀宗在李氏家族生产队是外姓人，但他对李氏家族生产队的感情是打断骨头连着筋的。他从父亲手里接过权力棒，马陵村的工作样样都在全公社排第一。红卫兵造反派要批斗丁耀宗时，李氏家族的李树海站出来保护了丁耀宗。李树霖从部队复员回来，当了马陵大队的支部委员。李树霖虽然人回乡了，但思想还没有回乡，开会时就给丁耀宗提意见，指责支书搞"一言堂"。当时，丁耀宗还没表态，李树海这一派不干了。在生产队纠集一伙造反派，先把李树霖批斗了。李树霖被免去了大队支委职务后，李树海又被大队任命为生产队长。李树海上了台，就把李树霖当靶子，有事没事都要射一箭。因为李树海保驾有功，成了丁耀宗的红人，李树海在生产队也就嘚瑟起来了。

后来，形势稳定了，公社曾经要推荐提拔丁耀宗当公社革委会副主任。丁耀宗表态说："我文化水平有限，还是在基层干吧。"丁耀宗当了十多年的支部书记，他对权力有着深刻的体会，宁当鸡头，不当凤尾。在马陵大队他是书记"一把手"，说一不二，想办什么事不能办！

当时，马陵大队来了十几个上山下乡的知识青年，这些学生从海州市到马陵村插队落户，叫作知识青年到农村接受贫下中农再教育。这些学生到了农村开始是很不习惯的，饭不会做，农活也不会干。贫下中农对待城里青年人很客气，比老师教学生都耐心，手把手地教。虽然这些学生在农村什么也不会，但贫下中农们不轻视他们，还要高看一眼。因为他们是城市人。贫下中农问：你们早饭都吃什么啊？学生说：吃油条，喝豆浆。贫下中农就说：那可是天天过年啊！这些学生一个个都细皮嫩肉的，他们是从大城市来的，看到农村啥都稀奇，有的社员对他们也稀罕，总是把他们叫到一边，问长问短。这些学生就讲城里的事。虽然农村很少有人进城，但城市那个地方在农民的心里就像天堂一般。城里人的日子，也就是天堂里的日子。听说城市人住的是楼房，楼上楼下，电灯电话。天上下了雨，地上没有泥，城里人出门都不湿脚。城里来的知识青年们在马陵村生活了几年，有的三天打鱼两天晒网，有的干脆就请病假回城待着了。

后来，城市来农村接受贫下中农再教育的知识青年们，不论毕业不毕业的，陆陆续续都回城里了。

当时知青们在农村接受贫下中农再教育，每年都有招工或推荐上大学的指标，表现好的知青就被推荐走了。从城里来的学生中，社员们反映，有几个女知青娇气、傲慢，不愿意同贫下中农打成一片。可是，后来听说当公社把大学招生指标分到了大队，有一个女知青为了上大学，就主动上了丁耀宗的床。

丁耀宗在推荐女知青时，也没有忘记推荐自己的儿子。儿子如今大学毕业也留在了城里。丁耀宗在儿子上大学时去过省城，回来后，他叹息了一声，对赵菊英说："看来还是城市好啊！"

从古到今，很多农村人对城市是十分羡慕和向往的。一般的人向往也只是向往，那是空想和妄想，不作数的。如果大队支书丁耀宗去想，那就是理想了。丁耀宗知道自己做城市人是不现实的，即便真让他进城，他也不习惯。但是，他让儿子和闺女做城市人，那还是能实现的。儿子被推荐上了大学，已成了城里人了。如果不是恢复了高考制度，丁惠娟上大学也是板上钉钉子的事。丁惠娟没有考上大学，丁耀宗面上没有露出什么，心里还是挺急的。不过他想，惠娟是个女孩子，问题不会太大，直接进不了城里，还可以走曲线。丁耀宗在城里有朋友，可以托人帮惠娟在城里找个婆家。

虽说丁惠娟的条件不比城里人差，但她毕竟是农村人，单是户口一件，就是天大的关口，卡住了。进了城，没有城市户口，吃不了商品粮，那还是农村人。嫁给城里人，生了孩子也是农村户口，城里人都不愿意受拖累。前几年，那批到马陵大队来插队的男学生，有一个和村里的姑娘谈恋爱，把人家姑娘的肚子都搞大了，可是一回城里，说甩就甩了，弄得那姑娘寻死觅活的，后来就只好草草地说了门亲事，远嫁了。

丁耀宗打听到，现在城里想在农村找媳妇的男人，都是有缺陷、在城里找不到女人的人。好一点的也是离了婚或是死了女人，想婆个填房的。丁耀宗不愿意委屈自家的闺女。因此，丁惠娟毕业回家后，他想给惠娟在城里找婆家的事就放了下来。

没有想到，公社孙书记托人找他提亲来了。孙书记的妻弟张为强虽然是吃商品粮，可他毕竟不是城里人，只不过是初中毕业后顶了父亲的班，在公社食品站杀猪卖肉罢了。丁耀宗想，卖肉的能有啥出息？丁耀宗犹豫了几日，也没有回话。一天晚上睡觉时他和赵菊英说了这事，说了也就说了，没当回事的。可是赵菊英上了心，私下就托人打听了张为强在公社食品站的工作情况，还要了张为强的生辰八字。赵菊英悄悄地对丈夫说："我找算命先生给他俩批了八字，还可以。"

丁耀宗听了，板起面孔说："迷信，纯粹是迷信嘛！"

丁耀宗还没有和闺女透露这件事。一天孙书记就把电话打到大队办公室了。

孙书记说："老丁啊，我让人给你提的那事怎么样啦？行与不行，给个回话，不能耽误了孩子。"孙书记往日和丁耀宗说话都是客客气气的，没有一点上级领导人的架子。孙书记这次电话里的语气，丁耀宗听出有责怪他办事拖泥带水的味道了。丁耀宗放下电话，回家和赵菊英说了，当即决定晚上就和闺女说提亲的事。

晚饭后，丁耀宗破例把院门闩了。他从抽屉里取出一包"大前门"香烟，撕开锡纸，抽出一支吸了。丁耀宗平日在家里抽的是"飞马"牌香烟，只有到公社开会才装一包"大前门"。县里和公社的领导都抽"大前门","大前门"是供应烟,需要走后门才能买到的。丁耀宗深深地吸了一口烟,咽了。

丁耀宗看着惠娟说:"惠娟啊,我给你说个事。"

丁惠娟看见父亲在家里还一副郑重其事作报告的表情,就笑了,问道:"怎么,要开会啊?"

丁耀宗松了面部表情,和悦地说:"就算开个家庭会议吧。"丁耀宗示意赵菊英先发言。习惯了,大队开会都是副支书主持,他作重要讲话的。赵菊英就把公社孙书记托人给他妻弟张为强提亲的情况介绍了一下。

丁耀宗看看丁惠娟,问道:"你有什么意见,尽管说。先发扬民主,然后我再集中一下。"

丁惠娟低着头,说道:"我不愿意!"

丁耀宗问:"为什么不愿意?说说理由。"

赵菊英补充了一句:"那个小伙子是吃商品粮的!"

丁惠娟急得脸都红了:"吃商品粮我也不愿意。"

丁耀宗皱了皱眉,说:"总得有个理由嘛。"

丁惠娟站了起来,要走。赵菊英上前拉住了。

丁惠娟说道:"我还小呢。"

丁耀宗宽厚地一笑:"耍什么小孩子脾气嘛,过了年,你都十八了,不小了!父母都是为你好嘛。"

赵菊英也附和道:"你数一数,马陵大队像你这么大的丫头,谁还没有定亲的?再不找就让人说闲话了。"

乡下姑娘一般成熟都比较早,十七八岁的时候身体就发育成熟了,身上该有的都有了,身体该凸出的都显露了。特别是心思,对将来的生活有了谋划,有了期盼,也有了憧憬。每当从村里人的口中听说谁谁有了婆家,谁谁到镇街上相了亲,不免心里就有些急躁,有些恐慌,还有些伤感。如果马陵村里有哪个姑娘到了二十出头还没有定下亲事,那就有问题了。是高不成,还是低不就?是驴不走,还是磨不转?闲言碎语就会像北风裹着雪粒抽打在你脸上。有时唾沫星子也能淹死人。一旦这样了,那就成"剩货"了,父母和兄弟姐妹都不待见,就像集市上的菜摊子,到了下午就打折处理了。

丁惠娟白了母亲一眼道："你是怕我嫁不出去，给你丢人吧？"

赵菊英叹了一口气，说道："要说你吧，家务活不行，农活又吃不了苦，就会念书。"赵菊英看了眼丁耀宗，"幸亏你爸是支书，不然，哪个敢娶你啊？"

乡下人有乡下人的观念，赵菊英也不例外。在马陵村姑娘说婆家，一看家务活精不精，二看干农活强不强。乡下人务实，都想娶个劳动力回家过日子。谁也不愿娶个少奶奶在家供着。因此，马陵村姑娘到了十七八岁早早就开始准备了。她们凑在一起交流心得，比的不是学问，也不是学历，比的是女红，是家务活。她们在一起玩笑时，手上也不闲着，纳鞋垫、做鞋帮、绣手绢。无形中，谁的针线活做得好就成了大家学习的榜样。想想吧，一个姑娘家没有出嫁，在娘家一应家务都精通了，等有了对象，过了门，清早一起床，在婆家就是一个利落能干的媳妇，哪个婆婆不喜欢？

在马陵村只有丁惠娟是个例外。丁惠娟不仅是个高中毕业生，还是马陵大队书记的女儿。丁惠娟的两只手不是用来做针线和农活的，那是用来拿笔写字和拨拉算盘珠子的。瞧丁惠娟那双手，粉白细嫩的，像刚出泥的嫩藕一般，若是插上羽毛就是一只白鹁鸽，人家那是要往富贵处飞的哪！

赵菊英把闺女拉在身边坐下，小声问："听人家说，你看上了李树霖家的梦浩，不会是真的吧？"

丁耀宗听了有些吃惊，脸又板了起来，严肃地问道："你怎么会看上他家？"

"他家怎么啦？不就是没权没势吗？"丁惠娟气哼哼地说。

赵菊英叹了口气："梦浩这孩子是不错，可是他没有考上大学，还不是要种一辈子地。"

"种地就种地。"丁惠娟从小就受父母的宠，在父母面前说话是毫无惧色的。

丁耀宗生气了，最后拍板说："民主也民主了，少数服从多数，就这么定了。"考虑了一下，又缓和口气地说，"愿意不愿意的，两个人先见个面。"

第二天，丁耀宗亲自到公社孙书记的办公室回了话。孙书记递给丁耀宗一根"大前门"烟，掏出打火机亲自给丁耀宗点上，说："不错，不错，抽个时间，安排两个孩子见个面。"

丁耀宗忙说："好，好！"想了想又说，"年前恐怕没时间了，就放在年后吧。"

孙书记摁灭了手里的半截烟，站了起来。

孙书记说："年后就年后吧，不着急的！"

丁耀宗知道孙书记的话说完了，也就告辞了。

丁耀宗从孙书记办公室出来，没有直接回马陵村。丁耀宗在供销社买了些过年的东西，又悄悄地来到食品站。他想借买肉的机会先把张为强瞅瞅，心里好有个底。食品站里有不少人排队买肉。买到肉的人都有些不高兴，一边走一边嘀咕："买的都是他妈的瘦肉，肥肉都让狗吃了。"

平日，丁耀宗买肉都是不在窗口排队的，他从侧门走进去，拎出来的都是三寸厚的肥肉膘子。

丁耀宗低着头在窗口买了五斤肉。卖肉的正是张为强，张为强没看清丁耀宗，丁耀宗却把张为强看清了。丁耀宗拎着肉晃了晃，都是瘦肉，肉里还有两根排骨。

丁耀宗摇了摇头，嘀咕了一句："这小子，真是的有眼不识泰山。"

丁耀宗两口子喜欢热闹，丁惠娟却不喜欢。年前年后一段日子是农民比较清闲的时间。没有上水利工地的社员，每天也不要那么早出工了，各生产队出工的哨子总是吹得很迟。有的人在支书家一坐就是半夜，丁惠娟就躲到另一间屋里看书去了。说是看书，也只是个幌子。丁惠娟怎么能看得下书呢？来丁耀宗家串门的人中，有的自觉与支书亲近一些，就耳语般地问："听说惠娟有婆家了？"

丁耀宗不吭声，盯着电视荧屏看，只含蓄地笑一笑算作表示。本来，这件亲事没有定下来，丁惠娟又拗着劲，是好是坏说不准，丁耀宗是不想让外人知道的。赵菊英以为和公社孙书记家结亲是一件让人羡慕的事情，就想让别人和她一起分享，说闲话的时候，有意无意就说漏了嘴。女人就是女人，特别是农村领导干部的女人就喜欢张扬，肚子里是存不下二两香油的。

到丁耀宗家串门的人，出了门都喜欢显摆，似乎知道了这一内部消息，自己就是大队支部委员一样。很快，马陵村的男女老幼都知道了，都等着喝支书家的喜酒了。

八

腊月二十九晚上傍黑儿的时候，禹山水库工地上的民工才回到家。李梦浩进了家门，放下铺盖卷，和父母打了声招呼，一口饭也没有吃，和着衣服就躺下了。虽然又累又乏，李梦浩躺在床上怎么也睡不着，他想歇一歇，等天黑透了就去找丁惠娟。这时，母亲推门进来了。杨月兰手里端着一只碗，碗里盛的咸米汤，汤是刚做好的，还冒着热气。杨月兰说："梦浩，起来喝点汤吧。走了五六十里地，又累又饿的。"

梦浩的头蒙在被子里，有些不耐烦地说："我不饿，不想吃。"

杨月兰把碗放在床边木凳上，掀开被子，看见儿子阴沉着脸，问："怎么啦？是和别人吵架了，还是病了？"梦浩睁开眼，看了母亲一眼，说："都不是。"杨月兰伸手去摸梦浩的脸，想试试烧不烧，看儿子是不是病了。杨月兰的手一触到儿子的脸，心里一颤，立马将手缩了回来。李梦浩的脸冰冷的，还有泪。

杨月兰拉亮了屋里的电灯，看着儿子说："梦浩，你是怎么啦？有什么事不要憋在心里，说出来。"

父亲李树霖也进了屋。李树霖看了眼儿子，说："不就是个大队支书家的闺女嘛，没啥了不起的。我就不信了，我儿子娶不上媳妇！"

杨月兰这才明白了缘由，叹了口气，说："原来是为这事啊，原先我听村里人说这事，以为是嚼舌头，没有想到这还是真的？！"

李梦浩坐了起来，擦了擦眼睛，问："你们都听到了什么？"

杨月兰看着儿子，说："收秋的时候，有人说你和惠娟好了，我听了没有当真呢。"

李梦浩问："现在呢，他们又在说什么？"

李树霖说："听说丁耀宗和公社的孙书记攀了亲，男方是他的小舅子，食品站卖肉的。"

李梦浩问："定下了？"又追问了一句，"丁惠娟愿意吗？"

"谁知道呢。"杨月兰"唉——"地长叹一声，说，"你大（当地农村儿子称父亲"大"）一年到头也不到支书家串个门，什么事都蒙在鼓里呢。"

李树霖面无表情坐在凳子上，把碗端起来，说："把饭吃了，不能和自己赌气，娶不到支书的闺女，将来娶个县委书记的丫头，好好气气他们！"

杨月兰有些气恼地说道："你坐这儿废话唠叨的，咱一个种地的，凭什么娶县委书记丫头做儿媳，净在这做梦。"杨月兰从丈夫手里接过碗，用筷子搅了搅碗里的汤，汤里浮起一只剥了皮的鸡蛋，"快吃吧，看你在外两个月怎么瘦成这样？"

李梦浩鼻子有些酸，接过母亲手里的碗，低头去喝，止不住两行泪滴进了碗里。母亲看见儿子这样，眼泪也随之涌了出来，忍不住就哭出声来。杨月兰哽咽着说："不要再想惠娟的事，不成的。今后，你把心思用在挣工分上，过了年就托媒人给你提亲事。再过两年，给你盖三间瓦房，成了家，好好过日子。"

李梦浩看着母亲，也哭了。刚哭过了一声，李梦浩就强忍住了。

李梦浩说："我的事，你们谁也别操心。我自己的路，自己走。"

李树霖站了起来，走到门边，回过头来说："这话才叫有骨气！"

就在这个时候，院门口的狗叫了起来，不停地叫。院子里已黑透了，看不见门口的人。李树霖在院子里呵斥了一声，狗叫声就停下了。一个人影闪进了院子。接着，又亮起了手电筒光。李树霖轻声问了一句："谁啊？"来人没有应声，一直走到亮灯的屋门前。李树霖这才看清是支书丁耀宗家的惠娟。

丁惠娟轻声地说："是我，叔。"

李梦浩也看见了丁惠娟。丁惠娟站在屋门前，穿着一件蓝色的短大衣，棕红色的麻毛领子竖起来，围着她那冻得通红的瓜子脸。手里的电筒还亮着，忘记关了。李梦浩呆呆地盯着丁惠娟，丁惠娟也两眼直勾勾地看着李梦浩。杨月兰抹了把眼泪，拉了把丁惠娟的胳臂说："外面冷，进屋吧。"

丁惠娟叫了一声"婶"，两眼就红了，眼眶里漾着泪，说话的声调也变了，像是受了委屈的样子。丁惠娟走到床边，一把抓过梦浩的手，说："都两个月了，怎么一点音讯都没有啊？"说着，丁惠娟就伏在床边哭出了声。

丁惠娟伏在床边哭，两肩一耸一耸的，像是闸门只提到一半，闸里的水打着漩儿朝外挤，闸外便是浪花翻腾了。杨月兰感到胸口有些憋，张了张嘴，话没有说出来，就端起碗出去了。

李梦浩平息一下急惶惶的心，推了推丁惠娟的肩，问："你怎么来了？"

丁惠娟抬起泪脸，看着李梦浩，说："我不能来？"

"你不是……"李梦浩欲言又止，让丁惠娟感到既委屈又伤心。丁惠娟抓着李梦浩的胳膊问："你都听说了？"

"是真的？"李梦浩抽回胳膊问。

丁惠娟又把它抓住，狠劲地掐了一下，说："是真的，可我不愿意！"

"相过亲了吗？"李梦浩接着又问了一句。

"还没有。"丁惠娟靠近李梦浩，抹去了眼泪，目光出奇地坚定，"梦浩，你放心，就是相了也是白相，我不愿意，亲事就不成。"

李梦浩听了，多日来的焦虑和苦恼就像个气泡被丁惠娟吹破了。李梦浩为回到家的失态感到内疚和惭愧，也为见到丁惠娟后自己的冷漠感到揪心。

李梦浩纠紧的心有了松动，就活泛起来。李梦浩把丁惠娟的头揽进怀里，摸着她的头发说："你不知道，这两个月我多想你。"

丁惠娟把头向梦浩的胸膛拱了拱，说："我也想你啊。"

李梦浩说："我是白天想，夜里想，想得都快要疯了。"

丁惠娟说："有一次，大队给工地上送粮，我都坐到拖拉机上了，又被我妈拽了下来。"两人就这样说着话，你一句我一句的，说着说着，李梦浩就开始温习功课了。丁惠娟把身上的短大衣脱了，坐到了床上。两人用被子捂住腿脚，上半身就开始在床上扭来扭去的。黑暗和寒冷被挤出了屋子，十五瓦的灯泡像只灯笼吊在梁头，淡黄的光把草屋铺得满满的。当爱情被压抑和阻挡后，对于年轻人来说，不但不会削弱，反而会像潮水一般越涨越高，有个缝隙就会向外喷涌。

这一晚，李梦浩和丁惠娟把"功课"温习了一遍又一遍，相当地熟练了。李梦浩还想深入一步，去探究更深的秘密。丁惠娟浑身抖了一下，赶紧捉住了梦浩的手。两只手在下面较着劲。丁惠娟感到自己快要崩溃了，自控力就像一根细发，若再稍用力一扯，就断了。丁惠娟把嘴又贴到梦浩的嘴上，狠狠地咬了一下，幽幽地说："这会儿不行的。等等吧，梦浩哥，再等等吧。"梦浩流泪了，绝望得不行了。李梦浩说："我怕。惠娟，我怕啊！"这一句话把丁惠娟的心说软了，说酸了。丁惠娟控制不住自己，一股悲怆袭进心里，像猫抓了一下，揪心地疼了一阵。丁惠娟仰着满是泪水的脸，说："梦浩哥，你不要怕，早晚是你的。"

腊月二十九的夜是无声无息的，像溪水一样汩汩地流淌，有些浪花，也是无声的。村里偶尔传来几声狗叫，也给夜增加了更多的寂静。李树霖和杨月兰在隔壁的堂屋里一直没有睡，李树霖一袋一袋地吸烟，杨月兰在纳鞋底。半夜了，杨月兰听听动静终于憋不住了，无奈地说："以前，我说梦浩对亲事怎么不着急呢，他和惠娟的事倒是真的了。"

李树霖磕掉烟灰，沉吟一会儿说："梦浩不是说不上媳妇的人。"

杨月兰叹口气说："这倒怎么办好啊？支书已给惠娟说了婆家，那可是公社孙书记的亲戚啊。"李树霖瞪了眼杨月兰，说："儿大不由爹，女大不由娘。梦浩和惠娟的事随着他俩吧！"

杨月兰想了想，放下鞋底，对李树霖说："不行。这样下去不行。"

她走到门口拉开门，一股寒气涌了进来，杨月兰打了个冷战。杨月兰看了看隔壁房间，灯还亮着。杨月兰悄悄走到门前轻声地说："时候不早了，送惠娟回家吧。要不，支书在家该着急了！"

李梦浩和丁惠娟在忘我地缠绵着，根本不知道时间了。听到母亲在门外的声音，李梦浩才如梦初醒，赶紧抬起头来，两眼惊慌地盯着房门，不吭声。丁惠娟慌张地扯一下毛线衣，将身子掩住。丁惠娟坐起来，屏住气息，小声地说："我该走了。"

李梦浩下床把短大衣给丁惠娟穿上，然后，轻手轻脚地拉开门，揽着丁惠娟说："我送你。"

第二天是大年三十，上午家家户户照例是忙年。

到了晚上，各家吃了年饭就聚在堂屋里熬年夜。熬年夜，也就是一个"熬"字，一家人聚在堂屋，有坐着的也有躺下的，都不睡觉，一边嗑着瓜子，吃着炒花生，扯着闲话。家里有老人的，都准备了零钱，等着鞭炮响后，孙子孙女们跪下磕头，压岁钱一一给了，不多，三毛、五毛的，老人们这才上床睡觉。

马陵村只有支书丁耀宗家有电视机，全大队没有第二家。也有几个大队干部家买了半导体收音机的。其他社员家都是听广播。广播是那种有线小广播，六寸圆盘子那么大，挂在墙上的。县广播站早、中、晚定时放广播，先是晶都县新闻，晶都县新闻播完了，就转播中央人民广播电台的节目，中央人民广播电台播的也都是新闻。现在的新闻和过去的新闻好像不一样了，社员们不仅感到新鲜，还有点诧异。社会上好多事情都在悄然地发生着变化，先是"地、富、反、坏、右"五类分子摘了帽子，平了反，他们的子女当兵、考大学和贫下中农一样了。再就是农闲的时候，走村串户卖豆腐烤排糖果的小商小贩多了。还有呢，就是公社驻地逢集的时候，一次比一次人多、热闹，街道上炸油条的，卖凉粉的，卖白菜萝卜粉条的，还有卖鸡、鸭、鱼肉的，就连针头线脑权把扫帚扬场掀都上了集市，什么东西都可以卖了。这是什么？按过去的说法，可是资本主义的尾巴，必须割掉的。可是没人出来割了，这尾巴就在公社"革委会"的大门前街道上摇摆，都有些让社员群众看不下去了，可坐在办公室里的干部们却是装聋作哑。

于是，头脑活泛的社员群众都不上工了，逢集就要挑两筐自家的鸡蛋、鸭蛋或是花生、黄豆什么的去卖，自家的卖完了，就去走村串户收购，收来了再到集市上去卖。卖一天货物比挣十天工分的钱都多，能挣到钱，又没人管，谁是傻子？

人们从广播里捕捉到一些信息，就越发地对挣钱动起了脑筋，似乎钱越来越好挣了，就像庄稼地里的草，弯腰伸手就能薅一把。

马陵大队的社员群众逛集市，只是看个热闹，没有一个去摆摊卖东西的，买油盐火号也都到供销社的柜台上买。街上的好多东西他们也眼热想买，只是口袋里没有那么多的钱。马陵村的人傻吗？不傻，是谨慎！

马陵村有人也动过去集市摆摊的念头，可这念头像火苗一样刚冒出来，就被风吹灭了。马陵大队支部书记丁耀宗虽然没有明令禁止，可丁书记通过赵菊英的嘴放出风来，别看一时没人管，想钱想疯了，不管是人疯了，还是钱疯了，到时都没好事！想想也是。钱是个好东西，人人都喜欢，可是钱也是祸根哪。很多人都是因为想钱想疯了才倒霉的。过去是，现在也是。钱就是这么个让人喜又让人忧的东西！

马陵大队的干部和社员群众一直走在社会主义的康庄大道上，个别人有点资本主义的尾巴也都夹得紧紧的。俗话说得好，猪往前拱，鸡往后刨。农民不在地里种庄稼，天上能掉下大米白面来吗？

一九八〇年的除夕夜与往年不同。晶都县广播站破例从晚上六点开始转播中央人民广播电台节目，一直转播到午夜十二点。马陵村的社员除了老人和孩子，年轻人都在听广播，广播里除了新闻，那晚还播了文艺节目。很快，除夕夜就熬过去了，村庄里响起了鞭炮声。接着，在渐渐透明的晨曦中，各家各户的烟囱里就冒出了缕缕炊烟。当热气腾腾的饺子端上饭桌后，新的一年就在吃饺子时开始了。

整个春节期间，社员们议论最多的就是广播电台的文艺节目。蒋大为唱的《牡丹之歌》把整个乡村的冬天都唱沸腾了。特别是年轻人，听了一遍嗓子就痒痒的，歌词还没有记住，就哼那调子，记住词的人就一遍又一遍地唱："啊，牡丹，百花丛中最鲜艳。"唱到高音部分时，调子特别高，爬不上去，就在半道上滑下来，像是鬼哭狼嚎了。

过了正月初五，初六的早上，马陵村上禹山水库的社员就出发了。走到村庄东头，李梦浩朝支书丁耀宗家的院门望了一眼。丁耀宗家的院门还没有开。李梦浩想，丁惠娟这时一定还躺在被窝里吧。李梦浩想到丁惠娟时，身上的血液就沸腾起来，在体内四处撞，想要冲破血管流出来。过年的几天里，李梦浩和丁惠娟又偷偷地见了两次面，每次都是急惶惶地说不了几句话。可李梦浩见到丁惠娟，心里就踏实了。这一走又要在工地上两个月。李梦浩就感到两脚像是踩在棉花垛上，脚下发软发虚，心里不踏实。

农村过完了正月十五才算过完年。十五头里，各生产小队没有要紧的农活都是不出工的。初五过后，各家就开始走亲戚。出嫁的女儿都要回娘家。回娘家是要娘家人去带的，有兄弟去的，也有侄子去的，没有兄弟和侄子就是父亲去。娘家不去人带是不好回的。若自个去，别人会骂："娘家人都'死'光了？"

没有出嫁的闺女，婆家也要来人带。来人大都是小姑子，或是嫂子，也有对象亲自来接的。对象来接都要再给老丈人买两瓶酒或四斤馃子。会骑自行车的，就借辆自行车骑了来。院门前的自行车铃声一响，家里的人就知道来亲戚了。马陵村十七八岁的姑娘，大多说了婆家，过了初五，一个一个地都被婆家人接走了。

丁惠娟没有人接，心里自然有些落寞。她就躲在屋里看书。赵菊英的弟弟来带姐姐回娘家，赵菊英对丁惠娟说："你跟舅舅去玩几天吧，我在家给你爸做饭。"

丁惠娟说："还是你去吧，我在家给爸做。"

赵菊英看了丁惠娟一会儿，就说："那也好，你学学做饭，将来到了婆家饿不着。"

赵菊英到邻村的娘家刚住两宿，丁耀宗就派人捎去了话。娘家兄弟的饭还没吃几顿，赵菊英就匆匆地回来了，回到家就问："什么事，这样急？"

丁耀宗说："孙书记打来电话了，安排惠娟和张为强初十见面。"

赵菊英说："见就见吧，咱家惠娟也拿得出手。"

丁耀宗说："糊涂，简直是糊涂。现在不是怕那小子看不上惠娟，我是怕咱惠娟看不上人家。"

"要是惠娟看不上怎么办？"赵菊英也有些为难了，"孙书记的面子怎么过得去。"

"就是嘛！我就是为这个事担心！"丁耀宗在屋里转了几圈，又说道，"听说惠娟和李梦浩年里年外见了几次面，不知发展到什么程度了。"

赵菊英有点无奈地说："我问过惠娟了，她说除了梦浩那小子，她谁也不嫁！"

丁耀宗脸一板，把手往腰里一叉，生气地吼起来了："反了她，这事由得了她？！"支书手一指，说："你不是老嚷着妇女能顶半边天吗？这事交给你，你去做她的工作。"丁耀宗一急，就不自觉地耍起了领导的脾气。丁耀宗在外面是很少发脾气的，不是他脾气好，而是全大队的干部、社员没有人敢惹他生气，敢让他发脾气。支书要是对你生气了，发脾气了，你的日子还会好过吗？

到了初十这天早上，赵菊英还没有做通丁惠娟的思想工作。丁惠娟一开始是沉默，以沉默来反对父母对她婚姻的干涉。赵菊英连着几天在她耳边唠叨，唠叨得她耳朵都起茧子了。丁惠娟恼了，说："你们也别费嘴皮子了。我是不会愿意的。除了李梦浩我谁也不嫁！"

赵菊英没有完成丁书记交给的任务，像是犯了错误，两只手掌不停地搓着，怕冷似的。赵菊英看着丁耀宗的脸色，气哼哼地说："这个死丫头，油盐不进，话说了一火车，就是不听。"

丁耀宗坐在八仙桌边的椅子上，跷着二郎腿，闷着头抽烟，抽完了一支又接一支。突然，丁耀宗站起身说："我去给孙书记打个电话。"

原定丁惠娟和张为强到公社会议室见面的。孙书记说，公社会议室宽敞明亮、环境好，两个年轻人在一起见面谈话不受外界干扰，又显得庄重。可是，丁惠娟死活不愿意，看来公社会议室去不成了。丁耀宗只好打电话给孙书记，要求改地点。

丁耀宗在电话里说："惠娟这丫头脸皮薄，不敢见生人，还是改在家里吧。"

孙书记说："女孩子害羞是难免的，改就改吧，我让为强去你家吧。"

丁耀宗又问："孙书记，那你来不来？"

孙书记说："我就不去啦。亲事定下后，我们再坐坐。"

丁耀宗说："好，好！"

那天半晌的时候，张为强被人领着，来到了支书丁耀宗家的院门口。张为强骑着辆崭新的"永久"自行车，车把上挂着一坨三寸厚肥膘子猪肉，车后架上还夹着四瓶"洋河"大曲酒。丁耀宗家院门是敞着的。张为强站在大门口没有进，他站在门前摁了一下自行车铃，接着又摁了一下。丁耀宗和赵菊英都听到了铃声，赵菊英看了眼丁耀宗，丁耀宗也看了眼赵菊英，催促说："愣着做什么，开门去。"

赵菊英在堂屋门前就看清张为强了。张为强推着自行车，身上披着件蓝大衣，个子不高，却也匀称，头发黑黑的，像是抹了头油，一看就知道是个上班的公家人。赵菊英把张为强招呼进了堂屋，丁耀宗才从椅子上抬起屁股说："来啦！"张为强满面笑容地应道：

"来啦。"

丁耀宗脸上略带笑意,客气道:"坐吧。"

张为强笑笑没有坐,在屋里打量了几眼,从衣服口袋里掏出一包"大前门"香烟,恭恭敬敬地递上去,说:"丁书记,您抽烟。"

丁耀宗接了,张为强又用打火机给点上。而后,张为强出门给站在院子里看热闹的人散烟。看热闹的都是妇女和孩子。女人们摆着手说:"不会抽。"张为强就把烟竖在人家面前说:"这是好烟。"常来丁耀宗家串门的一个支委媳妇说:"这可是喜烟,接着吧,回家给当家的抽。"

一包烟散完了,张为强还没有看见丁惠娟的影子。张为强想,没有想到丁惠娟这样忸怩,连个面都不敢露,一点不像个高中生,到底是个乡下人。

丁惠娟相亲啦!

当天,全马陵大队的社员群众都知道了。在丁耀宗家看热闹的女人回家就羡慕地说:"瞧人家支书的女婿,割来的猪肉,肥膘子都有一拃厚!"

九

张为强到支书丁耀宗家相亲时,张为强显得很高调、也很张扬,就这一点丁惠娟就十分反感。什么人嘛,还不就是个食品站卖肉的,搞得自个儿像个公社干部似的。一点都不谦虚!难怪丁惠娟一直躲在自己的房间里不出来。张为强进屋后,没有看到丁惠娟,就感到有些意外。但张为强不担心,一个吃商品粮的青年人在农村姑娘面前很自信。丁惠娟在公社中学读初中时,张为强见过丁惠娟一面。丁惠娟在学校里是比较出众的一个,家庭条件优越,她的衣着打扮就比其他女孩子光鲜、时髦一些,在学校里也就更惹眼一些。

吃午饭时,菜都上齐了,丁惠娟才被赵菊英从屋里拽了出来。丁惠娟坐在饭桌边,低着头不说话,也不看张为强。张为强仔细地把丁惠娟打量了一遍。心里想,就她了!全公社挑不出第二个让他中意的姑娘了。

饭桌上,丁惠娟一句话都没有说,很局促、很惶恐的样子,吃了半碗饭就急慌慌地又回到自己屋里。张为强看到丁惠娟那样子,心里不安了,是丁惠娟没有相中他,还是支书看不上他?

可是，张为强不懂了。桌上摆着四碟八碗，酒也是好酒，精装洋河大曲。丁耀宗完全是按贵客标准招待的。赵菊英也很热情，一个劲儿地给他夹菜。张为强的碗里都盛不下了。

马陵村人待客是有传统的，讲究的就是个热情，如果哪家来了客人，没有吃饱饭，那三乡五里的亲朋好友都会知道，这家人小气、吝啬，不好相处。一般来说，客人坐下了，不管吃得下吃不下，碗里的饭要盛得满满的，吃下半碗后，主人就要马上给添上。吃菜呢，也是如此，客人自己夹菜不算，主人一定要一筷连一筷地给夹，夹到碗里盛不下为止。有时候，饭做得少了，或是缸里的粮食本来就没有余裕，那主人自己只能象征性吃几口，保证客人吃饱、吃好。遇到年景不好，马陵村人就怕家里来客人。

城里人绝对不会这样，家里来客人了，饭桌上你吃你的，我吃我的，一人一碗，碗还小，吃不饱拉倒！菜也是小碟小碗装的，样子不少，但都是象征性的，尝尝而已。但城里人客气话是要说的，也就说说而已，不认真的。因为城里人吃的是定量粮，你从人家口中夺食，不能怪城里人小气！

这就是城里人与乡下人待客的区别。

丁惠娟离开了桌子，张为强就没心思吃饭了。他想进去和丁惠娟说说话，都被丁耀宗岔开了。丁耀宗说："现在时代不同了，儿女的婚姻父母不能包办，以后你们两个人下来慢慢地谈吧。"张为强听了，笑起来，说："我听丁书记的，一定好好和丁惠娟谈。"

丁耀宗慈祥地说："惠娟这丫头从小被我们惯坏了，又在县城里念了两年高中，脾气不太好。"

张为强给丁耀宗递上一支烟，说："那是的，有知识、有学问的人都这样。"

丁耀宗笑了笑，说："这孩子老说自己年龄小，你不要着急，慢慢来。"

"不急的，不急的！定了亲，还要等两年才够结婚的年龄呢。"张为强搓着手，显得腼腆的样子。

"不急就好。"丁耀宗说，"回去和孙书记说，你和惠娟的亲事，我们没有意见。"

张为强相亲走后，丁惠娟说："这门亲事，你们同意，我不同意！"

丁耀宗严肃道："你不同意，你想干什么？"

赵菊英说："人家张为强哪点比不上李梦浩？"

丁耀宗说："梦浩那小子有什么好？你不要鬼迷心窍！"

赵菊英说："不看僧面看佛面，人家还是公社孙书记的亲戚呢！"

丁惠娟气鼓鼓地说："我不当牺牲品。"

丁惠娟像是做了见不得人的事情一般，连大门都不出了，整天躲在屋里发呆。正月十五，马陵村的小学校开学了，丁耀宗就对丁惠娟说："整天憋在屋里会憋出毛病的，学校都开学了，你快去上课吧。"

丁惠娟到学校给学生上课，每天和一群孩子打交道，心情自然开朗了许多。只是每天回到家后感到苦闷和压抑，特别是夜深人静的时候，丁惠娟就两眼盯着屋笆，一遍一遍地想李梦浩，想得不行了，就牙咬着被子哭。好在父母在她面前没有再提张为强的事。没有提，她也知道这事还没有了结。一想到张为强，丁惠娟就有些惶恐，心里愁得不行。现在全大队的人都知道她相过亲了，有了婆家了。李梦浩在水利工地上会不会也知道了呢？丁惠娟虽没有在父母面前流露过什么，人却是一天比一天瘦了，一个月时间，丁惠娟整个人瘦了一圈。

出了正月，天气一天比一天暖和起来。七九河开，八九雁来，九九耕牛遍地走。九尽杨花开，农田里就有了春天的气息，春风一吹，麦子返青了，油菜一天一天地往上蹿，花也含苞欲放了。路边和田埂上野草在不知不觉间就绿了一片又一片。在田地里最先忙碌的是歇了一冬的耕牛们，它们在冻酥的田地里，拉着犁耙，轻快地翻耕着春地。犁耙铧翻过的土地一波一波的，像河面细碎的浪花。使牛的"把式"扶着犁把手或是站在耙盘上，低着头，像是打盹儿一样，半天又会一惊一乍地呵斥一声，惊飞了在田里觅食的鸟儿，它们惊叫着飞向天空，盘旋了一圈又落了下来。

春天是播种的季节，也是人心荡漾的季节。就连村庄里的猫、狗都等不到天黑，在房前屋后追逐、嚎叫，像是仇敌对峙，要决一死活似的。趁着农活不紧，定了亲，下过"柬子"的青年男女，该娶的娶，该嫁的嫁。一时间，村庄里每天都能听到锣鼓和鞭炮声，村庄的空气都弥漫着一股喜气。

丁惠娟实在憋不住了，人都有些魔怔了。放学后就把自己闩在屋里给李梦浩写信。丁惠娟把信笺铺在桌子上，刚写了开头，就不知如何写了。写什么呢，告诉梦浩她已经相过了亲，她没有同意吗？不管她怎么表明自己的心迹，全村人都知道她有了婆家，张为强都上门了，她有十张嘴也辩不清了。丁惠娟想说的其实不是这些，她多想让李梦浩知道，自己是多么想他！要是李梦浩在身边就好了，不用写信，也不用说话，一个眼神或一个亲吻，什么问题都解决了。丁惠娟望着眼前的信笺，胸中涌起了千种柔情万般眷恋，似乎李梦浩就在信笺上。信笺上"梦浩"两个字是真实的，却又是空洞的。丁惠娟望着自己写下的字，竟难以控制，无声地落泪了，泪滴在信笺上，湿了一片。

夜深人静时，丁惠娟终于写了一句："见字如面，四月二日晚，我在村南油菜地边等你，不见不散。"第二天，丁惠娟起了个大早，把信夹在她给李梦浩织的毛衣里，托给工地送粮和柴草的李梦福捎给李梦浩。信捎走后，丁惠娟心里踏实了不少。转过一天，丁惠娟又有些烦躁了，李梦浩能如约见面吗？马陵村离禹山虽然只有五六十里路，可那是要用两条腿一步步量过来的。李梦浩回来还要请假，没有充分的理由，工地上的干部能准假吗？

在等李梦浩回来的几天里，丁惠娟神情恍恍惚惚的。她对李梦浩是否能回来没有一点把握。李梦浩要是相信村里人的传言，以为她真的和张为强定亲了呢？就是李梦浩回来了，她又能和李梦浩说什么呢？她能学着村里一个姑娘那样，悄悄地和自己的心上人私奔吗？丁惠娟一时也说不清。丁惠娟只有等。

阳历四月二日，也就是阴历二月十七，社员们从田地里忙活回来，刚刚吃过晚饭，月亮就升起来了。十五的月亮十六圆，十七的月亮缺点边。月亮还是那个月亮，少有人注意十七晚上的月亮与十六晚上的月亮有多大区别。

夜空晴朗得像一湖水，干干净净的，一丝风也没有。经过一天阳光普照，田地里氤氲着一层薄气，既朦胧又明亮。丁惠娟坐在油菜地边的畦埂上，望着升高的月亮，胸脯拼命地向外鼓着。这是一个适合谈情说爱的夜晚，也是一个适合男女幽会的地方。油菜花开了，金黄一片。只是那月亮再朦胧一点就更好了。

天上的月亮走了很远。丁惠娟坐在那儿两腿都麻了，她有点泄气，也有点哀怨。她想，都这个时辰了，李梦浩还会回来吗？丁惠娟站了起来，揉了揉腿，叹了一口气。就在这个时候，李梦浩突然站到了丁惠娟的面前。丁惠娟被吓了一跳，心都要蹿到了嗓子眼。丁惠娟愣怔了一下，只一下，便什么都没有说，一下子扑到李梦浩的怀里，呜呜地哭。

李梦浩什么也没有问，扯了扯丁惠娟的衣服，两人相拥着向油菜地深处走。在一处茂密的油菜丛里，李梦浩像是一堵墙，轰地一下倒在了油菜棵上，四仰八叉地压倒了一大片，还惊飞了两只布谷鸟。丁惠娟扑在李梦浩的身上，把脸捂在李梦浩的胸口，没有能憋住，撕心裂肺地叫了一声："梦浩哥，带我走吧！"

李梦浩闭着眼睛没有吱声。丁惠娟抬起头，抹去了眼泪，盯着李梦浩看，李梦浩睁开眼睛直直地望着天空，没有说话。丁惠娟又说了一遍，李梦浩还是茫然地望着天空，神情木木的。丁惠娟摇着李梦浩的脑袋，凄然地问："你怎么啦？"

半天，李梦浩才像清醒过来，自言自语地说："我能带你到哪里呢？"

"到哪儿都行。"丁惠娟说。

李梦浩茫然道："世界之大，却没有我立足之地啊。"

丁惠娟说："跟你在一起，我啥都不怕！"

李梦浩坐起来，在身边薅了一把油菜花，把花瓣一朵一朵地摘下来，抛掉。

李梦浩有点哽咽道："惠娟，你知道，我有多难受吗？"

丁惠娟失声哭道："我知道。"

李梦浩说："我曾想过要一起离开马陵村。可是，没有大队的介绍信，旅馆都不让住。如果走了，只能是讨饭、流浪。"

丁惠娟坚定地说："那就讨饭、流浪。"

讨饭，流浪。李梦浩的心颤了，也痛了。讨饭、流浪说起来容易，做起来很难。四处漂泊，居无定所，从哪里来，又要往哪里去？不仅需要有勇气把时间忘记，还需要暂时跟这个世界保持安静的距离。可能吗？爱情的力量虽大，但又能持续多久？在李梦浩心里，总有太多的事需要顾忌，总有太多的人需要惦记。再说，一个男人，他能让自己心爱的女人去过流浪生活吗？不能，绝不能！

到了后半夜，露水浓了，夜气也重了。李梦浩站起来，仰天长叹："老天爷，开开眼吧，给我们指条路吧！"

丁惠娟听到李梦浩的话心里开始乱了。讨饭、流浪只是对困苦的一种抗争宣誓，也是走投无路时的一种无奈的生活形式。果真去讨饭、流浪，李梦浩和丁惠娟能拉下这个脸吗？

春寒料峭，冻杀年少。两个年轻人挣扎着。他们的挣扎是痛苦的，却又是无声无息的。油菜地里偶尔传来几声布谷鸟的鸣叫，听起来也是哀怨的。只有油菜花在夜色里沐浴着夜露，无忧无虑地绽放着。

丁惠娟不知说什么好了，只有用自己身体去温暖李梦浩。丁惠娟开始解上衣的扣子，将胸口贴在李梦浩的身上。此时，李梦浩有些木然，像个稻草人一般竖着。丁惠娟安慰说："总会有办法的。"

有什么办法呢？

李梦浩的身体开始颤抖。他搂紧丁惠娟，像是漂泊在一片汪洋中抓到一块船板，拼命地挣扎、扑腾，却又感到虚无缥缈，望不到港湾。李梦浩将衣服撩起来，让自己的肌肤贴着丁惠娟的肌肤，不留缝隙地黏在一起。

还需要说什么呢？还能说什么呢？

时光在喘息之中流淌着。夜色开始消退，马陵村里的公鸡开始打鸣了。一声，又一声，马陵大队的公鸡像是听到了号声，都不甘落后，一个个抻长脖子声嘶力竭地叫唤。很快，村庄被叫醒了。

李梦浩推开丁惠娟，恓惶地说："我是偷偷从工地跑回来的，还要赶回去。"

丁惠娟系好扣子，抻平衣服，说道："你放心，我等你！"

李梦浩踢了一脚油菜花，脸色晦暗地说："惠娟，别浪费时间了，还是听你父母的吧。"

丁惠娟问："为什么？"

李梦浩赌气地说："你怎么能嫁给一个穷社员？"

丁惠娟说："吃商品粮的我不稀罕！"

李梦浩说："胳膊拧不过大腿。"

丁惠娟说："现在都什么年代了，还能包办婚姻吗？"

李梦浩说："不管是什么年代，都要门当户对。"

丁惠娟讥笑说："封建思想。"

李梦浩说："别犟了。"说完，李梦浩不管不顾，转身一个人走了，走了十多步，又停下说，"全村人都等着喝你和张为强的喜酒呢。"

这话太突然了，太伤人了！俗话说，女人心海底针。女人的心易变，男人的心更容易变。刚才还缠缠绵绵，一转脸系上扣子就翻脸了。丁惠娟一时懵懂了。

丁惠娟望着晨曦中李梦浩越走越远的身影，终于醒过梦来。丁惠娟追了几步，又停下来，声嘶力竭地喊："李梦浩，你这个没心肝的！"

丁惠娟的心里充满了怨恨。说到底，丁惠娟也是不甘心。

经济基础决定上层建筑。马陵村的社员虽然不懂政治经济学，但马陵村人很务实，明白画饼不能充饥的道理。丁惠娟与张为强定亲是"板门对板门"，门当户对的。李树霖家有什么？三间茅草房，每年还吃不上平均粮。当下日子虽然好过了，不愁吃不愁穿，但李树霖娶儿媳妇有房有车吗？娶儿媳妇起码要有三间瓦房，家里还要有辆自行车吧。李树霖家没有。

丁耀宗嫁女儿肯定要陪嫁自行车、手表、缝纫机，还有一台收音机的。一般人家嫁闺女陪不起"三转一响"，但少不了"三十六条腿"。支书家不是一般人家，那是要陪"四十二条腿"的，八仙桌，五斗橱，脸盆架，四把椅子，两只箱子，还有一个大立柜都是要有的。这么多嫁妆，婆家也是要有屋子放的呀。

李树霖家什么都没有，连一个大立柜都没有！丁耀宗怎么可能让丁惠娟嫁给李梦浩？不可能的嘛。

瞧人家张为强，腕上戴的是"上海"牌全钢防震手表，屁股下骑的也是上海产"永久"牌自行车。"永久"牌自行车不单是一辆自行车，那还是实力的象征，是有地位或"关系"的标签。知道吗？光有钱是买不到的，需要"票"！

人穷志短。话不需要丁耀宗去明说，李树霖自然明白，他们家条件不好与张为强家比。何况，张为强还有个姐夫是公社的副书记呢！在现实面前李树霖自惭形秽了。但李树霖心里还是不服气，觉得儿子李梦浩是虎落平阳，公子落难；丁耀宗是鼠目寸光，狗眼看人低！

未来只是个梦。眼下李梦浩还是马陵大队的社员群众。婚姻是需要爱情作基础的，但只有爱情是不够的，还需要有衣食住行。爱情是虚无缥缈的，不能当饭吃，不能当衣穿。爱情只不过是乡下人饭后的一杯茶或一支烟，有它没它都行。

当马陵村上空缭绕着淡淡的炊烟时，丁惠娟在油菜花盛开的田野里游走着，心里是一片荒芜。爱情很美好，那是在小说里，在电影上。爱情就像暗夜里绽放的烟花，仰望很璀璨耀眼，俯视却是一地碎屑。

丁惠娟回家后，一赌气，就对丁耀宗说，她愿意和张为强先谈谈。张为强一直在等，终于等到丁惠娟愿意和他谈了。张为强知道，丁惠娟对他不悦意，和他在一起时总是不冷不热的。张为强便隔三岔五地骑着自行车到丁耀宗家里来。每次来，车把上都挂着一坨肥膘肉。张为强想，丁惠娟就是块石头，总也能焐热的吧。

渐渐地，丁惠娟对李梦浩有些灰心了。她和张为强在一起说话时，脸上也会露出笑容了。丁惠娟想，张为强虽然不是自己的意中人，不好和李梦浩比，但张为强也不是歪瓜裂枣。每天上下班，风吹不着，雨淋不着，每月还拿三十多块钱的工资，像这样的条件，是多少农村姑娘做梦都想嫁的。真是难为他了。在一个星期天，张为强就带丁惠娟去晶都县城"赶集"了。在晶都商场，张为强给丁惠娟买了一身毛哔叽布料，还托人给丁惠娟买了一块"上海"牌手表。从县城回来，丁惠娟和张为强的亲事就算定下来了。

丁惠娟和张为强谈恋爱，那是名副其实地用嘴谈，连手都没拉。丁惠娟和张为强单独坐到一起时，她就没有话说，无声地坐着，有些陌生感，也有些尴尬。张为强没话找话说，说公社的事，说食品站的事，好像他是书记似的，一说一大套，像是在作报告。丁惠娟坐在那儿听，从不打断张为强说话的兴致，像坐在教室里的小学生，两眼扑闪扑闪的，有时又是若有所思的。

张为强每次作完报告就想听丁惠娟也说点什么。丁惠娟就笑笑说："你说你的，我在听呢。"老是一个人说，张为强就感到兴味索然了。张为强想，难道恋爱就是这样谈的吗？张为强虽然没有看过多少书，但张为强是个男人，是男人就会有男人的本能，这种本能不是老师教的，也不是书本上学的，而是无师自通。张为强用嘴谈完了，就想用身体去"谈"。开始，张为强小心翼翼地把凳子向丁惠娟床前移了移，丁惠娟没有动。张为强深深地吸口气，把手伸过去想握丁惠娟的手，丁惠娟的手像是被蜜蜂蜇了一下，惊颤着把手缩到了身后。张为强脸涨得通红，窘迫得不知如何是好了。于是，气氛一下肃穆起来，两人就僵住了。

张为强不自在了。丁惠娟也不自在了。丁惠娟不是怕张为强的手，那手是细白的，掌心和指肚上也没有茧子。只是她和张为强坐在一起时，眼前总有李梦浩的影子，她看张为强在那儿说话，看着看着，就把张为强看成了李梦浩。当张为强的手伸过来，她就一激灵，醒了。

张为强有些不甘心。张为强想，亲事定下来了，早晚你也是我的人了，摸下手就吓成那样，还在县城读过书呢，简直是封建脑瓜！张为强把屁股移到床边和丁惠娟坐到一起。丁惠娟把身体又向边上移了移，当张为强想伸出胳膊去搂她的肩时，丁惠娟忽地站起来，有些气恼地说："不要这样！"

张为强怔了一下，讪笑着说道："我没怎么样嘛。"

丁惠娟拉着脸说："还没结婚呢，我不喜欢这样！"

张为强的笑僵在了脸上。张为强心里有些恼，恨恨地想，摆什么大小姐的架子，等结了婚，看我怎么收拾你！我让你在床上怎样就得怎样，你爸是支书，你可不是支书。

张为强摇了摇头，松弛了脸面，自嘲地说："这样好，还是你这样好，好饭不怕晚。"

丁惠娟和张为强在一起就是找不到谈恋爱的感觉，也就是不来电。丁惠娟等张为强一离开，身子立马就瘫了。丁惠娟感到累得很，不仅心累，身子也累，比做一天农活还累。

丁惠娟躺在床上想，这个人就是要和自己同睡一张床、同吃一锅饭，要在一起生活一辈子的那个"爱人"吗？在一起坐一个晚上都累，要是生活一辈子呢？想想，丁惠娟心里就像长了草，荒芜起来。夜深人静时，她躺在床上，辗转反侧，泪水止不住地流。

十

这年秋天，又到了大忙的日子。

稻子大片大片地黄在田地里，金灿灿的，每穗稻子都沉甸甸地垂着头，像是少妇初孕，把肚子里的事写在了脸上，既喜悦又羞涩，忍不住就把头低下了。这一低就低出了娇媚，低出了另一种韵味。秋日的阳光是明朗的，也是温和的，因此，秋天的气味也是浓稠的。阳光把秋天各种果实的气味蒸酿在一起，洒在大地上，笼罩在村庄上，让人一呼吸，都要醉了。

很快，田地里的庄稼都收净了。收净了庄稼的田地像是生了孩子的女人，转眼瘦了一圈，苗条了许多，也懒散了许多。一懒散就容易打盹、睡眠。农民们是指望田地的，就像养儿防老一样，一个儿子身单力薄，就再生一个，总认为儿子越多越好的。土地裸露地躺在那儿，挺着胸膛，四仰八叉的，一副骄傲满足的样子。农民们歇息了几天，拖着犁耙，牵着耕牛，又用犁铧摇醒了土地。土地刚打了一个盹，又被抚弄醒了，睡眼惺忪地享受着心中的欢娱。犁过的潮土像是女人潮红期盼的脸，低声地呻吟着、等待着。当农民们把土地侍弄得熨帖了、酥软了，就急急忙忙地播下小麦种子。秋播完后，乡下人就不管不顾地忙别的事去了，留下土地在那儿安宁地孕育，等待来年夏天收获它的果实。

刚忙完了田地里的农活，李梦浩便从广播里听到了征兵的消息。李梦浩听到这个消息后，心里陡然一亮，李梦浩对父亲李树霖说："我要去当兵！"

李梦浩自从水利工地上回来后就像变了一个人，一天到晚也难听到他说几句话。母亲杨月兰愁得不行，背地里不知流了多少泪。杨月兰听了儿子的话，就想，梦浩的心怕是伤透了，不愿在村里待下去了。

李树霖说："当兵也好，去外面闯闯，见见世面，比窝在咱这马陵村强。"

李梦浩到大队报了名，过了几天又到晶都县人民医院体检，体检身体也合格。李梦浩就等着大队和公社批准入伍了。马陵村适龄青年体检合格有五个人，只有三个入伍名额。大队副支书的儿子丁新军，李树海的儿子李梦福两个人是肯定没问题的，这就占了两个名额，还有两个人也都是其他生产队干部的儿子。李梦浩的心悬了起来，如果这个名额给李梦浩，凭什么呢？李梦浩自己都找不到理由。

没过几天，马陵大队党支部开会研究参军入伍的名额时，果然就没有李梦浩。

丁耀宗开完支部会回家后，在饭桌上说了一句："李梦浩那小子想当兵呢。"

赵菊英瞅了眼丁惠娟，小声地问："有他吗？"

丁耀宗顿了顿，说道："名额有限。"

丁惠娟放下筷子，火急火燎地问："为什么不让他去？"

丁耀宗瞥了眼丁惠娟，无奈地说："不是名额有限嘛！"

丁惠娟饭碗一推，站起来盯着父亲丁耀宗，愤愤地说："不让李梦浩去当兵，那我就嫁给他！"丁耀宗和赵菊英从来没有见过丁惠娟发这么大火气。也从来没听她说话这么坚决过。赵菊英从丁惠娟的眼神里看出了她的愤怒。赵菊英一想，也觉得欠李梦浩一点什么，当下心就软了，对丁耀宗说："还是让李梦浩当兵好，眼不见为净。要不，惠娟这儿就安生不了。"

丁耀宗想想也是，作为一个领导干部怎么就没有想到这一点呢？现在形势有些变了，不知道以后会变成个什么样子。他也老了，感到越来越力不从心了。李梦浩不走，留在村里低头不见抬头见，说不定会和惠娟闹出什么事来。丁耀宗推开丁惠娟的屋门，肃着脸说："让梦浩当兵也行，不过，你和张为强的婚事要敲定下来！"

"怎么定？"丁惠娟问。

"按照老规矩，办个仪式，也就是下'大柬子'。"丁耀宗以不容置疑的口气说。

"行！"丁惠娟说完就关了屋门。

十天后，李梦浩接到了公社武装部派人送来的应征入伍通知书。在接到通知书的那一刻，李梦浩呆呆地立在院子里，脑子里一片空白。

又过了三天，李梦浩到公社武装部换了新军装。虽然还没有领章帽徽，但李梦浩穿上它，就感觉自己两只胳膊成了翅膀，只要那么扑扇几下，他就可以飞出马陵村了。

李梦浩回到家，村里人看后就说，没想到李梦浩穿上军装，还真像个当兵的样子。李梦浩就想，你知道个屁！当兵的是什么样？你当过吗？

换了服装后，再过两天，李梦浩就要到晶都县城集结，坐火车去部队了。两天的时间，李梦浩的家里人来人往的，有邻居、同学，还有姑舅姨等亲戚。

该告别的，李梦浩都一一告别了。但李梦浩还想见一个人，那就是丁惠娟。

丁惠娟听说李梦浩到公社武装部换了军装，一颗悬着的心总算落到了实处。十多天来，丁惠娟的神经绷得紧紧的，她知道当兵对于李梦浩来说将意味着什么。在农村要想有出路，除了上大学，再一个就是当兵了。如果兵当不成，那李梦浩就真的要种一辈子的地，当一辈子的农民了。丁惠娟松了身心，身子就软了。李梦浩会来和她告别吗？她就在家等，等等不来，再等等，李梦浩还是没来。她想，李梦浩是恨她了，是不愿再见她了。她在床上睡了一天，也想了一天。她要送送李梦浩，算是一个告别吧。到了晚上，丁惠娟来到了李梦浩家的院门口。丁惠娟看到李梦浩家的堂屋里坐满了人。丁惠娟便转回家里等。夜深人静时分，丁惠娟又来到李梦浩家，串门的人都散了，只有李梦浩的屋里还亮着灯。

丁惠娟轻手轻脚地走到梦浩的屋门前，从门缝里看见李梦浩坐在床沿上发呆。丁惠娟心里一紧，顺手就把门推开了。丁惠娟立在门槛上，两腿哆嗦着迈不动步子。

李梦浩先是一惊，不知道怎么好了。丁惠娟也不说话，木然地站着。李梦浩看见丁惠娟比以前瘦多了，脸色也不好。李梦浩的心像被揪了一下，疼了。他扑上去把丁惠娟拉到了床边。丁惠娟一瞬间就软了，撑不住了。她两手吊着李梦浩的脖子不松开。

李梦浩说："你怎么来了？"

丁惠娟怨恨道："我不像你，那么狠心肠！"

李梦浩叹了口气，说道："我也是没办法啊。"

丁惠娟问："你把我扔下，就不管了？"

"我想管啊！可我管不了啊。"

"那夜，你要说一句咱们走吧，我真的就会跟你走的。"

"我当时真想说的。"

"可你没说啊。"

"说了，又能怎么样呢？"

"说了，我就一辈子是你的人了。"

李梦浩泪流满面了，哽咽道："惠娟，我没这命啊！"

丁惠娟怨恨地说："到了部队，你再找好的吧。"

李梦浩的心被刺痛了。他把丁惠娟抱到床上，说："你瘦多了。"

"我来送送你，没想到吧？"丁惠娟松开手，两眼直直地盯着李梦浩。

"想到了。"李梦浩的泪流了下来。

"张为强要来下'大柬子'了，你知道吗？"丁惠娟凄然地说。

李梦浩叹了口气，心又被扎了一下，抹了把泪，说道："听说了。"

"你怨我吗？"丁惠娟把脸埋在李梦浩的胸前，两手胡乱地抓摸着。

李梦浩听了丁惠娟的话，心里恍恍惚惚的，他的心乱了，乱成一团麻了。

"我知道你怨恨我。"丁惠娟哀叹道。

李梦浩一时无语。要说他不怨不恨是假，可是细细思量一下，丁惠娟也有她的难处，要说丁惠娟不爱他，辜负了他，也是不会的。要说恨，李梦浩只有恨自己了，他为什么就没有胆量带丁惠娟离开马陵村呢？

"到现在，说什么都没用了。"丁惠娟脱了鞋，把整个身子挪到了床上，一颗一颗地解着衣服扣子，喃喃地说，"我也没什么好送你的了，送什么你都不稀罕，那我就把自己送给你吧。"丁惠娟把衣服脱下来，用被子先把自己盖了，等着李梦浩。

"不，我不能啊。"李梦浩有些惶恐地看着丁惠娟，两腿哆哆嗦嗦的，"这样会害了你！"

丁惠娟凄苦一笑，说："换了身军装你就不是李梦浩了？你不是早就想吗？我还守着做什么？我就那么傻吗，把它留给我不爱的人？"丁惠娟伸手拉了一把李梦浩。李梦浩的心被丁惠娟撕裂了，钻心地痛。李梦浩坐到床边，把脸埋在丁惠娟的胸口。丁惠娟用手抓着他的头发，一把一把地揪。李梦浩蜷缩的身子慢慢地烫了，感觉口渴得不行，想喝水。

屋里简陋得很，除了一张床、一张桌子，还有一条长木凳，连把木椅都没有。桌子上也没有暖壶和茶杯，只有从武装部领回的军被，用背包带方方正正地捆着。李梦浩渴得不行了，想爬起来。丁惠娟斜躺在床上看着李梦浩，心里陡然生出无限的凄楚。丁惠娟想，我这是算什么呢，是不是发贱呢？李梦浩想的时候，我死守着，不给他！现在人家当兵了，要远走高飞了，自己就主动送上门，人家还在那儿推三阻四的。

丁惠娟坐起来想穿衣服。这时候，村里传来几声狗叫，叫了几声停了。深秋的夜是沉静的，也是寒冷的，就像落了叶子的树，不摇也不晃，酣眠一样。丁惠娟想把自己送给李梦浩是实心实意的。丁惠娟又躺了下来，自己给自己鼓气，女人身上就那么点让男人珍爱的东西，第一次不给心爱的男人又给谁呢？

面对自己日盼夜想的人，李梦浩虽然有些顾虑，但终究抵挡不了身体的欲望。李梦浩上了床，顺手拉灭了灯。丁惠娟急切地把嘴贴在李梦浩的唇上，尖尖的舌头从梦浩的牙缝里探进去，来来回回地搅动着，搅得李梦浩乱了阵脚。

丁惠娟伏在李梦浩的胸膛问："还渴吗？"

李梦浩咽了口唾沫，不愿停下来，丁惠娟用手把他摁了，说："你不要心急，今夜我就是你的女人了，跑不了。你抱着我，咱俩说说话吧。你这一走，就是天涯海角了。"

李梦浩哀叹一声，片刻后，说："你等我吧。"

"等你？等你到哪年哪月？"

"等我在部队有了出息。"

"我能等，可我爸不会让我等。"

"他能把你怎么样啊？"

"他不会把我怎么样，可他会把你怎么样啊！"

"我到了部队，他还能管到部队？"

"他把事情告到部队，你前途就没了啊。"

李梦浩说："没了就没了吧！"

丁惠娟说："别说傻话了，你能去当兵也不容易。"丁惠娟边帮李梦浩解衣扣，边呢喃道，"今晚上一别，以后就不知哪年哪月能见了。"

"也就三年吧，部队三年后可以探亲的。"

"到那时候，你还会来见我吗？"说完了，丁惠娟就哭了，身体抖得很厉害。但她又不能放声哭，从喉咙里挤出细细的声音很尖锐，像针一样扎在李梦浩的胸口。李梦浩抚摸着丁惠娟，感到丁惠娟的身体热得像块烧红了的炭，烫手。李梦浩两只胳膊紧紧箍着，像是要把她镶进自己的身体里。

不知过了多久，门缝泄进一束曙光，丁惠娟附在李梦浩耳边，轻轻地说："我该回去了。"

李梦浩在丁惠娟身上睡了一小觉，嘴里的口水都滴了丁惠娟一腮。李梦浩一激灵，醒了。李梦浩舍不得让丁惠娟就这么走了。他从她的身上滑下来，侧着身子静静地望着丁惠娟。那弯弯的秀眉像一轮弦月，黑长的睫毛像刚秀出的麦芒，小巧挺拔的鼻子、湿润的红唇、细嫩泛着桃红的脸庞，哪一样都让他爱不释手。丁惠娟身上味道也好闻，有一丝淡淡的香，就像五月田地里弥漫的麦香，让人沉醉。李梦浩把头埋在丁惠娟的胸口，像个醉汉。丁惠娟抚摸着李梦浩，说道："给了你，我心就踏实了。"她把嘴唇在李梦浩脸上啄了一下，"到了部队，好好干，要入党，提干。"

李梦浩轻轻地嗯了一声。

丁惠娟说："别怪我，我对不起你。以后就忘了我吧。"

李梦浩强忍着泪，说："我忘不掉啊！"

丁惠娟翘起头，坚决地说："忘不掉也得忘！"说完，她就伏在他的身上，没命地、疯狂地、不顾一切地吻着……

李梦浩累坏了，一只手搭在丁惠娟的身上，片刻就心满意足地睡着了。

李梦浩醒来的时候，已是半晌了。丁惠娟什么时候走的他都不知道。他只记得夜里做了很多梦。一会儿是在麦田里割麦子，怎么也割不完；一会儿和李树海吵架，他从兜里掏出枪向李树海射去，却发现射出去的不是子弹，而是水。他从兜里掏子弹，掏出的却是一盒火柴。他还梦见天空飞过一群白天鹅，他坐上汽车去追赶，白天鹅飞累了，一只只都落在汽车上，他抱着一只白天鹅想带回家里养起来，可是，一转眼，白天鹅就又飞走了，手里只留下两片白羽毛。这一夜却没有梦见躺在身边的丁惠娟。起床后，李梦浩洗漱完草草地吃了几口饭，把床单换下来悄悄地洗了。母亲看着晾晒在院子里的花格布床单，深深地叹了口气，什么也没有说。

这是在家最后一个下午了。李梦浩一个人游荡在田野里，天空是晴朗的，太阳也是温暖的，田地里种下的小麦刚刚露出嫩绿的叶片。李梦浩说不上是喜悦还是哀伤，踩着脚下的沙土地，心里并不踏实，胸口好像有潮涌，又好像干枯的河床，说不清楚是一种什么味道。

李梦浩走累了，躺在光秃秃的田埂上，望着蓝天、白云，像一只受伤的鹰，不停地梳理着自己的羽翼。李梦浩脑子里抹不去的是丁惠娟的身体，还有床单上被焐干的一片血迹。丁惠娟已烙在李梦浩的心里，抹是抹不去了。

晚上，李梦浩没有想到，村里的一个媒人来给他提亲了。母亲杨月兰一口答应下来，只是说怕来不及相亲了。父亲李树霖瞪了杨月兰一眼，说："儿子的事你能当家？！"

杨月兰说："那你不能去问问梦浩吗？这一走就是三年，三年后回来再找，黄花菜都凉了。"

李树霖来到李梦浩的屋里，看着儿子躺在床上发呆，他没有说什么，坐在凳子上，从口袋里掏出一包"丽华"牌香烟，抽出一支默默地抽着，李树霖平时抽烟锅，这几天家里有人串门，他就买了一条"丽华"牌香烟。一般人家招待人都是"红骑兵"，一条两块钱。"丽华"烟一条要两块八，没有重大的事是舍不得买"丽华"烟的。

李梦浩能去当兵，杨月兰消了心头之苦，私下就念叨，说是祖上积了德，自家烧了高香了。李树霖什么也没有说，他心里明镜似的。特别是昨晚梦浩屋里的动静，他就知道，儿子能去当兵，肯定是惠娟向丁耀宗求的情，要不然，这样的好事还落不到他儿子的身上。

李树霖在儿子的床边一直坐着，也不说话，他就是想在儿子身边多待一会儿。坐到三更天的时候，李树霖出门看了看天，三星正晌。他又回屋坐到床边，问儿子："睡了吗？"

李梦浩翻了一下身，说道："没睡。"

李树霖这才说："有人来提亲了。"

李梦浩说："明天就走了，还提什么亲啊。"

李树霖说："媒人来说，人家女方不嫌咱家穷，啥也不要，只要你愿意，到了部队就和她通通信，三年后回来成亲。"

李梦浩哼了一声，嘲讽地笑着："她是七仙女吗？"停了一会儿，李梦浩坐了起来，对父亲认真地说："我只要离开马陵村，说什么也不会再回来了！将来就是要饭，也不回马陵村来要！"

李树霖抽完了手中的烟，将烟蒂用脚狠劲地踩了踩，说："不回来也好！"

第二天早上，李梦浩吃了两碗母亲擀的鸡蛋面条后，扎上部队发的枣栗色皮革腰带，背上背包，挺着胸脯，昂首阔步地走出自家破落的院子，穿过马陵村里的泥土小路，向洪湖公社武装部走去。

有人从院子里探出头来和李树霖打招呼。李梦浩也不停步，看了眼满面笑容的父亲给村人散烟，他就想，父亲是要在马陵村生活一辈子的啊！

走到村口，马陵大队的广播喇叭突然响了起来。这时为什么要放广播呢？是为李梦浩送行吗？李梦浩想起来了，马陵村和他同时参军的还有两个人，一个是大队党支部副书记的儿子丁新军，另一个是生产队长李树海的儿子李梦福。李梦浩想，我这是沾人家的光了。

广播喇叭里响起了歌声。蒋大为高亢嘹亮的声音在路边的树枝上、在村庄房屋上，像早晨的炊烟袅袅地升腾，在半空盘旋、缭绕。

往日，李梦浩听了，虽然歌声昂扬，但是，他心情是平静的，也没有什么遐想。此时此刻，他的心似乎被一根丝线勒了一下，很紧、很痛。

啊，牡丹，
百花丛中最鲜艳。
啊，牡丹，
众香国里最壮观，
有人说你娇媚，
娇媚的生命哪有这样丰满；
有人说你富贵，
哪知道你曾历尽贫寒。

为什么马陵大队的广播里要放这首《牡丹之歌》呢？这首歌广播里经常放，可是这会儿放，李梦浩感觉到不是给他们参军送行的。是啊，他们算什么呢？在丁耀宗的眼里不算什么的。更何况李梦浩！啊，牡丹，百花丛中最鲜艳。谁是牡丹？百花丛中谁最鲜艳？只有丁惠娟了。蒋大为是为丁惠娟唱的，马陵村也只有丁惠娟配为"牡丹"。李梦浩想哭，可他没有眼泪，李梦浩瞧不起眼泪。

李梦浩走出村口，本不想回头的，可是，李梦浩还是禁不住回了头。他朝丁惠娟家望了望，丁惠娟家的院门大敞着，好多人进进出出，十分热闹。这天是张为强来给丁惠娟下"柬子"的日子，下完"柬子"，亲事就彻底定下来了，丁惠娟就等着选好日子出嫁了。下"柬子"也是乡下一桩喜事。一般来说，女方家都是要请客摆宴席的。

马陵村的人都去丁耀宗家吃喜酒了，很少有人注意到即将离开马陵村的李梦浩。李树霖也在朝支书丁耀宗家的院子望，李树霖的目光显然和儿子不一样。他一边抽着烟，一边眯着眼笑着，笑容很复杂，脸上的皱纹没有展开，反而更深了。李树霖把手里的烟头向地上一扔，对李梦浩说："走吧，没什么稀罕的！"

李梦浩望着前面父亲的背影，发现父亲老了，还没到五十岁的年纪，背就有些驼了。李梦浩又回头望了眼村庄，村庄似乎也老了，一点生机都没有。李梦浩转过身子，恨恨地踢了一脚路边的石块，那石块没有动，却把李梦浩的脚踢痛了。

路还是那条土路，人还是那个人，但景象大不一样了。

在蒋大为嘹亮的歌声中，李梦浩揉了揉眼睛，眼眶里干涩得很。

李梦浩咬紧牙齿，愤然地想，心爱的女人成了别人的老婆，祖祖辈辈居住的村庄却没有他李梦浩生活与爱情之地。

除了父母，马陵村还有什么值得李梦浩留恋的呢！

再见了，马陵大队。

再见了，生我养我的地方！

第三章 03

十一

新兵在晶都县城集结后，下午在大礼堂开欢送会，县武装部部长在会上讲了话。部长说，当今世界还不太平，霸权主义依然尘嚣甚上，我国面临着领土和海洋权益争端等方面的挑战和威胁，在这种形势下，各位新入伍的同志职责神圣，使命光荣，一定不要辜负家乡父老的希望和重托，在军队的大熔炉里锻炼成钢，在军营里谱写壮丽的青春篇章。话说得很殷切，也很昂扬，换个场合，老百姓听起来，就像听广播，与己无关的。现在听起来不一样了，穿上了新军装，将要成为军人了，南方边境炮火刚停，硝烟还在丛林里弥漫，战场似乎离他们很近了。虽然，他们刚从乡村的土地里走出来，还没有弄明白国家和战争的含义，但是，他们分明感到都与自己联系在一起了。

新兵们在县城吃了晚饭，就准备上火车向部队出发了。

站台上，路灯有些昏黄。送行的人和新兵掺杂在一起，像乡下的庙会一样热闹，熙熙攘攘，人声鼎沸。虽然都是兴高采烈的模样，可是，家长们心里沉重起来，好像要生死离别一样。尤其是那些和新兵定了亲的姑娘，开始还有点忸怩，现在她们有些不管不顾了，撇开众人的眼光，拉着自家男人的手，一边抹着泪，一边千叮咛万嘱咐。有的还拥在一起哽咽起来。

李梦福靠在一根柱子上，翠兰伏在梦福的怀里一耸一耸的。梦福说，别哭了，不就三年嘛，复员回来就结婚。翠兰嘟哝说，要是想你了怎么办？梦福说，那就写信，你一个星期给我写一封。翠兰问，那你呢？你要一天给我写一封。梦福捧起翠兰的脸，亲了一口说，行啊！

李梦浩站在人群里，看到这场面，嘴角挂着一丝嘲笑。心想，有什么不舍的？到底有什么舍不得的呢？

站台上铃声响了。李梦浩对送行的父亲李树霖说："回去吧，夜路不好走。"

父亲挨近儿子，目光在儿子脸上停留片刻，慢慢又移开，淡淡地说了一句："到了部队，给家里报个平安。"

李梦浩点点头，看了眼父亲说："回吧。"说完，就一跃上了车厢。

火车开动后，李梦浩从车窗里看到纷乱的人群中父亲肃然地站在原地，一动不动，目光凝滞，十分孤独寂寥。灯光映在他的脸上，一半是平静，一半是沧桑。李梦浩不知道，其实，父亲李树霖的心早已飞往遥远的军营了。

李树霖是一九五六年参的军，在部队干了六年。李树霖从列兵干到上士班长。第六年底当了副排长，如果李树霖留下来继续干，很可能就提升为排长了。但李树霖一时糊涂，为了退伍能拿到一笔补贴，主动要求复员了。不过，李树霖不后悔，他拿着退伍补贴买了一百多斤小米背回家，让全家度过了灾荒之年。

部队的岁月在李树霖心里刻下了很深的烙印。李梦浩换了军装后，李树霖就对儿子进行了培训，从叠被子、打背包到吃饭，看起来很简单平常的事情，里面却有很大的学问。就说吃饭，李树霖说碗先不要盛满，只盛半下，迅速吃完，再去盛满碗，这样就能吃饱了。不然，先盛了满碗吃完了，还没吃饱，再想去盛饭，锅里的饭就没了。

李树霖还说，在部队不提干不能和女兵谈对象，谈了也是白谈。李梦浩问为什么。李树霖支吾起来。后来，李树霖就对儿子讲了电影《柳堡的故事》。其实，李树霖在部队也是个有故事的人。

一路上，李梦浩都沉默不语。火车先是向西，后来向北，晃晃荡荡，不知疲倦地向北驶去。车轮辗轧道轨的声音像是催眠曲，把很多新兵都摇晃得睡着了，李梦浩却没有睡。李梦浩听接兵的排长说，部队营房离北京很近，星期天就可以去北京城里逛一圈。北京到底是个什么样子？李梦浩只在宣传画上看到过北京天安门，至于北京城有多大，北京的长安街有多长，他就不知道了。

在心驰神往中，第二天夜里，严格地说，是晚上十点钟，军列停靠在一个火车站，李梦浩和一批新兵下了火车，走出站台后又上了卡车。车站广场上停着一排解放牌卡车，车厢上有篷布，转眼间，卡车驶出灯火明亮的广场，消失在暗夜里。又一个多小时过去了，坐在车厢里的李梦浩有些晕头转向，不知道自己被拉到了哪里。外面是黑的，车厢里也是黑的，什么景色都看不到，只能听到呼呼的风声。

终于到了。李梦浩从卡车上跳下来，看到灯火耀眼的广场上站着许多戴着领章帽徽的老兵，心里陡然生出一种到家的感觉。望着四周一排排黑黢黢的营房，李梦浩想，这就是家了。新兵们懵懵懂懂地站在广场上，一个个都很紧张。这种紧张里头有一种严肃，也有隐藏着的活泼。但更多的还是到达目的地后的喜悦和自豪。李梦浩绷着身子在人群中站着。接兵的王排长走过来，拍了拍李梦浩的肩，亲切地说："大家把背包放下，先歇歇，等一会儿分兵。"

李梦浩挺着胸脯说："排长，我不累。"

王排长笑笑说："坐了一天一夜闷罐子还不累？"

李梦浩挺了挺胸说："不累。"

王排长又拍了拍李梦浩的胸脯说："不错。"他是接李梦浩那个公社新兵的排长，一共接了三十人。定兵时，王排长到各个新兵家走访过，王排长还在生产队长李树海家喝过酒。这时，李树海的儿子李梦福走过来，忙着从衣兜里掏出一包"大前门"烟，递给排长一支，又划火给排长点上。王排长吸了口烟说："你们两个是一个村的吧。"

李梦福说："是，排长。"

王排长又拍了拍李梦福的肩膀说："不错，不错。"说完，排长就和别人说话了。李梦福望着排长"嘿嘿"地笑，一副谄媚的样子。李梦浩打量了李梦福一眼，嘴角扯了一下，露出一丝冷笑，心里说，在马陵村，你父亲是队长，你也像队长似的。到了部队，你啥都不是！

这时，广场上响起了"嘟嘟"的哨音。哨子吹得很急，是集合哨。新兵们立刻紧张起来，背起背包东张西望朝一起凑。接兵排长把自己接的新兵排成一列，自己打头带着跑到了指定地点。接着，团军务股的参谋就站到队列前开始点名。点到谁，谁就答一声"到"，然后出列到指定位置列队。黑压压的一个方队，很快就被军务参谋分成十几小块。每一块都由一个穿四个兜的干部和几个老兵带着。

李梦浩和李梦福，还有大队副支书的儿子丁新军都被分到了团直属队通信连新兵排。新兵排长还是接他们的王排长。

分完兵后，又有一多半的新兵上了解放牌卡车被拉走了。李梦浩他们被带到灯光球场边的一排房子里。进了屋，李梦浩才发现屋子很宽敞，里面有两排通铺，中间还放一个长条桌，靠山墙的地方垒着一座大火炉，炉膛里的火被捅得很旺，蓝色的火苗从炉盖边蹿出来，呼呼地叫，屋子里暖融融的，把窗户玻璃哈出了一层雾气。二十多个新兵刚放下背包，几个老兵就端来了两大盆面条，面条热气腾腾的，面条汤里漂着油星和鸡蛋花。新兵们一看，肚子都开始咕咕地叫唤起来，可谁也没有去动手。王排长看了看手腕上的表，大声地说："现在凌晨四点了，快吃，吃完了睡觉，明天起床后再分班。"

新兵们看着面条，咂着嘴，谁也不好意思先动手。王排长看了大家一眼说："不饿吗？还等着我给你们盛？"

李梦福走到盆边，拿起勺子说："来来，我给大家盛。"新兵们这时才把碗伸过来，一个个盛了，站在那儿呼噜呼噜地连吞带咽，吃得满屋子都是响声。

吃完饭，新兵们开始整理铺位睡觉。排长的铺在里面靠近山墙火炉子的位置。其他新兵们依次排开。新兵排里只有五六个兵是晶都县的，其他人都是外县的，还有外省的。李梦福把背包朝排长铺位边一放，说："排长，我不打呼噜，靠你身边睡。"排长没有吭声，扫了大家一眼，新兵们都纷纷挨着铺了铺位，只有李梦浩不着急，等大家铺完了被褥，他才把背包放在了靠门边的铺位上。

新兵们都躺了下来。排长说："关灯啦！"

关了灯，屋里屋外都黑了。不一会儿，屋子里便响起了呼噜声、咬牙声，还有新兵嘟着嘴吹气声。

李梦浩睡不着。现在已经到了部队，部队究竟是个什么样子还不知道，他也猜不出。躺在温热的炕上，脑子里就闪出了丁惠娟的影子。想着想着，身上就燥得不行。李梦浩用手掐了大腿一下，自己骂自己，真是没出息的东西！刚吃口肉，就想着酒席了。忘了她吧。就是不忘，又能怎么样呢？要恨，就恨自己吧！

外面起风了，是西北风，风从树梢刮过，打着呼哨，很尖厉的声音。李梦浩燥热的身子渐渐凉了下来，不知不觉地就睡着了。当李梦浩被起床哨吹醒时，已是第二天上午十点钟了。

太阳从窗户里照进来，很亮也很刺眼。屋子里暖洋洋的，炉口上的铁壶滋滋地冒着蒸汽。王排长早已起床了。排长站在门口说："抓紧起床，洗漱完毕后整理内务，打扫卫生，再到营院里熟悉一下环境。"

新兵们从被窝里爬起来，一边打着哈欠，一边穿衣服，懒洋洋的，一点紧张的气氛都没有。李梦浩掀开被子时，发现被子上盖着一件军大衣。刚来的新兵都还没有发大衣，只有老兵有。李梦浩看着大衣正在纳闷，挨边铺位的新兵问："你发大衣了？"李梦浩摇摇头。那新兵拽起大衣看了看。又问："你家里有人当兵？"李梦浩说："我父亲当过兵，早退伍了。"邻铺的新兵翻着大衣看了一遍，说："这是新大衣，还是干部的。"李梦浩没有接话，他朝排长的铺位上望了一眼，心里便明白了。

新兵们起床后，就开始到营房里熟悉环境。营房坐落在一座山坳里，四周全是山。

虽然是深秋季节，可山里已是冬天的景象了。山上光秃秃的，隐隐约约地能望见山峰上有几棵树，树叶都落光了，也辨不清是什么树。站在营房里向四周眺望，那山看着很近，却也并不近，望山跑死马，真正到山脚下也有几十里路程。正看着，丁新军走到李梦浩身边说："我还以为部队在城里呢，怎么在山沟里啊？"丁新军说完就叹了口气。

李梦浩望着远处的山笑了笑，显得有些兴奋的样子，说："听说这是野战军，野战军一般都驻在山里。"

丁新军从兜里掏出烟，递给李梦浩一支，说："不过也不错。你知道吗？这儿是团部，通信连是直属队。咱们公社的不少人都被分到下面连队了。"

李梦浩笑了笑，没有接烟："我不会抽烟。"接着又说："其实当兵在哪儿都一样。"

丁新军把烟又递过去，诚恳地说："出门在外，不学抽烟怎么行？"

李梦浩把烟接了，放在鼻前嗅了嗅，丁新军帮忙点上了。

丁新军说："排长接兵时，说营房离北京很近呢，谁知却在山沟里。"

这时，李梦福从远处走过来，看着他俩说："管他在哪里呢，不就三年嘛！"

丁新军又掏出烟，递给李梦福一支，真诚地说："咱们三个是一个村子的，以后可要搞好团结。"

李梦福马上表态说："没问题。亲不亲都是家乡人，不能让外人看笑话。以后要互相照应着。"

三个人在营房里转了一圈，在军人服务社买了信笺、信封和邮票，准备给家里写信。营房里到处都能看到新兵，可没见到一个熟面孔。丁新军把两只胳膊搭李梦浩和李梦福的肩上，用力地揽了一下说："咱们三个既是战友，又是老乡，胳膊肘不能向外拐啊。"

李梦福从兜里掏出一包"大前门"烟塞给李梦浩。李梦浩推辞不要。李梦福说："烟一定要学会，听说部队的老兵都会抽烟，新兵不学抽烟怎么行？"

吃过午饭，新兵开始分班。排长指定李梦浩在一班，李梦福在二班，丁新军在三班。分完了班，先开排务会，接着开班务会。宿舍里就四个木凳子，大家就各自坐在自己的铺位边。各班班长讲了话，要求大家要尊敬首长，团结同志，遵守纪律，苦练军事本领。接着又特别强调，从现在开始，大家就是一名光荣的解放军战士了。虽然还没有佩戴领章帽徽"三块红"，但大家一定要严格要求自己，尽快地把自己从一个普通的老百姓转变成一名合格的军人。班长讲完了话，就按排长的指示，各班在新兵中选出一名副班长，协助班长工作。

在选副班长时，大家你看看我，我看看你，都不说话。刚到部队半天时间，一个班的人互相还不熟悉，也不了解，只好把目光都落在班长脸上。班长对本班的兵也不了解，只好说："这样吧，咱们一班的副班长就让排头兵当吧。"班长看着李梦浩问，"你叫什么名字？有意见吗？"

李梦浩站了起来，有些局促，嗫嚅着说道："我叫李梦浩，我没意见，就怕当不好！"

班长扫了本班新兵们一眼，对李梦浩说："先当着吧，当不好再说。大家有意见没有？"

大家齐声说："没有。"

接着，新兵班开始整理内务。各班班长把被褥都抱到了新兵班。班长先在那儿整理，整好了，班长说："大家都看见了吧？被子都要整成这样的，整不好别下来！"

班长把一床软绵绵的被子整成了有棱有角的四方块，像刀切的豆腐。班长的白床单也被抻得像一面镜子，一点褶皱都没有。新兵们开始上铺叠被子整内务，整到晚饭的时候，总算整出了一点模样。

晚饭后，各班又开了班务会，先是对下午整理内务的情况进行了总结和评比。李梦浩的内务在一班评了第一。班长对李梦浩说："班副，以后班里的内务你负责，我主要负责军事训练。"

开完班务会，排长宣布吹熄灯号之前，自由活动，大家可以写写信。新兵们趴在炕上，一个个撅着屁股开始写家信。李梦浩没有写，坐在铺头发愣。过一会儿，李梦福和丁新军两人走过来，喜滋滋地问："梦浩，家信写好了？"

李梦浩说："没写。"

李梦福说："怎么不写啊？给家里报个喜啊。"

丁新军也说："就写封报平安的信也好，要不家里还不知道多担心呢。"

李梦浩叹了一口气，说："刚到也没有啥好写的。"

他们三个人在班务会上都被指定为副班长，这对于刚入伍的新兵来说，真是一件做梦都会笑醒的事情。李梦福轻声说："以后咱们就不要直呼大名了，我就叫你俩一班副、三班副。"

丁新军咧嘴笑开了，一脸灿烂地说："二班副，以后我们三个就相互学习，相互竞赛好了！"

李梦浩看着他俩春风得意的样，心想，这才刚到部队一天啊，万里长征才迈出第一步，有什么值得骄傲的呢？

这时，就寝的预备号响了。李梦浩说："准备洗漱睡觉吧，明天就要开始训练了。"

第二天早晨开始军事训练。新兵排以班为单位，在灯光球场上练队列。先练立正、稍息、齐步走，再练停止间转法。向左转、向右转，向后转。立正动作看着简单，其实并不简单。没有当过兵的人站着就是站着，不是"立正"。"立正"是军人的基本姿势，是队列动作的基础。队列训练时班长在前面先作示范，而后逐一进行讲解。新兵们站在队列里有些傻呆呆的，谁也没有想到"立正"有那么多要求。

什么样的站姿是"立正"呢？

班长说："立正时两脚跟要靠拢并齐，两脚尖向外分开六十度；两腿要挺直，小腹微收，自然挺胸；上体正直，微向前倾，两肩要平，稍向后张；两臂下垂自然伸直，手指并拢自然微曲，拇指尖贴于食指第二节，中指贴于裤缝；头要正，颈要直，口要闭，下微收，两眼向前平视。"

班长讲完动作要领，就作示范。班长的示范动作看起来很简单，但新兵做起来就很难了。"立正"的动作，不仅仅是个动作，还有精气神。它不是武林中讲究"站如松"的那样，是个木桩子，扎了根，求个稳。军人的"立正"，是顶天立地的站姿，是一种形象。它不是一般的"立着"，也不是一般的"站着"，那是一股气势，是宁折不弯的刚强，是不屈不挠的意志。学"立正"站姿，不是一朝一夕就能学好的，这需要慢慢体会，需要全身心地投入。等你有了军人的气质，你朝那儿随便一站，就是个标准的"立正"。

看一个人是不是当过兵，只看他站相就知道了。只一个"立正"动作新兵就练了几天。为了把自己转变成一个合格的军人，新兵们训练得特别认真，除了在操场上练，休息的时候有的还贴着墙根练。一天下来，大家都感到腰酸腿痛，比干农活还要疲累。

新兵训练除了队列，还有就是"内务"。内务是什么呢？很多了。对于新兵来说就是叠被子。叠被子很有意思了。老百姓很少叠被子，即使叠也是三折两折窝在一堆，没个样子。

军人叠被子，学问就大了。叠被子是"三分叠七分整"，出来的模样方方正正，有棱有角，找不到一处皱褶，如同刀削豆腐般的光滑平整，令人叹为观止。

为什么要训练新兵叠被子呢？

叠被子比队列操练还要枯燥、烦琐。其目的就是消灭个性，培养新兵的服从天性。新兵训练就是从这些细节开始，才能让他们在以后的工作、生活中毫无疑问地服从指挥员的命令。

叠被子从生活角度来看，或许没有多大意义，但是，天长日久就会把军人训练成以服从命令为天职的人。这种行为和站军姿、走队列的道理一样的，就是要有绝对服从观念。说到底，就是培养新兵的纪律性。

新兵们每天早上必做功课就是叠被子。虽然早上起床后时间很紧，可以不刷牙不洗脸，甚至不吃早饭，但不可以不叠被子。因为叠被子是一种要求，是一项纪律，更是一种态度。细微之处见精神。叠被子看似简单，却有着复杂的工序。

新兵班负责内务工作的是副班长。李梦浩每天早晨起床后，先去出操，回来后就开始叠被子。被子叠好后，李梦浩还要检查本班战士叠的被子，发现叠不好的就要求重叠。这就得罪人了。但李梦浩不怕，李梦浩的被子放在那里，就是个标杆。新兵们不得不服气。新兵班是每天评比内务。新兵排一周评比一次。谁拉了本班的后腿，那是要在全排人面前丢脸的。

李梦福的被子有一次影响了本班的评比名次，险些班副当不成了。李梦福到服务社买了两瓶山楂罐头，在周六晚上自由活动时间，把李梦浩拉到僻静处，哀求说："梦浩，你帮帮我吧。"

李梦浩在心里是鄙视李梦福的，他巴不得看李梦福的笑话呢。来到部队，虽然表面上没有显示什么，但心里还是把李树海的账记在他头上了。李梦浩笑了笑，问："我能帮你什么啊？"

李梦福哭丧着脸说："你就帮我把被子弄成你那样就成了。"

李梦浩淡然地说："叠被子啊？只要你多练练，下点功夫就行了嘛。"

李梦福把两瓶罐头塞到李梦浩的衣兜里，说："我下功夫了，可就是叠得不如你。"

李梦浩看着李梦福可怜巴巴的样子，心有些动，就说："那好吧，明天早晨我给你做个示范，帮你把被子整出个形，以后你好好保持就好了。"

星期天上午，李梦浩把李梦福的被子展开来，一步一步作示范。叠好后，又含了口自来水喷到被子上，李梦浩先用两手掌夹被角线，再用两个食指撑被子内角，撑好被角后，就用手指捋。捋来捋去，就成形了。而后，李梦浩又把湿毛巾铺在被子上，用两小块木板拍和抹，就像泥瓦工泥墙。很快，方正、平整，没有一丝褶皱的被子就弄好了。

李梦福看傻了，说："今晚我就不盖被子了，留着等明早评比吧！"

李梦浩说："记住，你被子以后尽量不要晒，晒泡了，就没形了。"

李梦福连声说："好，好！"

丁新军走过来，递给李梦浩一支烟说："一班副，辛苦了。"

李梦浩笑笑说："举手之劳的事。"

丁新军说："会了不难，难了不会。这样吧，你也帮我整出个形来，免得我天天在炕上把手指都磨出茧子了。"

当夜，李梦福果真就没有打开被子，为了内务评比，和衣睡了一宿。

新兵们训练不怕白天辛苦劳累，就怕夜间紧急集合。部队里有一句口头禅，说是新兵怕哨，老兵怕号。新兵一听紧急集合哨就慌了，明知道是训练，却慌得要踩地雷似的。老兵怕的是部队吹紧急集合号，紧急集合号一吹，老兵就知道出事了，而且是大事。一般来说，部队是很少吹紧急集合号的。这晚新兵们刚刚躺下，突然，紧急集合的哨吹响了。夜间紧急集合不许开灯，开灯就没有紧急的气氛了。

这晚没有月亮，屋子里黑咕隆咚的，宿舍里就乱成一锅粥了。你穿了我的袜子，我穿了你的鞋，有的还把棉裤也穿反了，裆口朝后了。特别是打背包，新兵们拥挤在一个炕上，被子展不开就叠不好。有的就卷巴卷巴团在一起，用背包带一捆，也不讲究了。因为是第一次，排长要求全体人员十分钟集合完毕。各班班长在门口掐着手表，看本班兵谁先出来，谁最后出来。各班出来集合后，班长整队带到了灯光球场。排长清点了人数后，异常严肃地说："根据团作战值班室通报，三公里外的一个山沟里发现了一名持枪的敌特分子，限二十分钟赶到将其捕获。"

新兵们紧张了，气都出不匀了。

李梦福小声道："班长，我们还没带枪呢！"

班长严厉地说："不许说话。"

排长一声令下："出发！"各班长就带着新兵们跑步走了。

各班班长没有带背包，又熟悉道路地形，因此，在前面跑得很快。各班新兵们在后面就拉稀了。由于是第一次紧急集合，大家不明真相，心里都很恐慌，以为真是去抓特务，谁都不愿意落在后面。所以，不少人的背包都跑散了，索性就把被子披在身上跑。有的新兵鞋子被后面人踩掉了，来不及穿就提着鞋光着脚丫跑。跑的是山路，根本没有队形了，像是看电影散场子，你推我搡地朝前奔。

李梦福跑到丁新军身边说："抓敌特，不带枪怎么行？"

丁新军气喘吁吁道："你怕什么？前面有班长呢！"

李梦福说："敌特分子的子弹可是不长眼睛的呀！"

丁新军说："被打死了，可以当烈士呢。"

李梦福叹了口气，说："我可不想当烈士。翠兰在家还等着我呢。"

跑了二十分钟，转了一圈，新兵们发现又回到了营房。有新兵就疑惑地问："不是抓特务吗，特务怎么跑到营房来了？"

班长呵斥道："不许说话！"

这时，灯光球场上的灯亮了，排长威严地站在灯光下。全排呈两排横队集合，前后队先相互检查着装和背包情况。新兵们相互一看，憋不住的就咧嘴哈哈地笑了。出洋相的很多。二班副李梦福倒很利落，站在队列里，正喜滋滋地等着排长表扬呢。排长走到李梦福面前问："二班副，你的背包呢？"李梦福啪地一个立正："报告排长，为了能尽快抓到特务，我把背包扔在路上了。"

排长一怔："扔了？"

李梦福大声地回答："是，扔了！"

排长眼一瞪："尽扯淡！二班长，你带一个兵沿途把背包找回来。其他人带回！"

第二天上午开排务会。排长讲评了夜间紧急集合情况，为了不挫伤新兵士气，李梦福只受到了没有点名的批评。李梦浩在会上受到了表扬。排长说，大家都是一起入伍的，一班副李梦浩为什么能着装整齐，背包符合要求？同志们一定要认真总结经验教训，虚心向一班副学习。李梦浩受了表扬，虽然脸上没有显出什么，绷得紧紧的，但心里是非常高兴的，特别是李梦福挨了批评，显得被表扬的意义就更大了。

李梦浩能够把背包打得结实，有形，不单是在家父亲教过，关键还是他的铺位在边上。他在边上没人挤，穿完了衣服就下炕，站在炕边打背包，比在炕上你挤我拥的快多了。

这是第一次排务会，谁受了批评，谁受了表扬，新兵们都看得很重。开完排务会，李梦福情绪有些沮丧，坐在炕头蔫不唧地抽闷烟。丁新军虽然背包也散了形，但和多数人一样，不显眼。丁新军走到李梦浩铺边坐下来，亲热地说："一班副，传授传授经验，你的背包怎么打得那么好，跑了好远的路也没散开。"

李梦浩心里自然很舒畅，他望了眼李梦福，说道："其实也没什么，我在家练过，熟能生巧嘛！你去和二班副再抓紧练练，说不准今晚又搞紧急集合呢！"

这晚，熄灯号吹过后，排长没有回宿舍睡觉。新兵们想，今晚一定又要搞紧急集合了。对于紧急集合，新兵们既紧张又兴奋，觉得挺好玩。都是十七八的小伙子，越折腾越觉得有意思。大家只脱了鞋和棉袄，穿着棉裤和绒衣，用被子蒙着身子，竖着耳朵听动静，就等着紧急集合了。只要哨子一响，就爬起来打背包。

可是，紧急集合哨一直没响。等等不响，再等等还不响，大家等紧急集合都等得躁了，有人就翘起头来问："班长，今晚不抓敌特了？"

没有人吱声。

又有人说："要是真有敌特抓就好了。"

睡在班长身边的新兵说："睡觉吧，班长都打呼噜了。"

"排长还没睡呢！"有人嘀咕道。

于是，新兵们还在等。炉火在炉膛里欢腾着，宿舍里很温暖。不知不觉间，床铺上就响起了此起彼伏的呼噜声。

十二

这天早晨，天还没有露白，李梦浩被尿憋醒了。他从门缝向外瞅了一眼，外面黑咕隆咚的。估摸一下也就是四五点钟的时辰。李梦浩翻了一下身，想等吹起床号再起来。他怕吵醒了身边的人，就憋着尿在被窝里等。吹起床号前，营房里很静，静得只有树梢在寒风中窸窣的响声。宿舍里，新兵们都在梦乡中，只有火炉上铁壶里的水发出嘶嘶的鸣响。

李梦浩翘了翘头，想看看铁壶的水是不是烧开了，一抬头看见李梦福在铺上小心翼翼地穿衣服，生怕惊动身边人。李梦浩想，李梦福大概是憋不住了，等不到吹起床号了。

李梦福趿着鞋，蹑手蹑脚地走出了宿舍。不久，宿舍外面就传来"唰——唰——"的声音。李梦浩细细一听，是有人在院子里扫地。扫地声音越来越大，先是在宿舍后扫，后来就扫到了门前。扫地的声音惊醒了几个新兵，一个新兵翘头向窗户外看了一眼，咕哝了一句："半夜三更，连觉都不让睡安静。"接着就把头蒙起来睡了。李梦浩睡不下去，也悄悄地穿了衣服。当他拉开门准备向厕所跑时，看见李梦福在门前很起劲地扫地。其实地上并没有什么，地是水泥地，树枝上的叶子早就落净了，只有几个扔在墙脚的烟头。李梦浩暗自笑了笑，轻声地招呼说："是二班副啊，这么早就起来打扫卫生。"李梦福像是受了惊吓似的，浑身一哆嗦，他停下扫把，哈了哈手，小声说："昨晚我看见门前特别脏，今早就起来扫扫。"李梦福看了眼李梦浩，"一班副也是起来打扫卫生的吧。"

李梦浩躬着腰，搓着手说："真冷。我是起来上厕所的。"说着，就朝厕所跑。

当晚的班务会上，二班副李梦福受了班长的表扬，还被评为一周的好同志。各班务会开完后，二班副和三班副来到一班副的铺边。三班副丁新军说："二班副被评为好同志，我们该祝贺一下。"说着就掏出了烟，给一班副和二班副发一支。李梦福接了烟，谦虚地说："我是在向你们俩学习，哪儿跌倒哪儿爬起来。"

李梦浩看见丁新军有点失落的样子，便笑笑说："三班副也不错嘛，昨天你出的那块黑板报，排长还当着全排人夸你板书写得漂亮呢！"

丁新军咧了咧嘴，脸上露出了得意的笑容："其实，我的粉笔字一般化，要说好，还是钢笔字。"

李梦浩说："那你就再露一手给排长看看。"

转眼半个月过去了，新兵们对部队生活渐渐熟悉了，虽然还没有戴领章帽徽，但一举一动都有点兵的味道了。大家也开始懂得如何追求进步了。每天早晨都起得很早，扫院子的，洗刷厕所的，到炊事班掏炉灰的，哪个起得稍晚一点，就没什么事可干了。没有抢到活干的新兵，一天心里就会忐忑不安，像是犯了错误一样。在连队，除了军事训练，平时就讲究细小工作，谁眼里有活没活，全都装在班长、排长的眼里。细小工作主动的新兵，每周班务会上都要受到班长表扬或被评为好同志。因此，宿舍里和院子里每天都要被扫好几遍。有的新兵为了早晨能抢到活干，头天晚上就把扫帚、铁锨等工具藏起来，弄得半夜就起床的新兵到处找。

李梦浩没有和其他新兵争抢细小工作，他主要在队列训练上下功夫，一招一式都很标准规范，被排里树为训练标兵。一班长有时外出或是会老乡，就把队列训练交给李梦浩："班副，你带去训练，我找排长说个事。"李梦浩站在队列前，已俨然班长的样子了。队列动作从立正、稍息、停止间转法、齐步走、正步走、跑步走、立定，每个动作要领都背得滚瓜烂熟，做起示范也都像模像样。李梦浩看着其他新兵在细小工作上的积极表现，就像个旁观者，不急不躁地转悠了。

二班副李梦福起了几个大早后，白天训练时就有些支撑不住，常常打哈欠犯困。踢正步分解动作时，腿绷不直，一绷直身体就打晃，要晕倒的样子。二班长找他谈心说，班副要有班副的样子，不仅细小工作要带头，军事训练也要作模范，不能捡了芝麻，丢了西瓜。李梦福琢磨了一天，第二天李梦福就不起早了。起床号吹响后，他才慢腾腾地穿衣服，等宿舍里没有人了，他就把排长换下的皮鞋拿出来打上油，先用刷子刷，再用绒布擦，最后用绸布条在鞋面上拉锯般地蹭。很快，一双皮鞋就被擦得锃亮。李梦福不仅擦皮鞋，还帮排长洗衣服。王排长二十四岁，还没有结婚。没有结婚的排长换洗裤头特别勤。王排长换下的裤头就压在褥子底下，攒几件一块洗。李梦福开始给排长洗衣服后，每天就悄悄地掀排长的褥子看。

李梦福给排长洗衣服不像起早打扫卫生那样声势很大，他洗衣服都选在别人忙碌的时候，悄悄地把衣服端到水池边，先用清水揉一遍，而后再撒上洗衣粉用手搓。李梦福自己也经常洗裤头，有经验。知道若洗不净，裤头的裆处晒干就发硬。如果先撒洗衣粉，揉搓不净，裆处就像粘了糨糊，斑斑点点的。李梦福给排长洗裤头，王排长和二班长都没有表扬他，班务会上也没有被评为好同志。但李梦福不像以前那样浮躁了，心里很踏实，也很得意。

三班副丁新军出了几期板报，被新兵排公认为小秀才。一次通信连的连长和指导员来新兵排看望新兵，指导员在宿舍门前的板报边看了半天。指导员问王排长："黑板报是新兵出的吗？"排长点了点头。指导员连说几句不错不错，说那字比连部的文书写得还好。指导员看完板报，又让排长把出板报的丁新军叫到跟前，像拉家常似的问了家庭情况，又问他到部队的理想是什么，丁新军两腿绷直站在连长、指导员面前，一一作了回答。丁新军初中毕业后当了两年生产队会计，说话比其他新兵有条理，也不慌张，因此，指导员听了丁新军的回答后，非常亲切地拍了拍丁新军的肩膀，对排长也是对全排新兵说："不错，不错，今年的新兵素质比较高。"连长和指导员分别对新兵讲了话，勉励大家要认真学习，刻苦训练，打好思想和军事基础，争取为连队争光，为家乡争光。连长、指导员讲完话要走了，新兵们立正注目相送。这时，丁新军从褥子底下抽出红皮封面的笔记本，跑到门外递给指导员说："首长，这是我的学习笔记，请首长批评指正！"指导员看了眼丁新军，又看了眼排长，接过笔记本随便翻了翻，说："不错，字写得很漂亮，是个小秀才。"

此后，丁新军就有些得意起来。一次晚饭后自由活动时间，三班副丁新军把李梦浩和李梦福叫到宿舍后面的拐角处，悄悄地问："新兵下班后，你俩想到哪个班？"

团部直属队的新兵都是从全团新兵中挑选出来的，新兵排都落实到了老连队。李梦浩他们是通信连的新兵排，新兵训练结束后，根据各人的表现和特长，再分到各个老兵班。通信连分有线通信排、无线通信排、电台室和通信班、摩托班、司机班。新兵们对连队情况都摸清了，各人心里都开始盘算起来。丁新军冷不丁一问，李梦浩就说自己还没有想好，服从组织分配吧。李梦福想了想，说通信连哪个班都比步兵连好，全是技术兵。不过，这些通信技术回地方都用不上，最好能分到司机班，退伍后回家开汽车，现在地方上司机很吃香。李梦福说完，又问丁新军："三班副，你想到哪个班？"丁新军说："我也没有考虑成熟。不过，那天听指导员话里的意思，我有可能到队部。"

李梦福说："当文书？"

丁新军笑了笑，又点了点头。

李梦浩说："当文书那可是班长级别。"

丁新军瞅了瞅四周围，轻声叮嘱说："我只是猜测，你们可别传出去。"

李梦福连声说，不会不会的，咱们是老乡，心里话不对老乡说对谁说，要是背后嚼舌头，那还算男人嘛。

天气越来越冷了，山坳里的风比平原的风硬。每到晚上，李梦浩听到山口的风一路吹过来，从营房上掠过，像只孤狼站在山头凄厉地嚎叫，身子就有些发紧。李梦浩想到去年这时候，他在禹山水库工地窝棚里的情景，心里就有点堵得慌。那时在窝棚里听不见风声，只有树贵叔那悲切的小曲萦绕耳边。李梦浩在窝棚里，头脑里是空茫茫的，一片混沌。现在到了部队，脑子里有了思路，但那头绪也是纷乱的，扯不清，也理不出头绪的。再过几天就到阳历年了，阳历年也就是元旦，一年就又过去了。时间说快也快，转眼来到部队已两个月了。经过两个月的紧张训练，眼下睡觉、起床都不慌张了。有时搞紧急集合，新兵排在五分钟内就能集合完毕。王排长也不像开始那样，整天绷着脸。现在休息的时候常和新兵们开玩笑。有时还看新兵对象寄来的照片，看到漂亮的就说你小子好福气，不要整天想对象，把部队的纪律都忘了。有次，新兵排开排务会，排长说，过了元旦就给新兵发领章帽徽；春节前，新兵都要下老兵班，要和老兵一起过春节。排长还说，等发了领章帽徽，就带你们到县城的照相馆照照相，好给家里人寄回去。对于新兵谁下到哪个班，排长的嘴特别紧，只字不提。

李梦浩和一班长关系处得比较好，私下就问过一班长："班长，你说咱通信连哪个排好？"一班长是有线排的，就说："其实哪个排都一样，就看你的志向了。"班长又考虑了一下，悄悄地说："有线排是累点，但不费脑子。无线排和电台室轻松，可好多密码都要背，收报、发报不能出一点差错。按你的文化程度，可能要分到电台室。不过呢，你要想考军校，还是有线排好。"

李梦浩听了班长的车轱辘话，心里更乱了，到底是哪儿好呢？他更拿不定主意了。这几天，王排长也有点心神不定的样子，熄灯号吹过后，排长的铺位还空着，以前新兵们一看排长的铺位没人，就知道排长一会儿就要搞紧急集合。现在大家习惯了，该脱衣服脱衣服，该睡觉睡觉，不把紧急集合当回事了。排长有时半夜回来，有时十点多回来。回来早一点，排长也不睡觉，躺在被窝里打着手电筒看书；有时就坐在长条桌边写信，手电筒放在桌面，一束光照在信笺上也射到了墙面，墙上就像挂了十五的月亮，整个宿舍便朦胧一片。

李梦浩听班长他们私下议论，新兵训练结束后，王排长就要探亲回家结婚了。排长不想结婚，可是父母来信老是催。夏天的时候，对象还从老家来过部队一趟，看来不回去是不行了。李梦浩还听说，排长的对象是和排长一个村的，当兵前就定了亲，排长提干后想和对象"吹灯"，写了好多信没有吹掉。后来，对象拿着排长写的信来部队，排长就再也不提"吹灯"的事了。

李梦浩睡不着，看见排长回来后，又坐到桌边写信。写了一页，看看撕了，再写一页，看看又撕了。排长心里肯定不好受。李梦浩想到自己给丁惠娟写信时也是这样，写了撕，撕了写，到现在信都没写好。他为排长也为自己，轻轻地叹了一口气。

元旦前一天早上，天上开始下雪了，雪很大，飘飘洒洒的。排长宣布上午在室内政治学习，排长和各班长分别念了一段报纸。十点钟的时候，连队通信员来通知排长到连里开会。排长临走交代说，分班进行讨论，每人写一份学习体会。

到了午饭的时候，排长才回来。排长脸上挂着笑说："告诉同志们一个好消息，下午全团新兵就要举行军人宣誓仪式，吃完饭就戴领章帽徽了！"

大家心里咯噔一下，一刹那，每个人的脸上都写满了高兴。那是从心里溢出来的喜悦，有点情不自禁了。盼了两个月，终于盼到戴领章帽徽的日子了。过去虽然穿了一身军装，但严格说来，还不算是真正的军人，没有戴上领章帽徽，身上就缺点什么，就像衣服架子，没有生气。只有在军旗下宣了誓，戴上三块红，那才是一名军人呢。

午饭吃的是玉米面窝头，菜是白菜炖豆腐。从南方入伍的新兵都不喜欢吃窝头。部队供应是每人每月四十斤粮食，二十五斤粗粮，十五斤细粮。粗粮是玉米面和高粱米，细粮是大米和白面。细粮连队炊事班每月要节存一部分，留着过年过节吃。因此，连队经常吃窝头，有时也做白面和玉米面和在一起的"金银卷"。军粮都是国库储备粮，少说存放有三五年，蒸出的玉米面窝头硬邦邦的，吃到嘴里很糙，难以下咽的。但这顿午饭吃得很香，菜盆里有几片猪肉剩在盆底没人动筷子，不是不想吃，看着那几片肉，新兵们都眼巴巴的。排长和班长不去动，新兵们都不好意思吃。

吃完午饭，新兵们领了领章、帽徽。不一会儿，戴上领章帽徽的新兵们都变了样，一下子精神许多，也抖擞许多。有的对着镜子照，有的跑到门口雪地里蹦几下，撒起了欢。李梦浩站到窗玻璃前晃了晃，深深地吐了口气，心里终于踏实下来。

下午，雪依然没有停。全团新兵徒步到团俱乐部集中，举行宣誓仪式。一队队新兵雄赳赳气昂昂地踩着一拃多厚的积雪，把一、二、三、四喊得震天动地。

大家进了俱乐部一看，原来是电影院，只是银幕被撤了，换上了一个很大的军徽和几面红旗。李梦浩环顾了一圈，觉得和晶都县的电影院差不多大，屁股下的椅子也是一样的。新兵们坐在椅子上交头接耳地议论。整个俱乐部里黑压压一片，叽叽喳喳的声音，像是一盆糨糊被搅动，稠稠的黏黏的，听不清都在说些什么。突然，前面的舞台走上一个人，对着麦克风说："大家注意了，在举行宣誓仪式前，以连为单位，进行拉歌比赛，看看哪个新兵连有士气！"

　　团直属队是一个新兵连。拉歌开始，先是一营新兵连唱，《我当上解放军》，接着二营、三营唱《走上练兵场》《我是一个兵》，团直新兵连唱的是《新兵之歌》。一轮唱过后，一营新兵连指挥唱歌的排长突然喊："团直新兵连唱得好不好？"整个俱乐部一千多人齐声喊："好！"那排长又喊："再来一个要不要？""要！"震耳欲聋的声音在俱乐部里回荡，都要把房盖顶开了，这声音鼓荡着每个新兵的心，大家被一种激情燃烧着，整个俱乐部都澎湃起来。

　　团直新兵连在一片掌声中唱了《部队就是我的家》。歌声很抒情，像一条小河在流淌。其他新兵连一个接一个地蜂拥而起，一个连比一个连的声音高，歌已不是唱了，而是喊了，都要把屋盖顶翻了。

　　各连拉歌的时候，一个四十岁左右的军官很威严地站到了台上。这时新兵营长跑到台前，用手向前压了压，整个俱乐部不约而同地停止了唱歌，像奔流的水被一下堵住，激起了一波一波的浪花。

　　新兵营长喊了一声："起立！"而后是立正、稍息、向右看齐、向前看。队伍整理好后，新兵营长向台上的首长报告。报告完毕后，大家才知道，台上站着的那位首长是副团长。

　　副团长在台上宣布军人宣誓仪式开始。

　　先是迎军旗。李梦浩两眼盯着掌旗手和两名护旗兵踢着正步走向前台，感觉身体就像从地里钻出的蝉蛹，从树根向树干一点一点向上爬，一边爬，脊背在慢慢地裂开，极力挣脱带着泥土的蝉壳。迎完了军旗就是奏军歌。当新兵们举起右手握着拳头，跟着站在军旗下的副团长宣读军人誓词时，李梦浩浑身的血液像要燃烧一样，两条腿站在那儿不住地颤动。他像蝉蛹褪掉了蝉壳，透明的翼翅慢慢地舒展，有种想飞的感觉。这种感觉深深地印在了李梦浩的心里，抹也抹不去。以至许多年后，每当他回忆起新兵宣誓仪式时，他就觉得从那天起，不论到什么时候，他血管里流的都是军人的血了。

　　元旦这天，全团新兵放了一天假。各班长带着新兵走了三十里山路，到附近县城的照相馆照了相。新兵们像出圈的鸭子一般，在县城逛了一天。返回营房时，大家传看着各自的照片，李梦福把自己的照片递给李梦浩，问道："你看这张怎么样，把它寄给翠兰，她还不一天朝我们家跑三趟？"

　　李梦浩看了眼照片，又瞅了眼李梦福刚从邮局取出的包裹，就问："这是翠兰寄来的？"

李梦福嘿嘿一笑："不是她还能是谁啊。"

李梦浩说："她很会关心你啊。"

李梦福说："可不是嘛，她都寄两回包裹了。"李梦福拍了拍手中的包裹，"都是些花生米、枣子，土特产。"

这时，丁新军走过来问："二班副又收到好吃的啦？这回可要有福同享啊，可不要拿去拍马屁啦！"

李梦福斜了眼丁新军，不高兴地说："谁拍马屁啦？我可不像你，都巴结上指导员了。"

丁新军嘿嘿一笑，说："我那可不是拍马屁，我是毛遂自荐，懂吗？"丁新军说完，又拉了李梦浩胳膊一下，"你家里没寄什么来？"

李梦浩摇了摇头说没有。

丁新军前后左右瞅了瞅、小声地问李梦浩："你没给丁惠娟去封信？"

李梦浩皱了皱眉头，说："我为什么要给她去信？"

丁新军撇了撇嘴，说："这就是忘恩负义啦！你还不知道吧，要不是丁惠娟，你能来当兵？"

李梦浩搁在心里的疑团一下解开了。他一直琢磨呢，马陵村五个人体检合格，只有三个入伍指标，他家一没请客二没送礼，怎么会天上掉馅饼，无缘无故地让他来当兵。

李梦浩盯着丁新军问："你怎么知道？"

丁新军得意地一笑，"你和丁惠娟的事我都听说了。"

李梦浩有些心悸，忙问："你说，你都知道了什么？"

丁新军说："不要急嘛，不就是你们两个人谈恋爱了嘛。要我说，丁惠娟家不同意倒是好事。你这一当兵，说不定就能提干，你一提干，在城里找不比在农村找强？咱们排长可是在老家找的，现在想吹都吹不掉呢，黏在身上了。"

李梦浩听了，再也没有说话，心里像打翻了醋瓶子，酸得很。

丁新军在后面又说："给丁惠娟写封信吧，毕竟你们好了一场嘛！"

晚上开完班务会，新兵们开始写家信。李梦浩给家里写完了信，又想给丁惠娟写。他在信笺上写上"惠娟"两个字，就不知如何朝下写了。他想说的话很多，却又不知从何说起，是说到部队后的情况，还是说夜里睡不着觉老想她？丁惠娟已和张为强定亲了，都已下"柬子"了。他再写信去，让马陵村人知道了，他的父母还有什么脸面出门啊。李梦浩看着信笺发呆，不知不觉地泪就落了下来，滴在信笺上一点一点的，洇湿了一大片。信笺上模模糊糊映出丁惠娟的面庞，渐渐地又映出她的身子，光洁白皙地躺在李梦浩的眼前。李梦浩似乎听到丁惠娟在喃喃着：梦浩哥，我想你，我想死你了啊！李梦浩抹了把眼泪，把信笺扯下，在手里揉成了一团，也是揉搓自己的心。李梦浩用手捂着胸口，感觉那儿像被人撕扯了一把，揪心地痛。

熄灯号吹过后，宿舍的灯熄了。李梦浩发现排长没有回来，李梦福也没有回来。李梦浩想，李梦福大概是找排长谈心的吧。新兵快要下班了，新兵找班长、排长谈心的多了。谈心是下级和上级交流感情、拉近关系的最简单办法。谈心时，只要把握得好，下级在上级面前把心里话说出来，有时即使说了见不得阳光的话，上级也不会怪罪的，反而会认为你实在、厚道。如果能在关键时刻再掉下几滴眼泪，那效果就会更好了，领导就会把你当孩子一样呵护起来。李梦福经常找排长谈心，弄得私下里两人像亲兄弟似的。李梦浩也想找排长谈谈心。李梦浩不知和排长谈什么，谈心也需要事先铺垫的，不能太突兀。李梦浩感到心里空空的，一个台阶都没有，他不知道自己的脚朝哪儿迈。

夜深了，外面的雪停了。整个营房一片肃穆、一片洁白。营门哨兵换岗时的口令声远远地传来，给夜又增添了一片寂寥。

李梦浩从睡梦中醒来时，发现雪光映在宿舍里，像是有月亮的晚上，整个屋子里清清楚楚的。排长回来了。排长坐在火炉前，用炉盖在烤花生米。排长把几粒花生米放在炉盖上，用火钳不停地扒拉着，烤熟一粒，就用手指夹起一粒，一扔就扔到了嘴里，然后慢慢地嚼动。整个屋子里都弥漫着一股烤花生的香味。

一九八一年元月四日是个星期天，星期天早晨团里不吹起床号，新兵一天两顿饭。新兵们都躺在铺上睡懒觉，醒了也不愿起床，用被子蒙着头想心事。新兵们听说分配名单连里都定好了，只等周一宣布了。新兵们开始懈怠起来，细小工作都不主动了，门前的积雪要不是排长集合全体新兵打扫，恐怕都要结成冰坨了。

新兵下班前，排长为了稳定士气，安抚新兵们的情绪，排长开导说："大家都不要担心，能分到哪个排、哪个班，关键是看每个人的特长和平时表现。通信连每个班都不错，分到哪个班都有用武之地，是金子总会发光的。"

上午九点钟的时候，排长走进宿舍，扫了一眼，突然就吹起了紧急集合哨。大家一愣怔，忙着爬起来打背包。

李梦浩疑惑地问排长："星期天还搞紧急集合？"

排长说："马上到操场集合，连长宣布新兵分配名单！"

新兵排在操场集合完毕。先是指导员作动员，指导员讲了一通大道理，要求大家服从组织安排，正确对待分配。指导员最后勉励大家要做革命的螺丝钉。接着连长宣布分配名单。名单念完了，全排新兵鸦雀无声，等了好久的分配终于落实了；就像刚演出完拉上大幕，瞬间整个队伍又嗡声一片。

李梦浩没有想到自己会被分配到队部当通信员。

李梦福一直想去司机班，果真实现了。只是丁新军没有想到会被分到有线排总机班。总机班也不错，整天在总机房接线、插线，风吹不着、雨淋不着，舒服得很。可是丁新军不高兴，他是想到队部当文书。

李梦福脸上笑成了一朵花，很灿烂，都有点妩媚了。他递了一支烟给李梦浩说："全排新兵就你分得好，以后你是连长身边的人了，对老乡可要关照一些啊。"

十三

当天下午，新兵们都被各老兵班的人接走了。李梦浩打好背包坐在宿舍里等，他不是找不到队部，他是觉得自己是被分配去的，不是托关系走后门要去的。李梦浩的自尊心在一些事情上就有点作怪了。其实，自尊心和性格有关，性格又与命运相关，性格能决定命运的。自尊心这个东西说到底就是个脸面。脸面说重要就重要，说不重要很不重要。有的人为了一点脸面可以去拼命。有的人为了一点利益，可以不要脸了。就看你对脸面怎么看！

性格倔强的人自尊心都很强，自尊心强的人性格不一定倔强。

李梦浩到队部当通信员，一点思想准备都没有。他想自己有可能分到无线排或是电台室，因为搞无线需要文化。李梦浩怎么也想不到会把他分到了队部。队部是什么地方？那是连首长待的地方。在队部当通信员，是连长、指导员身边的人，是多少新兵梦寐以求的事。可李梦浩并没有感到欣喜，反倒觉得有些压抑，他知道自己可能不适合做这工作。

李梦浩正在宿舍里不知如何是好的时候，王排长走了进来。排长问："你怎么还不去队部报到？"

李梦浩站起来，说："我……我再等等。"

排长笑了笑，提起李梦浩的背包说："别等了，我送你去吧。"

李梦浩跟着排长走出宿舍后，李梦浩说："排长，我怕到队部干不好。"

排长停下来，看了眼李梦浩，说："怎么会干不好？你到队部当通信员，可是连长挑选的。在队部当通信员没坏处。"

李梦浩有些不明白，连长怎么会挑上自己呢？听班长私下议论说，通信员就是连长、指导员的勤务兵。勤务兵懂吗？就是伺候首长的！在领导身边工作，需要眼明手快、心灵手巧才行。领导一句话、一个眼色，都要马上能领会意图，有时候领导想到的事，你要想到，领导没想到的事你也要想到。更重要的是领导想到了没有去办，你也要主动去想到、办到。在领导身边工作容易吗？不容易！只要把连长、指导员伺候得周到了，你的工作也就做好了。

李梦浩觉得自己不是当通信员的那块料。连长选李梦浩当通信员，为什么呢？李梦浩想起新兵实弹射击时，连长那天亲自去看了。全排新兵每人五发子弹，李梦浩打了四十九环。连长对排长说，这个新兵射击不错，要是打五十环，就可以报请三等功了。排长也是随口说了一句，这个兵是我接来的，是个高中毕业生，各方面素质都很好。连长说，那就好好培养培养。没想到连长把李梦浩挑到身边培养了。李梦浩想到连长能够看上他，心里感到很温暖。

路上的积雪刚开始融化，李梦浩踏着冰碴来到了队部。队部是个大屋子，分为里外间，里间住着连长、指导员；外间是办公室，中间放着两张办公桌，靠墙边放着三张单人床。文书、通信和卫生员各住一张床。排长推门进了队部，文书正在办公桌边埋头写东西。听见有人进来，文书抬头瞄了眼排长和李梦浩，又低下头去继续写。排长放下背包问："连长呢？"

文书低着头说："可能到通信股去了吧。"

排长说："这是新分到队部的通信员李梦浩。"

"我知道。"文书也没看李梦浩，作思考的样子，"我在给政治处写一份材料，你就睡那张空床吧。"

李梦浩把背包放在靠门边的空床上，一边铺被褥，一边就觉心里堵得慌。排长拍了他一下，说道："李梦浩，在队部好好干，有事多向文书请教，今后文书就是你的班长了。"

说完，排长就出了门。出门后，文书才抬起头来说："排长，你的探亲假报告我送到干部股了，明天操课就能批下来。"

排长没有回头，说了声谢谢就走了。

李梦浩连忙放下手中的被褥，跟着排长跑了出去。李梦浩有些恋恋不舍地送着排长，也不知说什么好。排长停下脚步说："回去吧，好好干。文书是老兵，在队部干了三年了，有点牛哄哄的，别和他计较。"

李梦浩嗫嚅着："我不计较。"说着眼睛有些潮，揉了一下，又问："排长，你要探亲，什么时候走啊？"

排长看了李梦浩一眼，走过来握住了李梦浩的手，说道："我可从来没见你这样子，今天是怎么了？"

李梦浩勉强地笑了笑："说分就分了，有点舍不得。"

排长说："都在一个连，以后天天都能见到的。"

李梦浩回到了队部，铺好了被褥后，就去拿暖壶给文书倒了一杯水，文书没抬头，只说你放那儿吧，就继续写他的材料。

李梦浩又给自己倒了一杯水，端着水杯在床边望着文书写材料。下午四点钟的时候，指导员从外面回来了，李梦浩赶忙站了起来。指导员看了眼李梦浩，问道："你就是新来的通信员吧？"李梦浩两脚一磕"立正"着说："是。指导员。"

指导员笑了笑，说："以后在队部工作，一个屋子里住着，不要那么拘束。"

李梦浩又要立正答"是"，看看指导员，便"稍息"着说："是，我记住了，指导员。"

指导员坐到了文书的对面，两手握着桌上的保温杯，对李梦浩说："你的情况我听新兵排长、班长们说了，军事素质不错。"

文书抬头瞅了李梦浩一眼，李梦浩没有明白文书为什么瞅他。文书放下手中的笔，起身去给指导员的保温杯里添了水。李梦浩这才明白文书为什么这时候瞅他了。

指导员说道："坐下吧，别老站着。记住在队部工作，光有军事素质不行，还要全面发展才好。"李梦浩坐在床边，两手搭在膝盖上，看着指导员既像作报告又像谈心的样子，不住地点头答是。指导员提完了要求，又把通信员的职责说了一遍。李梦浩听了，觉得当通信员并不像班长说的那样，其实是很重要也很神圣的工作。在指导员侃侃而谈的时候，李梦浩起身给指导员的保温杯里续了一次水，水杯里的水还满着，再一倒水就溢了出来，弄湿了办公桌子，还险些流到了指导员的裤子上。

连队开晚饭的时候，哨声一响，各排列队到饭堂前集合，饭前一首歌，这是传统，唱完歌才能进食堂开饭。各排集合列队时，李梦浩走出了队部，站在门口不知如何是好。连长没有回来，指导员还没有从队部出来，他也不好先走，只好原地站着等。过一会儿，指导员出来了，文书跟在指导员后面，文书没有招呼李梦浩，只是看了他一眼。李梦浩就跟在文书后面走了。

李梦浩是第一次到连队食堂吃饭。在新兵排时都是各班把饭菜打回宿舍吃。食堂里一个班一张大方桌，七八个人。队部也是一张桌子，文书先给指导员盛饭。连长不在，李梦浩就去给副连长盛，副连长连连摆手说不用不用，自己盛。等到大家都盛好了，李梦浩才给自己盛一碗。指导员拿起了筷子，说道："吃吧。"大家才开始吃饭。

晚上吹熄灯号后连长才回来。连长进门就说："通信员给我倒杯水。"

连长、指导员不休息，队部的文书、通信员、卫生员们是不能先睡的。李梦浩赶紧给连长倒了水，连长喝了一口水说："今晚被几个老乡灌多了，头有点晕，你去把洗脸水和洗脚水给我兑好。"

李梦浩把热水兑好了，又到里间把连长的被子也铺好。指导员正在桌前看书，李梦浩又去给指导员铺被子，指导员扭头说："不用、不用，我自己铺。"

连长洗漱完毕后，李梦浩把洗脸水、洗脚水端出门洒了。回来后，李梦浩看见连长把皮鞋脱了，换了拖鞋，李梦浩便去床前拿皮鞋擦。连长看着李梦浩擦皮鞋的样子，就问道："你没擦过皮鞋吧？"

李梦浩脸一红，轻轻地嗯了一声。连长走过来说："我教你，你先把皮鞋打上油，用刷子刷匀了，放在那晾着，明早起来先用毛布擦，而后再用绸布来回一蹭，这样一弄，皮鞋锃亮。"连长说着拍了拍李梦浩的肩膀，开玩笑说："通信员，擦皮鞋也是有学问的啊。"

后来，李梦浩躺在床上就想，通信员工作看起来轻松，大家都很羡慕，其实要干好也不是容易的事，尤其是指导员更不好伺候。指导员姓杨，名君，君是君子的君，不是军队的军。指导员是东北人，东北人在人们印象中应该是粗犷豪放的，但指导员不。指导员精瘦的个子，瓜子形的脸。油黑的头发在顶上分成三七开，有点像南方江浙人，但又不太像，江浙人的脸是白皙细腻的，也丰润。指导员的瓜子脸由于两腮没肉，下颏就显得特别尖，笑起来嘴边容易出括号，两只眼睛很有神，只是眼角有点下耷拉，乍看像三角眼。指导员一般不笑，笑起来便很有含意，让兵们琢磨不透。每周连队点名时，指导员在队列前讲话总是慢条斯理的，话里透着学问，也透着威严。指导员对连队出现的问题喜欢上纲上线。譬如，看见一只蚂蚁洞，他能上升到引起大坝决堤上来。不像连长，连长是中原人，一米八〇的个头，四方大脸，很魁梧，也很豪爽，有点像东北人。连长姓张，叫张骥。连长讲话直来直去，有什么事说什么事，是什么事也就是什么事，说完就完了。有时生气了还会踹你一脚，或是骂你几句。团里首长批评过他，说他是军阀作风，但连长改不了，也不想改。被连长踹过骂过的兵反而觉得连长很亲切，见了连长还敢笑。连长也会还他一个笑，笑过后啥事都没了。就像风吹过湖面，虽然有过波纹，但风一过湖就平如镜面了。

过完了元旦，离春节就不远了。指导员是城市入伍的，还没有结婚，探亲假已经批下来了。连长是从农村参军的，在老家县城找了媳妇，孩子三岁了。连长去年春节休了探亲假，今年就不回去了，连长写信让爱人带孩子来部队过春节。李梦浩除了做好队部的日常工作，还要抽空到家属招待所收拾房屋。团里的家属招待所是为不够随军条件，临时来队军官家属设置的。说是招待所，其实就两排小平房，一套两间，里面住人，外面做饭；屋里没有暖气，要烧炉子。招待所每套房子里就一张双人床和一个大铁炉。临时来队都是年轻的家属，外面虽是天寒地冻，屋子里却是热火朝天。每年人来人往住着，屋子里很脏也很乱，每次住进人时都要彻底清理打扫一遍。

这天下午，李梦浩从家属招待所打扫卫生回到队部，队部没人，李梦浩刚洗了把脸，突然，队部门被推开，李梦浩以为是连长或指导员回来了，就没有在意，依然在那儿不紧不慢地洗。这时，进来的人说话了："你们连长呢？"

李梦浩一转脸，吓了一跳，进来的两个人他认识一个，那个挺着肚子的是副团长。李梦浩一紧张，顾不上戴帽子，忙立正敬礼说："首长好！"然后抹了一把脸上的水说："连长去训练场了。"

副团长笑眯眯地看着李梦浩，问道："你是个新兵吧？"

李梦浩忙答："是。"

同来的是个年轻的军官，个子比副团长高，三十多岁的样子。高个子军官在队部四处打量着。

副团长问："咱们是等等他们，还是下次再来？"

高个子说："那就等等吧。"

李梦浩忙拉过一把凳子让副团长坐下，又拉了把凳子让高个子军官坐。李梦浩看了眼高个子军官想，这位不是司令部的参谋就是政治处的干事了。他一边估摸着，手中的茶杯就先递到了副团长的面前，恭恭敬敬地说："首长，您喝水。"

李梦浩又去倒第二杯水。高个子军官说："别倒了，叫你连长去。"

李梦浩放下茶杯就向外跑。半道上遇到了指导员，指导员问："跑什么？"

"团里来了两位首长。"

指导员皱了皱眉，问："是团长还是政委？"

李梦浩吁了口气说："一个是副团长，另一个我不认识。"

指导员没有说什么，急急地向队部跑去了。等李梦浩将连长从训练场地叫回来，指导员已和两位首长谈了一阵话了。连长进屋后，先向高个子军官敬了礼，才笑着问："团长，你怎么有空来我们连？！"

高个子团长肃着脸说："你们连就在眼皮底下，我怎么不能来？"

连长忙说："团长日理万机嘛！"

团长也一笑："少跟我来里咯儿楞，我是来检查你们连伙食的。"

连长说："现在也没到开饭时间啊。"

副团长说："现在新兵刚下班，训练强度大，不知你们连的新兵能吃饱不能？"

连长说："吃饱都能吃饱，就是大米供应少点，今年入伍的都是南方兵。"

团长说："想想办法，把连队伙食调剂好，要不，会影响训练。"

指导员插话说："我们一定做好思想工作，保证不会出现什么问题。"

团长说："这样就好。快过春节了，搞好伙食能顶半个指导员。"

连长说："要不今晚两位首长就别回去了，在通信连体会体会伙食？"

副团长笑了笑，说道："今天我们就不给你们增加负担了，等你们连会餐时，我们再来吧！"

指导员说："春节会餐，我们一定请二位首长来检查我们连的伙食。"

团长、副团长又说了几句笑话就走了。

晚上，指导员因暖壶的水没了有些不高兴，他瞅了眼李梦浩说："你这个通信员是怎么当的？不会倒水，连开水也不会打？"

李梦浩被指导员的话噎住了，站在那儿不知如何是好。这时，文书把暖壶提走了。李梦浩就更慌了，下午他没有想到那高个子就是团长。副团长是在新兵宣誓仪式上见过一面。要知道那高个子是团长，他再笨也会先给团长倒水啊。

李梦浩憋得脸通红，半天冒出了一句："我又不认识他是团长。"

指导员没想到李梦浩敢顶嘴，两眼瞪着李梦浩说："你以为通信员就那么好当吗？打打水、擦擦皮鞋就行了？一点眼力见儿都没有，说重一点就是没有政治素质。"指导员把事情上纲上线了，有点伤人了。

李梦浩一赌气，就跑出去了。李梦浩到了门外，听连长说了一句："他还是个新兵，需要慢慢锻炼嘛！"

李梦浩找了个僻静的地方，一个人坐在那想心事。熄灯号吹过后他才快快地回来，回来也不给连长、指导员打水、铺被子了，躺在床上蒙着被子就睡了。第二天起床后，连长上厕所，李梦浩跟在连长屁股后，赌气地说道："连长，通信员我不干了。"

连长没有搭理他，急急朝厕所走。到了厕所，连长一边小便一边说："是不是被指导员批评就闹情绪了？这怎么行，禁不起一点挫折和打击。"

李梦浩委屈地说："我真的不认识团长。"说着，李梦浩吐了一口气，"连长，要不你让我下班吧！"

连长一边系裤扣一边向外走，走到没人的地方，站下来瞪了李梦浩一眼，说道："怎么这么没出息？像你这样还能干大事？一点委屈都受不了，到哪都不行。"连长用拳捅了李梦浩胸脯一下，转身走了。

走了几步，连长又回头说："好好干吧，我又没批评你。"

一连几天，李梦浩的情绪都很低落。在队部收拾完了卫生，他就到训练场看老兵带新兵专业训练。通信连虽说是技术兵种，比步兵连消耗体力小一些，但对于新兵来说，有线排和无线排都不轻松。有线兵训练要举着几十斤的线拐子收放线，还要练爬电线杆。电线杆光滑滑的不像树干好爬，需要有臂力和腿功。有线排的老兵爬电线杆比猴子还快，十几米高的电线杆，噌噌噌，眨眼工夫上去了，然后两腿一夹，刺溜就下来了。无线兵要背密码，特别是两瓦报话班，整天背着报话机满山跑。"黄河、黄河，我是长江！"不停地呼叫，一天训练下来，骨头都要散架了。

李梦浩看了几天训练，心里的闷气渐渐消了。恰好，指导员也休假走了，队部只有连长一个首长，李梦浩的脸上才有了悦色。这天晚饭后，队部就连长和李梦浩两个人，李梦浩就问连长："连长，嫂子从老家什么时候来？"

连长说："快了，再过三天就到部队了，你嫂子和孩子是第一次来部队呢！"

李梦浩说："招待所的房子都用报纸糊了，烧的煤也拉来了，你看还缺什么？"

连长说："你明天晚上到炊事班找王班长，弄点米和油什么的，到时自己开伙。"连长坐在那儿，像一位兄长，又像一位长辈，一脸慈祥。他从兜里掏出一包烟，扔一支给李梦浩，李梦浩上前给连长点上了。

连长吸了口烟说："咱们都是从农村入伍的，知道农村人不容易，苦啊。到了部队就要好好干，争取穿上四个兜。"军队取消军衔制后，战士军服是两个口袋，干部军装是四个口袋，干部与战士的区别就是军装上口袋的区别。

李梦浩心里翻腾得厉害，他没有想到连长能和他说这么贴心贴肺的话。李梦浩眼睛有些潮，把凳子朝连长身边挪了挪，说："连长，我一定好好干，不辜负你的期望。"

连长说："你知道我为什么要挑你当通信员吗？"

李梦浩摇摇头。

连长说："你在灯光球场替你们班长训练队列时，我在边上看了一次，后来实弹射击我又看了一次，就两次。我发现你是块当兵的料，身上有股子气，我也说不清那是什么气。人是需要有一股子气的，没这气不行，可这气太盛了也不行。我知道你不适合当通信员，但我挑你来，就是想磨磨你这脾气，这脾气在一个兵身上不是好事，对你的前途不好。"

话说到这个份儿上，已是相当地知心了。李梦浩眼眶里的泪禁不住就溢了出来，长这么大，有谁这么看重他，这么实实在在地关心他，为他的前途指点过呢？

后来，连长又问了问李梦浩的家庭情况，还问李梦浩在老家有对象没有。李梦浩叹了口气说没有。连长笑了笑说，没对象好，将来在部队提了干就没麻烦了。

这天晚上连长的一席话就像熨斗一般，将李梦浩起了褶皱的心熨平了。

第二天上午，李梦浩又去家属招待所给连长收拾屋子。屋子里是水泥地，李梦浩用拖把擦了好几次，地上还是黑乎乎油腻腻的。他从团里木工房要了一筐锯木屑，用水打湿铺在水泥地上，而后用脚搓。快到中午的时候，文书来了，看见李梦浩在清理锯木屑，背着手就在屋里这看看那瞧瞧，像视察一样。不多一会儿，连长也来了，文书迎上前说："连长，你看还缺什么不缺，我下午去弄。"

连长进屋扫了一眼，说："临时住几天，不需要搞太复杂了。"

文书说："家属招待所太简陋了，真是委屈嫂子了。"

连长说："团里就这个条件，也没办法。"

文书说："连长提了副营，嫂子随军，就可以住团部家属院了。家属院的条件不错。"

连长笑了笑没有接话。文书看李梦浩一直忙活，就走到火炉边用脚搓着水泥地说："你瞧，这地多脏。"文书说着，就蹲在地上用手去搓锯木屑。

连长看着文书说："这地是老油污了，擦不净的。"

春节前三天，连长用连里的电台车把家属和孩子从县城的火车站接回了连队。连长的家属是城里人，虽然孩子都三岁多了，看起来还像个大姑娘，腰还是那么细，穿着高跟皮鞋，走起路来小腰一扭一扭的，脚下咯噔咯噔地响。走在营院里，好多兵都回头看。高大魁梧的连长陪在家属身边，让兵们羡慕得很。连长抱着孩子，满脸幸福地笑着。

过完了春节，初八的早上，李梦浩突然听见文书在队部神秘地说："你们还不知道吧，连长要调走了。"

李梦浩的心一下悬了起来，问道："连长调到哪儿了？"

文书得意一笑："团里。连长高升了，到司令部通信股当股长了。"

李梦浩的心落了地，连长到通信股当股长是提拔。再说，通信连还属通信股管。李梦浩一边为连长高兴，一边又为自己担忧，连长走了，他这通信员还能干吗？

很快团里干部股就来人宣布了命令，指导员休假也归队了。正月初十上午，连长和指导员作了交代，中午炊事班给队部的桌上多加了两个菜，算是给老连长送行了。

自从老连长张骥走后，李梦浩的心里就空落落的。建制班排的兵有班长、排长带着，连长走了就走了，没有多大的影响，队部的通信员和文书就不同了。他俩的顶头上司就是连长和指导员。私下里，文书和通信员都有分工，一般通信员跟连长，文书跟指导员。

老连长走后，李梦浩一副失魂落魄的样子。想去帮指导员做点什么，却又插不上手。李梦浩就盼着新连长早日报到。

文书是个超期服役的城镇兵，爱写写画画，深受指导员的器重。因此，文书平时很清高，拿连里的排长都不当回事。过去，老连长对文书做派有些看不惯，因此就与文书不亲不疏的。文书对此心里也不痛快，感到疙疙瘩瘩的。老连长调走，文书这才松了一口气。

这天上午，听说新连长要来报到，文书就琢磨着，一定要给新连长一个好印象，不然，怕以后的日子过得不舒畅。文书到里间看了一圈，发现老连长床边贴的围墙纸都黄了，办公桌前的窗户纸也旧了，新连长来必须换新的。文书出来后就吩咐李梦浩："快到服务社买几张彩纸来。"

李梦浩没有听明白，问道："买彩纸干什么？"

文书说："给连长布置宿舍。"

李梦浩心里一怔："新连长来了？"

文书眼一眯："中午就到，快去！"

李梦浩出了队部，回头又问："买什么颜色的纸？"

文书有些不高兴，嚷道："真笨！红黄蓝三种都买。"

李梦浩从服务社买了彩纸，对着屋子发愣。就想，新连长来报到，又不是来结婚，干吗要买彩纸。文书看了眼李梦浩，又看了眼窗户，说："愣着干什么？还不赶快把窗户上的旧纸撕了！"

李梦浩一边撕纸，一边小心地问："冬天快要过去了，这窗户还贴啥纸？"

文书说："不贴纸怎么行？没有窗户帘，屋子里干啥事，外面都看得清清楚楚的。"

李梦浩把头靠近窗口，看见外面树上有只麻雀在枝上跳来跳去，叽叽喳喳地叫。便想，窗户贴了纸，外面看不见屋里，屋里不也看不见外面了。

文书把一张红纸递给李梦浩，说："你把红纸贴到窗户上看看。"

李梦浩把红纸贴上去，文书盯着窗户看了半天，自言自语地说："红色是热情的象征，连长一到就有温暖的感觉。"

李梦浩皱了皱眉，嘀咕了一句："红色太刺眼，也俗气。"

文书瞥了眼李梦浩，说："那就换黄色的，黄色高雅、柔和，富有浪漫的情调，还有诗意。"

李梦浩撇了一下嘴，笑了笑，说道："连长是军事干部，又不是诗人。"

文书眼一乜："新兵蛋子，你懂啥？新连长是从师机关下来的，文化素质肯定高。"文书想了想，又说："不过，军事干部喜欢诗情画意的也不多，就像老连长。"

文书背后说老连长，李梦浩心里不悦意。他知道文书的话里是在嘲讽老连长，随口就说了句："就指导员文化水平高，喜欢诗情画意？"

文书瞪了眼李梦浩，他也听出了李梦浩对指导员有怨气，就说："那当然，指导员是从大城市入伍的，理论水平又高，不像连长，是从农村入伍的！"

李梦浩本想再辩驳，可怕说多了被指导员听见，就把话咽了回去，肚子鼓鼓地，木讷着。

"要不，再贴蓝色纸看看。"文书低头思考了半天，也没有想出词句来，就问道："通信员，你说这蓝纸有啥特点？"

李梦浩说："我不知道。"

文书笑了起来："还是高中生呢，连这都不知道？蓝色清爽、幽雅，蓝色的天空，蓝色的湖水，蓝色的，嗯。总之，蓝色让人感觉舒畅。"

"那要是新连长不喜欢蓝色呢？"李梦浩故意说。

"你怎么知道新连长不喜欢蓝色？"文书瞪了李梦浩一眼，有些生气地说，"赤、橙、黄、绿、青、蓝、紫，新连长总会喜欢一种。不喜欢再换。"

午饭前，新连长背着背包来了。新连长很年轻，文文静静的，一副书生的模样。李梦浩接过新连长的背包，文书给新连长倒了杯水。

新连长没有坐，直接进了里屋说："被褥我自己铺，你忙别的去吧。"

李梦浩停下手，看着连长说："这是我的工作。"

连长笑了，说："内务条令上通信员的职责可没有这一条。"

李梦浩迟疑着，站也不是，走也不是。

新连长看了眼李梦浩，又扫视一眼屋子，说道："屋子怎么这么暗？"新连长伸手推开窗户，一股阳光从窗口射进了屋子，屋里明亮了许多。

李梦浩的眼睛被阳光晃了一下。

新连长对李梦浩说："这样亮堂堂的多好，你把窗户上的纸给我撕了。"

十 四

通信连新连长姓王，是师通信科的参谋。王连长到通信连上任后，李梦浩在队部感觉越来越别扭了。连长个人的事不要他干，指导员的事他又插不上手。每天除了打打水、扫扫地、接听一下电话，别的也就无事可干了。人一闲着就无聊，无聊就要生是非。

这天上午操课时间，连长、指导员都出去了，文书也不在。李梦浩坐在队部里打瞌睡。打了一阵瞌睡，等困意过去了，李梦浩就想起了在总机班的丁新军。李梦福分到司机班后，现在已到团汽训队集训学开车了。丁新军在总机班值班是三班倒，也很难碰上面。李梦浩拿起队部的电话就拨了总机房，一听是丁新军值班，于是，两个人就闲扯起来。李梦浩心情很郁闷，总想找个人说说话。闲扯着，李梦浩的牢骚话就出来了。也是凑巧，指导员偏偏在这个时候进来了。李梦浩赶紧放下电话，话筒刚放下，电话铃又响了。李梦浩又拿起话筒"喂"了一声，赶紧对指导员说："指导员，你的电话。"指导员看着话机问："哪来的？"

李梦浩说："司令部值班室的。"

指导员接了电话，李梦浩没有听清说什么。指导员接完电话后，就在办公桌边坐了下来，指导员说："李梦浩，这些日子怎么无精打采的啊？是不是有什么想法？"

李梦浩忙说："没有、没有。"

"没有？那怎么没心思干工作，操课时间闲聊天？"

"我只是打个电话。"李梦浩嘟囔一句。

"打个电话，就这么简单？"指导员肃着脸站了起来，"队部的电话是用来聊天的吗？团首长要是有重要事打不进来，误了事你负得了责？"

李梦浩一听，坏了，指导员又上纲上线了。只要指导员上纲上线，他的话就像一颗手榴弹扔在面前，要不赶快卧倒，杀伤力是很强的。指导员在屋里转了一圈，看到李梦浩倔强地站在原地，有些悻悻的样子，指导员的嘴角露出一丝嘲讽的笑："你还不服气？如果不愿意在队部工作，那好，你想到哪个班，随你挑。"

李梦浩懵懂了，一下被指导员的话弄得晕头转向。指导员说："你考虑考虑吧。"说完就走了。

李梦浩慌了手脚，中午饭也没有吃就跑到通信股。张骥股长已下班了。李梦浩又跑到家属招待所，见了老连长。李梦浩汪着两眼泪，耷拉着脑袋，轻声唤了句："股长。"

张股长拉李梦浩坐下，问道："怎么啦！吃饭了没有？"

李梦浩摇了摇头。股长的家属正在炉子上炒菜，一边炒一边说："中午就在这吃吧，看你一脸委屈，是谁欺负你了？"

李梦浩就把上午的事对股长说了。股长点了一支烟，问："王连长知道不？"

李梦浩说："王连长还不知道。"

股长皱着眉说："怎么能这样，我才离开通信连几天啊！"

股长家属也说："打狗还要看主人呢。小李工作又不错，怎么能这样对待一个新兵。"

股长说："这样吧，咱们先吃饭，下午我给王连长打个电话，回队部你好好工作。"

李梦浩低着眉说道："股长，说心里话，我真的不想在队部干了。"

"不想在队部干了？那你想到哪？"股长皱了一下眉问。

"我想下到班里去。"李梦浩轻声说。

股长想了想，说："下班也好。不过现在新兵专业训练快结束了，你下去也跟不上。"股长停了一下，起身去洗碗，洗完碗，股长把饭盛了递给李梦浩说："咱们先吃饭。"

李梦浩怎么能吃得下饭？张股长家属已和李梦浩熟了。过年的时候，股长的家属还对股长说，小李这个兵不错，挺实在的，将来要是提了干，她就在老家县城里给李梦浩介绍个对象。当时李梦浩也在，股长就说，你不怕人家姑娘嫌嫁给当兵的两地分居啦。股长家属说，两地分居也就是几年时间，一熬不就熬过来了，只要人好就中，那可是一辈子的事。股长和家属你一句我一句的，没有把李梦浩当外人。不长时间，李梦浩见了股长家属也就不拘束了，把股长家属当自己的姐姐看。股长家属给李梦浩碗里夹了一块肉，催促说："快吃饭吧，有你股长在，你怕什么？"李梦浩听了心里热乎乎的，低头吃了口饭，眼泪又要漾出来。不知怎么的，过去李梦浩是很少流泪的，现在却动不动眼泪就控制不住了。

股长家属说："你快帮小李想想办法吧，看把一个大小伙子都急成啥了啊？"

股长边吃边说："办法倒是有一个。西燕山里有我们团一个弹药和通信器材库，不行的话，小李就去那儿吧。"

股长家属说："在山里？那儿山高皇帝远的，不是耽误小李的前途吗？"

股长说："耽误啥？那儿有一个班，平时就是站岗，工作也轻松，正好有时间复习文化，明年我给要个指标，让小李考军校。"

股长家属看着李梦浩问："你看这样中不中？"

李梦浩忙连连点头说，一切听股长和嫂子的。股长又说，只是那儿的条件比团部艰苦些，不过小李是从农村来的，不怕。下午操课后，张股长就给通信连打了电话。第二天早晨起床后，趁连长和指导员出操的时候，李梦浩打好了背包，一个人悄悄地离开了队部。他想去电台室向老排长告个别，可想了想又没去。他怕见人。

连里的兵谁也不知道李梦浩的通信员不干了。一般通信员都要干满一年的，到时不是去汽训队学开车，就是下班当班长。近水楼台总能先得月。人心也都是肉长的，伺候了连长、指导员一年，连长、指导员不把这点好处留给身边人，那还是正常人吗？李梦浩离开队部的事谁也没说，十分保密。他怕连里的兵那复杂的目光。下老兵班时，他被分到了队部，好多兵看他的眼神都是既羡慕又嫉妒的。同是在一个新兵排训练，也没有看出谁有多大能耐，怎么天上的馅饼就掉到你手里？在队部刚干几个月，凳子还没焐热呢，就被"流放"了，难免别人要幸灾乐祸的。

团部到西燕山有三十多里山路，李梦浩想，徒步走到通信器材库正好赶上吃中午饭。当李梦浩走出团部营门后，李梦浩停下来，回头望了门口哨兵一眼，正巧哨兵在向出营门的一个干部行持枪礼。李梦浩就想，等哪一天我从营门出来时，哨兵给我敬礼就行了。

早春二月，山里的天气还是十分地寒冷，北风生硬地刮着，一副凛人的气势。山道边没有树，只有一些干枯的野草被风摇摆着，东倒西歪逆来顺受的样子。因为是山路，李梦浩走得很急促。

李梦浩走在路上，心情相当复杂，有点像无头的苍蝇。他虽然对前途还没有看到一点曙光，可他心里还是相信张股长。他知道股长是为他好，他无论如何都要鼓起勇气，去拼搏一回。人可以被别人打倒，但不能被自己打倒。

李梦浩翻过了一座山头，又沿着崎岖的山路走了一阵，大半晌的时候，就望到了山坳里的一排红瓦房。李梦浩顺着下山路跑了起来，当跑到红瓦房门口时，还没有来得及平息一下，红瓦房里一下子跑出了五个人，马上在门口列队鼓起了掌。一个老兵迎上来接过李梦浩的背包说："你就是通信连的李梦浩吧？我代表全班对你表示热烈欢迎！"接着，班里的几个兵又忙接过班长手里的背包，把李梦浩的被褥很快铺好了。

李梦浩的胸口狂跳了一阵，他没有想到在山里能受到这般礼遇。班长亲自给李梦浩倒了杯水，然后就坐下来介绍了全班的情况。班长说，咱们这个班一共六个兵，你来了就是七个，有一个在哨位站岗了。班长把守卫班的职责和任务介绍了一下，最后说："我是第四年的老兵啦，今年底就要退伍了。班副是第三年兵，其他几个都是第二年兵，这儿就数你是新兵了，好好干。"

过了两天，李梦浩就对哨所熟悉了。这儿的兵不像连队的兵那样思想复杂，除了站岗，班长还搞政治学习和军事训练。班长有班长的管理方法。班长说，毛主席都说三天不学习赶不上刘少奇。我们在山里的兵是三天不学习，部队里啥事都不知道了。再不搞搞军事训练，几年的兵不是白当了？政治学习是每个兵轮流读《解放军报》和军区办的小报。报纸上的新闻到这儿就成旧闻了，班里每周派一个兵赶着毛驴车出山一次，拉粮食油和蔬菜，顺便取报纸和信件。军事训练除了搞班队列就是射击比武。班长在崖壁上用粉笔画了一个靶子，让兵们先趴在地上瞄，而后是单腿跪着瞄、站着瞄，一瞄就是半天。有时还对着山头上的老鹰瞄。兵们瞄得时间长了就有些烦，咕哝说："现在又不打仗，整天练射击有屁用？"

班长点点头说："对对，练射击是没有屁用，闲着让你去搞军民共建有用？"

班长一句话就把那兵堵回去了，别的兵也就跟着咪咪地笑。

班长说的"军民共建"，李梦浩后来才明白，从这儿向下走几里地，山坳里住着一户老百姓，那家有个姑娘十八九了，人长得很水灵，见了当兵的不打怵，总是兵哥哥长兵哥哥短的，很黏乎。班长带着全班的兵去搞过几次军民共建活动，后来班长就发现，有一个兵下了岗，就单独去和人家共建了。

这天晚上吃过晚饭后，轮到了李梦浩上岗。李梦浩在新兵排时没有站过岗，下班又到队部当了通信员，没有站岗的任务。因此，这是李梦浩入伍后第一次站岗。班长问："一个人在山里站岗，你怕不怕？"李梦浩心里虽然有些紧张，但嘴上还是硬的，李梦浩说："不怕！"班长拍了拍李梦浩的肩说："不怕就好，岗楼里有电话，有什么情况就及时报告。"

一班岗是四个小时。李梦浩站在岗楼里冻得瑟瑟地抖。红瓦房宿舍的灯熄了，李梦浩从岗楼的瞭望孔里望着窗外，周围的山黑黢黢的，分不清山峰和山谷了。天空中只有几颗小星星挂着，似有似无的；近处只有几棵枣树立着，光秃秃的像死了的模样。李梦浩没有表，也不知是什么时间，就只有耐心地熬。熬了一阵，也不知过了多久，李梦浩的腿有些僵，他就出了岗楼跺脚，跺了几十下腿脚活泛了，便背着枪在库房洞口前转悠。弹药库和通信器材库都在山洞里，山洞是十多年前打的战备洞，据说里面能住下一团人。两年前在南面边境打了一仗后，中央军委的首长都说了，这样大的战争近期是不会再打了。要打也只是在边境打，不会再打到内地了。现在是和平时期，地主都摘了帽子，阶级敌人少了，站岗也就不太紧张了。

李梦浩在岗楼周围转了几圈，感觉风渐渐地大了，身上有些冷。李梦浩又进了岗楼，把大衣裹紧一些，抱着枪倚在岗楼角上想心事。李梦浩是临到春节根了给父亲去过一封信，到现在还没有接到家里的回信。父亲的身体怎么样了？父亲在上封信中说过了年生产队就要分田到户了，现在也不知道分了没。李梦浩把家里人在头脑里像放电影一样，一幕幕过了一遍，过着过着，就过到了丁惠娟这一幕。到了部队，他一直没有给丁惠娟去信，自然丁惠娟也就没有来信。那夜两人一别，至今杳无音信。想起这事李梦浩就揪心一样。他和丁惠娟之间的事也许就此了结了，了结了也好。他想起老连长说过的那句话，家里没有对象好，一身轻松，将来穿上四个兜没有麻烦。老连长入伍前就没有在老家找对象，现在找的那城里的媳妇，都生了孩子了，脸上要红有红，要白有白，特别是那嘴唇像颗樱桃样的，每天弄得跟刚出嫁的新娘似的。让很多家属是农村的干部羡慕死了。不是说农村的女人不好，丁惠娟就不比城里人差，身上也是细皮嫩肉的，要说脸面身材，李梦浩觉得丁惠娟比老连长家属还强。可是丁惠娟毕竟是农村人啊，农村的女人结了婚，特别是生了孩子，还能像老连长家属那样吗？李梦浩在农村里常看到一些生了孩子的妇女，做姑娘时，三伏天身上都裹得紧紧的，生了孩子后就不管不顾了，有点破罐子破摔的样子。在一起做农活时，越是有同辈的小伙子在场越敢说骚话，李梦浩听了都脸红。

李梦浩想着这些就开始有些恍惚。一阵困意袭来，李梦浩就垂下了头打起盹来，李梦浩倚着墙壁睡了一小觉，还做了梦。突然听到一阵"哼哼"声，他一激灵，猛然就清醒了。站起来向四周望了望，什么也没有，连天上的星星都消失了，只有风在呜呜地吼。李梦浩以为是听岔了，又垂下头想打盹。这时，"哼哼"声又响了，他身子发紧，打了个哆嗦，提着枪就出了岗楼，一边走一边拉动了枪栓，将子弹推上了膛。

蓦然间，李梦浩发现离洞口十多米的地方有一团黑乎乎的东西在挪动，还夹杂着吱啦吱啦的响声。李梦浩将手中的半自动步枪一抖，厉声喝问："口令？"

黑乎乎的东西像是受了惊吓，立时停着不动了。李梦浩上下牙禁不住地敲了几下，咯咯地响。李梦浩想，是山上的野物还是人？会不会是班长查岗故意吓唬他？如果是班长，哨兵喝问口令班长就该马上回答，不然哨兵开枪就麻烦了。

李梦浩又问了句"口令"，还是没有回答。不管是人还是物，有了惊动就该跑，为什么那东西不动了呢？李梦浩壮了壮胆子，猫着腰向前靠近了些。三四米的样子，李梦浩停下将枪口瞄准黑乎乎的东西问："什么人？"

黑乎乎的东西一惊，哼了一声，忽地一道黑影向洞口蹿去。说时迟，那时快。"啪！"一声清脆枪响，黑影一头栽倒地上，又哼哼了几声。

枪声一响，李梦浩陡然感到一身轻松，像憋了泡尿撒出去那般畅快。枪声响后，宿舍的灯唰地亮了，班长和兵们没有来得及穿棉衣，提着枪就跑来了。"什么情况？"班长老远就喊。

李梦浩还没有接近目标，不知道被他击毙的是什么东西，随口回答了一句："可能是坏人搞破坏。"

"击毙了，还是逃跑了？"班长也把子弹推上了膛，随着就是兵们拉动枪栓的声音。"大概是被击毙了。"李梦浩指着山洞口说。

班长命令说："全班搜索。"

七个人端着枪向前搜索，搜索到洞口时，班长手中的电筒照到了一头死猪身上，猪的脑袋上还在咕嘟咕嘟向外冒着血浆。班长上前踢了死猪一脚，问李梦浩："是它吗？"

李梦浩愣了片刻，说："就是它。"

班长气恼地又踢了死猪一脚，说："你小子真行，枪法这么准，一弹毙命！"

李梦浩不知道班长是不是责怪他，站在那里不知如何是好。班长打了个冷战，呵斥说："还愣着干吗？把死猪抬走，明天上午把津贴费凑一凑，我带你们下山搞军民共建去。"

黑暗中，一个兵说："可能是头野猪呢！"

班长干笑一声，训道："熊兵，你见过这山里有野猪？"

兵们一边抬着死猪，一边跺着脚走，很是雄壮。

班长催促道："真他妈的冷，快点！"

班副笑嘻嘻地说："这头猪有二百多斤呢，够我们一周改善伙食了！"

十五

春天姗姗来了，带来了满山遍野的花。一晃，春天把花开过就走了，留下了满山的青翠。北方的夏天是个急性子，焦躁得很，直接得很，像个乡下粗鲁的汉子，一点铺垫都没有，一点情调也不讲，上来就按捺不住它的欲望，把山、地和空气都弄得滚烫。

傍晚，火球般的日头还在山峰上留恋不舍的时候，哨所的兵们就吃过了晚饭，没岗的兵在宿舍前的石桌上下棋、聊天。正是初夏，山谷里的晚风带着一丝柔情吹过来，抚摸过兵们的身子，他们就忘记了白天的暴晒了。

李梦浩一个人坐在石凳上，愣愣地望着日头沉没的地方出神。李梦浩看到日头在山峰上滚动的时候，像是一个熔化的铁球，向下面滴着火焰，越滴越多，慢慢地就融进了山峰，只留下一抹红光。此时此刻的山峰笼罩在一片云霞里，变得缥缈起来。李梦浩一边看一边想，却怎么也看不出那座高耸的山峰有什么特殊的地方，只是感到石凳被日光晒了一天，滚烫，烙得屁股痒痒的。

李梦浩到山里已经五个多月了，五个月时间虽然不长，但对李梦浩来说也不算短了。李梦浩自进了山后没有出山一次。守卫班七个人是轮流回团部拉粮取报纸的，出山的兵每次从团部回来都高兴好几天，他们趁拉粮的机会能到营连会会老乡，在团部澡堂洗洗澡，还可以赶着毛驴车绕些道去县城逛一圈。出山对于兵来说犹如城里人过周末，生活比较丰富多彩一点。李梦浩进山后只给张股长打过一次电话，给家里写过一封信，和其他人都断了音讯。他憋着一股劲，课余时间就捧着从家里带来的课本看。班长常在班务会上表扬李梦浩。班长说，你们瞧瞧新兵李梦浩，除了工作就是学习，哪像你们，课余时间就动歪脑筋。有的还整天撅着个屁股瞎写信，一天一封的，有啥可写的？又不是写小说。李梦浩看书看得累了，就坐在宿舍门前的石凳上看山。开始时，李梦浩看着周围连绵的群山，就觉得自己走进了画里。李梦浩老家没有山，是一马平川的大平原，离马陵村五六十里远的禹山也不高， 孤独独的一座，只有海拔二三百米，和这儿的山比起来，那山就不叫山了，该叫丘陵了。看山看久了，眼前的山就清晰了，山上石头是石头，草是草，看着看着，李梦浩心里就毛躁起来。

班长发觉了李梦浩的惶惑和浮躁，就问："进山快有半年了，整天望着山出神，看出啥味道没有？"

李梦浩瞟了眼班长，茫然地说："没有看出啥味道。"

班长神秘兮兮地一笑，指着起伏的山峦中一座高峰说："那座山峰你认真仔细瞧瞧！"

李梦浩顺着班长手指的方向，又专注地看了一会儿："那是最高峰，也是落日的地方。"

班长朝李梦浩瞅了瞅，问："真的就没看出啥来？"

李梦浩摇摇头，不安地看着班长说："真的没看出。"

"那就继续看，啥时看出来，啥时你就是咱山里的兵了。"班长说完话后，诡秘一笑，哼着小曲就去下棋了。一连数日，李梦浩吃过晚饭后，只要不上哨，他就坐在门前的石凳上看。天气越来越热了，天上的日头像是下了火，把山都烤焦了。日头隐去后，望着那山便觉得憔悴得很，没有春天一点妩媚样。这天，班里的一个老兵看见李梦浩又在望着山峰出神，便坐下来想要谈心的样子，问："想家了？"

李梦浩说："不想。"

"那是想对象了吧？看你很少写信的。"老兵很关心地问。

李梦浩说："我还没有对象呢！"

老兵就一笑，"难怪呢，我说你怎么老望着那山峰看，原来是没有对象。"老兵的屁股朝李梦浩的身边挪了挪，悄声地问："是不是看着挺过瘾？"

李梦浩瞥了眼老兵："看一座山峰能有什么过瘾的？"

"不过瘾，那你老盯着它干啥？"老兵瞟了眼李梦浩，撇了一下嘴。

"班长说了，能看出味道来，才是山里的兵。"李梦浩说道。

老兵扑哧一笑，说道："班长是逗你玩呢。能有啥味道？那山峰不就是像躺在床上的女人样嘛！"

李梦浩没说话，两眼又盯着那山峰看，老兵就觉得这个新兵有些傻，老望着那山峰有啥劲嘛，就是仙女也是石头做的，顶不上用场的。老兵扯了扯李梦浩的衣襟说："实在耐不住了，写封信给家里，让家里托人介绍一个，通通信也挺有意思的，闲着也是闲着。"

李梦浩把目光收回来，问老兵："你有对象了？"

老兵嘿嘿一笑，说家里刚介绍一个，照片都邮来了。

"很漂亮的吧？"李梦浩问。

"还行吧。"老兵脸上出现了一抹红晕，有点忸怩的样子，"今天刚从团部收发室取回来，照片在路上走了半个月呢。"

李梦浩开句玩笑说："要是人的话都走累了，非生气不可。"

老兵也笑了，说："还是山路呢，不好走。"

老兵的手在衣兜里捂了半天，又说道："我观察了你好长时间，你这人吧，嘴巴挺严实，人也实在，我想让你给参谋参谋，看这女子咋样。"老兵把手从衣兜里抽出来，也就抽出了那张照片。老兵又把照片放在眼前端详了一阵，才有点不舍地递给李梦浩。照片是在照相馆照的，背景是一座楼房，楼房很小，人很大。照片原是黑白照片，是照相馆给上了彩，成了彩色照片。照片上姑娘的嘴唇被涂得很红，两腮也像抹了胭脂，显得很假，很做作，把好端端一个农村朴实的姑娘弄成了烟花女子一般。好在照片上的姑娘梳着长辫子，一张圆胖脸显得很本分。李梦浩瞅了一眼就把照片递回了老兵。老兵盯着李梦浩有些焦急地问："你看咋样？"

李梦浩说："你们一个村的？"

老兵摇了摇头。

李梦浩又问："在家你们认识？"

老兵又摇了摇头。

李梦浩说："看照片人不错。"他看了眼老兵，老兵也在看他，李梦浩又说："人蛮漂亮的，也是个棒劳力。"

老兵咧嘴一笑，说："你眼睛挺好使。信上说了，她去年就挣了三千个工分，比村里男劳力只差二百分，是全村女人挣工分最多的。"

"现在听说农村分田到户了，把她娶过来，你们家收、种都不愁了。"李梦浩认真地说。

"就是。"老兵若有所思的样子，像是在憧憬着什么。

过一会儿，老兵收回了神，又说道："父母年龄都大了，弟弟妹妹在上学，我又在这儿当兵，家里正缺劳力。你说，咱农村人图个啥？不就图个能干活、会生娃嘛！"

李梦浩听了，觉得老兵的话很实在，可心里又觉得别扭，不知道说什么好。他神情恍惚了一阵，又去看那已经朦朦胧胧的山峰。老兵收起照片，满脸幸福的表情，一跃就站了起来。老兵拉着李梦浩说道："别看啦，换换脑子，咱俩下棋去！"他又附在李梦浩的耳边说："看出来了也麻烦，夜里会'跑马'呢。"

山里的老兵们将山看得明白了，就不再看山了，有时只瞄了一眼，刚冒出点火星就闪灭了。不上哨的老兵晚饭后就下棋、闲聊。等山里上了黑影，兵们就回到屋里看电视，电视是春节前团里专门派人送来的十八英寸彩电。兵们在房顶上架了天线，可电视里还是雪花多。兵们除了看新闻，就是看电视里的文艺节目。看文艺节目时，兵们就开始议论。先是议论歌唱得好听不好听，接着就议论唱歌的女演员长得漂亮不漂亮。各人有各人的眼光，有时为了一个女演员的长相，两个兵能争得脸红脖子粗，一副要打架决斗的架势。

这时，班长就说话了，班长是班里的绝对权威，班长不仅在军事上比兵们强，在评价女人上眼光也很独到。班长说："你们争个屁，净扯淡！演员漂亮不漂亮与你有啥关系？又不是你老婆！"班长有老婆，是今年春节回家成的亲，结了婚与没结婚的人眼光就是不一样。李梦浩坐在那儿不吭声，只盯着电视看，兵们的吵闹声把电视的声音都盖住了。李梦浩心里有些烦，烦也只是心里烦，不敢挂在脸上。在老兵面前，一个新兵没有烦的资格。李梦浩觉得老兵们拿电视上女演员寻开心，实在是对不起人家唱的那首歌。

这天清早起床后，兵们正在门前场地上洗漱，班长放下电话从屋里走出来，扫了眼兵们说："告诉大家一个好消息。"兵们立时仰起水淋淋的脸，望着班长，班长清了清嗓子，大声宣布道："军区文工团要来慰问演出啦！"

兵们急切地问："哪天啊？"

班长把手一挥："就在今天上午。"班副问："有女演员吗？"

班长沉下脸："你想干吗？"

班副做了个鬼脸，嘻嘻地笑着："咱们能干吗？就是想听听女演员唱歌呗！"

班长说："听说今天来的演员中，就有一个上过中央电视台的。"大家一听，脸上瞬时灿烂起来。正在洗脸的就仔细地搓了又搓，有的还用水湿了湿头发，在宿舍窗口的玻璃上照了又照。只有李梦浩很沉静，像往日一样，默默的。吃过了早饭，班长开了动员会，要求大家都换上新军装，整理好宿舍内外环境卫生。会后，兵们都焕然一新，唯独李梦浩依然如故。班长皱了皱眉问："你怎么不换套新军装？"

李梦浩瞅了眼班长说："又不是娶媳妇。"

班长翻了李梦浩一眼，又瞅了瞅班里那几个老兵忙忙碌碌的样子，笑着说："嗯，你小子倒沉得住气。那好吧，今天上午你就顶半天岗。新兵嘛，今后有的是机会。"

李梦浩看了看班长，想说什么，但没有说，便提着枪到岗楼换岗去了。半晌的时候，李梦浩在岗楼里望见团里一辆吉普车开到了宿舍前。从车上下来三个人，一个是团政委，一个是政治处主任，再一个是个女的，大概就是军区文工团的女演员了。女演员穿着一身军装，看不清脸面，李梦浩不知道这个女演员是不是班长说的那个女演员。李梦浩只远远地望见兵们列着队，像受检阅一样。女演员与兵们一个个地握手，兵们就一个个地敬礼。李梦浩就想，能面对面地与上过中央电视台的女演员握握手，怕是比看那山峰有意思多了，也更能让人回味了。

在宿舍前的操场上，六个兵坐在马扎上，一字排开，挺着胸，瞪着眼，十分专注地看女演员演节目。兵们的脸上比看山时内容丰富多了，班副挂在脸上的笑容，从头到尾揭都揭不去。女演员又是唱又是跳，一个接一个地演，班长就带着兵们拼命地鼓掌，把手都拍疼了，还不觉得。

当女演员演出完后，班长派兵把李梦浩换下了岗，李梦浩回到宿舍时，看见女演员正坐在兵们的床上给大家签字留念。

李梦浩看着看低头签字的女演员，很想上前去说几句话。可是，心中又有点怯，不单是女演员身边有团政委和政治处主任陪着，就是没有，他也很怕去面对一个女演员。李梦浩到了部队，除了和老连长的家属说过话，别的女人也就没有搭过话了。就在李梦浩犹豫不定的时候，他发现女演员抬起了头，一刹那，他和女演员的目光相撞了，就一下，他像触了电，赶紧收回目光低下头。李梦浩急惶惶地在包里翻找笔记本，也想让女演员给签个字。找出一个看看不行，又找一个还不行，笔记本上都写满了字，他不想让别人看见他写在笔记本上的字，那字是写给自己看的，谁看了他都不愿意。这时，李梦浩灵机一动，悄悄地在包里拿出一把小剪刀，背过身去剪掉了军装上的一枚扣子，他把扣子装进兜里，又摸着兜里的针线包，稍微调息了一下，抿着嘴无声地笑，就好像他的举动因为特别隐蔽，已经神不知鬼不觉了。李梦浩挪动着脚步，站到女演员身边说："我想，请你帮我——缝一个扣子。"

李梦浩说完就低下了头，谁也不敢看，两手摸着军装上的扣眼摩挲着。政委和主任一听，就一起把目光投在了李梦浩的脸上，兵们一怔，被李梦浩突如其来的话给弄晕了，班长也没有弄明白怎么回事，就和兵们一起把目光落在李梦浩身上，每个人的眼神都是怪怪的也是莫名其妙的。每个人的眼神像箭一般。李梦浩的身上成了筛子眼，一个洞挨着一个洞，脸上也像爬满了蜜蜂，不敢去拍，拍了说不定就会蜇得他鼻青脸肿。

女演员抬起头来，盯着李梦浩看。李梦浩身子滚烫了，像是发烧一样，两腿还禁不住颤动几下。女演员看着就笑了，说道："看样子，你是新兵吧？"女演员转向班长问："刚才他没有听我唱歌吧？"

班长说："刚下岗。"班长瞟了眼李梦浩，一脸灿烂地对女演员说："我们班都是你的崇拜者呢！"

女演员听了似乎很激动，面对着只有七八个观众的独唱演出，她比面对成千上万个观众还要动情和自豪。一束阳光从窗口射进来，明亮的光映在她的脸上，不像是阳光的照耀，而是那白里透红的脸蛋自己就会放出光亮来，有一种半透明的晶莹剔透的效果，特别是她看兵们的眼神，近乎圣洁，近乎母爱。女演员在部队演出多了，还从来没有一次到哨所演出过，当她给这儿哨所的兵们演出时，她都忘记自己是个演员了。女演员站起来对李梦浩说："你喜欢什么歌，点一首，我唱给你听！"

大家又都盯着李梦浩。李梦浩木讷地说："你一个人唱了半天，挺累的，要听我就听在电视里你唱的。"

女演员两眼扑闪了几下，眼眶里像有晶莹的东西在滚动，她伸手拉着李梦浩的胳膊，一起在床边坐下说："好兄弟，来，扣子掉了，我给你缝上。"李梦浩局促地从兜里掏出针线包。这时，班长上前扯了把李梦浩的胳膊，对女演员说："就不麻烦你了，扣子我帮他缝。"

女演员说："这有啥麻烦的？不就是缝一枚扣子嘛！"女演员开始穿针引线，虽然不怎么熟练，但那穿针的姿态，让兵们有种既熟悉又陌生的感觉。

李梦浩站起身，对女演员说："要不，我还是听你唱歌吧。"

女演员拍了李梦浩的手背一下："过来，我给你缝上。"女演员把针扎在掉了扣子的地方，"扣子呢？"李梦浩向后挣了挣，看了眼班长，低声说："扣子丢了。"

女演员说："拿把剪刀来。"

班长将剪刀递过来，女演员从自己军装上剪下了一枚扣子，很笨拙地给李梦浩缝了上去。缝完扣子，女演员又唱了那首在电视上唱的兵们都熟悉的歌。唱完了，女演员和七个兵一个一个地握手，握到李梦浩的手时，女演员没有马上松开，她握着李梦浩的手说："等以后有机会，我再来给你们唱。"

女演员在政委和主任的陪同下，坐着吉普车走了。兵们望着吉普车在山道上一点点变小，直到被山挡住了才回过神来。兵们回到宿舍有点怅怅然，似乎还带有点伤感。班长吸完了一支烟，看了眼兵们，说："都怎么啦？像丢了魂似的。"

副班长在李梦浩身上打量了半天，说："你小子搞啥名堂，早上我见你上衣的扣子还好好的，咋站了一会儿岗就掉了？"

班长瞪了班副一眼，说："别挤对新兵了，政委、主任都没吭声，你穷叨叨个啥？"

一个老兵学着女演员的腔调说："这有啥麻烦的？不就是缝一枚扣子嘛！"

全班哄堂大笑。李梦浩什么也没说，拇指和食指在那枚新缝上的栗色扣子上捏弄了一阵就出去了。

十六

一声炸雷，把宿舍里的兵们都震醒了。李梦浩揉揉眼睛，翘起头向门口望了一眼，一道闪电像是把天劈成了两半，接着又是一声响雷，清脆而又尖锐，在不远的山头炸开来。他感到宿舍都晃动了一下。借着闪电，李梦浩发现窗外混沌一片，看不见雨点，只听见隆隆的水响，天和地都连成一片了。

班长坐起来，看着窗外的雨水，又抬起手腕看了看表，离起床还有十分钟，他咳了一声，扑通一下又把自己放倒在床上。班长知道此时班里的兵都被那声响雷惊醒，但谁也没有弄出声响，整个屋子一派沉寂。班长一声咳，翘起了五颗头，班副说："班长，下雨了！"班长没吭声，睁着两眼望房顶。班副又说："雨好大啊！"班长在鼻孔里哼了一声，用手掖了掖被角，半天才开口："下雨了，今早就不出操啦，放假。七点钟起床。"

立时，翘起的五颗头落入枕上，噗噗有声。班长翘起头又说："值日的不能放假，赶快起来做饭。"李梦浩知道班长是在催他，今天轮到他值日，赶紧翘起头问："开饭时间不推迟啊？"

班长说："准时开饭，还要换岗呢！"班长说完就把头用被子蒙了起来。挨着班长睡的一个老兵望着房顶，长长地叹了一口气，嘟囔说："娘的，都怪那声雷，把场好梦搅了。"

全班人没有人应声，各自都想睡个回笼觉或是重续旧梦。李梦浩悄声起了床，看了眼躺在床上的老兵们，闷声地去做饭了。床上除了班长蒙着头不动，其他四个人终是难以再回到梦里，都躺在床上辗转反侧。班副耐不住性子，翻身坐了起来，下床趿着鞋晃到门边，窥视外面的雨天。门外的山没了，整个一面水墙挡住了班副的视线。班副又趿着鞋回到床上躺下，隔着几张铁架床对班长说："班长，雨下邪乎了，咱们该准备抗洪抢险了吧？"

班长把被子从头上扯开，盯着床边桌上的电话机说："抗个屁，咱们这儿地势高。"说完，班长又用被子蒙住了头。

不久，满屋响起吱吱呀呀声。铁床不住地呻吟，像是承受不了兵们在上面翻来覆去的作弄。往日，桌上闹钟一响，班长说："起！"立马竖起一面面脊背，即使有人想赖在被窝里的，也会在一片响动中沉不住气，那温暖的带有酸腥体味的被窝，就成了兵们无限留恋和回味的一截没啃完的甘蔗，不得不扔掉。而这雨天给兵们带来久已向往的温馨，却又嚼不出味道，那潮气的被窝贴在皮肤上，似乎有几只蚂蚁在皮下蠕动，血管里的血也沸腾起来，激动了四肢。

"睡不着。"班长身边的老兵翻身坐起，嘟囔一句。

班长伸出胳膊，啪地一个脆响，五指红印贴在了老兵的背上。老兵哎哟了一声，正想破口大骂，发现班长的手又伸了过来。老兵苦着脸说："躺在床上还不如起床呢！"

班长收回胳膊说："睡不着，换岗去！"

"这么大的雨——"老兵看了眼班长，咧了咧嘴。

"那就躺下。"班长抬起头来厉声地说。

老兵便重重地把身板放到床上，翻转了几遍后，伸手从衣兜里摸出两支烟，甩一支给班长，自己捅着一支，又划火点燃了。老兵吸了一口烟，慢吞吞地吐着烟说："躺在床上干瞪眼真没啥意思。班长你有老婆好想，咱呢，在梦里想，也都想不出模样。"

班长歪着头，问道："没有什么好想的了？"

老兵说："那还想啥？"

"上周的内务卫生评比，就你最差，还不如一个新兵！这事你怎么不好好想一想？"

老兵搔了搔头，朝班长憨憨地一笑，不吭声了。班长把烟点上，慢慢地吸，一口一口地吞吐，那淡淡的烟雾绕着升起，慢慢地融进潮气之中，班长用劲猛吸几口，将烟头扔了，抬腕看了看眼表，又看了看桌上的闹钟说："七点了，起床！"

于是，满屋潮气涌动。兵们用过早饭，一个换岗的老兵冒雨出去了。班长看着外面的雨一点没有小的意思，叹了口气又坐回床上。班副说："班长，你看这么大的雨，咱们是——"

班长看了眼班副，问道："你看呢？"

班副笑了笑："你是班长，你决定！"

班长把目光转向桌上的电话机，想了想，说："班副，你留下值班，再留一名同志换岗，其余的同志跟我到山下的老乡家搞军民共建去！"

班副说："这么大的雨，怎么搞啊？"

班长说："就因为下这么大的雨，才需要我们去搞啊！"班长走到门前，伸手试了试，回头命令道："穿上雨衣、带上铁锹、跟我出发！"

班长当了四年兵，还从来没遇到过像今天这样大的暴雨。大雨都下了一夜了，眼下还没有停的意思。班长心里隐隐地有种恐惧感。下这么大的雨，山洪肯定要暴发，雨水不断地往下渗透，北方的山植被又不好，一些岩石松软的地方恐怕就要形成泥石流。守卫班的宿舍建在一座矮山头上，洪水和泥石流都袭击不到他们。可是，离他们三里多路的山下，有一户老乡家就有危险了。那户老乡住在山坳里，依山面谷，雨水小没有什么问题，可一旦山体滑坡或是泥石流下来，跑都没地方跑。老乡家五口人，一个老人七十多岁了，老人有一个儿子儿媳妇，还有一个孙子和孙女。山上山下相距三里路，这户老乡家就成了守卫班最近的邻居。

平日，班长常带着全班的兵到老乡家帮助做点农活。山里的枣子、核桃满山遍野都是。每到晚秋，枣子红透了，老人就打一筐枣子，让孙女提着，自己拄着拐杖走上山来，对班长说："下去吃吧，管饱。"

班长拣了一颗晶莹的红枣放在嘴里咔地一咬，蜜一般的汁液甜了满嘴，班长咽下枣子，嘿嘿一笑说："我们不能违反群众纪律呀。"老人就一板脸，呼哧呼哧地喘粗气："八路那阵子，你们队伍在山里，吃的住的啥不是咱老百姓的？到了这会儿，还要装洋相！"说完，老人就下山了。和老人一起来的孙女却不急着走，老人的孙女十八九了，已经成人了。秋天的裤褂已经遮不住姑娘身上引人的地方了。兵们的眼睛就像蜜蜂一样在她身边飞过来飞过去。老人的孙女却不怕羞。她在屋里转了一圈就对班长说："有衣服要洗呗？有被子要缝呗？"没有衣服洗被子缝，姑娘就给兵们洗床单，洗完了晒干了，帮着铺上了才走。有一次，姑娘指着晒干的白床单问班长："你们床单上沾的一块一块的是什么呀？洗都洗不掉。"班长看了眼兵们床单上的污迹，脸红得像红透的枣子，吭哧了半天也没有说，还是班副走过来解了围，班副嘻嘻一笑，说："床单上是兵们擦枪时滴的枪油。"

后来，兵们就老开班副的玩笑："昨夜你那枪又滴油没有？"

班长带着三个兵到山下老乡家时，大雨还是一丝不苟地下，天像是漏了底，一个劲地向下灌。山谷里的洪水翻卷着向前滚，洪水离老乡住的房子只有十几米了，若是有洪峰下来，一个浪头就把山坡上的房屋卷走了。

班长赶紧去门前敲门。屋里有人在哭喊着，房屋门却拉不开。班长仔细看，坏了！门全都变了形。看样子山体已经开始滑坡了。班长说："你们在屋里不要急，我们帮你打开门。"

兵们说："把门撬开吧。"

班长看了看房子，几间房子都歪斜了。山里的房屋都是用碎石头砌的，又没有用水泥勾缝，如果一撬门，房子就会塌下来。班长走到后窗下，对身边的兵们说："不能撬门。一撬，老乡全家都捂在里面了。"班长脱下雨衣，在脸上抹把雨水，伸手把窗口的木栅栏掰下来，"我先进去，把人从窗口托出来，你们在外面接应。"

窗口很小，只能爬进去。李梦浩看见班长脱了雨衣，自己也脱了，"班长，我力气大些，我和你一起进去！"班长进去后，李梦浩也进去了。

李梦浩进去后，看见老乡一家人在屋里急得不行，都吓傻了。老人的孙女一看见班长，一下就扑过来，抱着班长不放。班长推开她，拉起坐在床上的老人说："大爷，我先把你托出去！"李梦浩帮着班长把老人先从后窗托了出去。接着又一个一个地向外托，五个老乡都出去了。这时，屋梁开始咔啦咔啦地响，屋顶开始向下掉泥土了。班长焦急地说："小李，快出去！"说着就托李梦浩的屁股向窗口举。李梦浩挣脱下来，两腿哆嗦着，"班长，还是你先出去！"

班长踹了李梦浩一脚，急红了眼："熊兵！少啰唆，再耽搁，咱俩都捂在里面了。"

李梦浩抹了把脸上的泥土："班长——"

班长又托起李梦浩的屁股，说："快！你小子还要考军校呢！"

当李梦浩从窗口里爬出半个身子，外面的两个兵抓住他的手向外拉时，危险发生了。倾斜的房屋把窗口挤住了，外面的兵怎么拉也拉不动，疼得李梦浩嗷嗷地叫。接着，房屋轰的一声倒塌下来。在那一瞬间，外面的人都吓傻了。

当大家睁开眼睛时，眼前房屋没有了，变成了一片废墟。李梦浩的两腿还埋在废墟里，李梦浩顾不上疼了，疯了一样地喊："班长！你们快救班长！"

班长被捂在老乡家的房子下面了。

李梦浩被团里卫生队的救护车接走了，先在卫生队抢救。团长、政委了解情况后，立即指示卫生队绝不能让李梦浩落下残疾，一定要保住他的腿。由于团卫生队医疗条件有限，团卫生队又把李梦浩转到几十里外的野战医院治疗。

班长牺牲了。李梦浩成了舍己救人的英雄了。

李梦浩是和班长战斗到最后一刻的。团政治处新闻干事在撰写班长的英雄事迹时，一拨又一拨人去医院采访李梦浩。李梦浩把班长看见下暴雨，如何带他们下山，怎样从窗口里爬进去，又是如何把老乡一家五口从窗口托举出来，详详细细地叙述了一遍，最后总是泣不成声地说一句："班长是替我牺牲的，他要先出去就不会这样了。"听他叙述的人无不动容。就想，如果是班长先出来了，牺牲的就是李梦浩了。团长、政委看了政治处写的事迹报告后，在报告上批示说，我们团是英雄辈出的团队，唐山抗震救灾中涌现了许多英雄人物和先进事迹，现在又涌现了抗洪抢险的两位英雄人物，英雄的诞生不是偶然的，要深挖根源，一定要把他们的英雄事迹和舍己救人的精神宣传出去！

李梦浩的伤势并不是十分严重，只是小腿的骨头被倒塌的房梁砸劈了。经过医院一个多月的治疗，挂着拐就能下地活动了。在李梦浩住院期间，团里首长来看望过他，政委告诉李梦浩，班长被军区授予"新时期最可爱的人"荣誉称号，烈士的弟弟也被军里批准入了伍。政委问李梦浩有什么要求，李梦浩说，我想再看班长一眼。政委说，烈士的骨灰已经送回老家了。李梦浩就当着政委的面流了一会儿泪，重复着那句："班长是替我牺牲的，他要先出去就不会这样了！"政委就拍拍李梦浩的肩膀，十分欣慰地说："你们是好样的，都是好样的！"

通信连的连长、指导员带着排长、班长们来医院看望了李梦浩，连长和指导员还送了一束鲜花。指导员当着好多人的面对李梦浩说："你是我们通信连出去的兵，这不仅是你个人的骄傲，也是我们全连的骄傲和自豪！"指导员看着李梦浩新兵时的排长说，"关键时刻，李梦浩同志能挺身而出、舍生忘死，也是你培养教育的结果。"王排长看了眼李梦浩，说道："他还是连长、指导员培养教育的结果。李梦浩是连长、指导员身边的兵嘛！"指导员笑笑，再也没有说话。

通信股张骥股长也来医院了。张股长是和家属一起来的，股长家属拎了一个保温盒，盒里装着鸡汤。股长家属打开保温盒时，鸡汤还冒着热气。

股长家属说："这是你们股长从驻地村里买的老母鸡，我炖好就给你送来了，趁热喝，老母鸡汤是补骨头的。"

李梦浩捧着保温盒喝了一口，眼里的泪就漾了出来。李梦浩叫了句："姐……"哽咽着就喝不下去了。

股长家属一愣怔。李梦浩一直叫她嫂子的，怎么突然改口了？还是股长先明白过来，股长哈哈笑了起来，说道："小李啊，你真是个白眼狼，一盒鸡汤就把你喝晕头了？把我这个大哥变成姐夫了，一下成外人了。"

股长家属醒转了，高兴地说："叫姐好，叫姐亲！小李你在家没有姐吧？以后，我就是你姐了！"

股长说："叫姐就叫姐吧，咱老家也有把嫂子叫姐的。"股长问了李梦浩的伤势和恢复情况后，而后又问道："你现在成了英雄了，听说团里给你报请了二等功，可能很快就批下来了，你有什么打算？"

李梦浩说："我还回山上守卫班去，明年考军校。"

股长说："那儿条件太差，我建议你留在团部，一边恢复身体，一边复习迎考。"李梦浩低头沉默一会儿，抬起头来时眼圈又红了，说："我还是回山上吧，那儿清静。"

股长和家属走了后，李梦浩就躺在床上想心事。受伤后，李梦浩没有给家里写信，也让团里不要通知家里。他怕父母为他担心，也怕村里人知道后私下里会笑话他。当兵不到一年，没有混出什么名堂来，倒弄成个残废。

俗话说，伤筋动骨一百天。在医院治疗的日子，李梦浩反复思考和回忆了入伍近一年来发生的事情。他感到好多事情都难以预料，无法把握，命运真是琢磨不透。新兵下班时，他没有想到自己能被分到队部当通信员，当了通信员，他也没有想到指导员看他不顺眼，那么快就让他下班去。老连长把他安排到山里弹药器材库，他怎么也想不到会遇上百年不遇的大洪水，险些把命都丢了。因祸得福，如今成了英雄了。当时他和班长从窗口爬进要倒塌的危房救人时，他没有想那么多，他想班长也不会想那么多。现在事情闹大了，他成了英雄。军报、军区的小报和当地省市的报纸都刊载了他和班长的英雄事迹。

报纸上说，在人民群众生命受到严重威胁的关键时刻，他和班长置生死于度外，唱响了一曲爱民的颂歌、生命的颂歌！也谱写了新一代最可爱的人的光辉篇章。实在是英雄壮举，可歌可泣！面对着过高的褒奖和赞誉之词，李梦浩有时感到脸红心跳，感到很难为情。他觉得只有班长才配这样的溢美之词，配有这么高的荣誉。可是，班长听不到了，再多再美的鲜花，班长也看不到了。当李梦浩为自己的伤腿暗自感到害怕时，他的脑海里曾蹦出过保尔·柯察金的《钢铁是怎样炼成的》这本书，一闪念，英雄原来是这样诞生的！

李梦浩的伤腿痊愈后，他给股长打了电话。股长说，你回山里去也不能做什么，还是在医院再静养一段时间好，等完全彻底恢复了再出院，不然，考军校体检时怕受影响。李梦浩就留在医院静养。

丁新军得知李梦浩在野战医院住院后，就把电话打到了病房。丁新军是总机班的兵，打电话很方便。开始，丁新军在电话里跟李梦浩聊受伤的事，告诉李梦浩，现在全团、全师甚至全军都知道李梦浩这个人了，都红得发紫了。后来，丁新军聊着聊着就聊到了自己身上，他在电话里告诉李梦浩，他要和老家的对象吹，说没有什么共同语言。

李梦浩开玩笑说："丁新军你是不是在驻地农村看上谁了？"丁新军在电话那边嘿嘿一笑，说："你也太小看我了，农村的姑娘我还能看上？我要找就找城市的，还要是女兵。"李梦浩不相信，说："你丁新军也不要太牛气了，你还是个兵呢！再说，团里也没有女兵让你找啊。"丁新军说："团里没有，野战医院有啊。"丁新军告诉李梦浩，他住的这个野战医院也有总机班，班里都是女兵，只要线绳朝插线孔里一塞，就能和野战医院总机班的女兵通话。他说那女兵的家是北京的，普通话说得很标准，也很好听。李梦浩想，丁新军真有耳福呢，每天听着女兵的北京标准普通话也是一种享受呢。

李梦浩就问："你和女兵说什么啊？"

丁新军说："什么都说。"

李梦浩说："你又没见过人家。"

丁新军说："就是没见过，才好说。"

李梦浩没有再问下去。他知道丁新军在女孩子面前不胆怯，油嘴滑舌的。上初中时，班里有几个女同学就和他写过"条子"，他曾对李梦浩说过，要不是和丁惠娟是没有出"五服"的本家，他一定会把丁惠娟搞到手。看来，丁新军在部队又交了桃花运了。

可是不久，也就是快要过春节的时候，丁新军在电话里告诉李梦浩，他和女兵谈恋爱的事被班长发现报告指导员了。他说班长经常监听他和女兵的电话，再和那女兵联系就不方便了。他要李梦浩去找那个总机班的女兵，告诉她，丁新军爱她海枯石烂不变心。

李梦浩待在病房里除了看书就是看报纸，每天闲着没事，正憋闷得慌。一时兴起，李梦浩就按照丁新军留下的电话号码，约了那女兵。当李梦浩在医院的花园里见到那女兵时，像是自己做了见不得人的勾当，还没有说话，自己倒先慌了手脚。

女兵问道："你约我出来，要说什么？"

李梦浩告诉那女兵，他是丁新军的战友和老乡，老家是一个村的，叫李梦浩。女兵咯咯一笑，盯着李梦浩扑闪着一双水灵灵的大眼睛，说道："你就是那个抗洪抢险救人的英雄啊？报纸上的事迹和照片我都看了，你比报纸照片上的英俊潇洒多了，报纸上登的那张照片多傻啊！"

李梦浩被女兵说得噎住了，脑子里一句话也想不出来，嗫嚅的，一片空白了。女兵又在一边盯着他笑，说道："怎么像个乡下的大姑娘啊，脸羞得都像红纸了，有什么话就讲嘛！"

李梦浩瞥了眼四周，终于平息了心慌，说道："丁新军让我转告你，他爱你海枯石烂不变心。"

女兵抿嘴笑了笑，说道："是吗？他为什么不来和我说，要你来说？"

李梦浩解释道："你们俩谈恋爱的事，让指导员知道了。"

女兵说："知道了又怎么样？"

李梦浩说："指导员正让他写检查呢！"

女兵说："真是胆小鬼，写检查就怕了，还说爱！"

李梦浩说："部队有规定，不让战士在驻地谈恋爱，你不会不知道吧。"

女兵撇了撇嘴，说道："我们是谈恋爱吗？我和丁新军只不过是在电话里聊天，谁说我们谈恋爱了？"

李梦浩一愣怔。李梦浩看着女兵都不敢相信自己的耳朵了。女兵说她不是谈恋爱，那指导员让丁新军写什么检查啊？丁新军在电话里曾得意地告诉过李梦浩，他和女兵在电话里都爱得死去活来了，除了身体没有接触，其他什么都接触了，都私下商定婚期了。

李梦浩说："丁新军可是当真的啊。"

女兵又抿嘴一笑，李梦浩看见那笑浑身就有些冷。这种笑在女兵光洁还带着稚嫩的脸上出现，他觉得有点不可思议。也许只有具优越感的人才会对别人有这种笑。女兵嘴角挂着笑说："请你转告丁新军，我是无聊，在电话里和他闹着玩的，别当真！"女兵没有戴帽子，一甩那乌黑的短发，转身走了，走了几步又回头瞥了眼李梦浩，"一个农村兵，谁稀罕！"

李梦浩立在原地像根木桩子，不动了。望着女兵远去的背影，李梦浩感到伤心极了。"一个农村兵，谁稀罕！"女兵当着李梦浩的面说出来，没有伤到丁新军，却把李梦浩伤了。就像一把水果刀，正在削着水果，突然就扎在李梦浩的胸口，都流血了。

李梦浩站在医院的花园里，两条腿不住地打战，两只拳头握紧了，真想把拳头打出去，他把拳头在面前比画了一下，一拳就砸在了身边的一棵松树干上。他吸了口气，看着花园边来来往往的女医生、女护士，牙咬着，恨恨地想，别他妈的牛气冲天，不就是个城里人嘛，也不就是个女兵嘛，我以后要找就找个城里女人做老婆，或者找穿四个兜的女军官！

春节前两天，李梦浩出院了。李梦浩又回到了山上的守卫班，山还是那座山，宿舍还是那个宿舍，可是在李梦浩眼里，已物是人非了。老班长牺牲后，班副接任了班长，班里又分来了两个刚下班的新兵。新班长对李梦浩说，鉴于李梦浩是抗洪抢险的英雄，团里已经指定他为守卫班副班长了。

李梦浩看见老班长的床铺没有动，还空在那里，他坐在空床上，默默地吸了一支烟，而后就下山到老班长牺牲的地方去了。洪水退去后，那户老乡又在一座矮山头上建了房屋安了家。老乡要了老班长的几件遗物，在原来的废墟上堆了一座坟。坟上已经长满了草，草枯了，寒风中，枯黄的野草萋萋地摆动，给李梦浩伤感的思绪中又添了一份苍凉。李梦浩从衣兜里掏出一盒没有破封的"大前门"香烟，打开来一支支点了，插在班长的坟头，李梦浩看着一圈丝丝缕缕的烟雾缭绕，慢慢地升腾，渐渐地融进暮霭。李梦浩轻轻地叫了一声："班长。"两行泪水就止不住地滴了下来。

第二年夏末秋初，李梦浩接到了南方陆军指挥学院的录取通知书。按照老家马陵村的风俗习惯，李梦浩到驻地县城买了一兜水果和烧纸，悄悄地来到老班长坟茔前，坟茔上已长满了野草，李梦浩摆上了水果和烧纸后，没有按部队的规矩行军礼或是三鞠躬，而是趴在坟茔旁边磕了四个响头。李梦浩磕完了头，冲着山谷扯开嗓门喊了一声："班长——"

空寂的山谷里回荡着"班长——班长——"的回音，李梦浩听着余音，心里像长了草，荒荒地，一片杂芜。

李梦浩临别西燕山哨所的那天，正好又落了一场雨。雨后的傍晚，兵们在门前的石凳上下棋聊天。两个新兵和李梦浩新兵时一样，也在那儿望着山峰出神。李梦浩想起了老班长说过的话，就坐下来点燃了一支烟，眯着眼和新兵一起看那高耸的山峰。看着看着，李梦浩就觉得那山峰渐渐清晰起来，山峦的上空铺满了五彩缤纷的云霞，高高的山峰在云霞中像一个欲飞的仙女。李梦浩立时激动起来，眼前的山峰渐渐幻化成似曾相识的美丽少女，红润的脸颊，飘逸的彩裙，高耸的乳峰，似有两只明亮的眸子深情地注视着他。恍惚中，李梦浩站起来伸出双臂，似乎要将那山峦拥入怀抱。

身边的两个新兵讶异地看着李梦浩沉醉的样子，问："班副，你怎么啦？"

李梦浩满脸绯红，从沉醉中醒转，"你们看那山峰像什么？"

新兵茫然地说："就像山峰啊！"

李梦浩粲然一笑，说道："再仔细看看。"

两个新兵又看，却看不出什么名堂，就说："高高的山峰，满天的云霞。"

李梦浩摇了摇头。

李梦浩望着山峦上渐渐褪色的彩云和高耸的山峰，脸上慢慢平静下来。他对身边两个新兵说道："慢慢地看吧，你们若能把那山峰看出'味道'来，就是咱山里的兵了！"

第四章 /04

十七

冬去春又来，花开花又落。

李梦浩在军校学习马上要毕业了。学员毕业分配有两个去向，一是回到原来的老部队；二是到轮战的前线部队实习。南方边境线依然战火频繁，硝烟弥漫。有战火就会有伤亡，李梦浩不是没想过，可是李梦浩还是写了血书报名到前线去。在等待参战的日子，李梦浩设想了很多种可能，伤残或是牺牲，再就是凯旋。作为军人，在战场上牺牲并不可怕，可怕的是伤残，毕竟才二十多岁，余下的岁月还长着呢。一个身体不健全的人无论意志有多么坚强，在时间的河流里也会被冲刷得薄弱下来，将来的生活会是个什么样子，很难设想。但是，如果半年实习结束，没有牺牲或是受伤，而是立下战功，那境况就不一样了，不仅有鲜花和军功章，还能提前升职晋级。要知道，当初军队提出干部年轻化，在同龄人中，别人还是排长时，自己已是副连了，这就抢占了制高点。要不然，怎么能年轻化到自己呢？

问题又来了。对于一个从农村入伍的人来说，考上军校，就等于鲤鱼跳过了龙门，就像丑小鸭变成了白天鹅，以后就能过上幸福美好的生活了，要是万一流弹不长眼睛，地雷长出了牙齿，那就前功尽弃了。一个人觉悟再高，思想再进步，涉及生死问题还是会瞻前顾后的。

李梦浩安慰自己说，万一的概率太小了，还有一万个不可能呢！

在全学院步兵指挥专业考核中，不论是军事理论还是专业技能，李梦浩的成绩都是优秀。还有就是军事素质，李梦浩也是许多学员比不了的。学员大队长曾经私下里对李梦浩说："李梦浩，你天生就是一个当将军的坯子。"要知道，大队长的军事素质是全体学员的榜样，不到三十岁就是正营了，大队长能对李梦浩有这样的评价，不会是信口开河的玩笑话。

李梦浩到学院报到后，先是有几分惧怕大队长。要是细说起来，大队长和李梦浩还是一个省的老乡，不过一个是江南人，一个是江北人。大队长参加过自卫反击战，战役结束后，由排长提升为连长，一年后，又被选调到军事学院担任步兵学员队大队长。大队长平时和学员说得最多的一句话是："平时不流汗，战时就流血。"别看大队长没有上过军校，但全大队历届学员没有一个敢和他叫板的。

大队长这个人有点"军阀"作风，平时对学员没有一点和蔼的样子，脸上像结了冰，寒光逼人，谁要是犯了纪律，不管是什么原因，不给你一句辩解的机会，劈头盖脸一顿训斥后，还要罚你做二百个俯卧撑。所以学员们都怕他，私下里喊他"魔鬼"队长。李梦浩也怕他，是因为李梦浩考入军校前没有在步兵连队训练过，步兵专业基础很差。理论上还好办，一个月时间就补上来了，关键是军事技能，尤其是基础体能、装备操作和射击，李梦浩几乎是个新兵。在一次实弹射击考核中，李梦浩只考个及格。要是别人也就罢了，大队长顶多训斥一顿，提出要求就完了。可是，大队长对李梦浩这个老乡格外照顾起来，不仅在全大队学员点名时一顿嘲笑讥讽，下来后还让李梦浩每天中午不许休息，到射击场练一个月的各种轻武器瞄准。这还不算，一个月后，他要和李梦浩比试一下，看看效果。

李梦浩的倔强脾气一点都没有改。老话说，江山易改，本性难移。李梦浩一赌气，闷头闷脑地说："比就比，谁怕谁！"大队长没想到这个平时不怎么说话，总是冷眼看世界的小老乡敢和他较劲，一时有点不适应，脱口说道："好！一个月后，咱们靶场见分晓！"

谁也没有想到，一个月后，李梦浩和大队长在射击场打了个平手。各种轻武器都是五发弹，大队长优秀，李梦浩也打了个优秀。没有想到的是手枪射击，大队长是四十九环，李梦浩却打了个五十环。临了，大队长在李梦浩胸口狠狠杵了一拳，说："李梦浩，你有种，咱们没完！"

李梦浩本来很高兴，还等着大队长能表扬他几句。没有想到，大队长却生气了。李梦浩在心里直懊悔，只顾自己的表现了，没有考虑到领导的面子问题。

大队长瞪着眼珠子说："射击这一关算你过去了，如果基础体能上你还敢和我比，给你两个月时间，再见高低！"

李梦浩瞄了一眼大队长，小心翼翼地说："大队长，我服你，咱们就不要比了吧。"

大队长转身就走，丢下一句话："要是怕了，就滚蛋！"

就这样，李梦浩不断地被大队长"开小灶"，毕业的时候，被陆军学院评为优秀学员。本来，学院领导想留李梦浩在学院工作，可是，大队长一句话打消了李梦浩的留校念头。大队长说："我到院校工作都有些后悔了。老虎只有在山林里才能长啸，千里马在原野上才能驰骋。"

当听说李梦浩报名到参战部队实习后，大队长说："作为一名军人，只有到了战场才能展现他的才干，实现他的价值。"大队长又激励说："就目前的边境态势，凭你的军事素质和体能，在前线是不会有问题的。放心地去吧！"

不久，院校的几十名学员就雄赳赳气昂昂地奔赴到了老山前线。

此时的战争已进入"游戏"阶段，激烈的枪炮声已成为时间的阴影，白天或是黑夜偶然传来一两声枪响以及沉闷的爆炸声，对于两边阵地上对峙着的士兵已经习以为常。

李梦浩刚到哨所的时候是一个阳光灿烂的中午，李梦浩和送给养的士兵气喘吁吁地跋涉着，脚下是松软的红土和尖锐的碎石。阳光那时候似乎像脱光裙裾的美女，耀眼的光芒照得大家有些眼晕。李梦浩被哨所上的士兵簇拥着挤进了"猫耳洞"，失去了阳光，李梦浩的眼前一下黑暗起来。

在"猫耳洞"里最难耐的是寂静。黑暗中，李梦浩看到哨所的士兵在争抢着从山下带来的信件。一个高个子兵拿到信后，小心地捏了捏信封，就悄悄地把信塞进枕头里了。其他兵们都在看信。虽然洞里很暗，慢慢地李梦浩就看清了大家的脸，兵们看信的时候，喜怒哀乐全在脸上了。一个胖乎乎的兵看信时笑出了声，引来了大家的注目，高个子兵就说："小唐，你给大家念念。"

小唐嘿嘿一笑，露出一排很白的牙齿，说："班长，让我先享受享受吧。"

高个子班长说："念吧。有福同享。"

小唐看了李梦浩一眼，肃了一下脸，说："那我就念啦！"

小唐开始念信。兵们就寂了声，小唐的声音像给每个人的嘴里塞进一颗话梅。虽然洞里热得慌，可是，大家还是感到口舌生津。李梦浩看到小唐的脸越来越灿烂。小唐和哨所的兵们都没穿军装，只穿着绿色大裤衩，因此，当小唐有些羞涩地念着一个痴心姑娘的悄悄话时，兵们脸上的神情和细小的动作显得十分纯真和朴素。

小唐念完信后，兵们依然沉寂着，像是在等待着什么。小唐将信纸翻过来折过去又看了一遍，说："念完啦！"

兵们都看着小唐。班长说："完啦？"

小唐说："我没贪污一句话。"

班长盯了小唐一眼："日期呢？"

小唐愣了一下，便去看信，李梦浩看见小唐的脸上瞬间染上一抹焦躁。小唐喃喃地说："对不起，我把日期忘念了，是一九八五年五月四日。"

李梦浩心里一紧。这封信已经辗转三个月了。三个月对于在前线"猫耳洞"的士兵来说，那是一个多么漫长的时间啊。

那天晚上，月亮升起来的时候，李梦浩在堑壕里巡视着，对面的山头朦朦胧胧，一点动静也没有。月光洒在哨兵的身上，像是给军装罩上了一层薄纱。壕沟边有一丛稀疏的小草在月光下泛着嫩绿的光，草丛里起伏着细弱的虫鸣。

李梦浩走近执勤的哨兵身边，问："小唐，你在想什么呢？"

小唐望了望月亮，说："排长，我啥也没想。"

李梦浩递给小唐一支烟，默默地吸了一会儿问："给女朋友回信了吗？"

小唐说："明天回吧。"说完，小唐就不吭声了。

初来哨所，李梦浩对前沿阵地和兵们还不太熟，便悄悄地走开了，一人躲在壕沟里吸烟。一阵风吹来，李梦浩感到身子凉爽了一些，李梦浩一边想着校园里的日子，一边不停地吸烟。哨所里的兵都会吸烟，因为山上的蚊虫和山蚂蟥特别多，烟雾能驱赶一些蚊虫的叮咬。当月亮变得朦胧的时候，隐约地，一阵悠扬、婉转的琴音飘来，在壕沟里萦绕、回荡。细听，是谁在用二胡拉着《二泉映月》。琴声像水一样在壕沟里流动着，李梦浩随着琴声在壕沟里徘徊，想看看是谁在拉二胡，一曲终了，琴声又起，李梦浩像蹚着溪水一样，在阵地上寻找拉琴的人，可始终见不到操琴的人。

李梦浩疑惑地回到了"猫耳洞"，洞里一片漆黑，琴音如烟一般散了，只有兵们的一片鼾声。李梦浩躺在潮湿的地铺上，身边又萦绕回荡着那熟悉的如泉溪涓流，又如明月沉璧的琴音。

翌日清晨，李梦浩问高个子班长："昨晚，你听到琴声了吗？"

高个子班长有些诧异地看着李梦浩，说："什么琴声？"

李梦浩说："有人在拉二胡。"

班长更加惊讶："有人拉二胡？"

"拉的是《二泉映月》，很好听。"

李梦浩看见班长和兵们的脸上有点僵。过了一会儿，班长才缓过神来，说："怎么会呢？怎么会呢？……"

班长从铺边的洞壁上摘下一把断了弦的二胡，还有一封没有拆开的信，双手颤抖着把二胡递到李梦浩面前："排长，你看。"李梦浩看见这是一把断了弦的二胡。

看着眼前这把枣红色的二胡和那封来自边远山区的信，李梦浩浑身一颤，原来这把二胡是班里一个战士的遗物。前不久，这位战士下山的时候踩响了地雷，这把二胡就留在了山上。

一把断了弦的二胡，为何就能奏出那么美妙的琴音呢？

一场大雨过后，气温又陡然升高。烈日悬在空中，像一个滚动的火球，"猫耳洞"里闷热难耐，兵们光着脊背，身上的汗珠依然如爆豆子不停地坠落。

由于哨所供应不上青菜，饮水也很困难，七个兵都染上了阴囊炎，阴囊像被蚊虫叮咬一样，瘙痒难忍，兵们就用手去抓，抓得鲜血淋淋，走路都撇着八字。

到了正午，洞里洞外都热得不行，大家像是在蒸笼里一样，抓破的阴囊被汗水一浸，蜇得兵们嗷嗷叫唤。高个子班长撇着腿在壕沟里转了一趟，回来后说："排长，咱们洗洗澡吧。"

此时，李梦浩也热得晕头涨脑，听说洗澡，立时浑身似乎一爽，忙问："有水吗？"

班长说："有水。"

兵们都眼睛直直地盯着班长："在哪？"

班长说："排长，咱们去看看？"

李梦浩跟着班长爬到一座山头上，两人隐蔽到一处山壁后，班长向山下一指说："你看，前方五百米处，有一个山洼子，洼里有水。"

李梦浩用望远镜一看，果然，山下面的水洼里积满了水，洼水虽然混浊，但在阳光下依然莹莹闪亮。李梦浩问："水洼属于哪边的？"

班长说："大概在交界处吧。"

李梦浩心里一沉，将望远镜抬高一些，对面的山头也氤氲着朦胧的蒸汽，蒸汽里时时有人头在晃动。

李梦浩有些担心地问："去水洼太危险了吧。"

"危险是危险，可是大家都热得受不了啦！"

"万一，对面要开枪呢？"李梦浩看着班长问。

"他们也热得不行。"班长从李梦浩手中拿过望远镜，又看了一会儿说，"近来，双方只要不越过边界都很少开枪。只是怕……"

"只是怕什么？"李梦浩追问一句。

班长放下望远镜说："只是怕被捉了去。"

李梦浩想了想说："可以分组去，后面跟着掩护小组。"停了一下，李梦浩又有些犹豫，"晚上下去，可能更安全一些。"

班长讷讷地说："到了晚上，天气又凉了，难受的是眼下。"

"这样吧，你把大家叫来，我们商量一下。"此时李梦浩也拿不定主意。说心里话，山下的水洼对李梦浩来说比什么诱惑都大。

班长把班里的兵都招了过来。大家正七嘴八舌议论着如何下山的时候，突然，小唐惊叫一声："快看，对面有人下山啦！"

兵们一怔，瞬间都出枪瞄向了对面。班长嘬声地说："不要开枪。"

李梦浩捧起望远镜一看，对面山头下来两个穿着迷彩服的士兵，身上都没有背枪，他们兔子一样惊慌地蹿向水洼，到了水洼边，两个人并没有急慌着下水，其中矮一点的士兵立着不动，高一点的士兵利落地脱去上衣，正当李梦浩诧异之际，那个高个子士兵将上衣向对面挥了几下，而后，一抹帽子，一缕黑亮的长发飘了下来。原来是个女兵。

这时，大家也都模糊地看见了那缕长发。"好啊，这个娘们抢在了我们前头，看我怎么收拾她。"小唐一边嘀咕着，一边将狙击步枪瞄向水洼里的那个女兵。

"慢着！"班长从李梦浩手里抢过望远镜，认真地看了一会儿说，"要是开枪，这澡咱们也洗不成了。"

小唐抬起头说："你让我看看。"他伸手向班长要望远镜。

班长肃着脸，瞪了小唐一眼："小毛蛋孩子，看进眼里就拔不出来了！"

兵们都嘻嘻笑着，一个兵说："班长，真是女兵吗？长得漂亮不漂亮？"

班长不笑，问："问这干啥？"

那兵说："要是漂亮，咱们就抓她个'舌头'吧。"

"不漂亮呢？"班长瞥了他一眼。

"干掉她。"

班长脸皮一松，就笑了："那你看看吧！"

小唐靠班长近些，伸手就接过了望远镜，小唐看着看着，就介绍起来："脸怎么这么黑呀，哟，身上挺白的！乖乖，头发那么长，有两尺长呢！"

正说着，身边的兵就将望远镜抢了过去，兵们轮流看了个遍。小唐问："开不开枪？"

一个兵说："咱们还没看清脸呢！"

班长没好气地问："你们都看清哪儿啦？"

那个兵说："就看清长头发啦！"

小唐说："岸上的那个也下水了。"

兵们望见两个女人在水洼里戏着水，她们一会儿将白晃晃的身子淹进水里，让长长的秀发在水上漂着，一会儿又立起身子，让黑亮的长发披在肩背上。在缥缥纱纱的水汽中，她们悠然地沉浸在凉爽与静谧之中。

烈日依然烤晒着，兵们似乎也沉浸在那片水洼的凉爽里。

水洼里两个女兵洗完了澡，当她们重新穿上迷彩服装的时候，一声清脆的枪响，李梦浩看见两只像梅花鹿的人影向对面山头跃去。

枪声逝去后，山洼里的水依旧平如镜面。

十八

李梦浩从前线实习回来后荣立了二等功。

李梦浩回到院校后，提前晋升一级，并被院校分配到了华东一个集团军。毕业后没有回到老部队，李梦浩也没有什么遗憾的。毕业前，李梦浩就得知张骥股长年底准备转业了。他们一起入伍的丁新军，也因在电话里和女兵谈恋爱，第三年退伍回了马陵村。李梦福在王排长的关照下，第二年参加了团里的汽车驾驶培训队，回来后分到了汽车连。其他还有什么呢？没有了。

只要在部队，哪儿都一样。让李梦浩想不到的是，这个集团军的军部驻地和一个师部的驻地就在海州市边上。李梦浩到集团军干部处报到后，从军到师，从师到团，又从团到了连队。

到了师部驻地，李梦浩感觉就像回到了家。过去，李梦浩对海州市很生疏，感觉上也很遥远，马陵村人谁到过海州市呢？除了大队支书丁耀宗，怕是没有别人了。现在部队就在海州市，离晶都县不远了。

近乡情更怯，不敢问来人。严格地说，李梦浩的心情也不完全是这样，很复杂，有点说不清道不明。毕竟现在的李梦浩不是五年前的李梦浩，李梦浩已经是军官了，小鸡变凤凰，有衣锦还乡的意思了。

五年了，五年李梦浩都没有回马陵村探亲。现在该探亲了，是时候了。

这年年底，李梦浩到二营五连报到不久，他的探亲假就批下来了。李梦浩穿着缀肩牌的军装，戴着新式大檐帽，提着刚从百货商场买回的旅行皮箱，坐着火车回来了。

马陵村似乎没有什么变化。村庄里只不过是多了几栋红砖瓦房，路还是那条路，树还是那些树。到了雨天，整个路面都是泥水，鞋都穿不了，只好赤脚蹚着泥水走，深一脚浅一脚的，像是在稻田里插秧，艰难得很。可村里人走惯了，虽然嘴里常嘟囔着、埋怨着，但照样每天出出进进，一点也没有畏难的样子。大集体时，村里的路就没有修好，现在分田到户了，村里的路就更没人修了。有的人家就在院门前垫了几块平板石或是砖头，也只有几块，跳来跳去的，不小心就会摔跤。

李梦浩从洪湖火车站下了车，正赶上雨后初晴，道路的泥水还没干透，只好脱了皮鞋，一手拎着皮箱，一手提着鞋，光着脚板朝家走。李梦浩感觉到，自己的脚板已不是五年前的脚板了，穿了皮鞋，再赤脚走泥路，脚底就硌得不行，也冻得不行，像是走钢丝，根本不像个马陵村的人，二十分钟的路走了四十分钟。

李梦浩推开了家门。院子还是以前的院子，老屋还是以前的老屋。一切如旧。可是在李梦浩眼里，院子和堂屋都变得小了，只有巴掌那么一点大，很逼仄。李梦浩进屋时，一不小心大檐帽就被门楣碰掉了，沾了不少泥土。

一家人看着李梦浩站在堂屋里，都欢喜得不行。母亲杨月兰看着像从天降的儿子，嘴巴张了张，都不会说话了，眼里的泪水止不住唰地就流下来了。父亲李树霖也感到很惊讶，可李树霖很沉稳。李树霖只是说了句："回来了？"

李梦浩也只点了头，说："回来了！"

李梦浩客气了。从兜里掏出中华烟递给父亲一支，又帮点上。李树霖抽了一口，看了看烟的牌子。

李树霖脸上绽开了笑容，说："回来了，回来得好！"

弟弟李梦然也站在屋里，李梦浩都不敢认了。梦然朝梦浩笑了笑，说道："回来也不写封信，我好去车站接你。"

李梦浩看着弟弟说："我以为你还是个小孩子呢，想不到长成大人了，都比我还高了。"

母亲抹了把泪，哽咽着说："你都走五年了，梦然能不长高吗？"母亲说完，顾不上和儿子说话，就忙着去锅屋做饭了。

李梦浩回到家第二天，杨月兰说："你去亲戚家、邻居家坐坐，别让人家说咱眼高了。"

李树霖瞪了眼杨月兰，说："没瞧见路上都是烂泥吗？你让儿子的皮鞋怎么穿？"

等到村庄道路上的泥水干了，出门能穿皮鞋了，李树霖就带着儿子李梦浩开始走亲戚、串邻居。李树霖见人就散烟，烟是李梦浩从部队带回来的大中华。碰到不会抽烟的人要推辞，李树霖就笑眯眯地说："抽吧，抽吧，这是大中华，县委书记才抽的烟呢！"

在村里串门子时，李梦浩在路上遇见了李树海。李树海现在已不当队长，和大家一样，都是普通社员了。李树海瞧见李梦浩和李树霖爷俩，扭身想躲，其实，李树霖也没有准备和他打招呼。可是李梦浩却走上前说话了："树海叔，吃过了？"

李树海愣怔片刻，勉强地从脸上挤出一丝笑，说："吃过了。"

"吃过了"是马陵村人打招呼的客套话，就像城里人见了熟人说你好、你早一样。李树海停下来，瞄了眼李梦浩，脸上阴一下阳一下。既然李梦浩先打招呼了，李树海也就顺口说了句废话："回来了？"

"回来了。"李梦浩不动声色地又问，"梦福今年不探家吗？"

说到梦福，李树海脸上似乎舒缓了一些："梦福来信了，今年就不回家过年了。他说，一到过年就忙呢，整天给团长开车，团长比县委书记事情都要多。"

李梦浩笑笑说："梦福在部队干得不错，开了小车，还能进步。"显然，李梦浩的话带点官腔了，有居高临下的味道。

李树海走了后，李树霖自言自语道："儿子长大了，肚子里能装下事了！"又低声问李梦浩："梦福在部队还是个兵吧？"

李梦浩点了点头。李树霖仰脸看了看天，咳嗽了几声，吐出了一口痰，说道："以后就让梦福给你开小车！"李树霖点了一支中华烟，很享受地抽了一口，兀自笑了起来，心里说，李树海你也有在人前低头的时候！

现在，李梦浩见到李树海虽然很平静，还能主动叫句"叔"，但李梦浩忘不掉李树海在生产队里对他的那副嘴脸。李梦浩戴着大檐帽在村庄里走动，不仅是给父亲李树霖争脸，也是给自己吐了一口闷气。李梦浩的心里埋下了深深的仇恨，现在没有表露，不等于没有。什么事情要是都放在脸上，那李梦浩就白当了五年兵，将来也不会有多大出息。

李梦浩在村里该串的门都串了。

过完了春节，李树霖到镇政府驻地食品站买了十几斤猪肉和下水，在家里办了四碟八碗一桌子菜。这时公社已改了门庭，公社不叫公社，叫镇政府了。大队也不再称大队，改称村了。李梦浩亲自登门请了村干部。丁耀宗已不当支部书记了，退下来两年了。马陵村支部都换了人，新任支书姓孙，是个年轻人，也当过兵。丁新军退伍后当了村主任，但丁新军没有来，说他肠胃不好，不能沾酒。李梦浩知道，丁新军不是不能沾酒，他是感到不好意思，有点自卑罢了。马陵村一起当兵三个人，就他混得最差。做支部副书记的父亲下了台，丁新军就当了村主任。按说，村主任是村里二把手，权力不小了。要是过去，那是一人之下、千人之上了。

村干部们在李梦浩家吃了喝了，一副兴高采烈的样子。当着李梦浩父母的面，村干部们说了一大堆奉承话，每个人嘴上都像抹了蜜。李树霖要的就是这个效果，听的就是从村干部嘴里说出的奉承话。酒桌上，孙支书打着酒嗝对李梦浩说："兄弟，叫你兄弟不见怪吧，要是在部队，我得给你敬礼呢。"孙支书把李梦浩的大檐帽摘下来，戴到自己头上，站起来趔趄了一下，举手给李梦浩敬了个军礼，说："兄弟，你看我像不像当官的？"

李梦浩连忙上前扶着孙支书坐下，说："支书，帽子一戴，你就是一个当官的，要是在部队，就是首长了。"

孙支书摘下帽子，十分向往的样子。说："我在部队干了三年。你别说，要不退伍，现在起码也是个营长了吧？"

村干部们都笑着说："那你就有小包车坐了，不用种地了。"

孙支书看着大檐帽子，像想起什么似的，突然问李树霖："叔，我听说你过去也有这样一顶大檐帽？"

一桌人都朝李树霖看，要是过去，这比扇李树霖一巴掌还难受。不管是有意还是无意，那是在揭李树霖的疮疤了。现在不一样了。儿子李梦浩戴着名副其实的大檐帽，实现了他的心愿，他那疮疤就不疼了。李树霖哈哈一笑，说："可不是嘛，我真有一顶大檐帽，你们都没见过吧？不过都旧了，褪了色了，没有儿子这顶大檐帽好看了。"

说完，李树霖就去开箱子，从里面翻出了一顶破旧的大檐帽。当时，李树霖在部队是上士班长，没有大檐帽，这顶大檐帽是李树霖退伍时从军需库熟人那里要来的。李树霖为什么要带回一顶大檐帽，别人猜不透，只有李树霖自己心里清楚。李树霖退伍回乡时，正值三年困难时期，马陵村人吃完了树叶吃树皮，能吃的树皮啃完了，就端个饭碗，拿根打狗棍，拖着两条浮肿的粗腿开始讨饭了。

邻居李树贵家的女人领着三岁的儿子，讨饭讨到了北禹山。因为在一户人家吃了顿饱饭，树贵家的就起了心，留在那户人家不走了。到了秋天，田地里的庄稼有了收成，四处讨饭的人都回了村。树贵在家等家里的女人和孩子，左等不来，右等不来，急得树贵像热锅上的蚂蚁。无奈，李树贵也端着讨饭碗去寻孩子。半个月后，李树贵从北禹山领回了儿子，却不见他家里的女人跟回来。李树贵心里憋闷，每天晚上就在屋里唱小曲，那曲子哀怨忧伤，唱的人伤心，听的人落泪。

李树霖的母亲便对刚退伍回来的儿子说："你去树贵屋里拉拉呱，帮他想想法子。这样下去，一个光棍带着个孩子怎么过？"

李树霖就去了树贵屋里。李树霖说："别唱了，明天我和你去把人领回来！"

第二天，天刚蒙蒙亮，李树霖穿了一身黄军装，戴着大檐帽，就和李树贵去了北禹山。转天，树贵家的女人被带了回来。回来后，李树霖的母亲端了碗黄澄澄的小米送到树贵家。李树霖的母亲说："他嫂子，金窝、银窝，不如自家的草窝。孩子都这么大了，你怎么丢得下？"

树贵家的女人说："婶子，我是饿怕了呀！"

李树霖的母亲劝道："往后，收了秋，日子就好过了。你哥从部队回来，买了一些小米，你去熬锅粥给孩子喝。"

树贵家女人说："我要早知道戴大檐帽的人是俺大哥，死我也不回来呀！"

李树霖母亲问："你不认识你大哥？"

树贵家的女人说："我哪里认识呀，还以为是公安局的人呢。他去了，还要把人捆起来，我一着慌，就紧着跟回来了。"

李树霖母亲说："回来就好，回来就好！"

可是，没过几天，树贵家的女人又丢下孩子，偷偷地跑回北禹山了。李树霖母亲再让儿子去领人，李树霖说："这次怕领不回来了。女人要是铁了心，两头牛都拉不回来的。"

几年后，村里成立了造反组织，李树海就揭发李树霖退伍时冒充革命干部，戴着大檐帽欺压人民群众。批斗李树霖时，造反派让李树霖戴着大檐帽，站在会场的台子上，接受全大队人的批斗。批斗完后，李树海从李树霖的头上摘下大檐帽，要扔进火里烧掉。李树霖从台上跳下来，一下从火堆上抢过大檐帽，拼着性命护着，身上被打得青一块、紫一块，可李树霖抱着大檐帽却始终不松手。几十年了，李树霖一直珍藏着那顶大檐帽。

当孙支书在酒桌上又提起大檐帽后，李树霖拿着那顶褪了色的大檐帽说："你们瞧，这帽顶上有个洞，就是那年他们扔在火里烧的！"

村干部们说："旧了，旧了。不提了，都过去这么多年了。"

李树霖笑笑说："是旧了，留着也没啥用了，还是烧了好。"李树霖就把那顶二十多年前的大檐帽放在炉口上烧了。屋里人谁也没有动，都怔怔地看着。火苗越烧越大，都要烧着李树霖的手了，李树霖还不扔。满屋子都弥漫着一股呛鼻的焦煳味。

李梦浩上前抢过来，把烧焦的大檐帽扔到了门外。李树霖如释重负般地拍了拍手，端起酒盅大声说道："喝酒，喝酒！"

一连几天，李梦浩都没有摆脱一种梦境般的状态。他的思维十分清晰，内心里却始终浮着一层雾，如烟如缕，怎么也摆脱不掉。在马陵村看到的那一张张脸，他既感到肉麻，又感到恶心。他知道那张张笑脸都很假，像张画皮，是临时贴上去的，画皮后还不知道隐藏着怎样狰狞的面目呢！虽然笑脸是临时贴上去的，皮笑肉不笑。不管是真是假，可那还是一副笑脸。五年前，就是这样的笑脸他也看不到，那时人家为什么要贴笑脸给他看呢。

这年阴历年对于李树霖家来说，是一个不同寻常的节日。儿子李梦浩从部队探家回来，不说是荣归故里，也可以说是衣锦还乡。李梦浩的新式军装和大檐帽在李树霖的眼里，那不是简单的一身衣服，那是一枚秤砣。秤砣虽小，可它压千斤！全村两千多口人，几十年来也有当兵的，可谁在部队提干了，成了军官？没有。几辈子人中都没有。过去，丁耀宗是马陵大队的支部书记，也是最大的官了，掌握着马陵村几千口人的命运呢。可丁耀宗算什么？他还不算国家干部呢！李树霖决定，这年，一定要过得风风光光、红红火火。他要把憋屈在胸口几十年的闷气吐出来！

腊月二十九早上，李树霖早早就起了床。李树霖站在院子里，披着儿子的军大衣，慢悠悠地点上一支烟，吸了一口，又咳嗽了一声，把一口痰吐在地上，朝着堂屋说："梦浩他妈，今天咱家做豆腐，我去食品站割几斤肉啊！"

杨月兰在屋里应道："家里还有些肉，少买一点吧！"

李树霖说："别小气巴拉的，吃不了，做腊肉。"

李梦浩还没起床，听到父亲说要去食品站买肉，就说："现在去买肉，有点早了，人家还没上班呢。"

李树霖说："不早，我去排队，今年多割点好肉来。"

李梦浩问："要不，等我一起去吧。"

李树霖说："天冷，你再多睡会儿，我一个人去就行。"

杨月兰在屋里也说："你就不要去食品站了。今天家里还会来亲戚呢！"杨月兰走到李树霖面前，低声催促说："你快走吧，梦浩不能去食品站，让惠娟那丫头看见梦浩不好。"

李树霖点点头，说："梦浩，你哪也不要去，就在家待着，要沉得住气！"

近几年的冬季与往年不同了。自农村的土地分到了户，各家忙各家的事，村里也就不集体出工了。以前那样的水利工程也少了，乡下人想睡到什么时候就睡到什么时候，睡到日头一竿高也没人管。村里人没事做，上了年纪的人就聚在场院上晒太阳；年轻人呢，有的打牌，有的到集镇上闲逛。时髦一点的就到乡镇驻地刚开的舞场跳迪斯科。

李梦浩起床后，杨月兰做了碗荷包蛋，说："先吃点垫垫，晌午吃豆腐脑。"

李梦浩看见母亲只做了两个，就说："妈，你吃吧，我不饿。"

杨月兰说："你吃，你吃，我有煎饼呢。"

李梦浩知道，家里的日子虽然比过去好过了，但母亲还像过去一样，有一口好吃的东西都要省下留给他和弟弟。现在他们都长大了，他还看见母亲吃饭时，盘子里的肉是一点都不动筷子的。即使剩下，也要热一热留给他们下顿吃。这是做母亲的习惯，改不了的，一辈子都不会改了。

李梦浩胸口有些堵，眼睛也有些潮。说："妈，你以后不要这样子好不好？不就是两个鸡蛋嘛，吃得起！"

杨月兰笑笑说："自家鸡下的蛋，吃得起。"她把碗递到儿子手里，催促道："快趁热吃吧，五年了，回家一趟不容易。在外面也不知道水土服不服，饭食怎么样？"

李梦浩低着头，把两个荷包蛋吞了。他的泪水滴在碗里，顺势把碗里的汤也喝了。李梦浩抬起头，抹了把眼泪，说："妈，豆子泡好后，我帮你推磨。"

杨月兰说："不用你推磨了。你看院子里哪还有石磨。"

李梦浩回家几天也没在意，小时候他一直推的磨没了。他四处寻了寻，看见那石磨的两个磨盘和磨槽静静地躺在墙角，已经沉睡很久了。李梦浩便问："那豆子怎么磨？"

杨月兰说："一会儿让梦然到村东头人家去，那里有机器磨。"

李梦浩长舒了一口气。院里的磨道上曾留下他多少脚印，在晨曦和黄昏里，他围着磨道一圈一圈地转，好多幻想和憧憬就在磨道上生出。那磨道多长啊，没有尽头。

快近晌午，杨月兰正在烧豆汁准备用卤水点豆腐。李树霖从外面回来了。杨月兰问："这一上午时间买的什么？大包小包的。"

李树霖说："都是过年的菜，鸡鸭鱼肉都有。"

杨月兰埋怨说："今年怎么啦？舍得这么大的开销，又不是办喜事娶儿媳妇。"

李树霖哈哈一笑，道："今年过年比娶儿媳妇都高兴。"

杨月兰说："高兴，高兴，梦浩回来了，就团圆了。"

李树霖走进锅屋，帮着向锅灶里添柴草。李树霖悄声说："你说，我在割肉时瞅见谁了？"

烧熟了的豆汁弥漫着诱人的香味。杨月兰一边向锅里洒卤水，一边问："瞅见谁了？"

"张为强，就是丁耀宗的闺女婿。"李树霖说。

杨月兰看了丈夫一眼说："瞅见他有啥稀奇的？他不是卖肉的吗？"

"你说也怪了，过去，看见张为强，还觉得他挺像个人物的。今天仔细一瞅，嘿！

浑身油渍麻花的，还腆着个大肚腩。你说，丁耀宗这个支书白当几十年了，怎么这个眼光啊！"

杨月兰叹了口气，说道："人家不是吃国家供应粮嘛，再说也不干庄户活。"

李树霖喊的一声，说："干庄户活怎么了？一个卖肉的有啥出息？"

杨月兰说："前些年食品站的人可是吃香的喝辣的，老百姓想买二斤肥肉膘，还不是得求人家！"

李树霖又哼了一声，说道："现在呢，现在我想要割哪块就割哪块，今天张为强要给我割肉膘厚的，我说我要割块瘦肉，张为强还乜了我一眼。"

"你怎么不识好歹呢，给你割肉膘厚的不好？肥肉香，还能卤油。"杨月兰嗔怨道。

李树霖说："世道变了。现如今，当官的、有钱的都割瘦肉吃了。"

杨月兰搅了几下锅里的豆浆，点了卤水的豆浆在渐渐地凝结。杨月兰说："熄火吧。"她走出锅屋，又说："你不是当官的，也不是有钱人，还要割瘦肉吃！"

李树霖有些不悦意，嚷道："我没钱也不当官，但我儿子是当官的，吃瘦肉不行吗！"

李树霖将锅灶里的火熄了，拍了拍手，又唉地叹了口气："真是可惜了惠娟那闺女！"

除夕这天，天气格外地好，没有风，也没云，阳光很温和地照耀着，空气中隐隐地能看到薄绸一样的水汽在飘荡。春天的脚步声已近了。

李树霖让杨月兰炒了几个热菜，带着梦浩、梦然到祖坟上祭祀。李树霖这次上坟有点张扬，不像别人家只带些烧纸和糕点，在自家祖坟边烧了，磕四个头就算了事。其实李树霖也知道，给死去的祖宗烧纸钱，纯粹是唯心主义。烧去的纸钱祖宗在那边能用吗？上坟烧纸钱也就是个形式。李树霖当过兵，又是共产党员，是讲唯物主义的。但，李树霖在儿子探家后，就把唯物主义抛在脑后了。李树霖在父母的坟前放上一张桌子，桌上摆了一只鸡、一条鱼，还有一个整猪头的三牲祭品，另外还有四盘热菜。

李梦然把一麻袋剪好的纸钱在爷爷、奶奶的坟前点燃了。李树霖对梦浩说："你拿些纸钱给周围的先人烧一烧，在阳世都是村上的邻居，到了阴间他们也不会远，让他们都沾点喜气。"

　　李梦浩按照父亲的指点，给周围每个坟上都烧了纸钱。李梦然在边上嘟囔道："咱们有必要那么大方吗？他们活着的时候，也不知道有多抠门呢！摘了他们家树上一个桃子，都会在村里骂你半天。"

　　李树霖笑道："咱不和先人们计较！你哥当了军官，也让他们都知道知道！"

　　纸钱燃完了。李树霖跪在父母的坟前，大声地说道："祖宗们，老天终于开眼了，咱家梦浩在部队提干了，是军官了！过年了，我带梦浩、梦然给你们送喜钱来了！不要省着，使劲地花，过个好年。"

　　李树霖给父母磕了四个响头，仰天一笑："祖坟冒青烟了！"

　　李梦然点燃了一挂鞭炮。

　　鞭炮是一万响的，远远地就能望到李家坟茔的上空弥漫着经久不散的烟雾。那震耳欲聋的鞭炮声，整个马陵村的人都听到了。

　　初二这天上午，李梦浩正在村子里给近房的叔伯们拜年。他兜里装着两盒烟，一盒是"中华"，一盒是"大前门"。李梦浩在村中走动，见人就敬烟。年轻的就敬"中华"，年老的就敬"大前门"。该敬的敬，不该敬的也敬了。李梦浩摆出了一副姿态，就是宰相肚里能撑船、大人不记小人过的意思。昔日的恩怨在李梦浩脸上一点也看不出来。李梦浩在村里转悠，转着就转到了老支书丁耀宗院门口，站住了。大年初二是出嫁的闺女回娘家的日子。李梦浩朝丁耀宗家望了望，院子里一点动静也没有。

　　李梦浩咳嗽了一声，转身想走开。这时，丁耀宗出现了。丁耀宗从院门口的茅房出来，两手还在系裤带。丁耀宗仔细打量了一番，说道："这不是梦浩嘛，什么时候回来的？"

　　李梦浩也盯着丁耀宗看。丁耀宗老了，比五年前老多了，过去身上的官架子一点也看不出来了。李梦浩说："年前回来的。"说着从口袋里掏出了中华烟递上去，"老支书，我来给你拜年来了！"

　　丁耀宗接过烟，很仔细地瞅着烟，说："好，好，好烟。"

　　李梦浩说："惠娟今天没回娘家？"

　　丁耀宗瞟了眼李梦浩，又望着远处，眼睛里虚无缥缈的。他干咳了一声，说："她忙呢。"说完就朝院里走，走了几步又回头说："不到家里坐会儿？"

　　李梦浩犹豫一下，说："不了。"

过了正月初五，李梦浩准备回部队了。临走前李梦浩想去镇上看看丁惠娟。可是，梦然不让他去。梦然说，你就少给自己惹麻烦吧。从弟弟的言语里，李梦浩听出了蹊跷。就问梦然到底怎么回事？弟弟告诉他，在李梦浩入伍离开马陵村的那天，也就是张为强到丁惠娟家下大"柬子"的时候，丁惠娟主动提出了成亲的日期。一个月后，丁惠娟找到张为强，通过公社孙书记打招呼，刚到十九岁的丁惠娟就匆匆忙忙地和张为强领了结婚证。自然婚事办得很排场，马陵村的社员每家都出了喜礼。丁耀宗喜欢热闹、排场，在院子里摆的是流水席，一拨吃完再换一拨。凡是出了礼的都去支书家喝了喜酒，大人不在家，孩子就去顶了数。李树霖也出了喜礼，但李树霖没有留下来喝酒。结婚的当年，也就是农历七月初，丁惠娟"坐月子"了，生的是一个女孩。听说，丁惠娟开始和张为强过得还不错，生完孩子后，张为强就慢慢地变了，下班后又是喝酒又是赌博，有时还打丁惠娟。丁惠娟过得很苦。她在镇上没有工作，又没有土地，只好又回到马陵村当民办教师。

李梦浩有些疑惑地问梦然："张为强为什么要打丁惠娟？"李梦然看了哥哥一眼，转过头去说："我怎么知道？"李梦浩的心紧了一下，背上有一丝凉，又像过了电一般，身子酥酥地有些麻。李梦浩说："越是这样，我就越得去看看她了。"

李梦然瞪了哥哥一眼，生气地说："你去看她，张为强还不怀疑你！"

李梦浩一愣怔，问道："怀疑我什么？"

李梦然说："你做过的事你不知道？你们断了好！"

李梦浩没有再问。李梦浩苦着脸一笑，这是说断就能断得了的事吗？丁惠娟是他的初恋，是除了母亲之外，和他有肌肤之亲的第一个女人，马陵村就是因为有他所爱的人、所牵挂的人，马陵村才在他心里抹不去。对于马陵村，不管李梦浩是爱它也罢、恨它也罢，离开了，这儿就是他的故乡，就是常常在梦里萦绕的地方。断是断不了的，忘也是忘不了的。这儿是血地，是融进骨髓里的情愫，只有把它埋在心里了。也许只有离开故乡的人才会明白和理解这份情感吧。闲下来的时候，或举头仰望一轮明月的时候，你把故乡拿出来晒一晒、晾一晾，而后再收藏起来。时间久了，你会发现，那个叫"故乡"的地方，就像一坛老酒陈酿，会散发缕缕让人迷醉的芳香。

李梦浩决定把故乡收藏起来，轻装上阵，为了让更多的人对他微笑，为了让父母在村庄里能挺起腰杆，他要把自己变成一个秤砣，秤砣虽小可它压千斤哪。

十九

春节后，天气一天暖和一天。阳历三月初部队就开训了。开训动员会那天，全团搞了阅兵式，师政委王秉义带了工作组到步兵团参加了阅兵式，检阅了部队。在进行分列式的时候，二营五连一排长李梦浩被团里选为掌旗手。当李梦浩手执八一军旗从阅兵台前踢着正步行注目礼时，他只看到阅兵台上排列着十几位师、团首长，都戴着白手套向军旗行军礼。他没有看清站在中间的师首长面容，也没有想到师政委王秉义已经把锐利的目光落在了他身上。李梦浩在经过阅兵台前那一刻，心里是昂扬的，也是澎湃的。虽然时间很短，但在李梦浩心里已经很长了。就像经过四季，春夏秋冬都有了。国庆阅兵式上，最先出场的就是旗手。那旗手不仅仅是旗手，那是军威，也是军魂！那一刻，军人的自豪感就像一粒种子，种在李梦浩的心里了。

王政委参加完开训动员大会后，在回团部会议室的路上，随口问了跟在身边的团政委黄佳阳一句："刚才分列式上的掌旗手是几连的？"

黄佳阳怔了一下，转过头去问身后的团参谋长："掌旗手是几连的？"

团参谋长紧走几步，到了黄政委身边说："二营五连的！是去年刚从军校毕业的排长。"

王政委对黄佳阳说："小伙子军事素质不错，比国旗班的兵差不到哪儿去。"

黄佳阳连连点头，说道："是的、是的，军事院校毕业的就是不一样。"

王政委来这个团不仅是参加开训动员大会和检阅部队，还要带工作组深入基层连队，调研连队在训练中的思想政治工作。在团会议室里，黄佳阳政委和政治处刘主任分别作了汇报，王秉义听完汇报后，仰头望着会议室顶棚的吊灯不说话。黄佳阳喝了口茶水说："请政委作指示。"王政委又扫了眼会议室，淡淡地一笑道："刚下来，不好乱作指示，还是下去调研完后再说吧。"王政委端起随身带着的保温杯喝了口水，"你们会议室是刚装修的吧？"

黄佳阳与刘主任对视了一眼，黄佳阳说道："春节前搞了搞，要不上级首长来，又该笑话我们是叫花子的脸了。"

王政委站起身说："好啦，我们到连队去吧。"

随行的师政治部组织科李科长提起王政委的文件包，转身问："黄政委，我们到哪个连队去？"

黄佳阳端起王政委的茶杯，看着王政委说："政委，到三连去吧。三连是老连队，连队指导员也是个典型。"

王政委没有吭声，默默地下了楼，黄佳阳紧走几步，先到车前拉开黑色上海牌轿车门，将一只手遮在车门顶。王政委坐进去后说道："去二营五连吧。"

黄佳阳关了车门，对政治处刘主任说："去五连。快通知五连准备一下。"

团部和步兵营房分驻两处。团部机关和团直属连队在一处，步兵一、二、三营和坦克营在一处，团部到二营驻地也就是重机枪有效射程的距离。一行车队开到二营五连宿舍前。五连是个中游的连队，军事训练和政治工作在全团既不冒尖也不垫底。冒尖了，每年连队能立功受奖，连队干部提拔得也快。垫底呢，虽说名声不好，可也能引起团首长的注意，连队干部便能常换换岗位。树挪死，人挪活，说不定一挪就挪到了好地方。五连处于中游，连队干部就在原地稍息，不挪窝干部就有点老化了。

连长和指导员三十岁出头，还没有到发福的年龄，可都有点肚腩了，给人一种后勤干部的印象。五连的连、排干部们已列队在队部门前等候着。王政委一行人下车后，连长挺胸收腹敬了礼，笑得很灿烂："欢迎师首长、团首长到五连检查指导工作。"连长首先伸出双手和王政委握了。连队干部们按次序和师、团首长敬礼握手。握完手后，连长退后一步，指导员便走到连队其他干部前面，说："师、团首长今天到五连来检查指导工作，是对我们五连全体干部战士的一个鼓舞，也是对我这个指导员一个鞭策。"黄佳阳说："别让首长在门外冻着了。有话进屋慢慢汇报。"指导员就把首长向连队俱乐部领。连队俱乐部没有会议桌，只有一个乒乓球桌子，乒乓球桌边临时摆了几个长条凳。连队俱乐部是战士们业余活动的场所，白天可以打乒乓球，晚上可以看电视，同时也是连队的会议室。王政委进了俱乐部没有坐，围着乒乓球桌转了一圈，对团政委黄佳阳说："先不坐了，我们到连队宿舍和训练场看看，老听你们汇报也不行。"

王政委挨个宿舍转一圈，转到一排宿舍时，他在一排长李梦浩床边的办公桌前停下来，随手捡起桌上一本克劳塞维茨的《战争论》，翻了翻书，抬起头扫了大家一眼，问道："喜欢西方的军事理论？"五连的连排干部都站在宿舍外，宿舍里只有黄佳阳陪着王政委和师工作组几个人。黄佳阳听到王政委问话，一时不好回答，就朝门外喊："一排长呢?"门外的李梦浩忙答"到",跑步进了屋。

黄佳阳说:"首长问你是不是喜欢西方的军事理论?"

李梦浩有些紧张,"立正"站在宿舍中间,看到王政委手中的那本书,才讷讷地说道:"报告首长,我——只是随便看看。"

王政委把目光从书上移到李梦浩脸上,说道:"年轻人博览群书是应该的,多看看中外的军事理论有好处。"王政委停顿一下,看了大家一眼,又道:"不过嘛,要理论与实践相结合,现在是和平建军时期,要多研究研究和平时期的兵怎么带。你现在是排长,你知道你的兵在想些什么吗?你该怎样去做他们的思想工作?"

王政委放下书朝外走。黄佳阳跟在后面对李梦浩说:"以后你要多看看思想政治工作方面的书,特别是哲学理论方面的书。王政委是北大哲学系毕业的高才生,在哲学方面,王政委是我们大家的老师呢!"

李梦浩还没有来得及回答,王政委一行人已经出了宿舍,向前面的训练场去了。

王政委在训练场看了一会儿,就到了开饭时间。黄佳阳问道:"咱们回团里吃午饭吧?"

王政委说:"不用。就在五连吃。"

五连连长在后面听到后,跑到黄佳阳身边耳语道:"政委,我们事先也不知道师首长要在连队吃午饭,一点准备都没有。"

黄佳阳政委瞪了五连长一眼,说道:"没关系,你让其他连炊事班都炒一个菜送到五连来。"

午饭是安排在五连俱乐部吃的。乒乓球桌上摆了十几道菜。王秉义政委笑了笑,说道:"连队的伙食不错嘛。"

五连连长、指导员站在门口,不好意思地搓着手。连长说:"还行吧,正好今天中午连队会餐。"

王政委脸上的笑容一下退了。平常,王政委在师机关干部面前很少露出笑脸,始终是一副严肃的面孔,干部们私下里就称他是"哲学"脸。王政委瞅了眼五连长和指导员:"那我们就去食堂和战士们一起会餐去。"

黄佳阳看到师政委较了真,知道五连长的小聪明穿了帮,忙解释说:"他小子想拍首长的马屁,是想让首长在连队吃饭踏实些。您不要责怪他,这些菜都是我让各连凑的。

五连怎么也不能就让首长吃白菜炖豆腐吧！"

王政委坐了下来，说道："都坐吧。"王政委伸伸手招呼了一下，其他人才坐了下来。

王政委又看着五连长说："不管是你们凑的还是做的，其实都是连队炊事班做的菜嘛，我在你们连队吃了这顿饭菜就是搞特殊化了？"

五连长坐在那里只是"呵呵"地傻笑。黄佳阳听出师政委话里的意思了，忙起身给王政委夹了菜，说道："政委，你尝尝连队炊事班的手艺。"又用筷子一划拉，"大家都吃菜，不要拘束。要说特殊化，那要看怎么个特殊法，长征的时候，炊事员还弄碗马肉给毛泽东打牙祭呢！"桌上的人就都笑起来附和说，是啊，是啊。

王政委说："什么事都不要片面地去看，要学会一分为二看问题嘛！"

吃完了午饭，王政委对黄佳阳说："下午你就不用陪我了，你忙你的！"

黄佳阳说："我有什么忙的？我陪首长就是最重要的工作了。"

王政委说："我在这儿就是走走看看，了解一下当前基层官兵的思想状况，解剖一只麻雀，你待在这里，他们还敢说话？"

黄佳阳哈哈一笑，说："那好，晚饭前我来接您。"他指着五连的干部们说："你们要说掏心窝子的话啊，王政委可是最反对说假话、说空话的人。"

黄佳阳走后，王政委和工作组就在连队俱乐部开了连队干部座谈会。五连指导员要汇报连队工作。王政委说不用了，就说说你们个人的想法吧。

指导员低头沉思了一会儿，抬头望着王政委笑了笑，说："我个人吧，有些想法，不知该说不该说？"

王政委鼓励地望了一眼五连指导员，看到指导员有些犹豫，就说："把真话说出来也不是犯错误，对组织要言无不尽嘛！"

指导员咽了口唾沫，像是豁出去一样，挺直了腰说："在指导员的位子上我已经干五年了，每天做连队战士思想工作，可有时自己的思想工作就做不通。和我一起入伍的，现在都提副营了，有的都提正营了。我呢，还是老驴拉磨，在原地转圈子，家属来信老劝我转业算了，可我心里就是不服这口气，我不想当逃兵。"

王政委点点头，说："不服气，说明还有上进心嘛。如果是当了逃兵，那就说明你这个指导员当得不称职了。"王政委又转向五连长，"你也说说吧？"

五连长起身给王政委和在座的人添了热水，而后坐下，咳了一声说："我嘛，在五连干了十四年了，当连长也当了四年了。要说没想法那是假的，每年的工作没少干，也不比别人差，为什么评功评奖就一点摊不上？不过，我自己想通了，我是一个农村入伍的兵，老家在山沟里，村里人好多连县城都没去过。而我呢，再干一年，十五年家属就可以随军了，到时转业就可以回县城安排工作了，一家都成了城里人，你说我还有啥不知足的？"

王政委又点了点头，鼓励他说下去。五连长朝王政委笑了笑，说："没有啦！请首长放心，我保证在连队一天，就干好二十四小时！"

接着是副连长、副指导员谈。谈完了，王政委看了眼一排长李梦浩，慈祥地问："你是哪年入伍的？"

李梦浩站了起来，立正着说："报告首长，我是八〇年十一月入伍的。"

组织科长说："那算八一年兵啊。"

王政委用手压了压，和蔼地说："坐下说，坐下说。"

李梦浩坐下后，挺直身子不说话。

王政委又亲切地问："老家是哪儿的？"

李梦浩说："晶都县洪湖公社。"

王政委说："农村兵都定亲早，有对象了吗？"

李梦浩心里一紧，轻声说："没有。"

王政委放下手里的笔，站起来活动了一下身体说："大家随便聊聊，不要拘束，刚才连长和指导员说的都是真话、实话。只有听到真话了，我们的思想政治工作才能有的放矢、才能够对症下药。否则的话，我们给拉肚子的人在肚皮上抹红药水，那样能起到作用吗？"

大家听了都连连点头，像是醍醐灌顶、茅塞顿开的模样。王政委坐下后，又看了眼李梦浩问："家里都有哪些人啊？"

李梦浩回答说："父亲、母亲，还有一个弟弟。"

王政委听了，笑笑说："不错、不错。"

李梦浩听了却不明白师首长是说他不错，还是说他家里不错，一时就不知如何是好了。指导员看见李梦浩拘谨地坐着，便向王政委介绍了李梦浩的情况。指导员在介绍李梦浩立过两次二等功时，就像说自己连队的兵那样自豪："当时，要不是李梦浩和他班长冲进去，那老乡一家都完了，二等功军功章可是用生命换来的啊！"

王政委问李梦浩："你就是四年前《解放军报》上宣传的那个华北某部舍己救人的英雄？"

李梦浩说："主要是班长——"

王政委扭头问组织科长："当时报纸你看了吗？"

组织科长说："看了，事迹很感人。"

连长又补充说："一排长在老山前线实习时表现也很勇敢，还立了二等战功。"

王政委说："不错，不错。这样好的典型不能埋没了，要继续好好培养，让抗洪精神在我们部队发扬光大。"大家听了纷纷点头，师政委说话了，那就是指示。组织科长立马表态说："下来我们再好好挖掘总结一下，要让老典型开出新花。"

在座的团政治处刘主任也忙表态说："请师首长放心，我们团一定按照上级的指示精神把典型培养好、宣传好，让抗洪精神成为我们团的一面旗帜。"

王政委瞅了瞅大家，嘴角含着一丝似有似无的笑意，脸上的肌肉也松弛了下来，一副和蔼可亲的神态。这时间大家脸上的表情也都很丰富，都在作思考状。会场沉静了一会儿，这种沉静是一种酝酿，也是一种氛围。如果没有这种沉静，那就没有思考的余地，大家发言都像连环炮又犹如爆米花，炉口一开，砰地都炸了，找不到一颗米粒了，那座谈会便开成一锅粥了。

李梦浩坐在位子上，始终目视前方。对面是一面墙，他盯着墙看，脸肃着，心却怦怦地跳得厉害。他不知道自己该不该表态，该表什么样的态。

这时，指导员便顺水推舟了，严肃地说："一排长从来五连报到那天起，我们就发现，经过军事院校培养出来的和土生土长的连队干部素质就是不一样。不仅军事素质过硬，政治理论水平也很高，对连队有些问题看得比我深、比我透。"

王政委和师工作组在五连解剖了两天"麻雀"。王政委很满意。

临走时，王秉义对黄佳阳政委说："五连整体工作不错，连队干部思想也很成熟、很稳定。特别是一排长李梦浩，干部战士反映都很好。"

黄佳阳马上表态道："我们已经发现了，下一步就准备把李梦浩调到团机关来锻炼一下。"

团长在边上插话说："司令部作训股正缺一个参谋呢。"

王政委说："他还年轻嘛，要放在连队摔打摔打才好。好苗子要靠组织培养才能成才的。"

一个月后，五连指导员被调到团政治处宣传股任副营职干事了。由于一排长李梦浩毕业后任职不满两年，经团党委研究决定，任命李梦浩为五连代理指导员。

二十

李梦浩由排长代理指导员，五连的干部难免有些不服气。不服气也只能憋在心里，还得服从，嘴上还得叫指导员。

开始几天，李梦浩心里有点虚，像做梦一般，觉得自己资历浅，又是从院校毕业的，在五连还没有根基，就像是天上掉馅饼砸到了他身上。可是，上任两周后，李梦浩就放开手脚了。连队搞训练，连长不跟班，都是由各排长带着战士训练作业。李梦浩就每天跟班，在连、排战术科目上不仅能说也能做。理论和实践都很系统、正规。几天时间，全连干部战士都服气了，都觉得李梦浩该坐指导员这把"交椅"。部队不是江湖，但有年轻人的地方，就会有江湖气。李梦浩成了五连的"老大"。

这样，连长轻松了。连长开玩笑说："要是让你当连长就更合适了。"

李梦浩也笑了笑，说道："那样你就能调副营职了。"

连长忙辩解说："不是那个意思。我是说你更适合当军事主官。"

不久，部队要到野外驻训。二营五连一个村子，一百多号人分班住到老百姓家里。连队驻训最头痛的就是安全管理工作。稍有松懈，兵们就容易违反群众纪律。

驻训前，从一营三连调来一个兵，是个"刺头"，在一营打架出了名。五连长说："他妈的！三连怕受影响，五连成了收容连啦。这不是欺负人嘛！"

李梦浩没有说什么。他了解到这个"刺头"兵已有两年兵龄，两年里他别的没混到，就混到了"刺头"这个名声。"刺头"是个驴脾气，你来硬的，他比你还硬，生死不怕。你要是顺着他，把他的"毛"理顺了，他立时就能给你跪下来，立盟发誓、两肋插刀。李梦浩就把"刺头"放到了一班。一班是全连的先进班，每年都能立功嘉奖什么的。

一班长比"刺头"早一年入伍，块头大声音亮，连里正考虑他入党。因此，李梦浩把"刺头"放到一班，看看一班长带兵能力到底怎么样。

连队拉到黄海边一个渔村驻下来，白天休息，夜间搞训练科目。渔村的男人们都下海了，家里就剩下一些女人和孩子。李梦浩每天都是提心吊胆的，生怕惹出什么乱子来。连队的战士如果违反了群众纪律，第一个挨板子的就是指导员。"刺头"白天睡不着觉，就坐到院子里和房东大娘拉起呱来。

"刺头"是农村兵，乡村的家长里短他都懂。他和房东似乎有说不完的话。房东有个未出嫁的闺女，那闺女长得五大三粗的，见到当兵的总是黏黏糊糊地一笑。房东大娘问"刺头"，你还没有成家吧？"刺头"就点点头。房东大娘说，俺这闺女啥活都能做，里里外外一把手。"刺头"瞄了眼那闺女，就说大娘你真好福气，将来谁要是能娶到她也是好福分。说这话时正被一班长听了去。一班长说，"刺头"你再不回房睡觉，我就报告指导员了。"刺头"朝班长嘴一咧，也不搭理班长。正巧，那晚搞紧急拉动，集合时一班长怎么也找不见"刺头"，就将"刺头"的背包捆起来一起背了走。急行军三十里，途中休息的时候，李梦浩看见"刺头"披着大衣随在连队后面，一摇一晃很自在。李梦浩走到"刺头"身边问："你的背包呢？"

"刺头"咧嘴一笑，说："班长背着呢！"

李梦浩把火气压了压，问："你自己不背，干吗让班长背？"

"刺头"就一笑："连里不是正在考验他吗？班长想入党，我想给他个表现机会。"

李梦浩踢了"刺头"一脚，也朝"刺头"一笑："那好，我也给你个表现机会，炊事班的行军锅你去背，到时班长问你，就说我让你去的。"

"刺头"一听，用肩簸了一下身上的大衣，瞟了李梦浩一眼，说："指导员你——"

李梦浩脸一肃，说："怎么？给你个立功赎罪的机会，你还不愿意？"

"刺头"龇了龇牙，连说："愿意、愿意。"说完就屁颠颠地跑炊事班去了。

春天连队兵们在老乡家住着还好说，大家都能着装整齐军容严整。出出进进的都没有什么妨碍。到了夏天，海风一吹，身上就黏糊糊的了。李梦浩在连队点名时一再强调，要注意群众纪律。在渔村驻训不比在营房里，全是清一色的小伙子，晚上穿个裤头背心在院子里晃来晃去没有啥避讳。现在村里有大姑娘、小媳妇，一旦不注意就要闹出事情来。

夜训科目搞完后，连队就开始搞战术训练。白天摸爬滚打了一天，兵们的身上湿了干，干了湿，军装上的汗渍都成了地图了。晚上回到老乡家里，从井里打出几桶水，站在院子里，哗地兜头朝身上一倒，浑身一激灵，透心地凉，真叫爽快！可是，连队的干部就不能那么洒脱了。他们只有打来一盆水，站在院子里用毛巾半遮半掩地擦，欲露还羞的样子。五连连长、指导员住的那户人家，家里四口人。房东大婶的丈夫出海了，女儿在大学里读书，就大婶和上初中的儿子两个人。开始，李梦浩觉得住着很清静。房东大婶四十多岁，话语不多，每天忙里忙外的。李梦浩不找她说话，她从不主动说一句。可是好景不长，房东的女儿放暑假回来后，李梦浩揪心的事就多了起来。那姑娘在城里上了两年大学，身上就有了点城里人的味道了。穿着打扮挺时髦，每天早晨起床都像要上台演出一样，又描眉又画眼。嗓子也好，说的是一口普通话，很有感染力。看人的时候不是躲躲闪闪的那样，而是直视，能用眼睛说话。最关键的是不像村里的那些姑娘那样，看着兵们从身边走过，想看又不敢看的样子，总是瞟一眼就低了头，羞怯得很。房东女大学生就不一样了，矜持得很，也高傲得很。

八十年代初的大学生，可不是许多年后的大学生。那时的大学生被称作天之骄子、栋梁之材。不论是城里的还是农村的，考上大学的就等于鲤鱼跳过了龙门，毕业后就是国家干部，端了铁饭碗了。因此，人们看大学生的眼光也都不一样，大学生身上的缺点也变成特点了。房东姑娘知道自己模样长得好看，又有些气质，在村里走起路来骄傲得很，有些趾高气扬的样子。路上碰到兵们，她知道身上落满了眼珠子，越发地挺胸昂头了，步子走得很碎，腰扭得像个模特儿。偶尔猛地一回头，抛一个眼风，似笑非笑、似怒非怒，哗地就把身上的眼珠子抖掉了。兵们一个个像做了贼似的，落荒而逃。

开始几天，房东姑娘和李梦浩出来进去碰面都是点点头或是笑一笑，算是打招呼了。几天后，房东姑娘发现李梦浩并不像连队的兵们那样，女大学生自尊心受了伤害，对李梦浩有些耿耿于怀了。女大学生想，傻大兵你不是假正经不看我吗？那我就看你，看你是唐僧还是猪八戒！于是，女大学生一碰到李梦浩，不管身边有没有人，目光就像蜜蜂一样嗡嗡地叫着，一下就叮在了李梦浩脸上，弄得李梦浩脸上火烧火燎的，不堪得很，也慌乱得很。连长瞧见了就和李梦浩开玩笑说："指导员，你是不是得罪了房东啦？怎么人家姑娘看你像看阶级敌人似的。"

李梦浩只得尴尬地笑笑，心里也感到莫名其妙。连长是过来人，懂得女人的一些心思。连长拍了拍指导员的肩，又神秘地一笑："看她那眼神有怨有恨的，以后可别像'二妹子'啊！"

李梦浩瞥了眼连长，说："我也不是那个班长啊。"

这天上午，连长带连队到海边训练了，只剩下李梦浩和文书在家里。李梦浩正准备静下心写一份连队驻训期间思想政治工作总结。这时，房东姑娘从外面回来了，姑娘穿着一身天蓝色的连衣裙，又黑又长的头发像瀑布一样飞流直下，一条红花手绢在脑后简单地一束，就把瀑布束成溪流了。李梦浩从窗口向外一瞥，正瞥到了姑娘那束搜寻的目光。姑娘便顺着目光，像只蝴蝶翩翩地飞到窗前："指导员一个人在家哪？好清闲啊！"

李梦浩忙收回了目光，笑笑说："我正在备课呢。"

姑娘似笑非笑的样子，问："听说指导员上过大学？"

李梦浩把目光落在桌面铺开的稿纸上，说："是军事院校。"

姑娘嫣然一笑，说道："我说呢，感觉和他们不一样呢！"

李梦浩朝窗外瞥了一眼问："怎么不一样呢？"

"不一样，就是不一样！"房东姑娘说着就推门跑了进来。她站在李梦浩的桌边，随意地翻着桌上一摞书问："这些书你都看过？"

李梦浩说："随便看看，消磨时间的。"

姑娘抿嘴一笑："不是装门面的吧？"

李梦浩说："算是吧。"

姑娘歪着头盯着李梦浩看，看得李梦浩心里都有点慌乱，不知深浅了。但李梦浩没有躲避，也把眼睛落在姑娘身上。虽说这姑娘皮肤黑了一些，但脸蛋还是不错的，特别是笑起来腮上还有两个浅酒窝。身上有点书卷气，可还是遮不住渔村姑娘那种朴拙的味道。

房东姑娘在李梦浩面前竭力表现大学生的优越感和学识渊博的样子。姑娘装作漫不经心地问："你读过弗洛伊德的心理学吗？"

李梦浩摇摇头。

姑娘又问："那你读过萨特的书吗？"

李梦浩皱了皱眉头，问道："为什么要读那些书呢？有用吗？"

姑娘瞟了眼李梦浩，说道："现在的大学生们都读过弗洛伊德、柏拉图、尼采、罗素、萨特的书。你也应该读一读。"

李梦浩自嘲道："中国人的书我都没读过几本，哪还有闲工夫读外国人的书。"

姑娘笑道："现在流行这个。"

李梦浩问："流行的就是好的吗？"

姑娘白了李梦浩一眼，说道："那当然！他们都是世界著名的思想家、哲学家，有的还是文学家。萨特说，人像一粒种子偶然地飘落到这个世界，没有任何本质可言，只有存在着，要想确立自己的本质必须通过自己的行动来证明。人不是别的东西，而仅仅是他自己行动的结果。你瞧，萨特说得多深刻！萨特还说，在年老的人看来，青春美妙，我们可以做许多白日梦，可以失败，可以哭泣，光芒万丈。但是，年轻如我们不知其中的美好，总是在无病强说愁，或者颓废消极地殒殁青春。只有待到青春不再，方知其中的可贵。"说完，姑娘很骄傲的样子看着李梦浩，脸上洋溢着激情的神采。

李梦浩的眉头锁住了。李梦浩并没有觉得那些话有多深刻，只觉得她是在贩卖洋人的牙慧。李梦浩知道，当前的大学生以读外国人的书为时尚。开口闭口都是谈外国文学、哲学，好像外国的月亮都比中国的圆。可他们为什么对中国的老子、庄子、孔子就没兴趣呢？有几个大学生明白"见素抱朴，少私寡欲"呢？

李梦浩淡然地说道："你说的那些外国人我没兴趣，他们的书我也读不懂！"

姑娘睫毛挑了那么一下，说道："你挺谦虚的嘛，可我知道你也很骄傲。这些天我一直观察你，你的眼神很冷，特别是看人的时候，不像连长那样，让人感到很亲切。你是城市人吧？"

"城市人和农村人有什么区别吗？"李梦浩心里一揪，疑惑地问道。

"当然有了。"姑娘看着李梦浩很认真地说，"城市人在农村人面前有优越感，总是居高临下的样子。"

李梦浩似笑非笑道："就像你这个样子？你将来就是城市人了！"

姑娘脸上飘过一丝羞怯，乜了李梦浩一眼，说道："你看我是那样的人吗？"

李梦浩说："现在有些农村考上大学的人，是一年土，二年洋，三年不认爹和娘。"

姑娘辩解道："反正我不是！"

"其实农村人并不低人一等，只不过是有时思想狭隘一点、目光短浅一点罢了。再说重一点就是愚昧一些吧，把头顶那片天看成了整个世界。但农村人朴实、厚道。"李梦浩说完后也不看房东姑娘，自个儿在那沉思起来。

房东姑娘说："城市人也不是想象的那样都好。很多人都是小肚鸡肠，什么事都要斤斤计较，一分一厘都要抠。"

李梦浩问："那你还喜欢城市？"

姑娘说："我当然喜欢城市了！但我不喜欢城里的人。"

李梦浩说："只有你喜欢了城里的人，你才能真心喜欢那个城市的。"

"你说的是爱屋及乌吧？"姑娘抿嘴笑道。

"也许是吧。"李梦浩说完，看到房东姑娘还想继续和他讨论下去，又不好拒绝，只好端起茶杯喝了一口水，向外面喊："文书，给我倒杯水。"

文书提着水壶进来了，看了眼房东姑娘，又看了眼指导员，倒水时把水都倒洒了。李梦浩瞪了眼文书，说："水都不会倒了？出去！"

文书一脸委屈地出去了。房东姑娘看见李梦浩耷拉下脸来，感觉再说下去也没有那气氛了，便笑了笑说："我也不打扰指导员了，你忙吧。"

看着房东姑娘离去的背影，李梦浩就想，不要以为上了几年大学就以为自己是城市人了。城市人是好学的吗？你可以学他们走路，学他们穿着打扮，但你学不了他们的小市民意识。骨子里是小农意识，归根结底还是住在城市的乡下人！

农历八月初，驻训部队准备返回营房了。

二营五连集合出发时，李梦浩扫了眼送行的老乡们，发现有不少年轻姑娘看兵们的眼神都变了。有几个姑娘眼睛红红的，像是哭过了。李梦浩暗自一笑，看来五连兵们在村里军民关系搞得不错，只要没有出格的事就好，年轻人朝夕相处产生感情也是难免的。当连队走出村庄时，李梦浩感觉背上落了一双眼睛。回头一看，房东姑娘正在村边的一棵树下向他张望。一双大眼睛像带霜的紫葡萄，有些晶莹也有些朦胧。李梦浩笑了笑，又摇了摇头，紧走几步对值班排长说："唱首歌，提提精神！"

很快，队伍里的歌声响了起来："日落西山红霞飞，战士打靶把营归——"

李梦浩扭头回望一眼，那落寞的身影还在。李梦浩高声说道："现在是上午呢！还打靶？打什么靶？换一个！"

值班排长说："指导员，你点一首！"

李梦浩说："就唱《九九艳阳天》吧。"

歌声便响起，在辽阔的田野上空回荡、萦绕。

九九那个艳阳天来呦，

十八岁的哥哥呀告诉小英莲。

这一去呀翻山又过海呀，

这一去三年两载呀不回还，

这一去呀枪如林弹如雨呀，

这一去革命胜利呀再相见。

部队驻训返回营房不久。一天上午，"刺头"在队部门前蹩摸了半天。李梦浩瞥见了，走出来问："有事吗？有事怎么不进去？"

"刺头"忙从兜里掏出烟，殷勤递上来，给李梦浩点上火后说："指导员，这几个月我表现得怎么样？"李梦浩吸了口烟，乜了他一眼，说道："还不错吧。"

"刺头"嘻笑着说："在驻训期间，我也没有违反群众纪律，军事考核我还考了个良好呢！"

李梦浩问道："是不是想探家啊？"

"刺头"朝前凑了凑，说道："指导员，你说的话可要兑现啊！"

李梦浩说："想探家，批了假明天你就可以走。"

"刺头"一听，满脸惊诧，眉眼立起，问道："真的？"

李梦浩说："真的！"又问："路费够吗？"

"刺头"马上低下头，不好意思起来，"指导员，那你借我一趟路费吧。"

李梦浩从兜里掏出五十元钱甩给他，说道："半个月假，超一天我对你不客气！"

"刺头"说："行！"给李梦浩敬了礼，拿着钱屁颠颠地跑了。

半个月后，"刺头"按时归队了，但他还带来了一个姑娘。

李梦浩皱着眉头问："这是怎么回事？"

"刺头"说："这是我对象。"

李梦浩吃惊地看着"刺头"，又打量几眼那姑娘。姑娘挺秀气，穿着也入时，不像是驻训渔村的姑娘。"刺头"看了眼李梦浩，发现指导员满脸疑惑，就解释说："真是我对象，是黑龙江的！"

李梦浩更加疑惑了。"刺头"是个孤儿，老家是山东沂蒙山区的，怎么就找了个黑龙江的对象呢？"刺头"告诉李梦浩说，没入伍时他闯荡江湖到了黑龙江，认识了林场的女孩子。那女孩子说，你没根没底的，让人不放心。"刺头"说，啥叫有根底？爹娘都死了，家里三间茅屋也破了，难道让我当了县长再娶你？姑娘说，你去当兵吧，当了三年兵，回来你再娶我。"刺头"就回了老家，应征入了伍。"刺头"说，指导员，你没有想到吧？

李梦浩把"刺头"的对象安排住下后，问刺头："你把她带来做什么？"

"刺头"说："准备结婚啊。"

李梦浩有些诧异，说："刺头，你他妈的简直是胡闹，你以为结婚是小孩子过家家，闹着玩的？"

"刺头"很委屈地看着指导员，嘟囔说："真的是来结婚的，要不我带她这么老远的来干吗？"

李梦浩问："空口说白话，你钱呢？"

"刺头"从兜里掏出五十元钱递给指导员。李梦浩瞪了他一眼："我是说你结婚的钱呢？结婚是一辈子大事，别委屈了人家姑娘，也别委屈了自己。"

"刺头"说："钱我有。"又从兜里掏出一沓钱，放在桌上说："这是两千块，总够了吧？"

李梦浩看着桌上的钱很吃惊。战士每月十多块钱津贴费，就是连队干部想攒这些钱也得两年时间呢。"刺头"一个兵，又是个孤儿，他哪来这么多钱？李梦浩问："这钱是哪来的？是对象的？"

"刺头"脖子一梗，说道："不是。"

"那是哪儿来的？"李梦浩追问。

"反正不是偷的抢的！""刺头"走到门边将门关上，轻声说，"在火车上，我帮山东老家的一位采购员联系到一批木材，人家给的酬谢金。"

李梦浩盯着"刺头"："是真的吗？"

"刺头"有些急："我赌咒发誓！"

李梦浩捅了"刺头"一拳："你小子，还真不简单嘛！坐趟火车就挣了两千块。"

"刺头"嘿嘿一乐，搓着两只手，有点不好意思了："指导员，这不是碰巧嘛。"他看了指导员一眼，"再说了，鱼有鱼道，虾有虾行。老天饿不死瞎眼鹰的！"

李梦浩呵呵一笑，眼前的"刺头"不是半个月前那个"刺头"了。这不仅仅是"刺头"挣了那沓钱，而且是从"刺头"嘴说出的那句话。李梦浩说："到年底你服役期满了吧？"

"刺头"有些不明白，说："是啊，三年啦。"

李梦浩说："那年底你就复员吧。"

"刺头"说："我是准备复员的。不过，我对象想和我在部队把婚事办了。"

"为什么？"李梦浩问，"她家人同意吗？"

"刺头"说："她也是个孤儿。"

李梦浩听了眼一热，说："那五连就是你家了，我帮你操办婚事！"

婚礼在连队俱乐部举行，很隆重，也很热闹。李梦浩事先向团里作了汇报，说两个孤儿以部队为家，把战友当亲人。团长、政委很感动，亲自到五连来参加婚礼，一个当主婚人一个当证婚人。婚礼上，"刺头"很激动，从来没见"刺头"掉过泪，那天"刺头"在全连的兵们面前掉了泪。"刺头"给李梦浩点烟时，一连划了好几根火柴也没点着火。

到了年底老兵退伍时，"刺头"恋恋不舍地离开了部队。

临走时，"刺头"抱着李梦浩，鼻涕一把眼泪一把地说："指导员，我这辈子忘不了你！"

李梦浩眼睛也有些潮，说道："兄弟，回去好好过日子，以后混好了，再回五连来看看。"

摘了领章帽徽的"刺头"，第一次正正规规地立正，给指导员敬了一个标准的军礼。

二十一

五连指导员李梦浩与士兵情同手足，用一颗滚烫的心温暖孤儿的事迹在军区报纸刊登后。不几天，师政治部组织科李科长就带两名干事来到了五连。李科长是来五连总结连队思想政治工作经验的。师党委要表彰一批先进党支部，五连党支部书记李梦浩的先进事迹上了报纸，自然连队党支部就进入了全师先进之列。李科长在五连调查、座谈、总结了一个星期，几易其稿，写出了洋洋洒洒一万多字的经验材料。李科长每天和李梦浩吃住在一起，循循善诱，几乎把李梦浩入伍几年来每件小事都挖掘了出来。李梦浩想说的不想说的，想到的没想到的，李科长都替李梦浩想到了也说到了。李科长说，先进典型不是空中楼阁，是有思想基础的。

年底，师里表彰大会开过后，不长时间，李梦浩的五连政治指导员的任命就正式批了下来。代理了一年指导员，李梦浩已经没有当初那么兴奋了。当了六年多兵就提了正连，全师干部中像他这种情况还是不多的。有几个也都是沾了父辈的光，属于将门虎子类的，就他一个农民子弟靠自己打拼，闯出了一片新天地。李梦浩有点沾沾自喜了，脸上虽然看不出，但走路的气势带出来了。得意和失意时从脚步声都能听出来。

一九八七年春天的时候，五连指导员李梦浩真是好事一个接着一个，先是年初连队党支部被评了先进，后来就是代理指导员去了"代理"，正连职命令下达了。现在，黄佳阳政委又要给他介绍对象。

这天上午，黄政委直接把电话打到了五连，接电话的是通信员。黄政委问："你们指导员呢？"

通信员说："到训练场了。"

黄政委说："告诉你们指导员，让他到我办公室来一趟。"说完政委就把电话放了。

通信员拿着电话怔了半天，以为出了什么事，便慌里慌张地跑到训练场，隔了老远，通信员就喊："指导员，政委让你到团部一趟。"

李梦浩从地上爬起来，拍了拍身上的土问："什么事？"

通信员气喘吁吁道："政委没说。"

连长在旁边笑着说："肯定又是好事。"

李梦浩在去团部的路上，脑子不停地转，却怎么也猜不出政委找他是什么事，后来索性就不去想了，简单地把工作思路理了理，以备政委问起来，也好作个简要的汇报。进团部营门时，持枪的哨兵啪地立正，给他行了个持枪礼。李梦浩没有看他们，随手还了礼，昂首阔步地进去了。到了黄政委办公室，政委正在看文件，李梦浩站在那里有些手足无措的样子。政委抬头看了李梦浩一眼，说道："坐吧。"李梦浩没有坐，等政委看完了文件，李梦浩忐忑地问："政委，你找我有事？"

黄政委指着办公桌对面的椅子说："坐吧，坐下说。"

李梦浩坐下后，心里有些打鼓，看政委慈祥的样子，还望着他笑。

李梦浩想，政委到底要和他说什么呢？看来不是说连队的事，连队的事政委会和营里教导员说，不会直接找连队指导员。李梦浩坐下来，样子很沉稳，脑子里却翻江倒海了。政委找他什么事情呢？作为下级，总要琢磨上级领导的意图，以便及时准确应对。说到底，你的前途和命运是捏在上级领导手里的。你永远轻松不了。

黄政委站起来给李梦浩倒了一杯水。李梦浩忙站了起来，政委拍了拍李梦浩的肩膀，亲切地说："找你来，没有什么事，随便聊聊。"

虽说是随便聊聊，但李梦浩在政委面前也放松不下来。团政委手里握着全团干部的"生杀"大权呢。黄政委笑眯眯的样子让李梦浩的心弦松弛下来。李梦浩就赔着笑，只是那笑有点虚，像是临时贴上去的。说起来，政委是李梦浩心里最佩服的一个人了。政委口才特别好，在全团两千多号人面前，不用讲话稿，抑扬顿挫地能讲两小时，中间不带结巴的。政委讲话喜欢引经据典，头脑里像装着本百科全书，随便一翻就是个典故。政委还喜欢写文章，大到几千字的理论文章，小到豆腐块的言论，军区报纸上经常见到他的名字。李梦浩佩服政委或者说感激政委还有一个很重要的原因，那就是他从军校毕业分到这个团后，如果不是黄政委带着师里的工作组到五连去蹲点搞调研，师首长怎么会知道他抗洪抢险的事情？如果不是王政委和工作组到五连来，恐怕他今天还是个排长呢。想提正连，起码还要在副连岗位干三年吧。所以说黄政委还有师里的王政委对李梦浩是有知遇之恩的。李梦浩怎么会不明白呢？

黄政委说话了。黄政委问："小李，你今年多大啦？"

李梦浩站起身，回答说："二十四了。"首长再亲切，毕竟是首长。李梦浩是知道部队规矩的。

黄政委示意李梦浩坐下，又问："找对象了吗？"

李梦浩摇了摇头，说："还没有。"

黄政委微笑着，脸上更加慈祥、更加和蔼可亲了。黄政委说："年龄也不小了，该找了。"

李梦浩笑了一下，低下头不好意思地说："今年还没探家呢。"

黄政委说："就别回老家找了，我给你介绍一个吧。"黄政委停顿下来，盯着李梦浩看。李梦浩的胸口立时跳得厉害，不知说什么好了。黄政委笑了，接着说："是咱军门诊部的医生，她年纪和你一般大，也是正连职了。"

李梦浩听了，瞬间就有一股热潮从胸口向脑门子蹿。这是李梦浩做梦都想不到的事情。去年探亲时，李树霖就托一个在晶都县城里上班的远房亲戚，让他在县城里给儿子李梦浩介绍一个对象。那亲戚见到李梦浩说，现在县城里的姑娘不比以前了，眼光都很高，也很实际了，她们对部队军官不怎么感兴趣。那亲戚看到李梦浩漠然的样子，叹了一口气说："你要是个大学生就好了，现在大学生很吃香，谁要是考上了大学，那对象就可以在县城里挑着找。"李梦浩听了，当时就想，现在有的城市姑娘越来越现实了。过去把城镇户口看得比人重，现在把花前月下长厮守看得比什么都重了。李梦浩离开晶都县城时，他看着满大街的女人们，就对自己说：晶都县城的女人有什么了不起？以后就是送上门来我也不会要了。

黄政委看到李梦浩神思不定的样子，喝了口水，又问："怎么样，有什么想法吗？"

李梦浩瞟了眼黄政委，小心翼翼地说："人家条件好，我恐怕配不上吧。"

黄政委朝椅子背上一仰，说道："人家条件是很好的，自然要求就高。不过呢，你自身条件也不错，只要在部队好好干，还是有前途的。如果没意见的话，这个星期天你们就见见面，自个儿谈，我只是牵个线。"说完，黄政委就拿起桌上的电话，很快要通了军门诊部。黄政委在电话里和对方约好了，星期天上午十点钟，李梦浩到军门诊部和女军医见面。

李梦浩从黄政委办公室出来后，像是刚泡了热水澡，浑身轻松得发飘了。仰头看天，阳光很灿烂，把树上的叶子涂上了一层绿油油的光泽。天空也很蓝，有几朵白云像弹过的新棉花，飘浮在空中。路两边的玉兰树也开花了，洁白的花朵散发着淡淡的馨香。李梦浩心里涌动着按捺不住的喜悦，两只手握成了拳，紧紧地攥着，像是在攥着自己的未来。

他走出团部营门后，对着路边的田野，放开嗓门喊了起来："一二三四，一、二、三、四！"喊声惊飞了豌豆地里的几只鸟，它们叽叽喳喳地鸣叫着冲向空中，一会儿又落了下来。豌豆都已经开花了，白嫩的花一朵一朵的，有的结了豆荚，看了让人怜惜。李梦浩走到豌豆地边，伸手摘了一个嫩绿的豆荚，剥开脆薄的荚皮，用舌尖去舔那荚皮上的胎豆，一丝清甜的味道就溢满了嘴。

李梦浩有种饥渴的感觉。黄政委只告诉李梦浩那女军医叫王洁茹，中等个子，圆脸。别的什么也没有说。李梦浩知道，能当上女兵的，都是家庭有背景的。何况王洁茹还是个女军医。军门诊部不是野战医院，主要工作是给军首长和机关干部做医疗保健服务。工作很轻松，一般没关系的部队医生、护士是进不了军门诊部的。

接下来的几天，有点熬人了。晚上李梦浩一躺倒，脑子里就禁不住给王洁茹画像。中等个头，圆脸，可是眼睛、鼻子呢？嘴巴呢？是大是小？不好画了，也画不出。画不出就更难受了。

终于等到了星期天。军部在海州市，距团部有四十里路程。李梦浩吃过早饭后和连长说要到军部会个老乡。连长说，瞧你收拾成这样子，像是去相亲似的。李梦浩笑道："海州市的姑娘要是看上我了，我就把她领回来！"

到县城汽车站，李梦浩乘上去海州市的汽车，一个小时便到了军部大院。离约定的见面时间还有一个小时，李梦浩在军门诊部前转了一圈，就穿过一个月亮门来到了军部办公区。李梦浩还是两年前，从军校毕业到军部报到时来过一趟。当时是匆匆地来，匆匆地去，连军部大门的朝向都没有弄清。现在来了，他带着一种欣赏的目光和悠闲的心情在办公区转悠起来。星期天军部办公区没有多少人，路上李梦浩只碰见两个纠察兵从他身边走过去。一个纠察兵回头看了他一眼，他朝那个纠察兵脸一肃，眼一瞪，那个纠察兵便扭回头，不声不响地走远了。

李梦浩站在军部办公楼前，一层一层地向上数，一共八层。他望着一扇扇紧闭的黑玻璃窗户，心里在猜想，哪个窗户是军长、政委的办公室呢。这时，他看见一个年轻的军官走进了办公楼，进楼门时，门卫哨兵啪地敬了礼，那军官点点头就进去了。李梦浩一时兴起，便也想进办公大楼里去看看，走到楼门口时，门卫哨兵把他拦住了，向他要证件。李梦浩掏出了军官证，门卫哨兵翻了一下，问："同志你找谁？"

李梦浩在军部没有认识的人，一时怔住了。

哨兵说："没事请你马上离开这里。"

李梦浩突然想起了干部处，忙赔着笑说："我到干部处去一下。"

哨兵瞟了一眼说："星期天，干部处不办公。"

李梦浩一边走一边想，同样穿着军官服装，人家为什么能进去？难道在大楼里上班的参谋、干事、助理员哨兵都认识？李梦浩琢磨了一会儿终于想明白了，农民即使穿着西服进城，人家还是能看出你是乡下人的。

十点差五分的时候，李梦浩又来到军门诊部门前。这天门诊部看病的人很少。李梦浩在门厅里站了一分钟，四处打量几眼，便又出去了，他不能站在那儿等，那样有点傻。说不定此时王洁茹已在暗处看他多时了。

李梦浩开始抽烟。烟是个好东西，抽烟对于男人来说，不仅能排遣寂寞、提神解闷，更重要的是，香烟是一种媒介，是男人之间的一架桥梁。烟与酒一样，可以催化人与人之间的亲密关系。一个男人如果手中夹着一支香烟，或是拿着一个精致的烟斗，很优雅地摆个姿势，那样子一定很"酷"。当然，不能一概而论。就像真由美喜欢杜丘，引来不少女人喜欢高仓健式男人一样，额上的皱纹都成了男人的魅力。此时，抽烟最大的好处，对李梦浩来说，可以平息一下心情，掩饰焦躁不安的神态。

李梦浩站在路边的树荫下，极力做出悠闲的样子，随时准备着女军医目光的检阅。李梦浩不时窥视着院中来往的人，可是来往人中没有一个女军人。

十点整。李梦浩抬腕看了眼手表。

目标出现了，一位女军官英姿飒爽地从大门口走来。女军官先是朝门诊部办公楼走去，走到楼前停下脚步，四处张望一下，转而就朝不远处的李梦浩走来。女军官的步伐是坚定有力的，发出咯噔咯噔的声音敲击着李梦浩的心脏，让李梦浩的心怦怦地跳动。虽然，李梦浩在来之前，想象着无数种见面的情景，也预备着见面时很多句开场白。但事到临头，脑子里一片空白了。

李梦浩有些僵，手中的烟蒂烫了一下手指，他把烟蒂扔掉，才缓过神来。李梦浩不自觉地挺直了身躯。

女军官微微一笑，问道："你是李梦浩吧？"

李梦浩盯了眼女军官，心想，这就是王洁茹？慌忙点了点头说："我是。你是？"

女军官的脸微微有些羞涩，抿着嘴笑了起来："我是王洁茹。"

李梦浩看着王洁茹，一时不知说什么好了。李梦浩想抽烟，可手插进口袋里又抽了出来。抽出来的手不知道放在哪儿好，于是，两只手就放在一起搓。手指有些颤，内心掀起了波浪，自信与自卑交织，像波纹一样荡漾。一圈又一圈，扩散、平息。李梦浩屏住气息，慢慢地稳定下来。

女人的心是细致的。王洁茹洞察到李梦浩的局促，还带点羞怯。王洁茹玩笑道："都当指导员了，怎么还像个新兵一样！"

李梦浩气促道："什么意思啊？"

王洁茹努了一下嘴，笑道："瞧你紧张的！我又不是老虎。"

有时，女人的笑容就是催化剂，能在男人体内加速化学反应。李梦浩被王洁茹的笑感染了，身体一下轻松下来，脑子也灵活多了。李梦浩由"立正"换成了"稍息"姿势，便也玩笑道："你要是老虎的话，那我就是武松了。"

这玩笑有点过头了。王洁茹的脸沉了下来，斜了李梦浩一眼，说道："就你？"转而又似笑非笑的样子，"还武松呢。在女人面前别像虫就好了！"

"怎么，我不像打虎的英雄？"李梦浩朝王洁茹面前靠了靠，挥了挥手，做出一副威武的神态。

王洁茹哼了一声，扭头一笑，转脸又正色道："现在，你倒是有点初生牛犊不怕虎的样子了。"

李梦浩说："不管是武松还是牛犊，我一个男人怎么会怕女人呢？"这句话有些大男子主义了。

王洁茹从没有见过男人在她面前说过这样的话。王洁茹问："为什么男人就不会怕女人呢？"

李梦浩说："反正我不会怕女人的！"

李梦浩的话有点蛮横的味道了。对于王洁茹来说，却很新鲜。王洁茹就咧嘴，咧过嘴后，说："你还挺男人的嘛！"

"本来嘛！"

两人初次见面就是这个样子，少有了。斗嘴最能体现一个人的性格了。斗嘴对于男女来说，一句话可以成事，一句话也可以坏事。话投机了，可以加倍好感，话说得不对心思了，就有可能分道扬镳了。王洁茹想，这个李梦浩虽是个农村兵，却不自卑不猥琐，很自信，还有些气宇轩昂的味道。李梦浩也想，王洁茹虽是女军官，有些骄傲，有些盛气凌人，但不娇蛮，不作态，很真实，有军人的豪爽气。

两人说话的工夫，彼此就把对方看在眼里，琢磨在心里了。一眼可以生情，一眼也可以生厌。男女一见钟情就是这个意思吧。

王洁茹平静下来，脸上开始洋溢和悦的笑容。

李梦浩紧张的心情也渐渐地舒缓，便转了话题："星期天你们也不休息啊？"

王洁茹客气地说："休息，也有值班的。你早就到了吧？"

李梦浩笑笑说："我也刚到一会儿。"他盯着王洁茹看了一眼，那圆圆的脸蛋被浅笑一衬，像个鲜艳的苹果，光滑柔嫩，看着很亲切，也很可爱。王洁茹没有躲避李梦浩的目光，彼此相视了一下，都情不自禁地笑起来。

从王洁茹瞬间的目光中，李梦浩心里感觉有了底，便说道："咱们上街逛逛吧。"

王洁茹看了眼李梦浩，爽快地说："好啊。"

两人就并肩走出了大院。大街上人来人往，喧闹得很，说话声音小了听不到，声音大了又不像谈情说爱，失去了谈话的情调。王洁茹就扯了扯李梦浩的胳膊说："咱们到附近的公园坐坐吧。"

两人便朝公园方向走。走到一家电影院门前时，李梦浩停下来看了眼电影广告画，正好电影院在放映《高山下的花环》。李梦浩问王洁茹："要不，咱们看电影吧？这《高山下的花环》小说我看过，电影也拍得不错的。"

王洁茹说："那就看看吧，我有几年都没到电影院看过电影了。"

李梦浩去买电影票，回来看到王洁茹已买了两瓶汽水和一包话梅干。李梦浩心里一热，伸手拉着王洁茹的胳膊就随人群进了电影院。

电影还没放映，整个电影院黑蒙蒙的。两个人并排坐在一起都有些拘束，不知如何是好。王洁茹将汽水瓶递给李梦浩，李梦浩伸手去接，手就碰到了王洁茹的手，李梦浩手指一颤，想顺便握一下王洁茹的手，可冰冷的汽水瓶又让他冷静了。不能太冒失了。他提醒自己，冒进了不好，心急吃不了热豆腐。李梦浩把汽水瓶接过来，想打开，却怎么也弄不开盖，只好用牙齿去撬。撬开盖后，就把瓶子递给了王洁茹，说："你先喝。"

王洁茹笑了笑，推让道："你喝吧。"

李梦浩把瓶子塞到王洁茹的手里，又把王洁茹手里的汽水瓶拿过来，用牙齿咬开后，说："我早晨刷了牙的。"

王洁茹扭头瞅了眼李梦浩，抿嘴一笑，说："讨厌，我不是那意思。"说完，就喝了汽水。

电影放映了。李梦浩和王洁茹两眼盯着银幕看，却又时不时地转一下，眼角的余光就把身边的人扫了一遍。这部电影李梦浩看过。李梦浩要看电影，其实心思不在看电影上。谈恋爱是需要一个环境和氛围的，电影院最适合谈恋爱了。既公开又隐蔽，既喧嚣又静谧。喧嚣是银幕上的，静谧是座位上两个人的。不管银幕上怎么闹腾，不去管它就是了。

看了一会儿银幕，李梦浩安静下来后，他就闻到了王洁茹身上的来苏水味，再屏息着嗅嗅还有一丝香水味道。香水味道是诱惑人的，因为香水有毒。李梦浩蠢蠢欲动了。恋爱是谈的，也是做的，不谈不做，那爱从哪里来呢？李梦浩有过和丁惠娟相处的经验，知道该怎么做。他把放在膝盖上的右手挪到了身边的椅架上，胳膊正好挨着王洁茹的胳膊。王洁茹感觉到了，没有躲闪也没有动，似乎很专注地看电影。

李梦浩循序渐进，又把手伸向王洁茹的胳膊进行试探，王洁茹还是没有动。李梦浩胆大了，把手落在王洁茹的手上，轻轻一握却握到了一包话梅干，王洁茹把手躲开了。李梦浩有些尴尬，但李梦浩告诫自己，这时候千万不能太莽撞，也不能太自尊。女人矜持有矜持的道理，并不是内心不愿意。头一次接触又在公共场合，女人总是要含蓄和矜持一些的。

好在是黑灯瞎火光线很暗，两边的人也看不清什么。李梦浩把话梅干握在手里，摸索着捡了一颗放进嘴里，立时嘴里就酸酸甜甜的。李梦浩咽了口涎沫，又捡起一颗，扭过头想递给王洁茹，想了想，就抬手直接把话梅干递到了王洁茹的嘴边。王洁茹把话梅干抿进嘴里，朝李梦浩笑了笑。李梦浩像是受到了鼓舞，顺势就把手落在了王洁茹的手背上。这次王洁茹没有躲，他就把王洁茹的手握起来。李梦浩发现王洁茹的手心里汗津津的。他用食指在王洁茹的掌心轻轻一画，王洁茹浑身一颤，想抽回手。李梦浩不让，霸道起来，把王洁茹的手握得更紧了。片刻又用食指在掌心一画，王洁茹又是一颤，颤过之后，王洁茹就把另一只手也伸过来，放在李梦浩的手里。李梦浩用两只手抚摸着王洁茹的两只手，慢慢地细细地抚摸。摸着摸着，王洁茹的头就靠近了。李梦浩抬起胳膊将王洁茹的肩揽过来，王洁茹的头就靠在李梦浩的肩上了。

灯亮后，电影结束了。李梦浩松开王洁茹的身子，心想第一步算是成功了。那么，接下来该怎么办？李梦浩站起身拉着王洁茹的手，小声说："散场了，咱们走吧。"

王洁茹站了起来，一脸真诚地说："影片很感人。"

两人走出了电影院，李梦浩悄悄地端详了王洁茹一番，从她的一举一动也能感觉到，王洁茹身上没有那种城里女人的娇气，有点像丁惠娟的心性。一场电影后，两人不知不觉间像是很熟了，像老战友了。王洁茹发现李梦浩在看她，便捅了李梦浩一下，笑起来："老盯着我干吗？要是看不够，下个星期天，我到你们连队去给你看。"恋爱中的男女，言行中的信息量是很大的。

李梦浩明白了，王洁茹这一头算是定下了。李梦浩忙说："那么远，你去不方便，还是我来看你吧。"

"那也行。不过，你们连队忙，不要耽误工作。"

"星期天，连队也没有什么大事。"

"要不，你调到机关吧，这样以后见面也方便些。"

"我刚当了指导员，恐怕一时半会还不行吧。"

王洁茹拉着李梦浩的胳膊说："不说了。我饿了，咱们找个地方吃饭吧。"这一拉胳膊就是情不自禁了，有点恋人间亲昵的味道了。

当两个人从饭店出来时，已是下午四点了。连队不是机关，星期天晚上连队还要全连点名。李梦浩意犹未尽，只得恋恋不舍地和王洁茹告别。

王洁茹把李梦浩送到汽车站。李梦浩上了车，王洁茹还不走，直到汽车开了，王洁茹站在车窗边大声说："回去后给我打电话！"

李梦浩盯着王洁茹说："好！"

二十二

时间对于相距两地恋爱的人来说，那是很有弹性的。在一起时间就跑得飞快，分开了，一日比四季还要长。

李梦浩回到连队后，虽然表面看不出什么变化，连队工作一点也没有放松。但是，一躺下来，就有度日如年的感觉了。一日不见如隔三秋说的就是这般味道。李梦浩感觉周一、周二的时间最慢，也最煎熬人。过了周三，时间似乎就快些了，也便有了盼头。

平常，在团机关上班的参谋、干事、助理员们，到了星期六下午，只要去办公室照个面，就自由活动了。家属在驻地的，便就提前回去过周末了。连队的干部不行，只有星期天一天时间，连队主官还不能空岗。连长、指导员必须有一个在位。

连长是结过婚的人，知道李梦浩谈对象后，也就发扬风格，星期天在位值班，让李梦浩去和对象见面。李梦浩去了几趟军门诊部，就把关系彻底搞定了。

有时王洁茹值夜班，电话就会打到五连来，两人一聊就是半夜。军线不收费，有话没话，拿着听筒听对方呼吸也就觉得很满足。连长睡醒了一觉，发现指导员拿着话筒还在那儿"嗯啊"的，连长就笑话李梦浩："当年，我和你嫂子谈对象，一月就写两三封信，三年后才见一次面。瞧现在你们年轻人，刚谈几天啊，弄得黏黏糊糊的，要是结了婚，还不整日系在裤腰带上啊！"

李梦浩狡黠一笑，说道："嫂子现在随了军，你就饱汉子不知饿汉子饥了。"

连长说："那你速战速决，赶紧结婚吧，结了婚就好了。"

李梦浩说："真得抓紧了，要不就把儿子给耽误了。"

李梦浩和连长说话时电话没有挂，王洁茹一直在那边听着，就问："你和谁说话呢？"

李梦浩凑近话筒说："我和连长开玩笑呢。"

王洁茹小声说："这星期天你来家里吧，我妈要见见你。"

李梦浩听王洁茹说过，她母亲是海州市人民医院的院长，还有一个妹妹在读大学。别的没有说，他也没有问。有一次，李梦浩和王洁茹在电话里聊天时，李梦浩随口问了一句，你父亲在哪工作啊？王洁茹说，先不告诉你，以后你就知道了。从那以后，李梦浩对王洁茹的家庭情况就不再打听了。王洁茹也从不问李梦浩的家庭情况，好像他的家庭与她没有关系一样，也有点英雄不问出处的意思。

星期天早上，李梦浩坐第一班公交车赶到了海州军部。

王洁茹刚起床，看到李梦浩问："你怎么来得这么早啊？"

李梦浩嘻笑着："这不是想你了嘛。"

王洁茹粲然一笑，亲昵道："去见岳母大人紧张不？"

李梦浩过去搂住王洁茹，把她的手放在自己胸口说："你摸摸，看跳得快不快？"

王洁茹把头埋在李梦浩的胸口，两手箍着他的身子说："别紧张，今天就我妈在家，我爸没回来。爸要是在家的话，你肯定紧张啦。"

李梦浩把手伸进王洁茹的头发里，用五指梳理着，问："你爸是老虎啊？"

王洁茹用指尖在李梦浩的背上掐了一下，说："不是老虎，你也会紧张的。"

李梦浩把脸抵在王洁茹的头发里，轻轻地摩挲着，问："你怕你爸吗？"

王洁茹仰起脸来说："我和妹妹从小就怕我爸。"

李梦浩用嘴唇啄了一下王洁茹的嘴唇说："以后就不用怕了，有我呢。"

王洁茹戏笑道："好像你是武松一样呢。"

李梦浩也玩笑道："就是武松，我也不能打岳父这只老虎啊！"

王洁茹松开了李梦浩，一边洗漱一边说："其实，我爸脾气挺好的。"

李梦浩坐到王洁茹的床边："你又值夜班了？"

王洁茹洗漱完后，换了身连衣裙，说："不是，我是在这儿等你呢。"她在床前晃来晃去的，"你看，我昨天刚买的，好看不好看？"

李梦浩看惯了穿军装的王洁茹，再看穿便装的王洁茹就觉得扎眼。王洁茹穿军装显得英姿飒爽，浑身上下挑不出半点毛病。可是，连衣裙裹在她身上就有点乡下人穿西装的样子了。李梦浩拉过王洁茹，把她揽在怀里说："在我眼里，你穿什么衣服都好看。"

王洁茹两只胳膊吊住李梦浩的脖子，两眼扑闪着："你可别拣好听的说，老哄着我。等结了婚就嫌我这不好看、那也不好看了。"

李梦浩把额头贴在王洁茹的额头上蹭了蹭，说："怎么会呢？不过，我更喜欢你穿军装的样子。"

"真的？"王洁茹说着就松开李梦浩，又把军装换上了，"其实，我也不习惯穿便装，穿便装老觉得别扭。"

李梦浩捧起王洁茹的脸，把唇贴上去吻了一会儿，说："我也没有吃早饭，咱俩出去吃早点吧。"

王洁茹搂着李梦浩问："你想吃点什么？"

李梦浩把嘴贴在王洁茹耳边，用舌尖舔了舔她的耳廓，说："我想吃你呢。"

王洁茹扑哧一笑，呢喃道："你好大的胃口呢，你是老虎还是饿狼啊？"

李梦浩知道王洁茹没有听懂他的意思，也不好解释，便说道："我去你家，你看买点什么好？一会儿去商场你给参谋一下吧。"

王洁茹说："什么也不用买，你跟我回去就行了。"

"那怎么行？"李梦浩认真地说，"我是第一次上门，空手是不行的。"

王洁茹娇憨地看着李梦浩，问道："那我要到你家去，也要买礼品啦？"

李梦浩笑道："你去就不用买了。"

"那为什么呀？"王洁茹问。

"你都把人给我们家了，还要买什么礼品啊。"

"谁把人给你们家啦？我是把人给你，不是给你们家。"

"反正都一样。"李梦浩拉着王洁茹出了门。两人到海州商场转了一圈，李梦浩想买盒高丽参。王洁茹一看标价说，不要不要，一盒高丽参要花半年的工资呢。

从商场出来后，王洁茹到水果摊上买了把香蕉，又买了几个菠萝，说："有点意思就行了，家里什么也不缺。"

李梦浩提着水果，心想道，真是个不错的女人，现在就替他着想了，将来一定是个贤妻良母型的老婆。李梦浩常听一些连队干部讲，农村入伍的军官在城里找老婆，是大脚穿小鞋，活受罪。说城里女人如何自私、如何刁钻，给自己父母花钱都不眨一下眼，若是给乡下的公婆花一分钱都要算计，有时夫妻还要翻脸吵架。李梦浩就对王洁茹说："既然不缺什么，那以后我就常去家里看看你爸妈，多少尽点孝心吧。"

王洁茹挎着李梦浩的胳膊说："说不定我妈会把你当作儿子一样呢，反倒会疏远了我。"

李梦浩忐忑地说："还没见到你妈的面呢，你尽给我吃宽心丸了。"

王洁茹斜着身子看着李梦浩，带点撒娇的口吻气说："不是嘛，我说的都是真的啦。我妈在医院是领导，在家就是个老阿姨了，一点脾气都没有的。"

李梦浩说："越是没有脾气的领导越不能得罪的，得罪了会记恨你一辈子。"

王洁茹翻了李梦浩一眼，嘟着嘴说："你不是说我妈吧？我知道你们这些基层干部整天就是琢磨人，累不累啊？"

李梦浩笑了，把手中的水果换了手，说道："这你就说错了，基层干部是每天琢磨事，机关干部才是琢磨人呢。"

王洁茹笑道："我不和你讨论这些了，懒得动这个脑子，以后你琢磨事也罢，琢磨人也罢，我都不管你。"

两人说着话，不知不觉间就走到了医院宿舍区。王洁茹在一座二层小楼的院门前停下来，说："这就是我们家啦。"

李梦浩很细致地打量了一下，青砖红瓦的二层小楼，小楼前围了一个院子，形成了独门独院的格局。外观看起来不怎么显眼，但是进了院落倒很恬静、舒适。院子不大，八九十平方米的样子，院门左边是一棵石榴树，右边也是一棵石榴树。石榴花开得正艳，枝上已有鸽蛋大小的石榴挂着了。院子里还种了几株花，有月季、丁香、栀子花，还有几株不认识。整个院子都弥漫着一股淡淡的花香。给他们开门的是家里的小保姆，十八九岁的样子，一看就知道是乡下来的女孩子。小保姆看起来很机灵也很乖巧。她接过李梦浩手中的水果，朝王洁茹挤了挤眼，说："大姐回来啦！这位就是姐夫吧？"

王洁茹扬起手做出要打人的样子，小姑娘便嘻笑着跑开了。王洁茹佯作生气的样子，说道："你这鬼丫头，看我不打你！"

小保姆朝楼里喊："刘院长，大姐回来啦。"

刘院长已站在一楼的厅里向外看了。刘院长穿着一身素花家常服，脸上微微地笑着。当李梦浩跟着王洁茹走进客厅时，一眼就看出刘院长身上那种笑容里藏着威严的领导派头了。

李梦浩走近刘院长面前，啪地立正，标准地行了一个军礼："刘院长好！"

刘院长一怔，还没说话。王洁茹在边上先咯咯地笑了起来，说道："这是在家里，不是在你们部队，以后要是见到王政委、刘院长老是敬礼，累不累啊？"

刘院长也笑起来，说道："你这没大没小的鬼丫头，小李这是懂规矩，有礼貌，也是军人的作风；哪像你，当了快十年的兵了，连敬礼都没学会。"

王洁茹乜了刘院长一眼，说："谁说我没有学会敬礼？"

王洁茹立到母亲面前，肃着脸，敬了一个军礼说："首长好！"

刘院长用手指戳了王洁茹的额头一下："等你爸回来，你给他敬礼吧，我就免了吧。"

王洁茹一屁股坐在沙发上，说："我才不给他敬礼呢！"

刘院长看到李梦浩还站在那儿，忙说："光顾和她逗乐了，小李，你坐啊。"刘院长又叫小保姆给李梦浩倒了杯茶水。李梦浩坐在沙发上，两手依然像开会听报告的样子，局促得身子都有点僵了。刘院长拿起一根香蕉给李梦浩，说道："不要太拘束了，你和洁茹的事，我没意见，她爸也没意见。今天来家里认认门，以后可就要常来了。"

李梦浩听了刘院长说没意见，心里踏实了一些，身子也就放松了。他把香蕉接过来，剥了皮又递过去，说："给您，刘院长。"

刘院长摆摆手，说："你吃吧。"

李梦浩又把香蕉递给王洁茹，王洁茹没有接，张着嘴"啊啊"了两声。李梦浩就把香蕉塞到王洁茹的嘴里。王洁茹咬了一截，又努了努嘴让李梦浩也吃。李梦浩不好意思吃，王洁茹就把李梦浩手中的香蕉夺过来，送到他的嘴边说："还嫌我咬过了啊？"

李梦浩只得咬了一口。刘院长坐在对面笑了笑，说道："小茹，以后可不要欺负他，我看小李是个老实人。"

王洁茹瞅了李梦浩一眼，说："你听见了吧？我说过刘院长会偏心眼的吧。"

刘院长站起身，说道："我去做几个菜，中午我们吃顿便饭。你们闲聊着，要不就看看电视吧。"

刘院长离开了客厅。李梦浩松弛下来，在王洁茹的脸上轻轻啄了一口，问道："刚才说，你爸也没意见，我怎么没听明白？"

王洁茹狡黠地说道："不明白了吧？你不明白的事多着呢。"

李梦浩想了想，问："你刚才提到王政委，哪个王政委啊？"

王洁茹看着李梦浩，说道："王政委就是王政委，你们师还有几个王政委？"

"王政委是你爸？"李梦浩的心提了起来，刚松弛的身子又开始僵了。李梦浩怔怔地看着王洁茹，缓了缓气息，"你怎么不早说啊？"

问题有些严重了。王洁茹竟然是师政委的女儿！李梦浩觉得找个女军医做老婆就已经很知足了，不曾想过能找高干女儿做老婆，也没想过王洁茹会是这样的家庭背景。现在知道了，固然是一件好事。可有时候，又不是这样的。李梦浩陡然感到有压力了，也不自在了。男人就是这样，喜欢居高临下，喜欢别人仰视自己。特别是在家庭里，男人要像一座山，要作顶梁柱。可是现在，相反了。事实上，李梦浩已经处在大树下了。

李梦浩开始还以为进步快是自己出类拔萃，是千里马遇到了伯乐。其实呢，完全不是这样的。他与其他连队干部没有多少差别。要说差别，那是一目了然了。就是当初王政委在阅兵式上发现了他，想把他作为乘龙快婿来培养。

王洁茹挑了一下眉毛，迟疑片刻才说："怎么啦？现在告诉你也不晚啊。"王洁茹推了推李梦浩的肩，"是不是怕我爸啊？你又不是没见过我爸。"

李梦浩脑子里闪过王政委在五连搞调研的一幕，低头暗自笑了笑。王洁茹看见了，就靠近他身边问："你偷偷笑什么？"

李梦浩站起身来说："我笑了吗？"他朝厨房走过去，大声说："刘院长，我帮你做点什么吧？"

刘院长正和小保姆洗菜，说道："不用了，你和小茹说话吧，一会儿就好。"

李梦浩进了厨房，说："今天中午我来掌勺吧。"

刘院长笑道："你还会做饭？"

李梦浩笑了笑，说："我也是在连队学的，新兵时，我们经常帮厨。"

"那这下我就更放心了，小茹在家可是什么都不会做的，从来都没下过厨。"刘院长朝客厅望了一眼说。

王洁茹跑过来，接话道："谁说我什么都不会做？我会煮方便面和鸡蛋。"

"梦浩你听到了吧，她就会煮方便面和鸡蛋。"刘院长朝李梦浩摇了摇头，笑道，"以后啊，可得辛苦你了。"

李梦浩一边帮着切菜一边说道："我也做不出什么好味道的，能把菜炒熟罢了。"

刘院长说："那今天中午我就教你，把小茹爱吃的几个菜教会你，以后我就省心了。"

李梦浩没有多想，随口说："好吧。我就拜刘院长为师了。"

刘院长说："梦浩啊，以后不要喊刘院长刘院长的，这是在家里，你得改口了。"

小保姆在边上嘻笑着说："俺们乡下老家，新姑爷上门就得喊爸妈呢！"

刘院长笑着说："喊妈还早点，就叫阿姨吧。"

李梦浩看了门边的王洁茹一眼，说："是，阿姨。"

刘院长问："小茹，糖醋里脊还做不做？"

王洁茹说："别做了，我怕胖。炒腰果虾仁和红烧鱼吧。"

刘院长对李梦浩说："今天中午，我就先教你做这两道菜吧。"

李梦浩在刘院长的指点下，掌勺做了四个菜。王洁茹看着茶几上的香蕉说："再做个拔丝香蕉吧。"李梦浩刚脱了围裙，王洁茹又帮着围上了，说道："这个菜好做，我教你。"

王洁茹把李梦浩推进厨房说："把香蕉切成小段，放进热油里过一下。再把白糖熬成液体，浇在香蕉上，趁热放进凉白开里涮一下，就能吃了。"

李梦浩按照王洁茹说的做了。端上桌后，王洁茹夹起一块香蕉放进碗里，在凉水中涮一下，尝了尝，一边呵着气一边说："不错、不错，又脆又香又甜，一级厨师水平。"

饭菜都上桌了。刘院长说："今天喝点酒吧。"她转身看着李梦浩问："是喝白酒还是红酒？"

李梦浩笑笑，看着王洁茹说："我也不怎么会喝酒的。"

王洁茹说："喝红酒吧，不让他喝白酒。"

小保姆在厨房里说道："大姐哎，哪有姑爷上门第一趟不让喝白酒的？俺们老家新姑爷上门都要灌醉哩。"

刘院长笑道："城里不兴这个。家里有红酒，还有青岛啤酒，小李你随便喝。"刘院长从医学角度又说了几句喝红酒的好处。

王洁茹问李梦浩："你是喝红酒还是啤酒？"

李梦浩说："我陪阿姨喝点红酒吧。"

王洁茹从酒柜里取出一瓶长城干红，小保姆帮着拔开了塞子，每人面前倒了半杯。刘院长坐下后，李梦浩和王洁茹也坐下了。刘院长看了眼小保姆说："今天也没有外人，都是自家人，你也坐下一起吃吧。"

小保姆点了点头，高兴地坐下了。刘院长夹起一个腰果放进嘴里嚼了嚼，微笑着评价道："味道挺好，手艺不错。"

王洁茹也夹了菜放进嘴里尝了尝，夸奖说："正宗，一点都不差。"

刘院长招呼说："小李，你吃菜，别愣着，尝尝自己的手艺啊。"刘院长端起酒杯示意了一下，又说："看着自己做的一桌菜，是不是有点成就感啊？"

李梦浩笑笑，端起酒杯说："都是阿姨指导得好！我敬阿姨一杯。"

刘院长只抿了抿酒，李梦浩却一仰脸把杯中酒都干了。

刘院长说："慢慢喝，在家里喝酒不兴部队那一套，什么感情深一口闷，感情浅舔一舔，都是好酒之徒劝酒辞令，小李可别学那一套。"

李梦浩不好意思地看着空酒杯，连连点头说知道了。小保姆又给李梦浩倒上了酒。王洁茹瞟了李梦浩一眼，说："红酒不醉人的。来，刘院长，我也敬您一杯。"说完也一口干了。

刘院长瞪了王洁茹一眼，说："别油腔滑调的了，你要能喝，就陪小李喝，别灌我老太婆。"

王洁茹喝了一杯酒，脸上就染上了一抹红晕，一副娇憨的神态让李梦浩热血涌动起来。王洁茹把酒瓶拿过来，给自己满上说："梦浩，咱俩也干一杯吧。"说着又干了杯中酒。

李梦浩端起酒杯也干了。看了眼刘院长，说道："洁茹，别逞强了，红酒也醉人的。"

王洁茹朝李梦浩挤了一下眉眼，说："告诉你吧，白酒我都能喝半斤的，这点红酒算什么？"

刘院长瞪了眼王洁茹，嗔怪道："都是在部队学坏了，女孩子喝那么多酒会伤身体的，你不是不知道？"

王洁茹笑道："你知道我爸能喝多少吗？"

刘院长说："你爸平时是不喝酒的。"

"不喝酒？"王洁茹晃着酒杯说，"我爸一次能喝三杯白酒呢！"

刘院长皱着眉，问："真的？我怎么不知道！"

王洁茹笑起来，说："部队的事，你怎么会知道？"

刘院长看了眼保姆说："别喝了，吃饭吧。"

保姆给每个人盛了饭。李梦浩低头吃起来。他知道自己不好多话，毕竟是第一次上门，又是在师政委家里，心里十分打怵。吃完饭，刘院长让李梦浩到楼上房间休息一下。李梦浩说还要赶回连队去。刘院长说工作重要，那就不留了。她让王洁茹送李梦浩，王洁茹就拉着李梦浩的胳膊离开了家。

出了家门，王洁茹说，时间还早呢，到门诊部的宿舍坐坐吧。李梦浩喝了点酒，虽然酒劲不大，但毕竟也是酒。酒不醉人人自醉了。再看王洁茹，脸上也红彤彤的了。李梦浩想，坐坐就坐坐吧，男女之间的事情还是趁热打铁好。

到了王洁茹的单身宿舍，李梦浩就把门从里面插上了。

王洁茹瞅了眼李梦浩，抿嘴一笑道："我给你倒杯水吧。"

李梦浩揽过王洁茹，拥进怀里说："别耽误大好时光了。现在是一寸光阴一寸金呢！"

王洁茹便两手吊着李梦浩的脖子，翻了一眼说："你真讨厌！在家里看你挺老实的嘛。"

李梦浩笑道："在岳母大人面前我敢欺负她女儿吗？"说着，李梦浩就箍紧了王洁茹，把嘴唇贴在她白皙的脖颈上，急促地亲吻起来。吻了脖颈，又吻她的耳后根。不一会儿，王洁茹身子就瘫在了李梦浩的怀里。李梦浩把她抱到床上，平躺下来。

在这节骨眼，女人总是比男人理智一些。王洁茹翘起头又咬了他一口，嘟囔说："可不能就这样随随便便的吧！"

李梦浩纠缠着，说："还真要等到入洞房那天？"

"不等到那一天，也得让我思想有准备啊。"王洁茹睁开眼睛盯着李梦浩，"就这样随随便便，你把我当成什么人啦？"

李梦浩被她盯得有些心虚，身子一下软了下来。他侧着身子说："那我们结婚吧。"

王洁茹闭着眼不吭声。

李梦浩看着她变化莫测的面孔，问："是不是不想结婚？"

王洁茹嘟哝说："不是。"

李梦浩急了，翘起身问："是你还没有定下心思？"

王洁茹用手狠劲地在他背上掐了一下，哀怨道："我没定下心思能和你这样？"她叹了口气，又说："说真心话，我也不瞒你，你是我爸看好的，没见你前，我就了解你的情况了。和你见面后，我一眼也喜欢上了你，可我一直担心你是冲着我爸才和我好的。"

"我是今天才知道你爸是我们师政委啊！"李梦浩说。

"你现在知道了，那你怎么想？"王洁茹追问道。

"他是他，你是你！"李梦浩坐了起来，心情有些沮丧。

王洁茹说："话是这么说，可是——"

李梦浩心情一下坏了。他整理一下军装，看着还躺在床上的王洁茹说："如果你以为我是冲着你爸才要和你结婚的，那你是蔑视我了！我现在就走。"

王洁茹坐了起来，整理一下衣服，把头放在李梦浩的肩上，埋怨道："你脾气挺大的嘛，还没有哪个人敢对我发脾气呢。"

李梦浩哼了一声，嘴角一撇说道："你以为你是谁？你是王政委？"

王洁茹看李梦浩真生气了，忙凑上去吻了一下李梦浩的腮说："别生气了，就算我说错了，好不好？一句话就惹恼你了。以后，我还不得受你一辈子气啊？"

李梦浩恢复了理智。王洁茹又竭力温柔地抚弄他，两人便又相拥亲热了一会儿，在难分难舍的情绪中，李梦浩不得不放下怀中的女人，急匆匆地返回连队。

任何时候，男人的事业总比女人的情感重要得多。

二十三

李梦浩开始与王洁茹谈恋爱的时候，他的心里始终充满着自豪和幸福感。他与王洁茹的关系发展很顺利，波澜不惊的样子。正在他沾沾自喜时，陡然知道王洁茹是师政委的女儿，李梦浩的心就难以平静了，也一下收紧了。能和师政委的女儿谈恋爱、结婚，对于很多基层干部来说，那是求之不得的天大好事。就如老母鸡长上鹰翅膀，扑扇几下就能飞起来了。

李梦浩和王洁茹谈对象，是王政委挑选的，又是团政委做的媒，可以说在部队是前途无忧了。可是细一想，李梦浩又担心、自卑了，今后在部队的成长进步都要靠王洁茹了。吃人家的嘴软，站在别人的屋檐下，就不得不低头。一个农民子弟有什么"资本"可以骄傲的呢？男人的自尊心一旦受到伤害，有时就会走向偏激。

恋爱是两个人的"游戏"。更确切地说，是一场战争。要想打赢这场战争，不战屈人之兵最好，但很难。一般要经过"战斗"才能决定胜负。胜者将对方俘虏了，这场战争才算结束。李梦浩得知王洁茹的父亲是王政委后，心里就焦灼起来。王政委是棵大树，他是树下的一棵小草，小草在树下是难以茂盛的，他要成为一支藤蔓，顺着树干攀爬上去。怎么攀爬？王洁茹给他支起了架子，搭上了桥梁。李梦浩下决心了，一定要打赢这场战争！既然决心下了，就要谋篇布局，就要制定战略战术。伟大领袖曾经说过，在战略上要藐视敌人，在战术上要重视敌人。孙子兵法三十六计，有一半计谋都可以用在恋爱这场战争上。从目前情势上分析，李梦浩决定实施"欲擒故纵"的战术。

运筹到半夜，李梦浩困了，有些恍惚了。他准备翻身睡去时，突然一个念头又冒出来，这样的"战争"有意思吗？王政委是什么人？王政委是学哲学的，也是搞政治的，阅人无数，若是弄巧成拙，人家来个"走为上"，就破了你的计谋。那就是聪明反被聪明误，竹篮打水一场空了！

人的命天注定，李梦浩有时也是信命的。恋爱还是顺其自然好，一切由缘吧！

又到了星期天，本来李梦浩是要去和王洁茹约会的。可是，李梦浩给王洁茹打电话说，连队准备夜训了，他脱不开身。

王洁茹在电话里说："那我去看你吧。"

李梦浩客气道："你来我也没时间陪你，天气又这么热，多不合适啊。"

王洁茹生气了，说："你少来这一套，别跟我耍脾气，我去你连队。"说完，王洁茹就把电话挂了。

李梦浩以为王洁茹是说气话。没想到，一个小时后，王洁茹坐着王政委的轿车就到五连了。

五连的干部认车不认人，以为是师首长来检查工作了。值班排长忙跑出来，去拉车门。王洁茹是第一次来五连，五连的人都不认识她。值班排长看着王洁茹下车后，还在车边等着师首长下车。王洁茹笑笑说："就我一个人，来找你们五连指导员。"

值班排长给王洁茹行了礼后，热情地说："指导员不在，连长在。"

王洁茹皱了一下眉头，问："李梦浩到哪儿去了？"

值班排长把王洁茹引进队部，一边倒水一边说："指导员说去县城里买东西了。"

王洁茹打量了一眼队部，问道："指导员的宿舍在哪？"

值班排长瞅了眼王洁茹，笑着问："你是王、王医生吧？"

王洁茹偏着头看着值班排长，故意问："你认识我？"

值班排长不好意思了，有点羞怯地说道："不认识，只听我们指导员说到过，我猜肯定是了。"

"是吗？他怎么说的？"王洁茹装作好奇的样子，"是不是说我坏话了？"

值班排长是军校刚毕业的学员，还年轻，在姑娘面前说话有些紧张，忙说道："没有。真的没有说你坏话！"

王洁茹笑着问道："那他怎么说的？"

平时连队很少有女人来，若是来了女人，兵们眼睛都不够使，滴溜溜地转，眼睛灵活了，嘴巴就拙了。王洁茹虽然不像电影、电视上的女军人那么漂亮，但也比在街上看到的女人漂亮多了。值班排长偷眼瞄着王洁茹，发现王洁茹一副和蔼可亲的样子，特别是穿着军装，都是军人，自然就拉近了距离。值班排长没了拘谨，说话就油滑起来："指导员说你特漂亮，特温柔，特有气质！"

王洁茹撇了下嘴，说："你就给我瞎编吧！我还不知道他嘴笨得很，哪会说出这么好听的话。"

值班排长把王洁茹引进了李梦浩的宿舍，又给倒了杯水，说："你先坐着，我派人去找指导员。"

李梦浩说是到县城里买东西，其实没有去。他在营房外的田地边转悠起来，没着没落的样子。原想和王洁茹较一下劲，打击一下她的优越感。可是，没有想到自己也有些惶惶惑惑的。他这是和谁较劲呢？恋爱中的男女若是和对方较劲，其实折磨的也是自己。他认为对待王洁茹千万不能表现得巴结了，巴结了就会露出一副贱骨头的样子。说到底，女人是不喜欢贱骨头男人的。特别是有个性、有身份、有背景的女人，更不喜欢唯唯诺诺的男人。男人就要自重、自尊一点，即使没有什么资本和分量，也要表现出个性来。要秤砣小压千斤。男女相处之道，是需要悟性的。婚姻也是需要缘分的。是你的跑不掉，不是你的，抢都抢不来。这是天意，也是命运。

李梦浩转了一会儿就返回了连队。他走近五连时，发现门前停着一台小轿车，问连队一个兵才知道是王洁茹来了。王洁茹坐着师政委的车来连队看他，这消息自会不胫而走的。

有时候事情就会这样，距离拉得大，作用力就大。这就是作用力与反作用力的效果吧？

李梦浩进了宿舍，看见王洁茹正坐在床上看信。李梦浩眉开眼笑道："大小姐辛苦了！大驾光临，有失远迎，失礼了失礼了！"说着，李梦浩走到床前躬身施礼，又玩笑起来，"这里小生给娘子赔罪了！"

王洁茹瞟了眼李梦浩，伸腿踢了他一脚，嗔怒道："连队不是忙吗？你怎么有空逛街了？"

李梦浩坐到床边说："我哪有闲心去逛街啊？我是憋得慌，去外面转了转。今晚连队就开始搞夜训了，我怎么能擅离职守啊？"他瞥了眼王洁茹手中的信笺问："谁的信啊？"

王洁茹站了起来，把信甩给李梦浩，面有愠色道："对不起，没有经过你的允许，我看了你的情书了。"

李梦浩一怔，忙拿过信扫了一眼，疑惑地问道："这是哪儿来的？"

王洁茹白了他一眼，说："别装蒜了，人家姑娘给你写的情书你不知道？"

李梦浩看了落款和日期，心里松弛了下来，笑道："这是从哪儿来的啊？我怎么没有看到？"

王洁茹哼了一声，说："是夹在书里的，我翻看你桌上书时，从里面掉出来的，还没拆封呢。"

"就是嘛，我还没看到，怎么会知道人家给我写情书。"李梦浩看了信，咧了咧嘴说，"真是让一腔柔情付之东流了。可惜了，真是可惜了。"

王洁茹有点恼怒地问："怎么回事？你要老实交代。"

李梦浩便把去年在渔村驻训时的经过讲了。王洁茹转怒为嗔地说："可不许骗我，要是骗我，饶不了你！"

李梦浩把信撕了，笑道："我向毛主席保证。"

王洁茹朝窗外望了一眼，温柔起来，把脸贴在李梦浩的脸上，幽怨道："贫吧你！我要不来看你，这一星期我都过不安稳。"

两人缠绵一阵子，就到吃午饭的时候了。李梦浩说："我让通信员把饭打回来吧。"

王洁茹整理一下衣服说："不用，车上还有司机呢，咱们到县城饭店去吃吧。"

李梦浩喊来通信员，说："中午饭我就不在连里吃了，陪师首长的司机到县城去办事。"

通信员说："指导员，今天中午炊事班炖牛骨汤，还有红烧肉，我给你打一份回来吧。"

王洁茹瞟了眼李梦浩，对通信员说："别给他打了，你们指导员已经够胖的了。"

李梦浩问通信员："我胖吗？"

通信员说："不胖，指导员一点都不胖。"

王洁茹浅浅地笑道："你这个通信员很会拍马屁啊。不过要少吃红烧肉和油腻的东西，吃多了会血脂高的。"

通信员说："听说，毛主席就喜欢吃红烧肉呢。"

李梦浩拍了拍通信员的肩，说："去吧，打一份回来，你晚上吃。"他又转脸对王洁茹说："你真成江青了。"

说罢，两人上了车。转了几个弯，不到十分钟就到了县城里。在"江枫鱼港"饭店前停了车。"江枫鱼港"是县城里上档次的一家饭店，主要特色是淡水鱼和海水鱼做得好。王洁茹第一次来连队看他，又有王政委的司机在旁边，李梦浩不能太小气。不管怎么样也得装一下门面，否则就让司机看低了。

下了车，李梦浩昂首挺胸朝里面走，摆出老顾客的样子。门边的礼仪小姐忙拉了门，点头施了礼，嫣然地笑道："首长，里面请。"

厅堂里又过来一位高挑个儿，穿着旗袍的服务员小姐将他们引上二楼的雅间。三人坐下后，服务小姐倒了茶，把一份菜谱递给李梦浩。李梦浩又把菜谱推给王洁茹说："还是你点吧，我不懂营养学。"

王洁茹瞪了他一眼，拿起菜谱翻了翻，对服务小姐说道："你们这儿不是鱼做得好吗？上两个特色鱼，再配两个素菜，多了也浪费。"

服务小姐写了菜单，又问："还需要什么酒水吗？"

王洁茹看了眼李梦浩，说："还喝酒吗？"

李梦浩笑道："无酒不成席，来瓶'洋河'吧。"

王洁茹摘了大檐帽，又脱去上衣，将衣帽挂好，问服务员道："天气这么热，也没有空调？"

服务小姐歉意地笑笑，说："饭店还没装空调。这样吧，我再去搬个电风扇来。"

李梦浩望了眼墙壁上的电风扇在那摇来摇去的，风不小，就是感觉不到凉爽。他也将上衣和帽子脱了挂起来，只穿了件衬衣，这才觉得身上清爽了些。

王洁茹站在电风扇下吹了吹，风从她的衣领边吹进去，淡粉的衬衣便像气球一样鼓凸起来。一眼望去，胸前米黄色的文胸若隐若现，山蒙水雾的样子。李梦浩咽了口唾沫，眯着眼朝王洁茹笑了起来。

这时，服务员搬了台风扇过来，王洁茹坐下说："白酒就不要了，换冰镇啤酒吧。"她转脸望着司机，"小刘，你喝点什么饮料？"

司机小刘笑了笑，很腼腆的样子，说道："我就喝茶水吧。"

王洁茹真诚地说道："今天辛苦你了。"她又对服务员说："来两瓶酸奶吧。"司机笑了笑点点头。啤酒上来后，服务员给李梦浩和王洁茹每人倒了一杯。李梦浩端起啤酒杯喝了一口，一股凉意顺着喉咙滑进了胃里，刚刚涌起的一股邪火被浇熄了。他咂了咂嘴，说："不错，不错。"他又朝服务小姐摆了摆手，"你就不用倒酒了，我们自己来吧。"

王洁茹端起酒杯，朝李梦浩飞个媚眼，莞尔一笑道："谢谢李指导员盛情款待，我干了。"

李梦浩看了眼司机，挤了一下眼说："王医生客气了，这杯酒还是先敬小刘吧，今天小刘最辛苦。"

小刘忙端起饮料，站起来说："不敢，不敢，还是我先敬两位首长吧。"

王洁茹说："互敬吧。"一仰脖子就干了。李梦浩喝完后先给王洁茹倒了酒，酒刚倒了一半，啤酒就随着泡沫溢出来，弄湿了一片。李梦浩瞥了王洁茹一眼，一脸坏笑，连连说："不好意思，不好意思，刚倒就流了。"

王洁茹在桌下踢了他一脚，拿起酒瓶给李梦浩做着示范。一边慢慢地倒酒，一边看着李梦浩嘲笑说："真笨！连个酒都不会倒。倒啤酒有个讲究，叫作'歪门斜倒'。"

小刘在边上听了，憋不住笑了出来。李梦浩从王洁茹手里接过满满一杯酒笑道："月圆则亏，水满则溢。倒酒还是浅一点好。来，这一杯我敬王医生的，你表示、我干了。"

王洁茹戏谑道："小李蛮懂礼貌的嘛，还能进步！"

一来二去，推杯换盏，说说笑笑，无拘无束，桌上的菜几乎没有动，两人就喝了十瓶啤酒。司机小刘跟王政委开了一年车，很懂规矩，就早早吃完，到下面等着了。

两人正喝到面红耳热之际，一位模样俊俏的少妇推门进来了。女人走到李梦浩身边，笑眯眯地说道："两位首长，欢迎光临。"说着就双手递上了名片。

李梦浩接过名片扫了一眼，看是"江枫渔港"饭店的经理，叫江海燕。李梦浩瞧着袅袅娜娜的江海燕正给他倒酒，忙抓了她的手腕说："江经理，我不能再喝了，有点不行了。"

江海燕停止了倒酒，手没有抽开，妩媚一笑，说道："这位首长有点面熟，是不是来过呀？"

李梦浩松了手，指着王洁茹介绍说："这位是军里的王首长，听说你这儿的鱼做得好，专程从海州市过来的！"

江海燕朝王洁茹讨好地说道："我们这饭店常有部队首长光临的，都是坐着吉普车。今天你这小轿车朝门前一停，我就知道来了大首长了。"

王洁茹春风满面，瞥了眼江海燕。江海燕端起李梦浩的杯子，走到王洁茹身边说："上级首长这么年轻，又这样漂亮，能来我们饭店，真让江枫渔港蓬荜生辉了。来，我敬王首长一杯。"说着就将杯里的酒干了。

王洁茹看了李梦浩一眼，李梦浩两眼蒙眬着。她想说什么又没有说，便端起面前的酒杯也干了。

江海燕放下酒杯，夹了一块鱼放在王洁茹面前的小盘子里，说道："两位首长只顾喝酒了，来江枫渔港就是吃鱼的，尝尝这鱼做得怎么样，多提宝贵意见。"

李梦浩夹了一大块鱼放进嘴里，慢慢地嚼着，说道："味道不错。"

王洁茹夹了一小块，在嘴里品了品，皱了皱眉头说："味道还行，就是缺了点什么。"

江海燕忙问："缺点什么？"

王洁茹瞟了眼江海燕，发现江海燕身上有股让女人嫉妒的魅力。杨柳细腰显得绵软无骨，瓜子脸上一双黑亮的眼睛，笑起来一副柔情似水的样子。王洁茹暗想，这女人也算是江枫渔港的一道特色菜了。秀色可餐，想必食客不仅仅是冲着这里的鱼而来的吧。

王洁茹从嘴里抿出一根细细的鱼刺，说道："厨师忘了放醋了。这是淡水鱼，不放醋，鲜是鲜，就是有点腥气了。"

没有想到王洁茹嘴这么刁。江海燕暗暗吃惊，连连笑着道："真不愧是市里来的人，一下就点中了穴。厨师本想放醋的，只因天气炎热，放了醋，江里的鱼就没有鲜味了。"

江海燕招手呼来了服务小姐，要把这道菜撤下再加工一遍。李梦浩止住了她，说道："凑合着吧。下次来，一定要记着放醋。"

江海燕马上对二位肃然起敬起来，恭维说："二位首长，我真是敬佩你们，一听说话，就知道你们有学问，还懂美食。这样吧，这顿餐就免单了，算我请客。下次再来，一定包你们满意！"

李梦浩知道，这是生意人的客套话。即使真的免了单，跑了和尚跑不了庙，这份人情就欠下了，便也客气说道："江经理这么豪爽，心意我们领了，这单就不必免了。"

江海燕忙又倒了杯酒递给李梦浩，自己拿过一个空酒杯也倒了酒说："来，这杯我该敬你了！"

李梦浩端起杯与她碰了一下，便一饮而尽了。江海燕又给李梦浩倒了一杯，李梦浩忙摆手说："不行了，不行了。"

江海燕把酒杯端到他手上，妩媚一笑，说道："男人说什么都可以，千万不能说不行啊。"

李梦浩装作醉酒的样子，歪着头问："为什么不能、说、不行呢？"

江海燕一脸红晕，只笑不答。王洁茹在桌底蹭了李梦浩一下。李梦浩只好摇了摇头，佯装醉态地说："喝多了，真的喝多了。江小姐，不，江经理，你忙你的吧，我们坐坐就走。"

江海燕朝李梦浩看了一眼，会意一笑，道："酒逢知己千杯少，你们慢慢喝，我就不打搅了。"

江海燕一走，李梦浩忍不住笑了起来。王洁茹说这人看着精明，却很没眼色，浑身一股狐媚气，还用你的酒杯敬我酒。

李梦浩知道女人到一起总要生出一些嫉妒心。他不想扫了王洁茹的兴，忙换了酒杯说："来，咱俩再干一杯。"

王洁茹乜了李梦浩一眼，说："用都用过了，还换什么！"

李梦浩就笑，笑过后，将椅子拉近王洁茹身边，把手放在她大腿上，轻轻地摩挲着说："别吃醋了，生意场的女人都这样，媚俗惯了，雅不起来的。"

王洁茹在李梦浩的手上拍了一掌，说："我吃她的醋？你也太小看我了。"她端起杯子就干了。

李梦浩看着满脸绯红的王洁茹，怕她喝醉了，就把她的杯子放到一边，拉过她的手放在掌中抚弄着，说道："没有想到，今天棋逢对手，我老婆也是女中豪杰，酒量过人。"

王洁茹把脸一耷拉，说道："谁是你老婆？要说喝酒，也要看心情，看场合，一般是不喝这多酒的。"

李梦浩把手搭在王洁茹的肩上，用力向身边揽了揽。王洁茹向后挣了一下，说道："干什么事都要注意场合的，门口还有服务小姐呢。"

李梦浩有点扫兴，仍是装出醉态的样子，站起身说道："我去结账了。"

王洁茹也站起来，说："那一起走吧。"

两人下了楼。李梦浩到吧台结了账。服务小姐说江经理交代了，打八折。李梦浩轻轻撮了撮牙花说："谢谢了！"

服务小姐笑容可掬地说："欢迎下次再来。"

出了"江枫鱼港"饭店大门，李梦浩看了眼手表，才两点多钟。王洁茹扯着他的胳膊说："上车吧，送你回连队去。"

车开到五连队部门前，好多兵一见车来都躲进了宿舍，从窗口向外张望。

通信员和文书忙从队部跑出来。看见指导员满面通红，趔趔地下了车，要去搀扶指导员。李梦浩一摆手说："没事，我没喝醉。"

王洁茹没有下车，从车窗里探出头说："你们给指导员冲碗蜂蜜水。"说完，车子就开动了。

望着远去的车影，李梦浩又仰头看了看天，太阳很晃眼，他打了个酒嗝，摇晃着朝宿舍走去。他算是明白了，恋爱不仅仅是靠嘴巴去谈，而且还需要有经济实力的。男女谈恋爱不能只是空口说白话，谈情说爱之余，还是要吃饭的。

第五章 05

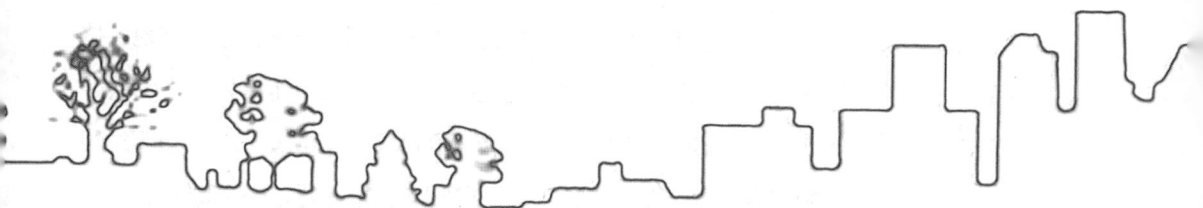

二十四

李梦浩被调到了团政治处宣传股，是他没有想到的。但仔细想想也在预料之中。王洁茹到五连来看李梦浩，全营的人都知道了。甚至全团的干部也都传开了，都听说李梦浩在和师政委王秉义的女儿谈对象。

李梦浩到宣传股报到后，韩股长没有给他分派具体工作，让他和负责文化的刘干事坐对面桌。刘干事是李梦浩的前任指导员，在宣传股也算资深干事了。韩股长说，梦浩你初来乍到工作不熟悉，有事多向刘干事请教吧。刘干事就笑笑说，有事多向股长请示汇报就行了。

韩股长走后，刘干事关了房门，说："把你调到宣传股，就应该分管一摊子的，把你搁在这，算怎么回事？"刘干事说完，看了李梦浩一眼，又摇了摇头。

要是换了别人，心里也就打鼓了。作为机关干部不怕事多，就怕事少。事多说明担子重，工作能力强，领导重视。事少了，整天闲着，领导不说，群众眼睛可是雪亮的。但李梦浩心里踏实得很。他知道王洁茹的父亲是王秉义政委后就明白，今后个人的前途就不需要自己考虑了，只要拿出一半的精力去工作，一半的精力去谈恋爱，他就是一个优秀的干部了。

从连队调到机关，对于李梦浩来说，真是一举两得的事情。作为连队主官，两眼一睁忙到熄灯，夜里睡觉都不踏实。到了机关，上班各忙各的，下班后八小时以外就可以自己支配了。说到底，李梦浩还算个文化人，喜欢安静。在连队这几年一直闹哄哄的，虽说挤时间看了几本书，也是走马观花浏览一下，很难沉下心来阅读。现在好了，一个人一间单身宿舍，课余时间，除了和王洁茹通通电话，就能潜心读些喜欢的书了。

机关上班是按部就班的，年轻的参谋干事都是提前十分钟到办公室打水、拖地、抹桌子搞卫生，团里代号首长和股长们都踏着准点走进办公室。每天早上，团里司、政、后、技各部门都是要例行早会交接班。各部门的人员集中到值班室，值班员把上传下达情况简单汇报一下，部门领导把昨天的工作小结一下，再把当天的工作和任务部署下去，便各自忙去了。

政治处的干事们交完了班，走进了自己办公室，先给自己倒一杯茶水，再坐下来翻阅一下军报和军区报纸。看报纸也是各取所需，团首长是先看头版头条，再看看社论，有空就看看四版国际新闻。干事们多是看二版和三版，搞文字材料的就把社论以及二、三版的经验做法和理论文章浏览一遍，有用的就用剪刀给报纸开了天窗，贴在自己的剪报本上，以备写材料时移花接木。也有看副刊的，看副刊的多是搞新闻的干事和爱好文学的人，别人看也是瞎看。写材料的人，一般办公室的门是虚掩的。没有材料写的人门是敞开的，把文件摊开在桌面，做出认识阅读的样子。

交完班，韩股长就召集开股务会。大家落了座，股长的目光在干事们身上扫了一遍，开门见山地说："今天，军文工团一位同志要来基层挂职锻炼，刘主任把她安排到我们宣传股，大家说说，放在哪个办公室好？"

张干事刚来机关不久，沉不住气，就问："是男是女？"韩股长瞥了眼张干事，说："是女的。"

张干事脸一红，嘴就闭了。

韩股长又说："这位文工团的同志是搞舞蹈的，到基层主要是来锻炼一下，体验生活。"

"体验生活，干吗不到连队去？"刘干事嘟囔了一句。

韩股长说："刘主任考虑她是女同志，到连队生活不方便。看看把她安排在哪个办公室？"

几个干事你看我一眼，我瞅你一眼，谁都不吭声。韩股长笑了笑："这位女同志是搞艺术的，我看还是放在文化组吧，老刘你说呢？"

刘干事朝房顶望了一眼，低下头说："行啊。不过，你们可都别嫉妒啊。"大家都一笑，说还不知长得啥模样呢，要是长得好，也可饱饱眼福了。

下午，文工团的那位女同志就来报到了。女同志很年轻，二十出头的样子，脸蛋长得不错，白白净净的，跳舞的身材就不用说了。女同志还是干部，一说话就带笑，一笑吧，腮上就露出两个小酒窝。特别是那双眼睛，看人的时候总是波光莹莹的，很妩媚的样子。女干部的脚步声也很清脆，走起路来咯噔咯噔的。不像男同志的军用皮鞋，一走路就扑嗒扑嗒地响，显得很沉重。因此，咯噔咯噔的声音在政治处的走廊里就显得特别悦耳。

女干部被股长带到了刘干事的办公室。

本来，刘干事是一个人一间办公室，很清静。李梦浩调来后，加了一张办公桌还凑合。这位女干部来了再添一张办公桌，屋里就显得逼仄了。刘干事把自己办公桌移到靠墙的一面，腾出地方来放了女干部的办公桌。这样，女干部就和李梦浩坐了对面桌。股长把女干部带到办公室介绍一下就走了，李梦浩才知道女干部姓高，叫高泓。高泓先是和刘干事套近乎，让刘干事多帮助多指教。刘干事只是哼哼哈哈地敷衍，她便把目光落到了李梦浩身上。李梦浩便低下头去看报纸，装作不晓的样子。可是，李梦浩看报纸也难看得专心，总觉得身上有蚂蚁爬，痒痒的，免不了就要抬头瞟一眼，头一抬，果然就瞅见高泓在看他。李梦浩心里一紧，脸上有些窘，便说："高干事，你看报纸吧。"他把报纸递过去，高泓没有接。

高泓有些不高兴，站起身来说："我发现，你们是不是不欢迎我啊？！"

李梦浩忙挤出笑容说："哪里啊！别人争都争不到呢，要不是刘干事资格老，我们哪有这个福气啊。"

高泓扑哧笑了，提起暖瓶给刘干事和李梦浩水杯中添了水，坐下说道："能和二位认识，也是缘分呢，以后你们去军部玩，就找我吧。"

李梦浩连连说："一定一定，不过到时别说不认识啊。"

高泓朝李梦浩嫣然一笑："怎么可能呢？有啥事你就言语一声。军机关的参谋、干事我都熟。"

这时，刘干事把桌子整理了一下，似笑非笑地说："我到俱乐部去看看，晚上要放电影呢。"

高泓莞尔一笑说："刘干事，在这屋你是领导呀，有什么工作你就吩咐吧。"

刘干事沉吟一下，说："其实，文化组这摊子也没什么要紧的事，你和李干事聊吧。"他夹了包就出去了，出门后还把门轻轻地带上了。李梦浩想起身去把门打开，犹豫了一下没有动，便把说话的声音提高了一些。高泓看在眼里了。军文工团的女演员都是人精，什么场合没经过？又什么人没见过？军长、政委都是低头不见抬头见的，还一个桌子吃过饭、喝过酒，说过笑话的。小小团机关的人，还有什么可顾忌的呢？高泓看了眼李梦浩就暗自发笑，觉得李梦浩拘谨得倒像刚来的客人了。

高泓便故意没话找话说。高泓左顾右盼的时候带着一股眼风，有些招惹的意思。这是女演员们常有的毛病，一个媚眼就会让人浮想联翩。有的观众在台下看演出，看到演员在台上朝自己飞媚眼，就会想入非非。其实不是的。女演员的媚眼是飞给大众的，谁看了都觉得是飞给自己的，这是演员的"基本功"。高泓睫毛挑了那么一下，看着李梦浩毫无顾忌地笑，笑声脆生生的，虽然很悦耳，可李梦浩的心却是越发地收紧了。文工团的女演员是不能招惹的，表面看起来对你有情有义的，实际上演戏的成分多。她们演戏演惯了，难免不带到生活中来。让你懵懵懂懂的，不容易弄得清了。你若去弄清了，那绯闻也就出来了。这叫什么？叫作逮不着狐狸，却惹了一身骚。

李梦浩知道，这骚自己一点不能沾，沾了麻烦就大了。若是让王洁茹知道了，那怎么得了！

也许是天气热的缘故，李梦浩额上冒汗了。他坐在那儿心里躁得慌，也闷得慌。高泓就像一只白炽灯，在烤着他、照着他。他只好煎熬着、敷衍着。

下班后，到李梦浩宿舍串门的参谋、干事就多了起来。有来倒水的，有来借书的，也有没事闲聊的。有意无意都要打听一下女演员的情况。有时还要开些半荤半素的玩笑，消磨着清汤寡水的时间。有的年轻参谋、干事还要嘻笑着问一句："和女演员在一个办公室办公，是不是也能办点私事？"

李梦浩就怕说这个，心里越发紧张了。要知道，无事可以生非的。第三天他就向韩股长请了病假，说是身体不舒服，要到医院去看病。韩股长也没有问是什么病，只是看了李梦浩一眼，笑着说，去吧去吧。

高泓到宣传股后，整个政治处办公室的门都敞开了。虽然大家依然是各忙各的事，但是，那听觉格外灵敏起来。每当咯噔咯噔的脚步声在楼道里响起后，年轻的干事们就随着声音的远近，两眼不停地向门外瞟着，一直等那声音消失，心才沉稳下来。

高泓来了，韩股长肩上就像挑了一副重担，走路都沉重起来。政治处的干事们都比较年轻，人也活跃，有事没事都爱到刘干事办公室转一圈，聊几句。刘干事的办公室里每天都要传出高泓阵阵笑声。刘主任对韩股长说，你把股里的干事管紧点，都是年轻人，别闹出什么绯闻来。韩股长说，我只管宣传股的人啊！韩股长就单独找股里每个干事谈话，提醒大家不要有事没事找高泓闲扯。谈话后，干事们都严肃起来。高泓在办公室闲着无聊，就找到韩股长说，股长你教我写材料吧。

韩股长抽着烟，眯着眼说："材料可不是一时半会能学会的。这样吧，我这儿有几份经验材料，你先拿去看看，学习学习。"

高泓拿了材料去看，看了一份就看不下去了。她拿着材料，皱着眉头问股长："你们天天就写这个呀？怎么写得跟报纸一样。"高泓跟领导说话有些不知深浅了。一个文艺兵，书没读几本，全凭着脸蛋和一副好身段。即使穿了一身军装，也不完全像个军人的样子。

韩股长说："报纸上的文章也都是人写的呀！"

高泓说："大话套话连篇累牍，谁看啊？"

韩股长生气了，乜了一眼高泓说："宣传教育材料总不能跟时尚杂志文章一样吧！你不看还是有人看的，从上到下材料都是这么写的。就像你们跳舞，也有规范动作，不能随意跳的吧？"

高泓便对朝股长嫣然一笑，轻声道："股长每天都要写材料、看材料，可真够辛苦的啊。"

韩股长说："这就是我们的工作，不辛苦怎么行？"他看了眼高泓，"这样吧，明天让刘干事带你到连队转转，去体验体验连队的生活吧。"

高泓去了连队，政治处的楼道里失去了咯噔咯噔的脚步声，干事们都有些不习惯了，难免就产生了失落感。听到脚步声就向门外瞟，看看不是，再看看还不是，于是就失望地低了眉眼，心里寂寥起来。

日子说快也快，转眼到就年底了。团里开始调整营连干部。韩股长提升了教导员，宣传股股长的位子就空了出来。股长的人选有两个，一个是宣传股的刘干事，一个是三连指导员孙仲明。刘干事在连队当过指导员，又是宣传股的老干事，本身就是副营职，当股长有一定的优势。孙仲明呼声也很高。孙仲明已当了五年指导员，又是团里的先进典型，每年三连都是标兵连，按说孙仲明当宣传股股长也很合适。

政治处刘主任在两个人选中有些犹豫不决。手心手背都是肉。他当三连指导员时，孙仲明是三连的一排长。孙仲明是农村入伍的，是从班长中直接提的干。农村兵有一个长处就是能吃苦，孙仲明当排长是全团的标兵排长，当指导员孙仲明干得也很出色，论政工、论军事，在全团连队主官中都是首屈一指。孙仲明是当了指导员后结的婚。结婚前，三连长就劝他："现在军官谁还找农村姑娘做老婆？吹了算了，我让你嫂子在城里给你介绍一个。"孙仲明笑笑说："我和她是从小学到高中的同学，当兵时就没有吹，现在更不能吹了，家里二十多亩地全靠她种呢。"年轻人都知道两地分居的日子难熬，孙仲明与妻子也都盼着早日提了副营职，好办随军到一起，结束牛郎织女的生活。这期间，团政治处想把他调到机关来，可是团首长说，孙仲明适合在基层干，让他在连队多锻炼几年，以后会有更大的发展。于是，孙仲明在三连当了三年指导员，第四年团里突然决定让他到九连任指导员。九连是全团的后进连队，团政委亲自找孙仲明谈话说："好钢要用在刀刃上，你把九连搞好了，就是对我们团一大贡献。"孙仲明二话没说，卷了铺盖就到九连报到了。又是两年时间，九连迈进了全团的先进行列。这时，孙仲明本该调到副营职了，团首长也有考虑。可是，师里通知团里，要总结表彰一批基层连队的先进典型。团政治处的笔杆子就到九连挖素材。在总结撰写孙仲明的事迹时，觉得九连没有三连有背景、有根基。三连是荣誉连，出过将军和战斗英雄。根据典型材料的需要，孙仲明又被调回三连继续任指导员。材料上报后，师政治部领导觉得事迹很不错，呈给师长、政委阅示。王政委批示道："孙仲明事迹很感人，他是师政工干部的一面旗帜，要大力宣扬出去。"师政治部组织科、宣传科抽了几个妙笔生花的笔杆子组成一个材料组，政治部主任亲自带队到团里总结孙仲明的事迹。不久，大报小报都登了孙仲明献身国防、扎根基层连队的先进事迹。孙仲明也作为全师的先进典型荣立了二等功。

刘主任在考虑人选时，一天，黄佳阳政委问了一句："宣传股长的人选定了没有？"

刘主任犹豫了一下，就把两人的情况都说了。

黄政委沉吟了一下，说："刘干事不太合适，一个文化干事当股长不全面。孙仲明不错，不过他是基层干部的典型，旗子刚树起来，不能三分钟热度。这样吧，你再物色物色，看有没有更合适的人选。"

刘主任考虑了一天，准备把组织股的孙干事作为宣传股长的人选报到团常委会。黄政委看了方案说："怎么，宣传股没人了？"

刘主任心里一怔，看来宣传股长的人选政委早有了，只是没有明说罢了。刘主任在脑子里把宣传股的人过了一遍，笑了笑说："我也考虑到了李梦浩，他工作能力强，又在连队干过。"他看了眼黄政委，"不过就是任职时间短了一些，才一年。"

黄政委沉吟片刻，说道："李梦浩过去是抗洪英雄，后来又在战场立了功。在五连任指导员时，又带出了先进连队，这样的优秀干部是可以破格提拔的吧！"

刘主任明白了政委的意思，笑了笑说："根据部队干部任免规定，是可以的。"

黄政委拍板说："那就上方案吧。"

　　干部人选只要上了方案，团常委会上通过是没有问题的。黄政委和主任事先通了气，接下来政委又和周团长一沟通，团长马上表态说，政委对政工干部最有发言权，政委定就行了。别的团常委，刘主任也都事先征求了意见。只要是上了常委会，干部股长把干部调整方案念一遍，没有意外情况，大家都会一致同意，结果必定皆大欢喜的。团常委会研究的副营职以上干部任职方案，还要上报到师政治部，通过师常委会研究决定。一般师常委会对团里报上来的营职干部提拔和调整，基本上是尊重团常委会意见。如果个别领导有想法，师政治部主任在会前也都沟通好了。

　　一个月后，也就是元旦前夕，在李梦浩和王洁茹紧锣密鼓筹备结婚有关事情的时候，李梦浩的宣传股长任职命令下来了。虽然，李梦浩暗自得意，但李梦浩心里明白，宣传股长这个职位本不该是他的，是黄政委看在王洁茹面子上送他的一份结婚礼物。

　　李梦浩上任后给自己确定了一个原则，不论在团首长面前还是在下级面前，要严格管住自己的嘴，不该说的不能说，不该做的更不能做，必须谨小慎微，夹着尾巴做人。他现在虽然有了"背景"，但那"背景"是画上的，是通过婚姻这根纽带才有的。他的"背景"就是墙上的一幅画，可以随时换下去的。不像高干子弟，他们的背景根深蒂固。他们平时莽撞一些，人家会说是有魄力，敢想敢干；如果懦弱或是窝囊一点，人家又会说是忠厚老实，谦虚谨慎。平民子弟不行，必须明白这一点，要摆正自己的位置，不能狐假虎威，更不能狂妄自大。

二十五

　　每年连队老兵退伍的时候，师、团机关都要派工作组到基层"蹲点"。李梦浩带着一名干事到了通信连。通信连的连长、指导员完全把他当团首长接待了。指导员汇报说，虽然通信连老兵退伍时思想很活跃，但是，思想政治工作时刻都没有放松，留队和退伍的战士情绪都很稳定，觉悟都很高，不会出什么问题。

　　李梦浩听完了汇报，笑笑说："这个我相信。但是，战士现在也不是生活在真空里，社会上的不良风气肯定会吹到军营里来，战士思想难免不受到影响和冲击。外面的世界很精彩，也很无奈。我们不能掉以轻心！"

连长接话说："今年通信连的退伍名额多，想走的都能走，不想走的，有的也得走了。"

"服役期满的老兵，有不想走的吗？"李梦浩问。

李梦浩了解到，现在有不少兵都觉得服役三年有点亏。城里人在街上练摊一年还能挣一万多呢，有的当了小老板，挣的钱就更多了。农村土地也都包产到户，在家种地三年也成了万元户了。当兵的每月只有十多元的津贴费，这个账兵们都会算。不过，很多兵也明白，当兵三年在经济上虽然吃了亏，但是，不当兵呢，恐怕会后悔一辈子。

指导员解释说："不是不想走，主要是对连队有感情了。"

连长看了眼指导员，笑道："说白了，有几个农村兵想留队转志愿兵的。"

李梦浩点了点头，问："这几个老兵思想状况怎么样？做通思想工作了吗？"

指导员说道："做通了，做通了。"

李梦浩感慨道："现在，都在向钱看，都想当老板、当'万元户'，可是还有人想留下来，这种现象要研究，也要正面宣传一下。"

指导员说："是啊，强化献身国防思想很重要。"

李梦浩想了想，又说道："这样吧，通信连在海岛上不是有一个雷达站吗？我们到那儿看看，找岛上的战士谈谈，也许那儿就是个典型呢。"

连长说："岛上驻守的只有三个兵，一个老兵，两个新兵。"

李梦浩问："那这个老兵今年准备退伍吗？"

指导员说："那个老兵是技术兵，专业不错，连队准备让他留在岛上，明年底给他转改志愿兵。可是，如果让他留队，连队就完不成退伍指标了。"

李梦浩问："你们征求他的意见了吗？是想走，还是想留？"

指导员说："还没呢，这几天他正准备回连里拉粮，我们准备找他谈谈。"

李梦浩说："我们去了，就不用他回来了。你们想想，海岛离陆地那么远，条件那么差，环境又那么艰苦，三个战士长年累月生活在小岛上，如果他能留下来，这就是一个很好的事例，我们再去挖掘挖掘，我相信这个典型材料肯定能写好。"

连长和指导员都劝李梦浩别去海岛了，海上风大浪高，原来上下岛的汽艇也坏了，要上岛还得搭渔船去，很危险的。要想了解情况，可以通知老兵提前下来。李梦浩听了有些不高兴地说："三个战士长年坚守海岛，作为机关人员更应该去看看了。不为写材料，就是去慰问一下，也该去一趟的。"

第二天，李梦浩带着两名干事，在指导员的陪同下，搭了一条渔船，在海上漂了一个多小时，终于颠簸到了海岛上。

这个海岛面积只有一平方公里。由于是孤岛，离陆地又远，就像是一个葫芦被抛在了海面，孤独寂寞地在那儿漂着。二十世纪五六十年代，岛上驻守过海军的一个连队，后来撤了，换防给了陆军。现在只留下一个雷达站。由于有部队在岛上驻守，属于军事重地，岛上也就一直没有老百姓上去。海里的岛就像北方陆地上的山，礁石多，土少。岛上有三面是刀切斧砍一般陡峭，只有一面缓坡可以登上岛屿。这个岛在军事地图上称为鸽子岛，鸽子岛是因为岛上有很多鸽子在此栖息而得名。

李梦浩走上鸽子岛的时候，正是日落时分。喧嚣一天的海面渐渐平静，海水看上去要比白天浓，海风的味道也比白天烈。湛蓝色的海水变成了褐紫色。燃烧的夕阳向海面接近，像是把海水都点燃了，海面一片火焰，海风吹起的细浪像是跳动的火苗。李梦浩在山上看过落日，在海里看日落还是第一次。他觉得海里的落日比山上的落日要热烈得多。山总是一副肃穆的样子，像个不懂风情的汉子，只是用它的身躯遮掩夕阳炽热的心情。而大海却不一样，大海更像一个风情万种的女人，在和夕阳拥抱的那一刻，几乎是疯狂的。接下来颤动的时候，也不失温柔和缠绵。当大海娇媚地把夕阳淹没在怀抱后，海水渐渐褪去了红晕，呻吟着走进了梦乡。

岛上的老兵叫周永兵。周永兵看见指导员带着三个陌生人来到岛上时，激动得有些手忙脚乱。他没有想到指导员会来，他前几天刚给连里传信说要回去，指导员却带人来了。他一边吩咐两个新兵给指导员他们准备休息的地方，一边暗暗琢磨，指导员带团机关首长来鸽子岛干什么呢。离春节还有一个多月，来慰问也早了点。检查工作又不像，过去连里和团里来人，都是上午来下午走，从不过夜的。吃饭的时候，指导员才把来意说了，周永兵悬着的一颗心才算落下来。

吃过晚饭，月亮已经升起来了。月是弯月，只是一张弓，把鸽子岛弄得朦朦胧胧的。夜晚的海更像海了，黑褐色的海面坦坦荡荡，与天一般深邃。李梦浩对周永兵说："你带我到岛上转转吧。"

指导员劝道："天这么暗，岛上也没有什么路，股长还是明天看吧。"

李梦浩笑道："你们要累了就早点休息。我想看看夜晚的海是个什么样子。他们在岛上一待就是几年，我也体会一下孤寂的感觉是什么滋味。"

周永兵带着李梦浩出去了。小岛上没有电灯，只有钢架上的一盏航标灯一闪一闪的。海面上也望不见一艘航行的船只。整个小岛上显得黑黢黢的，只有海浪轻轻拍打着礁石。哗啦哗啦的涛声，使鸽子岛更显出寂静了。周永兵是第一次见李梦浩，显得有些拘谨和木讷，也不怎么爱说话。李梦浩问一句，他就回一句，不问他，就什么也不说。周永兵走在前面用手电筒照路，有时遇到不好走的地方，就把光亮移到李梦浩的脚下。周永兵的身影拖得很长，跟树的影子一样。在岛上转了一圈，最后两人爬到一块高耸的岩石上。

李梦浩喘着粗气说道："这儿不错，咱们在这儿歇会儿吧。"

周永兵点点头就坐下了。

李梦浩从兜里掏出一支烟，递给周永兵说："抽支烟吧。"

周永兵摆摆手。他从兜里掏出一个烟荷包，又从里面扯出一条两指宽的白纸条，从荷包里捏出一撮烟丝，白纸条在手中一旋，一支喇叭烟就卷好了。周永兵用舌头舔了舔烟卷，讷讷地说道："还是这个烟有劲儿。"他抽了一口，李梦浩就闻到了一股呛鼻的烟味。

李梦浩抽着烟，看着海。月亮映在海里，像是一叶小船，轻轻地摇晃。他吸完一支烟，又续上一支。然后他转过身来看着周永兵，问道："在岛上几年了？"

周永兵抬起头，回道："四年了。"

"在岛上很艰苦吧？"李梦浩问。

"习惯了。"周永兵咧嘴笑了笑。

"岛上这么苦，想家吗？"李梦浩吸了口烟。

"想。"周永兵顿了下，又说，"我还没探过家呢。"

"那你想退伍吗？"李梦浩把烟头扔进海里，一道亮光像流星一样，转瞬就没了。

周永兵看了眼李梦浩，又把头低下去，说："不想！"周永兵心里掠过一丝疑虑，再次卷烟的时候，手就有些哆嗦了。

李梦浩笑着说："别紧张，我只是听听你的真实想法。"

周永兵卷好了烟，没有抽。问道："你是来做让俺退伍工作的吧？"

李梦浩说："你怎么会这么想？"他感觉屁股下有些凉，站了起来，身上也有些冷飕飕的，便活动了一下身体，问，"你是想走，还是想留呢？"

周永兵说："不想走！"

"你能告诉我，为什么不愿意退伍吗？"

"俺在这鸽子岛待惯了。"

"鸽子岛有什么让你留恋的吗？"

"当然有了。"周永兵脱口说了出来，过会儿，又补充说，"在这儿待了四年，石头都焐热了，你说俺能舍得离开吗？再说了，鸽子岛也是个好地方。股长你明天早晨在岛上看看吧。"

李梦浩问："岛上都有哪些好看的？你说说。"

"岛上有好多鸽子，有一条狗，还有鸡、鸭、鹅。"

李梦浩笑笑，说："你成家禽司令了。都是你们养的？"

周永兵有些得意道："你来得不是时候，如果是春天来，你会看到岛上的桃树、李树、杏树、梨树都开花了，像个花园呢。"

"你把鸽子岛说成世外桃源了。"

"真的呢！"周永兵从礁石上跳下来，"不信，明年春天你来看吧，我敢保证，不会让你失望的。"

李梦浩也从礁石上下来，一边走一边问道："你家是哪儿的？"

"俺是山西的。"

"山西是个好地方。"

"俺老家那儿全是山，没啥好的！"

"山西的醋最出名了，还有杏花村的汾酒，平遥的牛肉，好多好多了，牧童遥指杏花村，说的就是你们山西吧。"

"可俺那儿没有海，山里吃水都困难。"

"现在山里人也都到城里打工挣钱了啊，一月都挣好几百呢。"

"俺是一个山里娃，到城里打工，人生地不熟，要受人欺负呢。"

"在部队一个月的津贴那么少，多当一年兵不亏吗？"

"谁说的？如果转了志愿兵，一个月就能拿一百多块呢。"周永兵不好意思起来，"工资也就和排长差不多了。"

李梦浩一时不知该说什么了。周永兵说的都是实话。他想到了自己，几年前也是从故乡那片贫穷的土地逃离的，只不过他考上了军校，成了一名军官。如果他是一名士兵，他也不愿回到原来让他伤感失望的地方。离开故乡的人都会说故乡好。其实，故乡是让人怀念的。它只是伏案时的一缕情丝，是萦绕在梦中不释的情怀，更是遥望时的一种情绪。所以，李梦浩在回去的路上一句话都没有说。海风轻轻地吹着，海风像是大海的舌头，贪婪地舔着海岛上的一切，海边不停地发出哗啦哗啦的呻吟声。李梦浩被海风一吹，身体有种酥软和温润的感觉。此时任何说教对于周永兵来说都是苍白无力的。好多时候，教育别人的人是连自己都教育不了的，难免口是心非了。就像一个吃腻了山珍海味的富人，对穷人大谈粗茶淡饭有益身体健康一样，必然会显得滑稽可笑的。

李梦浩回到住处后，决定把周永兵作为一个爱岛如家、敬业奉献的先进典型宣传出去。不仅要让全团、全师，甚至全军官兵都知道，在远离大陆的黄海上还有一个鸽子岛。在一平方公里的小岛上，有一个叫周永兵的战士在岛上驻守了五年，把那个岛屿建成了海上美丽的花园。他要让这个老兵留下来，让他转改志愿兵，能够按照自己设计的人生道路走下去。

第二天早上，李梦浩被一阵悠扬嘹亮的歌声惊醒。李梦浩静静地听了听，这歌声忽高忽低、忽远忽近，在岛上缭绕着、飘荡着，有一种让人沉醉的味道。

> 云雾满山飘，
> 海水绕海礁。
> 人都说咱岛儿小，
> 远离大陆在前哨，
> 风大浪又高啊。
> 自从那天上了岛，
> 我们就把你爱心上。

岛上的战士把《战士第二故乡》唱得声情并茂，李梦浩顿时受了感染，有些心潮澎湃。他想起周永兵昨晚说过的话，便急忙穿衣起床。李梦浩走出宿舍时，太阳还没有出来，冬天的鸽子岛有些荒凉，只有海水在喧嚣。周永兵正在拉开家禽圈舍的门，一群鸡鸭鹅蜂拥着跑出来，远远望去，白的一片，花的一片。周永兵一边赶着它们向前走，一边唱着歌，悠然自得的样子。

很快，东边天空明亮起来，李梦浩看到在海与天相连的地方，太阳正睡眼蒙眬地在海水里蠕动，大海陶醉一般，海水像是琼浆玉液，鸽子岛便有了海市蜃楼的情境。大海与太阳温柔地拥抱着，难分难舍的样子。渐渐地，太阳潮红着脸与大海告别，一跃就跳离了海面。温馨一夜的大海情绪激动起来，海水奔涌着、翻卷着，直到太阳走出很远，变成了淡黄色，大海才平静下来。

宇宙间的万事万物都是有灵性的，何况人呢？看完日出，李梦浩还沉浸在激动的情绪中。这时，又一幅画面闯进了他的视线，在门前平地边缘一块岩石上，一根高高的旗杆下，五星红旗在周永兵的拉动下，徐徐地升起。没有音乐，也没有仪仗，旗杆下只有两名战士仰望着国旗行军礼。战士的身后还蹲着一条大黄狗，两眼专注地望着在海风中猎猎飘动的国旗。一切都是静谧的，也是庄严肃穆的。李梦浩的眼睛有些潮，泪眼蒙眬中，他觉得鸽子岛有了一种神圣的感觉。

在鸽子岛两天时间，李梦浩被岛上驻守的三个战士深深地感动着。岛上养了二十多只鸡、三十多只鸭子，还有十几只鹅。这些都是周永兵从陆地上买来的。在岛上养了两年多。它们就像兵们一样，只要听到一声哨响，就会蜂拥着从四面八方跑来，集合到一起。岛上还有一群鸽子，这些鸽子也都和三个战士相熟了，一只一只地落在宿舍房顶上、门前的场地上，有的还会落在周永兵他们的脚边。它们咕咕地叫着，伸手去捉它们也不飞，一双绿豆样的眼睛盯着人看。不知为什么，鸽子会喜欢上这个小岛。很多年了，这个岛上的鸽子没断过，它们在这个岛上繁衍生息，给鸽子岛带来了一派祥和的生气。周永兵还驯养了几只信鸽，信鸽就成了鸽子岛与连队之间的通信员。

鸽子岛上土层浅，可是岛上的三个战士把土集中到一起，栽了不少树，还搞了一个菜园子。李梦浩在岛上转悠时，看见周永兵栽的果树虽然都落了叶，但他能想得出每年阳春三月，鸽子岛上一片花红草绿的样子。他想，鸽子岛虽然远离陆地，但鸽子岛显然成了世外桃源了。

李梦浩返回机关后，加班加点赶写出了周永兵扎根海岛献身军营的先进事迹材料。很快，师里《政工简况》转发了。李梦浩深知新闻舆论的重要性，便让新闻干事加工润色成新闻通讯稿件，配上在鸽子岛拍摄的战士升旗照片，派人专程送到了军区报社和解放军报社。不长时间，两个报纸都刊登了这篇通讯，并配发了岛屿三名战士升旗的照片。

一时间，部队官兵们通过报纸知道了黄海中还有一个弹丸之地鸽子岛，在这个岛上驻守着三个献身国防的战士。周永兵成了先进典型人物，团里自然就把他留下了。

师政委王秉义看了报纸和转发的材料后，打电话给黄佳阳说，这个材料搞得不错，很有特色，典型也很有说服力；在新的形势下，部队需要这样的典型，在老兵退伍工作中，要进一步加强对部队官兵进行爱军习武、献身国防建设的思想教育。黄政委说，我们宣传股正在搞这方面的专题教育方案。王政委指示说，要把教育搞得扎实、深入一些，同时也要及时总结经验做法，迅速在全师推广。

为此，李梦浩带着宣传股干事们又忙碌起来。他们一边牵头搞教育活动，一边总结这次教育的经验材料。

二十六

部队军人的婚礼大多很简朴，程序也很简单。不论是干部还是战士，都有一种临时的观念。铁打的营盘流水的兵，军人居无定所，部队在哪儿，哪儿就是家。吃的是皇粮，住的是公房，团职以下的军官是难以定居的。更何况是双军人家庭，就更没有一个固定的家了。没有一个家，婚礼自然就简朴。喜欢热闹的，在饭店订上几桌，把双方战友、老乡叫到一起，狂饮饕餮一顿也就罢了；不喜欢热闹的则买上几斤糖块、几包香烟散发一下，也就宣告结婚了。

李梦浩和王洁茹商量婚礼事宜的时候，两人意见出现了分歧。李梦浩主张越简朴越好。李梦浩自以为，自己没房子，就没有固定的家，搞那么烦冗做什么。但王洁茹不同意。王洁茹说，结婚是人生中的一件大事，马虎不得，也凑合不得。虽然不需用八抬大轿上门迎娶，也得热热闹闹，把亲朋好友聚到一起，举行个热闹的仪式才行。

对于婚礼仪式的安排，李梦浩同意了王洁茹的想法。可是，在新婚洞房的安排上李梦浩有些异议。王洁茹主张在她家里布置新房，而李梦浩提出，把团机关单身宿舍作为新房。王洁茹不屑地说："就你那间十平方米的宿舍，连个双人床都放不下，要什么没什么，怎么做新房？"

李梦浩有些不爱听，皱着眉头说："有地方睡觉就行了。过去老首长、老革命结婚时还不都是两张单人床一拼，两床被子抱到一起就结婚了！"

王洁茹生气地说："那是什么年代？现在是什么年代？红军长征的时候还吃草根、皮带呢，现在你也吃吗？"

李梦浩据理力争地说："不管是什么年代，艰苦朴素的光荣传统不能丢。再说了，是你嫁给我，新房不在我这里算怎么回事？不是我嫁给你吧！"

王洁茹狐疑地看着李梦浩，问道："你这话什么意思？"

李梦浩讪讪地一笑："说实话，把新房安在你家，我有点倒插门、做上门女婿的感觉。"

王洁茹听了，有点哭笑不得，瞅了他一眼，嗔怒道："李梦浩，我今天才看清你的真实面目。原来，你是个地地道道的农民，一个穿着军装的乡巴佬。倒插门怎么啦？上门女婿又怎么啦？你是不是以为，我嫁给你，生就是你李家的人，死就是你李家的鬼了啊？"

李梦浩不愿意听了，眯着眼看着王洁茹，嘴角含了一丝讥讽，说："我就是一个农民，农民怎么啦？毛泽东他老人家还是农民出身呢，照样领导全中国。"他看见王洁茹一副不屑的样子，自尊心更有些受不了，又气呼呼地说道，"孔老夫子说，嫁鸡随鸡，嫁狗随狗，嫁根扁担还要扛着走呢。"

王洁茹斜了他一眼，又气又恼，说道："纯粹是强词夺理，胡说八道！孔老夫子什么时候说的？"

两人私下争议是争议，归根结底还是要听父母的。王政委没有提出什么具体意见，只是问李梦浩："是不是通知你父母来一趟，双方亲家见一见？"

李梦浩解释说："我父母也想来参加婚礼，可是年龄大了，不愿意出门，想让我和洁茹过年的时候回趟家看看。"

王政委点点头说："这样也好。按农村的风俗习惯，你们回老家还要热闹热闹的。"

王洁茹不明白，问："回老家还要办婚礼？"

王政委笑了笑："当然，农村娶亲比城市热闹。"

王洁茹说："结一次婚要举行两次婚礼？"

刘院长插话说："不是两次婚礼，是一次！"

王洁茹问："不是在海州这一次吗？"

刘院长说：“按风俗习惯来讲，只有在婆家举行的婚礼才算正式婚礼，在娘家举行的是'催妆'仪式。懂了吗？”

王洁茹摇着头说：“还是不懂。”又问：“你又不是农村人，怎么懂得这些？”

王政委批评说：“你妈不是农村人，你爸是农村人。农村就是这个传统习惯！以后，你也要懂一些农村的风俗，不然，失去礼数，梦浩不说什么，你公公婆婆会有意见的。”

王洁茹看着李梦浩，开玩笑说：“要这么说，李梦浩必须骑着高头大马，身披大红花到海州来娶我，不然，我就不出嫁了。”

李梦浩笑了，说：“我们家还真养了一匹马，到时我就骑马来接你吧。”

刘院长总结说：“都是小孩子的话。完全按李梦浩老家的风俗习惯办也不现实，我看，还是新事新办吧。”又注视着李梦浩，“你看呢？”

李梦浩说：“我们听您的。”

家里拿主意和作决定的是刘院长了。刘院长说：“家里两层小楼空得很，洁萍上大学不在家，王政委一周回来一次，平常家里空寥寥的，洁茹的新房就布置在二楼，这样家里人多也热闹些。”王政委笑笑说：“热闹是热闹不起来的，大家都要上班，梦浩也不能天天朝家跑的。”刘院长说：“那就让洁茹早点要孩子，我给她带。”刘院长作了决定，李梦浩只得服从。毕竟都是为他好，有福不去享，再说三道四的，别人就会以为他脑袋进水了。

李梦浩和王洁茹的婚礼在海州市"红双喜"大酒店举行了。"红双喜"是海州市一个四星级酒店，平常接待都是政府官员，一些重要会议也在酒店安排，一般平民百姓是消费不起的。饭店的经理和刘院长是熟人，自然安排得很周到也很排场。婚礼的仪式都是常规俗套的，没有什么新鲜的内容。婚礼仪式上，由于新郎和新娘都穿着一身军装，门诊部里几个同事，准备让新郎新娘两人表演走"独木桥""心心相印"节目都省略了。但正规的程序是免不了的。仪式结束时，有人提议让新娘唱首歌。王洁茹也没推辞，喝了口茶水，想了想，就爽快地唱了起来。

> 幸福的花儿心中开放，
> 爱情的歌儿随风飘荡，

我们的心儿飞向远方，

憧憬那美好的革命理想。

王洁茹的歌声很甜美，唱得也很动情，举座皆惊，都说她有一副好嗓子，比歌唱家差不到哪里去。王洁茹平常很少唱歌，自己都没有想到能唱出这么好听的声音来。大家就闹着让新郎也唱一首。李梦浩很为难，推辞说自己五音不全，再好听的歌让他唱也糟蹋了。

参加婚礼的客人大多是刘院长的同事和朋友。王政委没有告诉师机关任何人。李梦浩也只请了周团长、黄政委、刘主任。王洁茹只把门诊部的朱主任和协理员请来了，再就是几个要好的同学。大家都是客随主便，没有再坚持。

新郎新娘没有互戴戒指，也没有拜天地，只是分别向王秉义政委、刘院长和参加婚礼的部队首长行了军礼，显得婚礼仪式很俭朴，也很庄严。

仪式完了，就是喝酒吃饭。王政委夫妇和新郎新娘双方的领导在包间一桌。其他客人都在大厅里。大厅里摆了四桌，人多就有了气氛，酒自然要多喝一些。好多人之前彼此都不熟悉，坐到一个桌上，酒过三巡就是朋友了。朋友哪有不敬酒的道理？酒又是喜酒，喜酒是不醉人的，只有人自醉了。

新郎和新娘每桌上都是要去敬酒的。服务小姐端着一个酒瓶、两个酒杯，新郎新娘走到哪里，她就跟到哪里，每桌上敬了一遍，一瓶酒就见底了。虽然李梦浩和王洁茹有些酒量，但毕竟一斤酒下肚，应该是醉眼蒙胧的。可两个人脸上很红，没有丝毫醉态。李梦浩疑惑地说：“怪了，今天的酒怎么没度数啊？”王洁茹白了他一眼，轻声说：“你傻啊？是我让服务员掺了水的，要喝真酒，咱俩还不喝趴下。”

新郎新娘到包间给双方领导敬酒时，王洁茹看了李梦浩一眼，对服务小姐说：“换瓶真酒吧。”

走进包间，两人先给周团长和黄佳阳敬酒，再给门诊部的朱主任和协理员敬酒。李梦浩敬酒时瞟了眼门诊部朱主任，发现一些阴影从他脸上一闪而过，立时明白了，朱主任虽然只是门诊部的主任，但技术级已是副师了，肩上扛的是两杠四星大校的军衔。酒桌上是很讲究级别的。待两人敬完了一圈，李梦浩让服务小姐找来一个高脚杯，自己满了一杯酒，走到朱主任身边说：“这杯酒我是要单独敬朱主任的。朱主任不仅是洁茹的领导，也是我们的长辈。王政委和阿姨坐在这，我就得喊你叔叔了。我先干为敬吧。"

朱主任忙站了起来，脸上很舒展，哈哈一笑，说道："小李不错，精明能干，年轻有为，一看就是个人才。"他转向王政委点点头说："洁茹眼光还是很准的。"

王政委含蓄地笑笑，没有说话。刘院长笑着招呼王洁茹说："你也敬敬月老啊，别老傻呵呵地待着。"

王洁茹不好意思道："我正准备敬黄政委呢，听说黄政委是海量，心里就有点怯了，不敢去敬了。"

黄政委豪爽地说："我今天不倚老卖老，也不倚强凌弱。这样吧，咱们都换大杯子，你喝几杯我喝几杯。"

刘院长忙摆摆手，劝道："老黄，你也不要为难她了，姑娘家怎么能喝那么多酒？"

王洁茹说："这样吧，我不叫你政委了，喊你黄叔叔。我一杯，你两杯吧！"

黄政委一挥手说："好！我不和孩子计较，就这样喝。"

李梦浩又单独敬了周团长和刘主任。周团长仍用小杯。刘主任换了大杯和李梦浩喝了。一圈下来，李梦浩感觉身子有些轻了，身上出了汗，只是头脑很清醒，也很兴奋，他又和协理员喝了大杯。李梦浩停下来，端着杯子看着王洁茹和黄政委打酒官司。黄政委已喝了一大杯，正等着王洁茹喝。

王洁茹说："你第二杯下去，我这杯保证干了。"

黄政委说："你先喝一半吧。"

王洁茹说："我不，我要看你喝下这一杯，我再喝。"

黄政委虽然酒量很大，但先前已经喝了不少了，所以犹豫。李梦浩走到王洁茹身边，打圆场说："政委，我替洁茹喝吧？"

黄政委说："不行！我知道这丫头的酒量，去年过年的时候，替她爸跟我喝了两大杯呢。"

李梦浩不好再说什么，他也不知道王洁茹的酒量。但他知道自己的酒量，再喝下去，他就会醉了。婚礼上新郎要是醉了，那是很难堪的。他扫了眼桌上的人，每个人都喝得不少。喝酒是需要气氛的，气氛起来了，每人都能多喝一些。平日，在酒席上王政委是不怎么喝酒的，别人也不好多喝。今天喝的是喜酒，王政委不说话，脸上始终挂着笑。刘院长几次想劝王洁茹，都被王政委用眼神止住了。因此，王洁茹这么一闹酒，看来酒还是要继续喝下去的。李梦浩一闪念，决定采取老家敬酒的方式，给客人端酒，自己不喝，客人喝。

李梦浩先给朱主任端了酒。朱主任不明白，李梦浩解释说，我们老家有个礼节，在酒桌上晚辈要给长辈端三杯酒，下级要给上级端三杯酒，老弟要给兄长端三杯酒。王政委听了，难得哈哈大笑说："梦浩说得好！这酒你得喝。"大家还没听清怎么回事，忙附和说，对，对，这酒要喝。

朱主任无奈一笑，对李梦浩说："看来，小李是深得孔孟之道啊。"他朝服务小姐招了招手，说道："把酒给王政委和刘院长也满上。"

刘院长摆着手说："我可不能喝了。"

朱主任对李梦浩说："小李，你先端给岳父、岳母吧，只有他们喝了，我才能喝。"

李梦浩有些不知所措了。王洁茹朝李梦浩递了个眼色说："去端啊。"

李梦浩走到王政委身边，躬身问道："王政委，你看？"

朱主任脸一肃，认真地说道："小李啊，小李，刚才我还表扬你，现在怎么回事？"

大家都把目光投向了朱主任和李梦浩。李梦浩一怔，不知说错了什么，身子僵在那儿了。朱主任又换了副笑脸说："现在，小李你怎么还叫王政委？王政委是你在这儿叫的吗！还不改口？"

大家这才明白过来，都说，得改口了，从现在就不能再叫王政委了。

李梦浩拘谨起来，心口怦怦乱跳。一股血液直冲脑门，头都有些晕了。李梦浩有些纠结，改口是该改口了，可叫什么呢？在老家马陵村，不论岳父母比自己父母大还是小，女婿都称岳父岳母"大爷、大娘"的，有女方为大的意思。这儿不是马陵村，是海州市。城市女婿都叫岳父母爸妈的。有的人随口就叫出来了。可李梦浩却觉得拗口。爸妈是什么？那是生养自己的父母，一个大男人叫老婆的父母爸妈，李梦浩羞口了。

王洁茹已和黄政委喝完了酒，便走到李梦浩身边扯了扯他的袖子，催促说："金口玉言啊？"

李梦浩深深地吸了口气，又慢慢地吐出来，调息了一下，低声说："爸！"又朝刘院长叫了一声："妈！"

王政委的眼睑颤动了两下，脸上完全舒展开了，变得更加慈祥起来，他看了眼李梦浩，说道："梦浩，给我倒大杯子！"

刘院长说："你不能喝那么多。"

李梦浩给王政委倒了半杯就停了。王政委催促说："倒吧，倒满。"李梦浩给王政委端起来，王政委笑笑，接过来一竖杯子就干了。临到刘院长了，她为难地说："我喝不下去啊。"

李梦浩俯下身子说："妈，我替你喝。"他端起杯子在刘院长面前比画一下，自己喝了。刘院长动情地看着李梦浩，眼睛有些潮，忙递给李梦浩筷子说："这孩子，光喝酒了，一口菜也没吃。"

李梦浩接过筷子，夹了口菜。刚才堵在心口的那股气一下通了。

接着，李梦浩给每人端了三杯酒。喝完后，大家都说，不能喝了，再喝就趴桌底了。说着大家都像是一下醉了，两眼蒙眬起来。

离开包间的时候，大家虽然都飘飘忽忽、醉醺醺的样子，可也没有忘记礼让，仍然是按照尊卑长幼的礼仪依序出了门。

回到家里，李梦浩虽然感到头脑晕乎，看人有些飘忽不定，但他始终绷着，坐在客厅里陪王政委说话。王洁茹也醉了，她到家后就朝沙发上一躺，呼叫着要水喝，李梦浩倒了杯水端到她面前，她嘴里含糊着，摆摆手就睡去了。李梦浩也有了睡意，眼皮黏黏地睁不开，可李梦浩一直强力坚持着。他知道这不是自己的家，眼前的王政委和刘院长，他虽然喊了"爸妈"，但毕竟不是自己的父母，心里总是无形地隔着一层，有点若即若离的意思。

刘院长看了一眼王洁茹，责怪道："这孩子都是在部队学坏了，喝起酒来没个分寸，都当新娘子了，还把自己喝醉了。"

王政委把目光收回来转到刘院长身上，平和地说道："今天都是高兴嘛，年轻人喝多一点也是可以理解的。我很欣赏她喝酒时的勇气。"他又把目光落在李梦浩身上，说："梦浩今天也有勇有谋，最后一招是个撒手锏。有时酒桌上也能看出一个人的性格和智慧的。"

刘院长说："今天朱主任将了我一军，要不是梦浩给我解了围，恐怕这会儿比洁茹还惨了。"

王政委笑笑，说道："你就缺乏洁茹那股子豪气。"

王政委站起身，又对李梦浩说："你也休息一下吧，别老撑着了，回到家里要放松些。"

李梦浩点点头，起身去搀王洁茹。王洁茹眯着眼看了一下，便伸出胳膊吊住了李梦浩的脖子，李梦浩将她托起来抱到楼上。他将房门一关，心里一松，整个身子就瘫倒在床上了。

晚上，刘院长做了两碗醒酒汤，李梦浩和王洁茹喝了后，才感到身体舒服些。吃完饭后，两人陪着父母看会儿电视，不到九点钟，王洁茹就拉着李梦浩上了楼。王洁茹洗漱完，换了睡衣躺在被窝里，眯着眼问："今天可是新婚之夜，一刻值千金，瞧你怎么一点都不着急？"

李梦浩慢条斯理地脱着衣服，兀自笑了笑，心里说，该急都急过了。他立在床边，说道："好饭不怕晚，酒香不怕巷子深，急什么嘛！"

王洁茹斜着眼睛，嘴角挂着讥诮的笑意，说："该急的时候你不急，不该急的时候你比猴还急。"

王洁茹有些不高兴了。李梦浩本来很累，可他不想在新婚之夜闹不愉快，特别是住在她家里。李梦浩和王洁茹缠绵起来。事后，王洁茹疲惫地进入了梦乡，李梦浩心里却陡然空寥起来。果然女人与女人还是不一样的，就像树上没有两片相同的树叶。丁惠娟身上散发的是一种纯净的香，就像"芒种"节气时的麦子，弥漫着一种本质的香味。而王洁茹身上的"味道"是混沌的，既有医院的来苏水味，又杂陈着高级香水味。说到底，李梦浩还是没有忘记丁惠娟留在床单上的血迹。王洁茹却没有留下，看来问题复杂了。

二十七

休完了婚假，李梦浩就要回部队上班了。

早晨起床时，他对王洁茹说："要不，你给朱主任打个电话，请几天假吧。"

王洁茹睡眼惺忪地看了他一眼，问："请假干什么？"李梦浩说："跟我到团里去啊！"王洁茹又闭了眼，说道："我不去！"李梦浩从床上站起来，正要穿衣服，王洁茹一把扯住他的胳膊说："急什么嘛，再陪我躺会儿。"李梦浩坐在床边道："都快七点了，你妈在楼下等咱们吃饭呢。"

王洁茹伸出胳膊搂住李梦浩的脖子，一用力把他拉倒了。李梦浩仰在床上说："别闹了，快起床吧。"王洁茹把嘴凑到他的耳边说："就不，我要你再抱我一会儿。"李梦浩只好钻进被窝，把她搂进怀里，抚摸着她的背说："下个星期我就回来了，怎么弄得跟远行似的。"王洁茹把头埋在他胸前说："我一分钟都不愿意离开你。"李梦浩说："你知道的，年底团里工作很忙，我才当股长没几天，不能让人说三道四吧？"王洁茹问："听说你到鸽子岛蹲点，发现了一个先进典型？"李梦浩说："是。一个叫周永兵的老兵，在小岛上一待就是四年。"王洁茹叹道："还真不简单！像小说中的鲁滨孙了。"李梦浩说："鲁滨孙是为生存，周永兵是为了国防，意义不一样的。"王洁茹说："我爸说，你那份材料写得不错，师里转发了，报纸也登了。没想到，你上任没几天就一炮打响了。"李梦浩用劲搂了搂，笑道："我什么时候打过哑炮？"

李梦浩回到部队上班后，表面看上去没有多少变化，见了团首长仍是一副谦卑的样子，只不过是自然了一些。作为股长，在下属面前应该摆出一点架子的，可他却没有。李梦浩在股里显得比以前更谦和了，对政治处的其他股长和干事们一律称职务。而不像其他股长或资深一点的干事，称年轻一点或职务低的干事小张、小李的。李梦浩越是谦虚，大家对他越是敬畏。他的谦虚不是位卑的谦虚，他的谦虚是一种自信、和蔼，也是一种姿态。李梦浩在工作上不再畏畏缩缩、前怕狼后怕虎了。有了底气，走路也都显得沉稳多了。

作为一级领导，如果手下人对你产生了敬畏，自己再有点能力和水平，那么工作就好开展了。老兵退伍后，新兵就到了部队。他带着宣传股的干事们分头到新兵连搞调研，摸清新兵的思想状况，而后有针对性地制订教育计划。新兵训练阶段，他只回海州市两趟。王洁茹见他回到家里还眉飞色舞地和她谈部队的事，就有些心不在焉，对他的工作并不感兴趣。李梦浩是一心想干点成绩出来，在工作上身心很投入。一投入，其他事情就抛在脑后了。这天王洁茹值夜班，没事时想和李梦浩聊聊天。可电话打到李梦浩宿舍几次，总是没人接。气得王洁茹牙根痒痒的，整个夜班都心神不定胡思乱想。下了夜班，王洁茹顾不上休息，坐了早班车风风火火就赶到了团里。

李梦浩刚起床，看到王洁茹陡然出现在面前时，既惊又喜。他知道这一段时间只顾忙工作，有些冷落了她，忙把她拥进怀里说：“你怎么这么早赶来了？”

王洁茹挣脱开，瞪了他一眼，责怪道：“昨晚怎么不接电话？”

李梦浩忙问：“几点啊？”

“十二点多。”王洁茹说。

李梦浩说：“我快两点才从办公室回来的。你怎么不打到办公室啊？”

王洁茹没好气地说：“都十二点多了，打电话到办公室，我有病啊？”

李梦浩赔着笑脸道：“是我有病，好了吧？”

“你真有病！”王洁茹坐到李梦浩的床边，眼睛一眨一眨地看着他。

李梦浩说：“你别这样看着我好不好，弄得我真像有病一样。”

王洁茹阴沉着脸，说道：“你以为你没病？结婚才一个多月，你就把我抛到脑后了。”

李梦浩坐到她身边，轻言细语地说：“我怎么会忘了你呢？刚刚在梦里都见你了。”

“你梦见我？别跟我贫嘴了。”王洁茹气恼地说。

李梦浩揽着王洁茹，言之凿凿地说：“真的！脑子里想的是工作，心里装的是你。”

王洁茹推了他一下，心情平缓下来，脸上也有了悦色，扭过脸问道：“告诉我，梦见我干什么了？”

李梦浩在她脸上亲了一口，说：“你说我梦见你，还能干什么？”他去解她的衣扣，附在她耳边说：“真是辛苦你了，你就像那冬天的一把火。”

王洁茹抓住李梦浩的手，乜了他一眼说：“我烧死你！”

李梦浩觍着脸道：“是熊熊火焰温暖了我。”

事毕后，李梦浩搂着王洁茹又兴致勃勃地谈起了工作，说老兵退伍后新兵的思想状况，针对这种思想开展的专题教育，以及教育取得的实际效果。王洁茹对他谈的事情不感兴趣，就不插话。听完了，只是淡淡地一笑。但她对李梦浩这个人越来越好奇了。李梦浩当宣传股长后，在短短一个月时间，就能把全团的宣传教育工作搞得有声有色，这的确不容易。看来，王政委的眼光是很毒的，能慧眼识人。李梦浩事业心很强，是个能干事、会干事的人。他不是纨绔子弟，不想靠在王政委这棵大树下乘凉，是想在部队干一番事业的人。王洁茹伸手捂住李梦浩的嘴巴，不想让他再说下去了。

李梦浩把嘴巴移到王洁茹的胸口，静了下来。

王洁茹拽着李梦浩的耳朵，揪了揪，柔情地说："那你就好好干吧。说不定，将来你能当个将军呢！"

李梦浩谦虚道："将军也不是随便什么人就能当的，那要看天时地利人和了。我只想能做出一点成绩，不让你爸失望。"

王洁茹听了，搂紧李梦浩说："不让我爸失望，那你首先不要让我伤心难受啊。"

李梦浩翘起头，亲了王洁茹一口，说："怎么会呢？我保证让你风调雨顺、旱涝都能丰收。"

王洁茹叹息一声，说："别贫嘴了。谁叫我嫁给一个有事业心的军人呢！以后要是忙的话，我就来团里看你吧。"

李梦浩吻了她一下说："好啊！那我真要好好谢谢老婆了！"

两人在床上缠绵到上班时间，李梦浩爬起来说："你再睡一会吧。"

李梦浩洗漱完后，匆忙冲了两杯奶粉，自己喝一杯，又给王洁茹端了一杯。女人躺在床上娇态可人的样子，让李梦浩恋恋不舍。操课的号声响了，他只好黏黏地看了她一眼，不得不去上班了。

王洁茹躺了一会儿，躺不下去了。起床后，她打量一下屋子，屋里收拾得很整洁。她想收拾一下，可又找不到头绪去做，只好坐下来看书。

李梦浩下班回来后，才想到中午饭还没有着落。王洁茹放下书，说道："要不，吃方便面吧，我会煮方便面。"李梦浩说："吃方便面怎么行？我去食堂打饭吧。"

李梦浩到食堂打了饭，王洁茹边吃边说道："你在家属院要套房子吧。我来了，咱们就可以自己做饭吃。"

李梦浩笑道："你会做饭吗？"

王洁茹说："我不会做，不是还有你嘛！"

李梦浩玩笑说："那我不成了家庭妇男了？"

王洁茹用指头点了他一下，撇嘴说道："你真是大男子主义，男人做饭怎么啦？大饭店的厨师可都是男人啊。"

李梦浩说："我又不是饭店厨师。"

王洁茹说："那我也不是家庭妇女嘛。"

李梦浩瞅了她一眼，说："那还是吃食堂方便一些。"

家庭生活是从柴米油盐和锅碗瓢盆交响曲开始的。如果一个家庭没有了这些，那家就不像一个家了，而像旅馆了。从内心来说，李梦浩是渴望有一个家的，哪怕就是一间屋子，只要这个屋子是属于自己的。在这个屋子里能和自己的女人过着普普通通的家庭生活，那么他就知足了，心就踏实了。可是，结了婚的李梦浩找不到有家的感觉。海州市里的那个家是王洁茹的家，确切地说，是刘院长和王政委的家。在那个二层小楼里，李梦浩虽然有一间屋子，但他住在那里的感觉就像住在旅馆里一样。心总是飘浮着、惶惶的，扎不下根来。

王洁茹走后，李梦浩就找到了刘主任，提出在家属院要一套房子。在部队职务到了副营，家属就可以随军，也就可以在家属院分一套房子了。李梦浩夫妻是双军人，不存在随军问题。但他已是副营职，也可以要一套家属院的房子。刘主任说，现在家属院房子很紧张，政治处有几个人在排队呢，我和管理股打个招呼，先给你一套吧。

第三天上午，管理股孙股长就把房子钥匙送到了李梦浩办公室。李梦浩没想到房子落实得这么快，对孙股长感谢一番。孙股长告诉李梦浩，这套房子原本是分给后勤处副处长的，可副处长家属随军手续还没办，就临时调给他了。孙股长说如果还缺什么，就言语一声，他会尽力帮助解决的。李梦浩便又和孙股长客气一番，两人握着手都不愿松开，显然像是交情很深的兄弟了。

家属院在团部边上，也是一个院落。家属院都是平房。团首长住的是三房一厅一厨，营职干部住的都是两房一厅一厨。每家门前都围了一个院子。有的院子里栽花种树，有的院子就弄成了菜园子。夏天的时候，院墙上爬满了丝瓜、方瓜、葫芦、豆角等的藤蔓，青青翠翠的，很像一个农家小院的模样。

农村人与城市人最大区别就是生活细节。更确切地说是对待生活态度方面的区别。农村兵与城市兵都穿一样的军装，也都受过同样的军事训练，外观不好区别，但从生活细节上还是有明显不同的。一管牙膏，农村兵用三个月，城市兵只用一个月。农村兵洗脸洗头用肥皂；城市兵用香皂、洗发香波，洗完脸，脸上还搽"美加净"。

星期天连队一天两顿饭，城市兵饿了会去买面包、饼干加餐。农村兵却到炊事班拿两个冷馒头填肚子。这不仅仅是经济基础问题，也是习惯问题。农村入伍的兵，无论当多大的官，一些习惯是改不了的。部队家属院就是一个"身份证"，也是挂在面前的"幌子"。从将军到营职干部，凡是出身农民的，院子里总要种几畦瓜果蔬菜。

李梦浩看了房子，心里十分满意。他先给王洁茹打了电话，让她有空过来帮助布置一下房子。而后又给电影组打了电话，让放映员小陈到房子里收拾一下卫生。小陈是李梦浩从五连调来的兵。小陈会画画，又能写一笔好字，团里开大会的会标都是出自他的手。人很机灵，做事也仔细。小陈在家属院忙碌了两天。

星期天，李梦浩和王洁茹来家属院看房子时，李梦浩吃了一惊。房子还是那套房子，可是房子里面变了样，俨然一个名副其实的家了。特别是客厅和书房布置得很像一回事，迎门墙壁上挂了一幅山水油画，显然是小陈画的。虽然不是名画，但给客厅增色不少。客厅里还摆放了几盆花，有君子兰、滴水观音，还有一盆文竹，都是李梦浩喜欢的。

李梦浩满脸悦色，在屋子里欣赏着，说道："小陈，这两天真是辛苦你了，房子收拾得很不错。"

王洁茹含着笑对小陈说："没想到小陈还蛮有品位的嘛。"

小陈很害羞的样子，站在边上笑笑说："只是时间紧了一点，听说嫂子要来，还没搞细致。如果股长和嫂子觉得哪儿不满意，我再好好收拾收拾。"

李梦浩坐下说："挺好的，像个家的样子了。"

王洁茹看着墙上的油画问："这幅油画是谁画的？"

李梦浩说："这是小陈画的，你看怎么样？"

王洁茹看着小陈夸奖道："没想到你们团还有这样的人才。不错，不错，小陈有空的话，再给我画一幅。"

小陈问道："嫂子喜欢什么样的画？是山水还是田园？"

王洁茹想了想说："你给我临摹一幅桂林山水风光吧。"

"好的。"小陈一口答应下来。

王洁茹说："那我就先谢谢你了，小陈。"

小陈忙说："不用谢。嫂子能喜欢我的画，我高兴还来不及呢！"

李梦浩说："以后有机会的话，让小陈到海州美院学习学习，说不定将来就能成个画家呢。"

王洁茹说："小陈是个人才，要好好培养。"

小陈听了，心里有些激动，站在客厅里不知如何是好，便又拿起抹布，这儿擦擦，那儿抹抹，十分地仔细。李梦浩从兜里掏出钱递给小陈道："不用擦了，你去买些菜来，中午咱们就开伙。"

小陈推让着不接钱，说他身上有。李梦浩瞪了他一眼，说："拿着，你那点津贴费还能经得起花？快去！回来再帮你嫂子一起做饭。"小陈只好接了钱，像领了赏似的跑走了。

王洁茹掩了门，用手指在窗框上一抹，瞅着手指说："小陈这个兵真不错，你看把屋子打扫得一尘不染。"她又走到厨房看了看，锅碗瓢勺一应俱全，油盐酱醋也都准备好了。王洁茹便抿嘴笑了，说道："以后你就有用武之地了。"

"你不来，我还是要吃食堂的。"李梦浩在身后帮她围上围裙，"从现在开始，你要尽快适应环境，做好从一个女军人到家庭主妇角色的转变吧。"

王洁茹嗔怪道："你要我来，原来是想让我给你当保姆啊？"

"话可不能这么说。成了家，女人不会做饭怎么行啊？"李梦浩认真道。

"可我不会做怎么办啊？"王洁茹转过身来吊着李梦浩的脖子，撒娇地说，"咱们家以后还是你做饭吧。"

李梦浩搂了搂王洁茹，一本正经地说："一个好女人就要入得了厅堂，下得了厨房。不学会做饭是不行的！"

王洁茹摇晃着身子，又在他脸上吻了一下，说："以后我慢慢学，今天中午还是你做吧。"

李梦浩笑着，他心里明白，这事不能答应，一旦答应下来，进了厨房以后就出不来了。他觉得夫妻之间就是这样，不是东风压倒西风，就是西风压倒东风，这是斗争的哲学，一切事情的胜负都是从点滴斗争出来的。好多男人在家里被老婆指手画脚干这干那，都是开始被男人惯下的毛病。有的丈夫做了一辈子家庭妇男，还自我安慰说是爱老婆。其实，那是一种无奈，有一肚子苦水没处倒的。不过也怨不得别人，谁叫开始没有打好基础呢。李梦浩看着怀里的女人，心里也有些柔软，但他还是坚持道："从古至今，女人做饭是天经地义的。万事开头难，你要拿出从现在做起的勇气来嘛。"

"你这是典型的大男子主义！"王洁茹一脸的不高兴，嘟着嘴道，"你一点都不知道心疼老婆！"

"这与心疼老婆无关。"李梦浩狡黠地一笑，"目前最关键的是，你要学会做一个合格称职的主妇。”

　　"什么样的才叫合格称职？"王洁茹瞪了他一眼。

　　李梦浩走到客厅坐下，跷起二郎腿，笑道："让我满意了，你就称职合格了。"

　　王洁茹哭笑不得，摇了摇头，说道："你以为你是谁啊？"说着也一屁股坐在沙发上。

　　李梦浩看了眼王洁茹，心里也很无奈。他明白，王洁茹不是乡下带出来的女人。乡下女人随了军，转了城镇户口，有鲤鱼跳龙门后的神气，在外面走起路来都趾高气扬的。但那只是外在的表象，在家里还是有自知之明的，把侍候好丈夫作为自己本职工作。男人是船，女人是帆，这只是对一般家庭而言。男人和女人在爱情、婚姻家庭的天平上，追求什么男女平等、相敬如宾、举案齐眉，那只是烟幕弹，糊弄别人的目光或者是自欺欺人。实际上，不论是过去还是现在，男女双方都明白，在家庭里哪个重哪个轻，根本不需要分辨。经济基础决定上层建筑，或者是地位权力奠定尊严的基础。也就是说，实力强的一方永远占上风。

　　王洁茹会这样，李梦浩就认识到自己在家庭里处于弱势了。他本以为有了房子，有了自己的家，就能成为主人了。其实不然，在家庭里虽然李梦浩是一棵树，那根却扎在王洁茹家的土壤里。不论是在社会上还是在家庭里，向来是谁有"实力"谁说了算。

　　李梦浩坐在那儿不说话，一支接一支地吸烟，弄得满屋烟雾缭绕。王洁茹被烟熏得难受，咳嗽了一声，埋怨道："抽那么多烟干什么？呛死了，臭毛病！"

　　李梦浩将烟蒂一弹，眯着眼看着王洁茹，皮笑肉不笑的样子。王洁茹看着李梦浩的神态，感到有些瘆得慌，身子也开始发紧，就像掉进了深潭中，扑腾了几下就摸不着底了。

　　王洁茹乜了李梦浩一眼，妥协了。她站起身，愤然道："大男子主义！你把我当成家庭主妇了？那好，今天中午我做，晚上你做。"

　　这时，小陈买菜回来了。小陈说："股长你要没什么事，我就回去了。"

　　李梦浩说："现在食堂已开过饭了，你就留下来帮你嫂子做饭吧。"

　　小陈忙着进厨房洗菜了。王洁茹说："小陈，你歇歇吧，我自个儿做。"

　　小陈说："那我给嫂子打下手吧，也跟嫂子学学做菜。"

　　王洁茹笑道："你一个小伙子，学做菜干吗？"

李梦浩接话道："他现在要不学做菜，将来结了婚，也要受老婆气啊。"

"你不要在那里含沙射影好不好？我现在不正给你做嘛！"王洁茹当着小陈的面不好发火，忍着不悦嘟囔了一句。

其实做菜也不是一件难事，只不过是不愿做罢了。很快，王洁茹就做好了四菜一汤。在做最后一个糖醋鱼时，由于油烧得太热，放鱼时油星溅了出来，烫了王洁茹手背一下。王洁茹疼得哎哟叫了一声。李梦浩听到后忙跑进厨房，看见王洁茹眼泪都流出来了，忙问道："怎么啦？烫哪儿啦？"

王洁茹将手伸到他的眼前，没好气地说道："都怪你！手被烫起泡了。"

李梦浩把她的手拿到嘴边吹了吹，着急地说："放到冷水里冰一下吧。"

小陈把香油瓶递过来说："股长，用香油给嫂子一抹就不疼了。"

李梦浩用筷子蘸了点香油滴在王洁茹手背上，小心地抹了一下，心疼地问："还疼吗？"

王洁茹舒了一口气，娇气地说："疼。"

"你撤退，还是让我上吧！"李梦浩将王洁茹推到一边。李梦浩心里还是疼惜王洁茹的，他和她较劲，不仅仅是谁下不下厨房、做不做饭的问题，而是男人的观念问题。在李梦浩的意识里，不管女人在外面多么能干，地位多么高，在家里就要像个女人的样子。如果女人不会做家务，不会做饭菜，就像不能生孩子一样，是个缺陷。

王洁茹侧身又挤到灶前，说道："轻伤不下火线，我还是坚持到底吧！"

李梦浩拍拍王洁茹的肩说："坚持就是胜利，一会儿我好好敬你几杯！"

王洁茹说："别贫了，不嫌弃就行，一会儿你把菜吃光了，那我就不白受伤了。"

二十八

自古忠孝难两全，只不过是一种说辞罢了。

忠孝为什么就不能两全呢？除非战争、自然灾害，或是在不可抗拒的事件中，让你分身无术。其他，都是自说自话，是借口。

地球离了谁会不转呢？说到底，只不过是个人"私欲"在作祟，以牺牲"孝"来成就自己的"忠"！

对于李梦浩来说，结婚这么久，没有和王洁茹回老家探望父母，有些说不过去了。丑媳妇总要见公婆的，何况王洁茹不丑，还是女军官，高干子女。李梦浩没有感觉到什么，可马陵村人感觉到了。乡下人也敏锐得很！

中秋节前两天，李梦浩和王洁茹回马陵村过节了。之所以带王洁茹一起回老家过节，是母亲杨月兰在信中说，自李梦浩结婚后一直就没有探过家，村上的人都说闲话了。李梦浩没有问都是什么闲话，他知道自己结婚时没回去，本来就说不过去。当时他和父母说因为部队忙，父母也没说什么。现在都半年多了，再不回去，村上人肯定会有闲言碎语。"一年土，二年洋，三年不认爹和娘。"娶了城市的大小姐，又是高干家闺女，肯定是怕老婆，人家不肯来了。这些话都不够他们说的。李梦浩不在乎，可李梦浩知道父母在乎。他不能不考虑父母的感受。照理说，结婚了，李梦浩该带着媳妇回去炫耀一下才是。李梦浩站在李家院子里不稀奇，要是再有个女军官一同站在李家的院子里，那就稀奇了。马陵村什么朝代出过女军官？可说起回家，李梦浩还真有些怕，他怕王洁茹回到乡下不适应。不适应就会不高兴，不高兴了就要生闲气，生气了就要影响感情。因为回趟老家而伤了感情，还不如不回！农村毕竟是农村，不好和城市比。不说别的，就说吃饭、睡觉、走路就是一个问题。母亲做的饭再好，那也是农家饭，菜都是草锅里烀出来的，不是烹炒出来的。睡觉呢，虽然有房有床就行，但那房是低矮的茅草房，黑咕隆咚的；床是那种木架上铺上秫秸秆，上面再垫个麦秸苦和芦席；睡是能睡，感觉就差了。走路更是个大问题。乡下都是泥土路，凸凸凹凹的，晴天还好，一下雨，那就是个沼泽地了。穿着高跟鞋的王洁茹不崴脚才怪。李梦浩老家的情况就这样，李梦浩带王洁茹回老家心里能不打怵吗？

打怵也得回去。李梦浩临回前试探着说："洁如，老家条件很差，回去后你要忍着点啊。"

王洁茹皱着眉问："能差到什么程度？"

李梦浩说："说不好。"

王洁茹不在乎地说："你在那里都能生活十八年，我就不能在那住几天了啊！又不是在那待一辈子。"

李梦浩笑了笑说："也是啊。"他想了想又有些忧虑地说："乡下有乡下的风俗习惯，你要尽量地适应。不然，我的脸就没了。"

王洁茹开玩笑道："你真啰唆，你怕我给你丢脸啊？"

"我不是那个意思。"李梦浩把王洁茹搂到怀里，亲了亲，又体贴道，"我是怕你受委屈。"

王洁茹有些感动，撒娇道："你要怕我受委屈，那咱就不回去呗！"

李梦浩搂紧一些，认真道："那怎么行！丑媳妇早晚都得见公婆。"

王洁茹挣开李梦浩的怀抱，后退一步盯着李梦浩，问："原来你是嫌我丑啊？"

李梦浩笑道："我可没这么说。在我眼里，李梦浩的老婆在马陵村也是数一数二的吧。"

女人就是这样，都喜欢恭维话的。王洁茹心里很悦意，却故意撇了下嘴，道："你说的是真的吗？"

李梦浩说："真的。你要相信我的眼光。"

王洁茹笑了，又问："听说农村人找对象都早，你入伍前没谈过？"

李梦浩一怔，一丝惊慌掠过心头，好了的伤疤又露出来了。虽然不疼，可疤痕还在。他入伍前和丁惠娟的事婚前一丝也没有露，不是不愿意露，是不能露，也不敢露。王洁茹是什么人？人家是只凤凰，凤凰落在他这棵树上，不能把她惊飞了。如今结了婚，那就更不能说了。再开明大方的女人也不希望自己的丈夫心里有别的女人痕迹。

李梦浩深吸了一口气又慢慢嘘出来，屏息了一下，说道："农村人结婚都早，马陵村里和我差不多年龄的，现在孩子都能打酱油了。"李梦浩停顿一下，显得很伤感的样子，又自嘲道："我吧，当时家里穷，没有哪个人愿意跟我的。要不是去当兵，说不定现在还打光棍呢。"

王洁茹看着丈夫黯然的神态，安慰道："那是她们没眼光！"

王洁茹的话说到李梦浩的心里去了。夫妻之间的话很多种说法，会说的，一句话能安慰人；不会说的，一句话就能惹恼人。王洁茹这句话此时此刻就很有水平了。既肯定了李梦浩，弦外之意也肯定了自己。

这样，李梦浩和王洁茹心里就相通了，也高兴了。

下了火车，到马陵村还有三里地。如果只是李梦浩一个人，他就步行回家了。现在有王洁茹，还有大包小包的行李，他便在车站租了辆三轮车，将王洁茹和行李送回家了。

一进家门，李梦浩有些吃惊。他探亲前给家里写过一封信，说中秋节和媳妇一起回来过节的。进了门，家里怎么没一个人呢。心里有些恼，这样也显得太不讲究了，新婚儿媳妇第一次上门，一点喜庆的气氛都没有，这让王洁茹怎么看？李梦浩放下行李，又想，也怪自己。没有把回来的时间确定死，正是秋收季节，家里人总不能天天在家守着、等着吧。

王洁茹倒没感觉什么，她在院子里四处打量着、转悠着，很新鲜，也很好奇。她是在城市里生的，也是在城市里长的，没到过农村。就像乡下人第一次进城一样。李梦浩搬过一条木凳子，说："别看了，坐下歇会儿吧。坐了四五个小时的车呢。"

王洁茹走过来，这才问："家里的人呢？"

李梦浩说："可能都下地干活了。"

王洁茹说："他们不知道我们回来吗？"

李梦浩解释说："知道我们回来。但不知道我们今天回来。"

王洁茹埋怨道："回来时你该给家里打个电话。"

李梦浩尴尬地笑了笑，说："我的大小姐，你不知道农村家里是没有电话的。"他用手绢把木凳子擦了一下，拉过王洁茹坐下，又道："都怪我疏忽，应该提前给家里拍封电报的。"

刚过晌午，太阳正热，李梦浩知道现在正是抢收花生种麦子的季节，一般庄户人都不回家吃午饭的。他们天一亮就下地，带上一壶开水和一笼布煎饼，饿了就在地头吃几口。庄户人吃饭是不讲究的，填饱肚子就行。

李梦浩清楚，父母和弟弟在地里收秋，一时半会是回不来的。李梦浩对王洁茹说："你在家里等会儿，我去地里找他们。"

王洁茹站起来，拉着李梦浩的手摇了摇，说道："那我和你一起去！"

李梦浩摸了摸王洁茹的手，劝道："路不好走呢，你在家老实待着吧。"

这话虽平常，但王洁茹感到贴心贴肺了。李梦浩平时看着很大男子主义，生活中一些细节上还是很体贴入微的。王洁茹想，如果一个男人只是大男子主义不行，但如果要像个小白脸，缠缠绵绵的，没一点霸蛮气，那也不行！

王洁茹依偎在李梦浩的身上，娇声道："我要去嘛，你带我一起去嘛！我不想一个人在家里等。"

李梦浩心里热了，也柔软起来。他解开风纪扣，说："好吧。走路要小心一点，别崴了脚。"

两人走出院门，正巧碰上一个小孩子。李梦浩不认识，就问道："你是谁家的？"

小孩八九岁的样子，歪着头打量着王洁茹，又指着李梦浩说："你不认识我，我认识你！我去地里叫大老爹。"说完，一溜烟就跑远了。

王洁茹望着小孩子的背影说："这孩子真可爱。他说的'大老爹'是谁啊？"

李梦浩想了想，说："可能说的是我父亲吧。"

那小孩很快就跑到李树霖家地头了。小孩对着正在干活的人群喊："大老爹，大奶奶，梦浩叔叔回来了，一起来的还有个女解放军！"

地里收秋的人都听到了。大家都直起腰来，向李树霖两口子望。李树霖和杨月兰也停下手中的活计。杨月兰拍了拍手上的泥土，大声道："是儿子和儿媳妇回来了！"

李树霖默默地走到地头，收拾一下农具，埋怨道："这兔羔子，回家也不发封电报来！"

杨月兰嘀咕道："整天念叨，儿子回来了你又骂他。"

李树霖瞪了杨月兰一眼，说："骂他怎么啦？他是我儿子！"李树霖回头又朝地里喊："梦然，别耕了，你哥和你嫂子回来啦，咱们回家啊！"

李梦然正在用犁耕花生。耕到地头说："你们先回吧，我还要把花生耕完呢！他们回来了，也不能帮我们干活！"

杨月兰说："你哥和你嫂子好不容易回来一趟，还帮你干活？你真不懂事！快回家，到街上买些菜。"

李梦然卸下拉犁的枣红马，把犁扎下，牵着马说："瞧你们这样子，好像来了贵客似的。"

李树霖不高兴了，发火道："怎么说话呢？你哥不是客，但你嫂子第一次回家，那就是贵客！"

李树霖一家人急火火地朝村里走，半道上迎着了李梦浩。李梦浩看见父母和弟弟灰头土脸的样子，心里有一股难言的味道，说不出来。父母也在仔细地打量着儿媳妇王洁茹，弄得王洁茹都不好意思了。

李梦浩对王洁茹介绍道："这就是我父母和我弟弟。"

王洁茹朝他们笑了笑，胳膊下意识地想抬起敬军礼，抬到腰间又垂下了，脆生生地说："爸爸、妈妈，你们好，你们辛苦了！"

　　杨月兰终于看到了儿媳妇，还是个女军官，心里喜滋滋的，都不知道说什么好了。儿媳妇见面就叫妈妈，本该给改口喜钱的。她下意识地掏了掏口袋，没有，一点准备都没有。尴尬了。杨月兰就那么无措地站着，儿媳妇对老公公李树霖叫"爸爸"，杨月兰心里有一丝不悦意，城市人怎么这样？都已结婚了，成了家了，入乡就该随俗。李树霖笑了。李树霖到底是见过世面的，忙客气地说："好，好！都好！我们不辛苦！"

　　李梦然牵着马在身后捂着嘴笑，说："嫂子，你真像个大首长，你在检阅部队啊！"他朝哥哥梦浩瞅了一眼，又对父亲玩笑道："俺大，你也是个行伍出身，首长说你们辛苦了，你该说为人民服务才对！"

　　李树霖没有生气。李树霖看见儿媳妇一身军装，英姿飒爽的，站在面前很有首长的架势，他比看见儿子还高兴。也就随口说道："我在部队时才是个上士班长，你嫂子现在是上尉军官，不是首长是什么？！"

　　李树霖一番话把王洁茹逗得咯咯地笑个不停。王洁茹说："爸，你老也当过兵啊？那你是我们家的老首长呢！"

　　杨月兰在边上插不上话，就想，城里的丫头真不害臊，刚见面就敢和老公公说笑话，这个儿媳妇怕不是一般人。杨月兰心里虽这么想，可脸上的笑容一直抹不掉。眼前这个儿媳妇要论模样不如老支书家的丁惠娟，可这身军装招人疼啊。这城里来的儿媳妇可比那乡下丫头强百倍了！

　　李树霖沧桑的脸上舒展了，很慈祥地看着王洁茹。

　　王洁茹挎起李梦浩的胳膊，说："现在时间还早，咱们去帮爸爸妈妈劳动吧。"

　　乡下毕竟是乡下，不是在城里。李梦浩扒拉一下王洁茹的手，王洁茹知道梦浩不好意思，想让她在父母面前不要太亲热，可她偏不，她将梦浩的胳膊抱得更紧了。

　　李梦然咧嘴笑道："嫂子，你这大城市的人到了乡下，会劳动吗？"

　　王洁茹问："你们是不是在收花生啊？"

　　李梦然说："是啊。"他又瞥了眼梦浩，故意逗王洁茹，"你知道花生是在地下长的还是在树上结的啊？"

　　李树霖有点生气了，肃起脸呵斥道："不许和你嫂子开玩笑！你嫂子什么没见过？"

王洁茹却很开心，有点没心没肺的样子，说："我们去地里看看不就知道了！"

一家人站在路上闲扯，田地里收秋的人都朝这边望了。若是让村上人听了去，又要编好多笑话出来。杨月兰说话了："不去了，不去了。刚下火车，恐怕还没吃饭呢。赶快回家，咱们做饭吃！"

一家人说说笑笑打道回府了。

王洁茹的高跟鞋露出弊端了，险些出丑了。刚走到村头，王洁茹的脚就被崴了一下。李梦浩蹲下身帮她揉脚。李梦然在边上幸灾乐祸，不知深浅地说："嫂子，乡下的路不好走吧？考验你的时候到了。"

王洁茹痛得顾不上和梦然斗嘴了，龇牙咧嘴呻吟着。李梦浩说："走不了，我背你！"

这时，李树霖发话道："梦然，把马牵过来，让你嫂子骑上走！"

王洁茹看着身边高大的枣红马，心里发怵，说："我还是自己走吧。"

李树霖上前用手把马身上的草屑掸了掸，又脱下身上的褂子铺在马背上，对梦浩道："把你媳妇扶上马。"

李梦浩把王洁茹抱到马背上。马很通人性，只打个嘟噜就迈着碎步走了。李梦浩从弟弟手中接过缰绳，一手扶着洁茹，一手牵马。李梦然在边上又玩笑道："哥，你要是换上长袍马褂，胸前再戴朵大红花，就跟旧社会新郎官差不多了。"

李梦浩笑笑没说话，王洁茹在马上笑道："骑马的感觉真好哎！梦然，你以后结婚，就骑马接新娘子吧。"

杨月兰说："现在乡下不时兴骑马了，一般都用手扶拖拉机，有钱的就租辆小轿车！"

李梦然接话说："咱家穷，租不起小轿车，到时就牵头毛驴去接吧。"

李梦浩回头瞥了弟弟一眼。梦然变了，说话阴阳怪气的。他心里有些不高兴，话就随口说出来了："家里穷那怨谁？"

"怨我，怨我没本事，没文化。"李梦然嘟囔道，"我要像你那么有文化，也去考大学、去当兵了，也能娶个城里人回来！"

李树霖瞪了梦然一眼，又抬头望了眼王洁茹，话到嘴边又咽了回去。梦浩想，梦然是怎么了？一奶同胞的亲兄弟，见了面应该高兴才是。梦浩突然醒悟了，他结婚是自己做的主，没有和家人商量，结婚时没有让父母和弟弟去参加婚礼。婚后也都快一年了，才带着媳妇回老家见父母，父母不说，弟弟要不抱怨才怪呢！

李梦浩释然了。

晚饭是在院子里吃的。太阳刚落，晚风很温和，院子里也亮堂。一家人围在桌边就有气氛了。杨月兰炒了四碟八碗，有待贵客的意思。菜都是家常菜，鸡鸭鱼肉。一下午，杨月兰的眼睛在王洁茹的腹部扫了一遍又一遍，几次到嘴边的话都咽了回去。她将家里一只正在下蛋的老母鸡杀了，说是要给儿媳妇补补身子。

都是自家人，没有喝酒。李树霖拿起筷子，点了点桌子，说："今天梦浩带着媳妇回家了，我们都很高兴。还不到八月半，我们全家先过个团圆节吧。"李树霖挺着腰杆，表情很严肃，口气却很和蔼，既是一家之主的口吻，又像首长作指示，他说："梦浩结婚是件大事，按农村的风俗，回来了，还是要再大办一次的。"

李梦浩和王洁茹相互看了一眼。梦浩说："在部队办过了，都这么长时间了。"

杨月兰说："部队是部队，家里是家里。在家里不办喜事，谁知道你娶媳妇了？"

李梦浩说："现在正是农忙时节，我看就算了吧。"

李树霖说："你妈说得在理，结婚是头等大事，再忙，也不能少了环节。"他把眼光落在儿媳妇身上，"洁茹，你的意见呢？"

王洁茹不懂农村的风俗，不好发表意见。她扭头瞅了梦浩一眼，笑道："我听爸爸、妈妈的吧。"

李梦浩摇了摇头，说："我不想给家里增加负担。"

李树霖说："那就发扬一次民主吧。不过，形式还是要搞一下，一切从简好了。"

李梦浩还想说什么，李树霖伸出了筷子，说："就这么定了。吃饭！"李树霖找到感觉了，是一种久违了的陌生的感觉。在两个穿着军装的人面前，他似乎回到了年轻的时候。他现在面对的不是一个班了，那是一个连、一个营哪！

吃饭了。杨月兰看见儿媳妇吃饭像个"猫舔食"，一个米粒一个米粒挑着吃，也不怎么夹菜，这丫头外道了。杨月兰夹了一块鸡肉放到王洁茹的碗里说："吃菜，你吃菜啊。"

王洁茹朝杨月兰笑笑，说："好。"

李树霖说："是自家喂的草鸡，有营养。"

王洁茹很仔细地看着碗里的鸡块，犹豫不决的样子。

李梦浩一边啃着鸡骨头，一边对王洁茹说："这还是我当兵前养的鸡，好多年了，年年下蛋。妈听说你爱吃鸡，就杀了。"

杨月兰对儿媳妇说："老母鸡大补，你多吃点。"

王洁茹看了李梦浩一眼，将碗里的鸡块翻了翻，艰难地送到嘴里。乡下人做菜用的是土灶草锅，炒和炖也没多少区别。特别是牛肉和鸡肉，如果不先用硬火烀烂，炒熟了也不好嚼的。鸡块在王洁茹嘴里翻来覆去几个回合也没有嚼碎，只有一丝肉味在嘴里回荡。王洁茹尴尬了，想吐出来又不好意思，不吐又咽不下。她瞥了眼李梦浩，梦浩满嘴流油，两个指头捏住鸡骨头正在有滋有味地啃着，骨头上的肉被他的牙齿剔得干干净净。王洁茹有些恼，用腿碰了碰梦浩，又朝他努了努嘴。李梦浩明白过来，把手伸到她嘴巴下。王洁茹瞟了眼杨月兰，扭头把嘴里的鸡块吐到地上了。趴在桌底的花猫走过去，呜的一声，叼着鸡块跑了。

杨月兰皱了下眉头，说："这老鸡肉是越嚼越香。"杨月兰将筷子放在嘴里咂了咂，算是把筷子洗了一下，而后又在盘子里挑了块没骨头的鸡肉放在儿媳妇的碗里。王洁茹将碗向后躲闪一下，没有躲开。王洁茹看着碗里沾着婆婆口水又油腻的鸡肉，一点食欲都没有了。她扒拉几下饭菜，有点恶心，想吐。心想：乡下人太不讲卫生了。

王洁茹把碗里的鸡块又夹给梦浩，说："我牙痛，咬不动。"

李梦浩把鸡块吃了，说："妈，你别给她夹肉了，她嚼不动的。"

杨月兰看在眼里，心里就有点酸楚，对儿媳妇再好，人家也不领情呢，毕竟不是自己身上掉下的肉，嫌她脏呢！杨月兰心里有委屈，但面上还不好表露，毕竟是自家媳妇。她揉了一下眼，说道："这鸡是老鸡，我炖了好长时间呢。"

李梦然说话了："嫂子是吃不惯乡下人炒的菜，嫌不卫生！"

李树霖瞪了眼梦然，说："别说话不着调，什么乡下人城里人？都是一家人！"他又瞅着杨月兰，说道："这鸡肉炒得火候是欠了点，肉都不离骨，不能怪人家嚼不动。这些菜口味也重了，以后咱们家在做饭和炒菜上要有改进。"

杨月兰眼里有些潮，低声说："我都做了一辈子了。"

王洁茹忙说道："挺好的，妈炒的菜挺好的。"

杨月兰想，城里人太讲究了。以后婆媳间怎么处？辛辛苦苦做了一桌子菜，儿媳妇却不怎么动筷子。给她夹了两块鸡肉，一块吐了，一块给梦浩了，那是嫌弃呢。乡下哪有那么多讲究？来客人了，生怕客人吃不饱，都是一次次给客人派饭、夹菜的。不然，各吃各的，就冷清了。乡下人做客吃饭也会客气的！过去生活困难时，饭都吃不饱，一年很少见到荤腥，能偶尔吃次肉，那就是过年了。一般是孩子吃肉，大人吃孩子嚼不动的骨头，即使是牙缝里粘上点肉丝，做父母的都要剔出来给孩子吃，哪还有那么多卫生可讲？梦浩两岁前都是杨月兰将饭菜放在嘴里嚼烂了，嘴对嘴喂的，梦浩不是也长得人高马大的嘛。

李梦浩心里跟明镜似的，他不好说什么。

李梦浩知道王洁茹吃不惯老家的饭菜，就夹了块黄澄澄的炒鸡蛋放在洁茹碗里，说："这鸡蛋里没有骨头。"

王洁茹乜了李梦浩一眼，朝杨月兰笑道："我可没有鸡蛋里挑骨头啊。"

晚上，李梦浩和王洁茹睡在几年前他睡过的床上。床还是当兵前那张床，被褥换新的了。两铺两盖都是大红大绿的。墙面也用石灰水粉刷了一遍，床头还贴了电影明星的画报。看起来有点洞房的意思了。

乡下人认死理，嫁与娶意义是不一样的。嫁姑娘是出门子，娶媳妇是进门，家里添人口。男人结婚，必须把女人娶进自家来，入了洞房才算。人生三大喜：他乡遇故知，金榜题名时，洞房花烛夜。洞房花烛之夜才是一个男人的大喜事。喜事是要热闹的，乡下人都喜欢热闹，要闹洞房的。李梦浩和王洁茹不喜欢热闹，再说，结婚都快一年了，还热闹什么呢？

王洁茹一直没有进李梦浩的家门，按马陵村的习俗，那还不算李家的人。只有进了婆家的门，才是婆家的人。现在，婆家的洞房，那才是真正的洞房哪！

二十九

师政委王秉义提拔为军政治部主任是意料之中的事。王秉义当了六年政委，陪了两任师长，全师政治工作一直有声有色，不仅在集团军叫得响，在军区也都挂上了号。几年前，就有消息说要提拔到军政治部当主任，只因另一个师政委寇元明捷足先登了，王秉义只好等。现在这位寇主任因生活作风问题被免了职，王秉义顺理成章地晋升了，坐上了集团军政治部主任的位置。

师政委晋升到军政治部主任，任职一年后，军衔就可以晋为少将，肩上的四个银星就换成了一颗金星了。历来校官与将军是有本质区别的。做官谁都想越做越大，特别是在部队，激励士兵们的一句口头禅是：不想当将军的士兵不是好士兵。追求进步是名正言顺的，不需要避讳。关于能不能做上官、升上官，这个问题很复杂，不是你想就可以的，这里面还讲究天时、地利、人和，缺一不可。唯心的说法是"命"，命中有终须有，命中无莫强求。其实，唯心主义很片面，只看到一面，没有看到另一面。科学一点、辩证一点去看，是命运。命运是一个词，但可以拆开来，命与运是两个不同的概念，命为定数，运为变数，命与运组合在一起，就可以相辅相成、相互转化。运气一到，命也可以随之变化。所以说，单说"命"是唯心的，也是消极的，讲"命运"更为科学一点。

"运"是变数，是后天的。"运"在官场中很重要，需要有基础，还要有机遇。对一个怀才不遇的人来说，说金子放在哪里都会发光，那是安慰人的话。金子在金矿中发光吗？不能。金子混在泥沙中能发光吗？也不能！金子需要开采，需要"淘"。卧龙岗的诸葛孔明是块金子，那是刘玄德三顾茅庐，才把他淘出来的。刘玄德是个很会"淘金"的人。如果不是刘备，身在茅庐中的诸葛亮，纵有呼风唤雨的本事，也只能浇灌那几亩薄田。所以说，有命无运不行，有运无命也不行。"阿斗"就是例子，扶不起来。

王秉义到集团军政治部走马上任后，全师皆大欢喜。这不仅是王秉义一个人的喜事，也是不少等待机遇的人的幸事。师政委的职位空出来，不少人的运就来了。政治部主任秦国良提了师政委，那么，又腾出一个副师职主任的位子。各团政委便来机遇了。一连串的人事变动，就像洗牌，格局就要发生变化。命和运好的人，就可能上来了。

团政委黄佳阳在参加完欢送王秉义宴会后，又带着李梦浩到海州市"红双喜"大酒店专门摆了一桌，把王秉义、刘院长、王洁茹都请来了。

王秉义批评道："在师里刚欢送出门，你又跟到军里来了。"

黄佳阳笑道："我是首长您培养起来的，你走哪我跟到哪，不能掉队啊。"

刘院长说："老黄你太客气了，应该到家里来吃饭的。"

王洁茹在旁边道："黄叔叔是想借机多喝几杯吧？"

黄佳阳说："主任让我喝多少都行，高兴。"

王秉义说："要是不让你喝呢？"

黄佳阳说："那我就滴酒不沾。"

刘院长说："老黄是海量，洁茹结婚宴上我见识了。"

黄佳阳说："其实，梦浩才是海量呢，我从来没见他醉过，后生可畏，后生可畏啊！"

王洁茹说："梦浩在你面前他敢醉啊？"

黄佳阳把李梦浩拉到身边说："你爸是将军了，你今天要好好敬几杯！"

李梦浩笑嘻嘻地说："好！"

大家吃着、说着、笑着，偶尔还开几句玩笑。王秉义高兴，刘院长也高兴，破例多喝了几杯。平日里，王秉义是个坚持原则的人，口紧。关于人事任免方面的问题，在家人面前一概不谈。对部下也是只谈工作，不封官许愿。封官许愿能笼络人心，是好事，也是坏事，如愿了是恩人，不如愿就有可能是仇人。仕途上多一个仇人就多一分危险。由于是家宴，又是在兴头，王秉义到底没有封住自己的嘴，王主任沉吟了一会儿，还是说了："佳阳啊，最近谨慎点，少喝酒，少说话，把团里的工作先放一放，回老家看看吧，不少年没回老家了吧？"

黄佳阳一愣，有些懵懂，沉思片刻后说："六七年都没回老家了，父母过世后，就不想回了。再是团里工作也忙。"

王秉义动了感情，低沉地说："快到清明了，作为子女，该去给祖宗们烧炷香了。"王秉义的语气低沉，像是自言自语，又像是在教导亲属，"我也有十年没给父母扫墓了，想起来，愧疚得很，对不起父母的养育之恩啊。"

刘院长拍了拍丈夫的胳膊，安慰道："今年清明节，我陪你回去扫墓。"

"官当得再大，也是人，不能忘本，更不能忘恩。"王秉义的话有点滴水穿石的意思，在座的人都被感染了，特别是李梦浩，眼睛有些潮湿，虽然父母都健在，可自己又做了什么呢？即便以后当了大官，子欲孝而亲不在，只能像王秉义这样发几句感慨了，那时悔之晚矣，悔之晚矣啊！

黄佳阳是个明白人，琢磨出来王秉义话里的意思了。黄佳阳端起酒杯，站起来说道："王主任，刘院长，我敬你们一杯。"说完，没等王秉义表态，便一饮而尽，"过几天，我就回老家一趟。不孝之人，不配谈忠义，我明白了。"

王洁茹望着黄佳阳，一时不知黄政委怎么也江湖起来了，便说："黄叔叔，自古忠孝难两全，军人是没有办法的呀！"

黄佳阳不吱声，再给自己斟酒。李梦浩将酒瓶接过来，也给自己满上，说："黄政委，我也敬你一杯吧。在家尽孝，出门讲义，滴水之恩，当涌泉相报，我干了，你随意！"

刘院长看着黄佳阳，说："佳阳别喝了，喝多了对身体不好。"

一句话惹得黄佳阳又激动起来："刘院长，不！我叫你一声大姐吧，这杯酒该喝，梦浩这孩子不错，他是你的女婿，半个儿，也就等于是我的女婿了，你放心。"

话说到这个份上了，都是一家人了，气氛自然就有了。王洁茹从黄佳阳手中夺过杯子，情真意切道："叔，侄女替你！"

宴席上喝酒，喝的是气氛和热闹。终究是没有不散的宴席。正是：十里长亭无客走，九重天上观星辰；八河船只皆收港，七千州县尽关门。

午宴之后，李梦浩要和黄佳阳政委回团里，黄佳阳严肃地批评道："百善孝为先，路过家门而不入，成何体统？回去好好伺候你爸妈！"

李梦浩只好喏喏地答应。

送走黄政委，李梦浩在琢磨，军政治部王主任在酒桌上，为什么要黄佳阳这时候回老家祭祖呢？不单单是"清明"节的缘故吧？王秉义是学哲学的，怎么也讲这一套呢？居然他也要回乡给父母扫墓。可见，话里意味深长了。

王秉义作为集团军政治部主任，对团职以下干部有任免权力，对师职领导干部有建议和考察权力，就像地方的组织部部长。政治部主任在集团军党委会上，说话的分量是很重的，也就是说，在干部的使用上，掌握着话语权。

既然如此，让黄佳阳回乡祭祖另有深意了。

本来，王洁茹想让父亲把李梦浩调到军机关工作，这样，一家就团圆了。她和李梦浩就不必为过"周末"盼星星盼月亮了。王秉义不同意。调副营职军官，根本不需要王主任说话，干部处就有权力办。只要王洁茹给干部处长打个招呼就可以了。但王洁茹不敢，她知道王秉义的脾气，也知道父亲自有安排，不会为她的儿女情长而误了李梦浩的仕途发展。

无奈，王洁茹只有牺牲自己的"儿女情长"，成全李梦浩的"事业"。军人两地分居是司空见惯的事，没有随军家属的连排职干部，一年只有一个月探亲假，其他的日子都是过牛郎织女的生活。相比较来说，李梦浩知足了。更何况，隔三岔五，王洁茹还能来团里救救急。

"五一"节前几天，王洁茹打电话给李梦浩，商量假日期间到外面玩几天。到哪里去玩儿，李梦浩一点主意都没有。李梦浩不是不喜欢玩，是没有时间玩。一个团的宣传股长，肩上的担子也不轻，不想让人说闲话，他就得证明给别人看；想让人服气，就必须做出成绩来。因此，结婚一年多了，王洁茹没有怀孕，他也没有在意，心里反觉轻松一些。假日里本该放松一下，也没有想出三天假去哪里好。

王洁茹说："我们去苏州吧。"

李梦浩问："为什么去苏州呢？"

王洁茹说："上有天堂，下有苏杭。苏州我还没去过呢。"

李梦浩说："那为什么不去杭州呢？"

王洁茹说："杭州远，苏州近些，再说，杭州我去过一次了。"

李梦浩说："好吧，反正这两个地方我都没去过，随你定吧。"

"好，说定了，如果时间来得及，顺便再带你到杭州西湖看看。"王洁茹开始准备了，还和同事调了几个班，把假期的班提前值了。

可是万万没想到，临出发前一天，王洁茹突然恶心起来，吃什么吐什么，她以为是吃了冷食品闹肚子，还吃了几片胃乐舒。刘院长问："吐了好受些了吗？"王洁茹脸色蜡黄，说："还那样。"

刘院长端来一盘肉，说："你闻闻，你爱吃的红烧肉。"

王洁茹一看，没有闻，又恶心起来，忙着朝卫生间跑。刘院长笑了，等王洁茹从卫生间出来，她高兴地说道："傻孩子，你还是个医生呢，一点常识都不懂，你是怀孕了。"

王洁茹愣了，一时间没有反应过来，瞪着眼睛看着母亲，半天才回过神来说："不可能！"

"怎么不可能？"

"我是采取措施的。"

"什么措施？"

"药。"

刘院长吃惊地问："为什么要吃药？"

"暂时还不想生。"

"梦浩也不想要吗？"

王洁茹说："不知道！"

刘院长有些生气了，坐在沙发上，嗔怪道："你这孩子，都二十六七岁了，不小了，还不想生，那你什么时候想生？"

王洁茹说："等想生的时候再生，梦浩在团里工作那么忙，你又上班，生了孩子谁带？"

刘院长说："我没时间帮你带孩子，你还有婆婆呢，梦浩他妈在乡下又不上班，可以让她带嘛！"

"我不想让他妈带孩子，乡下人一点卫生都不讲。"

"话不可以这么说。"刘院长教诲道，"你婆婆不讲卫生，那梦浩不也健健康康长这么大。只是习惯不同罢了，你不能嫌弃。"

"我就是不习惯农村人那习惯。"

"李梦浩不也是农村人嘛！"

"李梦浩是李梦浩，我是嫁给李梦浩，不是嫁给他们家。我要把他一步步改造成城市人。"

"你嫁给李梦浩，就要接受他的家庭，你和梦浩结婚，你就要明白家庭是什么概念，家庭是社会关系的综合体，和爱情还有区别，比两个人的爱情复杂得多，处理不好家庭关系，就会影响到夫妻之间的感情。你要学会爱屋及乌才行，懂吗？"刘院长语重心长地教导王洁茹，"扯远了，我带你到院里查一下，如果确实是怀孕了，就别疯跑了，老老实实在家待着。"

"如果真怀孕了，我也不想要。"

"李梦浩能同意吗？"刘院长瞪了王洁茹一眼，"就是李梦浩同意了，他父母能同意吗？你不了解农村人的风俗，媳妇进了门，一年不见喜是要听风凉话的，就像母鸡不下蛋，等着挨宰吧。"

王洁茹嘟囔道："刘院长，你怎么也像个农村老太婆似的。"

刘院长说："我了解农村人，你爸不也是农村出来的嘛。"

王洁茹不吭声了。刘院长又说："晚上，梦浩就回来了，他知道肯定是一个惊喜。"

王洁茹说："是不是怀孕，还不一定呢。"说完，便去卧室拿试纸了。当王洁茹从卫生间再出来，很无奈地嘟囔说："妈，完了，是真的了哎！"

刘院长笑道："真的就好！你爸要知道了，也肯定高兴，这是件可喜可贺的事，晚上让梦浩陪你爸喝两杯！"

王洁茹哭丧着脸道："你们高兴了，我呢，要受苦受累了。"

刘院长说："女人生孩子是天经地义的事，等你做了母亲，就知道其中的快乐了。没有苦累，怎么能体会到幸福？"

"拉倒吧。"王洁茹撒娇道，"站着说话不腰疼呢。"

刘院长站起来，拉着王洁茹说："别耍浑了，到医院做检查吧，做医生的也要遵医嘱的。"

女人就是这样，想不开时，一件小事都能把心思堵死，让人喘不过气，一旦想开了，再大的事也就不算事了，海阔天空，任凭自由飞翔了。王洁茹到医院妇产科检查后，确诊是怀孕了。片刻，心情就好转起来，要做母亲了，十个月后，一个小生命就诞生在这个世界了，这个小人儿是她创造的，多有成就感啊！

从医院回到家，看见李梦浩在院子里等她。王洁茹老远就娇气地喊道："梦浩，梦浩，快来扶我一下嘛！"

李梦浩望着王洁茹走来，满脸娇羞的神态，一时不知怎么回事。就因为王洁茹这么一喊，李梦浩心里一动，看起来王洁茹撒起娇来也挺可爱。李梦浩上前几步，扶着王洁茹的胳膊，关切地问："怎么啦？"

王洁茹挎着李梦浩的胳膊进了屋，喃喃地说："我累了，辛苦你一下，伺候伺候娘子吧！"

李梦浩扑哧一笑，说："老爷我也累了，娘子，上杯茶来！"

王洁茹坐到沙发上，嘻嘻地笑道："难听死了，什么老爷啊？那我不成丫鬟了？该称你郎君，郎君辛苦了。"

李梦浩也坐下来，玩笑说："太甜腻了，叫官人好听些，比如'西门大官人'。"

"好啊，你还想当西门庆啊？"王洁茹掐了李梦浩一下，嚷起来。

"那我做武松好了吧！"李梦浩呵呵笑道，"打虎英雄。"

王洁茹依偎过来，将头埋在李梦浩的怀里，不说话了。一个星期没有见面，年轻人难免有些饥荒。李梦浩一边摩挲着她的头发，一边把手伸进王洁茹的衣服里。李梦浩闻到了女人头发里的香波味，用劲嗅了嗅，很好闻，是他喜欢的味道。男人对气味很敏感，喜欢的气味能让人心旷神怡，兴奋、蓬勃；不喜欢的气味，则会让人神不守舍，厌恶、萎靡。气味相投了，才会有好感，产生激情。李梦浩把鼻子贴到王洁茹的头发里，做个深呼吸，它的效果远远超出了想象，没想到，王洁茹身上的来苏水味没有了，取而代之的是一种撩拨人的体香。李梦浩一把抱住王洁茹的身体，将她搂在了怀里，鼻子在王洁茹的身上四处游动。

王洁茹早已是心猿意马了，在他的怀里扭动着、呻吟着，太撩拨人了。李梦浩抬腕看了眼手表，时间还早，没有到下班的时间，也就是说，王秉义和刘院长这会儿还在办公室里办公呢。李梦浩将王洁茹扶起来，轻声道："还有时间，快上楼吧。"

王洁茹迷离地看了眼李梦浩，说："等不及了？"

李梦浩说："是。"一把托起女人，雄赳赳地上楼了。进了卧室，插了房门，催促说："还有一个小时，二位首长就要下班回家了。"

王洁茹一边脱军装，一边笑道："怕什么？回家了，我们不归他们领导。"

李梦浩说："他们在家，我心里总是发怵，就像汇报工作似的，生怕说错话、做错事，惹得他们不高兴。"

"瞧你，说得这么可怜，像个童养媳似的，他们有这么可怕吗？"王洁茹上床把李梦浩揽到怀里，梳理着他的头发，"其实，我爸妈都很喜欢你，老在背后夸你呢。"

李梦浩说："我明白，只是，他们是首长，我就是心虚吧。"

"不怕，老公。"王洁茹把他的脑袋搂到胸前，像哄孩子。

李梦浩坐起身，开始替王洁茹脱衣服。王洁茹突然抓住了丈夫的手，说："不行！"

"为什么？"李梦浩有些情急，"明天就去苏州了，在外边不方便的。"

王洁茹把李梦浩的手摁到自己的肚子上，说："不去玩了。"

李梦浩疑惑地看着王洁茹，问："到底是为什么？说好的，怎么又不去了？"

王洁茹骄傲了，一下坐直了身子说："我怀孕了，你要作爸爸了。"

　　李梦浩没有意识到，这个消息来得这么突然。说心里话，李梦浩是一直希望老婆怀孕的，结婚快两年了，王洁茹的肚子一直没有动静。父母亲每次来信都要问一句，儿媳妇有了没？李梦浩不好回答，只能是顾左右而言他。他在心里也怀疑过王洁茹，是不是女人有问题，不能生？还是……李梦浩自己倒不急，也就没有提出来去检查一下，若是真提出来让王洁茹去检查，会伤了王洁茹的自尊，若是不能生，那样就伤人了，太伤人了！李梦浩不知道王洁茹在采取措施——吃药。是药三分毒，避孕药也是药，对身体没好处。王洁茹吃药，是从两个方面考虑，一是不让李梦浩知道，二是牺牲自己。

　　李梦浩从疑惑中走出来，他看到王洁茹一副小女人的娇态，相信是真的了。他有些激动，男人一激动，眼睛也会潮湿，会流泪。李梦浩声音变得沙哑了，像感冒，说："谢谢老婆，我真要当父亲了？！"

　　"真的！"王洁茹说，"我下午到医院检查了。"

　　"好！"李梦浩一把将王洁茹搂进怀里，似乎要将她镶嵌到自己的身体里。这是一件多么骄傲自豪的事啊！不仅证明了自己，也证明了女人，一切都没问题，更值得庆幸的是，李家有香火了，乡下的父母就可以得意地告诉马陵村的每个村民："我有孙子了！"

　　王洁茹被搂得喘不过气来，挣扎着说："轻点，轻点，别伤了孩子。"

　　李梦浩松开手，说："我得想想，给儿子起个名字。"

　　王洁茹呢喃道："你怎么知道就是个儿子啊？"

　　李梦浩捧着王洁茹的脸，轻吻一下，说："我相信我的能力，百发百中，肯定是个儿子。"

　　"你说是儿子，就是儿子了？"王洁茹问，"要是个女儿呢？"

　　李梦浩坚定地说："我说是儿子就是儿子！"

　　王洁茹白了一眼李梦浩，笑道："你说儿子就儿子吧。"

　　李梦浩情不自禁地把王洁茹又揽了过来，轻轻地抚摸着："你怀孕了，这几个月我就得吃素，念阿弥陀佛了。"

　　王洁茹坐起来，把丈夫的脸贴在自己的胸前，李梦浩伏在王洁茹的怀里，虽然心潮起伏，但此时安静得像个熟睡的婴儿一般。王洁茹抚摸着丈夫的后背，一股母性的温情涌上心头，男人也是个孩子呀，再大的男人，在温柔女人的怀里，都会像个孩子！

　　王秉义和刘院长下班回来了。

王秉义进门就问："洁茹还没下班？"

刘院长朝楼上望了一眼："在卧室呢。"

"这孩子，怎么也懒了？"王秉义说，"回来了，也不知道帮你做饭。"

刘院长微笑道："洁茹怀孕了。"

"真的？"王秉义吃惊地问。

"真的！下午我带她去院里检查了。"

"喜事啊。"王秉义摘了帽子，又脱去上装，坐在沙发上，"可喜可贺，哎，梦浩知道不？"

"梦浩可能也在楼上。回来了，肯定知道了。"刘院长小声地说。

王秉义说："别看梦浩表面上不急，我清楚，他早就想要洁茹生孩子了。结婚快两年了，没个孩子，他父母能没想法？"

刘院长说："小茹这孩子任性，一直在吃药呢，百密也有一疏，怀上了，天意！"

王秉义梳理着头发，眉开眼笑地说："多炒几个菜，晚上喝两盅。"

刘院长笑道："我就知道你要喝酒，下班路上我多买了几个菜。"

王秉义呵呵笑道："你真是善解人意啊，今晚，你也喝点，家中要添丁了，以后就热闹了，我们庆祝一下。"

这时，刘院长想起了小女儿："洁萍这孩子，放假了，也不知回不回来。"说罢，刘院长叹了口气。

"洁萍和洁茹性格不一样，洁茹恋家，洁萍心大，都读研了，也不谈个男朋友，她说还要出国。"

"还要出国？"刘院长诧异起来，问道，"怎么也不和我商量一下？"

"她大学毕业时，我就想让她穿军装，可她不干，读研也没有和我们商量嘛！"王秉义说，"这样也好，洁茹随我，洁萍随你。"

"她哪点随我啊？"刘院长惋惜道，"这孩子成书呆子了。"

"好啦，不说洁萍了，随她吧，做学问也很好。"王秉义站起来，"我给你打下手，做饭！"

"太阳从西边出了，将军也进厨房了。"刘院长笑起来，先去了厨房做饭了。

吃晚饭的时候，王洁茹说："将军阁下，我有个小小的请求，不知道是不是可以说。"

王秉义说:"你立功了,可以给个奖励。"

王洁茹说:"好,我想让你把梦浩调到军机关来。"

王秉义看了李梦浩一眼,没有表态,只说:"来,梦浩,你陪爸喝一杯!"

王洁茹瞪了李梦浩一眼,说:"李股长太没眼色了,还不快站起来敬王将军一杯!"

刘院长嗔道:"你这孩子怎么这样说话呢,什么王将军,他是你爸,别没老没少的,你看梦浩,再看看你!"

李梦浩端起杯子,站起来,恭敬地说:"爸,我敬您一杯,您别介意,洁茹是开玩笑呢!"

"我不是开玩笑!"王洁茹大声道。

王秉义喝干了杯中酒,李梦浩又给斟上。王秉义扭脸问李梦浩:"你什么想法?"

李梦浩坐回位子上,看着王秉义认真地说:"爸,我还年轻,想在基层再锻炼锻炼。"

王洁茹瞅了李梦浩一眼,生气道:"你在团里那么忙,一个星期都难见你一面,我怀孕了,谁来照顾我啊?"

刘院长看着王秉义,说:"这也是个现实问题啊。"

王秉义说:"团里是要忙些,这样吧,让梦浩到师政治部锻炼锻炼,要一个台阶一个台阶地迈。在师政治部当干事会轻松些。"

三十

"五一"假期过后,李梦浩就到师政治部宣传科报到了。

政治部主任黄佳阳责怪李梦浩说:"洁茹怀孕了,你也不早说!"

李梦浩说:"我也是这次回家才知道的。"

黄佳阳说:"这段时间,你多回去照顾照顾洁茹,如果她到我这里告你状,我可饶不了你啊!"这话说得既亲切又严肃,俨然不是上级对下级说的话,是父辈的口气,话里透着亲近，又带着严格要求。李梦浩诺诺着，心潮起伏，充满着感激。黄佳阳是他和王洁茹的媒人，又是他的顶头首长，首长说话了，李梦浩能不遵从吗！

五月是个春暖花开的季节，阳光明媚，春风和煦。可是，这一年的五月，却是个"风雨交加，电闪雷鸣"的五月。席卷全国的"学潮"，让很多人都食不甘味、夜不能寐了。首都开始戒严，部队进入了一级战备状态。收音机和报纸、电视每天都不停歇地报道着北京和各地的新闻。一时间，民间谣言四起，印着各种消息的传单像瓦斯一样在大街、广场、车站、人群里爆炸，老百姓都晕了。

李梦浩也有些晕头转向。

刘院长给师政治部宣传科打电话，这是刘院长第一次把电话打到李梦浩单位来。刘院长在电话中说："梦浩，你请几天假吧，洁茹妊娠反应比较大，你回家照顾几天，我忙不过来。"

李梦浩想说，现在部队已进入紧急状态了，请假肯定不合适，探亲休假的干部战士都被电报催回来了，这时不好请假的。但是，李梦浩没有说出口。李梦浩回答道："好吧，我请假。"

李梦浩向宣传科何科长请假，何科长善解人意，亲切地说："家里有事就回去吧，部队有行动，提前通知你，也来得及。"

不可思议的是，王洁茹并没有多大反应。更不可思议的是，这个时候刘院长亲自给李梦浩打电话。李梦浩觉得这个问题有点复杂了。对待复杂问题的处理办法，是把复杂问题简单化，不去多想，也不去多问，全当没那回事。王洁茹怀孕了，作为母亲，能不关心女儿，为女儿着想吗？

李梦浩开始学着做家庭妇男。这一做不打紧，王洁茹黏糊上了，把李梦浩霸在家里，不让他到师宣传科上班了。

李梦浩着急，不安地说："我不回单位上班怎么可以啊？"

王洁茹说："我打电话给黄主任了，他批你假了。"

李梦浩问："假也太长了吧？"

王洁茹说："要不，过几天我让干部处通知你们师，就说你到军里来帮助工作了。"

李梦浩说："我要帮助工作到什么时候啊？"

王洁茹笑道："帮助到我生完孩子。"

无奈，太无奈了。李梦浩只有服从。一切都安排好了，李梦浩还能说什么？再说话，就有点不知好歹了。别人想有这样的待遇，有吗？没有。可能吗？不可能！

知足吧，李梦浩，你就知足吧！

王洁茹终于分娩了，果然，是个儿子。

王洁茹出院后，对李梦浩说："该给儿子起个名字了。"

李梦浩抱着儿子在屋里转圈子，看着襁褓中的儿子脱口说道："叫狗蛋。"

王洁茹哭笑不得："还叫猫蛋呢，真没文化！"

李梦浩认真地说："我说的是小名，老家的孩子小时候都有小名，上学了再起大名。"

王洁茹问："那你小时候叫什么呀？"

李梦浩不好意思起来，说："狗剩。"

王洁茹笑得前仰后合，说："爹叫狗剩，儿子叫狗蛋，真是一对乡下土包子。"笑毕，认真道："难听死了，现在就起大名。"

李梦浩早就想好了名字，便说："儿子姓李，不按家族辈分排了，就叫李萌吧。"

王洁茹想了想，说："这名字还行，萌，萌芽、萌发的意思。"

李梦浩亲了亲儿子，说："儿子，你记住，叫李萌。"

王洁茹笑道："你放心，不会叫王萌的。"王洁茹接过儿子，问李梦浩："我给你李家生了儿子，你怎么奖励我？"

李梦浩满心欢喜道："你想要什么都可以。"

王洁茹认真地说："我要你以后对我比对儿子好。"

李梦浩笑得喘息了，说："还有你这样当母亲的，和自己儿子争宠。"

王洁茹撒娇道："你答应不答应？"

李梦浩看着王洁茹怀里的儿子，亲了一口王洁茹的脸说："儿子，你原谅爸爸，我对你妈比对你，就多好一点点、一点点啊。"

王洁茹幸福地笑着，喃喃地说道："儿子是妈的心头肉，你要对他妈不好了，以后儿子长大了，我让他找你算账。"

李梦浩笑着答应道："好。母子连心，你看，儿子笑了。"

男人侍候月子有些不知所措。李梦浩对王洁茹说："让我妈来侍候你吧，老人有经验。"

王洁茹说："她年纪大了，就不麻烦了。"

刘院长在旁边插话道："让李萌的奶奶来，我看挺好！"

王洁茹嘟囔道："好什么呀？"

刘院长说："你看，你婆婆把梦浩养这么大，多聪明，她也会把孙子照顾得很好的。"

王洁茹清楚李梦浩想让他妈来。自结婚后，她只随丈夫回老家马陵村一次，李梦浩后来又探了一次家，回来就有点不高兴。公公婆婆一直没有来部队，不是不想来，是李梦浩不让来。现在她有孩子了，再不让老人来看看孙子，于情于理都说不过去，况且，李梦浩提出来了，不答应不好。

"好吧，那就发电报让来吧。"王洁茹同意了，李梦浩就给父母发了一封电报，报了喜。三天后，杨月兰背着大包小包，还提了两只正在下蛋的老母鸡来了。

刘院长是第一次见杨月兰，忙迎到院子里。李梦浩对刘院长说："是我妈。"他转过脸来对杨月兰想介绍刘院长，可一时不知该怎么说。当着亲妈的面叫丈母娘"妈"，李梦浩开不了口。李梦浩有些尴尬。杨月兰是个明白人，忙将手里的老母鸡放下，热切地说："是亲家母吧。"

"亲家你好。"刘院长伸出手，想和杨月兰握一下。农村人见面没有握手的习惯，更何况是一个没见过世面的家庭妇女。杨月兰不知道刘院长是要握手，便将手里提的小米袋子递过去。刘院长倒没觉得什么，忙接下了，热情地说："亲家母大老远地来，带这么多东西干什么？城里什么都有的。"

杨月兰说："城里的东西没营养，还是乡下的东西好，新鲜。"

两只母鸡在地上扑扇着翅膀，咯咯地叫唤，叫了几声，啪的一声，生出一个鸡蛋下来。刘院长惊呆了，弯腰拾起鸡蛋说："真好哎，这老母鸡还下蛋呢！"

杨月兰说："都是还在下蛋的鸡。我想着，小萌他妈坐月子需要营养，就抓来了，如果小萌他妈不喜欢吃，啃不动鸡骨头，那就养在家里，让它下蛋，刚下的鸡蛋香。"

刘院长有些感动。到底是自家人，血脉相连。老婆婆疼儿媳妇就是疼孙子，也是疼儿子。刘院长将杨月兰引进客厅，说："先喝杯水，歇歇。"

杨月兰没有坐，在客厅里四处张望，问李梦浩："孙子呢？"

李梦浩给母亲倒了杯水，说："你先坐一下，我上楼去抱来给你看。"

李梦浩正准备上楼，王洁茹抱着孩子下来了。王洁茹走到婆婆面前，对怀中的儿子说："快叫奶奶，奶奶来看你了。"

李梦浩看了王洁茹一眼，脸立时沉郁下来，母亲从乡下第一次来城里，不要说是来儿子家，就是来串亲戚，作为儿媳妇也该打个招呼的，叫句"妈"能怎么样？是降低了身份，还是怎么样？进了李家的门，就是李家的人！见了婆婆不叫妈，从古至今很少有。

杨月兰没计较，伸出手去说："乖孙子，来，让奶奶抱抱。"又埋怨道："小萌妈，你怎么出屋了，月子里不能遭风吹了，会落下病根的。"

王洁茹没有将李萌递给婆婆抱，扭转身子，在客厅晃动起来，嘟哝着逗孩子玩。杨月兰伸出去的手无趣地又缩了回来。李梦浩的脸一下耷拉下来，不好看了，有了怨气。

刘院长在旁边都看在了眼里。刘院长批评道："洁茹，把孩子让你妈抱抱！大老远来了，让奶奶好好看看孙子。"

刘院长没有对王洁茹说，让你婆婆抱抱孙子，也没有说让梦浩他妈抱抱孙子，而是说，把孩子让你妈抱抱！一句话点明了主题和要点，刘院长就是刘院长，领导干部，深明大义，深明大义啊！

王洁茹也瞥见了李梦浩的脸色不好看，意识到了问题的严重性，理智告诉她，眼前这个农村女人不是别人，是李梦浩的母亲，怀中孩子的奶奶，要爱屋及乌。王洁茹晃动到杨月兰面前，轻声道："妈，一路上累了吧。"说完，将怀里的孩子递了过去。

杨月兰接过孩子，脸上溢着笑，逗孙子说："奶奶不累，看到孙子就不累了。宝贝孙子，长得真好看，像你爸呢还是像你妈啊？"杨月兰抬头看了李梦浩一眼，又看了儿媳妇一眼，随口又说道，"眉眼真像你爸爸呢！萌萌啊，快长大，长大了，像你爸爸一样，去当兵，扛枪，再娶个大官的闺女做媳妇，也让你妈享享福。"

杨月兰随口说出的话，其实是为儿子骄傲和自豪的意思。可是，李梦浩和王洁茹听了，意思就不同了，话里有了另样味道。李梦浩的理解是埋怨，王洁茹的理解是讥讽。谁说乡下人老实厚道，谁说农村女人不善言辞？有时候，笨拙的女人说出的话更具智慧、更会含沙射影。

杨月兰来海州市侍候儿媳妇坐月子，感觉很不自在，这不是儿子的家，是儿子丈母娘的家。儿子住在女方家，这是"倒插门"了。

杨月兰来后，住宿成了大问题，楼上三个房间，一间书房，两间卧室，刘院长和王洁茹各居一间；楼下，一个客厅，一个保姆房，还有厨房卫生间。杨月兰只能住保姆房了。

侍候月子是件烦琐的家务活。杨月兰按照马陵村的风俗习惯，给王洁茹做饭做菜。过去，马陵村的女人坐月子，前三天主食是红糖胡椒茶和煮鸡蛋，家境好的一顿六个煮鸡蛋，家庭困难的一顿两个。三天过后吃挂面、馓子汤。一个月子坐下来，女人和孩子都被养得白白胖胖的。杨月兰生李梦浩时，正值困难时期，李树霖退伍回乡，家境也不怎么好，月子里头三天，每顿两个鸡蛋，一碗红糖茶，没有胡椒。就是那两个煮鸡蛋，杨月兰也舍不得吃，省下一个埋到了丈夫李树霖的碗里。三天后，没有挂面、馓子吃，杨月兰和家人一起吃山芋糊子、高粱煎饼。家里攒了二十斤白面，全部打成面糊喂李梦浩了。李梦浩的奶奶，杨月兰的婆婆对儿媳妇说："这个孩子将来要吃公家饭的，不能委屈了他。"杨月兰怕面糊烫着儿子的嘴，用筷子夹一坨放在嘴里抿抿，不烫了，就嘴对嘴喂给儿子吃。现在儿子也有儿子了，她想，现在条件好了，可以放开肚子吃了。杨月兰将从家里带来的小米、鸡蛋、胡椒、红糖放到橱柜里，开始给王洁茹做饭。

保姆对杨月兰说："阿姨，你做这些东西，洁茹姐不喜欢吃的。"

杨月兰说："你还是个闺女，不懂的，这小米饭养胃，月子里吃好。"她煮了六个带来的草鸡蛋，剥了壳放进大碗里，撒上胡椒粉，又舀了两勺红糖，用开水一冲。弄好了，杨月兰亲自端上楼。

"起来吃饭喽。"杨月兰对躺在床上的儿媳妇说，"趁热吃，发发汗。"

王洁茹要起身下床，杨月兰忙制止说："别下地，就在被窝里吃。"她把一大碗鸡蛋红糖胡椒茶递过去，"你尝尝，又香又甜。"

王洁茹接过碗一看，褐色的水里沉浮着剥了皮的鸡蛋，问："这是什么呀？怎么像中药啊。"

杨月兰笑眯眯地看着儿媳妇，解释说："不是汤药，红糖胡椒茶，暖胃、祛寒、去腥气，月子里身子虚，容易受凉，喝这茶，保证你舒服。"

王洁茹抿了一口，咧了咧嘴，说："这么辣，怎么喝呀？"又盯着碗里的鸡蛋，"这么多鸡蛋，怎么吃得下？"

杨月兰说："生完了孩子，肚子就空了，用鸡蛋把肚子填实了，你身子才会壮起来。"

"我又不是猪，能吃这么多？"王洁茹放下碗说。

杨月兰有些不悦意，说："咱们农村女人生完孩子，有人一顿能吃十二个鸡蛋，两碗红糖胡椒茶。你看你，这还嫌多，真是小姐的肚子。"

王洁茹不高兴了，嘟囔说："你们村女人能吃，我吃不下，也不喜欢吃！"

杨月兰问："那你喜欢吃什么，我去再给你做。"

王洁茹躺下来，半天才回答说："我没胃口，什么都不想吃。"

杨月兰叹了口气，下了楼。中午，李梦浩从外面回来，看见那碗鸡蛋茶还放在床头，知道王洁茹没吃饭，就问："你想吃点什么，我去给你做吧。"

王洁茹说："你去市场买点蹄髈和鲫鱼来，让我妈熬点汤。"

李梦浩说："好，我马上去。"

王洁茹交代说："少放盐，也别放花椒大料啊，要清淡些。"

李梦浩买来了蹄髈和鲫鱼，杨月兰要帮着做。李梦浩说："妈，你就别忙了，歇会儿吧。"

刘院长下班回来，听说王洁茹没吃早饭，责怪李梦浩道："月子里不能空腹，要少吃多餐，一天要吃六顿饭的，早上不吃饭，饿了半天，怎么能行？"

杨月兰听到亲家责怨儿子，走过来说："不怨梦浩的，我做了饭，李萌他妈不愿吃！"

刘院长换了笑脸，解释说："亲家母，这也不是怪你，洁茹这孩子嘴刁，吃不惯别人做的饭，还是我来做吧。"

中午，李梦浩把母亲做的鸡蛋茶和小米饭从楼上端下来。杨月兰看见碗里的鸡蛋一个没少，心里很难过，对儿子说："过去，要有这么多好吃的，那就上天了。"杨月兰把小米饭和鸡蛋茶倒在锅里煮热了，当作午饭吃了。

刘院长说："亲家母，剩饭就别吃了，吃新做的饭吧。"

杨月兰说："扔了可惜，米是新米，鸡蛋也是刚下的鸡蛋，比城里卖的强多了。"

李梦浩看着母亲吃剩饭，自己也盛了一碗。虽然小米饭剩了不好吃，但李梦浩吃起来还是很香，特别是那鸡蛋，咬一口满嘴香，红糖胡椒茶喝了一碗，满脸出汗，浑身通透。

李梦浩想，王洁茹怎么不知好歹呢？

李梦浩将刘院长炖的蹄髈汤端上楼去，王洁茹嗅了嗅，说："嗯，就是这味道。"喝完一碗，对李梦浩说："再来一碗。"

李梦浩问："你不嫌腻啊？"

王洁茹说："为了儿子，腻，我也得喝，下奶。"

勉强住了一个星期，杨月兰对儿子说："你大在家我也不放心，没人给他做饭吃。这次来，看了孙子，我也就知足了，该回去了。"

李梦浩说："等李萌满了月再走吧，多住几天。"

杨月兰看了眼儿子，低下头，半天才说："你好就好，我在这里帮不了什么忙，还给你添麻烦，我走了好。"

李梦浩有些难过，口是心非地说："王洁茹就是那脾气，又是医生，讲卫生讲惯了，你别怪她。"

杨月兰说："我怎么会怪她呢？都是为了我孙子嘛。"她叹息了一声，有些伤心了，又小声地说："那天，我亲了孙子的脸一下，她马上不高兴了，还用酒精棉花擦孩子的脸，要消毒，我嘴上有毒吗？你小时候，可是我嘴对嘴喂大的。我孙子，我亲一口就不行了？！"

李梦浩看着母亲伤心的样子，也落泪了，安慰母亲说："等我有了房子，就不住她家了！"

杨月兰说："别置气，人家是大官的闺女，你娶这样人家的闺女是咱家烧高香了，妈不怪你，要怪就怪妈是乡下人。"

母亲这句话说重了，含有高攀又含有自怨自艾的意思。

第六章 06

三十一

出了月子，王洁茹胖了不少，脸也比过去红润了。女人一胖就显得慵懒了。除了给儿子喂奶，王洁茹什么也不想做。本来想减肥的，可是听说减肥会影响哺乳，也就暂时打消了这个念头。

这年春末，师机关和各团到云雾山区训练场去驻训。本来李梦浩很想去驻训的，虽然在山区驻训各方面条件艰苦些，三个月时间不能回家，但是李梦浩清楚，驻训有驻训的好处，长期封闭在营房有点憋得慌，还不如到外面看看山山水水。可是，宣传科何科长执意让李梦浩在营房留守。何科长有何科长的考虑，政治部副主任转业了，空出的位置一直没有配，何科长在政治部是资深的老科长，一直盯着这个位置。如果何科长能如愿以偿，朱副科长将提升科长。科里有四个干事，谁当这个副科长，只有主任黄佳阳说了算。何科长想，往年留守都是朱副科长，现在朱副科长也在准备当科长，于是，何科长顺手送出两个人情，让朱副科长驻训随时接班。以李梦浩夫妻是双军人，需要照顾家庭为由，将李梦浩留在了营房做准备。

部队到训练场驻训不久，师政治部副主任的任职命令到了。李梦浩也没有想到这个副主任是刘佳章。刘佳章是集团军政治部宣传处副处长，分管文工团。据说，刘佳章是准备当宣传处长的，可是一年前出了意外，政治部原来的主任寇元明被免职了，刘佳章就被搁置了。王秉义当主任后，没有让刘佳章转业，而是把他提了一职，只不过是到师政治部当副主任，也算是对前任寇元明有个交代。

刘佳章是寇元明一个县的小老乡。寇元明在团里任政委时，刘佳章是团俱乐部主任。后来，寇元明一路升到集团军政治部主任，刘佳章也跟到了宣传处。如果寇元明一路朝前走，也许刘佳章就会步步紧跟着。可是，谁也没有想到寇元明半途跌了跤，提前退休了。要说发生在寇元明身上的问题，这里有一半是内在因素，一半是外在因素。内因是变化的根据，外因是变化的条件，缺少哪一样都不行。就像把鸡蛋放在炕房里能孵出小鸡，搁在冰箱里永远是鸡蛋一样。内因说起来很复杂，简单地说，就是身上荷尔蒙在作怪。外因是社会风气的侵蚀。走出营房的大门，满大街都飘着"女人爱潇洒男人爱漂亮，不知不觉地就迷上你，我说你潇洒你说我漂亮……"的歌声。大街小巷的歌厅舞厅、洗头房洗脚房如雨后春笋一般，突然就都冒了出来。机关、工厂、学校也开始搞集体舞会。一时间，工农商学兵学跳舞成为时尚。跳舞不是走队列，而要男女搭配。问题来了，舞伴潇不潇洒漂不漂亮，就有了相互选择和相互攀比的心理。

正常情况下，男人都有征服女人、占有女人尤其是征服漂亮女人、占有漂亮女人的欲望。男人靠征服世界来征服女人。男人一旦手中有了权力，有了金钱，漂亮的女人不需要去征服，就会像苍蝇一样飞来。漂亮女人往往以征服男人来征服世界。男人呢，以占有漂亮的女人作为成功的一种显著标志。要不，过去的皇帝怎么会有三宫六院七十二妃呢。

历史上，帝王将相大都是"爱江山更爱美人"。追溯起来，历史记载的或野史杜撰演绎的，著名的有周幽王与褒姒、吴王夫差与西施、汉成帝与赵飞燕、吕布与貂蝉、唐玄宗与杨玉环、吴三桂与陈圆圆、多尔衮与孝庄文皇太后、咸丰帝与叶赫那拉氏，等等，举不胜举。自古还有"英雄难过美人关"之说。战国时期的军事家孙武就是看到男人的这个弱点，把"美人计"写进了三十六计中，一直延留至今。

由此可见，男人喜欢漂亮女人是具有悠久历史传统的。

军人也是人，谁没有七情六欲呢？外在条件具备的情况下，精力充沛的寇元明就犯了一个男人容易犯的生活作风方面的错误。

刘佳章在宣传处是分管文化工作的，他在俱乐部搞了个大舞厅，又在偏房搞了个小舞池。小舞池专供军首长在里面跳舞。首长都是五十岁以上年纪，有会跳舞的，也有不会跳舞的。刘佳章从文工团挑选十个女兵，每个周末陪首长们跳舞。有的首长跳了几次，以各种原因就懈怠了，唯有寇元明主任乐此不疲。

寇元明原来不会跳舞，一切都要从头开始。别看那些跳舞的人在舞池里身轻如燕，其实是下过苦功的。台上一分钟，台下十年功。学跳舞是个吃力活，比踢正步都累。好在教首长跳舞的都是漂亮的小女兵，小女兵在首长面前不仅有耐心，也很有方法，让首长感觉不到吃力。

给寇元明当教练的是文工团的朱妍，朱妍是三年前从四川舞蹈学校特招来的女兵，不仅身材窈窕，脸蛋也好看。入伍时是奔着提干来的，没想到三年过去了，一点希望都没看到，朱妍有些灰心，也有些放纵。一次偶然的机会，朱妍认识了地方一个老板，这个老板对女人很傲慢，看女人的眼光像是看货架上的生活用品，有些挑剔。可是，看朱妍的眼光很特别。老板说，他喜欢不爱红装爱武装的女军人，英姿飒爽，光彩夺目。老板说这话时是真诚的，也是谦虚的，让朱妍觉得这个老板和其他老板不一样。

一般来说，有的有钱人身上都有股"铜臭味"，在女人面前爱显摆，诱惑女人都是吃吃喝喝送礼物那些老套路。而这个老板认识朱妍后，却是请她看电影、看画展，探讨人生，有时还带她去电视台当嘉宾。一来二去，不知不觉中，朱妍觉得老板是个有内涵、有素质的男人。这时，老板也从精神世界渐渐向物质世界靠拢，适时送些礼物给朱妍，到朱妍发现老板是个有妇之夫时，已经深陷其中不能自拔了。

还没等朱妍向老板提出具体要求，老板的老婆找到朱妍，心平气和地说："怪不得呢，他会看上你。我要是男人也会动心的，瞧你这身军装多好看呀！"老板老婆没有说朱妍人漂亮，而是说军装好看。她注视着朱妍又说，"只是可惜这身军装了。"朱妍哪经得住这样的羞辱，只好落荒而逃了事。朱妍意识到自己被涮了，可又能怪谁呢？恰巧这时，刘佳章选她陪首长跳舞。本来朱妍不想去，可转念一想，陪首长跳舞是接触首长的好机会，说不定首长一句话就可以改变自己的命运呢。

朱妍陪寇主任跳舞时，她和别的女兵不一样，别的女兵陪首长跳舞是按舞曲跳，三步就是三步，有时是喧宾夺主，带着首长跳。而朱妍不是这样，一直是寇主任带着她跳，寇主任进，她就退，寇主任退，她就进，灵活巧妙得很。

朱妍最大的特点是面部表情很丰富。别的女兵都是拘谨严肃的样子，不敢看首长，有些冷冷清清的感觉。朱妍却像女儿看着父亲一般，眼睛里漾着波光。这就让寇主任对她越发地爱怜了。到后来，跳舞的首长少了，舞池里只有寇元明和朱妍的时候，朱妍一手搭在首长的肩上，一手握着首长的手，舞曲就是多余的了。他们不需要舞曲，就在那里摇着、晃着。朦胧中，既像一对父女，又像一对情侣，缠绵曼妙。

朱妍陪首长跳舞是从春天开始的，到了夏季，大院里的花木该开花的都开花了，该结果的也都结了果。寇元明和朱妍已经跳贴面舞了。寇元明拥着柔软的朱妍，心猿意马起来。寇元明拍拍朱妍的屁股说："今晚不跳了，说说话吧。"

寇主任把朱妍带到隔壁的休息室，朱妍说："有什么话就说吧。"

寇元明说："小朱，你是个聪明的孩子。"

朱妍顽皮地说："你也是个可爱的首长。"

寇元明很民主，征求意见说："有什么要求吗？"

朱妍说："没要求，服从首长的安排。"

寇元明拍拍朱妍的脸蛋，畅快地说："好好干，组织不会亏待你的。"

朱妍说："我相信组织。"朱妍想了想又说："我要在部队干一辈子。"

如果朱妍能沉得住气，事情也许不会是后来那样的结果。年底老兵退伍时，刘佳章说要把朱妍留下来，看以后能不能有机会提干。可是寇元明知道，文工团下一步能不能保留还是个问题，女兵提干就更难说了。寇元明交代刘佳章，朱妍各方面素质都不错，让刘佳章代表组织与地方安置部门联系，把朱妍安排到海州市电视台工作。

本来这是一件好事。可是，朱妍不愿意退伍。朱妍对刘佳章说，她要留在部队提干。这让刘佳章为难了。刘佳章劝说道："退伍后，组织出面安排你到电视台工作很好的。"

朱妍有些不甘心，生硬地说："我一个跳舞的到电视台能做什么？在部队提干就不一样了！"

刘佳章解释说："现在提干都要经过院校，直接从士兵中提干很困难。"

朱妍有些倔强，不管不顾了，直截了当地说："那就让寇主任想办法。"

谁也没有想到，朱妍会到首长办公室找寇元明。朱妍太莽撞了，一个小兵竟然不打招呼直接闯到军首长办公室来了。寇元明很吃惊，也很生气。办公室是什么地方？寇元明皱着眉头看了朱妍一眼，冷漠地问道："你来干什么？"

朱妍说："我不想退伍。"

寇元明说："这是组织的决定。你要服从命令。"

朱妍倔强了，说："我不走！"

寇元明严厉起来，说："这是命令。"

朱妍看着寇元明不再搭理她，气鼓鼓地离开了办公室。朱妍想，自己已经被男人涮了一次了，不能再被涮第二次。她必须要这个男人给她个说法。等了几天，文工团士兵退伍名单宣布了。朱妍听到自己的名字后，一时慌了神。

当天晚上，朱妍找到刘佳章，说自己怀孕了。问题一下复杂起来。事情到了这个地步，只有再做朱妍的思想工作。可是，朱妍软硬不吃，这个工作怎么做？大道理讲不通了，刘佳章也没有办法。到最后，朱妍绝望了，破罐破摔，把事情闹大了。寇元明寇主任因生活作风问题被军区处理提前退休了。

一年多后，刘佳章被安排到师政治部任副主任。政治部主任黄佳阳带机关人员驻训了，刘佳章在营房负责留守。留守期间主要是安全管理工作。师团营连，从上到下就怕发生安全事故，可是事故还是发生了。

出事那天早晨一点预兆都没有。高炮团战士郑春秋探亲假批下来后，吃过早饭，他要到县城买些礼品带回家。郑春秋向班长请了假，骑着自行车去了县城。到了十一点多钟，团值班室突然接到县医院电话，说郑春秋受伤了，因伤势严重，抢救无效死亡。

高炮团的领导慌了，立即向师里报告，负责全师留守工作的副政委张晨光迅速带着师机关工作组赶到了高炮团。张晨光对高炮团的领导拍了桌子："你们怎么搞的？一再强调留守期间不能出事，不能出事！可你们团一出就是大事，还死了人，怎么交代！"

高炮团负责留守工作的是副团长。副团长想解释，张晨光正在气头，根本不想听，又训斥道："师里刚开过安全工作会议，你们团就死了人，你这个副团长还想不想干了？"等张晨光发完了火，稍微平静后，副团长才把事故的具体情况向工作组汇报一番。

工作组对事故的发生经过基本清楚了。郑春秋从县城买完了礼品，返回时路过一个村庄，他看见村里一户人家正在打井，便停下来看了一眼。事情就是这样凑巧，打井的村民正在向上升钻杆。钻杆升到十多米的时候，井架断裂了，钻杆开始倾斜，要向村民的房屋这边倒下去。围观的村民赶紧上去把钻杆向路边推。这时，郑春秋正好从路边走过来。一个村民还向郑春秋喊了一声："解放军同志，赶紧过来帮帮忙。"

郑春秋听到叫声，急忙走过去。还没等走到井架边，钻杆倒过来了，砸在了郑春秋身上。郑春秋被村民送进了县医院，可是因钻杆砸在了头部，医生已经没有回天之力了。

打井队的村民害怕了，都说他们没有责任，是郑春秋自己跑过去的。

刘佳章听了事故经过后，缓缓地说道："事故既然发生了，就要想办法妥善解决它。目前最重要的是解决郑春秋的后事问题。"

大家都看着刘佳章。张晨光扭头问刘佳章："你是从军机关下来的，有什么好办法，说说看。"

刘佳章沉吟片刻，说："从事故发生的经过来看，完全是个意外。责任应该是村里的那个打井队。可是，那个打井队是地方老百姓啊，部队不能和老百姓打官司吧。怎么办？"

副团长插话说："打井队根本不想负这个责任，他们把责任都推到郑春秋身上了。"

刘佳章问："他们怎么说？"

副团长说："他们说郑春秋是围观看热闹的，钻井杆倒下时他没有及时躲开。"

刘佳章说："严格地说，那也是他们的责任。他们要给郑春秋亲属经济赔偿的。"

副团长点点头，接着又摇摇头，说："让老百姓赔偿，恐怕很难。"

张晨光冷静下来了，说："我们的战士就这样白死了？"

刘佳章说："问题的关键就在这里了。我们不能让郑春秋就这样不明不白地死了，这对死者亲属也太残酷了。人家把儿子送到了部队，结果抱着骨灰盒回去，说不过去啊！"

副团长迟疑片刻，问："你说怎么办好啊？"

刘佳章说："事故的定性问题是关键。"

张晨光明白过来，马上拍板说："刘副主任说的有道理，关键是对这起伤亡事故的定性问题，你们明白吗？"

副团长思忖一会儿，说："明白了。如果能定性为见义勇为，郑春秋就是因公牺牲，这样起码郑春秋亲属能拿到一笔抚恤金。"

经过讨论，事情有了转机，下面的工作就好做了。接下来就是走访目击群众，起草事故报告。团里将报告写好后，师工作组对报告进行了反复斟酌，最后决定改成郑春秋的事迹报告。郑春秋临危不惧，为了保护人民群众的生命和财产安全，在钻井杆倒下时，奋不顾身冲上去扛住钻井杆，人民群众的生命财产保住了，郑春秋牺牲了。

地方打井的村民也很配合，专门制作了一面硕大的锦旗，敲锣打鼓送到了高炮团。锦旗上面写着——人民军队一心为人民，舍身为百姓鱼水情深。

既然是为了保护人民群众的生命财产而牺牲，那就是英雄。是英雄就要大力宣传报道，要把英雄舍身为人民的精神在军队发扬光大。刘佳章知道李梦浩文笔好，便亲自带着李梦浩到高炮团挖掘郑春秋的事迹。李梦浩深知宣传舆论的效应，有时笔杆子比枪杆子威力还大。李梦浩在团里开了一个座谈会，又到郑春秋牺牲的村庄采访了老百姓，点点滴滴汇集在一起，郑春秋的英雄形象就立起来了。

郑春秋的英勇事迹在军内外报纸刊出，当地电视台也到高炮团进行了专题报道。不久，郑春秋的烈士报告也批下来了。

事故变成了故事，两个字一颠倒，事情就发生了质的变化。

三十二

时间对于每一个人来说都是公平的。它的快慢是一样的。但是，有时候它又是不一样的，有的人觉得度日如年，有的人觉得日月如梭。时间对于幸运的人来说，不管是春暖花开，还是霜染枫叶，总之都是怡人的风景。

宣传科何科长转业后，朱副科长接了何科长的班，李梦浩便当了副科长。不知不觉之间，李梦浩任副科长两年多了。朱科长在一次酒后说，年底他就准备转业，让李梦浩不要急，等着当科长就是了。朱科长的话说得有点酸，李梦浩急什么？全师也不是就宣传科长一个职位，提职的事需要他操心吗？

刘佳章到师里后，军文工团经常有人来看他。来得最多的是高泓，高泓是干部，周末比较自由。开始高泓来师里看刘佳章，总是带一两个会跳舞的女兵。刘佳章看到高泓来，总是很热情，安排吃住，还安排到连队体验生活。

刘佳章对军文工团的人，不像有的首长那样在人前端着架子，表里不一；也不像有的机关干部那样，看到漂亮的女兵眼珠子都要掉出来了。刘佳章对女演员们却是一副家长的模样，话说得很体贴，照顾得也很周到。刘佳章更懂得怜香惜玉，让女兵们感到很温暖。

一个周末晚上，刘佳章在饭店招待高泓和两个女兵，他没有叫朱科长作陪，而是把副科长李梦浩叫去了。

刘佳章对坐在李梦浩身边的女兵说："小林，你不要拘束，李科长的胆子比你还小呢。"

高泓接话说："李科长有贼心没贼胆的，别怕。"

小林是个中士。小林赧然地笑道："不是我怕，是李科长紧张呢，酒还没喝就出汗了。"

李梦浩不是怕，李梦浩是担心。他了解高泓，几年前在团宣传股时，对高泓的印象就留下了。李梦浩不敢招惹她，只好装作怯懦的样子说："看到漂亮的女兵坐在身边，心里恐慌呢。"

高泓说："装，你就装吧，我知道你是怕老婆。王医生是老虎吗？"

李梦浩笑道："你是个花斑豹，我更怕你。"

刘佳章说："都不要怕，男人喝了酒，看到女人都是纸老虎了。"

喝了酒，免不了要叙旧。提起高泓在基层连队体验生活时，李梦浩说："你知道吗，你在操场上一站，身上落满了眼珠子，当时我都替你感到累呢。"

高泓回忆道："在宣传股那些天，我想学写材料，股长让我晚上抄报纸上的评论员文章，这哪是教我写文章，这分明是惩罚我嘛。"

刘佳章解释说："股长是让你练基本功呢，写材料和跳舞差不多，没有基本功不行。"

高泓一脸的不屑，莫名其妙地激动起来："我就不信写文章就那么难。"女人一激动就顾不上矜持和身份了，"我看写材料比学跳舞容易多了，当时我让李科长私下教教我，可他有贼心却没贼胆。"

李梦浩笑道："我不是没胆，是怕逮不到狐狸，还惹一身骚呢。"

高泓说："谁是狐狸啊？你们这些男人，都想着守株待兔吧。"

酒桌上说的都是玩笑话，不必当真。如果说话都斟字酌句，拘谨着，那宴席上就不热闹了。

从酒席开始，高泓就唱主角，来者不拒，还主动出击。先是和身边的刘佳章喝，又和对面的李梦浩喝，差不多七八两的酒进了肚里。菜还没上齐，高泓就有些醉意了。酒喝到这个份上差不多了，李梦浩有些担忧，害怕她喝多了，场面不好收拾。酒有时是好东西，有时又是坏东西，有时可以成事，有时可以坏事。酒与色常常连在一起，是很难分得清的。

李梦浩取出烟来，抽出一支向高泓示意，问她抽不抽。李梦浩想借此打断高泓的豪言壮语，没想到高泓却伸手接了香烟。李梦浩只好起身过去帮她点上，高泓吸了一口，两个手指夹着香烟，很潇洒地站起来，说："今晚真高兴，喝完酒后，我们跳舞去。"高泓把手搭在李梦浩的肩上，"我今晚就把小林，林妹妹交给你了，让她陪你跳舞。"

李梦浩瞅了眼高泓,又瞅了眼刘佳章,说:"都喝得不少了,还是早点休息吧。"

高泓推开李梦浩,拉着刘佳章说:"我没喝多,大家一起去跳舞!"

酒席散后,李梦浩借故给老婆打电话,独自离开了舞厅。

李梦浩回到宿舍,王洁茹的电话就打过来了:"你怎么今天又不回家?"

李梦浩说:"加班搞材料呢。"

王洁茹说:"你怎么老是加班?"

李梦浩说:"我也没有办法,领导安排的任务嘛。"

王洁茹说:"是哪个领导安排的?黄主任还是刘佳章?"

李梦浩迟疑片刻,说道:"刘副主任。"

王洁茹警告说:"以后离他远点,刘佳章这个人干不了什么正事,只会溜须拍马!"

"可他是领导啊。"

"那你也不要和他走得太近了。"王洁茹说,"最近你们师里领导要有变动。秦国良政委调走了,黄佳阳可能要当政委。"

李梦浩忙问:"那谁当政治部主任?"

王洁茹说:"可能是组织处的郭和礼处长去当主任吧。"

李梦浩说:"这次刘佳章没希望啦?"

王洁茹说:"他怎么可能有希望?不让他转业就不错了。"

李梦浩不清楚刘佳章的底细,以为刘佳章从集团军政治部下来的会有优势,没有想到他是被发配的。李梦浩有些惋惜说:"刘佳章还是有些能力的。"

王洁茹不屑道:"这个人搞女人有一套。"

挂了电话,李梦浩有些兴奋,师领导调整后,就该调整团职干部了,如果师政治部没有位子,他就去团政治处当主任也不错,不管怎么样,也是团首长了。

不长时间,黄佳阳政委和郭和礼主任的任职命令就宣布了。紧接着是调整团职干部。没有想到,郭和礼上任后,师政治部的科长一个也没有动。到了年底,朱科长转业了,李梦浩本来是准备当宣传科长的,可是郭和礼将师政治部的几个科长进行了轮岗,李梦浩作为秘书科长人选上报到了集团军。这期间由于形势的变化,军文工团也撤销了,原本军区以下就没有文工团,军里的文工团人员都是占用基层连队的编制。文工团在撤销前，精心编排了一台文艺节目，周六晚上，在大礼堂向军首长和机关人员作告别演出。

这天晚上，李梦浩正在客厅陪儿子看动画片。王洁茹站在楼梯口对李梦浩说："七点半大礼堂有文艺演出，你陪我去看看吧。"

李梦浩问："那儿子呢？"

王洁茹说："让他自己看电视吧。"

李梦浩有些不情愿，两个星期没回家了，他想陪着李萌。李梦浩说："去看他们唱歌跳舞，还不如在家看电视剧呢。"

刘院长走过来说："你们去看吧，孩子我在家照看着。"

刘院长说话了，李梦浩不好再推脱，只好陪着王洁茹去看演出。王洁茹自从生了孩子，很少在集体场合露面，除了到单位上班，就是回家照料孩子。要不是李梦浩周末回来，她自己是不会去大礼堂看演出的。到了大礼堂，演出已经开始了，舞台上正在表演歌舞《大姑娘美大姑娘浪》。一个女演员拿着话筒有模有样地唱："大姑娘美，那个大姑娘浪，大姑娘走进了青纱帐，这边的苞米它已结穗儿，微风轻吹起热浪……郎呀郎，你在哪疙瘩藏，找得我是好心忙……"有时官兵们看歌舞，不是听歌唱得好坏，而是看舞跳得如何。十几个姑娘穿着红褂绿裤，扎着羊角辫，又蹦又跳，又摇又摆，像风吹荡青纱帐。领舞的是高泓，上身红肚兜，下身灯笼裤，红肚兜上绣的不是鸳鸯，而是狮子滚绣球。肚兜只把肚脐以上兜住了，肚脐眼还露在外面呢。也许是告别演出吧，大幕拉下后，文工团就要解散了，所有的干部战士将被分到各师去。演员们都很珍惜最后在台上表演的机会，不论是唱还是跳，都有些热血沸腾的样子。尤其是高泓的舞，跳得更是让人浮想联翩。"大姑娘美，大姑娘浪，大姑娘走进了青纱帐"。走进青纱帐干什么？高泓用舞蹈告诉你青纱帐里的故事了。一个歌舞节目七八分钟，高泓在台上就像一台发电机，把台下的观众都通了电，整个礼堂持续不断地响起电击火花般的掌声。

王洁茹扭头瞥了眼李梦浩，又掐了一下李梦浩的胳膊，嘀咕说："这个高泓真够浪的哦。"

李梦浩轻声问："你认识她？"

王洁茹白了眼李梦浩，"她可是万人迷，你不认识她？"

李梦浩想掩饰，又怕引起王洁茹疑惑，便坦然承认说："五年前，她到团里体验生活时就认识了。"

王洁茹说："那时你没有打她主意吧？"

李梦浩说："你看她那疯疯癫癫的样子，我当时是个小干事，哪能有那个胆呀！"

王洁茹哦了一声道："男人都这德行，嘴上一套，心里又是一套。"

李梦浩说："你不要把男人都看成西门庆了。"

王洁茹说："柳下惠那样的男人少。瞧你刚才痴迷的样子。"

李梦浩拍了拍王洁茹的手说："看节目吧。"

看完了节目，王洁茹和李梦浩在军部大院里散步。王洁茹很久都没有和李梦浩这样散步了。两人肩并着肩，有一搭无一搭地说着话，没有主题，也没有目标，很闲散地在走着。到底是李梦浩沉不住气，提议说："咱们回家吧。"王洁茹说："还早呢，急什么。"

李梦浩清楚王洁茹对夫妻床上那点事兴致不大了。王洁茹最突出的表现就是每次都像死鱼一样躺在床上不动。李梦浩开始对王洁茹动气，后来就对自己动气，每次都把自己折腾得气喘吁吁，大汗淋漓的，有什么意思呢？可是，动过气后又妥协了。坚持了一个月，李梦浩憋得不行，像是被吹胀的气球，随时有炸的可能。王洁茹沉得住气，发现李梦浩情绪有些低落，问道："郭和礼这人怎么样？"

李梦浩不悦地说："你问他干什么？"

王洁茹说："你在他手下工作，我不是怕你不适应嘛。"

李梦浩说："感觉作风有些霸道。"

王洁茹提醒说："他是寇元明的老乡，前几年就准备到你们师当主任的，被黄佳阳顶了，现在去当主任，气有些不顺呢。"

李梦浩想起郭和礼有时在黄政委面前说话时的神态，这才明白过来，"我说他怎么对黄政委阳奉阴违呢，原来是这样！"

王洁茹说："黄政委准备让你当宣传科长的，郭和礼坚持让你去秘书科，黄政委只好让步了。"

李梦浩说："他是在和黄政委较劲吧？"

王洁茹说："主任和政委较劲有什么好！"

李梦浩担忧说："我就怕城门失火，会殃及池鱼呢！"

王洁茹说："让他们斗去，你当好你的科长就行了。"

李梦浩问："这批团职干部军里怎么拖了这么久没研究？"

王洁茹说："听说意见不统一，可能下周一就要研究了。"

李梦浩情不自禁起来，"是吗？终于等到这一天了！"

部队的人都知道，营职到团职是一个坎，迈过去，副团晋升正团跳一跳就能摸到了。如果从团职晋升师职，在部队就算高级干部了。此时，李梦浩有些激动，人一激动，难免就会按捺不住有些扬扬得意，他抓着王洁茹的手摇了摇，说："洁茹，将来说不定我也能当将军呢！"

王洁茹笑了笑，脱口道："现在才是个副团，离将军还远着呢！"

李梦浩有些不好意思，呵呵地笑了两声，摸出一盒香烟，颤抖着手抽出一支，慢慢地给自己点上，猛吸了一口，又急切地吐了出来，对王洁茹说："王侯将相宁有种乎？"

王洁茹拍了他一下，说："这只是万里长征第一步，今后的路还长着呢。"

李梦浩笑笑，说："红军不怕远征难，万水千山只等闲。"说罢，拉着王洁茹就离开了大院。回到家里，客厅的灯已经熄了。王洁茹蹑手蹑脚上楼走进卧室，拉开灯一看，儿子不在床上，忙问："李萌呢？"

李梦浩关上门，抱住王洁茹说："儿子还能丢了？肯定是在他外婆的房间睡了。"

王洁茹挣扎一下，低声说："不行，我要把他抱回来。"

李梦浩不松手，咬着她的耳朵说："李萌都上幼儿园了，你还让他睡我们中间啊？"

王洁茹说："睡中间怎么啦？他可是你儿子呀！"

李梦浩将王洁茹推到床边，帮她解扣子。王洁茹推开李梦浩，嗔怪道："瞧你那点出息，像个饿狼似的。"

李梦浩舰着脸皮笑道："我就是狼，今晚要饱餐一顿。"王洁茹沉静地朝床上一躺，对李梦浩说："来，吃吧。"

李梦浩心情好，又好久没有尽兴了。虽然有些急切，但李梦浩知道，越是急的事情，越要慢慢地做，程序不能乱，要按部就班，一项一项地来。李梦浩屏住气息，头脑里想着起承转合，手上像工匠一般精雕细刻，努力把庆贺活动时间延长一些。

这个晚上，注定是具有历史意义的，王洁茹沉睡的身体苏醒了，尘封的兴致开启了。在李梦浩耐心细致的铺垫后，她那原本像冻结了的柳枝的身体，经春风徐徐一吹，开始柔软了，婀娜了。春风就是春风，没有春风，哪来春暖花开？

王洁茹的身心开始舒展，一点点地绽放。

第二天，王洁茹破例起了个大早，到集市买了两只乡下人养的草鸡拎回家，让保姆放进锅里炖着，等李梦浩起床犒劳他一下。王洁茹尝到了甜头，像个贪吃的孩子，恨不得把好吃的东西都一口吃了。当天晚上，王洁茹等儿子睡熟了，悄悄地把他又送到刘院长的房间，刘院长面带愠色地提醒说："明天还要上班呢，要注意身体！"王洁茹做了个鬼脸，求情道："知道啦，就这一晚。"回到卧室后，看到李梦浩躺在床上看书，便不声不响地拉灭了灯，黏黏地说："来，梦浩！"李梦浩说："今晚歇歇吧，昨晚的演出已经结束了。"王洁茹娇声地说："昨晚是彩排，今晚才是正式演出呢！"看见李梦浩没有响应，王洁茹有些急，翻身上去说："今晚我演主角，你跑龙套吧。"

老话说得对，只有累死的牛，没有耕坏的地。虽然李梦浩身强力壮，但是周一回到部队上班还是感觉到了疲惫。好在马上就要当科长了，情绪还是显得很高涨。中午快下班的时候，刘佳章走进李梦浩的办公室，笑眯眯地说道："梦浩，恭喜你啊，军里开会了，科长的命令下了！"

李梦浩佯装刚得到消息的神情，热情地说："谢谢刘副主任，没想到这么快！"

刘佳章说："要不是文工团解散，一些干部需要安置，你们这批团职干部的命令早就下了。"

李梦浩说："真没想到，文工团组建才几年啊，说解散就解散了，可惜啊。"

刘佳章脸上闪现伤感的样子，转而又浮出笑容说："你听说了吧？高泓被分配到咱们师政治部来了。"

李梦浩诧异道："真的啊？"

刘佳章说："这两天就来报到了。李科长你给参谋参谋，让高泓到哪个科合适呢？"

李梦浩脱口道："当然是宣传科了。"看了刘佳章一眼，又补充说："我也是随口一说，至于到哪个科，当然是你和郭主任定了。"

刘佳章笑笑："我的意见是把高泓分到你们宣传科。可是，李科长你又到秘书科了。"

李梦浩想，如果在宣传科，这个科长可就不容易当了。但李梦浩没有想到，秘书科长更不容易当。师政治部五个科，组织科、宣传科、干部科、保卫科、秘书科，以前还有一个群联科，现在群联科撤编了，与地方联络及军民共建工作转给了秘书科，这样秘书科的任务就重了。秘书科承担着政治部机关保障协调、行政管理、后勤保障、军地联络等工作。秘书科和其他几个科不同，其他科专业性比较强，容易出成绩。秘书科事情比较杂，科长带着一个秘书，两个干事，就是不分昼夜地忙，也忙不出多大成绩，但有一点好处，就是与师首长接触多。

李梦浩到秘书科走马上任后，遇到第一件难事就是装修政治部办公楼。郭和礼任政治部主任后，第一个动作是调整各科人员，第二个就是装修办公楼。政治部办公楼是五十年代的建筑，已经四十多年了，门窗的木头都朽了，也到了更换的时候了。

可是，政治部年初没有向后勤部报预算，装修的资金成了问题。郭和礼是主任，主任只管作指示，具体落实的问题是秘书科的事，秘书科长李梦浩只有想办法去执行。

李梦浩四处化缘找钱，一个月过去了还没有着落。实在想不出办法了，一天，李梦浩跑到政委黄佳阳的办公室，想请政委出面给后勤部打个招呼。黄佳阳一听很不高兴地说："这么大的事情师党委都不知道，也没研究，就要装修办公楼了，政治部还有没有组织纪律性？"

李梦浩看到黄政委有些恼火，明白他是对郭和礼不满，借题发挥了，只好诉起苦来："我也是没办法，郭主任天天催我呢。"

黄佳阳手一挥说："别理他！"

政委的话虽是这么说，但李梦浩不能这么做。郭和礼是主任，主任的指示不执行，他这个秘书科长还能干下去吗？李梦浩把资金困难向郭和礼作了汇报。郭和礼说，先别愁钱的事，办法总比困难多，让施工队先垫资干着再说。

办公楼装修好后，事情又来了。施工队给主任办公室地面铺了一层地板革，郭和礼看了不满意，让李梦浩把它换掉。地板革原来是黄色花纹，李梦浩把它换成了蓝色花纹图案。郭和礼到办公室看了，李梦浩没有料到郭和礼还是皱着眉头，一脸的不高兴，李梦浩问主任到底喜欢什么颜色图案，郭和礼却不吭声，临走时说了一句：你看着选吧。

李梦浩很无奈，让秘书到商铺把各种颜色图案的样品拿回来，送到郭和礼面前，请主任亲自挑选。郭和礼瞅着样品更加不高兴了，当着秘书的面批评李梦浩："你这个科长是怎么当的？连主任的喜好都不清楚，称职吗？"

李梦浩能说什么呢？李梦浩惶惑起来，郭和礼是对地板革不满意呢？还是对他这个科长不满意呢？这不是故意刁难人吗？李梦浩由此心生怨念，心里想这个主任太难待候了，既然如此，以后就不待候了，爱咋样就咋样吧。

政治部没有专门的财务人员，所有办公经费都由秘书经手。秘书既是会计又是出纳。办公用品采购也都是秘书承办，票据经科长审核，主任签批报销。办公楼装修好后，郭和礼的办公室想添置一些设施，这本应该是李梦浩主动作为的事情，领导身边的人就该想领导之所想，办领导想办的事。可是，李梦浩不动这个脑子，或者说是装傻。好！你不愿意干，有人愿意干。科长一时换不了，就换秘书。现任秘书小许是上任主任黄佳阳选的，郭和礼用起来总是不踏实，郭和礼决定将组织科的周干事调到秘书科做秘书，让许秘书和周干事互换了岗位。周干事到秘书科做秘书后，很清楚自己是郭主任选中的人，自然就和郭主任走得很近。本来，秘书是在科长领导下，组织协调政治部各项管理保障工作。可是，周秘书在纷杂的事务工作中，善于抓主要矛盾，他不怕科长布置的工作做不好，只怕对主任服务不周到。只要主任对他认可，其他问题都可以迎刃而解。

正值三伏酷暑之际，师首长办公室都还没有装空调，全部用的是电扇，周秘书看到郭和礼在办公室看文件不停地擦汗，悄悄地到驻地县城买来一台窗式空调机，利用晚上时间把空调装上了。第二天一早，周秘书又提前来到办公室将空调开启预冷。上班后，郭和礼走进办公室，室内气温凉爽怡人，与外面的炎热有了鲜明的对比。这时郭主任还不知是怎么回事，正在四处打量时，周秘书从外面进来了，小心地汇报说："主任，我没有来得及请示，昨晚就把空调给您安上了……"郭和礼坐下后，看了眼周秘书，批评说："这样不太好吧，其他师首长都没有装空调，这不是搞特殊化吗？"

周秘书低眉垂眼地检讨说："都是我的错，我再买两盆花放在窗台上，这样别人就看不见了。"

郭和礼笑了："你这个小周，室内这么凉爽，不是掩耳盗铃吗？"

虽然挨了主任的批评，可是周秘书比听到表扬还受用，他像得了嘉奖似的，喜滋滋地退出来了。不要看拍马屁会挨领导批评，拍马屁有拍马屁的学问，会拍的拍到领导的痒处，领导舒服了，你也就舒服了。不会拍的，拍到领导的痛处，领导感到痛了，你将会比领导还痛。虽然拍马屁时，难免遭到领导的批评，但批评是领导的艺术，如果遇到批评就不再拍了，那缺少的不仅是毅力，更重要的是缺少识别和欣赏的能力。所有的领导都一样，都喜欢讨自己欢心的人，都爱听顺耳的话。只要你坚持拍下去，一次两次会挨批评，三次四次以后，领导就习惯成自然了。想想看，哪个领导喜欢说坏话的人？领导手中的权力就是要下属听话和做事的。下属听话了，领导的权力才得到体现，不然权力就成了空架子。领导权力最大的体现，就在于指示对的要执行，指示错的也要坚决执行。有些领导经常在台上讲，良药苦口利于病，忠言逆耳利于行。可领导都是对台下人说的，领导从来都不对自己这样说。

周秘书的心思很缜密，时刻为郭主任着想。他知道李梦浩是黄佳阳政委的人，主任对李梦浩有看法。因此，周秘书在很多经费开支上就撇开了李梦浩，直接向郭主任请示报告了。给主任办公室装空调的发票要报销，周秘书担心李梦浩审核时会给他出难题，更怕将事情泄露给其他首长。周秘书索性就不让李梦浩审核签字了，直接送给郭主任签批。

权力历来就是这样，攥紧了就是拳头，松开了就成了巴掌，拳头与巴掌的力量是有明显差别的。李梦浩意识到了这一点，在科务会上质问周秘书，办公经费为什么不经审核就报销了。周秘书一句话把李梦浩顶了回去，周秘书说："你去问主任吧！"李梦浩明白了，不让他审核可能是郭和礼的意思，若去问，很可能自讨没趣。但李梦浩咽不下这口气，李梦浩批评周秘书说："你是秘书科的秘书，你不是主任的专职秘书，工作上还是要向科长请示报告。"周秘书也不客气，回敬说："我虽然是秘书科的秘书，但主任直接交代给我的工作，我就没必要再向你科长汇报了吧！"

周秘书的狐假虎威收到了明显的效果。从此以后，李梦浩不再过问经费开支的事。李梦浩想，多一事不如少一事，和一个秘书较什么劲呢。

李梦浩退一步，郭和礼却要进一步。郭和礼要让李梦浩和其他科长一样，不仅要惧怕他，还要亲近他。郭和礼最大的特点就是正课时间很严肃，业余时间很活泼。这天保卫科长早操迟到了五分钟，交班会上郭和礼把保卫科长讽刺挖苦了十分钟。当天晚上，在酒桌上保卫科长敬了主任三大杯酒，便改变了主任对他的看法，觉得这个同志还是比较真诚的。李梦浩却死心眼，看到主任喝多了，就没有去敬。其实，郭和礼没有喝多。

如果李梦浩也像保卫科长一样，端起大杯敬郭和礼三杯酒，不需要多说什么，一切都在酒中，把自己喝得酩酊大醉，也许郭和礼就不会和他过不去了。可是，李梦浩没有。李梦浩一直不温不火地坐着，像是看戏似的。等到酒席要散时，李梦浩还是在那坐着，一副淡漠的样子。这时郭和礼火了，郭和礼端起酒杯，嘲讽地对李梦浩说："李科长，我敬您！"

李梦浩怔住了。主任这是明显让他下不来台呀！李梦浩赶紧站起来，端起大杯子解释说："主任，那么多人敬您，我怕您喝多了，就没去敬您，现在我敬您吧！"说罢，将杯中酒干了。

郭和礼没有喝，放下酒杯说："我还以为你不能喝呢，一杯下去了，不也没事吗？"

李梦浩说："我是怕您喝多了。"

郭和礼说："别人为什么都不怕我喝多呢？就你怕我喝醉？其他人都敬，只有你不敬，心里还有我这个主任吗？"

李梦浩又端起杯子说："那我再敬您！"

郭和礼摆摆手说："被动总是要挨打的！"

到了年底的时候，李梦浩和郭和礼的关系越来越疏远了。他多次想办法接近郭和礼，可是郭和礼总是冷言冷语敷衍他。李梦浩放弃了努力。天要下雨，娘要嫁人，随他去吧。

李梦浩毕竟是有"背景"的人，只要黄佳阳政委和王秉义还在位子上，谁也不敢把他怎么样。就凭这一点，李梦浩真不畏惧郭和礼。

郭和礼也清楚这一点。但县官不如现管，郭和礼毕竟是李梦浩的直接领导，郭和礼的性格不能容忍部属不恭不敬。年终会议比较多，领导的讲话稿都要提前写好。一般来说，政治部全年的总结材料都由秘书科起草，科长把关，主任审核定稿。总结会前一周，郭和礼向李梦浩交代，今年的总结材料由李梦浩亲自起草。

李梦浩开始以为周秘书比较忙，主任让他起草就起草吧，总结材料也不是难写的材料。可是，李梦浩用了三天的时间写了初稿，送主任办公室征求意见。郭和礼草草地浏览了一遍，便将材料退回给李梦浩，一句话四个字："没有新意。"

李梦浩又起草了第二稿，送郭和礼阅后，郭和礼皱着眉头说："太粗糙了，没有把政治部全年的工作成绩反映出来！"

写第三稿李梦浩没有信心了。李梦浩问郭和礼："主任能不能明示，提出具体要求，我也好按照你的思路去写。"

郭和礼沉吟一会儿，在一张白纸上写了个提纲，递给李梦浩说："你按照这个提纲再写一稿吧。"

李梦浩加班加点，星期天都没有回家。周一早晨将第三稿送到了郭和礼的面前。这次郭和礼认真地看了一遍，看完后将材料抖了抖，嘲讽道："你这个秘书科长就这个水平？一稿比一稿差，还不如秘书呢！"

李梦浩实在受不了了。他无言以对，转身走了。

郭和礼望着李梦浩的背影，脸上闪出了一丝嘲弄的笑容，自言自语道："你以为你是谁，我就不相信治不了你！"

周二上午，政治部召开全年工作总结大会。郭和礼在会上当着大家的面又"掴了李梦浩一巴掌"。郭和礼举着总结材料说："这是秘书科李梦浩同志起草的总结材料，洋洋洒洒一万多字，文笔很好啊，可就是没有反映出全体同志一年辛辛苦苦的工作成绩。怎么办呢？材料我就不念了，我还是脱稿说吧。"

郭和礼不仅笔头上有功夫，嘴上功夫也不差。他的声调很平缓，也很流畅，语言平实、严谨，就像老师在课堂上给学生讲分解因式，因为所以条理很清晰。郭和礼一个人坐在会议室的主席台上，没有麦克风，一只手里拿着一张小纸片，另一只手里夹着自来水笔，纸片上只写着几行字。郭和礼一边用笔敲着主席台，一边瞅了眼纸片，而后抬起头来，开始注视着会场上的每一个人，郭和礼开始作总结讲话。台下的人正襟危坐，一丝不苟地听着，虽然总结的都是大家所做的工作，但从主任嘴里说出来，效果就不一样了，当时觉得是极小的一件事，原来里面还包含着那么重大的意义。

李梦浩一直低着头。李梦浩在想，郭和礼所讲的都是他材料上写的，但"念"与"讲"效果真是不一样。他从郭和礼脱稿讲话这件事情上，愈加意识到自己潜在的危机了。

三十三

进入腊月，寒风越来越凌厉了。冬练三九、夏练三伏是部队训练的传统。腊月初八这天早上，集团军导演组来到机械化步兵师，对全师进行拉练演习。部队是新兵怕号，老兵怕哨。号声嘹亮，气氛紧张并不可怕，可怕的是尖厉的哨声一响，必定是有突发情况。当营房上空萦绕着紧急集合号声时，连队老兵们知道，演习开始了。和平时期的演习都是有预案的，像一场演出的彩排，什么时候干什么都设定好的。因此，参加演习的人员有条不紊地整理行囊、武器、车辆，等待着出发的命令。师团机关就不同了，参谋、干事、助理员长期坐办公室惯了，突然进行全员拉动，一时就有点乱了手脚，他们担心演习时办公设施不齐全，影响工作挨批评。尤其是各机关的牵头保障部门，一把椅子带少了，就可能让首长没地方坐。

秘书科是政治部的牵头科，不仅要负责部领导和各科人员生活保障工作，同时还要代表政治部上报各种文书。好在不是对抗演习，只有红军没有蓝军，演的是"吃、住、藏"三个科目。集团军导演组给师机关出的情况不多，司、政、后、装部门工作量并不大。部队接到出发命令后，经过两个多小时的急行军，演习部队全部抵达云雾山北崮峰下。

这次拉动演习，按照预案，师指全部隐蔽到山洞里。司、政、后、装四个部门在防空洞里开设指挥所。北崮峰是云雾山脉的一座山峰，海拔六百多米，山上林木葱郁，山峰含黛。虽是冬季，整个山峦仍然是满眼苍翠。北崮山峰曾是兵家重地。据当地老百姓传说，唐王李世民曾带兵在这里打过仗。抗日战争时期，滨海军区八路军和日寇也在北崮峰下发生了多次激烈战斗。新中国成立后，全国军民响应毛泽东"深挖洞、广积粮、不称霸"的号召，由工程兵在北崮山峰下面开山凿洞，历时三年时间，在山肚子里开出了一片相当阔大的防空洞，可容纳一个团的兵力。山洞四通八达，里面有宿舍、伙房、厕所、水池，还有会议室。指挥部里有两条暗道，一条拾级而上，可攀到北崮顶峰，一条蜿蜒曲折，可通到背面海边的悬崖壁上。

师指挥部在防空洞里安置好后，师机关各部门开始按照导演组出的情况进行作业。好在文书都有模板，参谋干事助理员们轻车熟路，只需稍加修改就可以了。其实，集团军导演组的主要目的就是让部队动起来，练练腿脚，检验一下装备。不能让官兵老是窝在营房里，下蛋不下蛋，都会咯咯哒地叫唤。

接下来，到关键时候了。机关人员首先要解决吃饭问题。在营房时，有桌子板凳，有碗、筷、盘子，中、晚餐最少也有四个菜，七八个人围坐桌边，可以正正经经地吃饭。在山洞里没这个条件了，每个人只有一双筷子一只碗，菜都盛在一个铝盆里。饭后别说用水洗碗了，就是喝的水都没有。司令部管理科只保障师首长的饮用水，其他人自行解决。每个人都背着一个军用水壶，有的装满了自来水，有的灌满了饮料，有的还装了白酒。大家都知道，在山洞里白天有事做还好过，夜里没事干就难熬了。山洞里没有床铺，都是石板地，好多年都没人进来过了，满地灰尘，有的石壁上还潮湿，长了苔藓，又脏又潮。如果是战时也就罢了，生存要紧。可是，现在山外是莺歌燕舞、灯红酒绿。山里山外两个世界，洞里洞外两重天。士兵们年轻，睡在石板上全凭的是火力壮。他们铺上雨衣，裹紧被子，不一会儿就鼾声如雷了。营团职军官就有些发怵。他们都是三十多岁结过婚的人了，结婚与没结婚就是不一样，身子骨明显虚了。面对着黑暗潮湿的山洞，他们坐也不是，睡也不是，只好围在一起聊闲天。到了夜里十一点多，李梦浩提议说："既然睡不着觉，咱们几个就喝酒吧。"李梦浩早有准备，从战备箱里拎出一个塑料壶，一人倒一碗。保卫科长平时就有酒瘾，嗅了一鼻子，眉开眼笑道："李科长你想得真周到，就凭这一点，评功评奖时我投你一票！"保卫科长端起碗抿了一口，咂咂嘴又说："是原泡吧？"

李梦浩说："地道的'将军王'原浆，六十多度呢！"

大家不管度数高低了，端起来一口就喝掉半碗。宣传科长放下碗说："这样干喝没劲，咱们划拳吧，谁赢谁喝！"

于是，开始划拳。李梦浩每次都输，眼看壶里的酒就要见底了，干部科长有些过意不去，将碗里的酒递给李梦浩。李梦浩推辞说，定的规矩不能坏，愿赌服输。酒是好酒，毕竟度数高了点，赢多的人几碗酒下肚就晕了，赢少的人趁机补喝了一碗。李梦浩是牵头科长，不敢让大家多喝，忙把酒壶收了起来。

"吃、住、藏"平常说起来简单，做起来还真有些难。虽然演习部队在山里藏起来了，可住下来问题就出现了。导演组给的情况是，山下已被敌人封锁，部队的供给必须在山里解决。拉动前，师机关按三天时间准备的给养，可是在细节上没有考虑周全，只用消防车拉了一车水。司令部管理科也只带了几箱矿泉水保障师首长，没有考虑到机关人员。到了山洞时才发现，山上没有水源。除了饮用水，师首长刷牙洗脸水就没有了。第二天下午，政治部主任郭和礼感冒了，向导演组请了假，便匆匆下了山。到了晚上，导演组突然给师政治部出了一个课题，要求政治部迅速了解山区群众分布情况，做好宣传动员工作，将部队五十多个"伤病员"就地安置下去。李梦浩接到命令后，在主任不在的情况下，只好行使主任职责，立即牵头召开了政治部全体人员会议，按各科职责分工部署下去，撰写调查报告。本来，在防控洞里起草好文书报上去就完成任务了，可是，李梦浩觉得凭想象编造的文书实在无聊，便和宣传科长商量，决定到附近山民家走访一次，调查了解山区群众的真实情况。

洞外不知什么时候下的雪，洞里没人知道。雪挺大，飘飘洒洒，一副怡然自得的样子。由于天寒地冻，雪花落到地上没有融化，树枝上、灌木丛顶也铺了一层，把整座山装饰得十分肃穆了。李梦浩几个人用树枝探路，小心翼翼地走出山洞。他们一身迷彩，全副武装，在山谷里跌跌撞撞试探着走了半个多小时，一路上也未见有住户。北崮峰不是旅游景区，山间还没有修筑公路和人行道，只有从洞口到山脚的一条山石路。但是，路上有岗哨，一旦被站岗的战士发现，就可能说不清楚了。山下已被敌人包围了，山上的部队被敌人困住了，这时候偷偷下山，不是投敌就是开小差。虽说是演习，情况是虚拟的，但导演组要求一切从实战出发。李梦浩他们不敢走公路，只好顺着公路边的山沟走。

虽然没路可走，像探险一样，但是他们一直兴致很高。保卫科长说，要是战时我们就可以化装下山了。李梦浩问，化装成什么能通过封锁线？宣传科长说，电视剧里不都是化装成敌军吗？干部科长说，导演组没给我们准备敌军服装，化装成敌军没戏。李梦浩说，那我们就化装成老百姓吧。说笑间，突然有两束耀眼的灯光直射过来，保卫科长感到好奇，想看一下灯光是从哪儿来，李梦浩忙扯了一把保卫科长，低声说："卧倒，隐蔽。"几个人卧倒在雪地里，他们看见灯光已照到远处去了。紧接着山路上出现了一辆迷彩指挥车，虽然看不清牌照，但大家都清楚是师指的车。首长下山了，李梦浩松了一口气，手一挥说："上去，我们顺着车辙走就不会迷路了。"

山野越来越静谧，像是沉睡的模样，只有雪花飘舞着，一副不知疲倦的劲头。远峰近谷朦朦胧胧。突然起风了，风吹起地上的雪像浪花一样翻卷，将他们的眼睛迷住了。此时，李梦浩有些怕，如果一失足，就可能摔到路边的沟壑里。李梦浩想返回去，可是又不甘心。部队有句常挂在嘴边的话，苦不苦，比一比红军长征两万五，眼前这点艰险算什么。当年，红军战士是怎么过雪山草地的？中央红军突破国民党军队重重包围到达夹金山脚下。红军大多来自气候炎热、潮湿的南方亚热带地区，好多人以前从未见过大雪山。雪连天，天连雪。山上寒风肆虐，雪花随风扑来，比现在的雪大多了。红军战士衣衫单薄，他们把能御寒的麻布棉絮都裹在了身上。他们摔倒了，有的永远地躺倒在雪山的怀抱里了。夹金山是一座鸟儿都飞不过去的山，可是红军翻过去了。北崮峰上的雪比起夹金山上的雪，那还叫雪吗？

他们从沟壑里爬上路面，顺着模糊的车辙印，趔趔趄趄地向山下摸去。在山路的拐弯处，李梦浩突然发现山边有一个院子，急忙跑过去敲门。敲了半天，门终于开了，开门的是一个中年男人。中年男人狐疑地拉开半扇门，把身子挡在门口。

李梦浩拍着身上的雪，哈着寒气说："老乡，我们是山上演习部队的，路过这儿想在你这儿落个脚。"

开门的老乡看着李梦浩身后几个全副武装的军人，疑惑地问："你们是演习部队的？"

李梦浩说："是。"

老乡向远处张望一下，又问："你们演习，半夜跑到这儿干什么？"

"我们想向你打听一下山里的情况。"

这时，屋里的灯亮了，传来几声咳嗽声，接着就听到一个老人问："半夜三更的，是谁来了啊？"

"是几个当兵的。"中年男人对老人说。

"是解放军啊，快让进来吧。"老人喘息着，"进屋来烤烤火。"

屋内的炉火正旺，火苗一蹿一蹿地舔着水壶，热气扑脸。李梦浩进屋后，看见刚才说话的老人已经披衣下床了。李梦浩迎上去，扶着老人说："老大爷，打扰你休息了。"

老人摇摇手，说："不打扰，不打扰，快坐下来烤烤火，外面的雪大吧？"

李梦浩说："不小呢。"

老人回到床边坐下说："你们当兵的也真不容易，这么大的雪还在山上，遭罪呢。"

李梦浩说："我们在演习呢！"

老人又咳嗽一声，问："演习是干什么？"

李梦浩解释说："演习就是训练，是为了准备打仗！"

中年男人将烧开的水壶提下来倒水，一边倒水一边吃惊地问："要打仗啦？你们和谁打啊？"

李梦浩瞅了瞅其他几个人都不作声，只好摇摇头说："我们只是准备打仗，和谁打还不知道呢！"

老人的儿子说："要打仗的话，你们就到外面去打，不要再让人打到家门口来了，那样遭殃的是老百姓。"

老人说："当年日本鬼子来的时候，咱们老百姓死了多少啊。"

李梦浩问："日军也来过这里？"

老人说："来过，在山里杀了好多人。"

李梦浩喝了碗里的茶水，老人的儿子又给续上。这时李梦浩才想起下山来的目的，问道："老大爷，这山里有多少户人家啊？"

老人说："以前大概有五十多户。最近这几年，不让打猎了，山里人都下山谋生路了。现在山里也就十多户人家，留下来都是政府让守山林的。"

老人的儿子说，他们原来住在山里头一个村庄里，因为公路没有修到里面，进出很不方便，政府部门就在公路边给他们建了几间房子，给他们安了风力发电机，解决了照明问题。本来他们也要到山下住的，只因在山下住不惯，就留下来替政府看山林了。

李梦浩问："现在这十多户人家都住在哪儿啊？"

老人说："都分散着住，一户管一片，远着呢。"

李梦浩说："原来你们住的那个村庄还在吗？"

老人说："在，不过都没人住了。"

李梦浩问："从这儿到那个村庄有多远？"

老人说："远着呢，没有公路，要走也得大半天工夫。"

老人儿子疑惑地问："你们打听这些干什么？"

李梦浩说："部队有一批伤员要疏散到群众家里，我们几个人就是来了解一下情况的。"

老人吃惊地问："没听见枪炮声，哪儿来的伤员啊？"

李梦浩没有解释，一本正经地说："部队撤到山里休整，明天要突围转移，伤员只能留在山里养伤了。"李梦浩说话像背台词，俨然真的一样，把老人说糊涂了。

老人说："你们不是说演习吗，还有人受伤了？"

李梦浩忙解释说："没人受伤。我们就是演习一下，把伤员安置到老乡家养伤。"

老人叹了口气说："养伤还要演习啊？你们放心，老百姓不会亏待你们的。哪个当兵的不是老百姓的子弟？当年，八路军在北崮山峰下和日本鬼子打了一仗，死伤了几十个人。后来，八路军撤走了，老百姓就把伤员藏在山洞里、地窖里，鬼子把全村人抓起来，打死了十几个，村里人都没有一个告密的。"老人回忆起往事，说话的口气也重了，"至今，只要提起小鬼子，全村人都恨得牙痒痒。"

老人的儿子说："都是陈芝麻烂谷子了，现在城里人买的彩电、冰箱、洗衣机，都是日本进口的，好多人还争着抢着漂洋过海给日本人打工呢。"

老人说："世道变了，人都没有血性了，杀父之仇、夺妻之恨都忘了。"老人说罢，一脸的忧伤，不再说话了。

老人神情有些恍惚，陷入陈年往事。五十年前那场战斗，八路军从北崮峰撤走后，鬼子进了山，留在村里的青壮年被杀死了十几个，十岁以上的女人都被鬼子糟蹋了，老人的父亲也死在鬼子的刺刀下。

五十年前的事已经成为历史了。历史一旦被尘封，后人很难知道先辈身上的疤痕，遇到阴雨天还会痛痒的。老人倚在被垛上，偶尔咳嗽一声，喉咙里也是沉闷的，总是有一块痰堵在喉咙里，吐不出来，也咽不下去。

老人的儿子看到李梦浩他们没有要走的意思，猜到他们是想在这儿打发时间了，也不好催他们走。山里人到底厚道一些，试探着问："你们闲坐着也是坐着，外面雪下得那么大，想不想喝点酒暖和暖和？"

保卫科长把憋在肚子里好久的话终于说出来了："老乡，你家里有野味吗？如果有，拿出来炖了，我们按照饭店的价格付钱。"

老人儿子笑笑说："什么钱不钱的，就当拥军了。"

李梦浩说："我们有纪律。"

老人说话了："吃吧，当年打淮海的时候，老百姓是一车一车往前线给你们送呢。"

老人的儿子端来一盒酱兔肉，又拎来一只风干的野鸡架在炉火上烤，不一会儿，野鸡身上就流出了油，一股浓香在屋里弥漫开来。保卫科长从身上摘下军用水壶，放在桌上说："我这里有壶洋河大曲，今晚咱们不醉不归。"

其他几个人也像变戏法般地从身上掏出几包牛肉干和火腿肠出来。李梦浩走到床边对老人说："大爷，您也下来喝一口？"

老人摆摆手说："你们喝你们的，别管我。"

保卫科长将一壶酒分到几个碗里，晃了晃酒壶说："我这见底了，谁的水壶里还有酒？"

老人的儿子说："我这儿有一坛酒，够你们几个喝的。"说着从床底搬出一个瓷坛子，"我这酒是山上大枣酿的，比茅台都香。"坛盖打开后，果然是香气扑鼻。

李梦浩说："老乡，快过年了，今夜，也算是我们搞军民联欢了。"

宣传科长说："我们今晚先给老乡拜年了。"

李梦浩端起酒碗说："老乡，我们提前给你和老人家拜年了，来，干了！"

老人看见大家端着碗都干了，咳嗽一声，劝说道："年轻人喝酒不要太急了，这夜长着呢。"

一碗酒足有二两，一口下肚，确实有些猛了。常看到电视剧里江湖好汉大碗喝酒大口吃肉，很是痛快，殊不知过去的酒大多是米酒，入口甘甜。现在的酒不是过去的酒，李梦浩感觉从嗓子眼到胃里像是被开水烫了一样，火辣辣地难受。

李梦浩不敢再喝了，主动给大家倒酒、撕肉。屋外寒风嗖嗖，屋内热气腾腾。酒有时真是个好东西，不一会儿，气氛就热闹起来，由山里的事转到山外的世事。老人的儿子喝了两碗酒，说到在城市看到的景象，把碗一蹾，气呼呼地说："现在外面的世事真叫人看不透了，男人不像男人，女人不像女人，有钱人又风光了，逛窑子、吃花酒又时兴起来了。大街上什么都可以卖，良心也能卖，只要有钱，什么都能买到。"

老人的儿子喝着酒，一边说，一边唉声叹气。他的儿女都在山外的城镇居住，老伴也跟了去。本来儿女要他下山，不愿让他在山上钻林子。可是，他在城里住不惯，也看不惯，只有在山上才感到心静、自在。

老人的儿子像是在破茧抽丝，从自己家又扯到社会，越扯越长，越抽越细。说到城市，越发生气起来。现在城里人比山里人野蛮得很，什么都敢吃，山上和海里的东西都要尝个遍。飞禽走兽少了，他们就开始吃蛇、吃老鼠，山里看得那么紧，还有珍稀飞禽在饭店里卖。再看看那街头巷尾的洗头房、按摩屋里的女人，一个个都是明码标价，有钱都可以去买。说来说去还是山上清静。

不知不觉中，夜已经深了，炉口的火苗暗淡下来，坛子里的酒也喝完了。李梦浩看了看旁边几个人，他们都开始打起盹来，保卫科长打起了呼噜。只有老人的儿子没有睡着，嘴里在不停地嘟囔着。李梦浩醉意朦胧地走出屋子，看见院子里的积雪已有一尺多厚，白皑皑的像是棉花垛。空中的雪停了，树枝上的雪却在夜风中飞舞，树枝在雪夜发出咯吱咯吱的呻吟。李梦浩打了个冷战，脑袋似乎清醒一些，他的目光越过院墙，向远处眺望，重峦叠嶂，犹如山舞银蛇、原驰蜡象一般。此时，李梦浩还有些懵懂，一时竟不知身在何处了。

三十四

演习部队返回营房后，武器装备全部入库，师里便立即召开了参演部队团以上干部和师机关全体人员总结大会。师长赵建国在总结机关各部门演习工作时，脱开了讲话稿强调说，以往每次部队拉练演习，各种文书都是大同小异，闭门造车，没有创新。这次演习中的政治工作有了创新和突破，在上报的政治工作文书中，对驻地群众做了深入的调查了解，结合驻地实际，有针对性地提出了问题，并制定了解决的措施。各部门要向政治部学习，要牢固树立"练为战"的思想，在实装实训中提高部队的战斗力。这次演习要求军事训练要紧紧围绕吃、住、藏来展开，要做到拉得动、藏得住、打得赢。但是，有的单位在组织训练中，图形式，走过场，怕出事，不是练为战，而是练为看、练为考，往往是走过场，降低了演习标准和难度。

李梦浩心里明白，赵师长对政治工作的肯定，主要是讲给黄政委听的。赵建国当师长还不到一年，演习这么大的军事行动，师长不能只谈军事不谈政治。然而，师长的一番话也为李梦浩鼓了气、造了势。这次演习让李梦浩不动声色地显示了他的工作能力。总结大会结束后，当天晚上，师参谋长在招待所餐厅设宴犒劳司令部作训科全体同志。参谋长亲自给李梦浩打电话，邀请李梦浩参加作训科的晚宴。

李梦浩推辞说："司令部的庆功宴，我参加不合适吧。"

参谋长说："有什么不合适的？这次演习，作训科和秘书科配合紧密，工作很出色，师长对你很赞赏，你不要把自己当外人。"

李梦浩犹豫一下，说道："好，谢谢参谋长！"

晚宴刚进行一会儿，没想到师长走了进来。大家立即起立相迎。服务员迅速端了酒杯送到师长手里。师长挥手示意大家坐下，兴奋地说："同志们，这次演习大家辛苦了。"师长先是举杯和大家同饮了一杯，说了几句鼓励的话。在作训科长张海斌举起杯要回敬师长时，师长摆摆手说："先别急，下一杯酒，我要单独敬政治部的同志。"说罢，让身边人换了大杯，走到李梦浩身边，拍了拍他的肩膀说："梦浩军事素质不错！如果当初你在我手下，肯定不会让你当政工干部。"师长又对大家说："梦浩在作战会议上代表主任的发言，很有思想和见解，对新时期的军事战略思想也有研究。把外敌挡在国门之外，其实也是一种战略防御，只不过现代战争如何打，还要审时度势。目前，我们只是练兵，从国际国内形势看，相当长一个时期，大的战争是打不起来的。"

李梦浩有些受宠若惊，忙站起身，在师长举起杯子的那一刻，将杯沿在师长的杯底轻轻靠了一下，向师长躬了躬身，谦卑地说："谢谢师长夸奖。"端起杯子一口干了。

师长说："好！梦浩好好干！"

李梦浩一时很激动，有些讨好地说："我在陆军学院学的是步兵指挥专业，毕业后在部队要是当军事干部，今天就可以给师长当参谋了。"

参谋长在旁边开玩笑说："现在也可以改行呀，到司令部来给我当科长吧。"

师长呵呵笑着，接话道："司令部可不能挖墙脚，是金子放在哪里都能发光的。"

李梦浩诺诺地说："我在哪儿都是师长的兵，一定不辜负首长的期望。"

在座的人都站在位子上，眯眯地笑着，等着给师长敬酒。快要过年了，作训科的同志怎么能放过这个机会呢？这时候，他们趁机给师长敬酒，顺便向首长表示一下忠心很有必要。师长一句话可以成就一个下属，也可以毁掉一个下属。如果师长能表扬你一句，平时受多少辛苦都不觉得委屈了，心情就会豁然开朗阳光明媚了。

师长回到座位上，让人把自己的酒杯倒满，师长看着作训科长张海斌说："在这次演习中，作训科的同志们都很辛苦，表现也很出色。今天这杯酒我就不一一和你们喝了。来，大家都满一个大杯，干了！"

大家都干了一个大杯。

师长不等大家敬酒,端着酒杯站起身说:"今晚我喝得不少,那边还有一桌客人,我过去敬杯酒,你们相互喝吧。"说罢,参谋长陪着师长离开了。

师长和参谋长走后,张海斌提议让大家满了大杯,张海斌说:"参谋长回来,我们大家敬参谋长。"

作训科的人趁这工夫,见缝插针开始敬科长张海斌。几杯酒下来,张海斌变得神采飞扬起来,一副江湖好汉的样子,他一边说话一边握着科里的同志的手喝酒,科长的架子完全放下来了,很像是聚义厅的兄弟。这种气氛让作训科的同志如沐春风、畅快淋漓。科里的同志敬完了酒,张海斌走到李梦浩身边坐下,旁若无人地对李梦浩说:"李科长,你是政治部的栋梁之材,以后要是咱兄弟俩搭班子,肯定能干一番大事业。"

李梦浩看着张海斌,以为他喝多了,在说酒话。酒喝到这个份上,有的人该说不该说的都会说了,李梦浩有些担忧,许多事情坏就坏在酒话上。说者无心,听者有意。他担心张海斌在套他的话。如果集团军政治部主任王秉义不是他的岳父,他可以随意地附和张海斌,甚至还可以顺着张海斌的话畅谈一番。顶多也就是想当然罢了。可是,现在李梦浩的话就可能成为内部消息。李梦浩作微笑状,沉默不表态。

张海斌有些把持不住,又继续说:"两个步兵团的团长政委,听说要动一动,你心里没考虑一下到哪个团?"

李梦浩从兜里掏出一盒烟,递到张海斌面前说:"抽支烟吧,你说的我还没想过。"

张海斌摆摆手说:"我不抽烟的。不过,这个事情也不需要你去考虑,但是,我和你不一样,得提前谋划啊。"

李梦浩去摸打火机,旁边的一个参谋马上给点上了。李梦浩抽了口烟说:"听从组织安排吧。"

大家会意一笑。其实这话是场面上的官话、套话,但是从李梦浩嘴里说出来,意思就不一样了,等于是谦虚,也是默认。

酒已喝差不多了,可是参谋长还没回来,酒还没有敬,这宴席还不能散。

大家开始聊天。有人提前恭贺张海斌升迁,有人直接就称张海斌团长了。张海斌一点也不避讳别人的奉承。当着李梦浩的面,张海斌借着酒劲开始许起愿来,张参谋到时可以到团里当参谋长，李参谋可以到团作训股当股长过渡一下。末了扭过脸来对李梦浩说："用自己的人顺手。"

李梦浩点头一笑，笑而不答，将烟掐灭了，站起身来对张海斌说："我请一下假，参谋长回来你帮我说一声，我去给老婆打个电话。"

张海斌摇晃着站起来要送李梦浩，李梦浩把他按在椅子上说："你就不要客气啦！"

张海斌说："兄弟，别忘了，如果咱哥俩在一起搭班子，再好好喝，到时不醉不休！"

到了一九九七年春天，王洁茹听说父亲可能离开集团军要到省军区任政委，就想让李梦浩调到军政治部当处长，这样不仅离家近一些，在军机关任处长，下一步提副师也容易一些。王秉义没有答应。王秉义说我现在还没有离开集团军，就把女婿调到身边来，我走了，新来的主任会怎么看他，其他人又会怎么看我？王洁茹想想也是，就放弃了努力。心里想，只要黄佳阳还在，李梦浩在哪里任职都一样。在这个问题上李梦浩也没有多想，他知道想也是多余，只要自己是千里马，伯乐就在那里等着他。

不久，师党委将团职干部调整方案报到集团军政治部。一个星期后，李梦浩任团政委的命令就下来了。这个团是李梦浩几年前待过的步兵团。李梦浩像回到家乡的感觉一样，心里头有种说不出的味道。原来的团政委吴泰中被调到师政治部任副主任。小道消息说，郭和礼下一步要当师政委，吴泰中将升任师政治部主任。黄佳阳政委将到何处任职，眼下还是个未知数。如果王秉义离开集团军政治部后，黄佳阳能升任军政治部主任就好了。李梦浩这么一想，心情也就轻松了许多。

这个团的团长转业后，新任团长是张海斌。李梦浩和张海斌到步兵团上任那天，师政委黄佳阳亲自把他们送到团里。当着两个人的面，黄佳阳严肃地说："团里的军政两个主官，必须心往一处想，劲往一处使。否则，部队就会失去向心力和战斗力。"

开完全团干部大会，当着团常委们，黄政委又加重语气意味深长地说："不论什么时候，你们班子都要搞好团结，团结出干部！"

张海斌明白黄佳阳的意思，马上表态说："请政委放心，今后我和梦浩在一口锅里搅马勺了，我们会同心同德把全团工作搞好的！"

师政委黄佳阳拍了拍张海斌的肩，和蔼地说："那样就好！"

军、政主官各有分工，团长主抓部队的军事训练，政委管部队的政治工作。在战争年代，一切为了打仗，军事主官是"一号"首长，政工领导是"二号"首长。政治工作主要是为军事服务。和平年代就不一样了，团长虽然是"一号"，政委是"二号"，但是，在团党委里面政委是书记，团长是副书记。党委管什么？主要是管干部。如果团长在用干部上失去了主导权力，那团长在团里的地位和威望就要降低很多。一般来说，在任何一个单位，只要有两个"一把手"，谁资格老，或者谁强势，谁就说了算。可是，在步兵团张海斌和李梦浩是同时任的团长、政委，只是张海斌军龄比李梦浩早三年。全团的官兵都在看着团长、政委是谁说了算。开始一段时间，团长、政委彼此之间没有摸清脾气性格，双方都在观察、研究，也在默默地打基础，暗中较着劲比实力。究竟会花落谁家，一时难见分晓。

张海斌入伍二十年了，从排长、连长、营长、作训科长，一路摸爬滚打出来，军事素质可以用出类拔萃来形容，都当团长了，每天早晨还坚持出早操。步兵连负重五公里越野，团长比新兵跑得还快。单杠一至八练习，张海斌能做到四练习，跨杠翻转旋转三百六十度，身轻如燕。双杠呢，五练习夹臂上杠、倒立、后下杠，面不改色，心不慌。就军事体能和素质，李梦浩不敢和张海斌比。然而，毕竟李梦浩是政工干部，政工干部有自己的特长，那就是思想工作。思想工作做好了，同样威力巨大。建军初期，领袖提出把支部建到连上就是这个道理。有事没事，李梦浩就带着政治处的人下连蹲点，调查了解基层连队的思想状况，以谈心拉家常的方式，在基层连队树立起和蔼可亲的领导形象。李梦浩在师、团机关工作近十年了，平时又疏于锻炼，身体有些发福，腹部明显腆了出来。不过不要紧，肩上扛着上校军衔往操场上一站，明显就是首长的派头。

李梦浩目睹了张海斌在连队示范八百米障碍动作后，知道团长也在树形象。李梦浩知道自己再怎么下苦功，丢了十年的军事技能也找不回来了，只能象征性地做几个花拳绣腿的动作。但李梦浩心有不甘，他要扬长避短，以静制动。团机关干部在年底进行手枪射击考核时，李梦浩决定露一手，要达到不鸣则已、一鸣惊人的效果。

考核那天，天气格外晴好，虽是初冬，风却和煦如春。靶场上，司、政、后、装四个机关的人员列队待命，团长作了考核动员后，参谋长提出了具体要求，一切准备就绪后，参谋长报告请示是否考核开始。本来，团首长是不参加考核的，可是，张海斌一时兴起，突然提出代号首长先试试枪，给机关的同志做做表率。团长的话一落音，机关干部便迎合地鼓起了掌。

张海斌接过枪械员递过来的五四手枪，在手里掂了掂，客气地问李梦浩："政委，是你先来，还是我先来？"

李梦浩摆摆手说："团长先来吧！"

张海斌一边朝前走一边说："那好，我就先开第一枪。"

走到五十米射击位置，张海斌停下，瞄着胸环靶，两分钟内射出了五发子弹，报靶员验靶后，用旗子报出了四十五环成绩。接着，张海斌又前进了二十五米，举枪瞄向头靶，一分钟内又射出五发子弹，成绩是四十九环。

张海斌回到队列前，笑眯眯地对李梦浩说："时间长没摸枪，找不到感觉了。"把枪递给李梦浩，又问："政委是用这把枪，还是换枪？"

李梦浩接过枪，验了验枪后说："就用这把吧。"说着，从枪械员手中接过十发子弹，一边走一边装弹匣，到五十米射击位置停下后，先是蹲下抓了把土扬了一下，又仰头望了眼天空，而后侧身站立，将枪口瞄向头靶。头靶比胸靶难度要大一些，考核时距离是二十五米。李梦浩在五十米距离射击头靶比胸环靶把握性要小很多。不过没关系，毕竟是固定目标，李梦浩在军校时，不论固定靶还是移动靶，手枪、步枪考核都是优秀。李梦浩天生就有狙击手的潜质，每颗子弹都能命中靶心。在安全员挥旗示意射击开始后，李梦浩没有犹豫，两分钟时间连射十发。李梦浩射击完后验了枪，学着影视剧中人的做派，吹了吹枪口，返回队列前。

张海斌好奇地问："政委好潇洒，不动窝就把十发子弹打完了。"

李梦浩笑道："懒得再朝前走了，干脆打完算了。"

张海斌说："政委是高手，五十米打头靶，一般人都可能会脱靶的。"

张海斌话音刚落，队列中的人都望见了报靶员挥动的旗子了。张海斌也看见了，愣怔片刻，自言自语道："怎么可能？"他走到一边对一个兵说："去，把靶子扛过来。"

李梦浩看见张海斌的脸上有些潮起潮落的样子，暗自一笑，心想不就是环数比你多点嘛。李梦浩注视了队列一眼，机关近百名干部都在呢，团长、政委比的不是环数，比的是胜负，是在部队的权威。不能小看点点滴滴的小事，滴水穿石、聚沙成塔，细节决定成败哪！

靶子扛过来了，竖在了队列前。头靶靶心被李梦浩十发子弹击穿成鸡蛋大的洞，那洞像只独眼在瞪着张海斌。张海斌看见头靶上还有五个弹着点，每个点都被贴上了补丁。看罢，面前的局面给张海斌带来了很强烈的失败感。张海斌有点泄气，然而，在队列前张海斌还是换上了笑脸，大声地对机关干部们说："你们都好好看看！政委就是我们大家的榜样，政委平时不摸枪，提枪就弹无虚发，神枪手啊！"

李梦浩让把靶子送回去，一脸谦虚道："团长是表扬我了，其实，手枪射击凭的是一时的感觉，要心无杂念，对固定目标射击要在有意无意之时扣动扳机才好。否则，老想着打十环，心里紧张，手指用力大，必然就会脱靶了。"

张海斌带头鼓起了掌。张海斌说："政委这是经验之谈，下面在射击时，大家除了按规范的动作去做，还要静心屏气，像政委讲的那样，掌握好时机，打出一个好成绩。"

大家都是明白人，场面上还是需要相互配合架势的。往大里说，是军政主官团结问题；往小里说，是军政主官个人的素养问题，职务到团职以上，很多事情就不能由着性子了。以大局为重，非常关键。张海斌在团机关干部面前虽然没有暴露极端的态度，心里却积起了一个疙瘩。他要在全团树立起"一号"首长的权威，就必须在官兵面前事事都比政委强才行。不然，李梦浩仅凭"背景"这一点，他就要甘拜下风，屈居李梦浩之下。

张海斌开始和李梦浩较劲，同时也在和自己较劲。为了在射击上超过李梦浩，张海斌在宿舍里练臂力。星期天不休息，带着作训股长到靶场去"开小灶"。

这天上午，二营五连搞年终射击考核。张海斌拉着李梦浩一起去靶场"看看"。李梦浩知道张海斌的枪瘾又犯了，还有就是想扳回一局。李梦浩放下手头的事情，和团长一起到了靶场。团长、政委一起来看连队射击考核，不仅是对连队军事训练的重视，同时也是对连队干部组织能力的一次考察。

五连是李梦浩的老连队，对五连李梦浩有种特殊的感情，他希望五连在团长面前不要出什么差错。连长集合队伍后，向团长、政委敬礼，请首长作指示。看情形，张海斌想作一番指示的，李梦浩不想给连队官兵心理上带来压力，便先说话了："你们按计划开始考核吧，我和团长今天来，就是随便看看。记住，留些子弹，考核完，让我和团长也体会体会。"

张海斌不好再说什么了，两位首长走上观望台，观看五连射击考核。两个多小时后，考核完毕，连长跑上来报告考核成绩，请示部队是否带回。张海斌站起来说："暂时就不要带回了，我喜欢人多热闹。"说罢，张海斌率先走下观望台，来到射击地域时，他没有直接走到射击位置去射击。张海斌从旁边的警戒员手里要过一支自动步枪，虽然没有人下达命令，但他依然像一个士兵一样持枪、卧倒、起立、前进。侧身匍匐，再屈身前进，动作协调，如行云流水。卧姿装子弹时，因事先没有领取子弹，警戒员跑过来将备好的枪支递给了张海斌。

在前方二百米距离内随机设置了两个身靶、两个胸靶、一个头靶。每个目标只显示一次，每次只有五六秒钟。张海斌任连长时，这个科目是他的强项，因此，他在三分钟内打了五次点射，全部击中目标。

张海斌回到李梦浩身边，一脸兴奋的样子说："政委，该你露一手了！"

李梦浩摇摇手说："别说射击了，就是你那匍匐动作，我恐怕都做不了。"李梦浩转过身去，对旁边的五连连长和指导员又说："刚才团长的动作你们都看见了吗？如果让你们去和团长比，恐怕都不行。运动中射击，五个靶标，你们能击中几个？"

连长不好意思地说："我们哪敢和团长比啊，团长是集团军大比武冠军。我们最好的成绩也只是击中四个目标。"

李梦浩说："今后，你们要多向团长请教，把连队训练搞好，不要辜负了团长对你们五连的期望。"

连长和指导员都唯唯地答应着，说笑间，话题就被李梦浩转移到了别的方面去了。张海斌虽然在五连官兵面前展示了自己的功夫，可是李梦浩没有和他比武，这就让张海斌陷入了无敌之阵，冲出的拳头砸在了棉花垛上。

团里年底工作千头万绪，但李梦浩还是抽空回了一趟海州市。不只是"想儿子了"，更重要的是王秉义的工作有了变动。前段时间，小道消息说什么的都有，有的说王秉义要任集团军政委，有的说要去省军区当政委，还有的说要退休。一直是个悬念。现在消息确凿了，军区首长已经和王秉义谈了话，过完春节，王秉义就到省军区任政委了。

从集团军到省军区去，虽然离开了野战部队，毕竟是由副军职提升为正军职，是个好事。但对于李梦浩来说，便是喜忧参半的事情了。自古以来都是朝里有人好做官，一朝天子一朝臣。王秉义离开集团军了，李梦浩还能靠谁？王洁茹很乐观，说黄佳阳还在嘛。李梦浩听说了，黄佳阳有可能晋升集团军政治部主任。可一天任职命令没下来，就会有变数。

春节过后，王秉义一个人到省军区上班了。省军区在省城，距离海州市有二百里路。按说，二百里也不算远，开车也就两个多小时。可是，对于李梦浩来说，那距离已经相当远了。王秉义在集团军时，他没有觉得什么，王秉义离开了，他心里一下子空落落起来。从内心来说，李梦浩对王秉义并不是有多深的亲情，只是习惯了依赖。王秉义在，李梦浩可以大胆地往前走，没有后顾之忧。王秉义离开了集团军，李梦浩做任何事情必须瞻前顾后了，若不小心就会掉进坑里，栽个跟头。

出了正月，也就是阳历三月，师政委黄佳阳平调到集团军政治部任副主任。军区组织部长空降到集团军政治部当主任。据说，春节前军区是准备提升黄佳阳任集团军政治部主任的，过了春节，方案就变了，因为什么变，一时很难说清楚。黄佳阳任集团军政治部副主任，虽然是到上级机关，但是离开了权力的核心，相当于降了。师政治部主任郭和礼接任黄佳阳，升任了师政委。

到了四月，清明节刚过，军区冯参谋长到部队视察春训工作。冯参谋长没有到集团军，一竿子插到机械化师。十多年前，冯参谋长在机械化师任过师长，他任师长时，赵建国是作训科长，张海斌是作训参谋。十多年过去了，冯参谋长突然想起了老部队，一时兴起就下来了。赵建国见到了老首长，自然眉开眼笑，喜不自禁。首长听了赵师长的工作汇报后说："我大老远地到你这儿来，不是光听你怎么说，还要看你部队是怎么训练的。"又说："给你一天时间准备，明天我要到步兵团去，看看部队能不能拉得动、打得赢。"

赵建国胸有成竹，立即表态："请军区首长放心，有老师长留下的优良作风和打下的坚实基础，现在的步兵团绝不会让老首长失望的！"

赵建国知道，部队开训后，张海斌已带着部队到云雾山区驻训了。当天晚上他把张海斌招到师司令部，当面进行了部署。张海斌返回后，自然是连夜准备。一般来说，首长视察都喜欢大场面，喜欢部队热火朝天斗志昂扬的气象。为此，张海斌准备组织全团武器装备开过观礼台，让首长检阅一下步兵团的战斗实力。

部队正在野外训练，开得动、打得响没问题，打得准却有点悬。不是打不准，是不一定能打得准。步兵营还好，坦克营和炮兵营的实弹射击训练有限，命中率怕是很难让首长满意。情急之下，张海斌只好让工兵连在靶位处预先埋设炸药包，炮弹一旦脱靶，击中不了目标，立即实施遥控引爆炸药包。千米之外，首长根本发现不了。

　　一切准备就绪，第二天下午两点钟，军区冯参谋长和集团军首长坐在一个山头的观察台上，每人握着一个望远镜，等待着步兵团实弹演练开幕。这时，三颗红色信号弹腾空而起，打着呼哨在空中画了道弧线，片刻后消失在山谷里。接着从远处的山谷里传来了隆隆的马达声，几十辆坦克呈战斗队形，在山坡上滚滚向前，气势磅礴，履带搅起的沙土在春风里肆意飞扬，像一股股龙卷风追随着坦克车。沙尘还未散尽，紧接着，装甲输送车又一字排开，从首长们的视野中驶过。演练真正进入高潮是从炮兵和坦克对山头目标射击开始的。首长们从望远镜里看到，坦克在行进中开始射击，接着是炮兵营按实战要求呈长蛇阵展开，对设定的目标进行齐射。在观察台解说员的提示下，几千米外用石灰圈定的目标，像午夜的昙花，一朵朵绽放，又一朵朵凋零。更开眼的是炮兵营阵地上，自行火炮像一条条巨蛇，吐出猩红的蛇信，呼啸着，严肃而又活泼地蹿出去，落在了很远的山峰上。随着震耳欲聋的爆炸声，设定的几十处显著目标瞬间土崩瓦解了。

　　硝烟散尽，军区冯参谋长首先站起来鼓掌。

　　师长赵建国走到首长们面前，准备向军长请示事情。冯参谋长看了眼赵建国，问道："团长是张海斌吧？"

　　军长接话说："是张海斌，集团军里最年轻的一个团长。"

　　冯参谋长说："强将手下无弱兵，小张不错，有潜力。"

　　赵建国恭维道："都是首长培养的结果。"

　　军长看了看时间，对冯参谋长请示道："部队是否带回，请首长指示。"

　　冯参谋长意犹未尽地说："部队带回休整吧，我们一起去驻训点看看。"

　　军长说："时间不早了，首长该回去休息了。"

　　冯参谋长说："我们再到连队去看看。"

　　军长解释说："首长，快到晚饭的时间了，他们一点准备都没有。"

　　冯参谋长说："要什么准备？你们一准备就给基层添麻烦。"

　　军长转身对赵建国轻声说："你立即通知张海斌，让他做好迎接首长的准备。"

　　赵建国有些慌张，迟疑一下，小声说："张海斌正在组织部队撤回呢。"

军长说："让他马上过来！"

张海斌接到通知，坐着装甲指挥车赶到了观察台。下车、跑步、立定、敬礼，团长张海斌一身迷彩，如果不是自报家门，冯参谋长根本就没认出他来。

冯参谋长主动伸出手和张海斌握了握，打量着张海斌，亲切地说："还是当参谋时的样子，没有变嘛！"

张海斌激动地说："首长也没有变，还是当师长时的风采。"

冯参谋长说："回到老部队了，我把军长师长都请到你们团里去吃饭，你这个团长没意见吧？"

张海斌看了眼师长赵建国，赵建国把目光躲开了，张海斌此刻只好当即决断说："报告首长，我没意见！"又小声道："这么多首长能到我们团来，高兴都来不及呢，还能有意见！"

"好！"冯参谋长手一挥，像指挥千军万马一样，气宇轩昂地说道："出发！"

返回驻训点途中，赵建国心里有些犯嘀咕，这么多人怎么安排？几位首长还好说，陪同人员几十个，都是首长身边的人，如何照顾周到？部队刚才的演练已经愉悦了首长的视觉，可以见好就收了。没有料到，首长还要留下来到连队视察。他以为首长看完演练后，会和军长一起返回集团军。在这个问题上，赵建国没有估计到，犯了主观性错误，有些粗枝大叶了。

吃饭的问题来不得半点虚假。看到的可能不一定是真相，但吃到嘴里的，好就是好，孬就是孬，味蕾敏感得很，即便有了十三香，没有好食材，也做不出美味佳肴来。不要小看首长一顿饭，在任何时候，都不能小觑。吃好了，锦上添花，吃不好，食欲不振，就可能影响大脑的思维，导致事倍功半。

赵建国问张海斌："连队驻训期间的伙食搞得怎么样？"

张海斌自信地说："还不错，每晚都四菜一汤的标准。"

"中灶有准备吗？"

张海斌胸有成竹地说："师长放心，我提前做了安排。"

张海斌是个心思缜密的人。冯参谋长当师长时，到部队检查工作，高兴时喜欢到连队和战士一起就餐。张海斌还了解到，首长是山西人，山西人不仅喜欢吃醋，也喜欢地方特色小吃。张海斌在召开演练动员会时，将接待首长就餐的事一并部署了。他让后勤处长到附近县城请来山西面馆做特色小吃的师傅，又让警调连长带人到附近山上采摘榆钱，凡是想到的都去做到，不管首长会不会在团里吃饭，但必须做好准备。部队讲究的是不打无准备之仗，做任何事情都是一个道理，总之，未雨绸缪，有备无患。

车队浩浩荡荡开到驻训点，首长们下了车，在团长张海斌的引导下，视察了连队的内务卫生。部队虽说是在野外驻训，住的是帐篷，可是里里外外收拾得一尘不染，十分整洁。道路两边都用铲子抹得很光滑，有的路面还用鹅卵石镶嵌了字。尤其是用树干搭成的营门，虽然有点"山寨"的样子，但也不失一种威武的气势。

首长视察完后，说是到连队和战士们一起就餐，可是，连队的战士还在路上，怎么能让首长饿肚子呢？负责接待的后勤处长将团会议室的帐篷收拾好，会议桌改作餐桌，很快，一大桌子菜就上齐了。

冯参谋长站在帐篷前，很诧异地问身边的军长："哪来的这么多菜？"

师长赵建国靠过来说："首长要到连队就餐，现在连队战士还没全部从山上下来，他们就让各连炊事班送来两个菜，好让首长尝尝全团的伙食。"

冯参谋长走进去，朝桌边一坐，指着桌上的菜说："很好嘛！现在连队的伙食标准提高了，今天我要尝尝炊事员的厨艺提高没有！"

大家按次序坐下来。军师首长和陪同的机关同志坐满了。团长、政委没有座位了。

冯参谋长招呼说："今天到团里来，团长、政委怎么好不上桌呢？来，加两把椅子。"

加了两个凳子后，张海斌和李梦浩两人客气了几句，便按首长的指示落座了。

说是就餐，其实像是开会。冯参谋长讲话很随意，也很亲切，对演练简要地进行了点评，说的都是表扬和鼓励的话。大家听了，想鼓掌，可是手中拿着筷子，也就作罢了。在座的人都没有吃饭的意思，专注地听首长讲话。张海斌没有拿筷子，手中拿的是笔和本子，像速记员一样，飞快地在本子上记着首长的指示。

桌子上的菜都冷了。首长的话还没有结尾的意思。首长开始讲国际形势和军事斗争。首长说，冷战结束以后，国际政治局势总体缓和了，但战争并没有消失，频发的国际争端都向我们说明了，没有一支强大的军队，国家和人民就难有安全保障。首长又从国际讲到了国内，深刻地阐述了我军的战略指导思想，以及和平时期部队的现代化建设。到了最后，首长站起来，在桌边踱了几步，像是在作战室，声音洪亮，语气严峻地说道："虽然短时期无仗可打，但是，同志们，兵不能一日不练！部队要紧贴实战，突出对抗，做到疾如电、猛如虎，扬我军威、铸我军魂。要有首战用我、用我必胜的信心和决心！"

冯参谋长说完坐了下来，招呼大家道："吃饭吧！"

这时，炊事班将做好的特色小吃适时地端了上来。有榆钱窝头，有荞麦灌肠，还有一大盆热气腾腾的刀削面。

冯参谋长眼睛一亮，神色盎然地问："炊事班还会做这些饭食？"

张海斌跑过来给冯参谋长的盘子里夹了个窝头和荞麦灌肠，又盛了一碗刀削面，谦恭地说："听说首长老家是山西的，炊事班试着做了几样，首长您品尝一下，是不是有老家的那个味道。"

冯参谋长拿起筷子说："大家都一起尝尝吧！"

冯参谋长首先尝了荞麦灌肠，点点头，又尝了一个榆钱窝头，再次点点头。接着，将碗里的刀削面也吃了。放下筷子，取过递来的毛巾擦了擦手和嘴，自言自语地说道："不错不错，是家乡的味道。"而后像是陷入了乡愁的模样，情不自禁起来，"几十年了，每当回味起家乡的这些饭食，就想回去看看，可是总是忙，没办法呀，谁让我们是军人呢。"

师长赵建国站起来要给首长再盛一碗，冯参谋长摆摆手说："好了、好了，同志们都尝尝吧，尝尝山西的特色小吃，你们知道山西不仅有老陈醋、杏花村的酒，还有这榆钱窝头、荞麦灌肠和刀削面。"

军、师首长放心了。谁都没有想到，几样地方小吃让军区首长这样动情、这样激动，比在观察台上观看演练的效果都好得多。

团长张海斌此时心里敞亮了，一块石头落了地。在首长们畅谈着各自家乡的特色小吃时，整个帐篷里弥漫着一股庄严又欢快的气氛。

李梦浩坐在桌边和团长张海斌心情显然不同。张海斌虽然插不上话，但他心里很得意。在首长们向他偶尔一瞥时，张海斌的脸上瞬间就浮现了十分认真聆听的神情。

三十五

严格地说，在步兵团全体官兵的心目中，团长和政委两个人一直平分秋色。不管张海斌怎么折腾，李梦浩都是以静制动，水来土囤，兵来将挡。尤其是在用干部上，张海斌明显存在拉帮结派、任人唯亲的嫌疑。但"印把子"掌握在团党委书记手中，党指挥枪一刻也不能放松。只要抓住主要矛盾，把握好关键的一点，其他问题都能迎刃而解。当然，在任何时候，不论张海斌和李梦浩之间的明争暗斗多么激烈，但大方向是一致的，他们都有争先创优的主导思想，都想把全团的工作搞好。目的也都很明确，就是有机会再提一职。全师五个团，十个正团职干部，师里就五个副师职位子，要想晋升，难度相当地大。集团军机关的处长们也都虎视眈眈地盯着。官至正团职，谁都不愿意放弃晋升的机会。不想当将军的士兵不是好士兵，这种观念已经在心里扎根了，放弃努力就是沉沦颓废。因此，在张海斌和李梦浩任满四年团长政委时间，正是上下一致看好的晋升对象。三十九岁的李梦浩天生就是当兵的材料，他的政治理论水平和军事素质，通过四年的锤炼，已经具有相当高的水平了。对着全团一千多名官兵，他可以不看稿子，字正腔圆、抑扬顿挫讲两个小时不打磕巴。训练场上，李梦浩也能在战士面前示范几个标准动作。这对于一个团政委来说，已经可以了。

但是，正在这节骨眼，形势发生了根本变化。先是王秉义从省军区政委的任上退休了。接着，集团军政治部副主任黄佳阳也交流到地方军分区任政委。再过三年，黄佳阳的年龄也到杠了。

天不刮风，天不下雨，天上有太阳。

有一点风吹草动，人心就会浮动。关键的时候，出事了。李梦浩做梦都没有想到会出事，而且还不是小事。

这天早晨，春光明媚，风和日丽，步兵团一切正常。到了十点钟，集团军秘书处邹处长带着几个海州市的人来到了步兵团。本来，邹处长来团里应该提前和政委李梦浩打招呼的，可是，邹处长和张海斌是老乡，便和团长直接联系了。秘书处负责军民共建工作，邹处长和海州市地方人员联系比较多，人脉也很广。他带着地方人员来团里搞"军营一日"活动，主要就是参观一下团里的武器装备，打打靶，坐坐装甲坦克车，体验一下军营的生活。张海斌也提前作了安排。可事情就是这么凑巧，九点的时候，张海斌突然接到师司令部值班室通知，师长要召开全师各团军事主官工作会议。团长走了，政委不能不露面，邹处长是集团军政治部的处长，一条线上的。李梦浩只好放下手头的工作，陪同上级机关的领导。

参加"军营一日"活动的有五个人，三男两女。邹处长介绍说，三个男同志是海州市文明办的领导，两位女士是海州一家公司的老总和秘书。李梦浩在和他们握手时，对方都报了姓名。公司老总姓黄，名亚萍。李梦浩发现黄总比身边的秘书还漂亮，不由多看了一眼，由衷地说道："黄亚萍，好名字，漂亮。"

黄亚萍到底是场面上的人，一点也不拘泥，用手指挑了一下额上的发丝，两眼波光粼粼地看着李梦浩，笑盈盈地问："李政委是夸我名字漂亮，还是说我人漂亮呢？"

李梦浩眼睛没有躲闪，目光在黄亚萍身上逡巡了一下，而后注视着黄亚萍说道："当然是人漂亮了。"过了片刻，又沉吟道："不过，我觉得还是说美丽更贴切一些。"

黄亚萍瞟了眼李梦浩，问道："李政委，漂亮和美丽有什么区别吗？"

李梦浩解释道："当然有区别了，漂亮只是说外表，美丽才是有内涵的。"

邹处长说："李政委的意思是黄总秀外慧中。"

李梦浩看着黄亚萍，颔首道："是这个意思。美丽是内在的气质，漂亮是外在的红颜，红颜易老，青春易逝，凋谢的是漂亮。而美丽是永恒于岁月的。美丽和漂亮就像爱和喜欢，是两种不同的东西。"

黄亚萍在不经意间好像读懂了李梦浩的眼神，黄亚萍也明白漂亮和美是有区别的。漂亮可以一眼望穿，美丽却要去用心感觉。初次相见，李梦浩竟然能感觉到她内在的美，难得了。不管真假，李梦浩的话，一刹那还是触动了黄亚萍的内心。女人也大多如此，为悦己者荣。

没有想到，李梦浩第一眼看见黄亚萍时，也有种似曾相识的感觉。陡然间，他想起了电影《红楼梦》中的"薛宝钗"，还有《封神榜》中的"苏妲己"。这两个角色都给他留下了很深的印象。"薛宝钗"的端庄、贤淑、文静、含蓄，"苏妲己"的妖娆、妩媚、奔放，尤其是那双波光潋滟的眼睛，实在动人心魄。

问世间情为何物？此时也就是惊鸿一瞥。

黄亚萍在和李梦浩目光碰撞中，虽然只是一刹那间，相互也没有话语交流，但彼此心灵之间已经架起相通的桥梁，两人间的一颦一笑都有了别样的意味。本来，黄亚萍来军营只是一种娱乐休闲活动，想放松身心，心无旁骛地玩乐一天，真没有想到，李梦浩的一句赞赏的话就搅乱了她平淡的心境，走路的姿态都发生了微妙的变化，举手投足越发显得优雅了。

一行人在参观连队战士宿舍时，李梦浩介绍说："现在战士中大多数是独生子女，这个年龄在家里可能还是衣来伸手、饭来张口的孩子。可是到了部队，他们都变了，大家看看这被子、床单，再看看牙缸牙刷的摆放就明白了。"

黄亚萍抚摸着没有一丝褶皱的白床单，又盯着叠得方方正正有棱有角的军被，不由啧啧赞叹，惊讶不已："原来钢铁就是这样炼成的呀！"

李梦浩接话说："军队是一个大熔炉，经过几年严格的锤炼，每个战士都能成为一块好钢！"

黄亚萍说："我要是有儿子，一定送到部队来当兵。"

李梦浩随意地说了一句："女儿也可以，部队每年都招女兵的。"

黄亚萍没有再接话，把脸转过去看别的了。参观完连队宿舍，李梦浩又带他们到车场看了装甲车和坦克等武器装备。黄亚萍在秘书的搀扶下爬到了坦克车上面，让秘书给她照相。坦克车上不是舞台，滑得很，黄亚萍穿着带跟的皮鞋，一边如履薄冰，一边摆着各种姿势。上车容易，下车难，黄亚萍想从坦克车上下来就有点惶恐了。一米多高的车身，战士可以上蹿下跳，不费力气，黄亚萍却如临深渊，站在车上颤颤巍巍，犹豫着，不知如何是好了。这时，李梦浩从车边一个箭步跃上去，一只手撑着车顶，一侧身又跳了下来。李梦浩做完了示范动作，招手让黄亚萍向下跳。黄亚萍摆着手，在上面摇晃着不敢跳。邹处长在边上玩笑道："黄总，你看，多么蓝的天哪！朝仓跳下去了，堂塔也跳下去了，现在轮到你了，你也跳吧！"

黄亚萍嗔怪道："说得容易，你也上来跳一次我看看！"

邹处长挥挥手道："我跳下来是小意思，我就想看你怎么跳下来。"

"好啊！你想看我笑话，跳就跳！"黄亚萍注视着李梦浩，李梦浩明白了她的意思，靠近坦克边伸手握住黄亚萍的手，黄亚萍身子一跃，扑到了李梦浩的身上，李梦浩将她接住，轻松地放到了地上。正是春末时节，黄亚萍的衣服很单薄，那一刻，李梦浩将黄亚萍的身体抱在怀中，一股女人特有的香味刺激着他的神经，让李梦浩不由得有点心神荡漾。

上午在营房参观平安无事，下午在靶场打靶出事了。

作训股长如果只安排打靶一项科目，也许就避免了事故的发生。可是，作训股长从弹药库领取子弹时，发现还剩几箱手榴弹训练时没有用完，顺便就搬了两箱。按规定，手榴弹是不允许让没经过训练的人员投掷的。作训股长觉得来的人员是团长的客人，对团长的客人，作训股长就没有严格执行规定。打完了靶，大家都很高兴。作训股长请示李梦浩，说是带来了两箱手榴弹，让他们体验一下吧。李梦浩正和邹处长聊着事，没有多想，只交代了一句："一定要注意安全！"

投掷前，作训股长向大家讲解示范立姿投弹的动作要领。作训股长说："投掷时，要一紧、二慢、三快。一紧就是握弹要紧，二慢是引弹要慢，三快是投掷后下蹲隐蔽要快。"讲解完后，一名战士将投掷人员带进凹字形掩体内，在边上监护着。开始三个人投掷都没什么差错，轮到黄亚萍走进掩体投掷时，黄亚萍有些恐慌。拧开弹盖后，还没有捅破防潮纸，也没有拽出拉火环，慌慌张张就扔出去了。等了几分钟都没有爆炸，大家以为是哑弹。

李梦浩走进掩体询问后才知道没有爆炸的缘由。黄亚萍难为情地说："也不知今天怎么了，手老是哆嗦。"

李梦浩说："手榴弹从拉火到爆炸要三四秒钟呢，不要怕。"

黄亚萍说："你在边上看着，也许我就不怕了。"

李梦浩说："好。"

黄亚萍又拿起一颗手榴弹，拧开弹盖，捅破防潮纸，拽出拉火环，用小拇指勾住，扬起手臂一甩。由于站立不稳，身体摇晃了一下，手榴弹投出去了，只有四五米远。如果黄亚萍快速蹲下，事故也就可以避免了，可是黄亚萍没有蹲下，而是怔怔地看着手榴弹冒着烟，像是在懊恼自己扔得太近。李梦浩一个箭步扑过来，将黄亚萍推倒在掩体里。同时发现黄亚萍危险的还有旁边的战士。那个战士愣怔一下，也奔过来准备推倒黄亚萍，可是，就在奔跑的过程中，手榴弹毫不留情地爆炸了。尘土落下后，李梦浩抖抖身上的泥土，搀扶起黄亚萍时，这才发现身边的战士受伤了。

问题严重了。如果是连队投弹训练，战士为此受伤，可以另作定性。现在是擅自让地方人员投掷手榴弹，这就是严重违反纪律的重大事故了。

这个事故怎么向上报！李梦浩感到问题十分严重了。

当天晚上，团长来到政委办公室，先是对李梦浩宽慰一番，说是意外。战士只是受了轻伤，住院治疗半个月就好了。接着又叹息一声，责怪作训股长不该让地方人员投掷手榴弹，最后征求李梦浩的意见，把这起事故压下来，不要向师里报告了。表面上看，这是为李梦浩好。如果报上去，李梦浩不但要承担领导责任，而且还要承担直接责任。违反规定让地方人员投掷手榴弹是经过李梦浩同意的，而且，李梦浩还在事故现场，地方人员操作不当，能把责任推到作训股长和那个战士身上吗？不能，绝对不能！如果让下属承担责任，当替罪羊，别人不说什么，李梦浩自己心里就过不去。可是，不向上级报告，那就是有意隐瞒事故，上级不知道还好，知道了，将会罪加一等，说严重一点就是欺骗组织。李梦浩知道，眼下正在节骨眼，身上沾上一点"污渍"就可能成为升迁上的绊脚石和拦路虎。李梦浩还意识到，隐瞒不报，即使上级不知道，但终究是个定时炸弹，以后在张海斌面前腰杆就挺不直了，说话也硬气不起来了。

考虑再三，李梦浩决定如实向上级报告。第二天中午，李梦浩亲自来到师长赵建国家里，一五一十地向师长汇报了事故发生的经过。过去，李梦浩虽然和黄佳阳走得很近，但赵建国平时对李梦浩也很关照。但是，现在不同了，形势发生了变化，事故还牵扯到了张海斌。张海斌是赵建国培养起来的人，关系相当不一般。对于师长赵建国来说，团长和政委是手心和手背，若攥起拳头，手心还是握在里面，师长也只好挥泪斩马谡。赵建国站起来，在客厅里走了几步，停下来语气沉重地说："事故发生的不是时候啊，现在大家的眼睛都在盯着呢！你说说，全师安全工作会议刚开过没几天，你们团就发生了伤人事故，如果是正常训练还好解释，却不是！还是因为地方的一个女老板。你这是英雄救美，传出去会让人浮想联翩嘛！"

李梦浩态度诚恳地说："我虚心接受师长的批评，服从组织的处理。"

赵建国坐到沙发上说："你的态度是好的，勇于承担责任是值得肯定的。这样吧，事故既然发生了，我们就要正确面对，你写份检查，师党委研究一下，等候组织处理吧！"

李梦浩的心一下提了起来。如果师党委一研究，谁知道政委郭和礼是什么态度？在全师通报批评还好一些，若是组织处理，轻的调换一下岗位，重的则要给予军纪处分。

如果背上处分，晋升就要化为泡影了。

　　不论在哪里都一样，此时，只要师里有首长站出来为李梦浩说句话，事情也可以大事化小，可是，谁为李梦浩说这句话呢？

　　事故处理得很及时，也很到位。李梦浩不仅被通报批评，还按纪律条令给予了警告处分。处分决定下来后，李梦浩的心情一下从春天降到了三九严冬。

　　这年秋天，团长张海斌如愿以偿，被提升为师参谋长。团参谋长当了团长后，对李梦浩很尊重，但李梦浩已经失去了以前的斗志，凡事都点头应和，不再和新团长计较权势了。李梦浩心里清楚，一个过气的政委再耀武扬威还有什么意思呢。作为一个团职军官，李梦浩这一回真正明白了仕途的曲折和命运的神秘。仕途和命运什么时候都没有掌握在自己手里。

　　到了冬季，当营房里的梧桐树开始落叶的时候，老兵退伍工作开始了。往年送退伍老兵，李梦浩都会对脱了军装的退伍战士说一些激励的话。现在心境不同了，当他面对熟悉的老兵，总是很伤感地说："铁打的营盘，流水的兵，即使不再是军人了，但是我们的骨子里还有军人的品质。不论走到哪里，别忘了，我们曾经是军人！"

　　往年，李梦浩很少到火车站送行，他怕那离别的场面控制不住自己的情绪。现在，李梦浩不怕了，当摘掉领章帽徽的老兵们列队向送行的战友告别时，大家情不自禁地唱起来——

　　　送战友，踏征程，

　　　默默无语两眼泪，

　　　耳边响起驼铃声，

　　　路漫漫，雾茫茫，

　　　革命生涯常分手，

　　　一样分别两样情。

　　先是送行的人唱，声音是低沉舒缓的，逐渐响亮起来，退伍的战士也合唱起来了。歌声像潮水一样漫卷开来。李梦浩站在队列前眼睛湿了，情不自禁地大声唱起来。

战友啊战友，

亲爱的弟兄，

当心夜半北风寒，

一路多保重。

歌声停止后，李梦浩已是泪流满面了。李梦浩的泪是伤感的，也是情真意切的。李梦浩走上前与每个老兵拥抱了一下，想说什么又说不出，只是在每个人的后背拍了两下。

载着退伍老兵的列车开走了，将他们送回了家乡。

团里又迎来了新入伍的战士。整个营房依然是团结紧张、严肃活泼的气氛。

李梦浩的话说得越来越少了，即使是全团开大会，他的话说得也是简明扼要，一点都不愿意发挥了。回到家里，李梦浩一改过去的习惯，开始关心起儿子李萌的学习来了。王秉义退休后，不久刘院长也退休了。王秉义没有回海州市，老两口都住进了省城的干休所。王洁茹已是门诊部的主任了，扛上了大校的军衔，在军部家属院分了一套三室一厅的楼房，一家三口住着还可以。只是李萌快要上初中了，王洁茹既要辅导儿子学习，又要做家务，心里难免有些烦躁。看到李梦浩询问儿子的学习情况，王洁茹没好气地说："你还知道关心儿子啊，李萌的学校你去过几次？你又开过几次家长会？"

李梦浩嘟哝说："我在团里忙嘛！"

王洁茹埋怨道："当初让你到军机关来，你不愿意，这下可好，窝在团里了！"

李梦浩一听，像是被戳到了痛处，有些生气道："在军机关又能怎么样？一朝天子一朝臣，结果都是一样的！"

王洁茹也明白，但王洁茹想的是家事，说："你在军机关上班，起码能照顾家里吧，我也不至于手忙脚乱吧。"

李梦浩无话可说了，想了半天，讷讷地说："那我转业好了。"

"转业？"王洁茹瞪了眼李梦浩，"你怎么会有这种想法？"

李梦浩叹了口气说："在团里就这样熬着，恐怕很难有机会了。"

王洁茹说："我劝你还是打消这个念头，在集团军里实在提不起来，想办法调到省军区去呀。"

李梦浩曾经也有过这样的想法，可是，后来仔细想一想，觉得调到省军区又能怎么样呢？王秉义已经退休了，在省军区的余热会渐渐降温的。如果调到省军区再提不起来，年龄就过线了。想想，李梦浩靠着岳父的荫庇，说到底还是有点赧然。李梦浩反复想了很久，打算脱下军装，换个环境试一试。自从王秉义退休，黄佳阳离开集团军开始，不会再有人主动替他考虑仕途升迁问题了。若想和其他人一样去拉关系走后门，李梦浩已失去了主动性，最关键的一点，李梦浩还是弯不下那个腰板。李梦浩对自己有一个深刻的认识，自己和父亲的性格一样，宁折不弯，说得通俗一点就是性格倔强。哪个领导喜欢犟脾气的部属？性格决定命运，不承认不行。

好在李梦浩找了高干子女作老婆，从连职到团职一直都不需要他低眉�4眼阿谀奉承，倔强的脾气没有机会暴露。现在回过头来再让他像平民子弟一般，有事没事朝领导家跑，说领导爱听的话，干领导爱看的事，他真拉不下这张脸。现在唯一的办法就是另辟蹊径。

离开了部队，李梦浩不相信自己就是一摊烂泥。李梦浩给自己鼓气，风雨中这点痛算什么，擦干泪不要怕，至少还年轻，大不了，从头再来！

李梦浩有了转业的想法后，很想找人商讨一下。毕竟是人生一大转折，他想听听朋友的意见。想来想去，不知找谁商量好，恰巧"八一"节到了，黄亚萍突然给李梦浩打来电话，要请李梦浩聚一聚。

宴席安排在海州市一家高档酒店，做东的是黄亚萍。宴席开始时，按照黄亚萍的指定，李梦浩坐到了主宾的位子。大家共饮两杯酒后，黄亚萍嫣然一笑，向在座的客人介绍李梦浩，她端着酒杯站起来说："今天是'八一'建军节，我有幸请到了李政委，李政委是最可爱的人，也是我的救命恩人。"说到这里，黄亚萍把酒杯高高举起，"这第一杯酒我敬李政委。"

李梦浩谦和地笑了笑，端起杯子说："黄总客气了，互敬吧。"

喝完一杯后，黄亚萍坐下来说："第二杯，我敬军人，李政委你就代表吧。"

李梦浩没有推辞，爽快地干了杯。黄亚萍敬完酒，客人开始轮番敬李梦浩。宴席进行到高潮时，李梦浩和在座的基本都认识了。客人有政府的一个副秘书长，组织部的一个处长，还有两位公司的经理。此时，黄亚萍的矜持放到一边了，她一杯接一杯，来者不拒。酒宴上就是这样，有了女人，特别是漂亮的女人，气氛就会格外热烈。

酒喝到半酣之际，秘书长像是陡然想起，问黄亚萍道："黄总，现在和我们讲讲英雄救美的故事吧。"

黄亚萍朝李梦浩抛了个眼风，故意沉吟起来，半天才说道："这是发生在一年前的事情了……"

李梦浩被黄亚萍的媚眼刺醒了。"英雄救美"是李梦浩心上的疤，不能戳，一戳心就痛。就是因为"英雄救美"，他有口难辩，背上一个处分，至今被"冷藏"起来。这些事黄亚萍不知道，他也不想让她知道。

当大家纷纷赞叹李梦浩见义勇为、舍己救人时，李梦浩缓缓地说道："这都是军人的本能反应，遇到那种情况，谁都会那样做的。"

组织部的处长说："军人就是军人，在发生危难时刻，都是军人挺身而出，冲在最前面。"

此时，李梦浩心里五味杂陈，感叹道："谢谢，理解万岁！"

处长站起来，端起酒杯说："在我们心目中，军人都是硬汉子，他们勇敢、正直、忠诚、坚定。"说罢，将酒杯朝李梦浩的酒杯碰了一下，又笑道："不过，军人有时也柔情似水吧？"

李梦浩端起酒杯说："处长对军人有这样的认识和褒奖，这杯酒我干了！"

接下来，其他人也纷纷站起来敬酒，李梦浩怕抵挡不住，连连摆手说："初次见面，我本不该推辞的。只不过酒量有限，我不能再喝了。"

一位公司的经理说："我了解部队，当兵的都豪爽，哪有不能喝酒的？今天是军人的节日，我们陪李政委喝个痛快，不醉不归！"

李梦浩盯着眼前的酒杯，心里想，万一喝醉了就不好了，他担忧酒后激动，说出什么唐突的话或是酒后做出什么不得体的举动，那就不是他个人的事情了，将是影响军人形象的问题。这时候，李梦浩还有一个担心，他看见黄亚萍已经有些醉意了，再继续喝下去，难免失态。酒席桌上就一个女人，在座的人没有一个怜香惜玉的。于是，李梦浩端着酒杯站起来说："悲欢聚散一杯酒，南北东西万里程！兄弟们的情谊我心领了，来日方长，一切都在这杯酒中，我敬大家！"作为主宾，这句话是表明宴会该进尾声了，接下来就该黄亚萍作总结了。

大家喝完杯中酒，黄亚萍却意犹未尽，偏着头对李梦浩说道："时间还早呢，再喝几杯吧，喝完酒安排大家去桑拿，你也去放松一下吧。"

一个经理说："桑拿完，我请大家去跳舞、唱歌。今晚的小费我替李政委出！"

黄亚萍看了眼李梦浩，提议说："李政委是军人，怕是不适应那环境。今天不谈风花雪月，大家喝酒！"

相互间又开始敬酒。

酒席散时，大家都没醉，李梦浩却醉了。

黄亚萍只好陪李梦浩去茶社喝茶醒酒。李梦浩虽然醉了，心里还是清楚的，李梦浩在和黄亚萍闲聊，李梦浩试探地说："军地生活差异很大啊，娱乐活动都是一条龙，比部队生活丰富多彩。"

黄亚萍问："你喜欢地方上这种生活？"

李梦浩不置可否道："谈不上喜欢，只是好奇而已。"

黄亚萍说："说心里话，我真不喜欢这种醉生梦死的生活方式，只不过人在江湖、身不由己罢了。"

李梦浩叹息道："我也不喜欢花天酒地，灯红酒绿，只是，铁打的营盘流水的兵，部队不养老啊。"

黄亚萍真诚地说道："这倒也是！趁你年富力强，换个环境，到地方上也能干出一番事业。"

李梦浩在部队已经二十二年了，人生黄金期能有几个二十二年呢！

李梦浩回到团里，反复斟酌了一段日子，虽然不愿意脱下穿了二十多年的军装，可是，在团政委的岗位已任职五年了，再提不了职，就只能转业了。与其在部队耗着，等着组织安排转业，还不如早点痛下决心，忍痛割爱，年底就主动申请转业。

李梦浩安慰自己，塞翁失马，焉知非福？

第七章 07

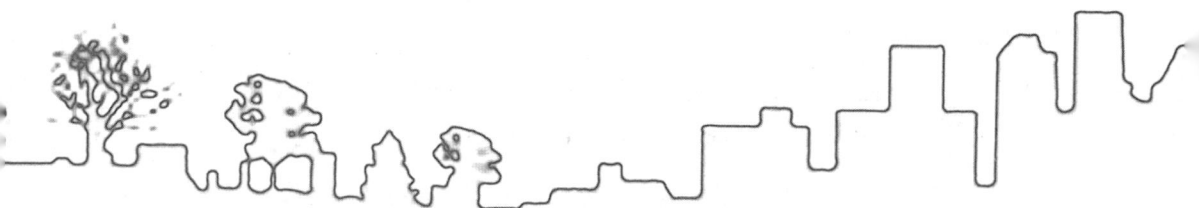

三十六

转业的命令宣布后，李梦浩不再去团里上班了。不上班，还能做什么呢？等待军转办安置，是一段漫长而又无聊的日子。李梦浩不知干什么好。

每天早晨起床后，李梦浩都为穿衣服纠结。穿了二十多年的军装，说脱就脱了，换成便装了。入伍时，从一个老百姓的角色转变成合格的军人，需要一个过程，但在转变过程中，李梦浩是兴奋、憧憬的，也是满怀希望的。现在转业了，又要从一个军人转换成老百姓，这个过程让李梦浩感到痛苦和迷惘。

王洁茹到专卖店给李梦浩买了两套"雅戈尔"西装，还有两套"红豆"牌夹克。李梦浩将衣服穿上身试了试，问王洁茹："你看怎么样？"

王洁茹上前抻了抻衣服，说："你穿西装也挺帅的嘛！"

李梦浩将西装脱了，换了夹克，又问："怎么样？"

王洁茹前后看了一下，说："你走两步，我看看。"

李梦浩在客厅中来回转了一圈，王洁茹摇了摇头说："不如西服好看。"

"为什么？"李梦浩不解地问。

"你的气质适合正装。夹克是休闲衣服，感觉不对。"王洁茹说，"还是觉得你穿军装好看，潇洒、威武、大气。"

李梦浩把夹克脱了，情绪有些低落道："说这话还有什么用？既然脱了就脱了，何必还惋惜呢？"

王洁茹说："如果不脱呢。"

李梦浩一听，瞬间情绪就低落下来，有些烦躁地说道："铁打的营盘，流水的兵，谁也不可能穿一辈子军装。"

王洁茹睃了一眼李梦浩，抢白道："谁说不能？正师就可以不转业了。"

李梦浩哼了一声，说："我倒想呢，可能吗？"

王洁茹不甘心，对李梦浩要求转业一直耿耿于怀，抱怨说："你怎么就知道不可能？事在人为嘛！"

李梦浩长叹一口气，说："怎么为？"

"树挪死，人挪活。换个地方，也许就有希望了。"

"我这不是换了地方吗？"

"换地方也不是要脱军装啊！"

"我就不信了，脱了军装，我就一无是处了。"

"像你这样的年龄和职务，到了地方上就是船到码头，车到站，就等着退休养老吧。"

"养老就养老！"李梦浩控制不住了，将夹克衫脱下来，朝床上一甩，出门走了。

李梦浩与王洁茹争执不止一次了。王洁茹是坚决不同意李梦浩申请转业的。其实，李梦浩内心也是不愿意转业的。可是，现实的状况摆在那里，他是前任师政委黄佳阳线上的人，现任政委郭和礼对他成见很深，再干几年也是白干。与其到时让人撵着走，还不如趁年轻主动提出转业。

留得青山在，不怕没柴烧。王洁茹劝李梦浩先调到省军区或海州军分区再说。可是，李梦浩的倔强劲上来了。偏不。为什么要到省军区去？难道没有岳父这个背景，他一点出路都没有吗？

李梦浩自己要去做一棵树。

王洁茹不是不理解李梦浩的心情，王洁茹是理解不了李梦浩那颗执拗的心。说到底，她是不清楚李梦浩的心灵史，体会不到李梦浩骨子里潜在的自卑感。

看到李梦浩每天烦躁不安的样子，王洁茹劝慰道："这么多年，你一直都忙，现在清闲下来，就出去旅游一下，看看山山水水，散散心，比憋在家里好！"

李梦浩说："没那心境，浪费了好山好水。"

王洁茹说："何以见得？我正好可以休假，陪你一起出去。等你以后到地方上上班了，恐怕又没时间和机会了。"

李梦浩说："看景不如听景，海州这地方有山有水，何必要远游呢？我还是在家里看看电视吧。"

王洁茹想起什么来了，又鼓动说："听说现在股市行情不错，你学学炒股吧。"

"炒股？"

"是呀，现在是全民炒股呢，一些老头老太太都上阵了。"

李梦浩好奇了。闲着也是闲着，李梦浩决定到股市交易大厅去看看。然而，就在李梦浩走出家属院大门时，他无意间发现两边的哨兵没有任何反应。走出大门几米远，又回头张望了一下，一个年轻的少校军官正好出门，两个哨兵啪地行了一个持枪礼。李梦浩心里一沉，意识到自己已经不是现役上校军官了，摘了肩牌、脱了羽毛的凤凰不如鸡了。从外面返回大院时，李梦浩又受到了门岗哨兵的盘问。这一次，李梦浩恼火了，憋在肚子里的气一下喷发："我每天都从大门进出，你们不认识吗？"

哨兵严厉地说："不认识！"

李梦浩也不客气，肃着脸说："把你们排长叫来，看他认不认识，新兵蛋子！"

哨兵说："这里是军营，军事重地，老百姓不能随便出入，你要进去，先登记。"

"什么军事重地？这是家属院！"李梦浩恼怒地说。

排长从值班室走出来，忙给李梦浩敬了礼，笑着解释说："李政委，不好意思，这两个哨兵刚来，不认识您，请多包涵。"转身对哨兵吩咐道："你们俩看清了，这位是李政委，以后不许这样！"

李梦浩虽然有气，但在哨兵们面前是不能计较的，忙客气地说："也不怪他们，哨兵执行的是纪律，严格执纪，值得表扬。"

李梦浩的心开始有了钝痛感。痛定思痛，李梦浩如梦初醒。这个时候，李梦浩哪还有心情去炒股，李梦浩本来就心烦意乱，炒股不更给心里增加负担吗？索性李梦浩就在家里待着，大门不出二门不迈，把心情调整好了再说吧。

从冷清到热闹容易，从热闹到冷清难。现在门前冷落车马稀了，该静下心来回顾反思一下了。二十多年前，穿着一身新军装从马陵村走出来，是为了什么呢？说到底，就是想逃离那块贫瘠的土地，寻找一种幸福理想的生活。一路奔波，如今有了家，老婆、儿子都有了，还是个团级军官，比起马陵村的同龄人，已经高高在上了，该知足了。当初丁惠娟嫁给了吃商品粮的张为强，马陵村人都羡慕得不得了。李梦福在部队学了司机，退伍后在晶都县化肥厂开车，李树海都觉得高人一等。李梦浩在部队还有专车坐了，想想看，脱了军装不就是脱去一身衣服吗？说难听一点，就是一张皮而已。说不定，知了蜕了壳，不但会鸣叫，还能飞起来呢！

军营对于李梦浩来说，虽然意义重大，但也只不过是人生旅途的一段，或者说是一个驿站。人生天地之间，如白驹过隙，忽然而已，何必为一时之失，想不开呢？既然要作一棵树，不管栽在什么地方，把根深深地扎进土地才是有用的！

　　城市是多少人向往的地方啊，既然成为海州市人了，那首先就要熟悉这座城市、了解这座城市。不了解，根怎么能扎下去呢？

　　海州市对于李梦浩来说，既熟悉又陌生。过去，李梦浩把自己当作一个过客，或者说是个客人，像浮萍一样在水面漂浮着，始终没有归属感。现在，作为这个城市的人就必须熟悉它、研究它，知道它的酸碱度，才能将根扎在城市的土壤里。

　　海州市之所以叫海州市，是它坐落在海州湾里，临海傍山。海州市的空气里总是飘浮着海洋的气息。有一点腥，一点潮，但更多的是鲜，就像森林里的早晨，弥漫着清新湿润的味道。关于这座城市的历史，可以追溯到两千多年前。公元前秦始皇来过这里，孔子也到此一游。秦始皇来这里是为了寻求"长生不老"的仙丹。孔子来这里纯粹就是云游四方，他曾站在海边的山上望着东海感叹过，但没留下只言片语的记载，后人附庸风雅把他登高望远的山叫作"孔望山"。

　　海州城市并不大，城池内人口不足五十万，是个宜居的城市。原先，这座城池里主要居住着渔民、盐民、农民、商贩。后来，城市商业化了，城池里人不再捕鱼、晒盐、种地和贩运。城里人专做商贾的事，也就逐渐演变成了纯粹的城市。曾经有一个时期，城里人的优越感特别强，认为城外人是"土包子"。后来，城里人观念转变了，不再小看城外的乡下人了。因为城里人开始下岗失业了。那些城外的"土包子"又陆续进了城，把城里人不愿干的事都捡起来干了。土包子在城里挣了钱，不仅买房、买车，还买"服务"，让城里人牙根痒痒的，背地里就议论说，丫鬟再能干也是个丫鬟，成不了小姐的。他们宁愿在楼里打麻将，也不愿下楼干那些丫鬟做的事，怕失去了作小姐的脸面。可是，开发商新建的不少小区里，原来的城里人住的都是"拆迁房"，地势好面积大的商品房都给乡下人买去了。按理说城里人应该住好房子大房子才是。城里人没有。城里人住着拆迁房虽然有怨言，但城里人会自我安慰，自己住的房子可是不花钱的，是祖上的基业。乡下人房子虽好，那可是几十万哪，几十万真金白银到哪里去挣？

　　人不能不知足，搬进小区新房的城里人开始闲了，也懒了，看上去邋里邋遢的。这种邋里邋遢里头有一种怡然自得，还有一种对乡下人不屑的意思。城里人不仅喜欢打麻将，还喜欢栽花养鸟。住进小区的乡下人就不一样了。年轻人早出晚归，一天到晚见不到人影。上了年纪的人也不闲着，在小区门口摆个小摊，打豆浆、炸油条、摊煎饼、卖豆腐，或是推个三轮车趸些鲜菜水果卖。赚钱的事干不了的乡下人也闲不住，把小区里荒芜的草坪开发出来，种上一行葱一畦蒜，再种一架豆角和黄瓜，早晚松松土、浇浇水，把绿地搞得田园一般。

小区里的人不太在意城里人的懒散，但特别在意乡下人的勤俭。人一勤俭起来就让人看不起。比如在草坪上种菜，虽然很美观，但果实是私人的。城里人就有意见了，凭什么公共草坪让你个人种菜？还有人不客气了，张嘴就说，穷疯了怎么的，连把葱蒜都买不起吗？这里是城市，不是农村，要种菜回乡下去种！城市人尤其看不惯乡下人的生活态度，过年过节时买了那么多贵重的东西都舍得，却舍不得丢下不值几个钱的包装盒子，非要攒起来卖给收破烂的。就缺那几个钱吗？城里人将自家的废纸箱、旧衣服、破鞋烂袜子一股脑抛到乡下人面前，用施舍的口气说，拿去吧，都拿去吧，卖了能够顿饭钱呢！

这座城市里的人有时是非常势利的，小市民意识特别强。有时欺软怕硬，既能当"爷爷"，又能当"孙子"。对外来的人开始都会欺生排斥，不论你是官员还是平民，一概藐视你、挤对你。等到外来人站稳了脚跟，或是耍起蛮来，却又立马低眉顺眼，缩头缩脑像个乌龟，装出一副可怜相。

要想熟悉一个城市，首先必须了解它的架构和风貌。李梦浩找来一幅海州市行政区域图，把它挂在客厅的墙壁上，对着地图辨认马路、街道、小巷，他像在作战室里研究部署演习作战方案一样，将重点区域标出来，而后去实地考察一番。

海州市历史悠久，是座古城。古城应该是精致的，有韵味、有特色的。可是，细看粗糙得很，像是个有钱人家的女佣，穿着光鲜，却遮不住粗手大脚。市区里面还隐藏着一些老街和小巷，贴着历史文化的标签，明眼人一看却是一副仿真品。

古城渐渐失去踪迹，取而代之的是高楼大厦。大厦下面应该是宽阔的广场和笔直的马路，可是不这样！拓宽的马路呈"S"形。广场也是逼仄的，有些小农意识，舍不得空下"闲地"。大厦耸于马路边，马路显得很压抑。

李梦浩不懂建筑，更不懂规划设计，但是，李梦浩在审视这座城市时，总觉得它不土不洋、不伦不类，一点现代城市的特色都没有。

这座城市老居民区的楼房一律是火柴盒式的，灰色的水泥外墙，黑黝黝的沥青浇顶。朝向也是各顾各的，这一片朝向东南，那一片朝向西南，没有一致的方向。这座城市的人喜欢删繁就简，喜欢见缝插针，只要有一片空隙都要建上房子或搭个棚子。于是，马路就在这些建筑中穿梭、蜿蜒，遇房拐弯，冲河绕道，终将是神经末梢似的，太小家子气，没有一点现代化海滨城市的气息。

据说，上届市政府在修建一条贯穿城市东西的马路时，本来是规划八车道的，可是，这里的市民们一致反对政府铺张浪费，没有那么多车，修那么宽马路干什么？把八车道改成了六车道。原规划是一条笔直的景观路，又因一家商业大厦堵住了道路，拆不掉，只得把道路弯了三十度角，变成了一条斜路。

过去，李梦浩并没有注意到这些，他一直居住在郊区军部大院里，平时活动都在军营内，一切都是方方正正的，直线加方块。偶尔到城里，来也匆匆，去也匆匆，走马观花一般，也是客人的心态，根本没有观察、研究和体味这座城市的体貌和性情。如今不同了，他成了这个城市的一分子，心态自然就不同了。

许多年前，当李梦浩第一次来到海州市的时候，正是数九寒冬，他要从海州火车站坐火车回老家马陵村探亲。在候车的两个小时里，李梦浩带着好奇的心情，在海州市游览了一圈。那时的海州市里只有一条柏油马路，也只有一条主街道。但就是这条柏油路和主街道让李梦浩心潮澎湃激动了好一阵子。因为海州市比晶都县城大多了。这里的马路上不仅有一辆接一辆川流不息的自行车，还有公共汽车。晶都县城没有。这里的楼房很多，一片一片的，还有路灯。有路灯的城市是没有黑夜的。马路上的行人一律是目不斜视的，不急不缓的，奔着一个目标从容地走着，一看，他们都是城市人。骑自行车的人神态是骄傲的，遇到行人挡在道上，就将自行车的铃铛摁得很急促，像乡下大门口的狗，汪汪地叫两声，是提醒，却不咬人。

后来，当李梦浩和王洁茹一起走在海州市的街道上时，李梦浩已经相当地幸福了。对这个城市已经不陌生了。他和王洁茹一起到电影院看电影，一起到商场购物，一起在盛开着玉兰花般的灯光下逛街，一起在小巷口买一串糖葫芦，又一起在林荫的树影里拥抱、亲吻。那一切的一切，都是那么温馨和甜蜜，就连马路边的垃圾桶都是这座城市的摆设、装饰，不可或缺。

现在，这个城市变了。这种变化是一点一滴地变，不是巨变。就像一个女人的变化，从小女孩变成了一个妇人。小女孩不论是活泼的，还是文静的，只要童真就好。妇人却不一样，脸上有了皱纹，若是长几块雀斑，举止不雅，再穿戴不洁，那就让人生厌了。尤其气质，若像个泼妇，或像个烟花巷里的女子，那就更瘆人了，一点让人怜爱的味道都没有，这样的妇人则是浪费美好时光和生命了。

女大十八变，海州城也在变，是变美了还是变丑了？站的角度不同，观点也就不同。随着时代的变迁，什么是"美"，什么是"丑"，很多人是越来越糊涂，无法界定了。比如有一个时期，满大街男男女女都穿喇叭裤，美得不得了。男人头发白了，要焗成黑色，显得年轻。女人头发黄了，也要染成黑色，黑头发是当时的美。后来，满世界再没一个人穿喇叭裤了。年轻的、也有年老的，把原本一头黑发，偏偏要染成红的、黄的、绿的、棕的、白的，五颜六色。

美可以是丑，丑也可以是美，美和丑失去了客观的标准。

不说美，只能说漂亮。海州市比以前漂亮了。马路拓宽了，两车道变成了四车道，四车道改成六车道；楼房高了，四层、六层楼开始拆迁，建成十楼以上的小高层，或是二十多层的大厦。大街两旁的大厦到了夜晚便色彩斑斓起来，广告屏幕、玻璃幕墙，霓虹灯闪烁耀目，城市没有了黑夜。

一般来说，有霓虹灯的地方就会有酒绿灯红。有酒绿灯红的地方必然就有醉生梦死。城市在欲望的刺激中繁华和喧嚣起来。说白一点，也就是热闹。

海州市热闹起来了。歌厅、舞厅、咖啡厅、茶座的招牌如雨后春笋，在大街小巷冒了出来。曾经，旧上海滩有个出了名的"百乐门"，海州市却有好几家毫不逊色的夜总会。当李梦浩闲散地游荡在大街上时，他的感觉变了，视觉变了，听觉也变了，没有军号声和"一二三四"。大街上流淌、弥漫着《你潇洒我漂亮》。李梦浩的视觉和听觉就是这样一天天地被冲击着，从警觉、迟钝，后来就开始晕眩。

有个女人唱得真好，又甜又润，大街小巷里都飘着她甜美的歌声。

现代人条件好，爱情更能抓得牢，谈到终身大事就有烦恼。有爱情，还要面包；有房子，还要珠宝。潇洒漂亮怎能吃得饱？

有爱情还要有面包，现代人开始奢侈了。奢侈的同时，烦恼就来了。

有一曲《舞女泪》，让人听后又是另一番感觉。

一步踏错终身错，下海伴舞为了生活，舞女也是人，心中的痛苦向谁说，为了生活的逼迫，颗颗泪水往肚吞落，难道这是命，注定一生在那红尘过，伴舞摇呀摇搂搂又抱抱，人格早已酒中泡……

社会"多元"化了。"多元"好不好呢？当然好！

人类在情色一事上的"多元"，是堕落还是成长？社会的"多元"，衍化成色情泛滥化。随之而来的还有文化的变异，美食文化、烟文化，酒文化、茶文化，居然还有娼妓文化。饭店的菜名也让人浮想联翩，把去皮的黄瓜叫"玉女脱衣"，油焖田鸡腿叫"玉腿生辉"，红烧青蛙叫"花花公子"。还有食品厂生产的"泡妞"，冷饮厂生产的"小蜜傍大款""风流寡妇"等。更可悲的是作家为了招引眼球，居然将书名叫"野婚""野欲""孽欲""淫血""请你抚摸我"等等。

三十七

城市和乡村最大的区别是什么呢？有人说是观念不同，有人说是环境不一样。城市以工业、商业为主，乡村是以农业为主。城市喧嚣、繁华、热闹、时尚，乡村静寂、朴拙、自然、传统。其实，这种区别只是表象的，看得见摸得着的。真正的区别是看不见、深入骨髓的东西，就像基因，即使外在的东西改变了，内在的基因是很难改变的，说到底，就是文化的区别。

什么是文化？很难给文化下一个准确的定义，非常困难。对文化这个概念的解读，也一直众说不一。文化顺乎时代潮流具有不确定性，一个时期有一个时期的文化。那么，城市文化与乡村文化的区别也就很难有明确的定义。不过，从感觉上来说，城市是变化莫测的，也是喜新厌旧的。乡村就不同了，村庄是封闭的、家族式的，也是传统的。乡村的变化都写在脸上，犹如一个姑娘从这个村庄嫁到另一个村庄，脸上皱纹增多，变成老太婆了，人还是那个人。乡村易老，城市却永远年轻。

关于海州这座城市，李梦浩感到既熟悉又陌生，熟悉的是它的外观，陌生的是隐藏在外观里面的内容。李梦浩只知道海州市区南北向有振兴路、人民路、郁州路、新孔路，东西向有绿园路、海滨路、朝阳路、解放路，还有坐落在这些路边的市人民医院、海州中学、"巴黎星光"夜总会，"红双喜"大酒店。其他的都是模糊的，也是说不清的。既然要在这个城市里生活，不熟悉它的全貌，不了解它的内涵，怎么行呢？

在一个月高星稀的夜晚，李梦浩走出军部家属院，沿着门前的马路向市区踽踽独行。四路公交车从身边驶过，李梦浩没有坐，出租车也一辆又一辆从身边驶过，李梦浩也没有要乘坐的意思。李梦浩先是在新孔路上走，路过一家酒店门前，看见里面灯火辉煌人声喧闹，便顺着马路朝前走。当李梦浩走到一个十字路口时，望见对面就是"红双喜"大酒店。瞬时脑子里就想起他和王洁茹在这里举行婚礼的情景。时间过得真快，转眼就是十五年。李梦浩驻足望了一会儿，本想进去看看的，最终却没进去。他在路口拐了弯，沿着朝阳路向西走。走了半个小时的样子，大街上的车辆和行人越来越少了，路边的灯光也暗淡起来。天空中的残月和寥落的星星渐渐明亮起来。李梦浩望着一座座建筑，还有那些高高低低的楼房，以及楼房的窗口里透出一格一格的灯光，他在苦思冥想着灯光下的人在做什么呢？

马路在向前延伸着，夜色越来越重了。就这么走着，李梦浩的脑海里突然蹦出了一个念头，在城市的大马路上能看到什么呢？为何不到城市的小巷里逛一逛呢？

李梦浩发现路边就有一条窄窄的马路，幽静而又深邃。路两边的房屋像是沉睡一般。李梦浩没有犹豫便走了过去。

夜晚的小巷是沉静的，也是睡眼蒙眬的。走着走着，小巷就逼仄了，没有路灯的巷道，变得阴暗、浮沉起来。细看，两旁低矮的门面一个连着一个，每个玻璃房门上都贴着耀眼的红字："温馨足疗室""夜来香洗头房""再回首按摩房""靓妹理发店"。

李梦浩顿觉诡异，这么幽深的小巷，生意从何而来？

李梦浩刚放慢了脚步，还没有停下，一扇门就开了一条缝。

"大哥，洗脚吗？"一个甜腻的声音从洗脚房里传了出来。

李梦浩停下来，扭头朝门口望去，一个年轻的小姑娘仪态万方站在门边，正向他招着手。李梦浩摇了摇头，客气地说："不洗。"

小姑娘走到门外，扭了扭屁股说："进来歇歇呗。"

李梦浩摆摆手说："不累。"

小姑娘又走到李梦浩身边，扯着他胳膊说："姐妹们服务很周到的，保证让大哥满意。"

李梦浩吓了一跳，忙甩开姑娘的手，赶紧离开了。朝前走了几步，又一扇门开了，一个中年女人从按摩室里闪了出来，热情招呼说："老板，进屋坐坐吧，我们这儿都是专业技师，做保健按摩都是一流的。"

李梦浩瞅了眼面前的女人，好奇地问："多少钱？"

女人笑了，鱼要咬钩了。女人知道大鱼上钩之前都不会上来就吞饵的，一般要试探几次。在菜市场买萝卜白菜还要问个价钱，何况是皮肉生意呢？来这儿的客人只要打听价钱，那就是有了意向。中年女人什么样的客人没拉过？她打量着李梦浩，爽朗地说道："价格优惠。外面冷，进屋说吧。"

还没等李梦浩反应过来，女人便将他拽进了屋。李梦浩是第一次看到这样的场面，难免有些不知所措。进门一看，客厅里摆着沙发、茶几、电视，里面是包厢。李梦浩巡视了几眼，发现客厅里只有三个姑娘，一个染着金发，一个染着红发，另一个披肩黑发。三个姑娘不同风格，也不同的穿着打扮。金发姑娘是一袭黑色紧身衣裤，红发姑娘是超短皮衣皮裙和皮长靴，黑发姑娘则是枣红色灯芯绒长旗袍。她们坐在沙发上跷着二郎腿，两个吸烟，一个嗑着瓜子，三个人各具特色，时尚、野性、传统。坐在沙发上的三个姑娘见来了生意，忙站了起来，眉眼生辉地看着面前的客人。

这里不会是传说中的黑店吧？李梦浩心里忐忑起来。

中年女人介绍说："这几位按摩师都是经过专业培训的。"

金发姑娘靠到李梦浩身边，挑了挑眉毛说："大哥，按摩不贵的，就一百元。"

红发姑娘贴在李梦浩另一边，朝李梦浩脸上吐了口烟圈，妖媚地笑着："看大哥的样子，也不是个差钱的人，就让妹妹给你按按吧。"

李梦浩一看这架势，霎时明白了，这是唐僧进了盘丝洞，想出去怕是难了。

这时，隔壁的包厢里传来了清晰的调笑声："大哥，好多天都不见你来了，是不是又找别的爱妃了？"

"没有。回了一趟老家。"

"去见正宫了啊。刚回来，还这么猴急。"

"想爱妃了嘛！"

嘈杂声、按摩床晃动声、嬉笑声、呻吟声，声声入耳。李梦浩仰脸吐出一口浊气，从兜里掏出钱夹，取出一百元递给中年女人说："打扰了！"

姑娘们嘟囔道："有病！"

李梦浩像做贼一样走出按摩房，一路走一路安慰自己，幸亏是夜晚人少，要是白天被人看见了，还真以为他是个嫖客呢。

李梦浩感到有些不可思议，这些姑娘在做皮肉生意的时候，怎么那样趾高气扬呢，一点羞耻感都没有，做人的尊严都不要了。金钱真是个魔鬼，把人都逼疯了。

虽然李梦浩没有做贼，但还是有些心虚。他再无心思去看路两边那些挂羊头卖狗肉的招牌了。由于慌不择路，穿过一条小巷，又走进了另一条小巷。走了很久，也没有找到要回家的路。

本来李梦浩是不该迷路的。可是，李梦浩心神恍惚还是迷路了。李梦浩像只苍蝇，寻找着亮光。猛然，不远处路边拐角有个亮着灯光的敞棚，棚子里有人在忙碌。李梦浩悄悄走过去向里面看了看，灯光下，棚子里乱糟糟的，堆着垃圾，一个四十多岁的男人在捆绑着纸箱、报纸、书籍，旁边一个女人围着头巾在分拣着酒瓶、易拉罐和碎铜锈铁。李梦浩松了口气，走到灯光下打招呼说："老乡，忙着呢。"

正在忙碌的男人停了手，直起腰来打量李梦浩一眼，面无表情地回了一句："忙着呢。"

李梦浩问道："请问，这儿是什么地方？"

男人拍了拍手，又瞅了眼李梦浩，不耐烦道："海州市。"

李梦浩明白，深更半夜问路，老乡肯定疑惑，连忙赔着笑脸解释说："我晚上出来，走到这里迷路了，想打听一下路。"

旁边一直忙碌的女人疑惑地问："你不是这市里人？"

李梦浩听出中年女人的口音像晶都县人，忙套近乎说道："你们是晶都县人吧？我也是。"

男人一边捆绑纸箱一边说："深更半夜的，你跑这里来干什么？"

李梦浩有些难为情地说："我是刚到海州市工作，初来乍到，不熟悉环境，就出来走走，这不走到这儿就迷路了。"

中年女人爽朗一笑，站起身说："没想到你们城里人还会迷路，我以为只有乡下人进城会迷路呢！这儿是蔷薇社区，都是老百姓待的地方，看你这模样也不是普通老百姓，来这里到底干吗？"她从地上拾起一根锈钢筋，打量着李梦浩，又问道："你老家真是晶都县的？"

"是的。"

中年男人追问道："晶都县哪个地方的？"

"马陵村。"

"哎呀，我们是车站村的。"女人马上语气亲热起来，"两个村不远呢，真没想到在海州还能碰到这么近的老乡。"

男人扭头对女人不屑地说："别套近乎了，他是他，我们是我们，人家可是市里人。"

"市里人怎么啦？市里人也不高人一等！在这里能遇见老家的人，我就觉得亲呢！"女人扯下头上的围巾，露出一脸笑容，"我们不偷不抢，在城市里捡垃圾不丢人！"

李梦浩生活在军营里，平日很少看到捡垃圾的人，他也不知道这些垃圾还能卖钱，随口问道："这些废品也有人要？"

"废品收购站要。"

李梦浩没想到平日随手扔掉的废品聚起来也是能卖钱的。现在城市里的废品越来越多了，很多人都把它当垃圾扔掉了。其实，这些东西在不同人的眼里有不同的价值罢了。

李梦浩从兜里掏出烟，递一支给干活的男人说："抽支烟，歇歇吧。"

男人接过烟，脸上这才露出笑容，问："你住在哪里？"

"城北的部队大院。"

"那可不近啊，怎么走这么远？这里是城南了。"

李梦浩笑笑说："晚上闲着没事，就出来随便走走，这一走，就到这儿了。"

"还是你们城里人舒服啊，晚上能出来逛逛，你看我们，都半夜了，还在忙呢。"

李梦浩知道乡下人的辛苦，生活不容易，便闲聊了起来："到海州多长时间了？"

"两年多了。"

"老家的田地不种了？"

"不种了。"

"在这里你们两口子都捡废品？"

"也不。"男人吸了口烟说，"白天，我到建筑工地给人家搬砖和水泥，我家女人就去小区、饭店、工地捡废品。"

"你们两口子一个月能挣多少呢？"

女人接过话说："不瞒你，咱俩一个月在城里挣的钱比在家种地一年收入都多！"

李梦浩问："现在一亩地一年能收入多少钱？"

男人叹了口气说："除了种子、农药、化肥钱，还有农业税、提留款、村里一事一议钱，算下来，一亩地也就剩下二百多块吧。我们家四口人，不到八亩地，一年那点钱够干什么的？"

女人说："没病没灾的，家里没有花钱的人还凑合，要是有的话，那就不能在家种地了。我们家现在有两个花钱的人，儿子在省城上大学，一年的学费四五千，还要好几千的生活费呢。女儿读高中，也要花钱的。"

男人说："不到城里来打工，就真没办法了。"

女人说："为了孩子，我觉得在城里捡垃圾不丢人。"停了一下，女人又欣慰地说："我们捡垃圾，将来儿子、女儿就不会捡垃圾了。"

李梦浩想，乡下人的父母为了儿女将来不捡垃圾，在城市里有个体面的工作，他们还有什么不能舍弃的呢？

闲聊了一会儿，时间已经很晚了，李梦浩便告辞要走。临走时，女人走出棚子，指着前面的路说："这儿是城郊，你顺着这个巷子一直走，前面有条宽马路，到了马路上，你可以拦辆车回家。"

李梦浩走出小巷，来到马路上，路上看不见一个行人，偶尔有车辆驶来，也是疾驰而过。李梦浩只好沿着马路向有灯光的地方走去，终于走到了灯火辉煌的广场。

广场上空旷得很，只有灯光，没有行人。广场边是个长途汽车站，长途汽车站在城郊接合部，李梦浩不想再走了，准备坐出租车回家。在路边等了好久也没等到出租车。这时李梦浩感觉到冷，不仅身上冷，心里也冷。

天空灰蒙蒙的，没有星星，也没有月亮，只有看不见的冷风从身上掠过，留下彻骨的寒冷。就在这时，一个围着头巾的女人走过来，瞅着李梦浩试探地问："老板，大冷的天，站在这里干吗呢？"

李梦浩警惕起来："等车。"

"有车来接？"

"出租车。"

"都什么点了？最后一班长途车早过了，出租车不会再来了。"

"你在这儿干什么？"

"等人，等客人。"

李梦浩望着汽车站问："哪还有客人？"

　　女人笑了笑，说："你不是吗？"

　　李梦浩不知道女人想干什么，一个女人深更半夜一个人在这里游荡，会不会和小巷里的女人一样？李梦浩不再和女人搭话，独自朝前走去。

　　女人跟在身后问："住店吗？"

　　李梦浩瞥了眼女人。女人四十多岁，围着一个老式的围巾，两手插在袖筒里，不急不慌的模样。女人朝前面亮着灯光的地方指了指，说："不远，到了店里歇歇脚，我再找车送你走。"

　　李梦浩想，既然她能找到车，跟她走也无妨。两人过了一座桥，又走了片刻，女人说："到了，进屋歇歇吧。"

　　李梦浩看见路边废墟中有一座没拆的楼房，从楼房的窗户里透出了一片迷蒙的光亮，他打了个冷战，疑惑地问道："就是这里？"李梦浩转身往回返。

　　"都走到门前了，大冷的天，进去暖和一下。"女人走到门前叫了一声，"来客人了，小玉，出来接待啦！"

　　一个小姑娘从楼里出来，走到李梦浩的身边，扯着胳膊热情地说："大哥，快进屋暖和暖和，外面冻死了。"

　　李梦浩借着灯光细看，小姑娘有十七八岁的样子，穿着红花睡袄，趿拉着棉鞋。

　　李梦浩扫了屋里一眼，墙边有张双人床，墙角有个煤炭炉，炉上的铁壶里正滋滋地冒着热气。小玉从炭炉上提起茶壶，给李梦浩倒了杯热水说："大哥，喝杯热茶再休息吧。"

　　李梦浩没有接，走到火炉边烤着手。李梦浩想，这一晚有意思了，真是长见识了。

　　李梦浩问："来这儿的都是什么人？"

　　"还能有什么人呢，都是老百姓，当官的和有钱的，他们不会来这地方。"

　　李梦浩走到门边想拉开门，门却被反锁了。李梦浩急了，拍着门叫着："你们想干什么？快开门！"

　　小玉说："别叫了，没用的。"

　　李梦浩生气了，说："我是警察，小心把你们抓起来！"

　　小玉咯咯一笑："大哥，你真逗，警察深更半夜到这住店啊？"

　　"我是来抓卖淫嫖娼的！"

"要抓，先抓你，你就是嫖客！"

问题复杂了，有嘴也说不清了。孤男寡女被锁在一间屋子里，不用想，都是个麻烦事。李梦浩没办法了，只好掏出手机，胡乱摁了一串号码，佯装打电话的样子，对着手机大声说："张所长，城南拆迁房里发现一个卖淫黑窝点，你速来将她们带回去。"

小玉慌了，信以为真，将头发散开，撒泼地嚷着："来人啊，出人命啦！"

门开了，中年女人带着一个男人冲进来。男人上前抓住李梦浩的胳膊，恶狠狠地骂道："妈拉个巴子！到这里你还想跑！"

"你想干什么？"李梦浩甩开那人的手，厉声喝道，"让开！"

那个男人气急败坏地吼叫："不给钱想走？没门！"

李梦浩哼了一声："打劫是不是？"

李梦浩不想再和他纠缠，推开男人，想离开。这时，那个男人抓住李梦浩的衣服，抬起拳头就朝李梦浩的脸上打来。李梦浩头一低，抬起右脚一跺，皮鞋的后跟砸在了男人的脚面。男人哎哟一声，便蹲到地上。李梦浩一个箭步冲到门外，虚张声势地训斥道："你们胆大包天了，还敢打警察，一会儿把你们带到派出所就老实了！"

蹲在地上的男人发现李梦浩身手敏捷，口气凌厉，气焰委顿下来，立时忘记了疼痛，对着门外的李梦浩跪了下来，乞求道："警察同志，饶了我们吧！我们下岗失业了，房子也要被拆迁了，拆迁款还没给，被逼无奈，只好拉客收个住店钱，好补贴家用。"

"拿什么证明你们是拆迁户？"李梦浩严厉地问道。

中年女人慌张着拿来房产证递给李梦浩，哀求说："饶了我们吧，这是我们家的房产证，你看看，不骗你的！"

李梦浩从女人手里接过房产证，翻了翻，说："把你们身份证拿出来看看！"

女人又找出身份证，李梦浩核实了身份后，指着小玉问："这个姑娘是你们什么人？"

中年女人说："她是乡下老家的亲戚，来城里打工，住在这儿的。"

李梦浩气愤道："你们也是做父母的，让她做这样的事情，不是坑害良家妇女吗？"

中年女人看了眼小玉，嘟哝道："也不是我们逼她做的，是她想挣点嫁妆钱。"

李梦浩走到小玉身边，瞪了她一眼，问："是这样吗？"

小玉缩到墙角，哆哆嗦嗦地点点头。

既然如此，李梦浩还能说什么呢？

李梦浩咳嗽一声，威严地说道："看在你们失业的分儿上，就饶了你们这一次，若是再骗人，定要抓你们去派出所！"

三十八

李梦浩在军部家属院住着越来越觉得别扭了。李梦浩决定买一套商品房，从军部家属院里搬出来。王洁茹却不同意，在军部住着又安全又方便，何必搬出去。再说，买商品房是一个钱两个钱的事情吗？

李梦浩强调说："住在家属院里不是长久的事，转业了，住在部队里名不正言不顺，不舒服。"

王洁茹抢白说："有什么不舒服的？我还没转业嘛，谁能赶我们？"

李梦浩说："这儿的房子毕竟是老房子了，现在机关不少人都在市区买了商品房，我们为什么不买呢？"李梦浩将从售楼处拿回的宣传资料递到王洁茹的面前，和颜悦色地劝说道："新开发的小区，有三室两厅呢，比我们住的要宽敞明亮多了。小区里环境特别好，有花草、树木，还有小桥流水，确实像个花园呢！"

王洁茹看了看资料，问："小区安全吗？门口有哨兵吗？"

李梦浩笑了笑，说："地方住宅小区没有哨兵，听说有保安站岗。"

王洁茹瞟了丈夫一眼："保安能和战士一样吗？"

"保安是土八路。"李梦浩说，"不过，小区也不是军事重地，有保安就可以了。"

"保安就是个摆设！"

"有总比没有的好。乡下一个村子那么大，都是开放式的，从没有站岗放哨的，也没见不安全了。"

"乡下能和城市比吗？乡下人有什么？"

"你这话我就不爱听了！"

"我说的是实话。"

尽管是实话，但实话也不能随便说的，实话有时会伤人。尤其是夫妻之间的实话，更需要斟酌。善意的谎言往往比实话实说要好得多。打人不打脸，骂人不揭短，就像在瘌痢头面前不能说秃子一样。一句实话有时就可能成为一根刺，刺着对方就会很痛。对于李梦浩来说，乡下是他身上的一块囊肿，不能碰，割掉会很痛。

当王洁茹每次对乡下表示不敬或是藐视时，李梦浩都会感到疼痛。疼痛之后，是他对城市的挑剔和冷嘲热讽。城市有什么好？冬天看不见阳光，夏天听不到鸟鸣；人来人往却形同陌路；噪声、尾气、沙尘暴让人烦躁透不过气。城市人最大的毛病就是虚伪，满脸堆笑，虚情假意。

半个月后，李梦浩在御景花园小区购买了一套一百四十平方米的三室两厅商品房。拿到钥匙后，李梦浩就开始装修。本来，他是想征求王洁茹意见的。可是，王洁茹对买房摆出一副事不关己的态度，让李梦浩感到沮丧。李梦浩只好按照自己喜好，设计出一个全新的"家"，李梦浩把全部精力都投入了装修新房，这个房子才是他的家。在自己的家里，他可以随心所欲地进行改造、装饰，因为房屋的所有权是七十年，也就是说，李梦浩下半辈子就不需要再搬家了。

过去在部队住的是公房，职务升迁一次就要搬一次家，乔迁的新居都是别人搬迁后腾出的旧房。所以说，那个居所是"公家"而不是"私家"，就像乘坐汽车、火车、轮船、飞机一样。

很快，李梦浩就把新房装修好了。在一个阳光明媚的星期天，李梦浩带着王洁茹和儿子到御景花园小区参观新房。走到小区门口时，李萌问："爸，门口站岗的是什么兵？"

李梦浩摸了摸儿子的头，笑说："是保安。"

"保安是什么兵？"

"土八路。"王洁茹不屑道。

"他们有枪吗？"

"没有。"李梦浩说。

"没有枪那站什么岗？"

"稻草人！"王洁茹哼了一声，"摆设。"

"噢。"李萌似懂非懂的样子。

到了新房，李梦浩指着一个卧室说："儿子，这是你的房间，看看怎么样？"

李萌把每个房间看了一遍，在客厅里蹦跳了一下，将屁股重重地砸在软皮沙发上，高兴地叫道："挺棒！比外公家的客厅都大。"

"外公住的是干休所，不好比！"李梦浩看了王洁茹一眼，"你觉得怎么样？"

王洁茹到厨房和卫生间又看了看，点点头说："还不错，就是厨房和卫生间的瓷砖色调冷了一些，要是把卫生间搞成暖色就好了。"

李梦浩笑着说："你说得不错，厨房是主妇的岗位，卫生间是男人的第二战场，应该搞得有情调一些。"

王洁茹白了李梦浩一眼，嗔怪道："当儿子的面，胡说什么！"

李梦浩自嘲道："大人的话，小屁孩懂什么！"

李萌从沙发上跳起来，嚷道："爸爸，我的卧室我可以做主吗？"

李梦浩说："当然，你的地盘你做主。"

王洁茹说："李萌，快要中考了，不要再分散精力了，什么周杰伦、刘德华，他们不会替你去考试。"

李萌嘟哝道："每天都是考试、考试，烦不烦人啊！"

王洁茹教训道："不说考试怎么行，由着你的性子，考不上重点高中就很难考上大学，考不上大学，以后就没有工作。父母不能养你一辈子。"

李萌哼了一声，不服气地说："考不上大学怎么啦？考不上我就去当兵！"

"瞧你这点出息！"王洁茹生气道。

"当兵不好吗？外公是当兵的，爸爸是当兵的，你也是当兵的！"

"时代不同了。"王洁茹叹息一声道，"现在是讲知识的年代啊，要像你小姨和姨父那样，读研究生，读博士、出国。"

"扯远了。"李梦浩拉着儿子走到阳台上，指着远处一条白晃晃的河流说，"你看见那条河了吗？它围着海州城绕了一圈，你知道它流向了哪里？"

"大海。"

"是，大海。"李梦浩问儿子，"你喜欢河流，还是喜欢大海呢？"

李萌收回目光，想了想，对父亲说："没想好。"

"那你好好想想吧。"

王洁茹走过来，问："你们父子俩又嘀咕什么？"

李梦浩神秘一笑，道："说李萌考试的事。"

王洁茹看着李萌问："儿子，是这样吗？"

李萌说："是。"

王洁茹说："新房看也看了，李萌该回家复习功课了。"

李梦浩说："难得你星期天不值班，咱们一起到郊外踏青吧。"

"要去你自个去吧，我没那闲情逸致陪你瞎逛。李萌还要回家做功课。"王洁茹拉着儿子，又说，"我还是觉得住大院里比这儿强，小区里都住着些什么人啊？全是小市民！"

一句话把李梦浩的好心情破坏了。自从确定转业以来，李梦浩的心情一直很郁闷，也很敏感，王洁茹一句不经意的话往往就会刺痛他，让他满腔怒火。几个月来，他把情感和精力都投入了新房上。从某种意义上来说，这个"家"才是李梦浩的梦想和奋斗的目标。很多年前，李梦浩住在茅草屋舍里就想，他要用自己的双手筑起三间宽敞明亮的瓦房。上初中时，便在房前屋后栽植了梧桐、杨树和洋槐的树苗，他对父亲说："等这些树长大了，我要用它做房梁和脊棒，打门窗和家具。"

父亲问："你想盖瓦房？"

李梦浩说："是。"

"盖瓦房还需要水泥、砖、瓦，要很多钱。"

"我可以挣钱。"

"靠当社员，挣工分，恐怕很难。"

"那我也要盖瓦房！"

李梦浩高中毕业后，以前栽的树苗才有一拃粗。他不知道什么时候能有一个窗明几净舒适的家，在这个家里摆上一张属于自己的书桌，在明亮的灯光下读几页自己喜欢看的书。后来当兵了，住在哪里，哪里便是"家"，家是流动的，它不是祖业，也不是自己的基业，只是一个临时的栖息地。现在有了家，这个家承载着李梦浩的梦想和心血，李梦浩怎么可能不欣喜，又怎么可能不重视？

男人大都如此，对家的渴望比女人强烈。女人对家的意识是缥缈的，也是模糊的。

女人的家是多变的，也是临时性的。出嫁前，以父母的家为家。出嫁后，以丈夫的家为家。若是离婚了，那就无"家"了。可见，女人的一生犹如奔波在旅途，只有驿站，没有固定的家。

李梦浩对家的热爱，是王洁茹理解不了的。李梦浩也没有想到王洁茹对这个新家表现的是一种淡漠的心态。他本想给她一个惊喜，讨她一个欢心。可是，没想到会是现在这样一个局面。

李梦浩苦涩地笑了一下，说："你如果不愿意住，我可以自己住。"

李梦浩这话什么意思？王洁茹心里有些惶惑，有些懊恼。聪明的女人一着急，有时也会犯糊涂。如果王洁茹保持沉默，或是说句绵软的话，事情也许就过去了。可是，王洁茹也犯了倔，王洁茹说："那你就自己住吧，有能耐你就别回去！"说完，拉着儿子出了门。

阳光从宽敞明亮的窗口射进来，乳胶漆的墙面纯净光洁，一点瑕疵都看不到。精美造型的水晶吊灯，被阳光映照得玲珑剔透、晶莹耀目。李梦浩几日来兴奋的心情降到了冰点。李梦浩抽了一支烟，他瞅着在光亮中缭绕的烟雾，在每个房间里踽踽地打量了一遍，诡谲一笑，也出门走了。

此时此刻，有一粒种子在李梦浩潮湿的心里发芽了。李梦浩头脑里闪出了黄亚萍，他走到小区的草坪边，掏出手机给黄亚萍打电话。李梦浩在电话里问："黄总，你在哪里？"

黄亚萍在电话里说："我在公司啊。"

"我去公司看你吧。"

"好啊，欢迎。"黄亚萍说，"好久没见你了，李政委，今天怎么想起我了？"

"知道你忙，不敢打扰你啊。再说了，我现在是个大闲人，就怕讨人嫌了。"

"说这话就见外了，你来吧，我把茶泡好等你。"

李梦浩在小区门口打了辆出租车，不到十分钟就赶到黄亚萍公司楼下。走近门厅，黄亚萍的秘书迎上来，"李政委吧，黄总让我来接您。"

李梦浩进了黄亚萍的办公室，眼前一片辉煌，这哪是办公室，分明是宫殿嘛。他还没回过神来，黄亚萍从老板台后走了出来，打量着李梦浩，吃惊道："几个月不见，怎么瘦成这样？"

李梦浩也打量着黄亚萍，笑了一下，道："你比过去又漂亮了。"

"我一直就漂亮嘛。"

"我说是比过去还漂亮。"

"真的吗？"

"真的！"

黄亚萍拢了一下头发，脱掉外套，指着屏风柔声说道："茶泡好了，过去坐吧。"

李梦浩近前一看，屏风里面是一间考究的茶室，红木茶桌，红木座椅，茶具是景德镇上好的陶壶和盅，尤其是桌上的茶盘，堪称艺术品。落了座，黄亚萍问："你是第一次来我办公室，感觉如何？"

李梦浩唏嘘，说道："感觉像进了宫殿。"

黄亚萍边温盅边问："像哪个宫？"

李梦浩玩笑道："我看有点坤宁宫的意思。"

黄亚萍将摆在李梦浩面前的茶盅斟满，说："尝尝，这是明前的龙井。"她看着李梦浩品茶，微叹一声，"这是我办公的地方，坤宁宫是皇后的宫殿。"

李梦浩将茶盅放下，说："茶是不错，可惜淡了些。"又说："你办公室够豪华气派的。"

黄亚萍将盅又斟满，自己也端起一盅，品了一口，蹙眉问："你怎么搞的？这么憔悴，脱了军装就那么痛苦吗？"

李梦浩仰身一叹，"也不全是。对了，我在御景花园小区买了新房了，刚刚装修好。"

"你想从大院搬出来？"

"是。"

"装修前怎么不和我说一声？我让装饰公司给你搞一下。"

"我是自己设计，找散工装修的。省钱。"

"有时间带我去参观一下吧。"黄亚萍说，"房子装修是个无底洞，自己满意、舒适就好，不像衣服，是穿给别人看的。"

"比起你这儿，就有些寒酸了。"

黄亚萍双眉颦蹙一下，说："我家里装得也很简洁。你知道，生意场是需要排场的。再说，我在办公室比在家待的时间长。"黄亚萍看到李梦浩郁郁寡欢的样子，知道不是品茶的心境，便站起身，到柜子里取出一盒烟，"一看你的神态，就知你心情不太好，是遇到什么事了，还是安置上有什么问题？"她打开精美的烟盒，取出一支自己先叼上，又递给李梦浩一支。

李梦浩把玩一下细长的女士香烟，问："你也抽烟？"

黄亚萍说："偶尔，一个人无聊郁闷的时候抽。今天是陪你抽的。"

李梦浩点燃烟，狠狠地吸了一口，他把吸进的烟咽了下去，又慢慢地从鼻孔里漫出来。他眯着眼睛，像是沉醉，又像是思忖，缥缈的烟雾中，过去那种刚毅、自负的神情在他的脸上消失殆尽，忧郁、迷惘的神态让黄亚萍不知如何是好。

李梦浩吸了两口烟，像是过了瘾，这才睁开眼道："还是烟比茶解烦忧啊。"

黄亚萍涩涩一笑："喝茶需要一份恬淡、悠然的心境，今天不是喝茶的心情，还是喝酒吧。"

李梦浩说："也不是喝酒的心境，借酒浇愁愁更愁。"

黄亚萍打量着李梦浩，问："到底是怎么啦？"

"一言难尽。"

"转业感到很失落？"

"也不全是。"

"说说吧，什么事情把你搞成这样。"

李梦浩长叹一声，将烟摁熄了，喝了口茶道："其实，也没有什么事，就是这几个月装修房子有点累。"

"看你这副神态，不是身累，而是心累吧。"

"是啊。"

"听说，转业干部选岗是量化打分？"

"是啊，根据兵龄、职务、立功获奖等情况打分，再依分数排名选岗。"

"哦，这样啊。"黄亚萍问，"有没有可操作的空间呢？"

"还比较透明吧。"

"你在部队是正团，到地方能安排什么职位呢？"

"团职干部都是降一职安排，往年都是政府部门不太重要部门的副局长、副调研员什么的。"

"那是亏了一点。"

"好在工资不降。"李梦浩自我安慰道。

黄亚萍笑了笑，"在地方上官做到处级，哪个还靠工资养家糊口呢？"

李梦浩也听说了，但李梦浩觉得，还是花着自己工资心里踏实安稳一些。

李梦浩自嘲说："转业干部到地方上是船到码头、车到站了。一个没职没权的副调或是有职无权的副处，基本上是老婆孩子热炕头，月月工资买柴米面油盐了。"

"也不见得。"黄亚萍认真道，"事在人为，你现在正是年富力强的时期，就甘心沉沦下去？"

"不甘心又能怎么样？我在部队二十多年，地方上人脉一点也没有，到了地方上是白手起家。"

"其实，没有错综复杂的人际关系也不是坏事，一张白纸可以画最新最美的画嘛！"黄亚萍分析说，"如果你守得住寂寞，耐得住清贫，你就不会忧心忡忡了。部队的官场也是官场，官场就是个闹腾的地方。你若真是心灰意冷的话，我建议你选岗时就别计较职务，比如工商、税务、烟草、电力、残联一些单位，那里工资福利特别好，你可以选这些部门。如果你还有心气的话，就选一些重要职能部门，比如建设、房管、水利、教育、卫生几个重要的局；如果能选市'两办'或纪委、组织部更好！我的意见是先不要计较职位，落了地再说，总之，事在人为！"

黄亚萍把地方上的情况给他梳理一番后，李梦浩似乎心里有了底数。他知道自己想要什么，也明白不论在大海里还是在湖泊里，谨慎小心是必要的，往往溺水的是水性好的那个人。

李梦浩嘘了口气，心情好了一些，说："就看运气吧。"

黄亚萍说："谋事在人，成事在天。不过，落地之前，该做的功课，你还得提前做；不然，书到用时方恨少、人到困时才安床可不行。这样吧，今晚我安排个饭局，你出场亮个相，也算试试水吧。"

李梦浩苦笑一下，半年了，从在团里参加完告别酒宴后，李梦浩一直拒绝参加任何酒宴场合。与战友、老乡和曾共过事的部属都断了来往和消息，不是李梦浩绝情，而是李梦浩不愿意让平息的心情再掀起波澜，不愿意听到那些真挚的或是虚情假意的惋惜、安慰、感谢，或是不着边际的恭维、奉承、祝愿。

李梦浩仔细想想，昔日地方上一些熟悉或比较熟悉的朋友，听说他转业了，都在电话中热情洋溢地客套一番，说要给他接风，可是，没一个落到实处的。李梦浩明白，这些朋友都忙，暂时还顾不上宴请他这个"闲人"。

李梦浩客气起来，说："你这么忙，星期天都不休息，不要为我的事操心了，今天来看看你，也是我闲得无聊。"

黄亚萍似乎看透了李梦浩的心思，面带愧色地说："一直想请你聚聚，说说话，总是拖延，选日不如撞日，就今晚上吧。"

李梦浩说："那我就恭敬不如从命了。"

黄亚萍真挚地说："我俩是过命的交情，客套话不必说了，我把电视台的汤燕叫上，再请一下市委组织部和安置办的两位领导，范围小一点，你先熟悉一下情况。"

李梦浩说："这些人我都不熟，你安排吧。"

黄亚萍说："市委、市政府的人我认识也不多，主要是汤燕和他们熟，这丫头本事大着呢！"

李梦浩问："汤燕，就是海州电视台的那个美女主持人？"

黄亚萍说："是啊，你认识她？"

李梦浩说："是去年'八一'陆市长到部队慰问，汤燕去拍新闻时认识的。"

"哦，是这样。"黄亚萍若有所思，"你感觉汤燕怎么样？"

李梦浩说："这女孩不仅人漂亮，还聪明伶俐。"

黄亚萍开玩笑道："你们男人是不是都喜欢这样的女孩子？"

李梦浩看了眼黄亚萍，说："也不尽然吧。"

黄亚萍追问道："难道你不喜欢？"

李梦浩为难了。在一个女人面前去评论另一个女人，而且两个女人是朋友，弄不好会"两败俱伤"。李梦浩沉吟片刻，真诚地说道："不是不喜欢，是各有所爱吧。"

黄亚萍追问道："那你喜爱什么类型的女人？"

李梦浩沉吟道："像我这年龄的老夫吧，更喜欢成熟、稳重、内敛一些的。汤燕这女孩像个梅子，酸涩了点。"

黄亚萍狡黠一笑，问道："你说汤燕像个梅子，那你看我像什么呢？"

李梦浩想了想，说："像水蜜桃吧。"

"怎么讲？"

"刚熟的时候是脆而甜，熟透时皮很薄，需轻拿轻放，小心地把皮撕去后，里面柔软，汁甜，入口滑润。是难得的珍品。"

黄亚萍嫣然一笑，问道："那你喜欢吃什么样的水果？"

李梦浩瞥了眼黄亚萍，支吾起来："我嘛，牙口不好，又怕涩酸，肯定是喜欢吃水蜜桃了。"

虽是玩笑，但黄亚萍明白李梦浩的意思。她抛了个媚眼道："你牙口好的话，是不是要去嚼甘蔗呢？"

李梦浩站起身，不好意思道："说笑了，我先撤，晚上等你消息。"

"你回去还有事？"

"我是个闲人。"

"快中午了，你陪我吃个午餐吧。"黄亚萍显得很恳切。

李梦浩想了想，说："也好，不过我不想到酒店去吃。"

"你是怕和一个女人单独吃饭被人看见？"黄亚萍哼了一声，"你也太洁身自好、谨小慎微了吧？再说了，你现在是个普通老百姓，有谁在意你呢？"

李梦浩像被针扎了一下，忙辩解道："不是怕，主要是不喜欢热闹，心烦。"

黄亚萍叹道："昔日趾高气扬的李梦浩哪儿去了？"

李梦浩低头不语。

黄亚萍又说："这样吧，我让饭店把饭菜送来吧。"

饭店把菜肴送来了，两份，很精致。这哪是普通的盒饭？分明是微型宴席。考究的竹制食篮里装着八样菜，有烤鸭、干煸鸡块、熏肉、清蒸鳜鱼，还有西兰花、芦笋、尖椒、青豆。

李梦浩看着食盒里的菜肴，咂了咂嘴，说："这么多，能吃得了吗？"

黄玉萍笑道："这是我第一次和你两个人共进午餐，也是我们相识以来，我第一次请你吃饭，总不能用农民工的盒饭招待你吧。"

李梦浩说："你太客气了！"

黄亚萍说："是你一直在客气嘛。"

"好，那我就不客气了。"李梦浩拿起筷子便要吃。

黄亚萍问："要不要来杯红酒？"

李梦浩说："不要。京剧我喜欢听清唱，这么好的菜，最好是清吃，沾了酒，再美味的菜肴也就失去原味了。"

黄亚萍也拿起筷子说："有道理。"

吃完了饭，李梦浩露出一副乡下人的粗俗相："酒足饭饱，这是几个月来吃得最可口的饭菜了，这要花掉多少银子啊？"

黄亚萍被逗笑了，说："是不是又想起旧社会了？"

李梦浩说："二十多年前，我在晶都县吃的那碗白菜炖肉片，至今味道还记得。"说完，李梦浩沉静下来，有些黯然神伤的样子。

黄亚萍将食盒收拾一下，说："你去那边喝杯茶，我给你放盘音乐。"

李梦浩走到屏风后面，给茶壶中续了水。他不懂茶道，过去喝茶都是将茶叶放在茶杯中，用开水一冲，泡个两三分钟就喝。水喝完了或是茶凉了，再续开水，泡一杯茶喝半天，没多少讲究。看黄亚萍泡茶，才知道泡茶也是一门学问，这学问大了去了，说简单点叫茶艺、茶道，往深里说——那叫禅。

音乐响起来了。李梦浩仰在椅子上，闭目倾听。阔大富丽的空间瞬间就弥漫一片田园的气息，似有风声、溪水声、雨声，还夹杂着歌声、欢笑声。李梦浩沐浴在音乐的气息中，他能感受得到这音乐就像温泉，在浸润和洗涤他的心灵，那沉积在胸的郁闷正在渐渐退去，随之而来的是五月的草地、树叶、阳光和微风。

黄亚萍走过来，将紫砂壶中的残茶倒掉，又泡了壶铁观音。随着音乐，黄亚萍舒缓地演绎着茶道的每个工序，起伏跌宕，让李梦浩讶异不轻。李梦浩被感染了，更确切地说是被熏陶了。田园，女人，茶。李梦浩进入了梦境。李梦浩就此懂得了军营外还有另一种境地，除了振聋发聩、惊心动魄的枪炮声军号声外，还有交响曲。那个叫贝多芬的人，创造的不仅是一部钢琴乐曲，还是一个梦幻田园，在这个田园里，只有宁静、芬芳，没有炮火和硝烟。

李梦浩像是睡着了，脸上是安然、恬静，还有憧憬。

黄亚萍给李梦浩斟了一盅茶，问："喜欢吗？"

"喜欢。"李梦浩睁开眼盯着黄亚萍，"真像在梦里呢！"

"这说明你有音乐细胞，听懂了。"

"这是谁的作品？"

"贝多芬的《田园交响曲》。"黄亚萍温婉地瞅着李梦浩，柔情似水的样子，"你是第一次听吗？"

"是啊。"李梦浩端起茶盅，一丝暗香随着茶气缕缕沁人心脾，他嗅了一下，轻抿一口，满嘴余香，"听这般美妙的音乐，再品这美女泡出的浓酽，真是享受啊！"

黄亚萍莞尔一笑："你要是喜欢这情调，就常来享受好啦。"

"可惜我是个乐盲，你不要笑话。过去，我只听说外国的贝多芬、肖邦、莫扎特、柴可夫斯基好多名字的大音乐家，可就是没有认真欣赏过他们的作品，《英雄交响曲》倒是听过几次，却也没有听明白。"

"现在你是个闲人，为什么不利用这段时间好好补补课呢？"

"没有遇到老师，怎么补呢？"

"你若真心想学，我给你扫扫盲吧！"

"你当老师，肯定能教出好学生。"

"那就看学生的悟性了。"

"要不要交学费？"

黄亚萍笑道："自行束脩以上，吾未尝无悔焉。"

"束脩，其至薄矣。再其以乘酒壶否。"李梦浩想了想，也说了一句。

黄亚萍又笑了，她脸上的笑与先前的笑不一样了，这笑是从心里溢出来的，在脸上荡漾着，流光溢彩，妩媚动人。李梦浩从黄亚萍的笑容里感觉到了一股甜丝丝的味道。语言是讲究情境和艺术的，不经意间，两人变得默契了，心有灵犀了。

李梦浩说："刚才听的第一首曲子就很好。"

"是的，也是我最喜欢的。"

"有的曲子好听，可又不知道好在哪儿。"

"听音乐就像品茶，急不得的，要慢慢听，多听。"

"过去哪有时间听音乐啊。"

"有时间喝酒、打牌，就没时间听音乐吗？"

"也是啊，总是喜欢热闹，静不下来吧。"

"现在能静下来吗？"

"在你这儿我算静下来了。"

"只要你听进去了，心就会静下来的。"

"现在这首我没听懂。"

黄亚萍走过去换了一曲说："刚才放的是舒曼的。现在听的是肖邦的《夜曲》。"

李梦浩问："还有哪位的曲子好听？"

"莫扎特的曲子也很经典，好听。"黄亚萍说，"其实，最适合你的是中国民族传统的音乐。"

"为什么？"

"因为你骨子里是很传统的。这样说，你不会生气吧？"

"其实我也喜欢浪漫的。"

黄亚萍真诚地说道："当初在军营里第一次见你，就觉得你一身凛然正气，是个器宇轩昂、威武阳刚的男人，现在看到了你的另一面，你也有脆弱的时候。"

当音乐停下来，整个房间一下变得空旷了。时间在嘀嗒、嘀嗒地失落。黄亚萍缓缓地站起来，说道："现在一些音乐爱好者，都顶礼膜拜外国音乐，其实，中国的古典名曲一点也不逊色。"黄亚萍走过去，把一个光盘放进播放机里，悠扬、明净的钢琴声传来，让李梦浩为之一振。他认真地听了一会儿，问："好熟悉，是《高山流水》吧？"

"是的，怎么样？"

"感觉就像吃到家乡菜味道一样。"

《高山流水》《梅花三弄》《春江花月夜》《汉宫秋月》《阳春白雪》《广陵散》《平沙落雁》《十面埋伏》。单单听了这些名字就已经很有诗意了，何况还有故事呢？

俞伯牙在江边抚琴，只有钟子期从中听懂山之雄浑、水之幽深。再想想，春江明月初升，一叶扁舟，一点渔火，在月下随水漂浮。再看看寒梅迎霜傲雪，疏影弄月，暗香轻度，清奇挺拔；一个个画面会在音乐中扑面而至。十面埋伏，离乡背井的凄凉中夹杂着思念，如泣如诉，身陷十面埋伏，耳听四面楚歌，空有拔山之力，可惜英雄气短；虞姬自刎，心如刀剜；望秋月秋风秋夜长，孤影徘徊思故乡，如此寂寞，情何以堪？

不知不觉，五月的阳光已经沉下去了，浮出来的是灯光。当城市的灯光暧昧地把夜空点燃时，"巴黎星光"夜总会一间包厢里已经客齐了。黄亚萍对汤燕说："你安排客人就座吧。"

一般来说，请客的东家根据请客的目的安排客人主次座位，若是朋友聚会，便以年龄长幼或是职位高低来排座次。黄亚萍说是朋友聚聚，其实，真正算得上朋友的也只有李梦浩和汤燕两个人。黄亚萍让汤燕安排座次，一来汤燕和在座的客人都熟，再者，汤燕是个有背景的公众人物，若有不当，也不好怪罪东家。

汤燕虽是场面上人，但也是个直爽性子，不假思索地问："姐，是你主持，还是我主持？"

黄亚萍扫了眼准备就座的客人，说："今晚你主持吧。"

"好！"汤燕坐到主人位上后，招手说，"周处长坐在我右边，吴主任坐在我左边，其余自便就位。"

周处长是组织部综干处处长，吴主任是人事局安置办的主任。两人都是正科，周处长年轻，三十多岁，吴主任年长，五十左右的年龄。按理，年长的吴主任应该坐主宾座位，但汤燕让周处长坐在主宾位子，显然带有官方的味道了。周处长和吴主任谦让一下后，便也安然落座了。组织部和人事局随领导一起来的两位年轻人，二十多岁，看样子是处长和主任的部属，随意在下首落了座。只有李梦浩还站着。

汤燕瞟了李梦浩一眼，笑了。汤燕说："李政委，你也坐啊。"

李梦浩正在纠结。

黄亚萍扯了一下李梦浩，轻声道："李政委，你陪周处长吧。"

汤燕说："姐，那你陪吴主任。"

黄亚萍说："你请客，我埋单，我就坐在埋单的位子吧。"落座后，又说："你把吴主任照顾好就行了。"

汤燕道："是我失误了，要是再带几个美女就好了。"

黄亚萍笑道："你一个就总揽全局了。"

周处长附和道："汤台长光彩照人，我都有些眼晕了。"

汤燕道："周处长，你可是组织部的人，可不能给我封官许愿啊。"

话是你一句，他一句，有来有往。看似玩笑，又不是玩笑，场面上的话也有玄机。李梦浩装作倾听的样子，其实李梦浩一句都没听清楚。李梦浩在想，黄亚萍身家上亿，在海州也是个官商都通的企业家，她请客为什么要让汤燕做东主持？一年前，汤燕随陆市长到部队慰问，在招待宴席上，这个女主持对他还是毕恭毕敬、热情洋溢。一年后，再见面却像是刚认识一样，没有多看一眼，也没有多说一句话。尤其是安排座次，竟然把一个正团职的上校军官不放在眼里。就是现在脱了军装，也是个正处级。由此可见，落羽的凤凰不如鸡，虎落平滩被犬欺。

宴席上的座位看似平常，坐在哪个位子上都一样吃饭、喝酒，其实与主席台上的座位一样重要，分尊卑贵贱的。李梦浩从始至终把谦卑的笑容挂在脸上，像一幅画，可心里却翻江倒海暗流奔涌。

曲终人散时，李梦浩发现自己醉了。

黄亚萍搀扶着李梦浩说："今晚，你喝得不多呀。"

汤燕在边上瞥了眼李梦浩，说："酒不醉人，人自醉吧。"

三十九

两辆轿车沿着云雾山盘山公路驶到半山腰，到了法起寺门前的停车场。停车场已有几辆轿车停在那儿。李梦浩问："要不要下来上炷香？"

黄亚萍没有减速，沿着边上的路继续往前开。

黄亚萍瞅了眼后面的车，轻声说："要上香，就要选个日子，还要来得早些。上香要上第一炷香。"

过了法起寺，因山上的大圣湖是海州水资源保护区，没有开发成旅游点，所以，上山的盘山路比之前的有点逼仄，路两旁的树枝和荆棘婆婆娑娑，遮住了半个路面。盘山路依山势逶迤起伏，静谧幽深，一直通到山上的大圣湖边。

据说，盘山路侧有一块石头形似鲤鱼，头在地面，半截身子在地下。有一位风水先生奉皇帝之命在民间寻访，来到云雾山后，发现了鲤鱼石，又见这山上有个天门。鲤鱼只要跳过天门便会成了龙，这条龙若落在山上人家，这家就会有人抢坐当朝皇帝的江山。风水先生找到了山主说，只要沿山修建十八盘道路，直通山上的大湖，鲤鱼就能顺势飞过天门。于是，山主出资雇人施工，三年时间建成了十八盘。山主没想到受了骗，只知道鲤鱼跳过天门才能成龙，却不知道若是落在十八盘里，那只能是人间的一道菜。云雾山的风水就这样被破了，从此，山民也就安居乐业，不存非分之想了。这个十八盘一直是山石小道，后来，海州市为了开发山上的法起寺旅游景点，就把十八盘拓宽，修建成了盘山公路。

正是酷暑时节，太阳还没出来，温度就已升上来了。李梦浩穿着长袖衬衣，身上有些燥热，便把车窗打开。黄亚萍瞟了眼李梦浩，问道："很热吗？"李梦浩也看了眼黄亚萍，今天黄亚萍与往日的穿着大不一样。在李梦浩的眼里，黄亚萍都是一身职业套装，端庄、文雅、漂亮，即使去娱乐场所，她也是淑女冷艳装扮，给人一种只能观赏不能触摸的感觉。而今天的黄亚萍，却是一身飘逸洒脱的时尚衣着。薄如蝉翼的上衣里面，丰满的双乳隐约可见。李梦浩收回目光，深深吸了口气又慢慢吐出。黄亚萍感觉到了，就笑道："心静自然凉，把车窗关了，我把空调再开冷些吧。"李梦浩讪笑一下，道："谁让你今天穿这个样子的，我也不是柳下惠。"停了片刻又道："还是不要太冷了，山上的空气多好，难得上山一次，让我也吸吸新鲜空气。"黄亚萍玩笑道："我身上的味道不好闻吗？"

两人边说笑着，半个多小时，车就驶到了一片开阔地，黄亚萍把车停在边上，开了车门说："到了，下车吧。"

李梦浩下了车，发现后面的车还没跟上来。他便朝边上的一块石礅爬去，登高一眺，眼前一片烟波浩渺。李梦浩在海岛上住过，大海的波涛汹涌与眼前的平静湖面真是不一样的感觉。高山上的一片湖，真让人心里生出一片柔情来。

这时，汤燕的宝马车也缓缓到了，陆连枫市长和汤燕缓缓下了车。陆市长戴着墨镜和遮阳帽，汤燕则是上身白T恤，下身短牛仔裙。汤燕轻步过去挽了陆市长的胳膊，旁若无人地沿着砂石小径向前走去。黄亚萍与李梦浩相视一笑，也没有说话，两人并肩随后走着。转过一道弯，不远处是一排青砖瓦房，房前有几株银杏和栗子树。银杏树有百年的样子，高耸挺拔。栗子树枝干粗犷，枝叶繁茂，门前树荫下还有几个石桌石凳。

房门是虚掩着的，里面没有一点动静。

李梦浩上前敲了敲门，问道："老乡，屋里有人吗？"

没有应声。

汤燕松开挽着的手，从包里掏出纸巾，把门前的石凳擦了擦，对陆连枫说："老板，你坐下歇会吧。"她又对李梦浩道："李政委，你去附近侦察一下，看是什么情况。"

李梦浩扫了眼周围，对汤燕道："门是开着的，应该没有走远。"

　　黄亚萍朝湖边走去，望着湖面道："这里还没有开发成景点，平常来的人并不多，要是成景点了，来人多了，那就没意思了。"

　　太阳刚从东面的山峰上冒出来，骄傲地把一抹金黄的光洒在碧蓝的湖面。湖面没有渔船也没有帆影，只有几只野鸭模样的野鸟在湖水中游弋。这儿是湖西岸的一处浅湾。往两面看，水天一色，如太虚幻境。再往东面远眺，烟涛微茫中，依稀可见一眉黛山如少妇般仰卧在那儿，从双乳之间射出灼热的日光。近处是潮湿的湖床，生长着一丛丛蒲苇，蒲苇丛里不时有鸟飞出飞落。

　　李梦浩走到黄亚萍身边，轻声道："这地方还真不错，有点世外桃源的情境。"

　　黄亚萍扭头望了一眼，伸出胳膊挽住李梦浩道："平常很难静下心来，今天给自己放个假，好好享受一下这美妙景色和生活吧。"

　　李梦浩也情不自禁地揽住黄亚萍的细腰，一时有些忘我。

　　瓦舍前的汤燕也不知在和陆市长说什么，不时传来汤燕无拘无束的笑声。李梦浩有些好奇，扭头瞅了一眼，说道："乍一看，小汤还真像陆市长的女儿呢！"

　　黄亚萍轻捏了一下李梦浩的胳臂，低声道："别犯忌啊，不该说的不要说，不该问的不要问。就当你什么也不知道。"

　　李梦浩扯着黄亚萍朝湖水边走去，在一丛芦苇边上，两人看见一个老人正在聚精会神地用纱网捞虾。近前一看，老人提起的纱网里足有一碗多活蹦乱跳的大虾。黄亚萍紧走几步，说道："老人家，你一天能捉多少虾啊？"

　　老人抬起头来，打量着黄亚萍和李梦浩，说道："我也不多捉，客人能吃多少，我就捉多少。"看样子，老人有七十多岁的年纪，黝黑的脸膛刻着沧桑，身板还算硬朗，只是两只手显得十分粗糙。

　　黄亚萍又问道："老人家，你是这儿的渔民还是看守这个大圣湖的？"

　　老人把虾装进篓里，站起身道："看湖的，也算是渔民吧。"

　　李梦浩问道："大爷，这么大的湖，就你一个人看守吗？"

　　"就我一个人。"老人提起虾篓，问道，"你们是来观光的还是来吃鱼宴的？"

　　黄亚萍说："我们是来钓鱼的，老人家。"

　　老人说："这个湖是禁止钓鱼的。"说着，老人就向岸上走去。

　　李梦浩凑近想帮老人提篓子，老人不让。李梦浩便说："大爷，其实，我们几个人听说这里风景好，又有鱼宴，就来了。"

几个人走到房前，汤燕起身问道："侦察好了没有？哪儿可以垂钓？"

黄亚萍忙近前小声说："守湖的老人说这儿禁止钓鱼呢。"

汤燕刚张口想要说什么，黄亚萍忙使个眼色止住了。

老人走进屋，将半篓虾倒进水盆里，走出来问道："四位客人是从海州市里来的吧？"

这时，陆连枫站起身，摘下墨镜，对老人说："老人家，一大早，辛苦了！我们早就听说你这儿的水好，鱼也鲜美，今天忙里偷闲，就是想来尝尝你这儿的全鱼宴的。"

老人打量着陆连枫，又瞅了一遍其他几个人，舒展开眉头说道："看样子，几位客人不是一般老百姓，今天既然来了，那我就破个例，让你们钓一回。"

陆连枫说："说是钓鱼，其实也是玩儿，钓出的鱼，就给你做全鱼宴吧。"

汤燕接着问道："老人家，湖里都有什么鱼啊？"

老人道："湖里的鱼种多了，有鲤鱼、草鱼、鲢鱼、银鱼，还有鲫鱼、鳊鱼、鳗鲡、团头鲂，老鳖和螃蟹也能抓到的。"

"这么多啊？"汤燕惊喜道，"老板，今天中午咱们就把这湖里的鱼都吃个遍吧。"

老人笑道："那就要看你们能不能钓上来了。"

李梦浩在边上道："大爷，湖里的很多鱼是不好钓上来的，我看还是你帮着捉一些吧。"

老人说："那也好，不管你们钓到钓不到，这全鱼宴一定要让你们吃上。"说完，老人就领着他们到湖边选垂钓的地方。

陆连枫的渔具很齐全，一副手竿还有一副海竿，鱼饵也有多种。李梦浩很少钓鱼，过去军机关人周末到团里休闲，李梦浩陪他们到鱼塘钓鱼，他也只是在边上观赏，很少垂钓。这次黄亚萍提议来大圣湖钓鱼，他也是应景而来，本意不在钓鱼上。来前，他在渔具店买了两副鱼竿，两包鱼饵。李梦浩选了个水湾处对黄亚萍说："就在这儿吧。"

黄亚萍也不懂鱼路，只是陪在李梦浩身边，拿着一副鱼竿做做样子。

陆连枫在湖边选了个平坦的地方下了钩。汤燕撑起一把遮阳小花伞站在陆市长身边，一边为陆市长遮挡阳光，一边观赏钓鱼。

太阳升起来了，很炙热。李梦浩看着静静的湖面，半个时辰也不见鱼咬钩，心里就有些急躁。李梦浩对钓鱼没有研究，只是看见别人将鱼钩抛进水中，很快就能拎上一条鱼来，觉得钓鱼并不复杂。其实，垂钓的人选什么地方，下什么饵料，都是有讲究的。一般来说，鱼在水中都喜欢寻找适合自己生存、觅食、嬉戏的环境活动。所以，垂钓的人应该会看"鱼路"，如果找不着"鱼路"，将钩抛进水里，很少有鱼去咬钩，偶尔钓上一条，也是"瞎猫碰上死耗子"。

李梦浩看了身边的黄亚萍一眼，黄亚萍望着湖水也是一脸漠然。李梦浩将鱼竿插在岸边，招呼道："亚萍，咱们去陆市长那边取取经吧，不然，一天也难钓出一条鱼来。"黄亚萍收了竿，两人走到陆连枫身边。汤燕聚精会神地盯着水面的鱼浮，没有发现身边多了两个人。水面很静，没有波纹，远处的鱼浮一颤，又一颤，汤燕激动起来，拍掌道："快，宝贝，咬钩啦！"

陆连枫没有吱声，手中的竿子向上一抖，一条银线被拉直了。陆连枫从椅子上站立起来，移到伞外，将手中的鱼竿又放低一些。渔线被绷得直直的，陆连枫手中的竿子一会儿收一会儿放，像是打太极拳。

黄亚萍禁不住问了一句："是条大鱼吧？"

陆连枫颇有兴致地逗着鱼，说："至少有十斤吧。"

汤燕这才注意到李梦浩和黄亚萍，忙问："你俩钓到几条了？"

黄亚萍叹息道："连鱼影都没见到呢。"

汤燕从岸边拎出网兜，向黄亚萍炫耀道："你们看，我们俩钓四条了！"

黄亚萍接过网兜掂了掂，羡慕道："陆市长是钓鱼高手，大师级的！我们来向领导学习取经了！"

陆连枫慢慢地向岸边收线，说："钓鱼也是一门艺术，像写字和画画。梦浩，写字画画你懂吗？"

李梦浩一直在盯着水里咬钩的鱼，鱼在水里一直没有浮出水面，只有一条渔线在湖面上闪动，划出一层层涟漪。水太深了，鱼在水里挣扎一点也看不出来。李梦浩在猜想是一条什么样的鱼。陆连枫的问话让李梦浩一时不知如何回答，便支吾道："在艺术方面我还是个小学生，请首长指教。"

陆连枫呵呵一笑，亲切地说道："梦浩同志很谦虚嘛！过来，体会一下艺术方面的感觉。"

李梦浩接过陆连枫手中的鱼竿，有些忐忑道："鱼不会跑掉吧？"

陆连枫说："不会了，刚才我已把它逗乏了，没有多少力气了，你只要凭着感觉，再逗几个回合，就可以把它拎上岸了。"

李梦浩接过鱼竿，诚惶诚恐道："我试试吧！"

汤燕走过来说："李政委，也让我试一下。"

李梦浩把鱼竿递给汤燕。汤燕学着陆连枫的姿势握着鱼竿，一会儿高一会儿低。陆连枫看了眼汤燕，叮嘱道："小心点，别掉进水里。"退后几步，陆连枫掏出烟递给李梦浩，说："钓鱼钓的是乐趣，是意境。"

李梦浩接过烟，先给陆连枫点燃，刚低头给自己点火，突然听到汤燕"哎呀"一声，抬头一看，汤燕手中的鱼竿掉进了湖里，鱼竿被水里的鱼拖着向湖心漂去。汤燕在岸边跺着脚，急慌得不知如何是好。

黄亚萍脱了鞋，在岸边蹚着水想去捞鱼竿。李梦浩没有迟疑，几步跑到水边，伸手将黄亚萍拽上岸，一个冲刺跳进湖里，三扑两蹬游近鱼竿，将鱼竿抓住回到岸上，开始慢慢收线，不一会儿，一米多长的噘嘴鲢鱼露出脊背，被牵着游到岸边。

陆连枫在岸上抽着烟，很平静地看着眼前的一幕，没有动也没有说话。等李梦浩将鱼从水里抱到岸上，陆连枫扔掉烟蒂，拍了拍李梦浩湿漉漉的肩膀，赞许道："关键时刻，梦浩不错！"

汤燕感激地看了眼李梦浩，玩笑道："危急关头，还要靠人民子弟兵嘛！"

黄亚萍说："梦浩现在是人民了，不是子弟兵了！"

汤燕似乎醒悟道："李政委脱了军装，军人的本色没有变嘛！看刚才奋不顾身的样子，无论将来安排什么工作，都会干得很出色。"

陆连枫插话道："梦浩转业了？"

李梦浩点头道："是。"

汤燕说："正在等安置分配呢！"

陆连枫轻轻地哦了一声，片刻又说："转业安置是打分选岗吧。"

李梦浩说："是的。"

黄亚萍和汤燕设计让李梦浩和陆市长一起钓鱼，其目的就是给李梦浩一个接触陆连枫的机会，让陆市长对李梦浩有一个熟悉和了解。如果领导不认识你，今后在用人的时候怎么会想到你？

对于李梦浩的转业安置，黄亚萍是费了心思的。李梦浩不了解地方上，对海州市委的领导也不熟悉，如果不运筹，在仕途上很可能就船到码头、车到站了。

官场、商场都是战场。在官场，小官用的是技术，大官用的是艺术。又犹如战场，基层指挥员用的是战术，高级指挥员运用的是战略。

黄亚萍明白，陆连枫市长是个讲究艺术的人，在他面前不能太低俗了，人一低俗就会让人看轻。黄亚萍将鱼竿递给陆连枫，十分诚恳地说道：“领导，您不能一个人享受钓鱼的乐趣，也要教教我们，给我们上上课，让我和梦浩也有所收获呀！”

陆连枫接过渔竿，在鱼钩上重新挂上鱼饵，笑道：“你这是临时抱佛脚呀！”

黄亚萍玩笑道：“我可是天天念阿弥陀佛的呀！”

陆连枫将渔线上的浮子调整了一下，站稳了身体，双手握竿一甩，鱼钩落在了几十米外。陆连枫坐到伞下，说道：“刚才钓了五条，有鲢鱼、草鱼、鲤鱼，现在我再钓一条深水里的团鱼给你们看看吧！”

汤燕问：“团鱼是什么样啊？”

陆连枫说：“就是甲鱼。”停了一下，又说：“也叫龟。”

李梦浩插话说：“当地人叫老鳖。”

汤燕扑哧笑道：“叫‘王八’不就得了！”

黄亚萍惊异道：“真太神了，领导想钓什么鱼就能钓什么鱼啊？”

陆连枫沉吟道：“其实很简单，我是根据什么鱼喜欢吃什么饵，根据鱼的喜好投的饵。在同一片湖水中，不同的鱼、不同的气候，鱼的活动水层也不同。比如说，夏季草鱼喜欢在中上层水中活动，鲫鱼、鲤鱼喜欢在中下层中活动，白鲦呢，则喜欢在水面觅食，而团鱼也就是梦浩说的老鳖，则喜欢在水底活动。我刚才挂的就是老鳖喜欢吃的饵料，你们说，这不是很简单的事情吗？”

李梦浩顿时觉醒。陆连枫讲的是“鱼路”，说者无心，听者却感到有意。看似湖里的鱼是自由的，没什么界线，可以任意游动，其实却不是，一点都不是。原来，鱼也有自己的层次，只生活在属于自己的层次里。不同的鱼生活于不同的水层，这不仅是鱼的生活习性，也是水域的规则。如果一条鱼想换个生存环境，不仅要改变自己的习性，同时还要与生活在这一水层的其他鱼类进行争战，一不小心，不是被同类咬死、吃掉，就是在这个水层的变化中不适应而迷失方向。有意思的是，没思想的鱼都会生存在适合自己的水层，快乐地生活着，而有思想的人，却都想换个层次去生活，殊不知，环境的改变，习性的压抑，将是一种折磨和痛苦。

陆连枫瞥了眼李梦浩，继续说道："你们刚才没钓上来鱼，知道是什么原因吗？"

李梦浩问："是什么原因？我下的是鲤鱼的饵料，怎么鲤鱼不咬钩呢？"

陆连枫说："你用的是钓饵，没有用诱饵吧？"不等李梦浩回答，陆连枫十分肯定地说："刚才你在下钩的地方肯定没有'打窝'，那鱼们怎么会来呢？在湖里钓鱼，一定要'打窝'，把鱼群诱进鱼窝，这样，鱼才能咬钩。"

李梦浩感叹道："钓鱼还有这么多学问啊。"

陆连枫从鼻子里轻轻地哼了一声，说："这是钓鱼的基本常识，如果这一点都不懂，那么只能当一个旁观者了。"

听起来讲的是钓鱼，其实又是官场之道。很多人只懂钓鱼，却并不懂得官场的学问。官场上谁是垂钓的人，谁是鱼，也需要有悟性的。

李梦浩似乎听懂了，恭敬道："听首长一席话，真是胜读十年书。我想拜您为老师，以后还请多指教。"

陆连枫没有接话，望着远处的鱼浮出神。

黄亚萍说："老板，您也教教我吧，不然，今天我一条鱼也钓不到了。"

陆连枫笑了笑，说："钓鱼也要靠悟性。"他将鱼竿递给身边的汤燕，"握紧点，别把鱼竿再掉水里了。"

汤燕握紧鱼竿说："鱼还没上钩，鱼竿不会再掉了。"

陆连枫又掏出烟，这次没有递给李梦浩。李梦浩从兜里掏出打火机，上前给陆连枫点烟，却怎么也打不着火，很是尴尬。

汤燕扭头瞅了一眼，说："打不着火正好，你就少抽一支吧！"

陆连枫从兜里取出打火机点上烟，说："抽烟虽然有害，但也是乐趣，如果一个人连一点乐趣都被剥夺了，生命还有什么意义呢？"

汤燕嘟哝道："强词夺理！"

陆连枫妥协说："今天上午抽这最后一支。"接连抽了几口，便又说道："刚才你们都看到了吧？那条大鱼上钩后，我为什么没有急着扬竿收线，而是在逗鱼呢？因为我抖竿时，凭感觉那是一条大鱼，如果收紧了，鱼就会拼命挣扎，不是脱钩就是线断。我是收收放放，让鱼在水中筋疲力尽了，才好把它拉到岸上。汤燕是不小心，在大鱼作最后挣扎时，被拽脱了竿。如果握紧了竿，说不定线就被挣断了，线不断的话，汤燕就可能也成一条鱼了。"

黄亚萍朗声一笑，说："燕子掉进湖里，就是一条美人鱼。"

陆连枫岔开黄亚萍的话题，说："守竿一定要有耐心，一下钩就想鱼咬钩，心太急了。守竿时要冷静，给鱼一些思考时间，看你下的饵是否值得去吃。收钩时更要冷静，不能急躁，要有耐心，张弛相宜，让钩进嘴更深，钩得更牢。否则就会功亏一篑。"

陆连枫说完，扔掉烟蒂，站起身说："我该收竿了。"

汤燕说："鱼还没咬钩呢。"

陆连枫接过鱼竿说："换个地方吧。我们到梦浩刚才下钩的地方看看。"

李梦浩不解地说："那边我没有'打窝'，怕是鱼不上钩呢。"

陆连枫说："现在是夏季，你选的地方是湖湾，水浅，是钓团鱼的地方。"

黄亚萍问："钓团鱼不需要'打窝'吗？"

陆连枫说："钓团鱼不需要打窝，钓的是运气，也是机缘。千年的乌龟万年的王八，团鱼是有灵性的，大团鱼一般是不上钩的。"

说话间，陆连枫走到李梦浩的鱼竿前。一看，渔线绷得紧紧的，鱼竿也被拽成了弧形。陆连枫笑道："梦浩，你是姜太公钓鱼啊。"

李梦浩忙上前取竿收线。黄亚萍急切地问："鱼大吗？"

李梦浩学着陆连枫的样子，收收放放。李梦浩故作神秘地说："大家猜一猜，这条鱼有多重。"

汤燕望着水面说："肯定没有老板钓的那条鱼大。"

黄亚萍走到李梦浩身边说："看样子，该有五六斤吧。"

李梦浩心急，便收紧了线，将鱼朝岸边牵。鱼在水里力气很大，拼命地向后挣。李梦浩没有经验，像在和鱼拔河。

黄亚萍紧张地盯着渔线，提醒说："别着急，小心绷断了线。"

汤燕凑近李梦浩身边，摩拳擦掌说："让我再试试。"

黄亚萍劝道："你想当美人鱼啊？"

这时候，陆连枫说话了："钓鱼要学会一张一弛，对于不大的鱼，先放一放，让它放松警惕，而后向上提一下，把鱼头拎出水面，呛它几回水，就没脾气了。"

汤燕退回陆连枫身边，不解地问："刚才你怎么没有把鱼头拎出水面呢？"

陆连枫说："刚才是条大鱼，渔线受不住。这是一条小鱼，方法就不一样了。"

李梦浩按照陆连枫指导的方法，不一会儿就把咬钩的鱼折腾得奄奄一息了。在收线时，手感明显轻多了，拎到岸上后，李梦浩掂了掂道："这鱼也就二斤重吧，在水里感觉有十几斤呢。"

"鱼得水，虎归山嘛！"陆连枫瞟了眼躺在沙滩上的鲤鱼，便转身选了一处浅滩，在岸边仔细寻找蛛丝马迹。汤燕跟在身后，弯腰拾拣着贝壳。陆连枫观察了一阵，停下来向湖里抛了钩，而后退到岸上坐下来。

李梦浩在鱼钩上又挂了饵料，把鱼竿交给黄亚萍："你也体会一下吧，不然被晒了一天太没趣了。"

"你钓上来还不一样嘛！"黄亚萍扭头朝李梦浩妩媚一笑，"你没看见刚才陆市长钓上一条大鱼，汤燕有多高兴吗？"

李梦浩自然明白，但不好说破，只得糊涂道："其实，我们都很高兴的！"

黄亚萍哼了一声："高兴的程度不一样！"

李梦浩若有所思道："刚才陆市长讲的钓鱼知识，我倒觉得像是官场上的道理，细细一琢磨，还真是那么回事。"

黄亚萍低吟道："钓鱼的最高境界是艺术，艺术都是相通的嘛！悟到了不行，还要落实到行动上。不然，怎么能钓上来鱼呢！"

"你们在嘀咕什么呢？"汤燕从岸上走下来，把两瓶矿泉水递过来问，"你俩不热吗？我真想跳到湖里游游泳。"

李梦浩撩了撩衣衫说："我身上的衣服都蒸干了，这会儿身上感觉不到热了。汤主任，你也下水试试吧。"

汤燕说："我才不听你的呢！"

黄亚萍问："领导是不是累了？我们收竿吧！"

汤燕说："老陆说，他今天在等着钓一个团鱼呢！"

"不是说团鱼不好钓吗？陆市长今天有些神气，说要钓一个团鱼让我们看看，我们就等着看吧。"黄亚萍朝岸上望了一眼，又说，"陆市长今天气色不错，下午我们去岛上游泳，你好好陪陪吧。"

汤燕瞟了眼李梦浩，轻声道："姐，你也不要辜负了这湖光山色哟。"

黄亚萍掩嘴笑道："人在江湖，身不由己啊！"

汤燕故作深沉道："我们不能把握生命的长度，但我们能拓展生命的宽度。姐，你说是不是？！"

黄亚萍嗔笑道："你是大才女，出口成章，不和你说了，我们去看看团鱼咬钩没有。"黄亚萍把鱼竿又递给李梦浩，抛了个眼色，拉着汤燕走了。

这时，陆连枫也从岸上下来，三人前后脚走到鱼竿前，陆连枫朗声道："快看，咬钩了！"

大家一齐朝湖里看，渔线被拽直了，渔竿却没有弯曲。汤燕说："肯定是只小王八。"

陆连枫不说话，将手中的鱼竿扬起来，慢慢地向岸边牵引，绷直的渔线犁开湖水，水面漾着细微的波纹。陆连枫怯怯地收着线，水底的团鱼似乎并不挣扎，温驯地爬到了岸边。

"哇！"汤燕一声惊叫，把几个人都吓了一跳。

李梦浩在不远处忙问："怎么啦？"

黄亚萍向李梦浩招着手："快来看啊！"

浅水滩上，一只金黄色的团鱼浮出水面，正踽踽地向岸边爬来，脸盆大的硬盖在阳光下闪着金光，两只豌豆大的黑眼惊惶地瞅着岸边的人。

黄亚萍和汤燕有些悚然，慌乱地向后退着。

陆连枫也感到诧异，放松了渔线，握着渔竿退到了岸上。那只金色的团鱼并没有转身回到湖里，而是伸长了头，顺着渔线向岸上爬。

李梦浩跑过来，离团鱼一米远停住步，说："这是条金龟！"

金龟爬到岸上的沙滩里停住了，缩回头，一动不动。

陆连枫放下鱼竿，走到金龟边，围着金龟转了一圈，说："真没想到，大圣湖里会有这么大的金龟，得罪了，得罪了！"

黄亚萍和汤燕看见金龟卧着不动，这才走近前来观赏。

围着金龟看了一阵，黄亚萍指着金龟壳说："你们发现没有？龟壳上是一幅地图呢！"

汤燕也说："真像哎，是一幅地图呢！"

李梦浩蹲下身，认真观察了一番，附和说："是像地图。"

陆连枫沉思着，片刻后又围着金龟转了一圈，这才下结论说："是一幅地图，而且是海州市的行政区域图！"

"神了！是只神龟啊。"黄亚萍叹道。

汤燕说："真是稀罕，可以送到海洋馆里展览呀！"

陆连枫神情肃然起来，说："放生吧！"

汤燕说："放了，多可惜呀！"

黄亚萍说："领导说得对，龟是有灵性的，不可造次。"

湖面出现了一只小船，老人摇着桨向岸边驶来。李梦浩招呼道："老人家，快过来，这里有一只金龟。"

老人跳上岸，走到金龟边，问："是谁钓到的？"

汤燕说："是我们老板钓上来的！"

老人打量了一下陆连枫，问："是你钓上来的？"

陆连枫低沉声音道："也不是钓上来的，是它顺着鱼钩爬上来的吧！"

老人蹲下身子，拍了下龟壳，仰头昂——了一声。金龟伸出脖颈张开嘴，老人顺手摘下金龟嘴边的鱼钩，诡异地嘀咕道："钩得并不牢，你又何必呢？"

老人话一落，金龟便缩回脖子，整个头都隐藏到硬壳里了。

陆连枫对老人说："把它放生吧，今天得以一见，足矣！"

老人对陆连枫说："您是个贵人！"

陆连枫想深问，看了眼身边的几个人，欲言又止。

汤燕口快，问道："老人家，有什么讲究吗？"

老人低头轻声道："男钓到金龟是大富大贵，女钓到金龟必得佳婿。"

黄亚萍叹道："原来是这样，恭喜老板了！"

老人将金龟推向湖里，一用力，金龟被推翻了，露出了腹部，阳光下，乳白的肚腹上纹路清晰，一个繁体"壽"字映入大家眼里。大家更是称奇，顿觉肃敬。李梦浩在摩挲那个"壽"字时，发现"壽"字缺少一"点"，因是繁体字样，李梦浩不懂书法，常见书法家写字，有时会多一"点"或少一"点"，怕露拙，便没有说出。他不明白，金龟腹部的寿字为什么就缺那么一个"点"，少一"点"其含义是什么呢？

金龟入水时，金光耀眼一闪，瞬间就不见了。

老人提起鱼篓，对大家说："今天捉了十几种鱼，你们有口福了。"说着便走了。

陆连枫望着湖水出了片刻神思，醒转后，吩咐道："时间不早了，也越来越热了，休息一下，去尝全鱼宴吧！"

收拾了渔具，在湖水里洗净了手，四个人兴致勃勃地说笑着，不紧不慢地向守湖老人的住处走去。

湖里起了风，风是热风，燎得他们身心燥热得厉害。大家加快了步伐朝老人的住处走。

老人已经把做好的鱼用小铝盆端上来了，摆满了一桌子。石桌边有四个石凳，正好可以坐四个人。李梦浩数了一下，一共十个盆，也就是十种鱼，算是真正的全鱼宴了。

黄亚萍招呼说："燕子，快叫老板来看看，做了这么多鱼呢。"

陆连枫正在门前水盆里洗手。汤燕手里拿着湿巾纸在边上候着。汤燕应着："好了，马上好了。我都闻到鱼香了。"

陆连枫十分仔细地擦着手，悠悠地踱到石桌旁，却不看桌子，望着李梦浩问："梦浩，钓了半天鱼，说说你的体会？"

李梦浩认真道："我钓鱼还是初级水平，只盼着鱼能上钩，也没多想。不过呢，听了您的指导，又看了您钓出那只金龟，我感觉到这钓鱼钓的不是鱼，钓的是'功夫'，您下的不是鱼饵，那是意念。您已到了随心所欲的程度了。"

陆连枫哈哈大笑，亲切地拍拍李梦浩的肩，说道："梦浩会总结。不过，也没有你说的那么玄，这钓鱼讲究的也是随缘，鱼来咬你的钩是缘，不来咬你的钩是缘分未到，你说是不是？"

李梦浩连连点头称是。

汤燕向黄亚萍做了个鬼脸，开玩笑道："李政委，你不要纸上谈兵好不好？我看出来了，你哪有心思钓鱼啊。"

李梦浩瞟了眼黄亚萍，想辩解，黄亚萍忙接话道："他身边站着个美女，要是还有心思钓鱼，那我不就没趣了！"黄亚萍一脸幸福的样子。

汤燕灿烂地笑道："姐，你今天这个样子我都有些嫉妒了。"

黄亚萍抻抻衣服，自我欣赏道："你就嫉妒吧。"黄亚萍不是一般女人。在这时候，她还不忘身边站着个陆连枫，便又叹息一声，"姐老了，不能和你年轻人比，你是春光无限，我呢，是夕阳西下啦。"

陆连枫说话了："小黄，我发现你身上有阿庆嫂的智慧啊。"

汤燕道："那可是一把铜壶煮三江啊。姐，你是姓蒋还是姓汪啊？"

陆连枫坐到石凳上，指着桌上的鱼，和蔼地说："快坐下，别斗嘴了，不要辜负了这些美味佳肴啊。"

四个人围桌坐下来。汤燕第一个动了筷子。汤燕也不认识是什么鱼，放到嘴里尝了尝，夸张道："味道好鲜啊！"

陆连枫是吃过很多鱼的人，但他对今天这么多鱼也难认全，就用筷子指着一盆鱼道："你们说说，这是什么鱼？"

李梦浩伸头瞅了半天也看不出来。黄亚萍也不认识。

汤燕便叫道："大爷，你快来。介绍一下这些鱼。"

老人从屋里走出来，手里提了个塑料桶。老人笑道："别看你们都是见过世面的人，对这湖里的鱼啊，你们还真不怎么熟。"他晃了晃手中的塑料桶，问道："喝酒吧？吃湖鲜最好是喝点白酒。"

汤燕问："吃鱼还要喝白酒吗？"

老人说："有菜无酒不成宴呢。"老人把酒桶放下，取来一双筷子，用筷子在一个盆中翻捡起一块鱼腹上的肉，把它送到陆连枫面前的碗里，说，"你是贵人，又年长，你先尝尝。"

陆连枫扫了眼面前的三个人，没有说话。他把那块鱼肉放在舌头上，慢慢地抿上嘴唇，没有咀嚼，过了片刻，点了点头，说道："真是上乘的美味。小黄，有酒吗？"

黄亚萍说："车上备着呢。"

李梦浩起身道："我去拿吧。"

李梦浩从车上取来两瓶五粮液。汤燕招手道："我也来一杯，这么好的美味佳肴，不喝酒怎么可以？"

　　黄亚萍体贴道："燕子就别喝了，咱们都喝醉了，谁照顾谁啊？"她接过酒瓶，把酒倒在纸杯里，"我和梦浩陪老板喝吧。"

　　陆连枫点点头，赞许道："亚萍周到。"

　　倒满三杯。陆连枫说："三人不喝酒。再倒一杯给老同志。"

　　老人忙摆手，说："你们喝，你们喝。"

　　黄亚萍又倒了一杯，李梦浩端起来递给老人说："老人家，你也辛苦了一上午，就一起喝一杯吧。"老人接了酒杯，找了个凳子也坐了下来。

　　汤燕玩笑道："大爷，放心地喝吧，我们都是本地人，你喝醉了，我们也不会赖账的。"

　　老人满脸皱纹舒展开了，说："都是湖里的东西，不值钱的。"

　　汤燕说："在饭店是吃不到这样美味的。"

　　陆连枫端起杯子说："敬老同志一杯吧。"

　　在露天的石桌上，身份不同的五个人一时忘记了身份和地位。陆连枫喝完了一杯，又让黄亚萍倒了一杯。这里没有闹市的喧嚣，没有歌舞的招摇，没有豪华的装饰，没有迎宾小姐的甜美微笑，有的只是湖边清幽的美景，湖风带着清凉的味道。

四十

　　酒足饭饱后，陆连枫站起身，眺望着阳光下的湖面，湖面波光粼粼。远看她既是动的又是静的。陆连枫看得入神，一时兴起，随口诵道："水光潋滟晴方好，山色空蒙雨亦奇。"

　　汤燕接诵道："欲把西湖比西子，淡妆浓抹总相宜。"

　　李梦浩鼓掌道："此景配此诗，再恰当不过了。"

　　黄亚萍说："我把它改一句更恰当。若把此湖比燕子，淡妆浓抹总相宜。"

　　李梦浩附和道："改得很贴切，大家真是诗兴大发啊。"

　　谈笑间，一片白云遮住了阳光，湖面颜色淡了下来。陆连枫招呼说："走吧，到湖中的小岛上去看看。"

湖心的小岛不大，若隐若现。小岛是云雾山脉甩出的一条小尾巴。从小岛上可以走出去，一直走到云雾山上。

老人从湖边苇丛中摇出一条木船，问道："是你们自个儿划船，还是我送你们过去？"

李梦浩看着陆连枫。陆连枫笑道："你看我干什么？军人不会划船吗？"

陆连枫的话很明白了。这个时候，又是这样的两男两女四个人，再有一个不是多余吗？

李梦浩跳上船，用船桨试着划了几下，小船离了岸。汤燕喊道："你怎么自己跑了？"

李梦浩将船又摇回岸边，说："好久没有撑船了，为了首长和你们的安全，我得先演习一下啊！"李梦浩跳下船，将船推离岸边近些。陆连枫一跃跨上船头，小船在水中摇晃起来。汤燕心惊胆战不敢上船，黄亚萍笑道："来游泳还怕水吗？"黄亚萍蹚着水挽着汤燕上了船。

小船犁开湖面，船桨搅动着波浪，悠悠地驶向湖心小岛。

上了岛，岛上山石奇异，蒿草、荆棘遍地，没有修剪的各种树木婆婆娑娑，完全是一种野生样子。李梦浩折根树枝在前面开路，叮嘱说："千万小心一些，别让野草划破了腿，受伤就不好下水游泳了。"

走了几百米，望见前面有一片山石，被湖水浸润得光滑清洁，又是背光，十分清爽。陆连枫欣喜地说道："快走，前面就是一处天然游泳池。"

走近一看，山石延伸到湖水里，没有淤泥和水草，湖水清澈见底，空气也格外新鲜清凉。

黄亚萍兴奋地说道："这里大概是海州市最好的一处境地了。"

汤燕叹息说："如果开发成旅游景点，这儿就没趣味了。"

李梦浩试了试水，说："这儿是个斜坡，里面水很深，游泳时最好有救生圈。"

汤燕道："我是有游泳一级证书的，在湖里游泳没问题。"

黄亚萍环视了一下四周，轻声对汤燕说："老板可没有证书啊。"

汤燕嫣然一笑："放心吧，有我在呢！"

黄亚萍又叮嘱一遍："千万要小心，一定要保证老板的安全。"

汤燕乜了一眼黄亚萍，问："你们不游？"

黄亚萍说："我和梦浩不在这儿碍眼了。"

汤燕道："彼此吧。"

黄亚萍退到陆连枫身边，说："您在这儿游吧，我让李政委陪我到岛上走走，这里真是难得来一次。"

陆连枫面色温和，似听非听的样子，也不表态。黄亚萍清楚，这样简单的事情，领导是不会表态的。

李梦浩听了，会意一笑，没有招呼一声就默然地随黄亚萍离开了。沿着湖边的山石坡地，李梦浩和黄亚萍相互搀扶着，一边走一边说着话。不一会儿就离开了湖边，走到一条山石小道上。小道一直蜿蜒着通向对面的云雾山。两人沿着小道向山峰走去。半个小时工夫，他们来到一处石壁前，李梦浩仰面一看，石壁如一棵笋，直入云天。陡峭的崖壁上隐约可见三个石刻大字："保驾山"。石刻旁边的崖缝生长着一棵松树，干挺叶茂，生机勃勃。李梦浩听过传说，当年唐王李世民曾在此山被围，幸被麾下一位将军赶来救驾，才免于危难。因此，李世民后来赐名此处为"保驾山"。保驾山怪石嶙峋，陡峭而有奇趣。石壁边有一个两丈余宽的缝隙，从缝隙穿过去，可攀上山峰之巅。这条缝隙是凭空劈开的一条小径，被称为"一线天"。从径两侧扭曲的石纹可以看出，在开天辟地之际，山石是如何被鬼斧神工造就的。

穿过"一线天"，不远处的石崖边现出一个天然的石屋，有垂檐和门窗。李梦浩想，这就是当年李世民被围困时住过的地方吧。他探头看了一眼，牵着黄亚萍的手小心翼翼地走进石屋，一股清凉扑面而来。

石屋中间有一长条石案，黄亚萍坐到石案边的石礅子上，打量着说："这石屋好像个办公室呢。"

李梦浩站在石案边，讶异道："这石案还真像一个大书桌，你看，石壁上还有字。"

黄亚萍循着李梦浩手指的地方，仔细地辨认一会儿，说："仙人屋。"

李梦浩走到窗边，看见石窗的窗楣上也刻有字样，细一辨认，是"玉女窗"三个楷书。透过"玉女窗"，能眺望到山间的大圣湖面。

　　黄亚萍走过来，靠在李梦浩身边。窗外的石缝中摇曳着一丛青苇，还有几枝香艾。黄亚萍情不自禁地依偎着李梦浩，柔声道："这儿真是人间仙境啊。"

　　李梦浩揽着黄亚萍的肩，忘我的样子，幽幽地说："仙人屋，我们在这儿就是仙人了。"

　　黄亚萍娇声地说："那我是七仙女，你是谁呢？"

　　李梦浩想说自己是董永，话到嘴边又止住了，想了想，才说道："我是吕洞宾吧。"

　　黄亚萍盯着李梦浩看着，问："你为什么不是董永呢？"

　　李梦浩叹息一声，说："董永是一个悲剧的人。"

　　黄亚萍说："怎么是悲剧？七仙女不是和董永夫妻双双把家还了吗？"

　　李梦浩幽幽地说："那后来呢？"

　　黄亚萍摇了摇头，说："吕洞宾是喜剧吗？他前半生可是个落魄的人！"

　　李梦浩说："吕洞宾最后还是成仙了！"

　　黄亚萍说："知道吗？吕洞宾是做过黄粱美梦的人啊！"

　　李梦浩若有所思道："梦里梦外都是人生吧。"

　　黄亚萍沉浸在遐想里说："要是能远离尘世，做个仙人多自在啊。"停了片刻，便又说："在这仙人屋里，我们一起做个黄粱美梦也好啊！"

　　李梦浩何尝不是这样想呢？李梦浩把黄亚萍揽着，将脸贴在黄亚萍秀发上。听到黄亚萍有些娇喘的气息，李梦浩心里一动，抬起头，定睛看着黄亚萍，借着窗外的一束光亮，黄亚萍读懂了李梦浩心里的躁动，瞬间，一股欲望也将身体燃烧起来。

　　李梦浩按捺着，拉着黄亚萍坐到石案上，说："歇歇吧。"

　　黄亚萍瞥了眼李梦浩，说："不累。"

　　李梦浩说："你都出汗了。"

　　黄亚萍羞赧道："都是你烤的呀。"

　　李梦浩想给她擦拭一下额头，伸出的手被黄亚萍握住了。黄亚萍呢喃着："抱抱我吧！"

　　李梦浩便顺手将黄亚萍搂进怀里。黄亚萍像是受了电击，身子一紧，全身有些僵硬。

初次相抱缠绵，两个炽热的身体粘到了一起，虽然都十分热烈和激动，但毕竟都是成年人，他们有条不紊，按部就班，从上到下，从里到外，每一寸肌肤都留下了痕迹。

李梦浩颤着手想去褪黄亚萍的衣服。当他站起身想要解她衣扣时，手突然僵住了。他看见一条花斑小蛇在石窗外探着头向里面张望，一股阴冷的寒气从李梦浩的脑门直蹿下身。李梦浩一个激灵，慌张地耸起身体，将黄亚萍抱下石案。

黄亚萍不知怎么回事，依然缠绵在李梦浩的怀里。

李梦浩心惊不已，颤声说："蛇。"

黄亚萍站直身子，发现窗台上一条小蛇盘成了一团。黄亚萍问："你怕蛇？"

李梦浩向后退了几步，说："我最怕的就是蛇了。"说着，拉着黄亚萍逃离了仙人屋。

洞中方一日，世上已千年。阳光已西斜渐淡，山色朦胧，远处的湖水染上了雾气。时间已经不早了，岛上还有两个人在等他们。黄亚萍回头望了一眼仙人屋，怨恨道："该死的蛇！"她把头埋在李梦浩的胸前，又叹息一声，"锅里黄粱还没煮熟，美梦就被惊醒了。"

李梦浩自嘲道："我还不如吕洞宾啊！"

在回湖中小岛的路上，两个人依然是手牵着手，肩并着肩，但不再胆怯忸怩，也不再心慌意乱难为情了。虽然比来时自然了许多，他们的话却少了，这种寡言和先前的少语不一样，有着明显的区别。以前的少语是窘迫，或是找不到合适的话来表达内心的想法，现在的寡言是此时无声胜有声，是一种安静的享受。两只手握在一起，就像接通了电源的电线，电流通过两只手传遍了整个身体，有了回路，心就亮了。现在不仅身体相近，两颗心也因有了亲吻爱抚而近了。

李梦浩的手指很粗很硬。黄亚萍的手指纤细柔软，李梦浩的手指与黄亚萍的手指相扣，黄亚萍能感觉得到，男人的每根手指都在诱惑她的欲望，蛊惑她的心。虽然无声，却加倍地撩人。黄亚萍的手指完全瘫软在李梦浩的手心里，被攥得出了水。黄亚萍对自己说，忍忍吧，你就忍忍吧，这么些年都忍过来了，这一时半刻还忍不过去吗？

李梦浩呢，看着很平静。但五根手指已把黄亚萍的五根手指抠得失了血，苍白得像剥了皮的嫩笋。李梦浩的手指在无声地向黄亚萍传递着爱意。李梦浩也在忍。

此时，两个人都没有想到一次拥抱和亲吻能出这样的效果来，真是少见了。

拥抱、亲吻是相爱男女之间一件多么美妙的事情啊!

到了岛上,李梦浩想去陆连枫和汤燕游泳的湖边看看,黄亚萍嘟哝一句:"你傻呀!"

两人去了停泊小船的地方,一看,船边没人。

李梦浩担心起来,问:"他们不会找不到这儿吧?"

黄亚萍看着李梦浩认真的模样,莞尔一笑:"陆市长带人到岛上考察过几次了,怎么会迷路呢。"

忽然,从树丛中惊起一群鸟,叽叽喳喳鸣叫着,在岛上盘旋了几圈,又呼啸着落到另一处丛林中。黄亚萍握了握李梦浩的手,又松开来,轻声地说:"他们回来啦!"

第八章 08

四十一

尘埃落定，李梦浩悬着的一颗心，终于落到了实处。

国庆节后，李梦浩到市教育局报到了。从宣布转业离开部队，到选岗来教育局上班，中间整整九个月"空窗"期。九个月不算长，但对于李梦浩来说，比九年都漫长。一个被组织和纪律约束了二十多年的军人，突然失去了组织，没有了条条框框的约束，就像是一个孤儿没着没落的。现在找到了新的组织——海州市教育工作委员会。

选岗那天，海州市十个正团职转业干部有九个老婆孩子都跟来了，有的人还带来了"参谋团队"。他们围在一起，看着手中的表格，既兴奋又担忧。表格中有十个供选的职位，按打分排名，第一名可以十里挑一，最后一名只好兜底。十个职位中有五个副局长实职，五个副调研员虚职。刚到地方上的军转干部不太懂，但参谋团的亲戚朋友们一看就明白，实职的局都是不太"实惠"的单位，虚职的局都是有权有钱的大局，是选实职的小局呢，还是选虚职的大局呢？大家都纠结了。有的人认为，选实职好，有职就有权，有权就行。有的认为，选大的局比较好，虽然是虚职，没有权，但福利待遇好，奖金也高，有钱就行。

李梦浩是一个人去选岗的，王洁茹值班。王洁茹对地方政府部门状况不了解，来了也没用。何况，王洁茹对李梦浩选岗也不太关心，或者是不屑。部队多好，李梦浩却赌气要转业！

第一个选岗的人年龄比较大，选的是民政局的副调，第二名年龄比较轻，选了司法局的副局长。李梦浩在正团职军转干部中年龄是最小的，但李梦浩在部队时立过两次二等功，四次三等功，所以，分数比较高，排在第三名。

没人可以商量，李梦浩一时拿不定主意。安置办的吴主任走过来，拍了拍李梦浩的肩，笑了笑，问："李政委，选好了吗？"

李梦浩摇了摇头，为难道："我对这些单位都不熟悉，真不知道哪个合适。"

吴主任意味深长地说："这就看你想要什么了。"

李梦浩递过去一支烟，说："吴主任，请你指点一下。"

吴主任说："我可不敢指点，你们这些正团职干部基本上是一选定终身。俗话说，女怕嫁错郎，男怕选错行！"

李梦浩看着手中的职位表，犹豫不决，便又问："吴主任，你认为是科技局好呢，还是教育局好呢？"

吴主任笑道："那不是明摆着的吗？当然是教育局好了。不过，教育局是副调，鱼和熊掌不可兼得嘛！"他瞅了眼周围议论纷纷的人群，又安慰说："你们赶上安置好政策了，可以自己选岗了，以前，那可都是由组织部和安置办直接分，分到哪是哪。"

李梦浩明白，军转干部安置是二次就业，颇费一番心思和工夫的。过去要想安置比较理想的单位，地方上没有关系不行，有关系不送礼也不行。前几年军转干部转业费不多，跑工作送礼都不够。现在好了，公开透明了，不需要送礼了，转业干部一下轻松多了。

吴主任被一个熟人拉到了一边说话去了。李梦浩看了看表，每个人选岗只给半小时考虑商量的时间，时间到了，下一个就可以选了。李梦浩打电话问黄亚萍，黄亚萍在电话中毫不犹豫地说："你就选教育局吧！"

李梦浩提示说："教育局只是个副调研员的岗位啊。"

黄亚萍说："副调也不错，起码是班子成员吧？"

李梦浩走到僻静处，小声玩笑说："委员不带长，放屁都不响。"

黄亚萍笑起来，说："有的委员带长，屁也不一定响。响只是在本单位响，离开他那一亩三分地，谁都不会理睬的。你听我的，先落地再说，土肥不怕苗稀，知道吧。"

李梦浩收了手机，便选定了教育局。一周后，李梦浩在组织部综干处周处长陪同下，到教育局报到。周处长和李梦浩一起吃过饭，彼此熟悉了。周处长说："李局，你选对了，教育局是个好地方，以后可要常联系啊。"

李梦浩说："以后还要请周处长多关照呢！不过，周处长有用得着我的地方，兄弟你尽管吱一声。"

周处长亲切地说："有时间我们再聚聚，方便的话，叫上汤台长一起。"

"好说，好说。"李梦浩明白过来。汤燕，汤台长，那不是谁都能请得动的。其实，汤燕并不是电视台台长，只是新闻部主任，正科职。如果汤燕仅是一个正科职主任，组织部的任何一位处长都不会把她放在眼里，组织部是管干部的，近水楼台先得月，哪个处长三年两载后不是县区的组织部部长呢。当了组织部部长，前途就一片光明了，接下去就是县长，县委书记，再接下去，那就不好说了。汤燕能进入组织部人的视线，是因为汤燕有背景，有背景的人是不可小觑的呀！

李梦浩报到时，教育局班子成员都到齐了。李梦浩扫了一眼，五个委员只有教工委书记、局长高成富面熟，其他人都没谋过面。想起来了，去年"八一"建军节，高局长随陆市长一起慰问部队，当时在一个桌子上喝过酒。

周处长宣读了市委的任命，又简要介绍了李梦浩的履历和在部队情况后，高书记高局长致了欢迎词。高局长也许是健忘，也许是故意，装作与李梦浩初次相识的样子，客客气气地表了态，欢迎李政委到教育局工作。接着，在讲话中又称李梦浩为局长，说教育局有了李局长一员干将，教育局的工作将会如虎添翼，海州市的教育事业将会有突飞猛进的发展。

第二天，李梦浩就正式上班了。初来乍到的缘故，李梦浩每天早上都是提前二十分钟到办公室。办公室被保洁员打扫得一干二净，不需要他去收拾。唯一可做的就是烧壶开水，泡好一杯茶，翻阅一下摆在案上的报纸。一整天就是一个人枯坐，没人串门，也没人来请示工作。教工委班子原是五个成员，三个副局长，一个纪工委书记。年初班子成员已经明确分管工作了，半路上杀出一个程咬金，不可能再打乱给李梦浩分管工作。高局长对李梦浩解释说："你初来乍到，还不熟悉情况，暂时协助我管全面吧，等你熟悉了人头，了解了业务，再议吧。"

协助局长管全面，那就是什么都不要管，也不能管。李梦浩在办公室闲得慌，就开始琢磨一些事情，不论在什么地方，作为一个领导干部，谋人与谋事同等重要。只会谋事，不会谋人不行，谋人是纲，纲举目张。人谋不好，事就干不成。他翻开教育局的花名册，局长高成富现年五十二岁，在教育局任职四年；副局长吴启亮四十五岁，任现职六年；吴启亮比自己大五岁。其他两位副局长都不到四十岁，一位是本局办公室主任提升的，任职两年多；另外一位是市委办下来的，任职时间才一年；还有纪工委书记李宏彬，是市纪委派驻的，四十岁。就当前班子态势而言，高成富局长不可能在教育局干到二线，在任教育局局长之前，高成富是市委副秘书长，下一步不升职的话也要挪地方履新。如果不出意外，教育局局长的位子应该是吴启亮坐，其他人资历都浅。但是，上级领导用干部不是幼儿园排队吃果果，也有可能空降，或是其他部门领导来履新，任何情况皆可发生。

就是这个状况，李梦浩有自知之明，没有把自己摆进去，没有希望，便会失望，甚至绝望。李梦浩在办公室无所事事，无聊失落的情绪堵在了心头。一个有着二十多年军龄的野战部队团政委，转业到了地方，一下成了无职无权的副调研员，搁在谁身上谁没情绪和想法？不说别人，就说那两个副局长吧，李梦浩入伍时，他们还在上小学呢，现在他们都是副局长了。自己呢，还是个副调研员，副调哪！

　　过去，李梦浩走在大街上，挺着胸迈着军人的步伐，是气宇轩昂的，也是自信、豪迈的。现在不同了，脱了军装，李梦浩再那样走路，背上就落满了不屑的眼珠子。有人就会在背后嘀咕，肯定是个转业干部！

　　李梦浩就想，转业干部怎么啦，转业干部也是干部！可别人心里不是这么想。转业干部只会立正、稍息、舞枪弄炮。一句话，"头脑简单，四肢发达"。再用一个字形容："傻！"可是，谁又去想呢？一旦打仗了，抢险救灾了，军人就成了"最可爱的人"了。军人在部队奉献了青春，到地方后还要奉献职位和政治待遇吗？军队转业干部到地方，哪个单位愿接收？李梦浩想不通，军队是党和国家的军队，军官也是党组织培养起来的军官，为什么部队军官到地方上就要"矮三分"？这道理到哪里去讲？讲也讲不通。团职以上转业军官是降一职安排，营以下军官是降到零点。从一个士兵干到正营职军官，要上军校，而后从排长、副连、正连、副营、正营，一个台阶一个台阶地迈，一般要十五年到二十年，可转业到地方，"哗啦"一下降到科员了！大学毕业生考上公务员就是科员呢。一个二十出头的大学生和一个有二十年军龄的转业干部都从零开始，放在一个"起跑线"上，在仕途的竞赛中，转业干部肯定输。

　　情绪归情绪，班还是要上。既来之，则安之吧。

　　李梦浩到教育局上班，一些断了音讯的朋友又出现了，接风洗尘和祝贺的宴请是免不了的。

　　李梦浩性子直，容易激动。酒桌上，朋友们都说李局长是性情中人，为人豪爽、真诚。不是因为别的，是因为喝酒。酒品就是人品，李梦浩是来者不拒，不管职务高低，凡是敬酒，一概一干而尽，绝不看人喝酒，也不抛抛洒洒或是"留着养鱼"。

　　在部队时，李梦浩也常和地方政府人员打交道。在酒宴中，不论是敬酒还是被敬酒，军人的作风是根深蒂固的，即使醉趴下，也不会说"不行"！那时，地方人员就会由衷地叹服："不愧是军人，豪爽！"现在不同了，换了"马夹"，人家一瞅你那喝酒的作风，就认出来了："是转业干部吧，爽快！"乍一听是赞赏，细一品味，"味道"就不一样了，有一点酸，有一点辣。说白了，就是含有讥讽："傻！"傻就傻吧，谁叫自己当过兵呢！军人身上的作风不是模仿的，那是熏染的，是侵蚀到骨子里的。

教育局办公楼是个独家小院，一共四层。一楼是教研室，二楼是局机关人员办公室，三楼是局领导办公室和会议室，四楼是电教中心。小院挺大，两边是草坪绿地，种植花草，中间是个假山状喷泉。楼堂门前两边有两棵碗口粗的树，左边一棵是桂花，右边一棵也是桂花。桂花树开花了，香气满院，在楼上办公室都能嗅到。

李梦浩喜欢桂花香气。这天早上，李梦浩像往常一样，八点十分走进教育局小院。他没有径直走上楼，而是在小院里溜达了一刻，看看花草、瞅瞅喷泉，后来就站在桂花树下闻花香。局里的职工纷纷上班了，路过身边，有的点点头，有的问声好。李梦浩都客客气气地回应了。

李梦浩折了一枝桂花，正准备上楼，一辆黑色奥迪车停在门厅前，高局长从车里下来。李梦浩转过身，客气道："早上好，高局长。"

高局长好像没有听到一样，板着脸，旁若无人，目不斜视地上楼了。

李梦浩尴尬了。

这是怎么啦？连声招呼都不回应，问题严重了。李梦浩站了片刻，闷闷不乐地进了办公室。

电热壶的水刚烧开，隔壁办公室的副局长吴启亮便敲门进来了。李梦浩端着热水壶说："再给你续点水？"

吴启亮客气地笑了笑，说："刚泡上，满着呢！"

李梦浩取出茶叶盒，从中取出一小袋茶叶放进水晶杯里，用开水一冲，卷曲的茶叶很快舒展开来，一片片叶子在杯里沉沉浮浮，茶水也渐渐变了颜色，一丝淡淡的香味随着热气升腾出来。

吴启亮端详着桌上的茶杯，点了点头道："好茶，一闻这气味就知道李局长是个有品位又懂茶的人啊。"

李梦浩问："从何说起呢？"

吴启亮在沙发上坐下，吹着杯里漂浮的茶沫说："你瞧瞧我杯里的茶，不一样的。"

李梦浩说："你的茶也不错的。要不，我再给你泡一杯尝尝？"

吴启亮摇了摇手，说："不必了，我喝惯云雾茶，你那铁观音我怕喝不惯。"他把茶杯放到茶几上，话锋一转，"你那茶需要开水冲，我这茶温水泡，慢慢香。"

李梦浩听出了吴启亮话里的弦外之音。他和吴启亮不熟，是到教育局上班后才认识。吴启亮是几个局领导中第一个来他办公室串门的人。李梦浩微笑着，掏出中华烟问："吴局长抽一支？"

吴启亮瞅了眼李梦浩手中的烟，摆摆手说："我只喝茶，不抽烟。"

李梦浩瞧着吴启亮手里的杯子说："吴局长对茶一定有研究吧。"

吴启亮淡然一笑："不敢说研究，喝了几十年茶，多少也懂一点吧，不过在李局长面前，我不敢班门弄斧啊。"

李梦浩谦虚道："我一介武夫，刚到地方工作，初来乍到，还请吴局长点拨老弟。"

吴启亮呵呵一笑，说道："你李局长到教育局，虽然是个副调，但也是个正处级啊，在部队时，那可是指挥千军万马、一呼百应的团首长，真是委屈了。"

李梦浩干涩地笑道："好汉不提当年勇，到教育局我就是个新兵。"

不料，突然间，吴启亮就勃然变色了，他站起身，在屋里走了几步，蓦地靠近李梦浩身边，义愤填膺地说道："你说说，哪有这么小肚鸡肠的人，看谁都不顺眼。你才来上班几天啊，他就吹毛求疵了。你每天早来办公室十多分钟，就私下说你故意表现自己……"

"是谁啊？"

"还有谁'一把'呗。"

李梦浩顿觉茅塞顿开，怨不得高局长看他在院里站着，却故意不理他。高局长每天是踏着钟点进办公楼，早晨八点半上班，他八点二十九分上办公楼，八点三十分准时坐在办公桌前。可是，别人提前来上班怎么啦？不少处室的年轻人都是提前半个小时来办公室，先是打扫卫生，再是给处长或老同志清洗烟灰缸、泡杯茶，这是机关的传统，哪个不是这么过来的？

李梦浩微微扬起头，淡然地说："吴局长，你坐，坐下说。"

吴启亮哼了一声，坐回沙发上，说："刚才我进院子时看见了，你想和人家说话，人家不理你是吧？"

李梦浩盯着吴启亮看，不吭声。暗想，说人是非者，必是是非人。这不是故意挑拨离间吗？

吴启亮又说："你来上班都一个星期了，办公室怎么不给你安排车辆接送？不管怎么说，你是班子成员，也是局领导，是局领导就该有专车的。"

李梦浩说："办公室的同志说，他们正打报告请示买新车呢。"

"扯淡！现在局里就有机动车，为什么不给你机动一下？"

到底是为什么呢？李梦浩一时还不明白，但李梦浩不知深浅，不敢蹚浑水，也就不好说什么。

"以前局里新提拔一个副局长，先是局长带头摆酒庆贺，接着是班子成员轮流做东，各处室也纷纷效仿，贺了一个月才罢。现在倒好，你来了，一点动静都没有了。"

"我是不喜欢热闹的。"李梦浩仰面沉思，面上淡然，心里却像打翻了醋瓶，酸酸地难受。

吴启亮瞥了眼李梦浩，知道这些话像一把火把李梦浩的心燎疼了。别看李梦浩面上很淡定，像潭水似的，其实，心里不知多毛躁呢。现在那些团职转业干部在安置上本来心里就不平衡，若是到单位再受歧视、排挤，有两种可能，要么忍气吞声，卧薪尝胆，面对现实；要么就牢骚满腹，一副看破红尘的样子，消磨时光。但不管是哪种心态，都是一个结果，仕途上渺茫难有东山再起的希望。

一个仕途渺茫、晋升无望的人还怕什么呢？无欲则刚嘛。

副局长吴启亮需要一个同盟。吴启亮在党组里排位第二，年龄比高成富小七岁，但资格老，不到四十岁就任教育局副局长了，一直是局长的"备选"。由于高局长大权独揽，局里大事小事没有他点头都不作数，又没有履新的迹象，所以，吴启亮心里就很别扭，暗里便和高局长拧着。

吴启亮忍不住了，说："兄弟，虽然你我相识仅仅几天时间，但是，从你的谈吐举止上我就能看出，你是个有涵养、有品位的人，肯定不喜欢酒桌上逢场作戏那一套。可是，我还是要说一句，逢场作戏那也是戏呀！走在马路上，谁会对清洁工人逢场作戏呢！"

说完，吴启亮端着茶杯走了。

李梦浩望着吴启亮的背影，没有说话。李梦浩又开始抽烟，每当情绪起伏或喜或怒或哀或乐的时候，他都要用抽烟来缓解一下，也许是习惯，也许是对"尼古丁"的依赖。李梦浩想，吴启亮今天为什么要在他身上点一把火呢？

李梦浩虽然只是个副调研员，但是，李梦浩在局班子成员中毕竟资格老，年龄也比较大，即使他自己不喜欢逢场作戏，并不说明他不喜欢别人在他面前逢场作戏。清朝乾隆皇帝是何等智慧和眼力，他身边的和珅，明明逢场便作戏，可乾隆就是喜欢。当今大大小小的领导，他们又哪个不喜欢逢场作戏的人，哪个又不是逢场作戏的高手？

什么是逢场作戏？最基本的解释是，逢：遇到；场：演戏的场地。原指旧时走江湖的艺人遇到适合的场所就表演。含义是：在不同场合有不同的表现。说白一点，就是见什么人，说什么话，看人下菜碟。

有人的地方，就有江湖。人在江湖，身不由己。

可是，李梦浩现在连逢场作戏的机会都没有呢！

四十二

晚上下班前，吴启亮又来到李梦浩的办公室。吴启亮说："兄弟，晚上有没有安排？"

李梦浩笑笑："什么意思？"

吴启亮说："如果没有安排，咱们兄弟坐坐，算我个人名义摆个欢迎宴。"

李梦浩忙说："吴局你客气了，不必要的。"

吴启亮说："是你太客气了，不要有什么顾忌，我没有让办公室的人安排，今晚是小范围聚一餐，不需要逢场作戏那一套，都是兄弟。"

话说到这个份上，李梦浩心里松动了，便不再推辞，爽朗笑道："那就要谢谢吴局长的美意了。"

李梦浩下楼搭乘吴启亮的帕萨特轿车，很快来到了城区边缘一家门面不大的饭店，李梦浩觉得眼生，仔细地打量了一眼，招牌倒是十分独特——水中央。

进了门，大堂里站着两个姑娘，她们扎着辫子，身穿蓝底白花中式大襟上衣，青裤子，带襻的绣花布鞋，一副南方水乡姑娘的打扮，不由得让客人多看几眼。两个姑娘对李梦浩和吴启亮弯腰施礼，浅浅地笑着说："欢迎光临。"

大堂侧边有一个过道，像一个巷子。吴启亮轻车熟路朝里走，也不说话，把引路的服务生甩在身后。巷子尽头有一个月亮门，穿过门后，李梦浩发现这里是另一片天地，小桥流水环绕着亭阁台榭，古朴雅致。乍一看，是苏州园林的风格，细看却又是人造植物园的风貌。整个园子就是一个温室大棚，头顶是钢架结构的玻璃罩顶，雪亮的白炽灯代替了太阳和月亮。小径旁鲜花静静地开放，娇艳无比，它同时也充满着诱惑，极其张扬地展示着妩媚和秀美。园里还有芭蕉、美人蕉、巴西木、小香樟、大叶绿萝等盆栽。绿荫掩映中的亭阁就是雅致的包厢。

进了包厢，已有两个身着紫色旗袍的女子在里面候着。吴启亮扫了眼台位，把目光落在两个女子身上，笑眯眯地问："罗总呢？"

一个女子答："罗总正在前面招呼客人，一会儿就过来。"

吴启亮扭头问李梦浩："兄弟，这儿怎么样？"

李梦浩点点头，说："不错，别有洞天。"

吴启亮呵呵笑道："这里不仅景好，人美，菜也不错。赏心悦目，赏心悦目啊！"

两个女子斟好茶，双手捧给客人，道："先生，请用茶。"

李梦浩接了茶杯，想喝又没喝，便把茶杯放下了。他瞥见吴启亮一手接过茶杯，另一只手却握住了面前女子的小手，啧啧叹道："瞧，这双小手，多白多嫩啊，真是个玉人儿。"他把手中的茶杯放在桌上，空出的手又握住了女子的另一只手，抑扬顿挫地诵道："蒹葭苍苍，白露为霜。所谓伊人，在水一方。溯洄从之，道阻且长。溯游从之，宛在水中央。嘻，宛在水中央啊！"

李梦浩故意背过身去眺望亭外景色，听了吴启亮在这样场合，竟引用《诗经》抒发情怀，顿觉啼笑皆非，亵渎了《诗经》。但李梦浩也是江湖中人，深谙逢场作戏的把戏，有演戏就要有捧场的，不捧场的看客谁还会再有兴致演给你看呢？

李梦浩转过身来，击掌道："吴局长雅兴大发，好诗好诗，此情此景，再恰当不过了！"

吴启亮毫不避讳，将那女子揽入怀中坐下，温文尔雅地说道："沽名句而诵之，为美人而歌之，乃鄙人之好也。"

"雅好，雅好啊。从古至今，上到帝王将相，下到贩夫走卒，谁无爱美之心，又谁无怜香惜玉之念？"

"知音，今天遇到知音了，老弟。"

"瞧这两位女子，真是秀色可餐。"李梦浩满面笑容感叹道。

"花开堪折直须折，莫待无花空折枝。"吴启亮神采奕奕地说。

"比起吴局来，兄弟是空有一副皮囊，有贼心无贼胆啊。"

"老弟是何等人啊？只要家中红旗不倒，外面可以彩旗飘飘嘛！"吴启亮呵呵笑着。

"这么说来，我就惭愧了。"李梦浩说，"红旗不倒，但彩旗飘不起来啊。按现实的说法，我只能算四等男人了。"

"谦虚了，老弟是谦虚了。"

"真的不是谦虚，不是有这样说辞嘛，一等男人家外有家，二等男人家外有花，三等男人花中寻家，四等男人下班回家，五等男人妻子不在家，六等男人无妻无家。"李梦浩戏谑地说道。

吴启亮抚摸着怀中的女子，将嘴巴凑到她的耳边，嬉笑问道："宝贝，你看我算几等男人？"

怀中女子虽不妖娆作态，但也娇柔似水，在半推半就中任凭男人肆意妄为。那女子捧着男人的脸，端详半天，才轻言道："看先生这般相貌，应是一等男人，可是看先生折花的手段便降了一等，也就是个二等男人吧。"

正调笑嬉闹之际，又进来两位客人。一位五十岁出头，另一位四十岁的样子，一看就能猜出是坐办公室的人。两人进来后，走到李梦浩身边，热情地说道："李局长，您好！"

李梦浩站起身，伸出手与两人握了握，随口说道："你好，你好！"

吴启亮推开怀里的女子，站起来指着年龄大些的介绍道："这位是海州中学的孔校长。"又指另一位年轻人说："这位是基教处的孟处长，都是自家兄弟，没外人。"

李梦浩颔首致意，客气道："好，好。以后还要靠你们架势了。"

孔校长说："欢迎李局长到我们学校检查指导工作。"

李梦浩说："好，好，以后断不了会打扰你们。"

吴启亮坐到主人的座位上说："人都到齐了，就座吧。"

自然主宾的座位是李梦浩，但李梦浩还是和孔校长推让了一番。李梦浩坐下后，按道理，主陪的座位应该是孔校长的。但孔校长没有坐，而是将那位紫衣女子安排到了吴启亮左手主陪的位子。

吴启亮看到另一个女子坐在下首，便招呼道："过来，你陪这位李局长，今晚要是李局长不尽兴，我可让罗总扣你的奖金哟。"

李梦浩说："随便坐吧。"

吴启亮认真道："怎么能随便坐呢？今晚是特意在这儿为你摆的宴席，你若不尽兴，那还有什么意义呢？你可以随便，别人是不能随便的！"

那位女子挪到李梦浩身边，说道："还有两位哥哥单着呢，再叫两个妹妹过来吧！"

孔校长摆手道："不用了，不用了。"

吴启亮爽朗笑道："人多热闹，再叫两个小姐吧！"

不一会儿，两位身着桃红旗袍的女子走了进来，各自在孔、孟两人身边坐下。

酒宴开始，客套话总是免不了的。主宾是李梦浩，大家轮番敬酒，谦恭有加、彬彬有礼的气氛。尤其陪酒的四位女子，更是巧舌如簧，说得李梦浩云里雾里一般，只得一杯又一杯地喝酒。待酒过三巡之后，借着酒酣脸红，他们不只是喝酒了。桌上桌下，手脚并用，各种小动作既想掩人耳目，却又张扬浪荡。既相互照应，又各自为战，热闹得很，也风情得很。一个握着另一个的手，呢喃道："哥，再喝一杯好吗？"哥说："妹子，哥醉了。"妹说："没醉呢，你看我是谁？"哥说："你是我的心肝宝贝呢。"

再有一个抱着另一个，旁若无人，相互缠绵，耳鬓厮磨，执手天涯、相濡以沫的样子，什么都不说，尽在不言中。

就酒席上情势而言，李梦浩是主攻目标，酒喝得多，话却很少。他端坐那儿，既不斜视，也不动作，紧挨着的那个陪酒女子，几次借敬酒之机，将身体凑到李梦浩的面前，李梦浩却将脸仰着，望着天空，天空没有明月也没有星星，那儿是玻璃罩顶。李梦浩显得木然了，有些不合时宜了。其实，李梦浩到底与众不同，还是不一般了。他身边的女子也是专做服务生意的，看李梦浩高深莫测的神态像个电脑键盘，唯恐敲错了键。她试探着把手伸过去，小心地用指尖在李梦浩的掌心划了几下。李梦浩扭头看了她一眼，笑笑。李梦浩不动，像是在等待，在等待什么呢？女人看不懂。

这样的"逢场作戏"其实李梦浩并不喜欢。它的热闹是浮华和空虚的，主要是感官上的刺激，是玩弄，是调戏，而不是感情。因为客人出了钱，所以，客人们想怎样就怎样，不能便宜了陪酒的"小姐"。可以说，这就是生意，有买就有卖，不谈尊重，也没有自重。

由于李梦浩的傲慢或者说是偏见，难免让人感觉是不解风情或是另类，陪客们都那样了，都成主角了，主宾反倒成了观众，孔校长和孟处长抢戏了，心里也就泛起了嘀咕。必须承认，舞台上角色再多，各有各的台词，各有各的区位，说错了台词，走错了区位，一场好戏就会演砸。此时，李梦浩倒不在意是不是主角，李梦浩在意的是，男女之间关起门来的那点事，为何要暴露在光天化日呢？简直就是低级动物。男人可以风流，但不能下流。可是眼下的情景让李梦浩感觉有点低级趣味了。俗，俗不可耐！

李梦浩拍了拍吴启亮的肩说："我不行了，先撤了。"

吴启亮抓住李梦浩的胳膊说："不行，再玩一会儿。"他怀里的陪酒女子也附和着："再喝一杯嘛！男人不能说不行的。"

李梦浩干呕一声，转过身去，装作要吐酒的样子。

吴启亮便吩咐说："妹子，快扶你先生醒酒去！"

李梦浩身边的陪酒女子忙搀着李梦浩离开。走出后院，到了前厅，陪酒女子道："先生，陪你到楼上休息一会儿吧，都安排好了。"

李梦浩佯装醉醺醺的样子，推开陪酒女子道："你走吧，别管我了。"

女子说："先生，那位孔先生已将小费付了，我们也讲职业道德的，按劳取酬。"

李梦浩踉跄地朝前走了几步，摆摆手说："下次，下次吧！"

走出"水中央"饭店大厅，秋风荡漾，月亮正圆，远处是一片朦胧的田野，城郊接合部虽然比较偏僻，但门前还是停满了轿车，真是酒香不怕巷子深哪！

从这天晚上开始，李梦浩才觉得如今的江湖已是鱼龙混杂了。被风一吹，李梦浩感觉清醒了一些，却又开始混沌了，男人与女人，官场和生意场，却是在酒绿灯红中完成交易，饱含情欲与贪婪的人性就像一个无羞耻感的裸体在大街上奔跑，谁来说一句，这些人是没穿衣服呢！李梦浩想，"水中央"的女人们是美的，哪一个部位都是青春少女身上不可侵犯的禁区，都是不可亵渎的美的象征。可是，改革了，开放了，禁区不再成为禁区，可以肆意触摸，毫无忌惮地走入了。毒蛇和老鼠都被做成佳肴上餐桌了，食客们还有什么不敢动筷子的哪？

虽然，李梦浩一时不适应，提前离开了。但是，自此以后，吴启亮副局长的"铁杆"或者"盟友"的名单里就添上李梦浩的名字了。人和人之间的关系是复杂的，也是多变的。朋友要成"铁杆"，那是有条件的，不是随便什么样的人都能作"铁杆"朋友。别看酒桌上都称兄道弟，亲密无间的样子，那只是酒肉朋友，一觉醒来，有的怕是连名字都叫不出。一般来说，"铁杆"朋友或兄弟必须具备的条件：要么是一起扛过枪，出生入死的战友；要么是一起嫖过娼，不分彼此可以共享的嫖友；再就是一起贪赃分赃的上下级。

两人的关系一旦成了"铁杆"，那将会心照不宣了。

每年年初，或是年底，各部门都要酝酿、推荐、提拔干部。高局长不动声色，临去省委党校学习前，在办公会上交代说："我到党校学习半个月，但局里的各项工作不能耽误，人事处考察干部的工作要抓紧，我学习期间，暂由吴局长负责局里日常事务。"

吴启亮会后就琢磨，高局长这是怎么啦？是要高升还是要履新呢？以往，高局长即使出国考察一个月，局里的事情也不会明确负责人的，人不在，可以遥控的。这是高局长到教育局任职后破天荒第一次，有些反常了。

吴启亮问李梦浩："你省委组织部有没有认识的朋友？"

李梦浩说："没有。"

"那市委组织部有吗？"

"认识几个，怎么啦？"

"市政府不是缺一位副市长嘛，你打听一下，有哪几个人选。"

李梦浩看着吴启亮，玩笑道："打听这干吗？反正你我都不在人选，爱谁是谁吧。"

吴启亮摇了摇头，诡谲一笑道："听高局长的意思，他好像……"

"也许有可能啊，私下有人议论过，高局长这次也是考察人选呢。"李梦浩随口说道，想了想，又探究地盯着吴启亮，"如果高局长当了副市长，也是好事啊，吴局长你就可以转正了嘛！"

吴局长谦逊地一笑，说："比我能力强的人有的是呢。"

李梦浩认真道："还有谁比你更合适的呢？你这副局长有好多年了吧？"

吴局长说："六年，六年多了。按说，论资排辈，也该轮到我了。"

"就是嘛！老兄当局长，名正言顺，众望所归。"

"不过，关键是……老高是否能当得上。"

"高局长人脉很广，这次到省党校学习，也是次机会嘛！"

吴启亮走近李梦浩，轻声说："这倒是，他这次学习把财务处钱处长都带去了。"说着又一笑，"有意思，有意思。"

李梦浩不解道："什么意思？"

吴启亮不说了。在这个问题上，吴启亮是故意逗引李梦浩的好奇心，他等待李梦浩的好奇心上来，追问他，他再把想说的说出来，不想说的也说出来。这是作领导的风格，不能像长舌妇一样，翻人家的老婆舌头。要有问有答，或是有问不答，其中的意思你琢磨去吧，只有琢磨出来的意思才有味道，才具有神秘性。

李梦浩不傻，李梦浩已经大体猜测出了其中意思。钱处长，钱婧是个女人，四十岁，漂亮、风韵犹存。高局长把她带去，一是可以代他应酬疏通关节。女人出面，尤其是漂亮的女人出面，见面三分情，事情总是好办得多。再是可以排遣枯燥的夜晚。一个是领导，一个是下属，一个掌权，一个管钱，权与钱都具魔力，这些问题还算问题吗？

李梦浩便不再问，他给吴启亮倒了杯水，自己悠闲地抽起烟来。

倒是吴启亮憋不住了，吴启亮是个直爽人，直爽人最大的特点是心直口快，心里有什么话不吐不快，不喜欢藏着掖着。他已经把李梦浩视作自己的"铁杆"了，还有什么话不可以说的呢。

人有时候总是这样，喜欢自以为是。吴启亮以为李梦浩初来乍到两眼一抹黑，局里的内幕一概不知，作为教育局资深的领导，有必要向新来的班子成员介绍一下情况。

吴启亮说："你慢慢就晓得了，咱们教育局的水深着呢，没有个三年两载是摸不清的。就说这个钱婧吧，她不仅明里暗里和老高有一腿，而且还合伙投资了一个饭店，叫什么'天堂鸟'。你听听这名字，'天堂鸟'，他俩就是一对天堂鸟啊！"

这件事听起来有些新鲜。教育局是政府一个大部门，有权在手，只要想，就有钱，何必要在众目睽睽之下投资开个饭店呢？

李梦浩问："饭店大吗？"

"不大，也就百八十平方米吧，三个包间。"

"那也挣不到多少钱啊？"

"嘻，别看庙小，比大雄宝殿的香火都旺。"

"怎么着，有灵光还是菜肴特别？"

"要想知道其中奥妙，你去一次就明白了。"

说的也是。李梦浩想，伟人说过，要想知道梨子的滋味，就要亲口尝一尝。伟人的话充满了真知灼见。

李梦浩在办公室待了一个星期，终于耐不住寂寞了。他请示了负责工作的吴副局长，说要到教育局附属的几个中学调研一下。吴启亮很支持，吩咐办公室派车保障，并让基教处的何副处长随从调研。

所谓调研，也就是到学校听听学校领导的汇报，而后再讲几句大而化之在哪个场合都可以的指示，最重要的是熟悉人头，联络感情。中国人是最讲感情的，在一个讲感情的国度，如果不把感情这张牌打好了，纵使你有大小王，或是"炸弹"，别人的"一条龙"就会将你拍死。怎么联络感情？——就是参加酒宴。

李梦浩第一站是去外国语高级中学。

外国语学校的郑校长退休了，主持学校工作的是副校长丁运杰。丁运杰正在关键时期，能否顺利转正，关键要看教育局班子的意见了。虽说高局长的意见就是教育局班子的意见，但这时候局里任何一位领导都不可轻视，更不能怠慢。李梦浩来学校调研，是给丁运杰提供一次加深印象、联络感情的机会。丁运杰认真地作了学校工作的全面汇报，还带李梦浩参观了学校的教学楼、图书馆、体育场，凡是可以展示学校特色的地方，都参观到了。

丁运杰一身书卷气，却不失谦恭、热情、奉承的态度，这样就更显出了知识分子独特风格，丁运杰的谦恭是一种师生之间似的谦恭，丁运杰的热情是一种久别朋友似的热情，丁运杰的奉承也是一种含蓄的奉承，甜而不腻。丁运杰汇报工作，不是夸夸其谈，而是讲事例，娓娓道来。仅半天时间，李梦浩就觉得丁运杰是个人才。

调研结束后，饭是要吃的。

丁运杰征求李梦浩的意见，问："李局长，您是喜欢淮扬菜还是喜欢川菜呢？"

李梦浩说："客随主便，对菜我不太讲究的。"

丁运杰真挚地说："您是第一次来外国语学校检查指导工作，我呢，也是初次与您谋面，还是讲究一点好。"

李梦浩笑笑说："来日方长，今晚就简单一点，找个干净的小馆子坐坐就行了。"

"那好，按照您的指示办就是了。"丁运杰转身交代办公室主任安排去了。

陪同来的局基教处何副处长说："李局长你真是太客气了，外国语家大业大，吃得起的。"

李梦浩说："庙大香火不一定旺。关键之时，不能给丁校长添麻烦。"

何副处长连连点头，称道："李局长，你真是个好领导，体恤下属，难得，难得！"

闲唠一会儿，丁运杰招呼道："请领导上车吧。"

车到酒店门前停下，李梦浩下车一看，门面果然雅致，门楣上悬挂一副匾额，三个草书——天堂鸟。

这就是传说中的"天堂鸟"了。

走进包间，一派素雅。冲门的窗两边，挂着两幅画，一幅是李墨然的《举杯望明月》水墨画，另一幅是白石老人的《虾》。远看，真假难辨，近看，实为仿真赝品。若是真迹，又何需挂在此处作为点缀呢。

落座后，服务员递上菜谱。丁运杰看了一眼，又递给李梦浩，说："李局长，你点吧。"

李梦浩推辞道："还是你点，家常菜就可以了。"

丁运杰问服务员："今晚有什么特色菜吗？"

服务员说："有，烧鸡公、炖野兔，还有新鲜的阳澄湖大闸蟹。"

"好，都上吧。"丁运杰一挥手说。

点完了菜，酒就上来了。李梦浩瞅了一眼，居然是"五粮液"。好在人不多，只有五个人，若是不闹酒，两瓶也就够了。按时下专卖店的价格，一瓶高度五粮液要七百多元。看来，一桌酒席三千元打不住。李梦浩想，酒宴不可捉摸，深不可测，有人讲究的是排场，有人吃的是实惠，此处店面虽小，内容却不少。

菜齐了，酒也下去了两瓶。丁运杰低声说："再开一瓶。"

李梦浩摆手道："好了，就此打住吧，再喝便多了。"

何副处长劝说道："听说您是海量，今晚这点酒算什么？难得陪领导出来，也让下属沾沾光好啦！"

李梦浩瞥了何处长一眼，心里有些不快，但又不好发作，便对丁运杰说道："别听何处长瞎说，我哪里是什么海量，大家要是不尽兴的话，那就再开一瓶吧，仅此一瓶。"

服务员又拿来一瓶。大家只顾敬酒了，面前的大闸蟹一个也没有动。李梦浩觉得可惜，拿起螃蟹吃起来，谁敬酒都不喝了。

酒罢席散。

回去的路上，李梦浩和何副处长聊了几句家常，随口问了一句："今晚上的酒怎么样？"

何副处长说："不错，喝的是真五粮液。"

李梦浩呵呵一笑："价钱也不错吧。"

何副处长呵着酒气道："今晚也不算太贵，酒菜一共一万八。"

李梦浩吃了一惊，装作听错了，说："是一千八吧。"

何副处长说："一万八，发发发。"

"小店宰客啊？"李梦浩说。

"五粮液一瓶五千呢，明码标价。"

"那，还有人来？"

"周瑜打黄盖，一个愿打，一个愿挨嘛。"

李梦浩明白了，寺庙虽小，佛法却大。副校长丁运杰是捐香火钱来了。

四十三

互联网是个好东西。

有台电脑就可以上网。网络是一条高速公路，四通八达，可以到达你想要去的地方。网络又是一个人才广场，可以在里面结识各色人等。网络还是个蒙面舞会，可以看到风流潇洒的男士，也可以看到婀娜多姿的女郎。但看到的只是一个影子，你看不到他们的真面容，因为他们都戴着面具。

李梦浩上班后，一直被寂寞缠绕着。他没有具体工作可做，在教育局办公室坐的是"冷板凳"。当寂寞缠绕到无奈的时候，消沉困惑的念头就出现了，消沉是棵"野草"，不管是在潮湿还是干涸的土地上，都能长出叶蔓来。李梦浩学会上网了。寂寞或者消沉的人就是这样，他们最适合上网，网上有热闹的去处，也有展露才华的地方。如果不能上网，对有网瘾的人来说，一昼夜不是二十四小时，而是二十四天，更残酷一点，可能就像二十四年那样难熬。

李梦浩上网，首先是学习打字。在部队时，他的办公室有一台"五八六"电脑，也可以上网，但那是"局域网"，他一直没有启动过。作为一个团首长，他没有时间上网，也没兴趣上网。文字材料都有参谋、干事写，专职打字员打；看新闻有报纸和电视，还有上级文件，上网做什么呢？现在一切都要亲力亲为，不会上网怎么行。

学习打字，对李梦浩来说是一件十分辛苦的事情。各种枪械在很短的时间他都能学会操作使用，甚至可以闭着眼睛拆卸组装，装甲输送车、坦克也能驾轻就熟。可是，简简单单的"五笔"字根，背了一个星期，记是记住了，却不会"拼装"成一个汉字。难，太难了！只得再回过头来重温汉语拼音，好在有基础，终究可以用指头代替笔写出字了。敲键盘能写出字来，鼠标在手上就好用多了，可以像指挥员拿着指挥棒站在沙盘前，指挥作战了！

鼠标开始指向的是人民网、新华网，还有新浪、搜狐网站；接着，阵地向前延伸，界面上的各类网站都小心翼翼地侦察了一遍后，李梦浩感觉像进了图书馆，政治、军事、经济、社会、历史、文化，还有奇闻逸事、花边绯闻，分门别类，是把国家图书馆搬到了电脑里了。可是看多了，时间长了也累，不仅头痛眼晕，还让人浮躁或是郁闷。

李梦浩不想也不愿意郁闷。

这天，李梦浩到隔壁吴启亮办公室串门，看见吴启亮在电脑前聚精会神的神态，就问道："忙什么呢？"

吴启亮依然在忙着，说："稍坐一会儿，我正在'偷菜'呢！"

"偷菜？"

"是呀，偷菜。"

李梦浩走过去，看了一眼，的确挺好玩。吴启亮，堂堂教育局的一个副局长，竟然不知羞耻地跑到别人的"菜园"里偷菜。黄瓜、西红柿、辣椒、茄子、菠萝、香蕉、苹果，什么都摘。吴启亮一边摘，一边介绍说，你摘别人的，别人也来摘你的。要想不让别人摘，每天就要把自己园里的"菜"都摘干净了。若是半天不上网，自己菜园里的菜，就会被人偷摘了。

李梦浩问："你偷的是谁的菜啊？"

吴启亮没有抬头，笑道："网友的。"

"你认识他们？"

"相逢何必曾相识呢？"吴启亮停下来，坐直了身子问，"你不会玩？"

"不会。"李梦浩笑了笑说。

"我教你，很简单。"吴启亮在电脑上演示着，"你先申请一个QQ号，添加一些网友为好友，再开通QQ空间，注册'开心农场'和'开心牧场'，你就有了自己的农场和牧场了，在网上作一个农场主和牧场主是很有成就感的。若是你疏于管理，收获不多，还可以到好友的农场、牧场去偷。网上偷，不算偷的！"

"不算偷，算什么呢？"

吴启亮呵呵笑道："我还真解释不了。不过，如今网络上一切都是虚拟的，这个'偷'与现实中的'偷'不能等同的。"

李梦浩开玩笑说："网上能偷菜、偷牛羊、偷鸡鸭，大概也能偷人吧？"

吴启亮诡谲地笑着，说："想偷也是能偷的。"

现实与网络是相通的。网络上流行什么，现实中肯定会出现什么。"偷菜"在网络上盛行，让人开心、兴奋，现实中就有人在城市边缘地带搞了真正的农场，市民在周末或闲暇时可以去租种。种下的不是菜种，种下的是一份希望和快乐。在现实中没有农牧场的市民，就在网上实现了愿望。朋友见面或电话里聊天便会戏谑："今天我偷了你的羊了，摘你的菜了。""你牧场的鸡蛋也不收，都让我偷走了！"一个"偷"字变成了中性字，没有一点"耻"感了。

"偷"是什么意思呢？偷是窃取，趁人不注意时拿人东西，据为己有。比如偷吃、偷看、偷听、偷袭、偷天换日。过去，被人说是小偷儿，那是多么耻辱、颜面扫地的事啊。可是，如今，网上的"偷东西"，成了光天化日"明媒正娶"的热闹事了。

按照吴启亮演示的步骤，李梦浩也如法炮制，申请了个QQ号，加了几个网友，又开通了农场和牧场。

在等待收获的时间，李梦浩看着在线网友亮着的头像，李梦浩双击对方头像一下，出现了会话框，试着和一个"好友"打招呼。

"你好。"

对方很爽快，回道："你好。"

"你是哪里人啊？"

"地球上的。"

"你多大了？"

"你是警察啊，查户口？"

"随便问问。"

"我说我十八，你信吗？"

"当然信了。"

"菜鸟！"

"菜鸟是什么意思？"李梦浩琢磨了半天，不明白。

"好友"不再理他了。

不理拉倒，再找下一个。这次李梦浩先打开对方的个人资料看了看，昵称：琴声。年龄：三十五。学历：大学。个性签名：蓦然回首，他在灯火阑珊处。

这个琴声有点意思。

李梦浩问："忙吗？"

对方没有回答。可能在忙。

李梦浩在等待，便想，这是一个什么样的人呢？做什么工作呢？

十分钟后，对方回答："忙。"

李梦浩学会了温婉，从表情框里点了一杯咖啡送过去。

琴声回复："谢谢。"

李梦浩说："你农场里的菜都熟了，怎么不去摘呢？"

琴声说："忙死了，顾不过来，你去摘吧。"

李梦浩说："多不好意思啊，我不会偷别人东西的。"

琴声发来一个微笑，说："你不偷，别人也会去偷的。"

李梦浩说："要不，我摘了送给你吧？"

琴声说："你是个君子？"

李梦浩说："我不是小人。"

琴声说："你怎么送给我呢？"

李梦浩说："要是有地址就可以送到。"

琴声说："你真会开玩笑。"

李梦浩沉默一下，问："你为什么叫琴声？"

琴声反问："那你为什么叫桃花岛主？"

李梦浩说："是伯牙演奏的琴声吗？"

琴声又反问："你是桃花岛主黄老邪还是樵夫钟子期啊？"

李梦浩说："你喜欢黄老邪还是钟子期？"

琴声沉默不语。

李梦浩又开始等待。等待是折磨人的。

李梦浩在等待的时间，试着去"好友"的农场里"偷菜"。

李梦浩"偷"的是"菜"，是在网上偷的菜哪！

时间过得真快，弹指间就是一年。李梦浩沉迷在网络虚拟的世界，乐不思蜀了。一年里，教育局发生了不少事情。年初，局党委重新明确了分工，李梦浩分管机关党支部、工会、共青团和教研办。

市委组织部在考察外国语学校校长人选时，人选发生了变化。本来，丁运杰是唯一提拔对象，可是，在党委会上不知什么原因，高成富突然提出增加一个人选，进行差选。新增的人选是海州中学的副校长赵思尉。

会上，吴启亮说："不论是从工作角度，还是从个人能力方面，丁运杰提为外国语的校长最合适。"

高成富书记说："各有特点吧，从学校管理角度来看，赵思尉这方面的能力显然比丁运杰要强些。丁运杰有些学究气，他是一个好教师，但不一定能成为一个好校长。学校要发展，关键是校领导。"

吴启亮说："群众的眼睛是雪亮的，外国语学校的教职工对丁运杰反映都不错。"

民主与集中是连在一起的。吴副局长的意见仅是个人意见，高成富的意见是集中后的意见，也是教工委的意见。吴启亮的坚持让丁运杰在高成富的心里又降低了竞争的分量。后来，李梦浩听说，丁运杰为了保险起见，又去吴副局长家里"串门"，搞"地下"活动。如果吴启亮在会上不发表意见，也许高成富会慎重"考虑考虑"。想一想，在教育局这块地盘上谁做主？又有哪个领导喜欢"脚踏两只船"的下属呢？

因此，赵思尉当外国语学校的校长，丁运杰依然是副校长。如果要怪，只能怪丁运杰自己，怪不得别人！一个不懂官场游戏规则的人，想当领导比登天还难。

高成富带着财务处长钱婧后来又到省城活动了几次，最终也没有什么效果。海州市政府副市长的人选出了几个版本，一个个都成了谣言。有时候，谣言能够应验，有时候谣言只是谣言，相信谣言的人是傻瓜，不相信谣言的人有时也会成傻瓜。官场就这样，一切都在正常与不正常之间。

教育局的人原先都以为高局长能当副市长，见面打招呼、开会、请示工作，大家都多了几分恭敬。在酒桌上，有人便开始提前祝贺了："高市长，以后再请您出来就难了，来，敬您一杯！"

高成富立马正色道："不能乱叫，乌纱帽可不是随便戴的，它会压死人的。"

谁也没有想到，半年后，省里突然空降了一位政府办的处长下来补了缺。上面下来一个人很正常，可是，一个人牵扯了一串，下面局长提不了副市长，空不出位子，副局长就提不了局长，副局长提不了局长，处室的处长们就只能原地踏步，这样一来，谁能高兴？

首先不高兴的自然是高成富了。有半个月的时间，高局长的脸都是耷拉着的。大家理解高局长的心情，尽量躲着他，生怕惹局长不高兴被臭骂一顿。开始，高局长有些气愤、恼火。后来，火气下去了，就有些心灰意冷，也把官场"看透"了。往往官场失意的人，心里都有一道"坎"，"坎"若是迈不过去，心里总也平衡不了。有的人官场一失意就会有看破"红尘"的意思，还想要自己"超脱"出来。其实，"红尘"是做官的人能看破得了的吗？如果能轻易"超脱"，那就没人念"阿弥陀佛"了。

高成富感到心里不平衡，可又不好说出来。于是，心里就像钻进了一个虫子，不时地叮一口，让他心痛。

怎么办呢？最好的办法是"找补"回来。

高成富想，自己身体还行，退二线还有几年，何不潇潇洒洒度余生？高局长本人想开了，倒是吴启亮心里犯了嘀咕，坐立不安了。高成富不离开教育局，就像一堵墙把他的路堵住了。

高成富恢复了常态，每天还把稀疏的头发梳得油光锃亮，真让人受不了！

吴启亮开始观察高成富的动静。吴启亮和高成富之间的事情很复杂，那是有渊源的。这潭水真的很深，别人不知情罢了。不要说别人不知情，甚至高成富也不知情。

吴启亮师范大学毕业，第一个工作岗位是海州高级中学。钱婧是干什么的呢？是海州高级中学的数学老师。他们是一个学校的同事，只不过，钱婧到学校工作时，吴启亮已经是年级组长了。钱婧学的是理科，可是有着文科的气质，人又漂亮，自然很多双眼睛盯着她。吴启亮学的是中文，学中文的人多少都懂点诗词歌赋，喜欢搞点小情调。这样一来，钱婧和吴启亮就走得很近。

吴启亮已经结婚了，可是，吴启亮对钱婧动了心思。钱婧是外地人，在海州无依无靠，无依无靠的女人很容易被男人感动。钱婧感动了，吴启亮就有机可乘了。两人在一起缠绵缱绻后，吴启亮先表了态，决定离婚娶钱婧。钱婧陶醉在幸福中，爽快地答应说："好！"

意外的事情偏偏就发生了。这一天晚上，吴启亮在钱婧的宿舍里，正拥抱钱婧亲吻着，准备进行下一步；钱婧突然把嘴巴移开，附在吴启亮的耳边说话了，声音有些忧虑又有些兴奋，喃喃道："我有件事情想告诉你。"吴启亮此时一副火急火燎的样子，说："等完了再说，我也有好消息要告诉你。"

钱婧推开吴启亮，巴巴地看着眼前的男人，问："你有什么好消息？是她同意离婚了吗？"

吴启亮低下头，说："不是。"

"那是什么消息？"

吴启亮说："还是你先说吧，是什么事情？"

钱婧羞怯地说："我怀孕了。"

"你说什么？"

"我怀孕了！"

这个消息有点吓人了。吴启亮花了好大的工夫才把头脑冷静下来。这真是怕什么来什么啊！吴启亮不信，可由不得他不信，钱婧的语气在那里，充满了羞涩和憧憬，还有一些惶惑。当然，还有抽屉里那份医院妇产科的化验单。

吴启亮平静下来，坐到床边，将钱婧拉到腿上坐下，一边抚摸，一边说道："你想怎么样？"

"我想把孩子生下来。"

"现在还不是时候。"

"什么时候是时候?"

"等我离婚了再生。"

"刚两个月,还有七个月时间,够你办离婚手续了。"

"现在也不是离婚的时候。"

"为什么?"

"我正想告诉你的。"吴启亮说,"教育局选调我到局教研室做主任呢。"

钱婧有些任性道:"当教研室主任与离婚有什么关系?"

吴启亮说:"当然有了,这时候闹离婚,就会影响我前途。"

钱婧生气了,说:"是孩子重要还是当主任重要?"

"当然是你和孩子重要了。"吴启亮哄劝道,"等我当了主任,以后再当了局长,再要也不迟。"

钱婧说:"那你什么意思吧?"

吴启亮毫不犹豫地说:"打掉!"

钱婧震惊了,女人一旦被惊着了,有时比男人还果断。钱婧一字一顿地对吴启亮说:"你——别——后——悔!滚!"

自此以后,钱婧再也不理睬让她怀孕的那个男人了。

吴启亮没有离婚,顺利地当上了教研室主任。几年后,吴启亮又升任了教育局副局长。

钱婧一直没有结婚。吴启亮可能是心怀歉意,也可能是贼心不死。他上下左右疏通关节,把钱婧调到了教研室任副主任。过了几年,又把钱婧推荐到了局财务处任处长。

有人提出异议:"钱婧专业不对口,也不是学财会出身。"

吴副局长说:"钱婧是数学老师出身,高等函数、微积分都教得了,财务上的几个阿拉伯数字就难住她了?"

钱婧做了财务处长,在钱婧眼里吴启亮依然是路人甲。

时任的局长退居二线后,吴启亮虽有奢望,但毕竟资历、根基都比较浅,也就安心下来,毕竟还年轻,等个三五年也来得及。不承想,市委的副秘书长高成富到了教育局履新,算到如今一待就是五年。更不承想，财务处长钱婧与高成富很快就"穿了一条裤子"。

爱恨情仇交织，是个男人心里都窝火，心里的恨就会长出毒刺来。俗话说，不怕贼偷，就怕贼惦记。一个人如果让仇家惦记上了，肯定没好事，要出大乱子。在教育局惦记上高局长的人不止吴启亮一个，还有人。

四十四

腊月初十的早晨，海州市的地面、建筑物和树上白茫茫一片，耀眼地亮。那是二〇〇五年的第一场雪，比往年的时候来得稍晚一些。大雪覆盖了桂花树上没有脱落的绿叶。

踏着院子里的积雪，吴启亮没有觉得冷。他看见李梦浩下了车，便招呼道："李局长，你瞧，夜里的雪下得好大呀！"

李梦浩望望天空，又看看院落，心情也不错，说："瑞雪兆丰年，来年是个好年景啊！"

吴启亮掩饰不住内心的兴奋，说："几人欢喜几人忧呢！"

两人并肩上了楼，吴启亮没有去自己办公室，而是进了李梦浩的办公室。

李梦浩把门关上，回过头来，问："又有什么喜事？"

吴启亮笑眯眯地看着李梦浩，说："我哪有什么喜事。"

李梦浩玩笑道："是不是又做新郎了？"

吴启亮没有接话。若是以往，李梦浩只要把场开了，题目出了，吴启亮一准会把文章做下去，起、承、转、合，有板有眼，而且很有文采。吴启亮不接话，肯定有自己的题目了。

吴启亮神秘兮兮地问："昨晚在家上网了没有？"

李梦浩说："我在家不上网的。"又问："怎么啦？"

"出事了，出大事了！"吴启亮故意一惊一乍的。

李梦浩启动电脑，问："出什么事了？"

"你是真不知道，还是装糊涂呢？"

"我真不知道呢！"

"你这样下去可不行，两耳不闻窗外事，一心只读圣贤书。"吴启亮走到电脑前，又玩笑道，"你哪是读圣贤书啊，你是在读女人心吧！对待女人不能太认真了，谁认真谁就输了！"

李梦浩说："你输过吗？"

"我是赢得起，也输得起。"吴启亮拿起桌上的鼠标，食指一点，又一点，在海州百姓论坛上出现一个醒目的标题：《"天堂鸟"的坠落》。

李梦浩看到"天堂鸟"三个字，头脑里第一个闪出来的就是高局长，还有雅间里那两幅画。看完了帖子后，李梦浩问："这个东西是谁搞的？"

吴启亮哼了一声，说："你不会以为是我发的帖吧？"

李梦浩说："我相信你不会那么傻！"

吴启亮说："虽是用网名发的帖子，但一看就知道是内部人写的。"

这是一个网名叫"啄木鸟"的网民发的帖子。

帖子上配发了"天堂鸟"饭店的照片，还有高成富在省城繁华地段别墅的照片。帖子的内容有三点：一是高成富与钱婧合伙开的"天堂鸟"饭店"杀熟"，凡请高局长客的人，不去别处，一律到"天堂鸟"就餐，餐费天价。二是高局长与财务处长钱婧在省城购置的豪宅，实为"鸳鸯房"，开会、旅游、休假，两人都是双飞双宿。三是高成富色胆包天，海州市区学校的女教师，凡想调动、升职、评职称，一律要给高局长"上贡"。据不完全统计，全市有一百余名女教师成为这只色狼的口中肉、盘中餐。

李梦浩又看了一遍帖子，摇摇头，笑道："都是些口水，没意思。"

"这还没意思？"吴启亮疑惑地盯着李梦浩，"这帖上的三件事都属实，个个都是颗炸弹啊。"

吴启亮继续说道："高成富坐在主席台上，也是声色俱厉、高谈清正廉洁，坚决与腐败作斗争。岂不知，很多腐败就是像他这些坐在主席台上的人搞的。他把手中的权攥得很紧，不露一丝缝隙。这样，能不腐败吗？你不腐败，那你五指就得伸开，伸开了，你手里还有什么！"

李梦浩说："贪如水，不遏则滔天；欲如火，不遏则自焚。奢与贪为伴，欲与色相随，腐与败并驱啊。"

吴启亮说："道理谁都懂，做起来就难了。"

李梦浩感慨道："女人爱慕虚荣、迷恋奢华往往是走向堕落深渊的源头；而贪官的奢和欲，往往是成为贪腐的源头！"

"有时候，情人是贪欲的导火索。我没有情人，就不会去犯经济上的错误。"吴启亮显得很得意，有点自以为是。

"这么说，吴局长还算是个廉政的好干部了。"李梦浩带点嘲讽的口吻说。

"目前我认为是这样。"吴启亮说，"我不像老高，端着碗，还要盯着锅，钱、权、女人他一个也不松手！"

"网上这个帖子，会产生怎样的效果呢？"李梦浩把话题又转回来，用探询的语气问，"高局长会怎样应对？"

吴启亮幸灾乐祸道："这个帖子就是个'搅屎棍'，在舆论上把他搞臭罢了。"

李梦浩取出烟，先叼上一支，又递给吴启亮一支，只是客气一下，吴启亮却伸手接了，看了看牌子，说："这就是区别，你抽'黄南京'，老高抽的是'九五至尊'，不能比啊。"

李梦浩点上烟，转移了话题，说："你不是戒烟了吗？"

"戒个球，该抽还得抽。烟和女人一样，戒是戒不掉的了！"

李梦浩给吴启亮烟点上火，玩笑道："老兄，最近是不是又见女网友了？"

"该见不见也不对，不然，老是戴着面具，心肝宝贝的有什么意思？"

"见面就有意思了？"

"见面就看见真容了啊。"

"那你见了有什么感觉呢？"李梦浩好奇地问。

吴启亮翻了个白眼道："见面不如想念，大都见光死。想象的都是白骨精，现实中却是猪八戒。所以，见面后，都拉黑了！"

"没碰到一个白骨精？"李梦浩笑起来。

吴启亮自嘲一笑，"只要在取经的路上，总会碰到的。"又轻声道，"我也不瞒你，现在网上的女妖精也很多的。"

李梦浩逗趣道："老兄是唐僧啊，还是猪八戒呢？"

吴启亮乜了一眼，道："两个我都不是，我没唐僧的定力，也没猪八戒那个馋相。

兄弟你是什么呢？孙大圣？"

李梦浩笑了笑，"我算是沙僧吧。"又说，"你可是块唐僧肉啊，女妖精都想吃呢。"

吴启亮哈哈笑道："我看你不像沙和尚，是不是惦记着广寒宫里的嫦娥妹妹啊？"

李梦浩听了一怔，虽是玩笑话，但吴启亮话里有了弦外之音。李梦浩想遮掩一下，却又想，越是遮遮掩掩，便越是此地无银了，索性挑明了说，彼此还会觉得不见外，显得坦坦荡荡。

李梦浩便说道："我现在是被罚下仙界的一个挑夫，惦记也是白惦记。"

"天涯何处无芳草呢？"吴启亮说，"和网友见见面、吃吃饭、喝喝茶还是挺有意思的。没有负担，也没有顾虑。"

李梦浩皱了一下眉。

"现在不是谈感情的年代了。"吴启亮看着李梦浩漠然的神色，又强调说。

"那是什么年代？"李梦浩不动声色地问。

"是物欲横流的年代，是寻欢作乐的年代，是只求活在当下的年代。"

李梦浩有些黯然道："这样说的话，人活着，只是活着。那么活着之上呢？"

"只要快乐地活着就好，谁还想活着之上的事。"吴启亮显得有些落拓，带点放荡不羁的口气说。

"那就悲哀了。"李梦浩口上这么说，心头陡然就升起悲凉的情绪来。

"不要考虑形而上的东西，那样很累。"吴启亮说。

"你这是彻头彻尾的'杯水主义'，革命导师早已批判过的。"李梦浩叹息道，"在你那里，儒家的伦理道德也都被抛到九霄云外了。"

吴启亮辩解说："孔子还讲男女授受不亲呢！现在的人能这样？"

李梦浩嘘了口气说："不聊这个了，太俗！"

吴启亮哈哈一笑，说："我就是一个俗人，俗人就得紧跟时代。"

李梦浩笑起来，调侃道："为了跟上时代的步伐，吴局可要保重身体哪。"

吴启亮挺了挺身子，颇为自豪道："我这副身子骨没问题，能顶得住，倒是你，肚腩一天天鼓起来了，一定要加强锻炼！"

李梦浩一时没有明白过来。

"看看，你到教育局两年了，不能就这样沉默下去，刀枪入库马放南山可不行。"吴启亮吸了口烟，又徐徐地吐出来，十分惬意的样子，"刀越磨越快，枪越擦越亮。你这种状态，肚子不长肥油才怪！"

李梦浩明白了吴启亮所说"锻炼"的含义。要想"锻炼"，也不能像吴启亮那样锻炼。在部队时，他每天早晨都坚持出操，回到地方后，没有了起床号，也就放弃了晨跑，身体越发地慵懒和沉重了。从现在开始，要开始锻炼，晨跑起不了床，就晚上跑，晚上有应酬就改为上下班走路，身体是自个儿的，真正的锻炼身体是为了健康，不是为有力气去取悦女人。

时间像窗外的雪，在阳光的照耀下，无声无息地消融了。其实，时间是有声音的，"咔"一下，"咔"一下，又"咔"一下。只不过李梦浩和吴启亮在云遮雾罩中神聊，没有注意听罢了。

高成富局长在办公室里是听见时间走动声音的。"咔"一下，心脏就跳一下，再"咔"一下，又跳一下。"咔"的声音显得拖沓、不清脆，高局长有些窒息的感觉。时间不再是时间，是雨、是雪、是寒气，似乎把他的恼怒冰冻在一起了，形成一个块垒，堵在心口，呈现胸闷心悸的迹象来了。

高成富把网上的帖子打印出来，一字一句地推敲，想从字里行间发现蛛丝马迹，确定是谁给他扔来了一颗炸弹。他开始在头脑中排队，把他想到的人都列了出来分析研究，进行去粗取精、去伪存真，最后把疑点落在几个重点人身上。

吴启亮，可能，又不可能。两人虽有矛盾，但心照不宣，他搞这动作对他没有多少好处，损人不利己的事他不会干，两败俱伤的事他更不会干。再说，语气、行文风格也相差甚远。

丁运杰，不可能，又有可能。下级发帖臭上级领导，是得不偿失的事情，若是暴露了，不光是高局长饶不了他，就是别的领导对他也会另眼相看。背后搞领导小动作，谁还敢用？不过，丁运杰校长没当成，心里肯定是怨恨他的，因为丁运杰没有少给他送香火钱。丁运杰还是副校长，为一时之愤，破罐破摔？不可能！

郑梅，很有可能。这女人有些贪，贪心不足。依仗年轻、漂亮，两人有了不正当关系，给她提了海州高级中学后勤处长不满足，她还想当副校长。副校长不是一下子就能当的，还要有资历、有机会。漂亮的女人有时就这样，脸蛋漂亮，头脑简单，认为自己是局长的女人了，局长的女人在学校还怕什么？校长、副校长的话她都不当回事了。事情反映到高成富这里，高成富很不高兴。

一次，在宾馆，高成富提醒郑梅："小梅啊，在学校不要乱来。要有上下级观念，服从领导。"

郑梅不高兴地说："我只听你一个人的，不然，你就把我调到局里去！"

局长说："我倒想呢，可你不是公务员，不好调的！"

"钱婧以前也是教师，她怎么就调到局里了？"

"那是以前，现在不行了。"

"那你给我买套房子吧，在一起也方便，像这样在宾馆里，心里不踏实。"

高成富心里一沉，立即意识到了，这个女人是个无底洞，填不满了。高成富瞬间表现不悦，他看了郑梅一眼，你还不高兴了，你知道我高兴吗？一个处长还不行，还要当副校长，还要房子，没意思了！他推开郑梅，说："我累了。"高局长穿上衣服，直接准备要离开了。

郑梅很吃惊地看着局长的一举一动，任性地说了一句十分愚蠢的话："你要走，就别再找我了！"

高局长说："郑处长，以后你好自为之吧。"

当时的情景有些戏剧化，像过山车，刚才两人还在巅峰呼啸着，转眼就落到了谷底，女人肯定受不了。这么一想，问题就有些严重。高成富站起来，想给郑梅打个电话。刚刚要摁手机号码，钱婧推门进来了。钱婧阴沉着脸，将门带上，轻声问："这帖子会是谁发的？"

高成富将手机放下，沉默片刻，说："我正在分析，有一点可以肯定，是内鬼！"

钱婧说："你都得罪过什么人，排排队，我也帮你分析一下。"

高成富说："你就别掺和了，静观其变吧，泥鳅翻不起多大浪来。"

钱婧有些急，说："我们不能坐以待毙。"

"凭这个帖子想把我怎么样，想得也太天真了。"

"虽然不能怎么样，但是，舆论不能不重视，太恶心人了！"

"你想怎么样？"高成富看着钱婧，征求她的意见。

钱婧说："要么花钱托关系，请网站删帖，要么就报警，告他诽谤。"

高成富想了想，说："海州论坛上的原帖好删，可是，其他网站转载了，删除麻烦就很大。"

钱婧沉着地说："那就报警吧，让警察帮我们挖出这个潜伏者。"

"好，我看可以。"高成富坚定下来，朝钱婧笑笑，"这事我出面就可以了，你是受害者，先沉默下来。"

钱婧走后，高成富又拿起手机想给郑梅打电话。他想探探口风，核实一下是不是郑梅，若不是郑梅，再报警也不迟。

电话通了，里面传来提示音，正在通话中。过了十分钟，高成富又打，郑梅却关机了。

高成富放下手机，哀叹一声，心生怨恨。你不仁，就别怪我不义了。报警，现在就报警。高成富感到自己很无辜，是受害者。有困难找警察，这是妇孺皆知的道理，一个教育局局长怎么开始就没有想到呢？

高成富没有打"110"，高成富打了公安局一个副局长的电话。高成富说："老夏啊，晚上有安排没有？没安排晚上坐坐。"

夏局长在电话那端呵呵一笑，道："老兄就别客气了，有什么事，说！"

高成富说："晚上见面再说吧。"

夏局长说："先说了，晚上再见面。"

高成富吞吞吐吐道："就是网上，有一个帖子，想请你帮忙，查一查。"

夏局长沉吟一下，说："这个……帖子嘛，你查它干吗？"

高成富委屈道："这是无中生有，是诽谤，我要起诉发帖人诽谤罪。"

夏局长说："清者自清，浊者自浊，何必和一个网民较那个真呢！不值！"

"屎壳郎它不咬人，恶心人啊！"

"好吧，我帮你查一下。晚上见。"夏局长和高成富有私交，虽然打哈哈，事情还是要办的。有来才有往，不替别人办事，谁又会替你办事呢？

晚上，在"世纪园"饭店的包间里，夏局长悄悄地问："楚丽你认识吗？"

高成富想了想，说："不认识。"

夏局长说："外国语学校的女教师。"

高成富还是想不起来楚丽是谁。

夏局长说："就是这个人发的帖子。"

高成富万万想不到，发帖人竟然是一个和自己毫无瓜葛的人。高成富又惊又喜，惊的是，一个刚刚大学毕业、外国语学校的女教师怎么有胆量捕风捉影"诽谤"教育局局长？喜的是，此人与自己没有交往，也就没有把柄在她手里。可以下结论是诽谤！

又一转念，女教师会不会是"枪手"，背后还有人？

夏局长问："你想怎么办？"

高成富只顾喝酒了，他与夏局长干了一个大杯后，才有点惋惜道："若是告她诽谤吧，就毁了这孩子了。这样吧，你们先出面找她谈谈，记录在案。如果她能悔悟，发表一个声明，我可以既往不咎。若是执意孤行，你们再采取措施。"

"那就这样！"夏局长有些醺然，赞赏道，"老高，从这一点来看，你有度量，还能怜香惜玉，难得难得！"

第二天，辖区派出所的民警传讯了外国语学校女教师楚丽。

民警问："网上《'天堂鸟'的坠落》是你发的帖？"

楚丽没有犹豫，说："是。"

民警问："你为什么要在网上发这个帖子？"

楚丽说："反腐败。"

民警问："你有什么根据，说高成富是腐败分子？"

楚丽说："当然有根据，饭店在那儿，省城的别墅也在那儿，他和钱婧的事，教育系统的人都清楚。你要不相信，可以调查。"

民警说："调查你帖子上的那些事，是纪委和检察院干的，我们没有权调查。"

楚丽说："你们没权调查，那找我干什么？"

民警说："我们有权调查你发帖诽谤的事！"

楚丽说："我不是诽谤。"

民警说："不是诽谤，你拿出证据来。"

楚丽说："证据摆在那里，我拿不动，你们可以去调查取证。"

民警说："那是纪委、检察院的事，只有他们有权取证、下结论谁是腐败分子。你说谁腐败就腐败了？"

楚丽说："我是检举揭发。"

民警说："那你应该向纪委、检察院举报。在网上发帖是诽谤，你知道吗？"

楚丽说："我不是诽谤！"

民警说："你就是诽谤！"

楚丽怒不可遏道："我不是！你们想怎么样？"

民警说："高局长怜惜你是个无辜者，让你说出幕后指使人就算了。"

楚丽讥笑说："高局长怕了？没有幕后，也没有指使人。"

民警劝道："年纪轻轻的，怎么这么拗？你发个声明，给高局长道个歉，承认了错误，这案子就结了。"

楚丽问："我要是不呢？"

民警说："后果会很严重。"

楚丽站起身说："随便吧！"

说完，楚丽昂首挺胸，目中无人地走了，高跟皮鞋把水泥地敲得咯噔咯噔地响。

民警望着楚丽的背影，摇了摇头，笑了。

楚丽的事没有完。

楚丽被学校停课了。

四十五

教育局的人都能看出来，高成富，还有吴启亮，他们的"斗争"开始了。高成富的脸色越来越灰暗，见着谁都是绷着脸，一天到晚没有好脸色。倒是吴启亮，突然就把过去的那股懒散恣意的劲头收敛了，一个向后转，成了严格、认真、负责的领导了。李梦浩在教育局的办公会上，很少听到吴启亮再说牢骚、不负责任的话了。各处室的人替高局长担心，网上的帖子被炒得沸沸扬扬，跟帖评论很多，觉得高局长大事不妙，要出问题。吴启亮，吴副局长已摆出架势和姿态要接手教育局了。

其实，一贯刚愎自用、睚眦必报的高局长到底也没有能够摆脱心虚的状态。虽然，他说要告楚丽诽谤领导，却没有落实到行动上。高成富知道，帖子上虽然是"表面文章"，没有细节和证据，但较起真来，要是"顺藤摸瓜"，便是"拔出萝卜带出泥"的大问题了。这件事只能私了，不能和一个没有"瓜葛"的"愤青"宣战，年轻人可是初生牛犊不怕虎，逼急了，老虎、狮子的屁股都敢摸。

高成富最大的忧虑不是楚丽，而是楚丽背后那个人，他始终不相信，一个刚工作的女教师，会有胆量和顶头上司局长叫板，背后肯定有人指使，不然，楚丽为什么呢？高成富猜测，要么是丁运杰，要么就是吴启亮。而吴启亮的可能性更大。高成富感觉到，自己没有当上副市长，又没有离开教育局，谁心里着急？自然是吴启亮。每次开会，他说东，吴启亮就要扯西，阴阳怪气，还牢骚满腹。虽然没有针锋相对、明火执仗和一把手对着干，但大家心里都清楚，吴启亮是在"较劲"，在和局长"掰腕子"。网上的帖子出来后，吴启亮本该收敛一些、无辜一些，装也要装出对局长理解和同情的样子吧，可他倒好，一副小人得志的嘴脸，好像马上就要走马上任当局长了，在办公会上开始喧宾夺主、指手画脚。高成富断定，楚丽幕后指使人一定是吴启亮，不可能有第二个人了。

"的"找到了，可以放矢了。

高成富开始谋划报复吴启亮的措施。俗话说，明枪好躲，暗箭难防。俗话还说，狗急了跳墙，兔子急了咬人。高成富心虚，不敢明火执仗地和吴启亮斗，只能寻找机会"搞"他一下。

李梦浩对吴启亮陡然"变脸"也不适应，感觉吴启亮过于急迫了。这种时候，高成富心里最难受，大家都小心翼翼。作为班子成员，同事了好多年，绝不能让人看出幸灾乐祸的样子来，起码的城府应该有。可是，吴启亮偏偏高调起来，让李梦浩看不过去。

李梦浩出于好心，对吴启亮说："吴局长，你能不能找高局长聊一聊，不要产生误会。班子成员要搞好团结，雪上加霜不好吧？"

吴启亮看看李梦浩问："产生什么误会？"

李梦浩说："不说，你也明白。现在好多人都猜测楚老师写那个帖子是受人指使的呢。"

吴启亮呼地站起来，拍了下桌子，大声道："胡说八道，楚丽写帖发帖是她的自由和权利，一个知识分子有自己的头脑，怎么会受人指使？"

"猜测是产生误会的根源，澄清一下为好。"李梦浩劝说道。

"身正不怕影子斜。"吴启亮气哼哼地说，"我要去澄清，那更说明此地无银三百两了。"

"这样下去，误会将会越来越深的。"

"我不怕他误会！"

"这时候，高局长心理很脆弱，需要别人的理解和支持。有时候，一句话就可暖人心，解开疙瘩的。"

"老弟，你是怎么啦？一点是非观念和原则性都没有了，像他这样的腐败分子，纪委早该找他了！你还说同情、支持，还要雪中送炭，要去，你去！"

话不好再聊下去了，李梦浩只好默默地离开。

李梦浩回到办公室，刚想上网消磨一下时间，手机响了。李梦浩一看是黄亚萍的号码，马上接了。

"梦浩，你在哪？"黄亚萍在公开场合都称李梦浩李政委或李局长，只有私下里称他梦浩。

李梦浩只要一听到黄亚萍称他梦浩，心里就暖暖的，似乎有一股温情在浸润着他，让他心里柔软起来。"我在办公室呢。"李梦浩的语气变得磁性起来。

黄亚萍说："你是坐山观虎斗呢，还是隔岸观火啊？"

李梦浩笑了，说："我是那样的人吗？事不关己，高高挂起吧。"

黄亚萍轻声道："怎么会事不关己呢？"

"和我有什么关系啊？"

"和你有很大关系啊！你怎么一点敏锐性都没有呢？高成富被这么搞一下，纪委不找他，组织部门也要调整啊。"

"就是调整，还有吴启亮呢。"

"他？不可能。"黄亚萍加重语气说，"虽然我不是组织部的，但我对组织部门用人的观念还是懂的，窝里斗，内讧，都是两败俱伤。"

"你也认为是吴启亮指使人干的？"

"不是我认为，是领导和组织部门都会这么认为，只不过不说出来罢了！"

"其实，楚丽的帖子真没有人指使，这个教师我了解了一下，就是个愤青，正义感极其强。"

黄亚萍有些急了，说："亏你还当过政委，管过干部，官场的事到现在还没搞明白？不和你说了，晚上我约了汤燕，一起聚聚吧，好久都没见你了。"

　　"好吧。"李梦浩答应后，电话就被挂断了。

　　旁观者，或者是一般朋友，时常会有这样的一个错觉，那就是，汤燕是老板，黄亚萍是陪客或者是下属。实情却不是这样的。别看汤燕一副盛气凌人、颐指气使的样子，那只是表面现象。私下里或者只有黄亚萍和她两个人时，黄亚萍是"大姐大"，黄亚萍的话一句顶一万句，黄亚萍的事就是汤燕的事。

　　性格直爽、处事张扬、能言善辩的汤燕，与黄亚萍的内敛、沉稳、谦和比较起来，那是小巫见大巫，是江河中的浪里白条与深水中鳗鲡之比。谁见过鳗鲡在浪花中飞跃的？

　　在公开场合，汤燕都是一副高高在上的样子，不是汤燕职务有多高，也不是因为汤燕长得漂亮是电视台新闻节目主持人，而是，汤燕上面有人。女人只要有"背景"，谁都会高看一眼，礼让三分。

　　在别居驿阁茶社里，黄亚萍和李梦浩坐在一个中包间，一边喝茶一边等汤燕。黄亚萍让斟茶的小姑娘先忙去，有事再叫她服务。小姑娘退出包间后，黄亚萍说："市委要调整一批干部，你没听到什么动静？"

　　李梦浩漠然道："没有听到什么，管他它呢。"

　　黄亚萍摇了摇头，叹息道："你在教育局工作一年多了，还想消沉下去？"

　　李梦浩说："船到码头、车到站了。我还能怎么样呢？"

　　黄亚萍白了李梦浩一眼，说："你不会是阿斗吧？路的尽头，仍然有路，只要你愿意去走。"

　　李梦浩皱皱眉，问道："什么意思？"

　　黄亚萍说："陆连枫陆市长，很可能要任市委书记。"

　　"那现在的陈书记呢？"

　　"陈书记有可能到省委去，传说是当副省长吧。"

　　"陆市长当书记也好，我觉得陆市长能力挺强的，也平易近人。"

　　"是啊，陆市长你也接触过，人挺和蔼亲民的。你怎么就不主动靠一靠呢？"

　　李梦浩摇摇头，说："人家是市长，我只是个副调，差距太大，靠上去怕摔下来。"

　　黄亚萍瞟了一眼李梦浩，面有愠色道："感觉你脱了军装就像蜕了层皮，一点自信都没有了！你还是那个李梦浩吗？"

"有什么话，你直说嘛！"李梦浩委顿地说。

黄亚萍哼了一声，望着天花板不吭声了。

这时，服务小姐推开包间的门，汤燕闪了进来。汤燕坐到黄亚萍身边，瞥了对面李梦浩一眼，问："姐，招我来，有什么吩咐？"

黄亚萍握了汤燕的手一下，说："姐想和你说说话呢。"

汤燕把另一只手抬起，摸了摸黄亚萍的额头，问："你手怎么这么烫？不发烧啊。"

黄亚萍坐直了身子，抽出手替汤燕斟了一盅茶，道："先喝盅茶，瞧你急急火火的，路上开车一定要慢啊！"

"知道了。"汤燕依偎在黄亚萍身边，"看姐的神色，是不是哪个臭男人惹你生气了？"

黄亚萍笑道："你说谁啊？"

汤燕指着李梦浩道："是不是他？"

黄亚萍摇了摇头，自嘲道："是我贱吧，自己生自己的气呢，哪里敢生人家大政委的气啊。"

李梦浩尴尬了，有些无地自容的样子，忙解释道："是我不好，辜负了亚萍的美意。"

"还觍着脸叫亚萍呢，亚萍是你能叫的吗？既然你叫了，你就要像个男人的样子，想吃又怕烫着！"

李梦浩嗫嚅道："不是这个意思。"不知怎的，在汤燕面前，李梦浩的心里总是畏缩、胆怯，汤燕的气势总能压过他。不是惧她，是不敢惹她。

"那是什么意思？你说！"汤燕咄咄逼人了。

黄亚萍接话道："也不怪他，转业干部都是这种心态，好像官当到头了，就万事不求人了，每天躲在办公室里念阿弥陀佛呢。"

"姐，你是恨铁不成钢吧？！"汤燕说。

"是啊，你是知道的，现在教育局高成富局长被人搞那么一下子，肯定局长是当不成了，梦浩却一点想法都没有。"

汤燕说："你为这着急上火啊？"

黄亚萍说："是呢，这是个机会。"

汤燕说："最近吧，听说要考察一批干部，也许是个机会。"

黄亚萍说："陆市长要当书记了吧。"

汤燕说："正常情况下，应该是这样。"

黄亚萍说："陆市长当书记，也要提前储备人才啊。"

汤燕说："姐，你应该从政。"

黄亚萍说："谁用的干部，这个干部就是谁线上的人，全国人民都明白的道理，我怎么能不懂。"

汤燕说："姐，你指示吧。"

黄亚萍说："梦浩级别在那，在教育局也快两年了，转任副局长，问题应该不算太大吧？"

"明白。"汤燕爽快地说，"副局长应该不成问题，要当局长，还要看他的造化了。"

黄亚萍对汤燕道："一荣俱荣嘛！"她又瞅了眼李梦浩说："不少人爬到梯子上，却发现梯子架错了墙。"

李梦浩站起身，小心地给对面两个女人斟上茶，歉然道："让你们俩为我的事操心，难以言表，也无以感谢，我就以茶代酒，敬二位一杯。"

汤燕摆手道："你别谢我，要谢你谢黄总，不是黄总，我才不会管你的闲事呢！"

"好，好！我一定会感谢亚萍的。"李梦浩难为情道。

"怎么感谢？"汤燕直言相向，"不会是一杯茶水吧？"

黄亚萍善解人意地看着李梦浩，解围道："你不要逼他啦！"

李梦浩诺诺地说："以后鞍前马后就是了。"

汤燕笑道："不要辜负了黄总就好！"

话说到这个分儿上，就不需再说了。李梦浩出去吩咐服务员，要了三份西餐，一边吃一边说着闲话。李梦浩插不上嘴，只好听着。汤燕和黄亚萍在聊，都是些鸡毛蒜皮或是某领导的绯闻。一晚上气氛很好，从两个女人叽叽喳喳的嘻笑中，李梦浩也了解了一些市委市政府领导们不为人知的奇闻逸事。

临别时，汤燕对李梦浩说："你放心，这事不是个事。你要让我姐高兴了，我就高兴了。"说完，上前抱了一下黄亚萍，在她耳边嘀咕了一句，而后意味深长地看了李梦浩一眼。

黄亚萍推开汤燕，嗔骂道："死丫头，快上车走吧。"

汤燕走了。黄亚萍说："你上我的车，我送你。"

李梦浩上了车，伸手握着黄亚萍的手，说道："亚萍，难为你了。"

黄亚萍却抽回了手，启动了车，说："要以积极的心态去面对，只要改任副局长，明年换届后，就有可能做局长。"

李梦浩小心地问："我要不要意思一下？"

黄亚萍发动了车，并不起步，问："怎么'意思'？"

李梦浩说："钱好，还是物好？"

黄亚萍问："多少？"

李梦浩说："一个整儿，行吗？"

黄亚萍说："少了。不过，再多，你也困难。这样吧，送物吧，我家里有块易水砚，老陆喜欢字画，也喜欢涂鸦，你送给他。"

李梦浩想了想说："我家里有一幅名画，送给他吧。"

黄亚萍说："也好，砚和画一起送，礼多人不怪。"

李梦浩问："什么时候送呢？他要不收呢？"

黄亚萍想了想，说："那就给汤燕送去吧，她把话说到了，比你送强。"

李梦浩说："好！"

车在马路上速度很慢。两个人都沉默下来，这时的沉默是面上的沉默，心里都在翻江倒海。李梦浩想说话却不知说什么是好。李梦浩想是继续陪黄亚萍呢，还是回家？黄亚萍也在想，是把他送回家呢，还是带他到自己家？

两人纠结了，纠结让人痛苦。

李梦浩不说话，黄亚萍的车在御景花园小区大门前停了下来。黄亚萍扭头看了眼李梦浩，说："你到家了。"

李梦浩朝窗外瞄了一眼，没有吭声，也没有下车。小区门口很静，保安躲到门卫室里打瞌睡了，李梦浩有些心潮澎湃。

黄亚萍低头不语。

李梦浩伸出胳膊揽过黄亚萍的身子，把她的头抱在胸前。灯影中，李梦浩看见黄亚萍脸上湿漉漉的，两眼闪着泪光。李梦浩把脸贴上去，轻轻地蹭了一下，感觉黄亚萍的脸很烫，问："不舒服？"

黄亚萍的眼泪顺着脸颊一串串流了下来。李梦浩有些慌，用嘴唇去吻那滚烫的泪水。越吻泪水越欢。李梦浩不管它了，把嘴唇贴到黄亚萍的嘴唇上，黄亚萍也不迎合，只是静躺着。李梦浩顾不了那么多，用舌头撬开她的牙齿，伸进去，搅动起来。终于，黄亚萍回应了，两个人缠绵了一会儿，李梦浩嘟囔道："去你家吧。"

黄亚萍嗯了一声。李梦浩听错了，或者是理解错了。黄亚萍的"嗯"是拖长音的，李梦浩以为答应了，便扶起黄亚萍说："开车吧。"

黄亚萍发动了车，却不走。过了片刻，黄亚萍理了理头发，轻叹一声说："你下车吧！"

李梦浩想再说什么，可看到黄亚萍望着窗外，一副坚定的样子，李梦浩还能说什么呢。

下车后，李梦浩看见黄亚萍的车像疯了一样驶上马路，尾灯像两只哭肿的眼睛望着他。转眼之间，就消失在视线里。

四十六

两个星期后，市委组织部到教育局考察李梦浩了。

在民意测评和班子成员谈话时，教育局的职工和局领导们都投了赞成票。

高成富在组织部考察人员离开后，第一次敲开了李梦浩办公室的门。李梦浩谦恭地招呼着，先是沏茶，再是递烟。高局长把茶杯接了，没有喝，又放到茶几上，说："我还是抽烟吧。"

李梦浩上前给高成富点上火，说："烟不好，凑合着抽一支。"

高成富笑道："我是老烟民了，不介意烟好孬，没当局长前，我也是抽这烟，更早一些，三五块钱的烟我也抽过。当了局长，有人送了，嘴就越来越刁了。其实，再好再贵的烟，抽多了都是一个味，都对身体有害。你说是不是？"

"是，是。"李梦浩满脸堆笑地奉迎着。

高局长说："有空去我办公室，我那有好烟，拿几条去抽着玩。"

李梦浩不好意思道："我哪能抽您的烟，应该我给您烟抽。"

高局长说："兄弟，你就见外了，烟酒不分家的，什么你的我的，咱们是兄弟。你到教育局快两年了，说心里话，你这兄弟可处，人实在厚道，与人为善，不搞小动作，不像个别人，阳奉阴违，不！也不是阳奉阴违，阳奉还顾及面子，他连面子都不顾及了，你说这不是小人是什么？想赶我走，也不能使这阴招，你说是不是？！"

李梦浩连连点头，却不附和。李梦浩明白，高成富和吴启亮的关系已发展到水火不容的程度了，只不过是没有撕开面皮罢了。

网上诽谤事件一直摆在那儿。楚丽被停课反省两周后，又继续教课了。私下里，不少人都盼着市纪委来调查，等着哪一天高成富被"两规"。可是，左等右盼没有动静，也就淡然了。

组织部考察完第二天，市委常委会就开了。提拔的干部公示一周后，组织部就来人宣布了正式任命。虽然，李梦浩的副调改任副局长，级别不变，但毕竟虚职变实职了。局里人见面都表示祝贺。李梦浩玩笑着回应道："上士改炊事班长，还那样！"

还哪样？其实不一样，完全不一样。

李梦浩任副局长后依然在原来办公室里办公，但是，来办公室请示工作、串门的人多了，再不冷清了。李梦浩想上网，到自己的农场里摘菜的工夫都没有了。农场里成熟的果实都被"好友"偷走了。该铲的地没铲，该浇的水没浇，到了除虫的时候也没喷药，农场荒芜了。牧场更是如此，精心养的家禽们，被偷走的偷走，饿死的饿死，所剩无几，也都是骨瘦如柴。

采菊东篱下，悠然见南山。田园般的生活一去不复返了。李梦浩与陶渊明挥手告别，为"五斗米"不得不折腰了。

换届前，市委开始要调整部委办局的领导班子了。

教育系统是山雨欲来风满楼。局长高成富要被"两规"的谣言开始满天飞，吴启亮有点跃跃欲试的样子了。

朽株难免蠹，空穴易来风。风起于青蘋之末。

高成富不想坐以待毙，他要转移视线。高成富要进行反击。

　　高成富心里明白，在这调整干部的关键时候，网上的帖子就是一枚随时可能爆炸的定时炸弹。什么时候炸，谁也不知道。即使不引爆，也让人心悸。教育系统的谣言也传到了高成富的耳朵里。高成富表面很镇定，开会、批文件一丝不苟。可是，一个人在办公室的时候，就像热锅上的蚂蚁，在屋里不停地转圈。钱婧看着高成富有些疲惫不堪，就宽慰道："问题也许不像你想的那样严重，网上的帖子能删的删了，有的也屏蔽了，要是有事，纪委早就找你谈话了。"

　　高成富忧心忡忡地说："事情不是这么简单，即使不出大事，教育局这把椅子恐怕也坐不下去了。你没瞧见姓吴那小子，正跃跃欲试呢！"

　　"你走了，恐怕他也做不了这个局长。"钱婧不屑地说。

　　"除非市委办的人或其他局的局长来履新。"高成富叹了口气。

　　"李梦浩不可小觑。"钱婧提示道。

　　"李梦浩改任副局长时间不长，希望不大。吴启亮早就等不及了，他不仁，我也就不义了，不能便宜了他。"

　　钱婧问："你怎么整治他？"

　　高成富摆了摆手，低声说："你别管了。"

　　钱婧离开办公室后，高成富去了"天堂鸟"饭店。饭店虽小，高成富却雇了个保安。保安叫高虎，是高成富老家的亲戚，几年前因打架斗殴被判了两年，出来后四处游荡，没有正经事做，就迷上了赌博。高虎的父亲找到高成富，让他管管高虎。高成富便把高虎收留在"天堂鸟"饭店作保安。说是保安，其实就是个看店门的。

　　高成富把高虎叫到包间，从包里取出五千元钱放在桌子上，说："教育局的吴启亮，吴副局长，你认识吧？"

　　高虎看着桌上的钱，点头说："认识，他来饭店吃过饭。"

　　"好！"高成富交代说，"这几天，你给我盯着他，如果发现他再到宾馆开房，或者是到色情场所嫖娼，你立马向公安局举报，抓他现形。"

　　"这好办。"高虎笑眯眯道，"这些地方我都熟。"

　　高成富小声嘱咐道："这事你知我知，不许第三人知道，事成之后，我再奖励你五千。"

　　"好嘞！"高虎拾起桌上的钱装进口袋，"叔，你放心，这事包在我身上。"

可是，高虎跟踪了吴启亮一个星期，发现吴启亮一改过去的作风，歌舞厅、夜总会、饭店、宾馆一概不去了，下班便提着包回家，没见他出过小区。

高成富等了几天也没有消息，急了。打电话问高虎："怎么回事？连个人都盯不住！"

高虎解释道："他不出门，在家里不好办呀！"

高成富说："没有猫不吃腥的，你想想办法。"

高虎想了想，说："那就'钓'他吧。"

高成富说："不管用什么办法，让公安抓他现形就可以。"

高虎嘿嘿一笑，说："行，你就瞧好吧！"

吴启亮虽然好色，但他也明白眼下是关键时期，不能疏忽大意、授人以柄。为了局长这把椅子，他苦苦熬了五六年。现在高成富在局长位子上岌岌可危，随时可能腾地方，吴启亮怎么能不去搏一搏呢？

部委办局调整领导干部是一件大事，市委书记都要到各单位调研一番，说是调研，也就是考察干部。全市副处以上领导干部一千多人，市委书记、市长不一定都认得，更不要说了解了。但是，县区的党政一把手、部委办的主要领导，还有几个大局的主要领导，市委书记必须熟悉了解的，知人才能善任，不熟悉怎么能任用你？市委书记陆连枫在组织部部长的陪同下，没有和任何人打招呼，轻车简从就到了教育局办公楼。

事也凑巧，李梦浩送客人下楼，迎面碰上陆书记。李梦浩一怔，立马停住脚，有些惊诧，说："陆书记，你怎么来啦？"

陆连枫看了李梦浩一眼，只点点头，没吭声。身后的组织部邹部长接话说："陆书记怎么就不能来了？教育局是禁区吗？"

李梦浩忙说："不是这个意思，我是说，也没接到市委办通知，陆书记和邹部长突然驾临，我们也没出门迎接，太不礼貌了。"

邹部长说："陆书记下基层随便看看走走，不想惊动大家正常工作。"

李梦浩转身在前面引路，侧着身子，边走边说："二位首长是到会议室还是……"

陆书记突然说："先到你办公室讨杯水喝吧。"

陆连枫这句话说得太艺术了，话里的意思既意味深长，又显出平易、亲和、熟稔的味道。李梦浩听了，顿觉荣光。邹部长听了，也体味到了李梦浩与陆书记并不仅仅是认识而已。

李梦浩推开办公室的门，站在门外，伸手示意道："陆书记、邹部长，请。"

陆书记进门后，在屋里打量一番，眼光停在墙上一帧横幅上。"天道酬勤"几个草书是李梦浩在部队时，一位北京的书法家给他写的。字体遒劲、点画飞动、气势磅礴，又奇逸潇洒。

陆书记对身边邹部长说："这位先生的字有特点，堪称大师。"

邹部长说："陆书记的字也有特点，章法生动，气韵天成。有时间，我得求幅字呢。"

陆书记谦和道："你的话是恭维了，我书法还在初级阶段，喜好而已。"

李梦浩从柜中取出黄亚萍送他的"大红袍"，一直没有开封，忙打开沏了两杯，说："二位首长，请喝杯茶吧。"

陆连枫瞥了眼李梦浩，问："小李，在教育局工作还适应吗？"

李梦浩忙说："适应适应，谢谢陆书记的关心。"李梦浩说谢谢陆书记的关心，乍听是对陆书记问话的回应，其实隐含着对陆书记把他副调转任成副局长的谢意。陆连枫点头道："适应就好，天道酬勤嘛，什么是天道？天道就是民意啊。"

李梦浩笑容满面道："是的是的，我一定不辜负组织的培养和期望。"

邹部长端起杯子，嗅了嗅，说："李局长，你这茶不错嘛。"

李梦浩说："一个朋友送的，我也不懂茶，喝着只是解渴而已。"说着，捧着杯子递给陆连枫，陆书记不接，只是望着别处。李梦浩想放下杯子，又觉不好，便立在陆书记身边。

陆连枫站了片刻，问道："他们几个都在家？"

李梦浩说："都在吧。"

陆连枫说："叫他们都到会议室吧。"

陆连枫和邹部长出了门，李梦浩跟在后面，出门一看，局长和几个副局长都站在走廊里等候了。

吴启亮办公室挨着李梦浩的办公室，陆连枫出门正好看见吴启亮，却像没看见一样，一直朝前走。吴启亮尴尬一笑，很复杂地看了后边的李梦浩一眼。

高成富从办公室门前紧走几步，伸出双手迎上来，连连说道："陆书记和邹部长光临教育局，有失远迎了。"

陆连枫没有伸出手，还是一直朝前走。邹部长跟在后面，伸出手与高成富握了下，说："到会议室吧。"

其他几个副局长的手抬到了腰间，看到领导没有握手的意思，纷纷垂下了。

高成富跟在邹部长后面，其他人便自觉地按排位跟着。本来，李梦浩是跟在陆连枫身后的，高局长一出来，他只好退后一步。吴启亮紧随上去，与高成富并肩陪在后面。李梦浩暗笑，吴副局长是当仁不让的。

进了会议室，自然是听汇报。高成富虽然没有准备，但对教育局的工作还是了然于胸的，说起来头头是道，侃侃而谈。

高成富汇报完后，其他成员还要汇报分管工作时，陆书记说话了："你们就不要重复了。"他扫了大家一眼，"今天，我和邹部长来调研，一个主题，就是想听听你们各自的想法。邹部长是管干部的，你们有什么话尽管说，在座的都是班子成员，算是党的会议，要知无不言、言无不尽。"

听锣听声，听话听音，一时会场静了下来。

高成富是局长，又是教工委书记，一把手在任何场合必须先发言。不然，其他人也不好犯规说话。高成富很纠结，他还没考虑成熟，不知说什么好。这时候，说错话或说实话都有很大风险，一句话能成事，一句话也能坏事。

所以，高成富犯难了，只好低头不语。

邹部长瞥了眼高成富，又扫了眼大家，见个个都陷入了沉思。邹部长笑道："看来，大家都没有什么想法？"

李梦浩看看陆书记，微笑着问："我先说说吧？"

邹部长说："李局长，你说。"

李梦浩把刚到教育局报到时的失落感如实地说了出来，又把思想如何转变，如何用"天道酬勤"激励自己，取得组织和领导信任后，又是如何怀着一颗感恩之心去工作也讲了。李梦浩语气舒缓，语言朴实，虽然都是"拔高"的言辞，但听起来不虚假。

李梦浩说完，陆连枫评价道："小李的话实在，对自己思想认识不遮不掩，敢于正视自己，也能正确对待组织，不错。"

有了范例，大家便照猫画虎谈了各自的思想。

临了，邹部长讲了三点意见。其中一点是，党员领导干部要胸怀坦荡，敢于向组织讲真话、说实话。

邹部长讲完后，请陆连枫作指示。陆连枫扫了大家一眼，看见每个人都眼巴巴地等着他讲话，十分真诚恳切的模样。陆连枫明白，市委书记的一句话，可以决定他们的升迁和荣辱，也可以让他们苦心孤诣地琢磨一阵子。作为下属，都想从领导的话里听出弦外之音，而后进行分析研究，得出或悟出自己在领导心目中的地位。陆连枫并不着急表态，也不想对他们的发言作出任何评价，只是把目光在每个人的脸上扫来扫去。当陆书记的目光在某个人脸上停留时，那眼神是和蔼的，也是深邃的，还有探究的意思。有人与陆书记目光相遇时，便谦恭一笑，颔首示敬。有人与陆书记目光一碰，立时躲闪开来或垂下眼皮。陆连枫讲话了。陆书记说："首先声明一点，我这次来调查研究，实行'三不'，就是不表态、不记录、不问话。更不作指示了，只听。"

停了片刻，陆书记站起身，扫了大家一眼，又说："你们记住一句话：路是走出来的！"说完，便微笑着同大家握手告别。

陆连枫离开教育局后，高成富把李梦浩叫到了自己办公室。先是客套几句，相互看了几眼，高成富就把话转入了正题，"陆书记和邹部长突然来教育局，李局长你看是什么意思呢？"

李梦浩反复思量了一番，抽了几口烟，说："如果是来调研或检查工作，应该让办公室提前通知的。如果是考察干部，陆书记也不会亲自下来。我觉得吧，有可能是微服私访，走到教育局这儿，顺便就进来看看了。"

"你和陆书记熟吧？"高成富意味深长地看着李梦浩，"陆书记直接到了你办公室，你也不知道他要来？"

怎么回答？熟与不熟，高成富和其他副局长都会浮想联翩，李梦浩笑笑，不置可否。

高成富说："我今天在会上说的都是掏心窝子的话，服从组织安排。我这把年纪了，到哪儿退休都一样。"高成富拉开抽屉，从里面取出一条中华烟扔到李梦浩的怀里，"一看你也是老烟民了，拿去抽吧。"

李梦浩摆手道："这怎么好意思？"

高成富笑道："你送我烟，那叫行贿，我送你烟，不算行贿吧。"

李梦浩忙说："烟酒不分家，即使我送你烟，也不算行贿。"

"就是嘛，咱们是自家人，不必客气了。"高局长抬腕看了眼表，"我有个想法，不太成熟，现在先和你沟通一下。"

"你说。"

"如果这次调整干部，我离开教育局的话，我想推荐你。"高成富喷了口烟雾，眯着眼看李梦浩的反应。

李梦浩一怔，也忙抽口烟，又慢慢地呵出来，脑子里反复斟酌一番，才回答说："我到教育局工作时间短，资历浅，怕是拂了局长的好意。"

高成富说："你在部队是正团，是正处，千军万马都指挥得了，教育局的工作你也能胜任的。"

李梦浩听了，暗自一笑，但脸上是平静的。这话要是一年前说出来，李梦浩还能感觉到体恤，现在这话让他感到有些居心叵测。再说了，能不能当局长不是你教育局局长说了算，"推荐"是一个幌子，现在有几个领导干部是下面推荐上去的？要说推荐，那看谁"推荐"了。如果推荐的人不对，很可能适得其反了。李梦浩此时不能驳高成富的面子，只说："谢谢局长的好意，我刚当副局长，组织上也不会考虑到我的。你还有几年才到二线，现在教育系统也只有你掌得了舵，陆书记不会不考虑这点的。"

高成富听出了李梦浩话里的意思。过去，李梦浩说这话可能是实话，是泄气话，还有恭维的意思。现在，不能这么理解了，这话也是实话、真话，但不是泄气的话，还含有等待的味道。特别是"陆书记不会不考虑这点的"，就是说，教育局现在还不能换将，要等待李副局长时机成熟了才行。搞清了这点，高成富放心了。

高成富说："现在，不可粗心大意啊，也有人在蠢蠢欲动呢。"这句话既是对自己说的，也是对李梦浩说的。

李梦浩会意一笑，说道："有你坐镇，谁还能翻多大浪啊。"

高成富哈哈大笑，说："李局长是个厚道人，说话也爽快，难怪陆书记对你评价那么高。"

李梦浩又只好笑笑。

高成富说："难得今天轻松，我看这样，晚上班子成员聚聚，交交心，免得相互猜忌。"

"好啊，酒后吐真言嘛。"李梦浩附和着，"大家都舒心了，才能拧成一股绳，劲往一处使，把工作搞好嘛。"

"李局长说得对，也看得远。"高成富想了想，又歉意道，"你转任副局长，局里还没祝贺呢，今晚的主题就是祝贺你转任吧！"

聚会地点安排在世纪园大酒店。

班子成员都到齐了。高成富说："我们教育局班子成员好久没在一起坐坐了，大家都忙，也很辛苦。今天，就借为祝贺李局长转任之机会，大家坐下来聊聊，沟通沟通，就算开个民主生活会吧。"

吴启亮瞥了眼李梦浩，说："今晚主题是祝贺李局长，别跑题了。其实，这顿饭早该吃的，李局长到教育局报到后就该表示一下的。"

吴启亮说这话明显有挑拨的味道，高局长却笑道："吴局长说得对，早该为李局长接风的，都是我这局长疏忽大意，今晚补上也不迟，我要好好和梦浩兄弟喝几杯。"高成富扭头看着李梦浩，"你说呢？"

李梦浩忙说："好，好！我今晚不醉不归。"

如果能把民主生活会放在酒宴上开，也不失为一个创举。酒过三巡之后，借着酒劲，该说的不该说的，都说了。有的含蓄些，有的直白些，有的大胆些，有的谨慎些。李梦浩想，在会议室的民主生活会上，谁也没有像这样批评与自我批评过。

吴启亮在酒桌上的话是句句带刺，针针见血。李梦浩都觉得有些过分，不高兴了。主题是祝贺李梦浩转任，有牢骚有怨气也要看场合啊，不能无所顾忌、肆意搅局吧。

李梦浩端起一高脚杯白酒，站起来道："吴局，弟兄们有什么话，明天到办公室再说，今晚就是喝酒，来，干了。"

吴启亮醉眼迷离地看着李梦浩，舌头有些硬了，说："兄弟，你是、真人、不露相啊！"

李梦浩端起吴启亮面前的高脚杯，递到他手上，说："吴局，感谢你一直以来对我的关心厚爱。来，干了，一切尽在酒中吧。"

吴启亮接过酒杯，站起来道："兄弟，我……一直……没把你……当外人。"

李梦浩笑道："明白，明白。"

这时，桌上的手机响了。李梦浩看看，是吴启亮的手机，忙拾起递给吴启亮，说：

"是嫂子的电话吧？"

"是……是。"吴启亮接过电话，"喂"了一句，忙离席到一边角落嘀咕起来。

高成富望着吴启亮，悄然一笑，端起面前的酒杯，对李梦浩说道："他忙他的。来，我们兄弟干了！"两人碰了一下，一饮而尽。

酒宴散了，各自打道回府。

在酒店门口，高成富望着吴启亮坐的出租车消失后，狠狠地咳嗽了一声，将一口浓痰吐在了马路上。

第二天早晨，李梦浩发现，高局长提前十分钟到了办公室。李梦浩在院子里转悠了一圈，室外还冷，虽然春天了，依然春寒料峭。正准备上楼，吴启亮的车子停下了。吴启亮从车子里下来，招呼道："李局，昨晚那杯酒欠下了，以后我补上。"说完，与李梦浩并肩上了楼。

高成富站在窗前，将这一幕看在眼里又急在心里，怎么回事？到底是怎么回事？高成富拿起手机，给高虎打了电话。

"你是怎么搞的？鱼没上钩？"

"上钩了。"

"那怎么又脱钩了？"

"我也不知道啊，昨晚，我亲眼看见警察把他带走的。"

"带走了，怎么又放回来了？"

"这种事也就罚款了事吧！"

"你没和他们说吗？要通知单位带人才行。"

"说了，他们答应了的。"

"那是怎么回事。"

"我也不清楚。"高虎又说，"我打听一下吧。"

"不要打听了，我来处理。"高成富挂了电话。

脱钩的鱼，怕是以后很难再咬钩了。高成富有些急，时不我待，在这关键时期，有吴启亮就有可能没有他。

高成富在办公室来回踱着步，抽完了三支烟后，决定亲自上阵。他来到公用电话亭，掏出硬币投了进去，拨了市纪委刘书记的电话号码。他把吴启亮嫖娼的地点、时间和抓嫖的派出所民警的名字都报了出来。

虽然是匿名电话举报，刘书记依然很重视，立即派人到派出所进行了调查。但是，出乎意料的是调查结果与举报的内容不符。吴启亮安然无恙。

高成富十分气愤，骂道："现在连派出所都包庇嫖娼卖淫的，怎么得了！"

又想，会不会是市纪委调查人员"放水"呢？

高成富让高虎将吴启亮在宾馆的开房记录复印下来，又通过公安局的夏局长，把吴启亮在宾馆的监控录像拷贝一份，然后一并寄到了市纪委。

刘书记看到材料后，将调查人员叫到办公室，大发雷霆，还拍了桌子。

很快，真相大白。原来，吴启亮在宾馆房间里正与小姐鱼水之欢时，躲在暗处观察的高虎把举报电话打到派出所。值班民警接警后，听说是抓嫖，兴致很高，迅速出警了。民警破门而入，抓了现形。吴启亮和卖淫小姐被带到派出所后，小姐被放了，吴启亮被留了下来。

民警不认识吴启亮，民警问："你是想公了，还是私了？"

吴启亮酒早醒了，出了一身冷汗，头脑十分清晰，小心翼翼地问："公了怎么样？私了又怎么说？"

民警说："公了，罚款五千，明天通知你单位来领人。私了嘛，罚款一万，你悄悄走人。"

吴启亮说："那就私了吧。"

民警说："那你交罚款吧。"

吴启亮面露难色，可怜巴巴地说："同志，能不能优惠一点？"

民警笑了，说："这是在派出所你还讲价！你以为是菜市场？"

吴启亮乞求道："兄弟，你就高抬贵手吧，实话告诉你，我卡里只有八千块钱，这是私房钱。"

民警想了想，问："你是哪个单位的？"

吴启亮本想私了，就不告诉他单位了，可是，两千块钱的差额一时也没地方解决，便决定舍下脸面，将副局长的头衔卖了，也许能值两千块钱呢。

吴启亮索性豁出去了，挺直了腰杆说："兄弟，我是市教育局副局长，以后有什么事需要帮忙的，尽管找我。"

自报家门后，教育局副局长的头衔很管用。民警立马换了口气，笑着说道："原来是吴局长啊，早说呢。"

吴启亮赔笑道："你看这罚款……"

民警又想了想，和颜悦色地说："如果不是有人电话举报，这事吧，也就你知我知，可以走了。可是，有值班接警记录，还有举报人，不好办了啊。"

吴启亮说："那我就少交点吧。"

民警问："交多少？"

吴启亮想了想，说："你看，八千，行不行？"

民警说："行是行，但是，还要麻烦吴局长，再做个笔录吧。"

吴启亮一听，心里骂道：这个狗杂种，吃肉不吐骨头！做了笔录，就是一个把柄，把柄握在人家手里，以后就成木偶了。

吴启亮犹豫起来，思忖了半天，说："能不能不做这个笔录呢？"

民警为难道："不做的话，我就无法销案。这样吧，我做两份笔录，一份是真的，一份假的。假的，就是你没有嫖娼，应付一下检查。"

人在矮檐下，不得不低头。吴启亮没有办法，这时只能听从民警的安排。吴启亮做完了笔录，交了八千块钱，当夜就被放回家了。

市纪委到派出所调查时，那个民警将作假的笔录交给了调查人员。市纪委第二次调查没有去派出所，而是通知那个值班民警到办案点说清楚。民警到了纪委办案点，两腿就软了，心想着，这就是传说中"两规"的地方，进来就出不去了。别看有的民警平时盛气凌人的样子，他们也有害怕的时候。这次，在调查人员面前，那个民警交代了全部事实。

市纪委调查人员又根据民警的交代，找到吴启亮和举报人高虎，吴启亮和高虎也都如实交代了。高成富设计的色情陷阱让吴启亮陷进去了，自己也没有躲避开。

顺藤摸瓜，拔出萝卜带出泥。几天后，市纪委来了两个人，到高成富的办公室。高成富正准备和钱婧到省城"出差"。市纪委的人很客气，对高成富说："高局长，请你跟我们走一趟吧。"

高成富问："到哪里？"

市纪委的人说："到了你就知道了。"

高成富说："我能交代一下局里的工作吗？"

纪委的人说："没那个必要！"

高成富走的时候，注视着钱婧说："天塌下来，有我扛着，别怕，没你什么事！"

钱婧毅然地说："要坐牢，我陪你一起去！"

高成富说："又不是买东西，买一个搭一个，你好自为之吧！"

高成富被带走了，钱婧茫然地望着高成富的背影，凄然地说："老高，我等你！"

高成富到了市纪委办案点后，先是交代了设计引诱吴启亮嫖娼的问题，后来又交代了贪污受贿的问题，但高成富绝口不提生活作风方面的事情。一个多月后，高成富被移送司法机关调查处理。教育局副局长吴启亮因嫖娼受到留党察看一年和降职处理。派出所民警也因徇私枉法贪污罚款等行为被开除公职。一场闹剧就这样落下了帷幕。

市教育局局长的职位空出来了，教育局的人在观望、等待。

市委却没有马上委任新的教育局局长，只是口头明确李梦浩临时负责教育局全面工作，就这样，副局长李梦浩从幕后被推到了前台。

有道是，乱哄哄你方唱罢我登场，反认他乡是故乡；甚荒唐，到头来都是为他人作嫁衣裳。

第九章 09

四十七

农历八月，正是桂花飘香时节。教育局院子里的两棵桂花树，一夜之间就开满了枝头，黄灿灿的花蕊在阳光下绽放，整个院落都弥漫着沁人的香味。

李梦浩推开窗户，开始抽烟。他盯着一缕淡淡烟雾在面前缭绕、升腾、弥漫、消失，化成看不见的烟味。市委组织部对拟调整、提拔的各委办局的领导干部，在一星期前已经考察过了，该走的程序都走过了。民主推荐和测评只不过是个过场，但是，提拔任用干部，组织原则不能改，程序一个不能少。当然，有时也会发生意外的，如果有群众来信，纪委正在调查核实；如果市委常委中有哪位领导看着你不顺眼，会前切中要害地挑出几个毛病。那么，考察也只是考察，只得放一放，暂缓了。就是说组织考察过后，市委常委会不上会研究，便是悬着的，很可能竹篮打水一场空。

李梦浩主持教育局工作半年多了，各方面反映都不错。这次转正，内部消息说是陆书记拍的板，书记说了话，那是板上钉钉了。可是，一时任命没到，李梦浩就感觉是水中月镜中花，心里不踏实。人就是这样，欲望愈强烈，安全感就愈低。手中的烟燃尽了，留下一条长长的烟灰。李梦浩夹着烟蒂，想把烟灰弹到烟灰缸里。这时，办公桌上的电话响了，李梦浩身体一颤，手中的烟灰就抖掉了。

拿起电话，李梦浩刚"喂"了一句，就听到黄亚萍说："告诉你一个好消息，市委常委会刚结束，你们这批上会研究了。"

李梦浩忙问："全都通过了？"

黄亚萍说："是，全部过了。"

李梦浩迟疑一下，又说："局长们还要经人大常委会任命的。"

黄亚萍笑了，问："你还担心什么？"

李梦浩舒了一口气，笑道："算是尘埃落定了吧。"

黄亚萍说："是啊。今晚小聚一下，给你庆贺庆贺吧。"

李梦浩说："先不急吧。"

黄亚萍说："小范围的，我给你介绍几个商界的朋友，以后你也用得着。我在'巴黎星光'定了包间，晚上要不要接你？"

李梦浩说："我自己去吧。"

挂了电话，李梦浩看时间尚早，就打王洁茹的手机。铃声响了半天，却无人接听。李梦浩又打司机小于的电话。

小于问："局长，现在出去吗？"

李梦浩说："你到我办公室来一下。"

小于还是现役军人，三级士官。小于是李梦浩当团政委时挑的司机，人很老实，也算机灵，在部队给李梦浩开了四年车。李梦浩转业后，小于就闲了下来。后来，李梦浩当了副局长，有了专车，他又通过关系把小于从团里借来给他开车。毕竟是军人，不像地方上一些机关老司机，老滋老味的，专车领导多大，司机就多大。要不，大家都称司机"书记"呢。若是一点体恤不到，他们在心里就会记下一笔账，说不定什么时候，就会给你"揭盖子"、捅娄子。领导的司机、秘书，都是领导身边的人，领导们的隐私瞒谁都瞒不了他们。因此，司机很重要，不是一般的重要。

小于跑步到了办公室。小于立正着，问："局长，什么事？"

李梦浩取了纸杯，给小于倒了一杯水，说："你坐下，喝口水吧。"

小于有些不好意思，仍站着问："局长……"

李梦浩笑道："坐下吧，你跟我也不是一年两年了，拘束什么。"

小于这才坐下。李梦浩说："你服役有十年了吧？"

小于说："十一年了。"

李梦浩说："你将来有什么打算？"

小于笑道："我也没有想好，到时就转业回老家。"

李梦浩问："转业想不想留在海州市？"

小于说："想，当然想了。"

李梦浩说："想留就可以了，先把家属和孩子从老家接来，在海州市里安个家，再找个工作。"

小于听了有些激动，站了起来，急切地问："局长，这能行吗？"

李梦浩说："行吧。"

小于说："局长，我……都不知该怎么感谢您好了。"

李梦浩拍了拍小于的肩膀，说："你是我的兵，走到哪里都是我的兵，见外的话就不要说了，以后好好干就是了。"

小于啪地一个立正，喉咙有点哽，表态道："是，局长。我保证，你指到哪，我就打到哪。"

李梦浩笑道："这儿已不是部队了，以后要慢慢适应和习惯地方上这一套，不然，会吃亏的！"这话语重心长了，也十分体己了，小于眼睛有些潮，泪在眼眶里盈着。小于说："在部队您是我的首长，到了地方，你也是我的首长！"

"好了，不说了。"李梦浩看了看时间，说，"走吧。"

坐到车里后，小于问："回家吗？"

李梦浩说："不回。你把车开到孔望山下，我去看看。"

车驶到孔望山脚下，李梦浩下了车，路边是一片农田，稻子快熟了，稻穗已经弯了下来。李梦浩走到稻田边，揪了一枝稻穗用指头搓了几下，稻子刚灌满浆，粒子还是软的，用力一捏，乳白的浆液就将手指染白了。李梦浩眺望着不远处的一片滩涂，心中已规划好的蓝图，很快就能落到实处了。一个具有海滨特色的"海州市中学城"将在这片土地上矗起。到时候，海州市散落各个大街小巷的学校将聚集在中学城内。学校里不仅要有图书馆、阅览室、体育场、实验室、电教室，还要有教职工宿舍楼、学生食堂、卫生室。总之，学校该有的公共设施都要有。要把中学城打造成全市的重点实验类校区。要想将规划落到实处，将蓝图变为现实，李梦浩知道，没有话语权和决策权，一切都是纸上谈兵！

眼前虽然是一片原野，但在李梦浩的心中，一座现代化中学城已经矗立起来了。李梦浩走到一处长满蒿草和芦柴的滩涂地边时，惊起了一群野鸟，那些野鸟慌张地在天空盘旋着，它们很不情愿地又落到了别处。李梦浩回到车边，指着荒芜的滩涂兴奋地对小于说道："不久的将来，你的孩子将会在这里上初中和高中了！"

小于不解地问："这儿哪有学校啊？"

李梦浩笑道："会有的，很快就会有的！"

李梦浩跨进车里，豪情满怀地说道："前出！"

小于懂得李梦浩的意思，像是侦察员接到命令一样，一踩油门，汽车便疾驰而去。

"巴黎星光"夜总会是个既高雅又媚俗的地方。到了夜晚，远远地望去，一条街都被它照亮了。整幢楼被玻璃墙包裹着，像个万花筒一般变化莫测。电子屏幕上闪烁着五彩斑斓的色彩。进了"巴黎星光"，消费者才知道，什么叫挣的钱少，什么叫身体不好。只要有钱，在这里什么样的服务都能享受得到。来这儿的人，不论高官富豪，也不论贩夫走卒引车卖浆者流，一律称作"老板"。其实，"老板"是对店铺掌柜的、戏班名角的称谓。可是现在全变了，把支配别人做事、并给予报酬的人，皆称作老板。更有意思的是，对那些能花钱的人，也称一声"老板"。

　　轿车刚在门厅停下，两个紫衣门童趋步上前拉开了车门。李梦浩下车后，小于正要启动开走，门童却将车钥匙拔了，说："老板，下车吧。我给你泊车。"

　　小于不知如何是好。李梦浩转身招呼道："你也一起来吧。"

　　走进大厅，黄亚萍早已等候在那里，见到李梦浩便走过来，微笑着问："怎么迟到了？"

　　李梦浩站在黄亚萍面前，不说话，只是笑着。他把目光停在黄亚萍身上，像是在阅读文件，认真而又仔细。黄亚萍被盯得有些羞赧，推了他一下说："干吗这么看着我？"

　　李梦浩点了点头，笑道："你把自己搞得这么漂亮迷人，在这里很危险的！"说着，就把胳膊弯了示意一下。黄亚萍挎起李梦浩的胳膊问："这样就不危险啦？"

　　李梦浩说："名花有主了，谁敢再抢？"

　　黄亚萍挎着李梦浩的胳膊进了十楼一个包间。只见几个人已坐在里面打牌了。时下在海州流行这么一句话，叫作饭前不"掼蛋"，等于没吃饭。不论中午、晚上，开宴前总要打几把"掼蛋"的。通过打牌，不熟识的人也就熟识了，通过打牌也能了解一个人的性格脾气。李梦浩进门一眼就望见了汤燕，汤燕没有打牌，在玩手机。她看见李梦浩进来，抬头朝李梦浩莞尔一笑，却继续玩手机。还有一个眼熟的漂亮女子，一时却叫不出名字了。那漂亮女子正在打牌，看见客人到来，忙站起身招呼说："李局长好，来！你看我抓了一手好牌，换换手吧！"

　　李局长走近看了一眼牌，陡然想起来了，这女人叫张莉，是"巴黎星光"夜总会的副总，忙摆摆手道："张总，你继续。"

　　其他三位客人听张莉叫李局长，也忙站起身，说："李局长驾到了，我们就不玩了吧。"

　　李梦浩用手压了压，笑说："打完这局吧，张总的牌那么好，'一条龙'浪费可惜了。"

　　于是，大家坐下，继续打牌。李梦浩站到汤燕面前，轻声说："谢谢了。"

汤燕抬眼看了李梦浩一下，说：“要谢，你就谢黄总，谢我干吗？”

黄亚萍坐到汤燕身边，轻揽一下汤燕的肩，悄声道：“老玩手机，也不怕把眼睛弄坏了。”

汤燕收了手机，和黄亚萍耳语道：“姐，你对他那么好，我看还是把他收下算了。”

黄亚萍拍了一下汤燕，又瞟了眼李梦浩道：“你以为我是观世音哪，我有那么大的法力吗？”

汤燕扭头瞥了眼李梦浩，笑道：“我就不信他是个唐僧。”

黄亚萍嘟囔道：“我可不是白骨精。”

李梦浩看见黄亚萍和汤燕嘀嘀咕咕地在打哑谜，就挨着黄亚萍身边坐下来，问：“你们在叽咕什么呢？”

汤燕咯咯一笑，大声道：“你想知道吗？”

李梦浩偏头看着汤燕，刚想说话，又见黄亚萍给他使了眼色，便止住了。

汤燕说：“黄总说你是去西天取经的唐玄奘呢！”

黄亚萍忙插话道：“这是你说的啊！”

张莉听了就笑着接话问：“说谁是唐僧呢？”

汤燕说：“还能说谁，你看看现在的男人，哪个不是猪八戒？见了女妖精都是走不动路。只有眼前这个李局长，到了女儿国都不动心呢！”

张莉说：“这才是正人君子呢！把李局长比作唐僧也很贴切，只不过李局长比唐僧有男人味，不仅高大魁梧，还文质彬彬，哪个女人见了会不喜欢？”

一句话说得全场大笑。漂亮女人的话是有说服力的，即使错了，也是对的。

正在打牌的一个男人呵呵一笑，说：“我要是唐僧就好了，我肯定留在女儿国，搞他个三宫六院七十二妃。”

汤燕嘲笑道：“就你？回高老庄当上门女婿去吧！”

“汤台长，你可不要小看王总哦，他身边也是美女如云的。”

王老板说：“美女再多，我也只牵挂着广寒宫里的妹妹呀。”

一局牌结束了。大家客气着，你推我让，坐不下来。在座一共八个人，五男三女。本来是黄亚萍请客，可是，张莉和另一个老总争着表示要埋单。汤燕说：“今晚是黄总动议的，黄总是主人，你们下次轮流做东吧。”

黄亚萍在首席主人位子坐下了。主宾位应是李梦浩去坐，可李梦浩却谦让汤燕去坐。汤燕也不客气，说："坐就坐，虽然不是主宾，今晚我就做一回主宾吧！"

黄亚萍笑了，看了李梦浩一眼，说："今晚燕子就是主宾，来，李局长我们换个位子，你坐主人位子就名正言顺了。"

李梦浩心领神会，与黄亚萍换了座位。张莉拍手道："这样坐正好，唐僧身边两位美女陪伴，看他如何招架得了！"

主人、主宾坐下了，余下的客人就好坐了。张莉吩咐上菜，又问喝什么酒水，李梦浩说男士喝白的，女士红的吧。汤燕却兴奋起来，说一律喝白的，如今谁怕谁啊！

酒斟满后，汤燕道："今晚本是黄总请客，现在临时易主了，李局长你就发话吧！"

李梦浩环视了一下，沉吟道："我说就我说吧。今晚，首先感谢黄总给我提供了这么一次机会，让李某人不仅与老朋友相聚，还结识了三位新朋友。再是感谢汤台长、汤燕小姐，在百忙之中抽出时间参加小聚。三是感谢在座的诸位，一直以来对教育工作的支持和关心，特别是对我李某人的关怀和厚爱，我希望大家一如既往，有了新朋友不忘老朋友，为我们的真挚友谊和今后共谋发展，干杯！"

大家共同举杯干了。惯例是三杯酒之后，由主人介绍席上客人。李梦浩不太熟，便由黄亚萍介绍。黄亚萍说："在座的几位，我都熟识，还是我来介绍吧！"黄亚萍指着汤燕道："坐在主宾位置的大美女是我们海州市电视台的台长汤燕，也是著名主持人。"

汤燕笑着分辩道："更正一下，副的，是副台长。"

大家鼓掌，说："天天在电视上看到，都熟悉。"

黄亚萍继续介绍说："这位是振兴房地产开发公司的老总王达功；这位是岭秀建筑工程公司的老总孙强；那位是顺天建材公司的孟祥云；还有这位是市教育局的'书记'小于。"被介绍的人都起立，点点头。

黄亚萍介绍完了，提议道："大家共同干一杯吧。"

大家举杯干了。张莉说道："还有李局长没介绍呢！"

黄亚萍笑道："李局长就不用介绍了，在座的都认识了，就是不认识的，以后也会认识的！"

接下来，就开始各自为战，相互敬酒了。李梦浩首先端起酒杯和汤燕碰了一下，真诚地说道："不多说了，一切尽在酒中吧。"

汤燕笑了笑，端起杯子就干了。按惯例，宴席上主人应是先敬宾客的。可是，李梦浩刚落下杯子，三个公司的老总就争先恐后来敬酒了。李梦浩一一喝了，客客气气地说些场面上的套话，还握了手，搞得像久别重逢似的。酒真是个好东西，不仅辣，醉人，还能拉近人与人之间的距离。一场酒下来，彼此就称兄道弟了。

张莉端着高脚杯过来了，对李梦浩说："恭喜你，李局长，咱们俩喝杯大的！"

李梦浩本不该站起来的。但张莉亭亭玉立在身边，香气袭人，又美目生辉，撩人了。李梦浩起身，相视一笑，说："大杯恐怕不行，还是小杯吧！"

汤燕歪头瞅了眼李梦浩，激将道："男人在美女面前不能说不行！张总都行，你却不行，你真是唐僧啊。"

李梦浩摇了摇头，只好换了个大杯。岭秀公司的孙总调笑道："张总，能不能吃上唐僧肉，就看你的魅力了，喝个交杯酒吧。"酒场上的戏言本不可计较的，若是换个场合，换个对象，喝个交杯酒也就是热闹一下，增添一点气氛。可是，今天不行！李梦浩正色道："在座的都是兄弟姐妹，酒可以喝，礼数不能失了。"李梦浩说完，扫了大家一眼，觉得语气有些严肃，又笑道："唐僧肉是不好吃的，唐僧不仅有悟空，还有观世音菩萨保护呢！"说完，与张莉碰了杯，一大杯便干掉了。

大家便畅笑起来，气氛越发热烈了。

吃完饭，大家还有不尽兴的意思。张莉说道："我都安排好了，先生们去桑拿、按摩，女士们唱歌、喝茶随意。"

这时，司机小于很懂事地离开了。

黄亚萍对李梦浩低声道："石头落地了，你该放松放松，去按摩一下吧。"

李梦浩说："这样不好吧。"

黄亚萍说："也没什么，男人嘛，有时候就要拿得起放得下。"

岭秀公司的老总孙强走过来，嘻笑着扯起李梦浩的胳膊说："李局长，走，放松一下！"

李梦浩看了眼黄亚萍，又瞟了眼汤燕，一副无可奈何的样子跟着走了。

汤燕朝黄亚萍眨眨眼，又撇了撇嘴，说："姐，咱们去喝茶还是唱歌？"

黄亚萍也笑了笑，说："唱歌吧，解解酒。"

李梦浩跟随三个公司的老总到了按摩休息室。几个小姐围过来，一个个穿着吊带裙，香气扑鼻。由于灯光朦胧，小姐们又是浓妆艳抹，很难看清真实面目。三位公司老总分别挑选了中意的小姐，先后进了按摩室。李梦浩在小姐们脸上扫了几遍，觉得没一个可人的，便退了出来。

在半明半暗的走廊里，李梦浩由于兴奋，又喝了不少白酒，突然眼前金星闪耀，天旋地转起来。他扶墙屏住气息，稳定一会儿，决定回家休息。临上电梯前，李梦浩给黄亚萍打电话告辞一声。

黄亚萍问："怎么有空打电话？"

李梦浩说："我出来了，准备回家休息呢。"

黄亚萍说："我和汤燕在唱歌呢，你来吧！"

李梦浩犹豫片刻，说道："好。"

到了歌厅。李梦浩被服务小姐引导着进了黄亚萍的包间。黄亚萍和汤燕两人正在合唱着。

> 我曾经爱过这样一个男人，
>
> 他说我是世上最美的女人。
>
> 我为他保留着那一份天真，
>
> 关上爱别人的门。
>
> ……

歌声在包厢里回荡、缭绕，从歌声里能听出一缕情绪、一丝婉约，还有一丝清纯。同样一首歌，不同的人能唱出不同的内涵和味道。一曲终了，汤燕对李梦浩说："这么快就完事了？"

李梦浩无奈地笑道："喝多了。"

汤燕嘲笑道："你就装吧！你想唱什么歌？点一首吧。"

李梦浩说："头有点晕，我就不唱了吧。"

黄亚萍说："是这些天没休息好吧。"

李梦浩点点头说："是。"

黄亚萍招呼正准备点歌的服务小姐说："姑娘，别点了，过来帮倒杯茶水。"

小姐走过来给李梦浩倒了杯水，立在那儿又问："先生还需要什么？"

汤燕说："再来个果盘吧。"

小姐按了墙上的按钮。很快，果盘送来了。

李梦浩打量了面前的女孩一眼，看到女孩穿着很素净，眼睛很清澈。李梦浩喝了口水，说："不唱歌了，就开灯吧，昏昏暗暗的，总是不舒服。"

开灯后，李梦浩发觉眼前的女孩子清清爽爽的招人喜欢，就随口问道："小姑娘，贵姓？"

小女孩回答说："姓潘。"

李梦浩又问："多大啦？"

女孩说："十八。"

汤燕笑道："你是公安局的啊？"

李梦浩感叹说："十八，多好的年龄啊！"

黄亚萍说："你也有过这样的年纪呀！"

李梦浩想到自己这样年纪时的情景，不禁长叹一声。瞬间，情绪低落下来，一股别样的滋味在胸间涌动，两眼开始潮湿，声音有些哽咽道："往事不堪回首啊！"

汤燕不解地问道："李局长想起什么伤心事了？"

李梦浩调整了一下情绪，用纸巾擦了擦眼睛，问女孩道："十八了，不大啊，是上大学的年纪，怎么到这儿来了？"

小潘低眉道："家里交不起学费，不打工怎么办呢？"

李梦浩问："你考大学没有啊？"

小潘说："考上了，是海州大学。"

李梦浩又叹了口气，说："可惜了，考上了却上不了，比没考上更痛苦。"

小潘说："我打工挣够学费，再考吧。"

李梦浩说："好，有志气！"说完，他朝黄亚萍看了眼，又说，"这么好的女孩在这种环境，到底会受影响的。小潘，你要是信得过我，回家复习功课去，明年考上了，所需学费我帮你解决！"

小潘摇了摇头，说："一不沾亲二不带故，我怎么好让你帮我呢。"

李梦浩说："我可以捐助嘛。"

汤燕说："我瞧这孩子模样，心性都不错，李局长既然想资助她，倒不如认作干女儿好了，这样就名正言顺了。"

李梦浩玩笑道："若是认了干女儿，那我就有一儿一女，是个齐福之人了。"

黄亚萍捅了李梦浩一下，提醒道："认女儿可不是简单的一件事，回家还要和你夫人商量一下才行。只有干爸，没有干妈也是不行的！"

汤燕顽皮道："还要回家商量什么！干爸有了，干妈也是现成的。姐，你就当这个干妈吧！"

黄亚萍瞪了眼汤燕，嗔怪道："你这个死丫头，唯恐天下不乱是不是？我做干妈算怎么回事？"

汤燕笑道："反正是干爸、干妈，都是干的，没关系的！"

黄亚萍把目光落在李梦浩的脸上，李梦浩微笑着。

汤燕便站起身，把小潘拉到身边，问："眼前一个是教育局李局长，一个是艺佳集团的黄总，你若愿意就认了，不愿意也不勉强。"

小潘扑闪着眼睛，有惶恐，也有疑惑，嗫嚅着问："我只是个乡下人，我怕做不好。"

李梦浩笑道："我们不需要你为我们做什么，只要你争气、成才，将来成为一个对国家有用的人，就可以了。"

小潘轻声说："好吧，我一定不辜负你们的希望。"

汤燕拍手道："你同意啦？同意了，就快叫爸爸、妈妈吧！"

黄亚萍说："你别逼人家小姑娘了。"

小潘鼓起两腮，长长地吐了一口气，样子十分可爱。

小潘移步到李梦浩面前，拘谨地鞠了一躬，轻轻叫了声："爸爸。"

还没等李梦浩答应，又挪步到黄亚萍面前鞠了一躬，叫道："妈妈。"

李梦浩和黄亚萍相互看看，都不知如何是好了。这时，汤燕说："好了，以后，你们三个人就是一家人了！"拍掌大笑起来，又说道："真好玩，我突然想起样板戏《红灯记》来，李奶奶讲述革命家史时对铁梅说，你奶奶不是你的亲奶奶，你爹也不是你的亲爹！小潘啊，我告诉你，你爸不是你的亲爸，他姓李，你妈也不是你亲妈，她姓黄，你姓潘！"

汤燕模仿李奶奶的腔调，把几个人都逗乐了。

四十八

海州市人大常委会的任命公告发布后,李梦浩办公室门上的牌子就换了,别看去掉一个"副"字,那可是搬掉压在头顶的一座山。李梦浩终于可以把理论与实践相结合了。过去,想法只是想法,要想成为做法很难。现在,只要有了想法,就可以拿出来让下面去做。即使错了也没关系,摸着石头过河,谁能不呛几口水呢。

李梦浩在负责全局工作期间,对市区中、小学校做了全面调研,发现很多学校校舍使用几十年了,都已破旧,有的成了危房。特别是学校周边陆续建起了高楼,本来面积狭小的学校就更显得逼仄了。学校老师有意见,学生家长更有意见。

面对这种情况,该如何解决呢?这个问题摆在了新任局长的面前。筹措资金对这些学校进行修缮和改造是一个办法。但不是长久之计。百年大计,教育为本。往大里说,教育是民族振兴、社会进步的基石,是提高国民素质、促进人的全面发展的根本途径。往小里说,教育是每个家庭对未来美好生活的希望和寄托。如果学校没有一个好环境,又怎么能提高教学质量呢?

李梦浩上小学和初中时,是在马陵村的草屋里,校舍低矮破旧,没有窗户,每到阴雨天的时候,教室里没有电灯,书本上的字根本看不清。那时候,乡村学校没有课桌,都是用土坯垒的台子。直到上了高中,他才坐进了明亮的教室。一晃三十多年过去了,学校的情景在他心里很清晰,抹都抹不掉。

有句老话说,人过留名,雁过留声。不为别的,就是为个好名声,李梦浩也要有所作为。李梦浩决定把市区的初中、高中校舍集中在一起,建一个海州市中学城。用老校区的土地置换建设用地,将市中心地带的老校区土地拍卖,建设成商品用房出售,再用土地出让金建造一个中学城。

市区集中建校是一个大胆的创新方案。中学城建成了,这不仅是教育局的政绩,这也是海州市的形象。政府不会反对的,一定不会反对的。

方案还没有审批下来,李梦浩找到黄亚萍商量说:"兴建中学城的事,我想打包给你们艺佳集团去做。"

黄亚萍明白李梦浩的意思,思忖一会儿说:"这事很复杂。土地批文,拆迁、招投标,很多事情都很棘手的。"

李梦浩说："只要市委市政府同意，这事操作起来不难。土地批文和拆迁工作，政府负责，建设工程方面的事，你可以运作一下。"

黄亚萍说："这是一项大工程，很多人的眼睛都盯着呢。"

李梦浩说："中学城方面的整个工程，主动权在教育局手里，老校区开发建设方面，交由其他职能部门操作，建商品房出售太复杂，我不想介入太多。只要把中学城建好了，我的目的就达到了。"

黄亚萍说："老校区开发建设的确很复杂，监管不到位，很容易出问题。不过，从地段来看，建商品房利润很大，是一块肥肉呢。"

李梦浩笑笑说："不管它肥肉瘦肉了，你就啃中学城这块骨头吧。"

黄亚萍点头道："骨头就骨头吧。建中学城，是政府拨付资金，有你盯着，我就省心多了。"

"放心，你只管工程，资金方面我来办。"

"有你在，我还有什么不放心的呢？"

"中学城的工程量也很大。要在一片滩涂上建起一座现代化学校，不是一件容易的事，不仅要保证质量，还要保证速度，我计划两年时间中学城就要竣工。"

黄亚萍想了想，担忧道："主体工程没问题，关键是配套工程，时间怕来不及。"

李梦浩说："我打包给你，你想办法吧，至于怎么操作，我就不管了。到时，我只管去验收就是了！"

"你当甩手掌柜的了？现如今的领导就是好当，只管拍脑袋，不管怎么办。"

"我相信你有办法！"

在李梦浩面前，黄亚萍有时也会像小女人一样的。黄亚萍娇嗔道："你就会欺负我！"

李梦浩看着黄亚萍，知道她有点力不从心了。但是哪个开发商能够保证质量按时完成呢？现在只有黄亚萍能够信任。无论黄亚萍做什么，怎么做，李梦浩都是放心的。因为这里面不是利益的问题，而是感情的问题。什么事情只要带着感情去做，往往会有事半功倍的效果。李梦浩意味深长说："只有你理解我，能急我所急，为我排忧解难了。"

一个月后，市长办公会和市委常委会对市教育局的报告进行讨论、研究。陆连枫书记为此事将李梦浩召到办公室，进行了详细询问和了解。而后，陆连枫在报告上作了批示。

有了领导的批示，就等于有了"尚方宝剑"。李梦浩明白，中学城建成了，就可以集中优质师资力量，打造海州市一流的学府，在一张白纸上，就可以绘出一幅亮丽的图画，这是什么样的感觉呢？

急事急办，很快，土地批下来了，规划图纸设计好了。中学城先期土建工程开工了。这天，艳阳高照，秋风怡人。李梦浩指着孔望山对黄亚萍说："两千多年前，孔夫子站在山上，遥望大海时，不知他在想什么？"

黄亚萍说："孔子肯定想不到，两千多年后，有一个教育局局长会在山下建一座中学城。"

"知者乐水，仁者乐山。这儿有山有水，是一块风水宝地嘛。"

"真没有想到，一个行伍出身的人，对教育会这么有兴趣。"

李梦浩笑道："子曰，生而知之者上也，学而知之者次也；困而学之又其次也。困而不学，民斯为下矣。"

"孔子还说了，学而不思则罔呢。"

李梦浩思忖片刻，沉吟道："性相近，习相远。教育是根本。没有一个好的教学环境，培养不出人才，还谈什么提高国民素质？"

黄亚萍叹息道："听说海州市不少中学的教师都跳槽到外地学校了，师资流失很严重，教学质量越来越差了。"

"中学城建好后，我们就可以筑巢引凤了。为官一任，不干点事情，不留下一点东西，尸位素餐，就没意思了。"

两个人说着话，看是闲话，其实又不是闲话。闲话可以铺成一条路，也可以架起一座桥，让两颗心走近。心近了，脚下的路就是坦途了。

工地的打桩机在砰砰作业，挖掘机在挖掘淤泥，翻斗车在运送渣土。虽然眼下是一片荒滩和田野，但是，两年后，这里会矗立起一座中学城，将面朝大海，春暖花开。

时间不是钟表，能停摆。时间也不是河流，可以阻挡。时间就是时间，看不见摸不着，它既无情，又有意。时间会给你脸色看。春夏秋冬就是时间的颜色。教育局院子里的桂花开了谢，谢了又开。转眼两年了，中学城区的"海州实验中学"校舍落成。在举行揭牌仪式的前一天，黄亚萍在家里炒了四个菜，开了两瓶茅台酒，对李梦浩说道："今天没有外人，就我们两个，先庆贺一下吧。"

李梦浩举起杯子说道："愿望终于实现了，这两年辛苦你了，我敬你一杯吧！"

黄亚萍摆手道："我们两个人还讲什么敬不敬的？"

李梦浩笑笑说："举案齐眉嘛！"

黄亚萍嗔道："谁和你举案齐眉。"

黄亚萍喝了后，说："两瓶酒，一人一瓶，咱们谁也不敬谁了。"

李梦浩犹豫一下，说："好吧。"

黄亚萍将酒瓶的酒全都倒在四个杯中。而后，端起一杯，就干了。也不吃菜，又端起一杯干了。

李梦浩吃惊地看着，不知道黄亚萍怎么了，便说："这样喝酒可不行，会醉的。"

"今天我就想醉一回。"

李梦浩把杯子端过来，把杯子里的酒喝了。

黄亚萍说："你喝了我的酒也不算数的，你那一瓶也必须全干了！"

黄亚萍说话时，眼睛是忧伤的。李梦浩茫然了，她是怎么了？李梦浩给自己倒了一杯，说："我干了。"

黄亚萍脸上已经绯红了，看人的眼神迷离起来。她盯着李梦浩说道："今天，我们都醉一次，行不行？"

李梦浩握住黄亚萍的手，不知所措地说："亚萍，你这是怎么啦？"

黄亚萍凄婉地说："梦浩，你还记得我们第一次见面的情景吗？"

"记得。"

"你还记得仙人屋吗？"

"我怎么会忘记。"

"该死的一条蛇。"

那是一条花斑蛇，两眼晶亮，嘴里吐出的蛇信像一根银针。蛇身盘卷起来后又像一个蒲团。想起仙人屋里那条蛇，李梦浩顿感有一丝阴气袭来，心中陡然一颤。

李梦浩沉吟片刻，说道："我平生最怕蛇了。"

黄亚萍叹息道："你怕的是你心里那条蛇。"

李梦浩低声道："人总是有所惧的吧。"

黄亚萍晃着空杯子说："来，喝酒吧，酒壮英雄胆。什么样的蛇都怕酒的。"

"好，我喝。"李梦浩倒了一杯酒，端起杯子就干了。

黄亚萍呢喃道："梦浩，你还记得陆游的一首诗吗？"

"哪一首？"

"春如旧，人空瘦。泪痕红浥鲛绡透；桃花落，闲池阁，山盟虽在，锦书难托。莫，莫，莫。"

李梦浩轻吟道："红酥手，黄滕酒。满城春色宫墙柳；东风恶，欢情薄，一怀愁绪，几年离索。错，错，错！"

黄亚萍哽咽着说："几年来，要说不想，那是骗人的。我也是个女人哪！"可是有什么办法呢？错错错，莫莫莫，只能是，莫道不销魂，帘卷西风，人比黄花瘦。

李梦浩摇晃着站起身道："我知道的。"

黄亚萍嘟哝说："天知、地知，你知、我知。喝酒吧。"

李梦浩走过去，扶起黄亚萍，说："不喝了，我们就说说话。"

黄亚萍推开李梦浩，蹒跚着向楼上走去，到了卧室，黄亚萍从床头柜里拿出一张卡递给李梦浩说："这里有二百万，是给你的！"

李梦浩摆了摆手，吃惊地问："给我干什么？"

"不都这样吗？这是生意场上的规则。"

"我们之间需要这样吗？"

"那需要怎么样？我不是行贿，这是你的操心费。"

李梦浩把卡放到床头柜上说："我不需要钱。"

"你需要什么？"黄亚萍追问道，"告诉我，我给你！"

"我需要你。"

"好！"黄亚萍坐到床上，把李梦浩拉到身边坐下，"今天，我就给你！"

李梦浩揽着黄亚萍的肩说："在我心里，你早就是我的了。"

"真的吗？"黄亚萍将头靠在李梦浩的肩上，幽幽地问，"梦浩，我们认识多久了？"

李梦浩想了想，说："七八年了吧。"

黄亚萍说："七年零四个月了。"

李梦浩把黄亚萍揽进怀里，吻了一下说："时间过得真快！"

黄亚萍说："我却觉得慢，好慢啊，像是七十年那么长。"说完，黄亚萍就把头埋在李梦浩的怀里抽泣起来。

李梦浩抚摸着她的后背，轻轻地拍着，悲怆的情绪涌上心头。

黄亚萍喃喃地说："我好孤独啊！"

"我明白。"

黄亚萍说："我好想要一个自己的孩子！"

李梦浩心里明白，但无言以对。

黄亚萍嘟哝说："我还年轻，能生的！"

李梦浩说："生是没问题的。"

黄亚萍附在李梦浩耳边说："梦浩，你让我生一个吧！"

李梦浩犹豫了。

黄亚萍说："你不要怕，我一个人养！"

李梦浩点点头："我明白。"

李梦浩捧起黄亚萍的脸，吻干了她满脸的泪花，定睛地看着她。四目相对，虽泪眼模糊，但是都能听到彼此的心跳，也能看见对方心底的忧伤。

此时此刻，有一个声音在呼唤，爱吧，爱吧，全身心地去爱吧。什么名利、地位、金钱，在爱面前都是虚无缥缈的，只有爱是真实的，是生命不可或缺的。

爱，不只是语言，爱需要行动。

这个时候，眼前就是万丈深渊，也要跳下去。不然，情到深处太折磨人了。在心仪已久的女人面前，不仅是荷尔蒙在涌动，还有爱在燃烧。李梦浩终于挣脱了理智的束缚，把一切都抛到九霄云外了。

爱过之后呢？李梦浩不去想了。

李梦浩目光坚定起来，对黄亚萍说："那就生吧。生一个、生两个都随你！"

黄亚萍问："你想好了。"

"想好了。"

"不怕？"

"不怕！"

"好，来吧。"

两个人像是孩童含着棒棒糖，贪婪地吻着。

黄亚萍突然就用牙齿咬住了李梦浩的舌头。李梦浩以为是闹着玩的，可不是，真咬了。李梦浩咧了咧嘴，黄亚萍松了口，问："痛吗？"

"痛。"

黄亚萍推开李梦浩，问了一个很难回答的问题："梦浩，我们是情人呢还是朋友？"

李梦浩为难了。

李梦浩不好用"情人"这两个字来定义他和黄亚萍之间的关系。

李梦浩终于说出一句："我们就做没有名分的爱人吧。"

这句话虽然模棱两可，但还是让黄亚萍感动了。黄亚萍掀开蚕丝被子盖住身子说："我只要爱，不要名分。"

爱应该是甜蜜的，当然有时也会苦涩。但大多数时候是甜的，爱就像打开一个蜂箱，用手指头蘸一点箱板上的蜜，放在舌尖上那种味道。爱的道路往往通向婚姻，他们的爱会不会落入俗套呢？爱很简单，完全可以原生态，婚姻就复杂多了，它是放在超市货架上的瓶装蜜，有包装，有标签，有价格。虽有甜蜜的味道，但已不是原来的蜂蜜了，已变成一种"保健品"了。

这时候，已经是水到渠成了，完全可以无忧无虑了。可是，黄亚萍突然变卦了。她推开李梦浩，苦涩地说道："不行！我怕。"

婚姻诚可贵，爱情价更高，若为自由故，两者皆可抛。

黄亚萍的变卦很突兀，一点铺垫都没有。李梦浩看到黄亚萍的脸色陡然变得凝重起来。

李梦浩狐疑地问："你怕什么？"

"我怕我管不住自己。"黄亚萍坐起来，"今天，咱们还是再忍忍吧，都忍这么多年了。我怕有了第一次就会有第二次，会上瘾的。现在这样就足够了，水满则溢，何必要再进一步呢？"

四十九

海州实验中学揭牌暨开学典礼结束后，市教育局在蓬莱阁大酒店安排了午宴。市委书记陆连枫本来是要参加的。只因省里来了人，陆书记只好走了。一同来的市委周秘书长和郑处长不便留下，也随陆书记一起回去了。留下来的就是兄弟局和驻海州市各大院校的领导以及报社、电视台新闻媒体的记者们。陆书记在场，大家是众星捧月。陆书记离开了，李梦浩局长就得唱主角了。

本来，李梦浩安排几个院校的校长和报社、电视台的两个女记者在主桌陪陆书记一行午宴的。现场临时变动，兄弟局和院校领导在主桌，媒体记者一桌，工作人员一桌。李梦浩先在主桌上敬了大家三杯酒，便匆匆走进新闻记者的包间。

李梦浩深知媒体的重要性。领导干部千万不能忽视媒体，更不能轻视记者。从上到下、从内到外，电视上、报纸上，哪天不宣传报道领导们的工作？现在的媒体宣传大领导是"讲政治"，宣传小领导就讲感情了。

李梦浩端着高脚杯走进包间，拿眼一扫，几个记者杯中都是饮料，红的、白的、黄的都有。只有局里纪工委书记李宏彬和办公室朱主任的杯里是白酒。李梦浩进门后，记者们都没有动静，各吃各的。只有朱主任站起身，说了声："各位，李局长来敬酒了。"

李梦浩站在门边有些不高兴，立马拉下脸来道："朱主任，这是怎么回事？这些弟兄都辛苦一上午了，也不陪好！"

朱主任嗫嚅着，看了眼记者们，赔着笑脸说："我在陪呢！"

李宏彬晃了晃杯中的白酒，沉吟道："这些兄弟说下午要回去发稿呢。"

李梦浩又扫了眼记者们，眼前倏然一亮，靠主宾位子的那女人端着酸乳正在抿着，纤细白嫩的手指捏着高脚杯，那样子既矜持又有韵味，红唇轻贴杯沿，洁白的奶乳沾在朱唇上如梅花带露。李梦浩的目光正好与那女记者的目光相对，他看见那女人眼里汪着一潭水，清澈却探不见底。李梦浩下意识地点了点头，脸上不自觉地露出了笑容。李梦浩问："弟兄们，对了，还有女士们，是这样吗？"

李梦浩说完，又把目光落在那位美女记者身上，眼睛生辉。那女记者放下杯子，轻轻地朝他点了下头。此时，李梦浩有些心旌摇荡。他来敬酒原本是礼节性的，表达一下意思就行了。李梦浩了解这些记者们。桌上的几位都是跑文教卫口的，常打交道，唯一面生的就是那个美女。这些人最好面子，最务虚了，酒可以不喝，但不能不敬。喝的是辣水，敬的却是情意。

李梦浩把手中的杯子晃了晃，说："现在开始'扫黄'，我带头。杯里带色的，全部干了。而后，我敬大家一杯纯白的！"说时，李梦浩就把杯里的啤酒干了。他让服务员给他斟满，便坐到桌边静候着。电视台的一位记者说："我们回去还要发稿呢！"

市报的一位记者附和道："李局长，改日吧。"

李梦浩豪气起来："稿子可以不发，感情不能不讲。再说了，早发一天晚发一天，也不是多大的事！"

电视台的记者说："我们发的是陆书记参加开学典礼的新闻啊。"

李宏彬接话道："这样吧，既然回去要发稿，那就报社、电视台各出一个代表，局长来敬的酒不能不喝吧？"

朱主任说："我也把杯子倒满了，陪一下。"

李宏彬说："好，那我也赞助一杯。"

市晚报的一位记者向服务员招了招手，说："给我斟白酒，宏彬书记都赞助了，我们不能拂了李局长的一番真情厚谊！"

市电视台的男记者也换了白酒。市日报的两个女记者相互瞄了对方一眼，都没有当代表的意思。李梦浩知道那位熟识的女记者酒量有限，便说道："这位美女是初次谋面，还不知贵姓呢！"

朱主任忙介绍道："刚才忘了介绍了，这位是日报社的才女，新闻专题部的唐主任。"

唐主任欠了欠屁股，颔首道："是副主任，唐韵。"

李梦浩想站起身和唐韵握手，只嫌桌子太大，又坐对面，手长莫及，便点头示意道："久闻大名，幸会，幸会。"

唐韵眉毛一挑，微笑道："李局长说笑话了，我一个名不见经传的小记者，怎么可能入李局长耳目？如今在海州市，李局长才是如雷贯耳的人物。资源整合，十所学校联动，中学城奠基，一项项革故鼎新的工程，令人振奋，与海州市教育界领导人相聚，那才是荣幸呢！"唐韵的套话很流畅，她的眼睛只是瞟了一下李梦浩，并没有把目光停在他身上，而是机警得像探照灯，来回地在每个人身上扫描着。说话的腔调也是字正腔圆的，没有一点讨好阿谀的意思，倒给李梦浩感觉有点嘲讽的味道。李梦浩胸口有点堵，若有所思地注视着唐韵。

李宏彬说道："局长可能有所不知吧，我们这位唐主任，可是海州市著名的作家、诗人呢！"

李梦浩收回目光，端起杯子笑道："本人是行伍出身，又是个不懂文墨之人，在文化人荟萃的地方，真是有眼不识金镶玉，失礼了。来！我先敬唐主任一杯！"

唐韵端起奶乳，说道："抱歉，我是不喝白酒的，只好以奶代酒了。"

朱主任拿了酒瓶走过去，站在唐韵身边道："这怎么可以！说好换白的。"

唐韵歪着头看着李梦浩，问："李局长，我不喝白的可以吗？"

在有女人的场合，不管环肥燕瘦，李梦浩一贯是怜香惜玉、有绅士风度的。可是，李梦浩毕竟是一局之长，又在兴头上，刚才堵在胸口的那股气还没有通，便盯着唐韵道："不说我们是初次相识，单独敬你，就是作为日报社的代表，今天这杯酒也是该喝的吧！"

唐韵犹豫着。

李梦浩将杯中的酒一仰脖子干掉了，对着大家说："李某不成敬意，先干为敬，各位都干了吧！"

在座的都干了杯中的酒，只有唐韵在尴尬着。

李梦浩瞅了眼，说："来，将我的杯子再斟满，我等唐主任。"

李梦浩是有意要给唐韵难堪了，局面有些僵了。唐韵有点不知所措，本来很矜持、骄傲的神态被一杯白酒稀释了、冲淡了，一副委屈、无助的样子。李梦浩暗自一笑，他最看不惯一些女人肚子里略有点诗书才华，就摆出一副目中无人骄狂的样子。如果李梦浩不知道唐韵是作家、诗人，如果唐韵在和李梦浩说话时能够温婉、娇柔一点，也许李梦浩对待唐韵就是另一番感觉了。

晚报的那位记者又斟满了酒，端着杯子说："李局长，我打的过去，敬您一杯！"

李梦浩用手压了压说："我们都是老朋友了，不必客气。"端起满杯示意一下就干了。

电视台的记者也举起杯中的白酒道："李局长，我敬您一杯！"

李梦浩笑道："互敬吧！"说完，又把刚斟满的酒干掉了。

日报社的女记者拍手鼓掌，对李梦浩莞尔一笑，说道："局长大人，真是海量！小女子不胜酒力，今天只好以茶代酒，敬您一杯，还望领导大人海涵！"

李梦浩把杯里酒喝掉一半，放下杯子，笑说："只要感情有，喝什么都是酒！"

女记者娇声嗔道："还说感情有呢！只喝一半，对我半心半意。"

唐韵接话道："刚才李局长说了，只要感情有，喝什么都是酒，领导的话对我们来说，那就是指示。来，我敬李局长一杯！"唐韵站起身，举着杯中的奶乳，似笑非笑地看着李梦浩。

李梦浩温和地说道："一心一意就要犯错误了。"他把目光落在唐韵脸上，觉得这女人还算机智，便又说道："我的话怎敢说是指示？若是指示，你早就该喝白的了！"

唐韵说："如果李局长非要和我喝白酒，那好，等有机会，我舍命相陪！"

日报的女记者帮腔说："我们唐主任还是能喝点酒的，只是下午还要采访你，搞个专题，所以怕误了事就没有喝。"

"是吗？"李梦浩端起半杯酒，释然道，"那好，我对你们二位也算是全心全意了！"说完，李梦浩把杯里酒干了，站起身又对大家说道："你们吃好，喝好！下午没事就留下来，朱主任安排好！"

李梦浩端着空杯离开了包间，出门后，又扭头回望了一眼，目光正好与唐韵目光相撞，他不由自主地朝唐韵点了点头。

下午上班时候，局机关很静。中午喝了酒，机关人员迟到和借故不上班的都习以为常了。教育局每个干部都配备了小灵通，有事就打过去，也不会误多大事。李梦浩对此也是睁只眼闭只眼，不作计较。

李梦浩到办公室后，就将办公室的门插上，在卫生间的浴缸里一边泡澡，一边给黄亚萍打电话。李梦浩的酒量是可以的，在部队时练出了量，半斤八两不在话下。只是在记者席上喝得猛些，又到主桌上唱了独角戏，少说一斤酒就喝下去了。喝多了酒，李梦浩就容易兴奋，兴奋了，胆子就壮了。李梦浩撩着水问："亚萍，你在干吗？"

黄亚萍懒洋洋道："睡觉呗，还能干吗呀！"又问："你在干吗？"

李梦浩将身子没入水里，翘着脑袋说："我在洗澡呢！"

黄亚萍嘟哝道："讨厌，洗澡还给我打电话呀。"

李梦浩呵着酒气道："想你了。"

黄亚萍哼了一声，说："中午喝多了吧！陪陆书记喝的？"

李梦浩坐起身，说："陆书记仪式结束就撤了，是陪媒体一帮小记者们喝的！"

黄亚萍笑道："谁有那么大酒量，能把你喝多了？"

李梦浩道："你听我是喝多了吗？"

黄亚萍说："你说话舌头都直了，不多才怪！"

李梦浩道："可能是多了点，现在脑袋有点涨。"

黄亚萍轻声道："那就别再泡热水澡了。起来，在床上躺着，也别开空调，一会儿我给你送醒酒茶去。"说完，就挂了。女人的温情和关怀，很容易让一个刚强、自负的男人变成一个听话的孩子。李梦浩从浴缸里爬起来，摇晃着走到床边，都忘了穿睡衣了，只把浴巾一裹就躺倒了。懵懂中，他握着手机还想打电话，一时却不知给谁打了。想了半天，都摇了摇头。李梦浩哀上心头。自从当了局长，朋友多了，圈子大了，能打电话聊天的却少了。特别是在醉酒后，能够让你想到的人就更少了。能毫无顾忌说说心里话的人，除了黄亚萍，再没有第二个人了。

李梦浩叹息一声，迷迷糊糊地睡着了。

不知睡了多久，李梦浩被手机铃声吵醒。他看了眼号码，问："你干吗呀？"

"是我，你起来开下门。"对方说。

"好吧，你等一下。"李梦浩扔了手机，披着浴巾就急慌慌地开门去了。

拉开门，黄亚萍闪了进来。

李梦浩向后退了一步，说："你还真给我送醒酒茶来了？"

黄亚萍转身将门又锁上，瞅了眼李梦浩，难为情道："瞧你这个样子，还局长呢！要是让局里人看见了，你就是海州市一大新闻了！"

李梦浩疑惑道："我怎么啦？"

黄亚萍扭过脸，说："从没见你醉成这样，快去穿衣服吧！"

李梦浩啊呀一声叫唤，忙用浴巾将身体遮了，慌张地向套间跑去。在里面边穿衣服边赔罪道："喝多了，真是喝多了，不是故意的！亚萍，你千万别怪罪！"

黄亚萍幽怨道："我又不是没看过。"

李梦浩穿好衣服，酒也醒了一半，依旧是衣冠楚楚的样子。他上前拉着黄亚萍坐到沙发上，认真地说："只有在你面前，我可以不知羞耻，也只有面对你一个人，我可以赤裸裸的！"

黄亚萍两颊泛着红晕，屏住气息，嗔怪道："那我是什么人？"

李梦浩真诚地说道："贵人啊，不是老婆胜过老婆。"

黄亚萍撇嘴道："我可不敢当。"

李梦浩站起身，将黄亚萍拉进怀抱，在她额上吻了一下，说："如果没有你，我的日子就苦了。"

黄亚萍挣开李梦浩的怀抱，抻了抻衣服，笑道："别贫嘴了，我给你做了醒酒茶，你先喝一杯再说。"

李梦浩接过黄亚萍递过来的杯子，喝了一口，说："这味道好奇特呀，有点酸，有点苦，还有点甘甜，是什么东西配制的？"

黄亚萍故作神秘道："这可是祖传秘方。不然，我一个弱女子敢在酒场上和你们男人斗酒吗？"

李梦浩咕咚咕咚将一杯喝光了，而后摇晃了一下头，说："真是奇怪了，一杯下肚，顿感神清气爽啊！"

黄亚萍又给李梦浩倒了一杯，说："你酒醒了，我该回去了，不能耽误你工作。"

李梦浩说："重头戏算是告一段落了。我想喘口气，下一步再细细谋划一下，到时，我搭好台子，你继续唱戏吧！"

黄亚萍只是笑笑，就告辞了。黄亚萍一走，李梦浩的心就空了。这种空，不是空荡荡的那种空。这种空，是一种拥堵、熙攘缝隙中的那种空。当手机的铃声再次响起时，一刹那，李梦浩就恢复了肃穆。他整理一下衣服，抄起手机问："什么事？"

"局长，你在办公室吗？下午报社的唐主任要采访你，你有时间吗？"电话是办公室朱主任打来的。李梦浩沉吟片刻，说："带她到我办公室来吧。"

本来，李梦浩想吊一吊唐韵的。一局之长，也不是谁想见就见的，但唐韵那双深潭般的眼睛在他脑子里扑闪了一下，让他有种急不可待的感觉。对待女人，特别是秀色的女人，多数男人是不讲原则的。即使是领导干部，也会情不自禁地放下"臭架子"的。

朱主任带着唐韵敲门进来了。只几个小时的工夫，唐韵像换了一个人，李梦浩都不敢认了。

李梦浩从靠背椅上站起来，认真地打量着唐韵，玩笑道："你是中午在酒店我见到的那个唐主任吗？"

唐韵将手包垂在腹部，一副淑女的神态，歪着头白了眼李梦浩，反问道："你见过我？"

李梦浩伸手示意道："请坐，唐主任。"待唐韵坐到沙发上，又道："我只见过那个冷傲、不喝酒的唐主任，眼前这个美女我还是第一次见。"

朱主任给唐韵倒了杯茶水，退到门边说："局长，唐主任要采访你，我就不打扰了。有事再叫我。"

李梦浩点头道："好，晚餐你安排一下吧。"

唐韵笑道："李局长是不是想报复我？"

李梦浩坐在唐韵的对面沙发上，定睛看着唐韵。唐韵被盯得有点忐忑，疑惑地问："是我说错了，还是……"

李梦浩微笑着摇了摇头。

唐韵理了理鬓发，又掏出纸巾擦了一下额头，说："你办公室好热啊！"

李梦浩笑道："唐主任是紧张吧？"

唐韵乜了眼李梦浩，说道："在你局长面前，哪个女人不紧张啊。"

李梦浩说："听你这话，好像我很可怕？"

唐韵说道："不是这个意思。老百姓见当官的，还有不紧张的？"

李梦浩说："唐主任开玩笑了，你们记者，什么大官、大场面没见过？你还能紧张？"

唐韵说："拜托了，别再叫我唐主任了，叫我唐韵好了，叫小唐也行。"

"好。那我就叫你唐韵吧。"李梦浩喝了口水，发现杯里是醒酒茶，便将头靠在沙发上，闭着眼沉思着。

"李局长，报社领导安排，让我给教育局做个专题，我有一些问题想采访你。"唐韵掏出采访本，开始采访了。

李梦浩睁开眼，坐直了身子，又把目光落在唐韵的脸上，半天才说："听说你是作家，也写诗？"

唐韵说："这与本次采访无关吧！"

李梦浩说："我不懂诗，但，我也认识几个诗人、作家和艺术家什么的，你和他们不一样。"

唐韵问："有什么不一样？"

李梦浩说："他们要么低迷颓废，要么趾高气扬。说话偏激，像个疯子。"

唐韵笑道："李局长是在绕弯子打击我吧，不就是一杯白酒嘛！至于这样耿耿于怀。"

李梦浩摇头，又道："不关酒的事。你知道有一个叫许晴的演员吗？"

唐韵点头说："知道，挺漂亮的，也很有气质。"

李梦浩说："在影视界女演员中，我最喜欢她了。"

唐韵抿嘴笑起来，哂笑道："许晴是你梦中情人吧？"

李梦浩肃着脸说："唐韵，知道你像谁吗？"

唐韵一时没转过弯，随口说："你不会也认为我像许晴吧？"

李梦浩说："许晴很像你！"

唐韵脸一下红了，嘴巴咧了咧，两个深深的酒窝出来了。白皙的脸上染着红晕，就像挂在枝头的国光苹果，晶莹、光滑、圆润，令人满口生津，有股脆生生、甜中带酸的味道。

唐韵躲开李梦浩的目光，低头道："李局长真会开玩笑。"

李梦浩说："如果可以的话，我想拜读一下你写的诗！"

唐韵说："还是别看吧，在李局长的眼里，我那些诗可能都是无病呻吟罢了！"

李梦浩说："等到病入膏肓，再呻吟就晚了！"

唐韵扑闪着眼看着李梦浩。

李梦浩便又道："我不懂诗，但我知道，言为心声，诗为心语。诗人的心灵是赤裸的婴儿，娇嫩、脆弱，最容易受伤害！古时的陆游、屈原，现代的海子，他们都是时代的牺牲者。我记得海子有一首诗：远方除了遥远一无所有……更远的地方更加孤独……远方的幸福是多少痛苦……海子写得多好啊，参破了红尘，可他却误了人生！要我说，人生没有远方，也没有天堂，只有痛并快乐着，才是真实的人生！"

唐韵低眉道："李局长口若悬河，还说不懂诗呢！"

李梦浩呵呵一笑，说："好的诗我还是能看懂的！"

唐韵说："那以后还请李局长指教了。"

李梦浩玩笑道："李白斗酒诗百篇，要想写好诗，你要喝酒才行啊！"

唐韵说："你还记着喝酒的事啊？那好吧，我也不食言，今晚我就和你一个人喝，不许别人掺和！"唐韵瞟着李梦浩，两眼波光粼粼的，起了涟漪。

"好！一言为定！"李梦浩站了起来，又问道，"你是喜欢茅台，还是五粮液？"

唐韵说："那些酒真的少，假的多。就喝本地酒吧！"

"行，听你的！"李梦浩开始收拾桌上的文件，想要走的意思。

唐韵坐着不动，说："我的任务还没完成呢！"

李梦浩走过来，伸手扯着唐韵的胳膊说："走吧，边喝酒边采访，酒后吐真言。"

唐韵娇嗔道："你要把我灌醉了，完不成任务，你负责啊！"

女人的娇柔有时比女人本身的漂亮更可爱、更撩人。

李梦浩兴致勃勃，心里有股暗潮在涌动着，眼前这个女人让他动心了。他看着唐韵，爽快道："我负责！"

风乍起，吹皱一池秋水。

五十

李梦浩和唐韵一前一后从办公楼里走出来，刚下了两个台阶，一辆黑色奥迪就悄无声息地停在了门前。小于下车绕到轿车后面，拉开车门等着局长上车。

李梦浩走到车边，并不着急上车。李梦浩仰面望着西坠的太阳，感叹了一句："夕阳无限好，只是近黄昏啊！"

唐韵站在车边笑道："李局长好兴致。今天的阳光真的很好，晴空万里，风过袖底，也不闷热，是个怡人的日子。只不过，这两句用在此时，又从局长口里说出来，就不合时宜了。"

李梦浩瞅着唐韵，故作认真地问："怎么就不合时宜了？"

唐韵说："时光还早，日光正炽，离黄昏还有一个时辰。再说，李局长年富力强，前程似锦，此情此景，不该有这样的感叹！"

李梦浩略作沉吟，问："此情此景该作如何感叹？"

唐韵偏着头作思考状，片刻吟道："莫道秋深春意尽，更多丛菊胜蔷薇。"

只是瞬间，李梦浩的心口怦怦地跳动起来，血液像是加了压，开始涌动。和这样的女人如此相识，使他淡然的心情忽然明亮起来，又牵动些许情丝。唐韵吟的虽是别人的诗句，拾了前人牙慧，但，能与他一唱一和，又窥到了他的心意，可谓心有灵犀。此时的阳光温馨静谧，少了夏日的狂野，多了一份温婉恬静，犹如身边的女人，让人心底生出怜爱。

李梦浩拉了唐韵一下，将她让进车里。

按理说，李梦浩应是先上车的。男人绅士一点，让唐韵先上车也符合礼仪。只不过，小于开车门的位置是专车领导的座位。李梦浩客气地让唐韵坐进去，唐韵没有迟疑就上车了。李梦浩只好绕到另一边车门上了车。以前在部队时，师团领导坐车，都喜欢坐前面副驾驶位子。因为前面视野开阔，有利观察和指挥。到了地方后，坐车的位置就变了。副驾驶的位子是专车领导的秘书或是部属坐的，领导都坐在副驾驶后面靠右的座位。据说，此座位是车上安全位置。因此，领导都坐在这个座位上，约定俗成了。若是有谁不懂规矩，上车坐了领导的座位，那就犯了大忌。就像坐主席台，谁在左谁在右，谁在前谁在后，一点差错都不可以的！

唐韵不懂，无知则无畏。李梦浩上车坐到了唐韵的身边。小于便扭头问道："可以走了吗？"

李梦浩说："走，蓬莱阁。"

蓬莱阁是教育局的定点酒店，店内吃、喝、玩、乐、住"一条龙"，是海州市高档次、高消费的地方。

车子开到酒店门厅，两个门童迅速上前拉开车门，引导着李梦浩和唐韵穿过大厅，步入电梯。

站在电梯门前穿旗袍的小姐问："先生，几楼？"

李梦浩说："六楼。"

到了六楼，出了电梯，又有小姐上前问："订好的吗？"

李梦浩说："夏威夷。"

服务小姐在前面款款走着，将李梦浩和唐韵引到了夏威夷厅。进了包厢，两位身着黑色裙装的女人躬身施礼："欢迎先生和女士光临。"

李梦浩微微点头，说道："先上壶茶吧。"

一位女人近前问："先生需要什么茶？"

李梦浩把目光落在唐韵脸上，低声征求道："你喜欢什么茶？"

唐韵正打量着包厢的环境，便说："随便吧。"

李梦浩说："毛尖吧。"

唐韵皱了一下眉，偏着脑袋盯住李梦浩问："中午时是在几楼？"

李梦浩说："中午在二楼啊。"

唐韵有些诧异地说："中午和晚上的房间不一样哎！"

李梦浩笑道："二楼是宴会厅，六楼是情侣厅，怎么可能一样呢？"

唐韵一怔："咱们怎么来情侣厅了啊？"

李梦浩诡秘一笑，说："孤男寡女，不到情侣厅，到哪个厅？"

唐韵又扫了眼包厢里的装饰，叹道："这儿好有情调噢！"她围着圆桌翩翩地转了一圈，到李梦浩身边后，用食指戳了一下李梦浩的腰说道："你好坏哦，把我带到这儿来。"

李梦浩问："是第一次来吗？"

唐韵点了点头，问："你常来？"

李梦浩瞄着唐韵的神态，笑道："也不经常来，偶尔吧。"

"和谁？"唐韵斜了一眼，"是和你夫人吗？"

李梦浩说："不是，是和朋友。"

"情人吧。"唐韵挑衅地问了一句，情绪瞬间有点失落。

李梦浩看在眼里，解释道："不是情人，是朋友。"

这时茶送进来了。一位小姐摆好茶具，从洗茶、温杯开始，逐项演示一遍茶艺。而后，递上一盅茶，说："请先生品尝一下。"

李梦浩谦让道："请这位女士先品吧。"

唐韵接过茶盅，放进鼻前嗅嗅，将茶盅贴近唇边，轻轻一抿，然后微闭眼帘，略作沉思状，将茶水咽了，说道："不错，是好茶。"

李梦浩看唐韵品茶并不外行，做得有模有样，便知唐韵也算见多识广，不是那种只知诗书、不知世俗风月的女人。李梦浩接过小姐递来的茶盅，放在嘴边嘘了两下，便一饮而尽。

唐韵瞟了眼，问道："感觉怎么样？"

李梦浩笑道："不怎么样！"

唐韵撇嘴道："你这样牛饮，是品不出味来的。"

李梦浩道："这里的茶一般，水就更差了。用自来水泡出的茶，你说能有什么好味道呢？"

"我感觉还不错嘛！"唐韵又端起一盅品了品，眯着眼回味着，很认真的样子。

李梦浩问："看你这副模样，对茶道挺内行的嘛！"

唐韵抬眼望着李梦浩，扑闪着眼道："李局长是什么意思？"

李梦浩说："你喜欢喝茶？"

唐韵说："一般来说，男人喜欢酒、女人喜欢喝茶的吧。"

李梦浩说："不一定，我也喜欢喝茶。酒嘛，看与谁喝，不是有酒逢知己千杯少之说吗？应酬的酒，喝的是面子，知己的酒喝的是心境。"

唐韵笑道："什么事情到了你的嘴里都有说辞了。我看今晚咱们就别喝酒了，喝茶吧！"

李梦浩说："不可以，说好喝酒的，朝令夕改不行。再说，这儿也不是喝茶的地方。"

唐韵说："那就换个地方，我们去豆蔻茶社品茶如何？"

李梦浩认真地问："你常去那里？"

唐韵说："偶尔吧。"

李梦浩问："都和谁去呢？"

唐韵道："一个人，独来独往。"唐韵不解地问："喝茶还要热闹吗？"

李梦浩说："下次吧，哪天有空就去'豆蔻'吧！"

"为什么要下次，今天不好吗？"唐韵像个小女生般地坚持说。

"定好的事情，我不喜欢变动。"李梦浩说。

"你是不是想把我灌醉，出我的丑啊？"唐韵嘟着嘴说。

"怎么会呢？再说，你也是能喝点酒的吧？"李梦浩说。

"能喝一点，但我不想喝，我就想喝茶嘛！"唐韵娇柔起来，也挺招人怜惜的。李梦浩的心有些松动，便说："那你就说说茶吧，说得好了，就去喝茶。"

唐韵说："喝茶喝的是闲适、怡情，品的是人生况味。"

李梦浩说："不错，那什么样的茶是好茶，什么样的水是好水呢？"

唐韵白了李梦浩一眼，嗔怨道："我没研究过，我就知道我喜欢喝毛尖。"

李梦浩会心一笑："我也喜欢喝毛尖。不过，喝毛尖最好用透明的水晶杯子好。在茶室要喝铁观音、龙井，最好是金骏眉。"

"为什么？"

"毛尖味淡，两泡就无味了，再就是毛尖形状雅致，舒展后就像雨后春笋，边品边可观赏。若是放在陶壶里泡，不是白白失了一份秀色？"李梦浩沉吟着，"龙井是好茶吧？但龙井也分几个档次，上品的龙井要在清明前几日，下过夜雨之后，日出时采摘茶芽。有了好茶，还需有好水，比如雪水、泉水，这样泡出的茶才是真正的好茶！"

唐韵若有所思道："好茶是有的，可好水难有啊。"

"是啊，好水才能泡出好茶。可是，没有好水，泡出的只能是大碗茶，解渴而已！"

唐韵叹了一声道："现在谁还有品茶的工夫呢？"

"不论茶了，谈酒！"李梦浩招了招手，对站在门边的小姐吩咐道，"上菜吧！"

唐韵站起身，问道："朱主任和司机怎么不来了呀？"

李梦浩坐到圆桌边，说："他们另有安排了，今晚就一对一，一醉方休！"

唐韵坐到对面，看着李梦浩说："我可陪不了你！"

"别搞错了，是我来陪你！"李梦浩说。

"谁陪谁都一码事。"唐韵低沉道，"你刚才谈茶，一套一套的。你没有品这里的茶，又怎么就知道，这茶不是好茶呢？"

李梦浩怡然笑道："世界上没有无缘无故的爱，也没有无缘无故的恨，商家不会做赔本的买卖。这包厢的茶水是免费奉送客人的。宝贝，你说，这茶水能好到哪里去？"

唐韵恍然大悟道："啊？对呀！也是哦。"这时，唐韵脸上染了一抹羞怯，低眉又道："谁是你宝贝？可不能乱说哦！"

这一刻，包厢里就静了。这种静是表面的静，像海面，看似无风无浪，其实深处是波涛汹涌、暗流滚滚的。李梦浩想说话，却没有说，说什么呢？和唐韵分辩吗？分辩就太没有意思了，那就失去情调了。有些事情是含糊一点好，朦胧一点好，清晰了，可能就不美了，就像蒙娜丽莎，或者油画。

唐韵一进来时还是大大方方、没心没肺的样子。刚听说这儿是情侣包厢时，心里只是起了几波涟漪，没有过多地浮想。她是报社的记者，什么样的人没见过？什么样的场面没经过呢？又不是刚出道的小女生。在海州市地面上，凭唐韵的那张脸和缜密的心思，是不会怯场的。唐韵之所以敢接招，敢与李梦浩叫板，一是她有采访任务；二是她熟悉当下的官场。在唐韵的心里，他们在办公室里都是一副韦驮面孔，到了酒场，特别是见了女人，尤其是漂亮的女人，就像舞台上"变脸"一样，"黑脸"变"白脸"了，"老生"变"花旦"了。个个都像弥勒佛，笑容可掬和蔼可亲的样子。

可是，现在不一样了。唐韵有些心慌意乱，她不是担心喝酒。酒有什么可怕的！对酒可以当歌，一醉也可以解千愁。唐韵的心慌意乱，不是恐惧，也不是怯场，而是一种神迷，就像醉了酒，有点兴奋，有点飘忽，还有点渴望。

两人对坐着，都不说话。偶尔相视一下，两束目光碰撞一起，闪出了火花，唐韵就把目光移开了。

"夏威夷"之所以叫夏威夷，那是有特色的。夏威夷是什么样地方？虽然，李梦浩没去过，唐韵也没去过。但是，把那个美国的火山岛，拿来作中国酒店情侣包厢的名字，有点不伦不类，细细琢磨，也有另一层意思，那就是风情、浪漫的地方了。

通常情况下，初次相识，像李梦浩这样身份的人，是不该带唐韵到这样地方的。李梦浩把唐韵带到这里，太暧昧了，是有意了。有点老夫聊发少年狂的意思。

两人相对，不说话，不等于没事，不等于无变化。有时，不说话比说话更要命，更让人急迫、心焦、畅想。就像原子弹，只要一点燃起爆，核反应看不见，一爆炸就是一朵蘑菇云，惊天动地。

菜上来了，黑衣女子开瓶斟酒。李梦浩偏头打量一眼，虽是眼生，却也目醉心怡。这女子看不出年龄，也许十八，也许二十，看不出是浓妆艳抹，但年龄是隐在妆容后面的。虽不青涩，但也不圆熟，眼睛里迷着一层雾，大概是在这样情景中浸淫久了，麻木的缘故。只是那身材让人惊叹，苗条但不失丰满，如初春杨柳，婀娜多姿却不柔弱轻浮。这样的女子在娱乐场合并不鲜见，就如墙上的画，是一道风景，看就看了，转瞬即逝。

斟好了酒。李梦浩打破了静默，说："唐韵，今天是个好日子，我不想再多说什么，来！一切尽在酒中！"李梦浩端起酒杯，向唐韵示意一下就干了。

唐韵像是在梦中被唤醒的样子，有些拘束，也有些怯意，忙端起酒杯，朝李梦浩抿了抿嘴，欲说还休。

李梦浩点点头，温和道："你随意！"

一句"你随意"，让唐韵绷紧的神经松弛了，心思瞬间涌动起来。唐韵是个性情中人，也是个情感丰富又脆弱的女人。在男人面前，特别是在当官的男人面前，唐韵一贯是骄傲的、矜持的。她可以随和，但绝不随便；她可以动嘴说话，但决不用身体表达。但性情中人都有一个毛病，那就是动情之后都爱冲动，一冲动就不管不顾，有种"舍得一身剐，敢把皇帝拉下马"的劲头。不论男人女人都会这样的。

唐韵渐渐地缓过神来。三十出头的女人一旦绽放，那就是一朵舒展的玫瑰，娇媚、香溢迷人。唐韵毫不掩饰地盯着李梦浩，媚眼生辉，柔声道："你能这样说，我就不怕了！"

"你怕什么？"

"怕你灌我酒。也怕在你面前出丑！"

"现在不怕了？"

"不怕了！"

"为什么？"

"因为……"唐韵眯着眼笑着，两个酒窝浅浅地显露，整个脸都生动妩媚起来。唐韵顽皮道，"你知道的！"说时，端起酒杯也干了。

李梦浩明白，女人喝酒，要么不喝，喝起来是不知深浅的。李梦浩示意小姐给唐韵少斟一些。唐韵却不干了，有点急，有点犟，说："倒满！"女人一犟，男人就得服软。不服软不行，特别是在心仪的女人面前。李梦浩只好笑道："好吧！"

唐韵举起杯说："李局长，我敬你！算是将功补过。"

李梦浩会心一笑，将酒干了。

小姐斟了酒，唐韵又举起杯道："这杯酒，我再敬你。"

李梦浩问："这杯有什么说辞？"

唐韵思忖片刻，说："为我们相识。"

"好！"李梦浩干了，说，"以后就不要一口一个李局长了，叫我梦浩就行了！"

唐韵娇声问："可以这样叫你吗？"

李梦浩说："叫老李也行啊！"

唐韵孩子气起来，连叫："老李，老李！"叫过后又觉得不妥，便纠正道："还是叫梦浩吧。叫老李，会把你叫老的。"

李梦浩淡然一笑："叫是叫不老的，只是岁月不饶人，奔五的人了，不能装嫩的。"

唐韵认真道："男人四十一枝花。"

李梦浩问："五十呢？"

唐韵想了想说："五十的男人是挂满果子的树。"

李梦浩叹息道："那是秋天的景象了。"

唐韵笑慰道："成熟的男人，额头的皱纹都是魅力，沧桑有沧桑的美。"

"那对你们女人有什么说辞呢？"

"都说女人四十豆腐渣，女人最好的时光是二十多岁吧。"

"其实，女人最美的时候是三十到四十。这个岁数的女人成熟、稳重，有内涵、有思想，更有味道一些。"

"真的？"

"真的！"

"好！喝酒！"唐韵轻狂起来，从小姐手里拿过酒瓶，说，"今天很高兴，借用你们官场的话，幸会，幸会！说好的，我舍命相陪，今晚不醉不休。"

李梦浩不知唐韵的酒量。本想借酒调节气氛，以酒遮面，说些直抒胸臆的话，不承想，这个女人却豪放起来，比男人还侠气。

李梦浩瞟了眼服务小姐，吩咐道："你们出去吧，有事再叫你。"待两位小姐退出，李梦浩把座位移到唐韵边上问："你想怎么喝法？"

唐韵举着酒瓶认真道："瓶中酒，一人一半，好吗？"

李梦浩伸手去拿酒瓶，握住了唐韵的手。唐韵握酒瓶的手没有松，只是一怔，定睛看着李梦浩。

李梦浩的手也没有缩，两人的手就僵在酒瓶上了。

李梦浩明显感觉到唐韵的手在颤动。可唐韵就是不松开，任凭李梦浩握着，攥着。怎么办呢？两人谁也不说话，嘴上不说话，两人的眼睛却没闲着。

不同的人有不同的眼睛，不同的眼睛表达不同的内涵。比如女人，若是从心底喜欢你，她就会眉目传情。女人的眼睛比女人的嘴巴更灵性。有时，再动情的一句话不如一个眼神更勾人心魄。很多聪明的女人在表达感情和意愿时，嘴是紧闭的，她们只用眼睛说话，因为眼睛所表达的意思比语言要丰富得多。女人的媚眼就是如此。那媚眼朝你飞了一下，就像闪电，会一下把男人击中。有的女人眼睛里会藏着一窝蚂蚁，一眨一睁之间，那蚂蚁就长了翅膀，瞬间就落满你一身，让你奇痒无比。有时，眼神也是无法定义的，可以是想象，可以是神往，还可以是否定。

四目相对，李梦浩能读懂，唐韵也能读懂。

你想怎么样?

你想怎么样?

别喝多了。

不会多!

我怕你多。

为什么怕?

不为什么!

担心我?

是!

心疼我了?

是!

那你想怎么样?

我想……

我明白了!

明白什么?

明白你的意思!

真的?

真的!

唐韵想松开手，却松不开了。李梦浩握得很紧，都出汗了。唐韵移开目光，低声道："喝了这瓶就不喝了。今晚，梦浩，你……想怎么就怎么吧。我随你。"

到了这份上，一切都自然明了了。不需要再铺垫，也不需要拐弯抹角，水到渠成了。

李梦浩把酒瓶放在桌上，伸出胳膊想揽唐韵，可是座位有距离，手指只触到唐韵的身子。他便把手指在唐韵的胸前划拉一下。唐韵一哆嗦，本能地闪了一下身子。李梦浩便把手指移到唐韵的脸上，轻轻地捏了捏。

唐韵再没有躲，脸上慢慢地洇出了红晕，心醉神迷的神态。

半天，唐韵说："喝酒吧，在这儿对你影响不好。"

李梦浩取过高脚杯，给唐韵倒了半杯，自己倒了满杯。

唐韵起身，移步到李梦浩身边，伏在李梦浩的脸上，轻轻地吻了一下，说："我也倒满杯。"

李梦浩扭头回吻一下，说："女人不要多喝，对身体不好！"

唐韵站直了身子，扭过脸去，眼里溢满了泪，想止住，却流了下来。她取了纸巾拭了一下，回头呢喃道："梦浩，今晚就让我喝吧，以后，我听你的，不再喝了。"

李梦浩站起来，捧着唐韵的脸，问："你这是怎么啦？"

唐韵哽咽道："我好感动呢！没有哪个男人对我说过这样的话。"

李梦浩吻着唐韵脸上的泪水，说："傻孩子，一句话就把你弄成这样，以后我还怎么敢说话！"

唐韵将嘴唇贴近他的嘴唇回吻着，两人你来我往一会儿，欲罢不能了。

还是唐韵先停下来，说："喝酒吧。喝完酒，就走。"

李梦浩抚着唐韵坐下来。唐韵执着地将自己杯子倒满了，晃了晃酒瓶说："正好没了，想喝也没了！"

李梦浩心急了，端起杯子一仰而尽。

唐韵用手抚了抚李梦浩的背，笑着怨道："喝这么急干什么？"

李梦浩呵着酒气，道："时间不早了呀。"

唐韵又一笑。女人更加迷人了。

唐韵也端起杯子，放在唇边轻轻地抿，红唇微启，像品酒。

李梦浩站在边上，满怀渴望地品味着此情此景。酒不醉人，人自醉了。

唐韵把杯里的酒细细地饮完了。

李梦浩醉心道："从没见过你这样喝酒的，感觉怎么样？"

唐韵柔声说："是苦是甜，都要慢慢品，不然，像喝大碗茶一样，不是糟蹋了这么好的琼浆玉液？"

李梦浩自言自语道："精致，精辟！"

唐韵坐下，用茶水漱了漱口。说："我不能喝急酒的。"

李梦浩也坐下来，体贴道："那我们就坐沙发上歇一会儿，说会儿话再走。"

"好吧。"唐韵站起来，摇晃着向沙发走去。

李梦浩伸手搀扶着唐韵。唐韵顺势就软在了李梦浩的身上。李梦浩将她抱到沙发上说："先躺会。"

唐韵搂着李梦浩的脖子，喃喃道："抱抱我，你抱抱我。"

李梦浩就抱着唐韵。

唐韵醉了。

真的醉了！

五十一

现在商品房一天一个价，房地产开发商都疯了，竞价拍地越来越不靠谱，像贪心的妇人在菜市场买菜，一个劲儿地往篮子里装，不管吃得下吃不下。开发商整片地整片地圈着。市民们也疯了，也越来越让人看不懂了，楼盘涨价越厉害，市民们一边骂政府、骂开发商，一边还在疯抢，买涨不买跌。船借帆力越开越快，帆凭风势越扬越高。

中学城周边成了"黄金地段"。市民们都冲着"学区房"蜂拥而来。在市场的这个风口浪尖，如果在中学城内建一个教职员工小区，低于市场价格，进行先期集资建设，可谓一举两得。如果能多建几栋，对外出售，想必就是"一石三鸟"的效果了。

李梦浩整日思忖、筹划着。这天早晨，教育局正在开办公会，李梦浩的手机响了。李梦浩正在讲建职工宿舍区的事，正在兴头，瞟了眼手机，没有细看，就把手机摁了。过了片刻，手机铃又响了，李梦浩拾起手机想再挂掉，一看是黄亚萍的号码，便低声问："我在开会，什么事情？"

黄亚萍也低声道："你开完会，见个面和你细说吧。"

李梦浩大声说："好的，好的！领导的指示，我马上落实！"

李梦浩挂了电话，扫了大家一眼，说道："刚才市委办来个电话，我去处理一下。"说完，就起身走了，到了门边又回头道："你们继续讨论一下，有什么好的意见，办公室整理一下。"

李梦浩急匆匆赶到黄亚萍的公司。黄亚萍的秘书说，黄总刚走。李梦浩就给黄亚萍拨电话："你在哪？"

黄亚萍说："正准备给你去电话呢。我正在回家的路上，你会议结束了？"

李梦浩说："结束了。什么事情？"

黄亚萍说："电话里说话不方便，到我家里来吧。"

李梦浩笑道："什么事情这么机密。办公室还不能说。"

黄亚萍道："你来吧。"

到了黄亚萍的别墅，黄亚萍正在院里等着。两人进了二楼书房，黄亚萍将门关上了。李梦浩疑惑地看着黄亚萍，站在门边迟疑不安的样子。黄亚萍拍了李梦浩一下，取笑道："这是书房，不是卧室。"

李梦浩皱着眉，问："到底什么事，搞得像地下党似的。"

黄亚萍坐下，示意李梦浩也坐下来。黄亚萍盯着李梦浩问："你怎么瘦了？"

李梦浩摸了一下脸，说："我瘦了吗？"

黄亚萍说："瘦了。"

李梦浩心里一紧，脑子里开始搜索信息。他又盯了眼黄亚萍，黄亚萍也正看着他。黄亚萍的眼里清澈明亮，一点意思都读不出来。李梦浩思虑着，倏然就想到了唐韵。他和唐韵的事黄亚萍知道了？不会，不会的。也许是女人的敏感和直觉吧！一般来说，亲近或亲密的人，相互之间都有直觉或感应，就像恋人之间的思念，彼此都能感应到。夫妻之间更是如此，只要是彼此还爱着或是恨着，彼此身上的信息都能捕捉到的。李梦浩有些心虚，躲开了黄亚萍的目光，解释道："我正在筹划建职工楼的事呢！"

黄亚萍哂笑道："是这样啊！"

李梦浩叹息道："我就是闲不下来。"

黄亚萍问："你最近看电视没有，海州新闻看了吗？"

李梦浩说："看的，常看。"

黄亚萍问："在海州新闻里，你看出什么名堂没有？"

李梦浩又疑惑了，说："别卖关子了，快直说吧！"

黄亚萍说："亏你还是在官场上混，一点敏锐性都没有。"

李梦浩吃惊道："怎么，哪个领导出事了？"

黄亚萍叹道："领导没有出事，可领导身边的人出事了。你没有发现，汤燕许久都没有在电视上露面了？"

李梦浩想了想，说："对啊，这小女子跑哪去了，电视上看不到，电话也打不通，出了什么事了？"

黄亚萍说："汤燕的电话关机了，不单是你打不通，连陆书记都联系不上她了呢！"

李梦浩说："这死丫头，难不成是'蒸发'了啊？"

黄亚萍说："陆书记很着急，就怕她出事。他早上给我来了电话，让我无论如何要联系到汤燕。"

李梦浩摇了摇头，说："汤燕是怎么啦，好好的能出什么事呢？"

黄亚萍道："凭我对汤燕的了解，她可能怀孕，躲起来了。"

李梦浩吃惊地问："怀孕了？是谁的？"

黄亚萍扑哧一笑道："反正不是你的！你想想还能是谁的？"

李梦浩拍了拍脑袋道："瞧我这脑袋！糊涂了，你说怎么办？"

黄亚萍瞪了李梦浩一眼，说："你们这些男人，光知道播种，不知道收获，关键时候就掉链子。陆书记的意思，是想让我找到汤燕做工作，把孩子打掉！"

李梦浩叹息道："这也是一条生命呢！"

黄亚萍黯然道："是啊，是条人命呢！要打掉可惜了！可是不打掉，又谁来埋这个单呢？陆老头都急死了！"

李梦浩说："那你快去找啊，还在家里磨蹭什么呢？"

黄亚萍生气了，乜了李梦浩一眼，责怨道："你说得轻巧，电话打不通，中国这么大，不说中国了，就说海州，茫茫人海，我上哪里找？把你叫来，这不是商量嘛！"

李梦浩说："我分析啊，汤燕要是有意躲起来，她肯定不会在海州市地面上。你想啊，她一个外地人，在海州无亲无故，能躲到哪里？"

黄亚萍一拍掌，说道："你说得有道理，她要躲肯定躲到老家去了！"

李梦浩道："那你就到她老家找去！"

黄亚萍说："对，到她老家去找，她家地址我知道！"

李梦浩说："那就去吧。"

黄亚萍想了想，歪头瞅着李梦浩，说："我想让你和我一起去，做个伴。"

李梦浩笑道："这不好吧？"

黄亚萍问："有什么不好？"

李梦浩说："这是领导的隐私，是不想让人知道的。若是我参与这事，那我就成了一根鱼刺卡在他的喉咙里了，指不定哪天不舒服就把这个刺拔掉了！"

黄亚萍沉思一会儿，说："你说得有道理，但还有另一种情形，这事办好了，说不定就把你当作心腹之人。关键时候，他一句话，就可能让你再上一个台阶。"黄亚萍停顿下来，从抽屉里取出一盒烟扔给李梦浩，又说，"你抽支烟，好好考虑一下。领导身边的秘书为什么升职那么快？不就是心腹嘛！不管多大的领导，都有心腹之人，领导做事是不避讳心腹的！"

李梦浩点了烟，深深地吸了一口，问："你也抽烟了？"

黄亚萍说："偶尔。不像你，烟瘾那么大！"

李梦浩说："我不喜欢女人抽烟！"

黄亚萍低眉道："我不是说了，偶尔。好了，以后我不抽了。"

李梦浩把烟装进兜里，批评说："女人抽烟，像个什么样子！"

黄亚萍瞬间像个小姑娘似的，既羞怯又忸怩，娇柔道："以后不抽还不行吗？"

"行吧。"李梦浩哼了一声。

黄亚萍过来扯了一下李梦浩："陪我去吧，你也赌一把！"

李梦浩无可奈何道："好吧！我陪你走一趟。"

黄亚萍开始收拾行装，准备两人开车去。李梦浩说哈尔滨那么远，开车去还不把人累死，建议还是坐飞机。黄亚萍依了李梦浩，当天下午就坐飞机去了哈尔滨。一路上唏嘘感叹，埋怨汤燕这女人犯傻了。黄亚萍说，她以前觉得汤燕挺聪明的，在这件事上怎么就犯了糊涂呢？毕竟汤燕才二十多岁，以后的日子还长。陆连枫已经五十多岁了，又有家室，她怎么就想把孩子生下来呢？陆连枫不想让她生，硬要生下来，结果会怎么样呢？不可想象了。

陆连枫与汤燕的关系，黄亚萍是知道底细的。陆连枫还是市长的时候，他有些事情是没有避讳黄亚萍的。也许是陆连枫故意让黄亚萍知道，以备将来让黄亚萍给他收拾残局呢！作领导的考虑问题就是要长远一些，像作文章，起、承、转、合都有，又像作报告，开篇是"同志们"，结尾总要说一句高调的话。看似多余，但不能没有。

陆连枫与汤燕的相识是十分偶然的，也许偶然之中有必然。汤燕大学毕业后，鬼使神差考到了海州市电视台。那年，陆连枫还刚当选海州市长。汤燕和一名男记者去采访陆市长。汤燕虽然年轻，刚出道，但汤燕漂亮。漂亮的女人都自信、胆大，何况汤燕又是东北人，身上透着一股豪爽、大气。采访完后，陆市长随和地和汤燕唠了几句。汤燕也不扭捏，很是大方、得体，又不失女人的妩媚。于是，陆市长就像父亲一般拍了拍汤燕的手说："这孩子不错。"后来，在一个会议上，汤燕又碰巧再次采访了陆市长。这次汤燕就给陆市长留下了深刻印象，会议结束后，陆市长对广电局长说："你们电视台的汤燕不错，这孩子不仅形象好，素质也挺高，很上镜嘛！"市长的话就是指示了。一个实习期刚满跑会议的小记者，不久就成了新闻节目的主播。电视台是个美女如云的地方，对汤燕当主播，有女人就不服气，说汤燕凭什么？！

电视台长一句话封了大家的口："凭什么？凭的是陆市长说将来汤燕就是个香港卫视的吴小莉！"

一句话就够了。谁有能耐，也让市长评价你一句！

汤燕也很争气，不长时间就成了名牌主持人。有一次，陆市长带队去广州参加一个招商会，汤燕被台里派去跟随采访做节目。也就是那次广州之行，不知道是陆市长忘情，还是汤燕有意，本如父女一般关系的陆市长和汤燕，一夜间就发生了质的变化。私下里，汤燕就称陆市长"老陆"了。

也不奇怪，世风如此。汤燕在海州市举目无亲，作为一个女孩子，需要关爱，需要温暖，还有哪一个男人能比市长的关怀更重要、更温暖人心呢！一切都是顺其自然的，也是水到渠成的。这里没有引诱，没有欺骗，也没有龌龊和利益。完全是父女般的，就像父亲疼爱女儿，有什么错呢？错就错在，汤燕不该怀孕，即使不小心让播下的种子发芽了，也该及时地拔掉。这样的感情注定是只能开花，不能结果的！

海州市凯乐大酒店十六楼一个套间，那是陆市长时常休息的地方，也是汤燕得到怜爱和温暖的地方。可是，酒店毕竟是酒店，谁会把酒店当成家呢？汤燕糊涂了，把酒店当成临时的家也就罢了，还痴心妄想把酒店变成永远的家！年轻人，幼稚了，太幼稚了，这怎么可能？绝不可能的！

黄亚萍和李梦浩找到了汤燕。可是已经晚了，汤燕在医院顺利地产下了一名女婴。

黄亚萍急了，是替陆连枫急。

黄亚萍问汤燕："怎么办？以后孩子怎么办？"

汤燕笑了："女儿我自己养！"

李梦浩担心了。李梦浩问："那你不回海州市了？"

汤燕瞅了李梦浩一眼："为什么不回海州？我还要挣钱养孩子呢！"

黄亚萍说："还是别回去的好，回海州，孩子怎么办啊？"

汤燕说："我把孩子留下来，让父母带。"

黄亚萍问："燕子，你考虑以后了吗？"

汤燕说："考虑那么远干吗？"

黄亚萍说："我给你雇个保姆吧。"

汤燕说："姐，你真啰唆。"

李梦浩看到汤燕一副自有主张的样子，不禁心生敬佩。过去看这女人娇嫩柔弱的样子，没有想到在这样的事情面前却如此镇定、如此坚毅，这是为什么呢？是爱的力量吗？

李梦浩对汤燕说："我们也是老朋友了。这样吧，你听我的，等你休完了产假，别回电视台上班了，我给你换个单位吧。"

黄亚萍附和说："对，换个单位好，找个轻闲一点的。"

汤燕笑道："我哪里有产假啊？孩子满月后我就回去上班。对了，你们回去告诉老陆，让他放心，想认女儿就来看一眼，不想认呢，就当没这回事，男人的前程要紧！"

李梦浩看了黄亚萍一眼，还能说什么呢？

这就是真爱吧！

真爱是什么？真爱就是祭坛上的供品。

真爱是给，不是取。真爱无私哪！

临离开哈尔滨，黄亚萍塞给汤燕一张卡，汤燕死活不要。黄亚萍生气了，骂道："死丫头，犟什么犟！这是姐给你的，也是给外甥女的见面礼，收起来！"

两人回到海州后，李梦浩着手给汤燕安排工作。黄亚萍便让秘书在"新天地"小区买了一套三室两厅的房子，亲自安排人昼夜装修起来。在汤燕回海州市的当天晚上，黄亚萍给陆连枫书记打了电话，约他到蓬莱阁酒店聚一下。陆书记很谨慎，电话中说："还有必要吗？"

黄亚萍说："你说呢？"

陆连枫说："哪几个人？"

黄亚萍说："汤燕、我，还有李梦浩。"

陆连枫沉吟片刻，说："好吧。"

当天晚上八点钟，陆连枫到了。进了包厢，陆连枫脱了风衣，摘下墨镜，把目光留在汤燕身上。打量了半天，叹了口气说："你这个傻孩子，说走就走了，也不和我打声招呼，太任性了！"

汤燕还是过去的汤燕，走过来挽着陆连枫的胳膊说："和你说，你会让我走吗？"

陆连枫抚了汤燕的脸蛋一下，和悦地说："坐了月子却胖了。"

汤燕撒娇道："我胖了，你可瘦了呢！"

陆连枫呵呵一笑："你这个孩子呀！"

李梦浩站在角落，看也不是，不看也不是，很尴尬。陆连枫在汤燕的挽扶下，坐到了餐桌边。陆连枫扫了一眼，对李梦浩笑了笑，说："梦浩怎么不坐？你是站客呀！"

李梦浩忙在桌对面坐下了。

陆书记说："梦浩，辛苦了！"

黄亚萍说："李局长给汤燕联系了一个新单位，是海州大学的图书馆，不知道陆书记什么意见？"

陆连枫拍了拍汤燕手，问："你看呢？"

汤燕亲昵道："我听你的！"

陆连枫舒了一口气，说："可以！"

吃了饭，还喝了酒。陆连枫自当书记后，一般场合是不沾酒的。这晚却喝了，微醺。临别时，陆书记拍了拍李梦浩的肩，亲切地说："梦浩不错，到底是军人出身，办事利落，好好干！"陆书记一边说一边走，脸上却没有表情。说完，拉开门就独自消失了。黄亚萍朝李梦浩会意一笑。

李梦浩朝陆书记点了点头，想表个态，看到陆书记出门了，又把想好的话咽了回去。此时表态是多余的了。有时领导说话并不需要你表态的，领导的意思都在话语里了，有那意思，不吭声就行。没那意思，你再说一箩筐，那也白说。领导的意志是能被下属的意志转移的吗？

有句话说得极是：平时，你不关心领导；关键时刻，领导怎么又会关心你呢？

李梦浩深知陆书记那句"好好干"的内涵了。在海州市，市委陆书记一句话可以让一个处级干部上来，也可以让他下去。别人说十句、百句、千句，行吗？

不论男人女人，官大官小，心里都有一个结，都希望能得到别人的赏识。尤其是作干部的，千辛万苦也罢，任劳任怨也罢，领导对你评价一句话，也可能是两个字："很好"

或"不错"，便会心满意足、无怨无悔了，就像得了奖赏似的！

李梦浩没有白操心，事半功倍了。李梦浩心里十分感激，心情便也舒畅起来。

五十二

这天晚上，李梦浩回到家里，王洁茹还没有睡，一个人在上网。看见他回来了，就把电脑关了，看了眼墙上的钟，一个人去洗漱，也不和李梦浩说话。

李梦浩知道，自从他当了局长，工作忙了，应酬也多了，王洁茹开始怪他每天都回来很晚，一回来就酒气熏天，倒头便睡。李梦浩多次想和王洁茹谈谈，可是，李梦浩刚说一句话，王洁茹就有十句话反驳他，弄得他回家都无话可说了。

李梦浩时常反思，自觉理亏，便想缓和一下夫妻关系。开始一招还灵，每当回来晚了，王洁茹不高兴了，他就装出一副可怜相，或是死皮赖脸地去撩逗王洁茹，直把她抚弄消气了，才算完事。

王洁茹洗漱完了，一个人进了卧室，将门咣地摔了一下。李梦浩笑了笑，自语道：何必呢？这是何必呢！他进了浴室，潦潦草草地冲了澡，便笑嘻嘻走进卧室。

李梦浩心情不错。他爬上床，掀开被子就朝王洁茹被窝里钻。王洁茹不理他。他去搂她，王洁茹就把脊梁对着他。李梦浩问："怎么了嘛！"王洁茹还是不理。李梦浩开始耍横。过去李梦浩一耍横，王洁茹就软下来。这次不灵了，老办法解决不了新问题。李梦浩把手伸过去，王洁茹不干了，用手指甲狠劲掐着李梦浩的手面，直到把李梦浩的手掐回去，不敢再伸过来才罢休。李梦浩恼了，厉声道："你想干什么嘛！"

王洁茹依然不吭声。

有时，女人的沉默比声嘶力竭还要命，还折磨人！

李梦浩不罢休，翻身上马。再烈的马，遇到好驭手都会被驯服的。可是，李梦浩被掀下马来，还被踢了一脚。

怎么办呢？

李梦浩与王洁茹的婚姻生活以激情开始，渐渐进入冷淡期。这种冷淡，不是所谓"七年之痒"。"七年之痒"是对一般夫妻而言。对李梦浩来说，那是不可以"痒"的。那时，王政委王秉义还在位上。王秉义是一棵大树，李梦浩是树干上的藤，藤怎么可以离开树呢。现在不一样了，王秉义退休了，住在省军区干休所。李梦浩也离开了部队。没有了大树，又脱了军装，一切似乎从零开始。因此，没有了树荫的庇护，也就没有了阴影。阳光照进来了，却发现"苔藓"还在。要命的是，王洁茹把这种不甘失落的情绪带到夫妻生活中来了，时时处处都很敏感。开始时，李梦浩无意的一句话，就可以让王洁茹伤心流泪，流泪后就是反唇相讥，就是百般挑刺。落羽的凤凰不如鸡，可是凤凰毕竟是凤凰啊！

慢慢地，就不吵了。儿子李萌在省城上高中，家里只有两个人。李梦浩当了局长后，一天比一天忙，又累，回家懒得说话了。两口子不说话比吵架更折磨人。不说话就没有交流，彼此都不知道对方在想什么，需要琢磨、猜。人就是这么怪，关系柔情蜜意时，哪怕一句话不说，一个眼神就明白彼此在想什么。关系冷漠了，眼睛读不懂了，就是说出的话，都要琢磨半天，这话是什么意思呢？潜台词是什么呢？复杂了。一复杂，就僵了。

僵持久了，夫妻之间就冷淡，无话可说了。

这种冷淡潜伏着危机。李梦浩和王洁茹心里都清楚。李梦浩依然是早出晚归，王洁茹还在军门诊部上班，只是不同过去那样上进了。王洁茹上班仍是过去那样骑自行车。有时，李梦浩要用自己专车接送，王洁茹却不坐。不是廉洁，也不是自律，是自尊，咽不下去那口气。弄得李梦浩觉得自己都不该坐专车了。

女人过了四十，生理变化就开始了，状况也就走下坡路了，女人有了危机感，也会不甘心的。王洁茹回到家，感觉不仅家里冷清，心里也冷清。王洁茹忍受不了，就开始上网，先是打游戏，后来就聊天、"偷菜"。这一聊不打紧，上瘾了。

网络虽然虚拟，聊天的对象都"穿着马夹"。但是，操纵键盘的是人。隐蔽在网络背后的那个人是有血有肉的，也是有七情六欲的。因虚拟，便疯狂。因看不见面容，便肆无忌惮。生活中不敢想的事，不敢说的话，在网络上都敢想了，也敢说了。一时间，网络世界大乱。

这天晚上，李梦浩应酬完后早早回家了。进了家门，王洁茹正在洗澡。李梦浩就进了卧室脱掉衣服也要洗。这时，他听到电脑有嘀嘀声，近前一看，电脑没关，屏上的聊天内容吸引了他。

一个叫今夜无眠的人头像在亮着，是这个人在和织女星对话。

今夜无眠问：今天忙吗？

织女星：不忙。

今夜无眠：还好吗？

织女星：不好。

今夜无眠：怎么啦？

织女星：心空。

今夜无眠：牛郎呢？

织女星：不提他。

今夜无眠送了一朵玫瑰。

织女星发了一杯咖啡。

今夜无眠送了一个拥抱。

织女星发了一个害羞。

今夜无眠：想请你出来坐坐，喝杯咖啡呢。

织女星：晚了，改天吧。

今夜无眠：不晚，才九点半。

织女星：我有点累。

今夜无眠：心累吧。出来放松一下就好了。

织女星：你让我考虑一下。

今夜无眠：好，我等着。

最后一句是，今夜无眠问：考虑怎么样了？

今夜无眠在等。织女星没下线。织女星在洗澡。

李梦浩看完后，头有些晕。卧室里像刮过一股寒风，一直凉到心底。他镇定一下自己，心说，王洁茹你还真可以，竟玩这样的游戏。我倒要看看，"织女星"赴不赴这个约会。李梦浩迅速穿好衣服，悄悄地走出了家，在小区的大门口树荫下等待着。如果，王洁茹不赴这个约会，李梦浩会想，那是王洁茹寂寞无聊上网打发时间罢了。如果，王洁茹真的去赴这个约会，那么他们的感情真的出问题了，不是一般问题，是动摇婚姻基础了。感情的破裂都是从背叛开始的！

王洁茹出来了，王洁茹换了便装匆匆出来了。

王洁茹竟然还穿了裙子，竟然把李梦浩喜欢的军装脱了。

眼前这景象将李梦浩的想象击碎。汹涌而来的是热血沸腾，是暴风骤雨中的泥石流，是即将被掩埋的窒息感。李梦浩想冲上去，抓住王洁茹的胳膊，阻止她去赴约。但李梦浩没有！李梦浩冷笑一下，从鼻子里哼了一声。他想看看那个"今夜无眠"到底是个什么东西！

李梦浩受伤了。受伤的人若把伤口再撕裂开，那就是自虐了。李梦浩一路跟踪着，满心萧瑟。此时，李梦浩不是原来的李梦浩了，有些卑鄙，也有些无情了，就像一个站在岸上观赏落水的人，不是去搭救，而是看她在水里怎么挣扎。太残酷了。

李梦浩觉得自己在朝着一个无底的深渊坠落着。他看不见底。当他看见王洁茹走进"两岸"咖啡厅后，李梦浩的心情低落到了极点。他不能跟进去，他丢不起这个人。一个堂堂教育局局长，一个让许多女人敬仰的男人，他的老婆竟然和"网友"约会。李梦浩的脸面往哪儿搁？

这一切，都是因为什么呢？

"今夜无眠"是个什么人？

李梦浩不甘心，想知道。可是知道了又怎么样呢？

李梦浩为着自己离开还是留下备受折磨。留是痛苦，走亦是痛苦。两份痛苦，旗鼓相当。正当他来来回回琢磨不定时，突然，李梦浩想到了唐韵。对，唐韵！

李梦浩像是在黑暗中望见了星辰，看到了曙光。李梦浩的心中陡然像是被点燃的焰火，嘭的一声，然后是一片璀璨。他的痛苦迅速消减。那个无形的枷锁片刻从心头解脱了，一直以来束缚他情感的枷锁被"今夜无眠"这个男人给打开了。李梦浩还顾忌什么呢？没什么可顾忌的了。

李梦浩掏出手机就给唐韵打了过去。

李梦浩问："你在哪里？"

唐韵说："我在家里。"

李梦浩说："方便的话，我想去看看你。"

唐韵问："这么晚了，你怎么啦？"

李梦浩说："就是想和你待一会儿。"

唐韵说："好，你来吧。"

李梦浩与唐韵有好多天没联系了。自从那天晚上唐韵在"夏威夷"醉酒后，两个人都在忍着，谁也不先给谁打电话。李梦浩闲下来时，几次摁了唐韵的电话号码，都止住了。李梦浩在忍。唐韵呢，一个心里被搅起波澜的女人，把矜持都扔掉了，像沙滩上的鱼，在等待潮水的滋润。

李梦浩来到唐韵的门前，还没敲门，门开了。

唐韵看了李梦浩一眼，疑惑地问："这么晚了，你怎么敢来？"

李梦浩进了屋，没有坐。李梦浩说："我能不能参观一下你的家？"

唐韵说："你又不是第一次来，有什么好看的？"

李梦浩不自然地笑道："那天夜里，我哪有心思看你的屋子！"

唐韵说："那一夜，你就那么老实？"

李梦浩说："我一直守在床边看着你，后来就睡着了。"

唐韵乜了李梦浩一眼，问："这是为什么？"

"怕你难受。"

"你担心我？"

李梦浩点头道："是。我知道醉酒的滋味。"

唐韵撇嘴道："虚情假意。"

李梦浩苦笑道："真的担心你一个人，天地可鉴！"

唐韵忧郁道："那你为什么后来又走了？"

"你酒醒了，我就放心了。"

"为什么不？"

李梦浩沉默着。那晚完全可以的，可李梦浩临阵脱逃了。唐韵很不理解。

李梦浩叹了一口气。在客厅踱了一圈，又到卧室、书房、卫生间、厨房扫了一遍。这是一套二室一厅的房子，装修虽然简单，但布置得很淡雅，尤其是卧室，很温馨，很有情调。客厅里是布艺沙发，颜色是淡蓝的，清清爽爽。李梦浩悄悄地嗅了嗅，整个房间有点清淡的馨香，没有杂味。而后，他才坐到客厅里。李梦浩盯着唐韵解释道："那晚你醉了，我抱着你，那感觉是从没有过的。我把你放在床上，看你还不醒，我不忍心丢下你，就那么守着。你醒了，去洗澡了。当你洗完澡，走到我面前后，我是真想的！"

唐韵问："为什么不？你怕什么？"

李梦浩摇了摇头道："我不知道怕什么。"

唐韵从鼻子里哼了一声，说："你是怕陷阱，还是怕被捉奸？我这里没有别的男人来过，你是第一个！"

"我心里有道坎！"

唐韵问："什么坎？"

李梦浩无奈道："一旦迈出那一步，性质就变了。"

唐韵嘲笑道："你怎么像件出土文物呢！爱就爱，不爱就不爱。爱了就变质了？"

李梦浩不吭声了。过了一会儿，唐韵又说："今晚你还要走吗？去留随意。我去洗澡啦。"

卫生间传来了水声。李梦浩为难了，走还是留，一时拿不定主意了。有时候，看起来很为难的事，其实很简单，就是一念之间的问题。走就走了，以后不再纠缠，可以是朋友，也可以是路人。留下来呢，该怎么就怎么，怕什么呢？唐韵是他心仪的女人，和心仪的女人在一起，不是一个男人梦寐以求的吗？浴室的花洒的水不仅淋在唐韵的身上，此时也淋在李梦浩的心上。

唐韵终于出来了。唐韵穿着一件粉红的睡裙，亭亭玉立。李梦浩都不敢正眼看她了。

唐韵走到李梦浩面前，嫣然一笑："瞧你这个德行，好像唐僧似的，我是女妖吗？"

李梦浩站起身，重重地吐出一口气，将唐韵搂进了怀里，轻轻地托起来，向卧室走去。

唐韵缠在李梦浩的身上说："迈过这道坎，前面就是高速路了。"

李梦浩坦白说："自从在酒店看见你，我就心动了，情不自禁了！"

"那天在夏威夷包厢，和你相处一晚上，我便觉得你和别的男人不同，不像有些当官的，在下属面前盛气凌人，在女人面前又低俗无聊。特别是醉酒后，你那么怜惜我，我还有什么可顾虑的呢？"

李梦浩把唐韵紧紧地搂着，他感觉胸口湿湿的，知道那是女人的泪水。

唐韵把脸贴在李梦浩的胸口，听着他的心跳。一会儿又自言自语地说："你可能不知道，我也是有过婚姻的人，像我这般年龄，怎么可能没结过婚呢！只不过婚龄太短了，我还没明白婚姻是怎么回事，现实就将我的梦粉碎了。我的前夫是海州大学的教授，你可能认识的。他是我读研时的导师，研究生毕业后，我就嫁给了他。我原以为会像他说的那样爱我。可是，不到半年，我就发现他又和别人好了，还被我堵在了家里。"

李梦浩听了唐韵的诉说，很是感慨，便说："他怎么会这样呢？"

"不了解的人都觉得他风度翩翩。"唐韵怅然道，"其实，粗俗下流不过尔尔。一副花架子。"说到这里，唐韵伤心起来，泪水又止不住地流了下来。李梦浩帮她擦拭着眼泪，安慰道："都过去了，你现在还年轻。"

唐韵哽咽道："我最痛恨的是，我受不了他的折磨，他才五十出头，就外强中干了。总是逼我做不愿做的事，恶心死了。就这样的男人，还喜新厌旧。"

李梦浩捧起唐韵的脸，吻着满脸的泪水，说："过去了，这些都过去了。我会让你开心，让你快乐，让你……"

唐韵用手捂住李梦浩的嘴，喃喃地说："我知道你的爱是有限度的，不可能全部给我，但我不怪你。我只要一点点就够了，只要在你的身上能体会到做女人的幸福和快乐，我也就知足了。"

这一夜，唐韵不停地倾诉，不停地哭泣。也许压抑的时间太久，现在决堤了，感情的洪流就奔腾而出，一泻千里。

李梦浩没有想到，外表冷傲的唐韵内心这么柔弱，更没有想到唐韵的情感受到过伤害。受过伤害的女人，心里总会留下一个疮疤，"阴雨天"就会痒，不舒服。要想把伤痕抹去，终究是徒劳的。李梦浩侧起身体，再次去吻唐韵。他一边吻一边安慰着："虽然，我给不了你承诺，但我能给你的是我的爱，全部的爱！"

唐韵说："是吗？这个爱字从别的男人嘴里说出来，我有点不相信，有点假，但从你嘴里说出这个字，我还是愿意听，愿意相信。"

女人都是如此，唐韵也难脱俗。都这样了，唐韵还是问："你真的爱我吗？"

李梦浩微笑道："真的，爱你。"

唐韵又问："你为什么爱我呢？"

这个问题复杂了，男人若是回答，一般都是驴唇不对马嘴。如果爱有原因，那就不是爱；如果爱有目的，那也不是爱；如果爱可以解释清楚，又合情合理，那么爱必将不复存在。爱是不合逻辑的，或许这就是爱的逻辑。真正爱的，也可能不是该爱的人，而只是一个让你放不下、舍不掉、无法不爱的人。

第十章 /**10**

五十三

立秋过后，昼夜天气温度拉开了距离，中午还是暑热难耐，到了晚上，空气不再黏稠，变得清爽起来，常言道，早立秋，凉飕飕；晚立秋，热死牛。立秋正好赶在了早晨，因为节气的变换不以人的意志为转移，不知不觉中，空气就起了变化，潮湿闷热的夏天开始悄悄地退出时光舞台，秋天一步一个脚印地走来了。虽然从自然环境上还看不出明显的变化，树上的叶子依然墨绿青翠，地上的野草仍然不知好歹地疯长，但是，树上知了的聒噪已经噤声了。偶尔会有一两只垂死挣扎的知了被惊动，也只是呜咽着、呻吟着，很快就安静下来。

最先感知季节变化的还是人。御景花园小区的广场上陡然热闹起来。昨晚的广场上还只有老头老太太摇着扇子纳凉，今天晚上却是男女老少都出来了，尤其是年轻的女性居多。凡是女人多的地方，风景就很亮丽。路灯虽然昏黄、朦胧，可是遮掩不住女人的风貌。广场虽然不是舞台，但胜似舞台。平时一个单元的邻居们很难碰上面，即使碰上面也很难仔细地瞧一眼，大家都有自己的事做，顾不上停住脚和你闲扯。只有到了晚上，没有应酬的人才从防盗门里走出来，聚在小区中心广场上，开始夜晚的生活。只要是有人群的地方，就有演员，也有观众。很多时候，别人是你眼中的演员，你也是别人眼中的演员，是否能给观众留下深刻的印象，或者叫好，一要看衣着扮相，二要看举手投足、一言一行了。

御景花园小区是世纪初开发商在海州市打造的高档小区。小区内有别墅、排屋，还有多层楼房。楼间距宽，容积率低，小区中间还有一个两千多平方米的休闲广场。广场周围是移植来的有上百年树龄的梧桐、银杏，还有玉兰和香樟。广场上有喷泉、雕塑，旁边还有一个供小区业主健身的场地。既然是高档小区，小区的业主自然也就显得"高档"了。住在小区里的业主多数是政府机关干部，其他的就是企业的老板和做生意发了财的有钱人。

当初，李梦浩在这个小区买房时是下了很大决心的，或者说是独断专行的。王洁茹不同意他买房，坚持要住在军部家属院的两居室里。王洁茹习惯了有持枪卫兵的大院，不仅安全，还有尊严。李梦浩反倒不愿意太过被束缚。他把转业费全部拿来买房子了。有了自己的房子就有了安身立命的地方。无论作多大的官，挣多少钱，房子不需要多，只要有一套在伤痛的时候能够疗伤的居室就够了。

虽然是三室两厅的楼房，可是对于李梦浩来说，还是显得有些空旷寂寞。儿子李萌随外公外婆到省城读高中了。家里只有他和王洁茹两个人。李梦浩自从当了局长后，这个家就成了招待所，来也匆匆，去也匆匆，只有王洁茹一个人早出晚归看着这个家。

好在李萌报考了海州大学，周末就可以回家了。其实，李萌是不愿意填报海州大学的。海州大学既不是"211"，更不是"985"，在省里都排不上名。凭李萌的高考成绩不说上清华、北大，上省里的重点大学是没有问题的。可是，刘院长想得深、看得远，好说歹说，终于把李萌说动了，填报了海州大学的志愿。开始，王洁茹还不理解刘院长的苦心，埋怨母亲误了李萌的前程。刘院长深知女儿的脾性，以教训的口吻对王洁茹说，现在社会风气这个样子，李梦浩离开部队就是一匹脱缰的野马；你能驾驭得了？现在李梦浩是局长，将来还可能当市长，作家属的决不能掉以轻心！王洁茹不服气，李梦浩他有什么呀？现在不就是个局长嘛！刘院长又进一步说，女人过了四十岁就要守住阵地，打好家庭婚姻保卫战，不然输掉的不仅是后半生，前半生的果实也会被毁掉了。想想也是，王洁茹发觉现在她和李梦浩之间越来越生疏了，两人之间只剩下儿子了！

李萌是王洁茹的儿子，也是李梦浩的儿子。儿子是维系夫妻的纽带，打断骨头连着筋。如果没有这个纽带，一个结婚证又有多大效力呢。近来，王洁茹心里有些乱。她不知道自己到底应该怎么办。王洁茹已经四十八岁了，应该说还不到更年期，可是，生理没紊乱，心理已经开始紊乱了。王洁茹宛如虎落平滩，像个打盹的老虎。她和李梦浩越来越别扭，双方间感觉越来越像陌生人。只有在网上，王洁茹才能热情洋溢、激情喷发。王洁茹明白网络是虚拟的，像水中月、镜里花，虽然波光潋滟，虽然璀璨夺目，却一个也捡不起来。王洁茹知道是在梦游，可就是深陷在梦境，醒不了。

王洁茹一个人在挣扎。一边是海水，一边是火焰，掉进哪一边，不是凤凰涅槃，就是粉身碎骨。有时，王洁茹挣扎得实在疲惫了，索性就想到了离婚。离婚怕什么？风雨中这点痛算什么，擦干泪不要怕，至少我们还有梦。可是梦醒了呢？

现实生活中，一般来说，女人都不愿意离婚。男人和女人是有区别的，不仅是生理上的区别，更重要的是心理上的区别。过去领袖曾说过，时代不同了，男女都一样。可是，时代在发展变化，男女越来越不一样了。

有人说未婚男人属于毛坯房，工作是地段，相貌是房型，经济条件就是面积大小。

一般来说，女人得到一所毛坯房，都爱根据自己的喜好，进行大刀阔斧的装修改造，这样的房子焕然一新，设施齐全。男人就像当下的房子，不管是哪个地段，也不管是毛坯房还是精装修，开盘时也许并不贵，可是一转手，必然加价还抢手。装修好了的房子对没有房子的女人很有吸引力，总有女人不想费力气装修，甚至想白住。女人则不同了，像一款新车，出身是品牌，相貌是车型，素质便是发动机，如果遇到不珍惜的车主，开过就会立刻打折。

有的女人很单纯，认为爱情没了，婚姻就应该结束。其实，这样的女人完全是个理想主义者。婚姻之中没有爱情还有亲情呢！离了婚，把居住已经习惯的房子让出去，再想去装修毛坯房就难了，可以说是难于上青天。想想看，已婚的女人能冲动吗？冲动是魔鬼！

王洁茹一直生活在军营里，养尊处优的生活让她只知道房子是用来住的，不知道房子还可以用来炒。

王洁茹开始是好奇。但当她在网上认识了"今夜无眠"后，寂寞和无聊成了催化剂，将她的好奇心发酵了。压抑的欲望膨胀起来，居然走出家门与网友见面。网友见面不算什么，说起来也很正常。可是，见面后呢？喝过咖啡后，"今夜无眠"提出去开房。王洁茹诧异了。第一次见面，就提如此要求。王洁茹拂袖而去。可是，王洁茹受不了"今夜无眠"的甜言蜜语，更受不了李梦浩越来越冷。终于，王洁茹内心的防线被攻破了，身上的枷锁被打开了。"今夜无眠"也算个体面的男人，是浙江来海州搞房地产开发的老板。王洁茹为什么会喜欢上一个商人呢？细说起来，这里面还有个心结问题。王洁茹谈的第一个男朋友就是经商的高干子弟。当时那个高干子弟刚刚下海经商，还没房没车。王洁茹没有想到，二十年后，那个人已经把生意做到国外去了，据说身家有几个亿。每当想起初恋，王洁茹心里总会有一点失落的味道。如今，李梦浩将军梦破灭了，虽然当了局长，但局长在王洁茹的心里比将军差十万八千里。由于李梦浩不再是过去的李梦浩，王洁茹的心也开始松动了。但王洁茹还没有想到要离婚。

这天一下班，王洁茹走进小区旁边的一个超市，买了很多菜，还特地买了一只老鳖。立秋过了，身体可以进补了。李梦浩一天到晚地忙，每晚都有应酬，饭店的菜肴再好，也没有家里做的可口。再说，男人喝酒哪顾得上吃菜，应该给他补一补了。

王洁茹把菜炒好了，又把老鳖用文火炖上，坐在电脑前有一搭无一搭地和网友聊天。王洁茹在等李梦浩下班回家。等等不来，等等还是不来。此时，王洁茹还不知道丈夫李梦浩外面有人了，更不知道有唐韵这个女人存在。王洁茹有点傻老婆等汉子的模样，一脸的无辜，一脸的哀怨。如果王洁茹给李梦浩打个电话问一句，就是不打电话，哪怕发个短信也行，李梦浩肯定会回复的。现在通信先进了，电话不再用电线了，但电波也是一个无形的线，丈夫这个风筝飞得再高再远，只要这根线在自己手里，总能把他慢慢地收回来。

可是，王洁茹就是不打这个电话，死等。眼看都八点钟了，桌上的菜都凉了，李梦浩还是没有回来。王洁茹郁闷起来，一个人来到小区广场上。外面真是有秋天的味道了，晚风习习吹拂着，十分凉爽。广场边的环形步行道上，一拨连着一拨人在散步，广场上熙熙攘攘的，有带着孩子的，也有遛狗的。带着孩子的多是年轻的女人，穿着都不怎么讲究，有的穿着睡衣，有的穿着汗衫，不论是抱着孩子还是领着孩子的，都是一副闲散的模样，她们聚在一起，说的都是孩子的事，奶粉什么牌子的好，保姆的优缺点，幼儿园学费的高低，家长里短、油盐酱醋，末了都免不了要叹口气，如今养孩子真是越来越难了。虽嘴上这么说，但是心里还是有底气的，她们的叹气是一种炫耀，也是一种满足。住在高档小区的女人，谁能养不起孩子呢？

在广场的另一边，还有一群人。这群人和带孩子的女人不一样，她们都是花枝招展光鲜亮丽的人。不管是穿长裙还是短衫，一个个都显得气质优雅、雍容华贵的样子。她们聚在一起，完全是狗的因素。不知从什么时候开始，养宠物成为有钱有闲人的时尚。有养狗养猫的，还有养鼠养蛇的，反正喜欢什么就养什么。养宠物不妨碍别人，也不影响社会安定。于是，有的女人把养宠物当作了养儿女。御景花园小区的女人养得最多的就是狗，狗的种类很多，有吉娃娃、约克夏、银狐、博美、比熊、沙皮，还有哈士奇、大白熊、杜宾犬，狗的毛色也很有特点，黑白红黄蓝绿各色都有，根据主人的喜好，被任性地打扮着。在这些女人的眼里，狗不是狗了，狗已经是自己的儿女了。她们和朋友打招呼，让狗叫对方叔叔阿姨。公狗约克夏去调戏母狗博美。博美的主人生气了，上前呵斥道："你是谁家的儿子，也不知天高地厚，竟敢和我们家的女儿谈恋爱，想得美！"约克夏的母亲不干了，讥笑说："你家博美有什么了不起？我家约克夏有房有车呢！"显然，富人家的狗比穷人家的孩子都幸福哪！

王洁茹心不在焉地在广场上转悠了一圈。整个广场那么多人，她没有一个认识的。带孩子的是一个圈子，遛狗的是一个圈子，王洁茹都融入不进去，是个旁观者。唯有健身场地那一块，各人做各人的，不需要交流。王洁茹走到健美车边，骑上去蹬了几分钟，看见多功能器边上没人了，又跑去做了十几个引体向上和仰卧起坐，不到一刻工夫，前胸后背已经潮湿了。王洁茹平时很少锻炼身体，四十岁前没有感觉出什么异样，过了四十岁后，她发现腰部的赘肉隆起来了，胳膊和腿也明显粗了很多，穿着军装不显什么，换了便装都不敢出门了。王洁茹想瘦身，跳了一段健美操，又练了几个月的瑜伽，终究没有坚持下来，体重反而增加了几斤。王洁茹有些气馁，自己安慰自己，都一把年纪了，又不参加选美，受那份洋罪做什么？索性随它去了。

王洁茹在广场边站了一会儿，让秋风把身体吹清爽了，转身回家了。进了家门，室内依然黑灯瞎火，冷清得很。已是九点钟了，李梦浩还没有回来。王洁茹没有开灯，坐在沙发里陷进了胡思乱想中。李梦浩每天都在外忙什么？白天忙工作，晚上也忙工作吗？李梦浩会不会也上网，网恋了？思来想去，都理不出头绪。王洁茹又想到广场上那些抱狗牵狗的女人，对那些傲慢的女人印象都不深，细想一下，那些被主人宠爱的狗倒是蛮可爱的。起码狗对主人很忠诚。

夜晚对于王洁茹来说有些漫长了。王洁茹还没有吃饭，但也不觉得饿。她悉心地做了一桌菜，想和李梦浩一起共进晚餐。近一年来，王洁茹已经意识到和李梦浩之间关系有问题了，只是还没有看到问题的严重性。说起来还是母亲提醒了王洁茹，母亲让李萌回海州上大学，意思已经很明显了。刘院长要让李萌作为纽带，把王洁茹和李梦浩拴在一起。李萌到海州大学读书后，每个周末回家住一晚上，只有这一晚上，一家人才能够团聚。也只有这一个晚上，李梦浩才肯回家吃晚饭。

这个周末的晚上，李萌没有回来，李梦浩也没有回来，父子俩像是约好了一样，把王洁茹一个人丢在了家里，王洁茹有些恍惚，也有些怨愤，孤独的感觉涌上了心头，眼睛里突然涌出两汪泪，收都收不住，顺着眼角淌了下来。王洁茹任凭泪水畅快地流淌，泪眼中全是黑暗，一点亮光都没有。

百感交集中，李梦浩推开了家门。李梦浩开了灯，吓了一跳，王洁茹挺着身子在沙发上枯坐着。李梦浩没有说话，换了拖鞋就进了卫生间，将衣服脱下来放进洗衣机里，接着就开始放水洗澡。

王洁茹走到卫生间门口敲了敲门，问："今晚怎么回来这么晚？喝酒啦！"

李梦浩担心王洁茹起疑心，说："省里来检查，喝了。"又解释了一句，"喝完酒又唱了一会儿歌。"

王洁茹哦了一声，说："现在饿了吧？今晚我给你炖了只老鳖，补补吧。"

本来，王洁茹话的意思是让他好好补补身体，王洁茹是医生，她知道男人过了四十岁，身体就开始走下坡路。尤其是抽烟又喝酒的男人。王洁茹要给李梦浩食补，让她重温旧梦。

可是，李梦浩是做贼心虚。他刚从唐韵那儿回来，听到王洁茹不动声色地说让他补补，问题严重了。看来，他和唐韵的事，王洁茹已经知道了。即使知道了，也不能承认，他不能亲手把这把刀扎在王洁茹的心口，否则太残忍了，太不人道了！对待死刑犯都不用枪和刀了，对待一个和自己生活了二十多年的女人，怎么下得去手？不能够！

李梦浩一边细致地洗着，一边思考着。善意的谎言虽然是谎言，毕竟前提是善意的，李梦浩还没有考虑到要抛弃王洁茹，也没有想过要娶唐韵。他爱唐韵，唐韵也爱他。可是爱情就像酒宴，纯粹是精神享受，一如烟花在遥远而虚无的夜空开放。爱情可以务虚，婚姻一定是实的。爱情的花，不一定能结出婚姻的果。就像玫瑰花不结果实，只有种子，而无花果不开花却结果一样。在这个世界上，想鱼和熊掌兼得，办不到。爱情是易变的，就如夏季的天气，突然飘来一片云，谁知道会不会下雨？所以说，如今的人都急功近利起来，当爱情来临时，绝不拒绝，一味地享受，也不会幼稚地想再收获婚姻。基于普遍认识，李梦浩是分得清爱情与婚姻之间的区别的。

王洁茹在门口又说："你快洗，我去把汤再热一热。"

李梦浩在里面说："不要热了，你快去睡吧，时间不早了。"

王洁茹坚持说："好，我等你。"

李梦浩没听见儿子的动静，岔开话题问："李萌今晚没回来？"

王洁茹幽怨起来，说："你还牵挂儿子啊？"

李梦浩说："我怎么不牵挂了，明天我还准备和他一起爬山呢。"

王洁茹说："李萌和你一样，都不愿回家了。"

李梦浩随口道："儿子不会是谈恋爱了吧。"刚说出口，李梦浩就后悔了，这不是引火烧身吗？

王洁茹追问道："那你呢？不回家是不是也在谈恋爱？"

李梦浩不想回答这个问题。他把太阳能的水调大，温度调得很冷，希望用冷水把身子浇凉。李梦浩企图用冷水给自己身体和血液降温，不再滚烫和沸腾，可是，身体凉下来了，血液还在奔涌。

王洁茹有些不依不饶，还在等着李梦浩回答。李梦浩不回答，王洁茹开始疑惑了，提高声音说："说话呀，问你呢！"

李梦浩裹着浴巾出来了，走到客厅里，没有看王洁茹。李梦浩不想和王洁茹面对面地说话。李梦浩坐到沙发上，点燃了一支烟，抽了半截才说道："如果我说是，你信吗？"

王洁茹站在那儿没有动，她看着李梦浩的样子就觉得哪儿不对劲。她的直觉告诉她，李梦浩的话怕是真的了。但王洁茹还是疑惑，想进一步证实，问："你外面真的有女人了？"

李梦浩突然又不想隐瞒了，更不想再欺骗王洁茹。事情都到这地步了，隐瞒还有什么意思呢？脓包总是要戳破的。李梦浩想到王洁茹和那个男人约会的事，便将烟蒂摁灭，索性说道："有了，我也不瞒你。"

王洁茹清楚，男人都有一个毛病，总觉得别人家的饭香。但落到自己头上，还是很诧异，也很愤怒。王洁茹是个多么高傲自尊的人，她怎么能受得了丈夫有别的女人。

王洁茹有些发蒙，愣怔片刻后，头脑清醒过来，她注视着李梦浩，眼睛像是蜜蜂的毒针，一下、一下、又一下，扎在李梦浩的脸上、肩上，继而又扎在裸露的大腿上，李梦浩感到了浑身在疼痛，刺痛，还有肿胀。李梦浩在忍痛，但还不忍心割爱。

王洁茹没有像有些市井女人一般立刻发疯，或者一哭二闹三上吊。王洁茹也在忍。毕竟是女人，有时女人考虑问题和男人不一样，有些片面性。表面上看，王洁茹很冷静，也很克制。其实，心里面早已翻江倒海火烧火燎的了。王洁茹的心还是乱了。心一乱就容易犯错误。

错误就在于王洁茹要强，在李梦浩面前不服输。王洁茹要打击李梦浩，也要报复李梦浩。王洁茹恶毒地说："好！李梦浩你承认你在外面有女人了。今天我也告诉你，我在外面也有男人了！"

这是李梦浩意料之中的事。李梦浩窥视过王洁茹和网友约会的场景，但李梦浩又不愿相信王洁茹和那个男人会有进一步的关系。男人就这样，打掉牙齿也要往肚子里咽，哪个男人愿意将"绿帽子"扣在自己头上？现在王洁茹亲口告诉他了，不能再掩耳盗铃自欺欺人了，老婆有外遇是真的了！眼下有外遇的女人多了，关键是女人亲口告诉丈夫的可就罕见了。李梦浩也是个自尊心极强的人，又是个局长，局长的老婆都有外遇了，都红杏出墙了，局长的面子往哪儿搁？

李梦浩还不愿意相信是真的。李梦浩乜着眼瞅了王洁茹一下，问："你说的是真的吗？"

王洁茹嘲讽道："你可以有，我为什么不能有？"王洁茹从嘴里又吐出一根毒针，扎在了李梦浩的心口。

李梦浩这下彻底崩溃了。此时李梦浩能说什么？还能说什么！

李梦浩霍地站起来，在客厅里转了两圈，有点像无头的苍蝇，又有点像热锅上的蚂蚁，四处乱撞，四处碰壁，不知道怎么好了。

王洁茹把毒针刺出去了，痛快了，但王洁茹也瘫软了。接下来会怎么样呢？

李梦浩终于停了下来，对王洁茹说："好，很好！"

说完，李梦浩穿戴整齐，拉开防盗门，像一股飓风从屋里刮出去了，留给王洁茹的是哐的一声响。

这是怎么啦？王洁茹在问自己。到底这是怎么啦？王洁茹又问自己。

没有人会告诉王洁茹。王洁茹只有自己去思考。

接下来，注定是个无眠之夜。

五十四

一连几天，李梦浩的心情冷到了冰点，与往日全然不同，以前，身心疲惫的时候，只要睡个懒觉，或是和唐韵缠绵一番，第二天就会一如既往地精力充沛。这次不一样，身体虚得很，走路都摇晃了。本来，李梦浩是不愿意相信王洁茹会红杏出墙的，王洁茹已经算不上什么红杏了，可是出墙已成了事实，这一点让李梦浩接受不了，李梦浩虽然在瓜田李下行走，但李梦浩一直将手背在后面。如果不是他亲眼看见王洁茹和网友约会，李梦浩也不会去偷吃禁果。就是偷吃了，李梦浩也不会在王洁茹面前承认。这种事情承认了比不承认后果要严重得多。是打死都不能说的事。说了就等于明目张胆地刺了对方一刀，将婚姻置于死地了。这下好了，男人有外遇了，女人也有了，双方扯平了，婚姻怎么办？

李梦浩在焦虑和烦躁之中不知如何是好。他像一只无头的苍蝇，在百般无聊中走到唐韵家中。唐韵站在客厅里，似乎在等着他的到来。唐韵看到李梦浩疲倦灰暗的脸色，以为他是工作上遇到了麻烦，没有问什么，张开了双臂将李梦浩揽进了怀里，李梦浩把头搭在唐韵的肩上，用力地搂着唐韵，唐韵不说话，只是轻轻地拍着他。男人心里憋屈的时候、烦闷的时候，最好什么都不要问，问了反而添堵，唐韵懂。此时，却没有人知道李梦浩的心思，也没有人知道李梦浩想做什么。其实李梦浩自己也不知道。

唐韵没见过王洁茹，也不知道李梦浩和王洁茹之间情感变故。在唐韵的心里，李梦浩就是一个自然的人，关于其他，唐韵不想知道。知道多了就是负担。唐韵认为，男女之间的感情最好没有负担。

李梦浩的情绪很低落。唐韵觉得诧异，觉得李梦浩工作上的事怎么把他弄成这样？但唐韵嘴上并没有说什么，还是百般地安慰他。李梦浩对于唐韵的安慰，也不解释。他能说什么呢？

第二天上班，李梦浩虽然情绪低落，阴沉着面孔，教育局的人都不明白是怎么回事，赔着小心向他请示汇报工作。负责基建工作的孙副局长汇报说，中学城教职工宿舍楼的规划已经批下来了，要准备进行招标了。李梦浩听了具体方案后，没有多说什么，点点头，挥了挥手，说："明天在会上议一议，再定吧。"

招标方案还没有定。傍晚下班的时候，陈建成来了。陈建成是房地产开发商，也是陆连枫的妻侄。陈建成和李梦浩是在酒桌上认识的。他对李梦浩很了解，李梦浩对他却是捉摸不透。

李梦浩很客气，给陈建成倒了一杯茶水，说："陈总怎么有空光临教育局了？"说着又递上一支烟，两人都点燃后，李梦浩又开玩笑道："教师节快到了，陈总是不是来慰问的啊？"

陈建成呵呵一笑，架起二郎腿，眯着眼道："这倒是让你说着了，我可不就是来慰问的。今天来有些唐突了，如果李局长给兄弟个面子，今晚我请您和黄总一起聚聚。"

一般情况下，请客都是要提前预约的。特别是请手中握有实权的领导，怎么可以临时邀请呢？显然是客套。李梦浩明白这一点，要是换了其他开发商，李梦浩会一口回绝，可他毕竟是陆连枫的亲戚，不看僧面要看佛面的。李梦浩婉转道："下次再约吧，今天晚上的确有事情，拂了你的美意了。"

陈建成也没有坚持，喝了一口茶水，站起身说："既然李局长晚上有安排，我就不勉强了。下次，下次我提前预约，我可先说好了，你老兄一定要给我这个面子。"

李梦浩站起身准备送客，在和陈建成握手道别时，陈建成左手从包里掏出一张卡，塞到李梦浩手里说："这是一点小意思，请李局长务必收下。"

李梦浩问："小意思是多少？"

陈建成低声说："不多，就一百万。"

李梦浩说："陈总，大手笔啊！"

陈建成坦言相告："事成之后，还有感谢费。"

李梦浩说："这个我不能收，这钱烫手啊，你是让我犯错误呢。"

陈建成说："现在行规就是这样，你不收，也没有人说你廉洁。"

李梦浩说："我不能破了自己做人的原则。"

陈建成只好说："送出去的不能再收回来了，你就当我慰问全市人民教师了，这总可以吧。"

李梦浩想了想，说："这可以，我代表全市教师，对陈总的慰问，表示衷心的感谢！"

陈建成会意一笑，拍拍屁股走了。

李梦浩把卡收起来，想了想，又拿起电话叫来了纪工委书记李宏彬，把卡递过去说："教师节快到了，刚才一家房地产公司的老板送来了一百万元的慰问金，请你交给财务处，教师节期间到学校搞慰问活动吧。"

李宏彬说："要不要搞个捐赠仪式，请报社和电视台来宣传一下？"

李梦浩摆摆手，说："不用。这位老板很低调。"

李宏彬很感动，连声说："难得，难得啊，如今这样的老板少了，太少了。"

李梦浩把一百万元的卡交出来了，等于丢下了"烫手的山芋"。但李梦浩的心里并不轻松，反而沉重了。他知道陈建成送卡给他不是白送的。商人每投资一分钱，都要赚取利润的。陈建成想用一百万元来换取职工宿舍楼这个工程项目。李梦浩明白，这个工程项目起码有一千万元的利润，不是肥肉，也是五花肉，有多少人眼睛都盯着呢。

虽然一项工程决定给谁干，招标单位自己决定不了，要进行公开招标。但是，眼下的招投标，里面的道道多了。表面上看，有一套正规的招投标程序，好像很规范，其实，只是个形式而已。就像玩魔术，外行人是看不出破绽的。招投标只要程序合规了，其他事情都可以暗箱操作。招标前，招标单位泄露标底，或者，为某个投标人"量身定做"，再就是与某一家公司进行"实质性谈判"，招标人授意自己内定的无资质公司与有资质的公司商议，以有资质公司的名义投标，中标后，由无资质公司履约，等等。投标单位也有套路，围标、串标、陪标，总之，只要不内讧，外人谁懂呢？按照原来的思路，李梦浩还想让黄亚萍继续中标这个工程项目。让黄亚萍中标，不单是想让黄亚萍赚钱，重要的是他了解黄亚萍，黄亚萍有这个实力，心不黑，让她建职工宿舍楼，不会烂尾，也不会豆腐渣，李梦浩放心。

可是，陈建成要做，还送了一百万元。这钱不收显然不行。收了，就等于答应陈建成了。无奈之下，李梦浩给黄亚萍去了电话。黄亚萍接到电话后，说："正好，我也有事找你呢。"

李梦浩到了黄亚萍办公室。黄亚萍看到李梦浩第一眼就问："你怎么了？现在憔悴成这样？"

李梦浩佯装不知的样子，说："有吗？"

黄亚萍注视着李梦浩，说："遇到麻烦事了？"

李梦浩不露声色道："还不是工作上的事，整天忙得焦头烂额的。"

黄亚萍摇摇头说："没说实话。你肯定是遇上什么烦心事啦。"

李梦浩顺口便把陈建成送钱的事说了，末了叹了口气道："本来这工程是给你的，没想到半路杀出个程咬金。你说，我应该如何是好！"

黄亚萍没有丝毫的犹豫，爽快地说道："这有什么难的？给他做好了。"

李梦浩诧异了，他没想到黄亚萍会是这个态度，迟缓道："可是……"

黄亚萍笑了笑，说："别可是了，这个工程让陈建成做正是时候。"停顿片刻，又道："我正想告诉你呢，听说黄副市长调省里去工作了，市政府空出一个职位，市委要从部委办局中推荐一个人，你不想再上个台阶？"

历来官场结构都是宝塔形的，越向上，台阶越窄越陡。正处到副厅，比正团提副师都难。将军梦破灭的李梦浩，此时，又燃起了新的欲望。如果能再上个台阶，成为海州市的副市长，那么接下来，就有可能是市长，还有可能是省长，官场这个地方，有时又是赌场，输赢谁能说得准呢？

李梦浩不会不激动。他听黄亚萍一说，内心便澎湃起来。如果在别人面前，李梦浩总是要装出一副淡漠的样子来，可是，在黄亚萍面前，他不需要装，也装不出来。副市长，那可是市政府领导啊，鱼和熊掌不可兼得，只要官场顺风顺水，面前困扰自己的问题都可以迎刃而解。此时此刻，李梦浩心中的雾霾像被秋风吹过一样，很快就秋高气爽、阳光明媚了。

李梦浩面色潮红，急切地问："这消息可靠吗？"

黄亚萍正色起来，说："我什么时候传过谣？"

李梦浩问："我有希望吗？"

黄亚萍说："当然。"

李梦浩明白，黄亚萍的话不可能是空穴来风，激动地握住黄亚萍的手说："亚萍，我要好好谢谢你！"

"谢我干什么？"

李梦浩用力地握着："是你给我带来的好消息啊。"

黄亚萍抽出手，哂笑道："你淡定一点好不好啊！"转过身，拎起包说："走，我们去喝茶吧。"

黄亚萍将宝马车开到"豆蔻茶社"门前停下。李梦浩下了车，门童将他们引进大厅。

李梦浩说："外面看着很繁华，里面却是很安静。"

黄亚萍瞟了眼李梦浩，似笑非笑地说："心静才是静。"

李梦浩笑道："我怕是难以静下来了。"

黄亚萍嘲笑说："你们男人啊，都是官迷心窍！"

走到电梯门前，门开了，李梦浩迈出一步，又停下来，伸出手挡在电梯门边沿，等黄亚萍走进电梯间，李梦浩才迈步进去。电梯在六楼停下，两人刚走出电梯，茶社的老总章娜就迎了上来。章娜紧走几步，热情洋溢地招呼道："黄总，好久不见，是不是把妹妹忘了啊。"

黄亚萍笑道："怎么会呢，今天不是来了吗？"

章娜打量着李梦浩，玩笑道："这位帅哥，跟在黄总身边好般配哦。"

黄亚萍嗔笑道："这位是李局长，妹妹要是有眼缘，把他带走好了。"

章娜看到李梦浩局促神态，不好意思地说道："我有些眼拙了，李局长恐怕是头一次来'豆蔻'吧？"

黄亚萍笑着说："李局长日理万机，要不是我硬把他拉来，他是不会来这地方躲清闲的。"

章娜小声道："李局长是领导，领导都忙，但李局长也要劳逸结合嘛。"

黄亚萍瞅了眼李梦浩说："李局长以后可要常来看看章总哦。"

章娜会心地笑道："李局长是贵客，以后能常来我们茶社，我会尽心服务。"章娜将两人引到一个雅致的包间，又问："还有别的客人吗？"

"就两个人。"黄亚萍说。

章娜说："那好，我就失陪了。我选一个姣好的茶艺师来侍候二位。"

不一会儿，一个穿着旗袍的女子来到包间。黄亚萍瞟了眼，就觉得这个女孩子与其他的茶艺师不同。不少茶艺师的热情中都带有一种讨好，对男客人恭维时多少带有一些媚态，而她却不是这样。这女子的气质与身上的旗袍很相宜，亭亭玉立，像一朵出水含苞待放的莲花，美丽清新而不妖娆。

在各种服饰中，黄亚萍是一直喜欢旗袍的。黄亚萍对旗袍可以说是情有独钟。结婚时，她想穿旗袍的，可是一试穿，完全没有她想象中那样的效果。从此以后，她再也没有穿过。在黄亚萍心中，那旗袍是从时光的缝隙里漏下的些许怀旧。在纷繁漫长的服饰历史中，只有一袭妩媚、冷艳又兼备端庄的旗袍留在时光的深处。有时不经意间被人发现后，会情不自禁地发出一声叹息。那古典般的高领、斜结的布纽和开衩的下摆，散发一种媚而不妖、放而不荡的韵致。可是，欣赏归欣赏，喜欢归喜欢，黄亚萍却少有穿在自己身上的念头。黄亚萍知道旗袍不是什么人都能穿的，它是要合适的人才可以穿出旗袍独特的味道。穿旗袍的女人要有古典的韵致，眼角和眉梢要有绵绵味道，里面蕴含着含蓄与轻佻、约束与放纵、既大雅又大俗的景致，眼神里是烟水迷离欲言又止的惘然。那体态也是很有讲究的，要云鬓高挽，纤手玉臂，走路要莲步款款才好。比如张爱玲，站在泛黄书页里的那一张黑白照片，身着旗袍，下巴微扬，脖子颀长，姿态优雅，眼神里有种朦胧的梦幻般的东西，说也说不清，只是让人感觉到这女人有味道，孤独犹如空谷幽兰，骄傲又如湖中的天鹅。还有胡蝶，民国时期的美女，旗袍在她身上，完全是画龙点睛一般奇妙，美得让人发呆！

眼前这个女孩子年纪还轻，旗袍在她身上虽勾勒出圆润玲珑、凸凹有致的身材，隐约传递着一股浅浅的诱感与性感、羞怯与大胆。眼神里虽有些落寞，还带有些忧郁，但旗袍遮不住她那青春不羁性情。因脸上少了些岁月的沧桑，身上就失去了让人联想的幻觉。这个穿旗袍的女孩子站在这里，真是可惜了，让黄亚萍感到有点心疼。

李梦浩也抬头看了一眼。这一眼让李梦浩心里一怔。

黄亚萍怜惜地说道："坐吧，一起说说话。"

茶艺师笑笑说："我还是站着好。"她弓着身子开始温壶。

桌上的茶壶是宜兴的紫砂壶，精致、玲珑、温润，被"养"得久了，壶身就有一股淡淡的、袅袅的茶香。

李梦浩看着，禁不住就问道："你叫什么名字？是哪里人？"

茶艺师把茶叶放入茶壶里，开始洗茶。她低着头道："来来往往都是客，来者都是品茶的，何必要烦心其他呢？"

"小姑娘说得不错，这里讲究的是静和雅，只品茶，不想俗事。"黄亚萍说。

李梦浩不甘心，又问："听你口音，不是海州人吧？"

茶艺师点点头。

"是晶都人？"李梦浩试探道。

茶艺师放下手中茶具，抬眼看了看眼前的客人，没有吭声。

李梦浩打量着她，脑子里浮现丁惠娟的模样。眼前的女孩子身上似乎带有二十多年前丁惠娟的影子。李梦浩沉思片刻，说："你很像一个人。"

黄亚萍好奇地问道："你看她像谁啊？"

李梦浩刚要说像老家的一个人，话到嘴边又咽了回去，转而笑道："你看像不像张曼玉？"

黄亚萍摇摇头，说道："不像！要我看啊，旗袍穿在她身上，多少有点年轻时张爱玲的韵味。"

李梦浩沉吟着，心神有些恍惚，片刻后才说道："在所有的服装中，我最欣赏的就是旗袍了。"

黄亚萍疑惑地问："你怎么会喜欢旗袍呢？"

李梦浩说："旗袍虽然少有人穿了，但旗袍对于女人来说，永远不会过时。在中国服饰中，可以说算得上国粹了。"

黄亚萍笑道："看来咱们的审美观有点相同了。可是，你知道吗？喜欢旗袍的人都带有怀旧的情愫。是不是说明咱们老了？"

李梦浩有些走神。他的眼睛一直停在茶艺师的身上，她的一举一动似乎都牵动着他心里的一根线。黄亚萍的话飘进他的耳里后，他不置可否地一笑："老不老，咱们自己说了不算。"

黄亚萍问："那谁说了算？"

李梦浩说："你问问她吧。"

黄亚萍笑了笑："在小姑娘面前，我们肯定是老了呀。"

茶艺师没有说话，一直默然地忙活着。温好杯后，她轻轻将壶中茶水倒入公道杯，然后将茶汤分别倒入桌上的闻香杯，把杯子双手送到黄亚萍面前，微笑道："大姐，您品一品，看这茶如何？"她又端起另一杯送到李梦浩面前说："先生，您也尝尝味道怎么样？"

李梦浩接过杯子，先是放在鼻前嗅了一下，清香扑鼻，让人猛生欲尝之心。李梦浩慢慢抿了一口，初入口，涩味萦绕舌尖，但滑至舌根时，却清香甘醇，直入心脾，使人神清气爽、恬然自在。

李梦浩说："味道不错。"

黄亚萍接过杯子放在鼻前闻了片刻，问道："是金骏眉吧？"

茶艺师点点头，嗯了一声。

黄亚萍没有急着品茶，她把手中的杯子放下了，看了片刻杯中金黄透亮的茶水，而后闭上眼睛沉静下来，让茶香在鼻前弥漫缭绕。黄亚萍知道，茶乃性情之物，用心品味才能懂得其真正的味道。茶也是具有灵性的，就像人，有美丽的、丑陋的、粗犷的、细腻的；有外表高贵漂亮内心却龌龊的；有其貌不扬品质却高尚的。茶如人，各具特色。

黄亚萍睁开眼睛，小心地端起小杯慢慢品了一口，感觉这茶泡得真的不错。虽然这茶是上好的金骏眉，可是，不同的茶艺师会泡出不同的味道来。每次来这里品茶，黄亚萍都会品出不同的味道。口中淡淡的一丝香甜，柔柔的一缕心音，暖暖的一份真情，那份幽香，那份清醇，那份淡雅，都在默默地品味之中。

同是一杯茶，佛家悟空，俗人闻市井。

黄亚萍突然问："你刚才为什么叫我大姐，而叫他先生？你让我品一品，却让他尝一尝？"

茶艺师瞥了眼李梦浩，掩嘴一笑。

李梦浩这才回过味来，自嘲道："这还不明白？说明你年轻、漂亮，有品位。叫我先生说明我比你老嘛。让我尝一尝，是觉得我是个俗人吧。"

一个品，一个尝，细细思量，真是有很大区别的。

黄亚萍心头漾起涟漪，一脸幸福的样子。黄亚萍故作亲昵道："小妹妹，真是这样吗？"女人就是女人，都喜欢别人夸她年轻漂亮。女为悦己者容，大概也有这个意思。

茶艺师又看了眼李梦浩，浅浅一笑，有点顽皮地点点头。

"真是个讨人怜的丫头。"黄亚萍亲热地说，"告诉我，你叫什么名字好吗？"

"我叫张茜。"

"张茜。好，我记下了。今天咱们有缘分。"黄亚萍说，"你一进门，我就感到眼前一亮。"

李梦浩若有所思地沉吟道："张茜？"

黄亚萍从包里取出一张名片，递到张茜的面前说："这是我的名片，以后有什么事，你可以打电话给我。"

李梦浩问："你在这里做茶艺师多久了？"

张茜瞟了眼李梦浩，说："我在这里是课余打工的。"

黄亚萍问道："你是在海州大学上学吗？"

张茜点点头，说："是，现在海州大学读研。"

黄亚萍怜惜地说："看来，你是家里有困难了，不然，一个读研的女学生怎么会到茶社来打工呢？"

李梦浩低沉地说："穷人的孩子早当家啊。"

黄亚萍问："你喜欢茶艺师这个工作吗？"

张茜说："谈不上喜欢不喜欢，为了挣钱罢了。"

黄亚萍叹息一声，说："勤工俭学虽然好，可也会耽误学业的。如果不是家里有困难，我想，像你这样的女孩子是不会出来打工挣钱的。"

李梦浩深有感触道："是个懂事的孩子，父母下岗了吗？"

张茜瞅了眼李梦浩，不置可否。她把烧好的水续进茶壶里，开始泡二道茶。

李梦浩又问："父母亲是做什么工作的？"

张茜低声道："母亲曾经是小学的教师。"

黄亚萍忙问道："现在呢？"

张茜犹豫片刻，黯然道："病了。"

李梦浩问："是什么病啊？"

张茜没有吭声。

黄亚萍说："如果你愿意，可以到我的公司来勤工俭学，在这儿可惜了。"

张茜迟疑片刻，茫然地问道："我到你公司去，能干什么呢？"

黄亚萍问："你是学什么专业的？"

张茜说："经济管理。"

黄亚萍说："好啊，公司正缺少经济管理方面的年轻人呢。"

张茜淡淡地笑了一下，没有说话，给黄亚萍和李梦浩杯中斟了茶后，端起杯子递到黄亚萍手上，幽幽地说："您喝茶吧。"黄亚萍接了杯子后，张茜又给李梦浩的杯子斟了茶，纤巧的手指捏起杯子，递到李梦浩的面前。

李梦浩接过杯子，喝了一口说："这杯茶比刚才那杯醇正多了。"

张茜解释说："二道茶比头道茶要淡些，男人喝茶一般都喜欢头道茶的。"

李梦浩问："为什么？"

黄亚萍哂笑道："男人的味觉都重吧。"

虽然说的是喝茶，但意思全然不一样了。李梦浩不好当着张茜的面接黄亚萍的话，便转移了话题，问张茜道："听你的口音，有点晶都县的味道，是那儿的人吗？"

张茜点点头，说："是。"

黄亚萍接话说："你们俩是老乡哎。"

张茜有些疑惑，问道："先生也是晶都县的人？"

黄亚萍说："先生是晶都县马陵村的。"

张茜怔了一下，说："是吗？先生贵姓？"

李梦浩说："姓李。"

黄亚萍说："海州市教育局的局长。"

张茜问："李梦浩？"

李梦浩惊住了，注视着张茜，问："你怎么知道我的？"

黄亚萍故意玩笑说："海州大学的人谁不知道局长李梦浩啊？"

张茜回答说："我妈妈和我说起过您。"

"你妈叫什么？"

"丁惠娟。"

"你爸呢？"

"张为强。"

"噢！"丁惠娟的女儿都这么大了。李梦浩心绪一下乱了，但他竭力控制着跌宕起伏的心情，将杯中茶一口干了，又自己倒了一杯喝了。

黄亚萍好奇起来，问李梦浩："你认识他们？"

李梦浩沉吟一阵，低沉地说："我和她母亲丁惠娟是同学呢。"

黄亚萍看到李梦浩欲言又止的样子，拍了拍李梦浩的手，意味深长地笑了笑。

李梦浩盯着张茜，沉吟片刻，又问："你母亲还好吧？"

张茜低头沉默一会儿，抬头看了李梦浩一眼，凄然道："她现在身体不好。"

黄亚萍怜惜地说："真苦了孩子了。李局长，以后你应该帮帮她们。"

李梦浩闭上眼，仰在椅子上，这么多年过去了，留在李梦浩心里的那块伤疤似乎被岁月磨平了。可是，现在陡然间丁惠娟的女儿一下子出现在李梦浩的面前，那道伤痕像是遇到了连阴雨，又开始痒了。

五十五

在李梦浩踌躇满志准备做副市长的日子，表面上看风轻云淡，其实，内心里焦灼得很。不管李梦浩内心如何风起云涌，日月依然照旧，太阳每天都是新的。在秋风飒爽、阳光明媚的日子，他和王洁茹的婚姻也走到了终点。

钱钟书说过，围在城里的人想逃出来，城外的人想冲进去，对婚姻也罢，职业也罢，人生的愿望大都如此。

李梦浩刚从围城里逃出来，还没有喘口气，却又想着再冲进去了。为什么呢？因为有了唐韵。两人在一起，没有不透风的墙。时间久了，难免遭人非议、造谣。正如两棵树枝靠近，蜘蛛难免就要结网。在这关键时期，绯闻绝对害人，流言蜚语比流行感冒蔓延的速度更快。

一般人有绯闻不算什么，领导干部有绯闻，问题就严重了。绯闻就是软刀子，杀人不见血的。因此，李梦浩想将流言蜚语扼杀在萌芽中。

李梦浩考虑得很简单，只要领证结婚了，一个证书，仿佛有亚当、夏娃身上那片树叶的功用，可以遮羞包丑，可以把一个人的形象包装起来，就像一副铠甲，能防明枪暗箭。

李梦浩开始考虑和唐韵结婚的事。黄亚萍知道后，心里一怔，她做梦都没有想到，李梦浩刚离婚不到一个月，这么快又有女朋友了。黄亚萍的心一下坠到深渊，一直下沉，却落不到底。这是怎么回事？到底是怎么回事？黄亚萍是女人，女人此时都会发蒙，也会恼羞成怒。可黄亚萍毕竟是黄亚萍，不是一般女人。

黄亚萍冷静下来后，疑惑地问李梦浩："你离婚才几天就考虑要结婚了，那个女人是谁啊？"

李梦浩说出了唐韵的名字。

黄亚萍盯着李梦浩诧异地问："你们之间是什么时候的事？"

李梦浩不敢看黄亚萍，像个犯错误的学生，低着头说："时间不长。"

黄亚萍追问道："是中学城揭牌之前，还是之后？"

李梦浩沉默一会儿，吞吞吐吐道："之后。"

黄亚萍仰天长叹，低下头时已是满面泪水。黄亚萍抑制不住了，恼怒地说："你是捡到篮子里就是菜了。"

黄亚萍还能再说什么呢？她又有什么权利阻挠李梦浩呢？毕竟她还没有在篮子里啊。

黄亚萍不甘心，又诘问道："发展这么快？"

李梦浩有点厚颜无耻了，说："唐韵是个充满激情的女人。"

黄亚萍心里像被扎了一刀，钻心地痛。她真不明白李梦浩喜欢什么样的女人。男人心中是情重还是欲重？黄亚萍始终没有弄清情和欲的关系。其实，情和欲是紧密相连的，是能够融为一体的。情欲这个东西有时是一张网，可以网住很多东西，有时又是一条高速公路，四通八达，没有红灯，行驶速度特别快。

黄亚萍有些多此一举了，继续问："她到底是一个什么样的女人，让你这样迫不及待？"

李梦浩听了，心里有了愧疚和不安。他知道黄亚萍是深爱他的，他也是爱黄亚萍的。越是深爱，他们反而顾虑越多。在黄亚萍家里那次，他们发乎情而止乎礼。可是和唐韵在一起时，是另一番景象，没有约束，没有顾忌，情欲像潮水一样汹涌澎湃，后浪推前浪。

李梦浩没办法，只好如实说来："从男人的角度来看，她的爱很单纯，情和欲都很纯粹。"

黄亚萍讥笑道："你是找情人呢，还是找老婆？"

"只要结婚，就是老婆了。"

"这样的女人做情人可以，但不一定适合做老婆。"

"为什么？"

黄亚萍气哼哼地说："我不了解那个女人，但我还不了解你吗？你是个典型大男子主义的人，骨子里很传统，娶一个充满激情的现代女性，在一起生活时间长了，你们的婚姻能维持多久？"

这一点李梦浩是想到的。唐韵比他小十五岁，是两代人了。床上的激情是一回事，现实生活是另一回事。李梦浩开始时并没有考虑那么多，只不过是激情燃烧的结果。可是，一旦落实到婚姻上来，问题就来了。别的不说，观念上就存在很大的差异。两人观念不同是埋藏在婚姻道路上一颗跳雷，一旦触发就会跳出来爆炸，杀伤力很强。

黄亚萍的话把这颗跳雷直接引爆了。李梦浩感觉心里被炸得千疮百孔，头脑一片混沌。李梦浩迷茫地看着黄亚萍，黄亚萍却快快地离开了。临走时，黄亚萍酸楚地说："现在正在关键时候，要注意影响。急什么呢？都和她上床了，人都是你的了，还在乎早一天晚一天吗？"这句话说得李梦浩无地自容了。

黄亚萍在心里不止一次问自己，她和李梦浩之间到底算怎么一回事呢？两人是什么关系呢？

情人吗？严格说，真正的情人，不一定身体彼此占有，但一定要灵魂交融，想起了心里会有满满的甜蜜。绝对不会伤害无辜，不会去破坏家庭，更不会为了独霸对方，而歇斯底里不择手段。如果彼此相爱，又注定无法生活在一起，那么，就要为对方着想，分担忧愁，共享快乐。当感到寂寞了，约出来见见面，叙叙情。只有如此，才是真正意义上的情人。

黄亚萍的话，既是警示，又是抱怨，意味深长了。怎么办呢？他已经辜负了黄亚萍，还要再辜负唐韵吗？

他和唐韵一天不结婚，就不是夫妻。不是夫妻，在一起则名不正，言不顺，总是提心吊胆的。

一天清晨，李梦浩一本正经地对唐韵说："从今天开始，我们暂时就要少在一起了。"

唐韵问："为什么？"

李梦浩说："要注意影响了。"

唐韵笑道："没离婚时，你都不怕，离了婚，反倒怕了？"

"不是怕。"

"那是为什么？"

"是……我们还没结婚。"

唐韵笑了。唐韵笑起来很迷人，两眼眯着，眼光波光潋滟，收都收不住。唐韵赖在床上，翘起头，娇媚地说："那我们现在就结婚吧。"

"现在？"

唐韵说："现在。"

唐韵跳下床，双手吊在李梦浩的脖子上，一边亲吻着李梦浩，一边将李梦浩拉回床上，唐韵问："形式比内容还重要吗？"

李梦浩认真地说："任何内容都具有形式，离开了形式，内容就不能存在了。"

唐韵说："如果形式不是内容的形式，它就没有任何价值了呀。"唐韵又强调说，"我和你，形式是次要的，首先是内容。"

可是，现实是不允许这样的。任何事物既有其内容，也有其形式，不存在无内容的形式，也没有无形式的内容；内容决定形式，形式服从内容，并随内容的变化而变化。爱情和婚姻尤其如此。

那天，李梦浩走出唐韵家时，阳光是灿烂的，小区花圃里的月季花还有几枝在骄傲地开放，一副秋光独占的气势。

常言说，人无千日好，花无百日红。这话一点也不假。没过几日，突然坊间传言说，市委书记陆连枫要调到省里去了。李梦浩不好去核实，给黄亚萍打电话。黄亚萍证实，陆连枫升职了，到省政协任副主席，杨市长可能接任市委书记。

在关键时候，市委书记调走了，李梦浩心里陡然紧张起来。省委组织部还没有考察副市长人选，一天不考察就会有变数。

陆连枫书记说走就走了。杨市长走马上任后，表面上看，虽然只是从市长办公室搬到市委书记办公室，其他事情都没变，但细看一下，变化还是有的，首先是市委办和政府办两办人员的心情不一样。政府办的秘书长、主任们个个兴致勃勃、扬眉吐气的神态，让人感到比自己升职还喜悦。市委办的人就不一样了，尤其是跟在陆连枫屁股后头的几个人，脸上虽然都是一副平静如水波澜不惊的模样，但心里都如潮起潮落一般。大浪淘沙，谁是金子呢？

担心总是难免的。官场上哪个人不是提心吊胆地过日子呢？不是担心别人，就是担心自己。要不怎么说无官一身轻？有人以为只要不争权夺利，不求进取，不做违法犯罪的事情，就不会担心了。那就错了。官场如逆水行舟，不进则退。有一天，领导不高兴了，看你不顺眼时，给你不思进取、不胜任本职工作的评价，看你担心不担心？官场如商场，不去精打细算，有朝一日可能就会赔个底朝天。

杨书记主政后，人事调整暂时冻结了。杨书记要洗牌，首先要摸底。

调整人事之前，决策者们是需要酝酿的。

李梦浩在等。

秋天还没走远，冬天急匆匆地就来了。还没有等人们换上棉衣，一场突如其来的大雪就将海州覆盖了。一夜之间降到三九严冬的气温。到处是白茫茫一片。李梦浩虽然坐在办公室里，但他的思绪已经飘得很远了，他的世界里没有白雪，只有熙熙攘攘的人群，人群里有各种面容在眼前闪现，有男的女的老的少的。那些人都很陌生，他们都朝前方涌去。李梦浩也想加入行列，但他又不知道要去干什么。就这样，李梦浩在彷徨、犹豫中度过了一天又一天。

李梦浩对提升副市长的希望越来越渺茫了，干脆就不去想了。

整个冬天折磨李梦浩的还有一件事，那就是和唐韵是否结婚的问题。按说，他和黄亚萍相知相爱，两人结婚才是顺理成章的。可是，事情有时候就是这样，越是彼此深爱，越是会小心翼翼，生怕伤害对方。和唐韵就不一样了，李梦浩一上来就吹响了冲锋号，没有瞻前顾后，奋勇直前占领了阵地，红旗都插上了主峰。现在要从阵地撤下来，难哪，真的很难。

对于男人来说，最折磨人的除了仕途的挫折，就是感情的纠结了。李梦浩在双重的折磨中，从冬天走到春天。春分的时候，省政府空降下来一位副市长，李梦浩的等待落空了。这样也好，一块石头落地了，李梦浩便不再为一个希望终日费尽心思了。

到了初夏，正是莺飞草长的时候，出事了。

海州老校区拆迁建商品楼，建设局局长收受开发商的贿赂，被市纪委"两规"了。拔出萝卜肯定要带出泥来，建设局局长为了有立功表现，将开发商陈建成送他一百万元也交代了出来。陈建成是陆连枫的妻侄，陆连枫刚离开海州市，陈建成本来还是有底气的，想扛着不承认。要知道，在刑法上行贿与受贿都是犯罪，是要被刑罚的。陈建成觉得扛一扛就能过去了，但陈建成最终没扛过去。市纪委找他谈话取证的人说，只要态度好，配合组织调查，如实交代，行贿从轻处罚。市纪委的人还说，如果能有立功表现，当天就可以回家。陈建成是生意人，生意人最讲究的是成本和利益。海州中学城的教职工宿舍楼正在土建，如果被留下来"两指"了，将耽误多少事！时间就是金钱哪，耽误不起的。陈建成说，我配合组织，我坦白交代！

为了立功，陈建成将送给李梦浩一百万元的事也交代了。

这天上午，李梦浩正在办公室看材料，很突然，一点风声都没有，一个招呼都不打，市纪委来了两个人就把李梦浩带走了。当时李梦浩蒙了。李梦浩平时和市纪委的人交往很少，干吗要和纪委的人打交道呢？只要不违法乱纪，纪委和自己有何相干？一般来说，大家都喜欢和组织部的人来往，只要是干部，组织部都能管到你。一时管不到你，总有管到你的时候。纪委就不一样了，纪委的人上门，好事也可能传说成坏事。

传说，李梦浩被市纪委"两规"了。其实，真不是。

李梦浩被带到市纪委谈话室，脑子里仔细梳理了一遍转业后的事情，没有发现做过违法乱纪的事情。唯有一件事可能会出问题，那就是他和唐韵的事情被人举报了。在这样的场合，凡是被谈话的人心里都是忐忑的。有的神情焦躁，有的一脸冷漠，还有的装出一副无辜的样子。李梦浩面对纪委工作人员表面虽然很平静，但内心也是十分焦虑的，好在他已经离了婚，他和唐韵的事情也就好解释了。

李梦浩屏住气息，不卑不亢地说，我没做过违法乱纪的事情。

纪委的人说，没有做过，纪委能把你找来？

李梦浩说，我向组织保证。

纪委的人提示说，好好想想，海州市建了个中学城，那么大的建筑工程，开发商就没找过你？

李梦浩说，找过。

既然找过，那就说说吧。

李梦浩就说了陈建成送他一百万元的事情。

市纪委办案人员做完笔录后，又到教育局找李宏彬核实，证人证言和李梦浩的口供相符。市纪委没为难李梦浩，也没有让李梦浩再交代别的，当天晚上就把他放了出来。

虽然从纪委谈话室出来了，但李梦浩没有从心里的阴影中走出来。

这件事的处理结果会怎么样呢？虽然，那一百万元没有装进自己口袋里，交给了纪检组，但毕竟有这么个事情。李梦浩清醒地认识到，看热闹的人就怕事情小，平时得罪过的人，这时候就会暗地里兴风作浪、落井下石了。

三个月后，结果出来了。李梦浩被安排到市政协人教卫委任主任。

虽然是平调，还是正处职，但感觉不一样了。教育局局长被安排到了市政协，边缘化了。这就是说，组织将他处理了。还好，也算安全着陆。但是，李梦浩的心一时还着陆不了！

虽是秋天，李梦浩感到像严冬一样寒冷。痛苦、无助、迷茫包围着李梦浩，像结了一层冰，比脱下军装转业那会儿还严重，那时候还年轻，年轻是资本，跌倒了还可以爬起来。还可以唱风雨中这点痛算什么，擦干泪不要怕，至少我们还有梦。现在呢，枕头都没了，仕途的梦不好再做下去了。悲观地说，已经是船到码头、车到站了。

因为没有希望，就会产生绝望。李梦浩把自己困在卧室里，电话不接，人也不见，饭也不吃，李梦浩走不出自己给自己筑下的藩篱，挣脱不了自己套在心上的枷锁。李梦浩将心投进了一个无形的牢狱，很痛苦，也很折磨人。

人活着究竟是为了什么呢？这是个深刻的问题，也是个争论不休的话题，谁能拎得清呢？不过，简单地说，其实就是为了吃饭、睡觉。把饭吃好了，把觉睡安稳踏实了，活着就算圆满了。当然，人都是不知足的，吃饭想吃满汉全席，睡觉想有三宫六院美女作陪。这样一来，把简单的事情弄复杂了，把朴素的生活搞奢华了，最后却不知道为什么了。

人不能仅仅为了活着，应该有活着之上的东西。一直以来，李梦浩之所以追求荣誉、地位、权力，还有女人。说到底，是因为李梦浩仰望星空，希望自己的生命璀璨多彩，活着有尊严。李梦浩深知，如果没有荣誉、地位、权力、女人这些标签，人生就显得黯淡无光，尊严就是可望而不可即的奢侈品。可是，有时候人生的事情又不能去思考，认真思考就会出现矛盾，就会驴唇不对马嘴。

人生是由人心决定的。人心是个变形的东西，可以窄，也可以宽。不然怎么说人心难测呢？窄时风都吹不进去，宽时呢，又可以装下江河山川。宽也罢，窄也罢，一个人的形役，只有靠自己的心去释放。

李梦浩要想从形役中走出来，不能指望别人，只能靠自己。陶渊明说，既自以心为形役，奚惆怅而独悲？

李梦浩带了把雨伞，独自去云雾山了。

　　从前有座山，山上有座庙，庙里有个老和尚，老和尚在给小和尚讲故事，故事讲的是从前有座山，山上有座庙，庙里有个老和尚……

到了云雾山上，李梦浩没有去法起寺。李梦浩沿着石阶向上攀登。石阶是向上的，人也就向上了，石阶要向下，人也就随着向下了。是石阶决定向上向下，还是人决定向上向下呢？

李梦浩来到一个石柱前，石柱上刻着"大圣石"三个字。李梦浩端详了一阵，却怎么看也不像猴子的模样。看来只有头脑中有猴子，那石头才像猴子。

走着，看着，天就阴了，阴就阴吧，还下起了雨。云雾山上树叶已经开始变黄，有的树叶在风雨中开始飘零。

李梦浩打着雨伞，在山道石阶上漫无目的走了半天，抬眼一看，不知不觉已经走到寺院门前了。李梦浩收起雨伞，踏进了寺院的门槛，一刹那间，李梦浩心里一阵悸动。

站在寺院里，李梦浩仰望着"大雄宝殿"四个金色大字，犹豫着是否进去给佛祖上炷香。想想还是止住了。若是心中无佛，临时抱佛脚有什么作用呢？佛家讲的是一个人的内心修为。芸芸众生之中，又有多少人靠烧香拜佛能达到内外兼修效果的呢？

李梦浩明白，世人依赖佛及佛的意志，认为佛可主宰天地人的一切，只是一种迷信罢了。

这个时候，肃穆的寺院，只有雨点敲打树叶和门窗的声音。大殿里站着几个被雨留下的香客。这些香客带着一颗很窄的心来了，在匆忙的香火中，将灵魂藏在某个莲花的角落，等到雨停后，便会匆匆地离去。

雨在淅淅沥沥地下着，雨能挡住的是人的脚步，却挡不住人的心。

梵音是永不停止的，千百年来，只有大雄宝殿前的两株银杏树才能深悟到它的空灵。寺院里的僧人都很年轻，有的还是大城市佛学院的毕业生，有的是来自远方寺院的学徒。只有几个年长的僧人身上浸染着超脱俗世的气韵。也许真正僧人的一生，都是在沉默中度过的。他们从前世逃离到今生，又怀着清澈明净的心去赴来世的约定。在青灯古佛下，一次一次告诫自己了断孽缘情债，去相信人世间的因果轮回。可是，在尘世的喧嚣和香客纷扰中，寺院里能有几个僧人真正超脱红尘世外呢？

正是午后，天色很朦胧。李梦浩立在一侧，倾听着大殿里回荡着的悠扬、雄浑的诵经声。那些经文似乎早在千年前就已听过。虽然，每个人的内心都有一颗向佛之心，都想幻化一身的仙风道骨。可是，难以做到的是谁能忘却过往，不去怀想将来？在不经意间，李梦浩来到一间僧房的门口，门虚掩着。李梦浩想推开它，看看里面与俗世俗人有什么不同，是不是和想象中的那样，只有一张木床，一张方桌，还有一卷经书。李梦浩没敢打扰，寺院里毕竟与别处不一样，清规戒律总是有的。李梦浩沿着走廊漫无目的地走着。雨似乎小了些。一只鸟歇息在院中的老树上，影影绰绰掩在叶子里，以一种安详的姿态注视着大殿。它看见来去匆匆的香客也就看到了外面的世界。有的时候，人和鸟是没有什么区别的，都是茫茫世界的一粒微尘罢了。

雨停了，湿软的树叶疏落在石阶上，李梦浩踩在上面犹如飘浮的感觉。经过义僧亭，便到了屏竹禅院。屏竹禅院为明代谢淳舍家开山时所建，曾惨遭日寇焚毁，仅存院门。二十多年前海州市政府开发云雾山为旅游景区，便拨款重建了屏竹禅院。屏竹禅院虽不大，但走进禅院有种豁然开朗如入幽谷的境界。

步入院落，雨后的屏竹禅院显得越加幽静。禅院坐落于一片金镶玉竹之中。虽是秋天，竹叶依然翠绿。金镶玉竹是竹子里面的珍品，嫩黄色的竹竿上每节都有一条绿色的浅沟，位置上下交错，此前彼后，好似在金板上镶进一块块碧玉一般，美丽淡雅。

李梦浩在禅院边的惠心泉前停下来。过去到山上游览时多次从泉边走过，都没有细致留心。这惠心泉一井两眼，珠联璧合。井不深，泉水却特别甘甜，寺院的住持就是用此惠心泉水烹茶待客。屏竹禅院南花厅是品茶的好地方，李梦浩曾在这里歇过脚，慧觉住持用惠心泉的水泡云雾茶，是云雾山茶道中的一绝。

这时，慧觉住持恰好从南花厅里走出来，看见李梦浩在禅院里踌躇的样子，便近前询问道："这位施主，有什么事情吗？"

李梦浩定睛看了慧觉片刻，慧觉还是以前他见过的样子，一点都没有变，一身灰裤灰褂，平底圆口布鞋，简朴而不失肃穆。李梦浩想起慧觉大师给他讲的佛道禅心，当时只是一笑了之，没往心里去，现在想起来虽是平常之语，却也道出一些哲理。李梦浩本能伸出手去想和慧觉住持握手，伸出的右手在半途停下了，左手迅速抬起，改作双手合十，向慧觉住持施礼。慧觉脸上露出悦色，还礼后，朗声说道："老衲眼拙了，没有认出是李局长。"

李梦浩谦恭地说道："打扰住持了，因为避雨，来禅院看看，遇到大师，也算是机缘了。"

"阿弥陀佛。"慧觉住持指着南花厅说，"那就随缘吧。"

李梦浩走进南花厅，厅内摆设依旧。李梦浩坐下来，恍如昨日，只是茶桌上的茶具换了颜色，原来是褐色的，现在是奶白色的。慧觉住持给茶壶里续了热水，给李梦浩斟了一小杯，李梦浩用指头在桌上点了两下，捏起茶盅品了一口茶，说道："住持，一向可好？"

慧觉住持脸上浮出笑容，眯着眼道："老衲一如既往。李局长近况如何啊？"

李梦浩放下茶盅，说："还好。"

慧觉住持扫了眼李梦浩，似笑非笑道："李局长为何这么晚才来呢？"

李梦浩一时不解其意，说："才过晌午，只是天色暗了一些。"

慧觉住持皱了一下眉间："李局长来上香，该早上来，第一炷香最好。"

李梦浩迟疑一下说："我是来山里散散心的，不知不觉便来到了这里。"

慧觉住持不动声色地说："路上没被雨淋着吧。"

李梦浩说："出门时，带了把伞。"

慧觉住持笑道："饱带干粮，晴带伞。李局长是有备而来。"

如果是从别人嘴里说出来，也就是一句俗语罢了。可是这话从慧觉口中吐出，那就是另一层的意思了。李梦浩思忖片刻，便显出随意的样子，说道："进来讨杯茶喝。"

慧觉住持哈哈一笑说："喝茶、喝茶。"

李梦浩看见慧觉住持一副佛相表情，真诚地说："打扰您了。"

慧觉住持说："这就是缘分啊。"

李梦浩端起茶盅，盯着盅里的茶水说："所谓缘，也就是事物之间的联系吧。"

慧觉住持解释说，世间一切缘分，皆有定数。有缘者也未必有联系。俗世所说的有缘无分便是如此。

慧觉住持给李梦浩盅里续了点茶，沉吟片刻又道："浮生梦幻，皆为泡影。"

李梦浩不想沉溺在虚幻的谈禅论道里，放下茶盅，看了眼慧觉住持，站起来走到门边说："也许是天气的原因吧，最近，我总觉得很疲惫。"

李梦浩知道慧觉住持说话有些玄虚，就像雾里看花，终是隔了一层。不同的人听了会有不一样的理解。李梦浩本想把心里郁闷说出来，让慧觉排解一番，权当是一次心理疏导也好。但李梦浩克制住了，慧觉虽不是一般世俗之人，但慧觉生活在俗世，慧觉的头顶有佛光，慧觉的心中也会有业念。即使面对的是真佛，李梦浩觉得也不是什么话都可以讲的。

四十不惑，五十知天命。李梦浩早已过了不惑之年，在仕途上风风雨雨二十多年了，什么不明白呢？马上就到知天命的年龄了，李梦浩对世事很明白，天命是什么？是定数。对于一个人来说，是随遇而安的生活态度。说到底，也是一种无奈后的妥协。可是，明白归明白，遇到事情就糊涂了。

李梦浩不是不知道，在官场上，今天你是个人物，明天就可能什么都不是，可有时一旦遇到挫折，还是容易把简单的事情搞得很复杂，像是患了疑难杂症，四处寻医求药，四处打卦问卜，谁知道世上有长生药？谁见过有四季不败富贵花？不识庐山真面目，只缘身在此山中。

慧觉住持也没有什么灵丹妙药可以祛除李梦浩的执念和心结，他只能让李梦浩看到池中的月亮，虽然一粒沙砾便可击碎，但终究是个亮光映照在眼前。

慧觉住持会意一笑，口中默念阿弥陀佛。

慧觉住持看着李梦浩说："心累才是真累。"

李梦浩说："我是身心俱疲。"

慧觉住持说："到寺里来的芸芸众生，哪个不累呢？不累就想不到来了。每个人的业障，不在身体上，而在心里。"

李梦浩深知，现在的人大多活得很累，也很苦，陷于世俗的泥淖而不能自拔，金钱的诱惑，权力的纷争，宦海的沉浮，让人殚精竭虑。是非、成败、得失让人或喜、或悲、或惊、或诧、或忧、或惧，一旦所欲难以实现、所想难以成功，希望落空成了幻影，就会失落、失意乃至失志。

宠辱不惊，去留无意，说起来容易，做起来却十分困难哪。

慧觉住持说，三生石上种因果，一花一果总关情。不求水月在手，不求花香满衣，只愿光阴简约美好，平淡素净。慧觉还说，人生的许多过程就像在一场戏中开始，又在另一场戏中落幕的。慧觉又说，有些人用一生都不能放下执念，悟出菩提；而有些人只用了一盏茶的时光，就从万象纷纭中走出，绽放如莲。

临别时，慧觉住持双手合十，深沉地说，世间一切情愿，皆有定数；随缘即安，方可悟道。人生的终点，不是在山水踏尽时，亦不是在生命结束后，而是于放下包袱的那一刻。当你放下了，纵算一生云水漂泊，亦可淡若清风，自在安宁。

走出禅院，李梦浩想，慧觉主持虽然口出莲花，可是，他自己的执念和包袱都放不下，世间俗人又有几个能放得下的呢？

五十六

李梦浩到市政协上班了。

其实，政协是个好地方。闲适安逸，工作压力小了很多。

文教卫委主任办公室虽然没有教育局局长办公室豪华气派，但办公室里该有的都有，只是办公桌上没了摞起来的文件夹。李梦浩上班后，敞开门三天都没有人进来。三天后，他把门关了，多少有点躲进小楼成一统、管他冬夏与春秋的意思。

一杯茶，一支烟，一张报纸看半天的日子，不是谁都能享受的。忙惯了，一旦闲下来，李梦浩真的不适应，很想找点事做。做什么呢？下去调研吧，还没有合适的课题，写点理论文章吧，又没有想到新鲜的题目。除了开会，还能做什么呢？很多老干部退休了，都喜欢练练书法，写写回忆录，可是李梦浩感觉还没到时候。

无事会生非，无聊则生病。闲下来刚半个月，李梦浩便感到四肢无力，头晕眼花，精神萎靡。身体是本钱，没有好身体，其他都是零。皮之不存毛将焉附？李梦浩不能不重视，立马到医院做了全面体检。

体检报告很快出来了。结论是：高血压，高血脂，高血糖，还有胃肠炎。李梦浩有两年没体检了，一下检查出这么多问题，还真没想到。

他忐忑不安地问医生："问题严重吗？"

医生说："很严重。"

"需要住院吗？"

"不需要。"

"怎么办呢？"

"给你开个方子吧。"

"好，谢谢！"

医生在处方笺上飞快地写下了方子：戒烟戒酒，低盐少糖；多清淡，少辛辣；多运动，少生气。

这个方子看似平常、简单，不需要买药花钱，其实，一般人又难做到。还不如开药吃呢。

李梦浩从诊室出来，在走廊里迎面碰上一个人。彼此都觉得面熟，于是都停下来了，面对面地微笑着，谁也没想起对方是谁来。李梦浩看见对方穿着一身迷彩服，知道是在部队时的熟人，却怎么也记不起名字了。对方先是抓抓头发，后来又搓搓手，一跺脚说："啊呀，是您啊，李股长！"

李梦浩尴尬了："你是？"

"我是周永兵啊。股长您不记得了？"

"对不起，一时想不起来了。"

"鸽子岛还记得吗？岛上的那个山西兵。"

"想起来了，是你啊，小周。"

"是我，是我，就是我。"

"你怎么也到医院来了？"

"腰痛、腿痛，到医院来看看病。"

"小周，你现在，在哪里工作啊？"

"在鸽子岛。"

"还没转业？"

"早转业了。"

"那怎么还在岛上啊？"

"说起来就话长了……"

周永兵看完病，李梦浩留他一起吃了午饭，还喝了点酒。本来是不准备喝酒的，可是，两人说到动情处，不喝不行了，就把医生的告诫忘到脑后了。

何以解忧？唯有杜康。

从医院检查完身体后，李梦浩首先把烟戒了。上下班也不坐车了，当然也没专车可坐了，干脆步行吧，省油、环保、还健身。看来戒酒是个难题，李梦浩虽不好酒，但上了酒桌能滴酒不沾吗？喝了一杯，就要喝第二杯，有时盛情难却，没办法。除非你拒绝和朋友、同事、领导来往。不然，就得喝酒。不过话又说回来了，同事朋友再多，没权没势没交情，谁又会花钱请你喝酒呢？

要说戒酒难，那是过去。

过去，李梦浩每天都会接到几个电话邀请，不是这个饭店，就是那家酒楼，有时晚上还要跑场子。想请李梦浩的人多了，这要看李梦浩的心情，心情好时当下就能排上号，心情不好，一个月都排不上。哪天不喝酒？

现在不一样了。从教育局到政协，局长变成主任了，变换的不仅是职务名称和办公室，还有手中的权力哪。到政协上班都快一个月了，谁请你喝酒了？

一天，黄亚萍来电话说，想请李梦浩出来和朋友聚聚，散散心。李梦浩问，都是哪些人？黄亚萍说都是过去的老朋友。李梦浩一口回绝了。老朋友，谁是老朋友？除了黄亚萍，李梦浩还有老朋友吗？

李梦浩告诉黄亚萍，他戒酒了。

黄亚萍说："好，戒酒好！"

李梦浩说："以后只喝茶了。"

黄亚萍说："还要吃素，低盐少糖。"

李梦浩说："多清淡，少辛辣。"

黄亚萍说："最好把色也戒了。"

李梦浩笑道："那我干脆出家算了。"

身体上问题好办，都是"外科"能解决的，精神上问题就难办了，吃不了药，也动不了手术，只能靠自身"免疫力"了。

孤独，寂寞，两种情绪像蜘蛛结网一样，把李梦浩缠住了，好在还没有抑郁。

这时候，李梦浩莫名其妙地想起了鸽子岛。

李梦浩在医院碰见周永兵后，对周永兵一直留在鸽子岛有些不可思议。当初，周永兵留在鸽子岛是为了转志愿兵，可是，转业后他还继续留在鸽子岛，这就让李梦浩感到好奇了。鸽子岛方圆不到一平方公里，远离陆地五十多海里。中华人民共和国成立后，岛上驻守过一个连队，后来，岛上驻守一个雷达班，再后来，李梦浩上岛时，只有三个兵在岛上驻守。二十世纪九十年代后期，鸽子岛划归地方，岛上就没有驻军了。由于鸽子岛远离陆地，当地政府一直没有财力开发，可是岛上得有人，不然就成了荒岛了。地方武装部派人去岛上驻守，按月发工资，可是没人愿意去。恰好这一年，周永兵的志愿兵服役期满，按规定，周永兵要转业回山西老家安置工作。周永兵在岛上驻守了十多年，没有学其他的民用专业，回老家能干什么呢？三十多岁了，老婆还是农村务农的。于是，周永兵找到当地武装部，提出继续到鸽子岛上驻守。当地政府破例按照士官安置政策接收了周永兵。周永兵脱了军装又上岛了。转业第二年，周永兵把老婆也接到了岛上，夫妻在岛上又是十多年。

岛上也没有多大的变化，淡水和粮食蔬菜还要靠船送。只不过岛上人少，就两个人，半个月下岛一次购买生活必需品也就够了。周永兵每次下岛，除了采购生活用品，还有就是背回一袋土，日积月累，岛上又新铺出了一块菜园子，还栽了两棵柿子树。

李梦浩搭乘当地武装部送水的轮船到了鸽子岛。周永兵见到李梦浩时有些吃惊，他没想到李梦浩会来岛上看他。当天晚上，周永兵夫妇用一桌海鲜招待了李梦浩。在海州市的饭店里，李梦浩也经常吃海鲜，但味道与岛上的海鲜味道截然不同。有点像方便面和手擀面之间的差别。周永兵从海边捞来海贝、海蛎子、海螺、海葵、海蟹、海参，还有沙光鱼、小黄鱼、小银鱼，他们没有饭店那些调料，也没有厨师的烹饪技术，夫妇两个人，一个淘洗，一个蒸煮，很快，一桌海鲜就做好了。一人一个碗，碗里是蒜泥醋和酱油拌成的调料，煮熟的海贝、海蛎子、海螺、海蟹剥了壳，蘸着碗里的酱油醋，放进嘴里的时候感觉就出来了，味道不一样，真的不一样！

吃完饭，小岛上就沉寂下来了，鸡、鸭、鹅都回了圈舍，只有那条小黄狗还在吃着剩饭菜。小黄狗已不是以前那条狗了。李梦浩记得那条狗也是黄色的，肚皮上有几块白色的斑点，这条狗是一身的黄，也没有那条黄狗个头大。但是，这条狗性子很烈，李梦浩从登上岛那一刻起，黄狗就十分警惕地监视着他，如果没有周永兵跟在身边，李梦浩很担心狗会咬他。

岛上的夜是漫长的，也是黑咕隆咚的，没有电，也就没有电视可以看，只有一台收音机能听到外面的声音。那晚恰好有月亮，月亮又圆又大，挂在空中，没着没落的，孤独得很。月亮里的嫦娥没有出来，如果出来，一定会看到海面漂浮的鸽子岛，还有岛上两个抽烟的男人。有月亮的夜晚，鸽子岛还是有些诗情画意的，岛上的夜色朦朦胧胧，焦岩褪了色，几株高大的树木像是个影子。就连大海的性情也变了，不再汹涌澎湃，不再大声喧哗，变得像个旧时代的小妇人，沉静含蓄中又蕴藏着说不清道不明的激情。这样的夜晚，整个岛就像一幅水墨画。可是，说到底，画终究是画，是艺术家眼里和笔下的意思，有些景色是随每个人的心情而变化的，其实也是不能当真的。

月光中，李梦浩看到一排熟悉的房屋，石墙红瓦，木格玻璃窗户，这是以前战士驻守小岛的宿舍，很多年过去了，现在依然完好无损，只是门窗木框被风雨剥蚀了，淡褪了昔日的光滑和璀璨的朱红，墙壁上的缝隙里也长出几株野藤。

走进一间宿舍，部队的铁管床还在，只是没有了绿色的军被和雪白的床单。周永兵抱来一床旧军被，收拾好了床铺，点上蜡烛，对李梦浩说："股长，岛上黑灯瞎火的，您早点歇着吧。"

李梦浩第一次上岛时是团里的宣传股长，周永兵叫他股长是因为习惯，也是因为怀旧，听了彼此都会觉得亲切。

李梦浩摸了摸被褥，看了看门窗，说："小周，这间屋子还是我那次上岛住的屋子吧？"

周永兵说："是。"

李梦浩说："一转眼，二十年了。"

"可就像昨天一样呢。"

"那是我第一次上鸽子岛。"

"您在岛上住了两天，我和两个兵都紧张坏了，生怕出啥差错。"

"我还记得，当时我和你谈过一次话。"

周永兵抓了抓头发，想了想，说："就是那次谈话，您将我留下来，还帮我转了志愿兵。"

李梦浩看见烛光里的周永兵满脸沧桑，手指被海水侵蚀已变了形状，昔日朝气蓬勃的年轻士兵，现在变成了一个地道渔民的模样。李梦浩一时不知如何说好，如果，周永兵当初退伍回老家，现在会是什么样子呢？

周永兵又说："谢谢股长，要不是您那次上岛，我就退伍了。"

李梦浩坐到床上说："小周，你坐下来，咱们说说话吧。"

周永兵就像第一次见到李梦浩时那样子，有些拘谨，还有些渴望。周永兵有好多话想对李梦浩说，却不知道从哪儿说起。李梦浩也有好多疑问想从周永兵这里得到答案，可也不好直接去问。这样，两个人的谈话就像春天的一粒种子埋在土壤里，慢慢地孕育着，在不知不觉中就萌芽了。

李梦浩问："你转了志愿兵，继续驻守这个小岛，不后悔吗？"

周永兵说："不后悔。"

李梦浩问："转业后，你怎么不回老家去安置工作呢？"

"回了，可在老家找不到适合我的工作。后来，听说地方上没人愿意到鸽子岛上来，我就找到地方武装部，自告奋勇又来了。"

"你不嫌岛上艰苦？这儿和陆上可是两个天地啊。"

"股长，和你说实话，刚入伍那会儿，我也想留在城市里当兵，觉得城市里人多，车多，风景也好，后来连队让我到岛上，开始也不习惯，闹过情绪。"

"后来怎么想通了？"

"到了岛上，班长每天都让我听那首歌，听时间长了，我就想通了。"说完，周永兵轻声地哼了起来。

> 云雾满山飘，
> 海水绕海礁。
> 人都说咱岛儿小，
> 远离大陆在前哨，
> 风大浪又高啊。
> ……

《战士第二故乡》从周永兵的嘴里唱出来，声调和音色虽然不是那么准确、洪亮、圆润，但是，感情是鲜活饱满的，也是让人触景生情的。李梦浩听着这久违的歌声，眼睛潮湿了，胸口有一股东西在朝上涌动，李梦浩知道，这种涌动的东西叫激情。激情这种东西很复杂，说不清道不明的，有时带有物质性质，有时又完全是精神层面的。此时此刻，李梦浩的流泪完全是因为内心的一根弦被拨动了，发出了颤音。

周永兵哼完这首歌，朝李梦浩憨厚地一笑："我五音不全，瞎哼哼。"

李梦浩擦拭一下眼睛，说："好像又回到了在部队的时光了。"

周永兵说："其实，我一直觉得我还在当兵服役，只是没穿军装，没有领章帽徽罢了。"

"生活环境没改变，习惯也没有改变，几十年如一日，真的不容易。"李梦浩感叹道。

"习惯成自然。岛上除了缺水和电，其他啥也不缺。"周永兵沉默片刻，又说，"岛上有春夏秋冬，有风霜雨雪，春天有花，夏天有草，秋天有瓜果，到了冬天，还有成群的鸽子在这儿过冬。岛上和陆地有啥区别呢？再说，海里有的，陆地上还不一定有呢。"

李梦浩笑了。

李梦浩知道一个人如果知足，有一个好的心态，那么，在别人眼里的苦就不是苦了。李梦浩思忖一下，问道："你们夫妻在岛上，孩子呢？"

周永兵说："儿子当兵去了。"

李梦浩哦了一声，问："就一个孩子？"

"俩。"

"上大学了？"

"那个没了，是个女娃。"

"没了？是怎么回事？"

"那是十多年前，俩娃放暑假到岛上玩，那娃不知咋回事，得了个阑尾炎，可巧那几天海上刮台风，没有大船经过，我想用那小船把娃送到医院去，可刚离开码头，船就被打翻了，我只好抱着娃回到岛上。就这样，娃被耽搁了。"

周永兵唏嘘一阵，告诉李梦浩，自那以后，他就再也不让孩子上岛了。

李梦浩问："你没想过要下岛吗？"

"想过。可是，岛也需要有人守啊。岛上虽然没有陆地上的酒绿灯红，可岛上有鸡鸭鹅鸽，还有鱼虾蟹蚌。"

"你这样一说，岛上有点世外桃源的意思了。"

"差不多吧。股长您在市里住楼房，我在鸽子岛住平房，这二十年还不都过来了。"

一句话说得李梦浩心里五味杂陈。二十年，弹指一挥间，可是，对于李梦浩来说，不是一句过来了那么简单。生命不可承受之轻，但生命也难承受之重。李梦浩虽然负重前行，他却又不愿意把身上的累赘丢下来。

浮在表面的都是风光，只有沉下去才能看到答案哪。

李梦浩沉默一会儿，思绪有些乱，眼前的周永兵还是以前的那个兵，只是被岁月和海风晾干了朝气，身体却变得硬朗了，皮肤涂了油彩一般，像是陈年小麦的颜色。还有更重要的一点，当初是一嘴黄牙齿，现在变得洁白了。记得当时连队里不少山西兵都有这样的牙齿，有人说是吃醋吃多了，被醋腐蚀的，也有人说是水土的原因。李梦浩没有考究。可是自己呢？李梦浩还是那个李梦浩，表面看也许就是肚腩大了，岁月给他带来什么变化？一言难尽，真的是一言难尽！

终于，李梦浩想起一件事，问道："听说，去年省市报纸和电视台宣传过你。有这事吧？"

周永兵咧嘴笑笑，露出一嘴白牙，说："有这事。其实吧，我也没做什么，都是他们写出来的，报纸上的有些话我自己也想不出来，都是按照他们要求说的。"

"是你自己没有意识到罢了。虽然你的事很平凡，可这平凡之中孕育着不平凡。你说，有谁能在这鸽子岛驻守二十年？"

周永兵抓了抓头发，看了眼屋外迷茫的夜色，知道李梦浩这次来岛上不光是来看他，也是来散心的。他知道，很多人在城里待腻了，都想换个地方待一待，寻个新鲜罢了。于是，周永兵便小心地说道："股长要不嫌岛上条件差，就多住几天，明天我带您去钓鱼吧。"

李梦浩说："好啊，明天和你一起去捞鱼摸虾。"说着就站了起来，走到门边，"秋高气爽，明月当空，你陪我在岛上走走吧。"

周永兵带着李梦浩沿着石板小道，小心翼翼地转了一圈，最后走到鸽子岛最高处，在这里可以俯瞰大海和鸽子岛。他们还像好多年前一样，两人坐在一块礁石上，默默地望着朦胧的海面，听着海水拍打礁石的声音。两人先是抽着烟，李梦浩不说话，周永兵也不说话。李梦浩抽完一支，又从烟盒里抽出两支，一支递给周永兵，一支自己点燃了。周永兵接过烟没有点火吸，他把烟夹在耳朵上，自己掏出烟抽了起来。李梦浩没有看，闻那烟味就知道是劣质烟。李梦浩咳了一声，周永兵这才说话："呛着您了吧？股长。"

"还好，没事的。"

周永兵鼓起勇气，小心地问道："股长，你在部队干得好好的，怎么说转业就转业了呢？"

李梦浩笑了笑："铁打的营盘，流水的兵。"

"这我懂。可是，"周永兵想了想，"我觉得您不该转业。"

"为什么？"

"不为什么！我就觉得您要是在部队，肯定是个好首长。"

"说说，你为什么会有这样的感觉？"

"一吧，您英武，穿军装，像个首长的样子；二吧，您心善，待人和气；三吧，您有才干，军事政工样样都行。"

"转业到地方工作也一样。"

"其实，不一样的。"

"哪儿不一样呢？"

"地方上人心眼子多，复杂。"

李梦浩轻轻地叹了口气，沉吟道："凡是有人群的地方，都有争斗；凡是有利益的时候，都有尔虞我诈。"

"我觉得，部队和地方区别很大。做事情，部队讲究个令行禁止，首长一声令下，刀山敢上，火海敢闯。地方就不一样了，互相利用，讲的是利益。"

"其实，军事和经济是两个概念。地方是以经济建设为中心的，说到经济，它又与物质、金钱、价值这些紧密联系起来的。市场经济呢，有这个'市场'在前面，那就是商品或劳务交换的场所了。你想想，在这样的环境，利益交换，讨价还价不是很正常吗？"

"股长，您说的这些我不太懂，我就是觉得人这一辈子还是活得简单一点好，转业了，我留在岛上，虽然艰苦点，可是很简单，每天守着岛，养鸡鸭，捉鱼虾，挺好的！"周永兵说完站了起来，跳下礁石，指着峭壁下的海面又说道，"股长，明天我带您到下面去看看吧。"

李梦浩也站起来，说："如鱼饮水，冷暖自知。只要自己觉得好，别人说什么都没用。"

周永兵又陪着李梦浩转了一圈，回到住处时，小黄狗从门边跳出来，没有叫，只是摇了摇尾巴，又跑走了。李梦浩点亮蜡烛，从提包里取出一本书，翻了翻又放下了。这个时候看书，李梦浩都觉得自己有点滑稽了。

李梦浩在岛上的第二天是从鸡叫三遍开始的。第一遍和第二遍鸡叫李梦浩没有醒，鸡叫第三遍时，李梦浩醒了，抬头看窗外，月光没了，打开手机一看，才早晨四点半。李梦浩翻下身子想再睡一会儿，可是，闭着眼怎么也睡不着了，索性穿衣起床。

此时，鸽子岛是静谧的，也是甜美的。黎明前的黑暗已经消退，晨曦渐渐明朗，岛上空气很湿润，没有风，没有海浪。眺望海面，也没有船，一望无际，海天一色。初冬季节，岛上的树叶都落尽了。李梦浩在一棵树下停住脚步，看着树枝上挂着黄澄澄的柿子，很想摘下一个尝一尝，但又打消了念头。他知道，柿子是需要"漤"的，不然是很涩的。如果挂在枝头等到冬至，柿子被冬霜熏染后，就会变得晶莹透亮，像果冻一般柔软甘甜。如果在那时候，亲手从树上摘一个，在柿子上戳个洞，用嘴一吸吮，吸进嘴里不仅是柿子甜蜜的肉汁，还有大自然的风霜雨露呢。

从柿树下走过，来到鸡鸭鹅的圈舍前，李梦浩看到圈舍里散落着不少鸡鸭鹅蛋，鹅蛋雪白，鸭蛋淡青，鸡蛋褐红，它们和粪便在一起，像是沙滩上散落的鹅卵石。听到脚步声，圈舍里的家禽们都醒了，一只白鹅叫唤了两声，鸡和鸭都纷纷扑扇着翅膀来到门前。这时，黄狗也来了，在李梦浩腿边嗅了嗅，却没有吠叫。

李梦浩本想把圈舍的门打开，让家禽们出来，看看天色有些早，便止住了。李梦浩离开圈舍门前，想一个人在岛上转转，当李梦浩沿着一条水泥铺成的小路走到尽头时，一扇石门出现在眼前，石门上爬满了青藤，看样子已经很多年没有打开过了。李梦浩知道，石门里面另有一番天地，那是很早以前部队的防空洞，能容得下一个连队的人员吃住。里面有会议室，有宿舍，还有伙房。部队撤出后，防空洞已经成为一个空洞了。李梦浩想进去看看，可是，怎么也找不到打开防空洞石门的机关。李梦浩在石门前驻足好一会儿。过去在部队军事演习中李梦浩住过防空洞，往事涌上心头时，难免又是一阵潮起潮落。对于一个曾经想当将军的人来说，看到任何与军事有关的事情，耳边都会有军号的袅袅余音。此时，李梦浩陡然想起一句话——洞中方一日，世上已千年。

这个昔日部队的防空洞也许再也没有军用价值了。李梦浩又想起当年部队演习"吃住藏"的情景。他们住在山洞里，战士们都席地而卧，那是怎样的一种艰苦生活，也许现在的人都想象不到，在山洞里住一个星期，没水洗脸刷牙，更没有热水洗澡，他们用洗脸盆装饭盛菜，为了节约用水，碗和筷子都不洗。但是，那时他们并不觉得苦，也不讲究什么卫生。他们唯一的目的就是让自己适应下来，只有适应，才能保存战斗力，也才能完成防御任务。

李梦浩在山洞门前踟蹰许久，此时，远处的海面已经明亮起来，黛色渐淡，海水像被滴进了彩墨，慢慢地洇染开来，由浅黄转成桃红，倏忽之间，海面璀璨起来，海水开始沸腾，一轮红日从海水里跳出来，湿漉漉地滴着水，像是沐浴后少女一般，有点羞羞答答，又有点跃跃欲试的样子。很快，少女成了少妇，不再含蓄，也不再扭捏，翩跹地升起，千般袅娜，万般旖旎。

李梦浩被眼前的景象融化了，有时候就是这样，一句话能让人启悟，一个场景也能让人感到禅意。岁月如此静好，日出日落，花开花谢，时间会吹散一切，所有的迷惑，所有的不安都会隐去。还有那些封存在岁月里的窖酿，也会在适当之时开启，所走过的平湖烟雨、岁月山河，历经的困苦、磨难，在尝遍后方知真味。这些话却不如一次海上的日出让李梦浩开悟。不管是春秋还是冬夏，不管是在海里还是在山巅，不管是刮风还是下雨，不管是你想或是不想，看见或是看不见，日出日落是每天都有的，高山大海也挡不住，这就是太阳的力量吧。

人为什么不能像太阳一样呢？升起时，光芒四射，普照万物；落下时，也能霞光满天，留下余晖。即使太阳落了，夜晚还能看见月亮，月亮是太阳的女儿，看见了月亮，太阳还能不在吗？

说到底，世外哪有什么桃源。其实，桃源只是在心里。

太阳升起来了，周永兵虽然不是军人了，但周永兵的习惯没有变，还像过去一样升旗。旁边的黄狗坐在地上，望着冉冉升起的国旗，很专注，也很肃穆。只不过没有战士向国旗敬礼了。

早饭是馒头、稀饭，还有咸鸭蛋。周永兵夫妇腌制的鸭蛋特别香，蛋白是淡青色，蛋黄是深红色，蛋黄里的油很像辣椒油，很香，但不辣。李梦浩说好吃。周永兵说，他腌了好多咸鸭蛋和咸鸡蛋，还晒了不少鱼干、虾干、海蛎干，下岛时多带一些。周永兵还说，他制作的海产品虽比不上超市里的好看，但比超市里的好吃。

李梦浩又吃了个咸鸭蛋，嘴角上挂着一滴蛋黄油，对周永兵说："我相信。"

五十七

李梦浩从鸽子岛回来后，心情好了不少。

人的心情是藏不住的，喜怒哀愁都会通过不同的方式流露。李梦浩在办公楼碰见熟人不再躲闪，脸上也有了笑容，和同事打招呼的语气也变得亲切了。最重要的一点，生活有规律了。早起早睡，每天按时在食堂吃饭，晚上还到公园里散步。他把医生开的药方用电脑初号字打印在A4白纸上，在家里客厅贴一张，办公室贴一张。烟戒掉后，便着手戒酒。其实，戒酒很容易。过去应酬多，到了酒桌上不得不喝。现在应酬少了，自然就把酒戒了。即使偶尔想喝，也不愿一个人喝。

这天早上，李梦浩刚到办公室，手机的铃声就响了，若是过去，他要让铃声响过十秒钟后再去接，现在电话一响，还没过五秒，号码也没看清楚，他就马上摁了接听键。没有想到电话是黄亚萍打来的。

黄亚萍问："知道今天是什么日子吗？"

李梦浩想了想，没想起来，就问："是什么日子？"

"冬至啊。"

"冬至怎么啦。"

"冬至大如年，要好好过的。"

冬至，是一年中白天最短、黑夜最长的一天。到了冬至就真正进入数九寒冬了。一九、二九不出手，三九、四九冰上走，说的就是这个意思。关于冬至节气的说法有很多，古人把这天称为"冬节"，要"贺冬"，官府还要放假。要过一个"安身静体"的节日。李梦浩只记得冬至这天要吃饺子，要祭祀祖宗。至于为什么，李梦浩没有考究，也不想考究。在李梦浩记忆中，一年只有两个节，一个是大年，一个是中秋节。不知怎么了，现在的节日越来越多了，除了国家法定节日，民间还有情人节、七夕节、光棍节、圣诞节、上元节、中元节、重阳节，不管是中国节，还是外国节，只要是"节"，大家都要去过。按说，把每天都当节日过是好事，生活好了，心情就好，可又不完全是这样的。李梦浩自从离婚后就怕过节了。

李梦浩问黄亚萍："怎么好好过呢？"

黄亚萍说："中午，到我家里来吃饺子吧。"

李梦浩笑道："我还以为……"

"你以为要怎么样？"

"我以为要请我吃满汉全席呢。"

"满汉全席就别想了，我包了好多种馅的饺子。"

"就咱俩吗？"

"不是。"

"还有谁？"

"潘媛从学校回来了，还有一个是你想不到的。"

"是汤燕吗？"

"不是。"

"那是谁？快说吧。"

"张茜。你还记得吧？"

"记得。"

"那就好，中午下班就来吧，要不要开车去接你？"

"不用。我习惯走路了。"

"好。"

中午快到下班的时间，李梦浩正准备去黄亚萍家吃饺子，突然唐韵来了电话。唐韵问李梦浩在哪里，李梦浩说在开会。唐韵说，那就晚上吧，你来家里吃饺子。李梦浩问是不是速冻饺子，唐韵说，我在家包了一上午，怕包不好，没有提前给你电话，现在包好了，看着还行。李梦浩说，那你中午先尝尝，晚上我再去吃吧。唐韵说，好，我等你。李梦浩收了手机，兀自笑了笑，没想到自己出口就是一个谎。

李梦浩走出办公大楼，沿着广场边的步行道走了一阵，刚到路口，一辆出租车在身边停了下来，司机探出头来问："领导，需要打车吗？"

李梦浩本来是不想打车的。他想走着去黄亚萍家。黄亚萍家是在一个高档别墅区，过去，到她家都是坐车的，他想体会一下步行去高档别墅区的感觉。可转念一想，又不妥，还是坐车去比较好，可以避开很多疑惑的眼光。李梦浩上了车，十分钟就到了。下车后，李梦浩习惯性地关了车门，转身就走。司机在车里说："领导，车费。"

李梦浩一怔，忙打开提包翻了一下，回头尴尬地说："抱歉，出门忘带钱了。"

司机笑了："领导真会开玩笑。"

李梦浩回转身，走到车边低声说："真的对不起，身上没带钱。"

司机有点不耐烦地说："快回家取吧，我在这等你。"

李梦浩向黄亚萍家望了一眼，刚想给她打电话，这时，潘媛从院子里出来了，看见李梦浩正在准备打电话，忙跑过来说："爸，怎么不进来？"

李梦浩一看是潘媛，收起电话说："出门忘带钱了。"

潘媛咯咯地笑了起来，忙付了车费。出租车离开后，潘媛挎着李梦浩的胳膊说："对不起，爸，我该开车去接您的。"

李梦浩心头一热，忙说："我是想走过来的，半路上搭了车，却还没带钱。"

两人进到客厅后，黄亚萍从里面迎出来，问："走来的？"

李梦浩笑道："别提了，今天丢人了。"

"怎么回事啊？"

潘媛嘻笑道："爸爸今天出门忘带钱了。"

黄亚萍瞅了眼李梦浩："领导干部都这样。"

黄亚萍说完，转身又回去了。黄亚萍在厨房里大声说："潘媛，给你爸沏杯茶。"

潘媛正准备去沏茶，张茜从里面出来了，张茜看到李梦浩，拘谨地说："李局长好。"

潘媛说："爸，你还不认识张茜吧？她是我学姐呢。"

李梦浩看着张茜，心里一下收紧了，莫名地颤动起来。

李梦浩轻声地问道："你妈妈身体怎么样了？"

张茜的脸色一下变得苍白起来，低着头不说话。潘媛不知道是怎么回事，沏好茶后，将李梦浩拉到沙发上坐下，问："原来你们认识啊？"

"认识。"张茜先说话了。说完，张茜站在那儿看着李梦浩，欲言又止的样子，让李梦浩看着心里有些酸楚。

李梦浩幽幽地说道："我和张茜的妈妈是同学，也是一个村的。"

潘媛说："爸爸，那你们是老乡啊。"

李梦浩说："是。"

张茜犹豫了一会儿，终于还是说了："妈妈走了。"

李梦浩一时没有明白，问："去哪儿了？"

"天堂。"

李梦浩心里的那道伤疤被撕开了，开始流血。客厅里沉静下来，潘媛看看张茜，又看看李梦浩，不知说什么好了。

李梦浩摸了摸口袋，没有摸到香烟，便端起茶杯，一口将杯子里的水喝干，仰天叹了一口长气，屏息下来后，问："是什么时候？"

张茜说："刚过了五七。"

张茜说完，看到潘媛对李梦浩亲昵的样子，心里愈发悲伤起来，转身离开了。

李梦浩看见张茜脸上挂着两滴泪，李梦浩也随之流泪了。可怜的孩子，从小就失去了父亲，现在相依为命的母亲也离开她了。李梦浩揪心起来。

潘媛上了大学后，越来越懂事，不再是那个拘谨羞涩的小姑娘了。虽然不常见到李梦浩，但见到了，就像见到亲生父亲一样。潘媛抽出纸巾帮李梦浩擦拭一下眼泪，安慰说："爸爸，不要伤心了，妈妈说，以后，这儿就是她的家了。"

这时，黄亚萍出来说道："吃饭吧，吃完后再聊吧。"

吃饭时，几个人都不言语，黄亚萍也是心事重重的样子。潘嫒本以为过节了，一家人坐在一起能说说笑笑的，她有好多话想和他们说，她想把自己的喜悦和大家一起分享。可是，气氛不对了，很凝重，就像节气，已经进入严冬了。潘嫒只好把自己包裹起来。

黄亚萍包了好多种馅的饺子，可是，李梦浩吃到嘴里都是一个味，就连平时最爱吃的鲜虾馅都没吃出来。

饭后，黄亚萍对李梦浩说："你到书房来，我有话和你说。"

到了书房，黄亚萍说："张茜的事，你知道了吧？"

"刚听张茜说。"

"你太粗心了。"黄亚萍叹了口气，"你该和丁惠娟见一面的。"

"是啊。毕竟……"李梦浩欲言又止。

"不过，也不能怪你。前一阶段，你事多，心情也不好。"

李梦浩动了动嘴唇，却没有说出话来。

"张茜研究生毕业后，原来我以为你能帮助她留校的，可是没见动静。现在，我想让她到公司来上班，你看呢？"

李梦浩沉吟道："到你公司，我没意见。"

"听你的口气，一点也不关心她啊。"

"我现在这种情况，你是知道的，有心无力了。"

黄亚萍摇了摇头，生气地说道："男人怎么都这个样子！仕途就那么重要吗？副市长当不了，就像天塌了，你怎么不为张茜想想？"

李梦浩窘迫起来。丁惠娟去世了，张茜的天也塌了。

黄亚萍说："你要振作起来，现在你就是张茜唯一的亲人了。"

"我？"李梦浩皱皱眉头，茫然地看着黄亚萍。

黄亚萍从抽屉里取出一封信递给李梦浩，缓缓地说："自那次在茶社里认识张茜后，原来只是以为你和她母亲是同学，又是一个村的，亲不亲，故乡人嘛。我就想代你帮帮她，就像以前帮潘嫒一样。我和张茜聊了几次，得知她母亲住院了，就住在海州市人民医院。我去探望了几次，才知道是癌症晚期了。我和丁惠娟提到了你，开始几次，她吞吞吐吐地不愿和我说你的事。我说要把她住院的情况告诉你，丁惠娟说不愿意让你看到她现在的样子，她要把十八岁时最好的样子留在你心里。这话什么意思？我能不明白吗？最后一次去看她，她就把这封信交给了我，让我等她去世后再交给你。前天，我才得知，她在给我信的第三天就去世了。所以，今天我把她的信交给你。"

李梦浩拿着信说："要早一点知道，我会去医院见一见的。"

黄亚萍说："信，我没看，但我能感觉到她在信里要说什么。"黄亚萍站起来，准备离开，又说，"我必须尊重丁惠娟的嘱托。你现在就看吧！"

黄亚萍离开书房后，李梦浩静下心坐了片刻，当他从信封里抽出信纸时，他的手开始颤抖，心开始憋闷绞痛，头上的汗刹那冒了出来。那是李梦浩所熟悉的娟秀字体。

亲爱的梦浩：

见字如面。当你看到这封信的时候，我已经离开了这个世界！我是带着些许的慰藉走的，虽然走得有些急促匆忙，但是，我知道，只要离开这个世界，我就可以没有烦恼、没有痛苦、没有遗憾了。你知道吗？在我病入膏肓弥留之际，我一直想再见你一面，看你一眼，把一个天知地知我知的秘密告诉你，不然，我把这个秘密带走了，对你、对女儿张茜都太残忍了。

就在我犹豫不决的时候，女儿在病床前突然和我提到了你。女儿说，你现在是海州市教育局长了。女儿还说，黄亚萍也是个好人，现在好人不多了。女儿能在茫茫人海中一下碰到你们，那是她的幸运！我想告诉她的身世，可是我考虑再三，面对女儿纯洁的心灵，我怕她一时难以接受，也怕给你带来不必要的负担和麻烦。所以，我只好叹了口气，敷衍了几句。

我可以不告诉女儿真相，但我不能不告诉你真相。在我还能拿起笔的时候，我把这个真相告诉你，我相信你会处理好的。

还记得你入伍前那个夜晚吗？那是我这一生最难忘也最幸福的一夜。我用身体祭奠我们的爱情，那时也许你不会明白，我为什么要离开你嫁给一个不爱的人。也许至今你心中还有块垒，现在我可以告诉你，我不是屈服于父母的压力和门第观念，我只是想用爱情的力量把你从苦海推向岸边。与其我们一起被困死在村庄里，还不如舍了我一个，帮助你逃离苦难和窘迫。当你穿上新军装的那一刻，我就知道，我和你只能是有缘无分了。为了你，我是心甘情愿的。我不能眼看着你留在村里受着煎熬，受村人讥嘲和凌辱。我用婚姻换取你当兵的名额，虽然有些无奈和残酷，可是我知道，只要你摆脱了羁绊，到了部队，你会展翅高飞实现你梦想的。

当我得知你在部队上了军校提了干，我所受的痛苦就减轻了几分，我的心里就有一分甜蜜的感觉。虽然我已经不是你的爱人了，但在我心里，你依然是我的爱人。你能获得幸福的生活将是我最大的心愿。

记得你第一次回马陵村探家的时候，我在院子里看见你从我家门前走过，当时，我真想冲出去看看你，和你说说话。可是，张为强就在屋里，女儿也在屋里。我不能走出院门！自那次以后，我就再也没有看到过你一眼。

你到部队一个多月后，我就和张为强结了婚。开始张为强对我还好，可是，结婚七个月后女儿降生了，当时张为强就产生了怀疑，我不能告诉他真相，只好说是早产。可是足月和早产的婴儿是不一样的。为此，张为强像变了一个人，对我再也不像以前了，整天喝酒赌博，夜不归家。后来，食品站倒闭，张为强也下了岗。别的职工都去做生意或外出打工，他却在街上游手好闲混日子。一家三口全靠我在学校当民办教师那点工资维持生活。女儿十岁的时候，张为强患了不治之症去世了。我和女儿相依为命度着日子。好在我还有一个女儿，她聪明好学，从小学到大学，没有让我操一点心。

女儿大学毕业回到晶都县工作后，听村里人说，你转业到海州市教育局工作了。我又让她报考海州大学的研究生。我没有让女儿去认你，我只想让女儿离她的亲生父亲距离近一些，再近一些。我近几年身体一直不好，两个多月前，女儿将我接到海州来治病，没想到住进医院后就出不来了。女儿一边打工一边照顾我，给我支付昂贵的医疗费。苍天有眼，这时候让女儿邂逅你和黄亚萍。黄亚萍不仅让张茜到她公司去上班，还到医院来探望我。开始我以为她是你妻子，后来才知道你们只是朋友。既然是你的朋友，我就想托她将这封信转交你。

这些年来，我虽然未曾见过你，但是你穿着军装从村庄里走过的身影一直烙在我的脑海。你入伍前那个寒夜给我的爱和激情，稀释了我无数个夜晚的孤独和寂寥，我把生活中的苦涩蘸着那夜爱的甜蜜，熬着我的蹉跎岁月。

我之所以写信告诉你这一切，而不当面和你说，我是怕我现在这个样子吓着你，毕竟很多年没见面了，我不想让你看到一个躺在病床上等待死神的女人悲怆的样子。我愿意留在你心里的还是十八岁时的印象。

再见了，亲爱的，我将在天堂里祝福你！愿上天保佑你和我们的女儿。

丁惠娟绝笔

看完信，李梦浩的心碎了。

女儿，李梦浩和丁惠娟还有一个女儿。

三十年了，都跨世纪了。三十个春夏秋冬，三十次寒来暑往，一万多个日日夜夜，丁惠娟是怎么熬过来的？李梦浩不知道，真的一点也不知道。对于李梦浩来说，完全是一笔糊涂账。

到现在，他才知道张茜是自己的亲生女儿。张茜会认他这个父亲吗？

李梦浩是个倔强的人，而张茜性格更倔强。所以，接下来他们还会有一番痛苦的挣扎。

李梦浩离开黄亚萍家后，黄亚萍把张茜叫到书房，问她知道不知道李梦浩和她母亲谈过恋爱的事，张茜吃了一惊，摇了摇头。黄亚萍又试探地问，你愿不愿意作李梦浩的女儿。张茜说，他不是有一个女儿了吗？黄亚萍笑了笑说，潘媛是他和我认的干女儿。张茜低着头说，看他们像亲生的一样呢。黄亚萍又笑道，他们一个姓李，一个姓潘，再亲，也没有血缘关系的。张茜抬头盯着黄亚萍问，他姓李，我姓张，我们也没有血缘关系的，认一个干爸又有什么意义呢？再说，他也不缺我这样的一个女儿吧。

黄亚萍有些急了，挨近张茜说："要是有血缘关系，你会认他吗？"

张茜疑惑道："怎么会？黄阿姨，你在开玩笑吧。"

黄亚萍正色起来，认真地说："你妈妈说，你是他的亲生女儿。"

"我不信！"

"如果你不相信，可以去化验血，做亲子鉴定的。"

"我不会去做鉴定，也不会去认他这个父亲的。"

"为什么？"

"这么多年都过来了，母亲也不在了。父亲对我来说，已经没有意义了。"

"有了父亲，你就有了依靠，也就有了父爱。"

"二十多年了，一点动静都没有。现在突然冒出个亲生父亲，我接受不了。"

黄亚萍解释说："这些年，你母亲不容易，他也不容易。"

张茜说："他有什么不容易的？一个当官的，有房住，有车坐，花天酒地的，不仅有亲生的儿子，还有干女儿，福禄都齐了，还说不容易！"

"孩子，你还年轻，慢慢你就会明白了。"黄亚萍劝说一番，临了，又说，"不急，你慢慢想，想通了，再说吧。"

李梦浩不急，也不是真的不急。只是李梦浩不知道怎么去面对张茜，李梦浩心里有愧疚。所以，李梦浩就等，慢慢地等。

五十八

按照黄亚萍的意思，李梦浩和张茜相认，不能急，要慢慢来。现在年轻人思想很复杂，有时也很幼稚，自以为是。慢慢来，就是要给张茜一段时间冷静地进行思考。以后认不认，什么时间认，那就要看李梦浩下多大的"功夫"了。毕竟血浓于水。

冬至过后，很快就到了元旦，黄亚萍本来想再把李梦浩和张茜叫到家里来聚一下的。然而，意想不到的事情发生了。汤燕打电话给黄亚萍说，陆连枫出事了！汤燕说完这句话就哭了，说话也语无伦次起来。黄亚萍当时心里一惊，放下电话后就去了汤燕的家里。

黄亚萍见面就问："老陆现在怎么样了？"

汤燕哽咽说："正在医院抢救呢。"

黄亚萍焦急地问："到底是什么病？"

"心肌梗死。"

"怎么会这样？"黄亚萍皱着眉问，"他平时身体不是没毛病吗？"

汤燕说："他是被气的。"

"气的？"

汤燕说："陈建成在海州搞房地产开发，很多事都背着他干的。纪委和检察院就对老陆也进行了审查。"

"这个陈建成!"黄亚萍安慰汤燕说,"我相信老陆不会有大问题。"

汤燕说:"老陆没问题,可他老婆有问题啊!"

黄亚萍叹息一声,痛心地说:"真是祸起萧墙,老陆多谨慎的一个人啊!"

汤燕说:"老陆现在生死未卜,我想带孩子去探望他。"

黄亚萍摇了摇头,把汤燕揽在怀里说:"燕子,我也不是一个无情的人。这个时候,你绝对不能露面,那样问题就复杂了。"

"姐,那我该怎么办?"

"等等吧,如果老陆能出院,再去探望也不迟。"

三天后,传来消息,陆连枫在医院抢救无效病逝了。年仅五十九岁。听到消息后,不仅汤燕痛哭流涕,黄亚萍也大惊失色。应该说,陆连枫在海州市主政期间是一个勤政的领导干部,虽然,他和汤燕的不正当男女关系让人诟病,但是,黄亚萍知道,陆连枫不是一个坏人。

陆连枫病逝后,没有开追悼会。只是家属和亲朋好友在殡仪馆向遗体作了告别。黄亚萍把消息告诉了李梦浩,李梦浩没有多想,坐着黄亚萍的车就去了省城殡仪馆。

汤燕也去了。临上车时,汤燕要把女儿也带上,说是让女儿见父亲最后一面。黄亚萍劝说道:"孩子还小,不要让她受这样的刺激。"等汤燕平静下来后,黄亚萍说,虽然你爱老陆,可你们名不正言不顺,还是让老陆安心上路吧。

汤燕毕竟年轻,一时感到像是末日了。

向陆连枫的遗体告别后,李梦浩突然想起几年前和老陆在大圣湖钓鱼的事情。那天真是奇怪了,一只金龟居然顺着陆连枫的渔线爬到岸上。更奇怪的是那只金龟的腹部有个"寿"字,"寿"字还缺一个"点"。

怎么回事呢?谁都说不清楚。

子曰:"富而可求也,虽执鞭之士,吾亦为之。如不可求,从吾所好。"

子又曰:"天生德于予,桓魋其如予何?"

黄亚萍安慰汤燕说:"别怕,还有姐在呢。"

李梦浩附和道:"你还年轻,这点痛算什么?"

这个时候,任何安慰的话都是隔靴搔痒的,对汤燕来说也是无法接受的。"你说得轻松!老陆死了,不说他了,说你。李梦浩,你还是个爷们儿吗?"汤燕扭头瞥了眼李梦浩，义愤填膺地说，"黄总对你怎么样？掏心掏肺的，你呢？还有一点良心吗？真没想到，你不但冒出个女儿，还勾搭了一个唐韵，唐韵她哪点比得上我姐？"

李梦浩听了无言以对，窘促了。

汤燕又把话题转移到自己身上，哽咽着说："原以为生了女儿，就有一根线牵住老陆了。没想到，他还是像断了线的风筝一样，飘走了。"

黄亚萍还想宽慰几句，可话到嘴边又止住了。黄亚萍心里明白，心中的伤口无药可治，只有用时间这一偏方慢慢疗养了。

时间在三九寒冬里也不会放慢脚步。离春节越来越近了，市区马路两旁的树干上、路灯杆上开始披红挂彩了。到了夜晚，海州市大街小巷一片灯火辉煌。

春节前两天，海州市下了一场大雪，白皑皑一片。

白雪却嫌春色晚，故穿庭树作飞花。

这年春节的时候，黄亚萍又把李梦浩和张茜叫到家里来，一起过了个团圆年。张茜还是原来的态度，只是见到李梦浩心情不一样了，不再平静了，也不像过去那样直视李梦浩了，眼光总是躲躲闪闪的，像是害怕李梦浩一样。

清明节前一天，李梦浩决定回马陵村扫墓。

李梦浩终于按捺不住，给张茜打了电话，说清明节他要回马陵村，要不要坐车一起回去给丁惠娟上坟。

张茜说，不用。

黄亚萍安慰李梦浩说："孩子还有心结，再等等吧。是你的，跑不掉。不是你的，争也争不到。"

李梦浩说："我不再争了！"又说，"尽人事，听天命吧。"

冬去春又来，春天的意味越来越浓了。清明节一大早，李梦浩在街边的小摊上买了一大包冥纸钱，正巧旁边还有卖鲜花的女人在叫卖，李梦浩顺便买了一束白百合。

李梦浩驾车出了海州市，驶上了开往晶都县的高速公路。路上的车辆不多，李梦浩望着车窗外一闪而过的风景，天高云淡，原野青翠，感觉既熟悉又陌生，田畦里的麦苗青绿一片，一望无际。在绿茵中还能看到一片片金黄，那是油菜花开了，在春天阳光的普照下，泛着耀眼的色彩，绚丽而又灿烂。在村庄与村庄之间，连接的不仅是宽窄不一的道路、桥梁，还有河流和绿色的田野。汽车驶进晶都县境内时，阳光已经移到正南。再行驶半个小时就到马陵村了。此时，李梦浩收回目光，心里有些近乡情怯的滋味。

李梦浩把车速减了下来，打开车上的音响，车里回荡着《故乡的云》的旋律。

> 当身边的微风轻轻吹起，
>
> 有个声音在对我呼唤：
>
> 归来吧，归来哟，
>
> 浪迹天涯的游子。
>
> ……

自从父母去世后，他三年没有回马陵村了。马陵村对他来说，已成为故乡了。故乡是什么？故乡是他在闲暇时候偶尔的念想了。

下了高速公路，沿着乡村公路很快就到了马陵村。马陵村还是那个马陵村，但是已经物是人非了。过去的茅草房已经看不到了，村庄里竖起了不少三层楼房，过去坑洼不平的土路铺成了水泥路，雨天路上不会再有泥泞了。

很多家院门都挂着锁，敞开的院子里都长满了蒿草。家家户户青壮年都离开了村庄，到城里去了，就连孩子也跟着走了。村庄里剩下的是老弱病残，这些人在守着空空荡荡的村庄，守着家。村庄在春天里就老了。

回到马陵村，李梦浩的心情还是不一样的。毕竟是祖辈生活的地方，爱恨情仇搅在一起，有一种说不出的滋味。许多年前，他带着逃逸的心态离开了马陵村。现在的马陵村年轻人呢？他们对马陵村留恋吗？虽然，马陵村已不是昔日的马陵村，马陵村有了楼房，有了电灯、电话，有了电视机、洗衣机，还有了不用烧柴火的煤气灶。可是，马陵村里没有城市里的繁华和喧闹，没有随处可以挣钱花钱的买卖。没有买和卖，就没有竞争、没有生气。马陵村的年轻人都走了，到城市里竞争去了。除了上学，就是打工。不管他们在城市做什么样的工作，都有一个共同的名字——农民工。农民工不怕苦也不怕累，挣钱有时比城里人还多。年纪大的农民工在城里挣下钱，有的回村里建楼房，有的就攒下来帮子女在城里买商品房。他们自己成不了城市人，他们要让子女成为城市人。

对城市的向往，已成为乡村人的一种流行病。说到底，他们是对繁华热闹而又文明先进生活的期盼。其实，也不仅仅是乡下人，城市人也同样如此，小城市人向往大城市，大城市人向往都市，有的干脆到国外去了。

谁还心甘情愿留在乡村，做一个地地道道的农民呢？

马陵村很寂寥，偶尔有一只狗跑出来，也不吠叫，见到李梦浩却像贼一样逃窜。路边有几只鸡在觅食，却听不到公鸡的啼鸣。马陵村在颓废，也在衰落。留守的老人坐在院门前晒着太阳，茫然地看着李梦浩的车。李梦浩知道，不是他们不想离开，而是他们走不了，城市不需要他们。汽车从父母的老屋门前驶过，李梦浩看见老屋已经在风雨中坍塌了，成了一片废墟。父母不在了，弟弟梦然一家也搬到晶都县城居住了。马陵村已没有他牵挂的人了。

李梦浩没有在村里停留，到了村南的坟茔地路边下了车。眼前是一片绿色的麦田，麦田的土地里埋葬着马陵村祖祖辈辈的先人。坟茔地还是过去那样的土丘，只不过比三十多年前多了一些新坟而已。李梦浩不知道将来自己的坟茔会不会安在父母的坟边。这里是他的家乡，只有埋葬亲人的地方才算作家乡。李梦浩给父母和爷爷奶奶焚烧了纸钱，又跪下磕了四个头。在父母坟边驻足一会儿，掏出烟吸起来。一个人无论年纪多大，只要没了父母，就会有一种孤儿的感觉。李梦浩视线逡巡着一个个墓碑，突然，隔着几座坟茔，他看见了李树海的墓碑，那个曾经让他恨之入骨的生产队长，如今也埋葬在这片黄土里。李树海的坟堆上与周围其他的坟堆一样，光秃秃地没有长出一棵青草。

坟茔周边是绿油油的麦田，麦子已经一尺多高了。再过两个月，麦子就黄了，到时候整个田野里将飘荡着一股麦香，那种香是一种沁人肺腑的香，也是让人心安的香。

走出祖坟地，李梦浩站在畦埂上，看到不远处隔着沟渠有一片油菜地，在油菜地中间有一座孤零零的坟茔。李梦浩忐忑地走过去，发现坟边立着一块大理石墓碑，碑上面刻着丁惠娟的名字。李梦浩小心翼翼地走到坟茔前，突然，一只杜鹃鸟从坟茔边扑棱棱地冲向天空，啼叫几声，又落到远处的油菜地里。李梦浩望着初春明媚的天空，在寻找着那只杜鹃鸟飞过的痕迹，天空中什么也没有留下，只有一朵朵棉花似的白云。

李梦浩把一束百合花放在墓碑前，抚摸着冰凉的碑石，碑石上却没有张为强的名字，立碑人是女儿张茜。自从李梦浩知道张茜是自己的女儿后，他一直没有勇气和张茜相认。三十年来，他不知道马陵村还有一个女儿存在。如果不是丁惠娟临终留下的那封遗书，张茜的身世之谜也许永远就被埋在了坟茔里。李梦浩的手在墓碑上触摸着，他的手指在碑石的底座上陡然摸到了一条丝绸般的纱巾。纱巾系在碑石上，是个死结。李梦浩捋着纱巾扯了一下，又仔细地看了一会儿，纱巾虽然有些过时，但依然通红鲜艳，李梦浩蓦地想起三十年前他和丁惠娟一起去晶都县城的情景。那天，李梦浩从商场买了这条红纱巾，作为定情物送给丁惠娟，没想到这么多年过去了，如今是日月相同，人却阴阳相隔了。红纱巾还在，丁惠娟却不在了。这座坟茔里埋葬的不仅是丁惠娟的尸骨，还有李梦浩刻骨铭心的初恋哪。

李梦浩和丁惠娟的悲剧是什么呢？一个是得不到想要的，另一个是得到了而不想要的。

李梦浩瞅着坟茔周围盛开的油菜花，顺手摘了一枝，油菜花的花瓣和花蕊毛茸茸的十分娇艳，在早春的阳光下氤氲着淡淡的芬芳。李梦浩的眼睛潮湿起来，心如潮涌。月光下，他和丁惠娟在油菜地里相会的那一幕又浮现脑海。那夜，他是那么无助，丁惠娟又是多么绝望。当时，如果他真的决定带丁惠娟离开马陵村，他们的一生又会怎么样呢？现在故人已去，留下的是眼前一如既往绽放的油菜花地。李梦浩忧伤地捧起一把黄土撒在坟茔上，拍了拍手，又弯腰采摘了一些油菜花，小心地铺盖在坟茔上，坟茔与周边油菜地连成一片，成为一个凸起的花垛。恍惚中，李梦浩看见扎着羊角辫子的丁惠娟站在面前，头上蒙着一条红纱巾，嫣然羞涩地笑着，两腮红红的，清澈的眼睛里含有一丝幽怨，还有两颗欲滴的泪珠。

丁惠娟在油菜花地里守望。

就在这个时候，在油菜花盛开的田野里，在丁惠娟坟茔的上空，在李梦浩的耳边响起了一首歌，这歌像一朵云、一缕风，飘来飘去，如泣如诉——你说你最爱丁香花，因为你的名字就是她，多么忧郁的花，多愁善感的人啊，当花儿枯萎的时候，当画面定格的时候，多么娇嫩的花，却躲不过风吹雨打，飘啊摇啊的一生，多少美丽编织的梦啊，就这样匆匆你走了，留给我一生牵挂……

李梦浩突然就怔住了，他看到了一束盈盈的目光，清澈晶莹，却深不见底。这目光透过他的心他的肺，把它洞穿了。

刹那间，李梦浩的魂魄被慑住了。

……

身心安处为吾土，岂限长安与洛阳。

站在这片熟悉又陌生的土地上，此时此刻，李梦浩感到一阵莫名的心痛和迷惘。故乡是他情之所系，却又是他竭力逃逸的地方；城市是他的安身之所，却又不是他的心灵家园。

李梦浩的身心将安放何处?

2021年3月定稿

后 记

　　长篇小说《别人的城市》起念于十多年前，十多年来一直放在心里。近年终于挤出时间动笔，于农历辛丑年正月定稿，现交出版社出版，此夙愿终于完成。这是一部记述一代人背负土地的心灵史，也是一部书写爱情、婚姻、事业的奋斗史。小说里有山川、海岛、湖泊的景象，也有官场、商场、情场的博弈。在这部小说里，有对命运的抗争，还有对宿命的执着；有为尊严的挣扎，也有对活着之上的精神追求。

　　写作是需要理由的。我觉得在写这部长篇小说的时候，有一种倾诉的欲望，心里的块垒已久，何以浇块垒？当一湖水倾之。我只有用文字来浇了。为此，小说中很多地方都带有主观色彩。比如，关于爱情，不同的人有不同的理解和认知。爱情有时候只是性欲的一个附属品，像霉变的红薯滋生的白色菌类，像一个人感冒之后打了一个喷嚏，像天空下了一场雨、一场雪、一场冰雹，有时又像雨后美丽的彩虹。爱情虽然美丽，但不过是生命中一段插曲，最终都要淹没在日复一日的平凡生活中。再比如，关于对乡村与城市的认知，我始终觉得，一方水土养一方人，淮南的橘树，移植到淮河以北就变为枳树了。情之所系的故土是难以割弃的。

　　因此，小说结尾是这样的："故乡是他情之所系，却又是他竭力逃逸的地方；城市是他的安身之所，却又不是他的心灵家园。李梦浩的身心将安放何处？"

　　现实中，常听到不少人说，他们已经不再喜欢城市的高楼大厦和拥堵的马路，越来越向往乡村悠闲散漫的生活，以及瓜果飘香幽静的环境。其实，"结庐在人境，而无车马喧。问君何能尔？心远地自偏。采菊东篱下，悠然见南山。"也许这只是世人向往的生活境界罢了。

　　我曾经写过一篇田园生活的文字，附在这里权作《别人的城市》的一个注脚吧——

　　如果生活能够规划，能够自作主张，吾将按照自己的夙愿做一个规划设计。到一处有山水依傍的乡村租两亩半田地，建造一座古朴的住宅，筑一个院子，半亩地的面积。宅院里有卧室、书房、客厅、厨房、卫生间，不需奢华；院子里栽几棵果树，桃树、石榴、柿子、苹果或梨树，最好再栽两棵葡萄，搭一个架子，夏天可以在葡萄架下乘凉、喝茶或看闲书。院子里栽上几棵月季，花色要齐全，有红、黄、蓝、紫、白几种，品种不需名贵，只要鲜艳即可。自来水可有可无，但院子里必须掘一眼井，浇花、洗漱都需要水，餐饮的水也可以用，只需加个净化器过滤一下就可以了。

　　院子前面再围一圈栅栏，也是半亩地的面积。栅栏里分为两半，一半为养殖区，另一半为种植区。养殖区建几个窝棚，有狗窝、兔窝、鸡窝、鹅棚，狗一条，兔子三五只，鸡不需多，十只八只即可，能生蛋，也能打鸣；鹅呢，两只足矣，鹅是道家，素食，羽毛洁白，可观赏，如果栅栏内有入侵之物，也能啼叫预警。

　　养狗是自幼就喜欢的，只是离乡后没有条件和工夫饲养。养狗最好是乡间的草狗，生性泼辣、不讲究吃食，耐寒也耐暑，饥一顿、饱一顿都无怨言，不像现在养的宠物狗，个头不大，娇滴滴的，像个有钱人家的独生女，很难伺候。养一条狼犬也可以，看门护院比人都尽职，只是狼狗太烈，若是咬了人，不管是小偷还是想要做小偷的人，都是大麻烦，可能比被偷了东西的损失还要惨重。

　　过去养狗是为了看家，其实家里很穷，没有什么值钱的东西怕偷的，但是，一根针、一条棍子、一把草都是自家的财产，何况还有衣服、被子、盆盆罐罐呢。农家院墙都很低矮，是挡君子不挡小人的摆设，因此，有一条狗在家里看着，就是一个称职的保安。过去农村的狗都是草狗，但个头都不小，大的有五六十厘米高，肥胖的也有六七十斤重，一个赤手空拳的人是进不了院子的。虽然，狗的作用不可小觑，但是狗的地位很低，吃的是剩饭剩菜，睡的是门口草窝，有时还吃小孩子的粪便。不少妇女抱着孩子把大便，都会唤自家的狗来吃，甚至让狗舔孩子的屁股。记得我当时养的一条狗，是奶奶从娘家抱来的，眉头上有两撮拇指大的白毛，全家人就唤它四眼狗。在四眼狗快成年时，父亲请来劁猪的师傅，把四眼狗的睾丸割去了。为什么要这样做呢？目的是不让它为了别人家的母狗而出走，从此四眼狗一直恋家，直到离世。关于这条狗，我曾在很多年前写过两篇纪念它的文章，一篇叫《狗哭》，另一篇叫《紫嘴唇》。这里就不再赘述了。

养兔子也是少年时的喜好。当时在家里养过很多兔子，大概有三四十只，记得当时兔子和人一样，都是饥一顿饱一顿的，春天吃树的叶子、野菜，洋槐树开花了，兔子就像过年，把开满花的树枝折下来放进兔窝里，立时就能听到兔子们饕餮的声音。夏天和秋天，兔子都不缺吃食，但由于要上学，免不了会忘了割草给它们吃。等到了冬天，没有了树叶和青草，兔子就只能吃干草了，山芋秸、花生秸都吃，可是这两样也有限，有时就只能啃树皮了。记得当时春天养了两只兔子，一雌一雄，到了冬天，雌兔分娩了，一次就生了八只。到了来年春天，就有了大小三十多只。当时虽然它们吃不饱，但是，它还是一窝接一窝地生。有一天，突然发现雌兔将没满月还在吃奶的幼兔咬死了，很不明白。后来，这些兔子的命运都很悲凉，由于要上学，没有时间饲养它们，卖了一部分，生病死了一部分，亲戚们要走一部分。

种植区里自然要养些花草。花草多半是一岁一枯荣的，春天种，夏天开花，也有的要秋天才能开花。春天花圃里没有色彩不好看，那就栽几株月季、刺玫，或是海棠、栀子花什么的，这些花都好养，还有山芋花也不错，花朵很艳，像月季，又不像月季，春夏之交即开花，平凡而不俗气。养花草是需要闲情逸致的，穷困的日子里和喧嚣的时候都不可能有工夫养花草。记得过去乡下有句俗话，养鸟不如养鸡，种花不如栽树。养鸟是玩，养鸡可以下蛋；同理，种花只能观赏，栽树则可以长成木材，大树可以做房屋栋梁，还可以打家具，次之，也可以做锹把、锄杠什么的。花呢，饱饱眼福罢了。所以，昔日养花的人很少，尤其是乡下，花和草属于一类，都是要被锄掉的，留下的是能果腹的庄稼。如今，不论城里还是乡下，养花草的人越来越多了，似乎养花草的人比种庄稼的人要高一级，脸上的神情和肤色也大不一样。于是，乡下的农田里除了春天有遍野灿烂的油菜花和星星般的豌豆花，还有专门种植的百合、菊花、蝴蝶兰、石斛兰、龙吐珠、凌霄花、牡丹、玫瑰、鸡冠花、紫薇、蕙兰等等。这些花很多人都叫不上名字，但价钱都很贵，是上海、北京、广州等大都市的座上客，有的还出国，可见，物以稀为贵，花以贵为荣。不过，花草本是高雅的，若是像商品一样流通，以金钱论贵贱，必然就沾染了俗气，失去了花草本来的宿命了。二十世纪末，一盆君子兰被商家炒成了黄金价，不知是君子兰的悲哀，还是世人的悲哀。养花草若以换取钱财为目的，这和种庄稼大同小异，算不上高大上。

种植花草要有爱心，花草是有灵性的。每天早上到花圃里走一圈，闻闻花香，或给花草松松土，或剪剪枝丫，抑或把偷生的杂草薅掉，顺手丢到兔窝里。种植的花草不能太娇贵，像蝴蝶兰、石斛兰、龙吐珠、凌霄花、牡丹这些花最好不种，难伺候，要种就种菊花、节节高、鸡冠花、夜来香，这些花生命力强，不怕风吹日晒，也不怕干旱水涝，像散养的孩子，皮实。当然，不论是什么花，还是要精心一点好。女为悦己者容，花也会因人气而开得艳丽。

还有一亩半地种粮食和蔬菜。种粮一亩地即可。粮食有很多种，小麦、水稻、玉米、黄豆、花生、山芋、谷子、高粱、荞麦、豌豆，等等。这些农作物过去产量都不高；现在品种改良了，使用了化肥和农药，亩产量翻了一番。用化肥和农药提高粮食产量是好事还是坏事，难说。就像过去农民养猪，一年长到二百斤也不会去卖，大多要养一年多，三百斤以上才能卖个头等价。现在养猪场养的猪，三个月就长到二百多斤，马上出栏宰杀。想想，百日，还算是头"乳猪"呢。菜市场、超市里卖的猪肉，谁能吃出五十年前猪肉的味道？现在干什么都讲究快节奏，速成。人也一样，一辈子的事恨不得二十年就做完，真不知道余下的岁月要去干什么！子孙的事都替他们做了，子孙干什么呢？

还是说种庄稼吧。小麦最好，省力省时，秋末播下种子，一冬不要过问，出了正月，最迟也就是到"八九雁来"的时节，麦苗开始返青，清明前后，麦苗就像芦苇一样挺拔茁壮。到端午节前后，麦子熟了，从秸秆到麦穗，通体金黄，田野里弥漫着很浓的麦香。过去是用镰刀割麦子，割下的麦子运到场上摊开，先是让太阳暴晒，而后用碌碡碾压。碌碡有牛拉的，也有人拉的。后来农村有了机械，便用拖拉机碾压，或是用脱粒机直接脱粒。现在都不需要了，大型收割机在田里一走，麦子便收进了麻袋里。只是可惜了麦秸，昔日乡人床上铺的麦瓤，冬日牛羊吃的草料，都扔在田里化作了泥土。

小麦收割后，麦茬地里便可种花生、山芋，还可以种玉米；花生是个好东西，生吃、熟吃都很好，还可以榨油。种两分地的花生就够吃的了，再各种两分地的山芋和玉米。山芋是本地的俗称，也有叫地瓜和红薯的，过去是乡下人一冬天的饭食，现在乡下人不吃了，城里人却把它当作好东西，烤红薯比面包蛋糕都稀罕。玉米也同样，刚灌满浆的玉米穗掰下来，剥去包皮，用清水煮熟，大人小孩都爱啃。把玉米粒剥下来，洗净，在油锅里炒，也是一道佳肴。黄豆也要种一分地，黄豆刚熟时，将豆荚摘下来煮吃或炒肉，鲜美柔嫩，熟了的黄豆可做豆腐，豆汁、豆浆撒上白糖，比牛奶不差半分。黄豆还可以做豆豉，初冬，将黄豆放铁锅里煮熟，用布袋装好，裹上棉絮，放在草堆里捂，大约三五天的样子，袋子里的黄豆就发酵了，打开时霉味很重，用筷子一挑，可见一缕缕黏丝，像蜘蛛网，这便是发酵好了，而后，切上姜丝、萝卜条、辣椒片，撒上食盐，再放上一袋花椒粉，掺在豆子里一搅和，弄好后装在瓷缸里或瓷坛里，灌一些凉白开水，不要封口，三天后，黏丝沤断，用勺子舀上一碗或一碟，即可作菜肴。有了这一坛豆子，一冬的咸菜就够了。

以上这些庄稼除了能果人腹，关键是还能做狗、兔子、鸡、鹅的饲料。山芋藤夏天兔子喜欢吃，冬天，晒干的花生秸、玉米秸、豆子秸，兔子都可以吃，山芋也可以喂兔子。

粮食有了，还要种蔬菜。可根据季节，不同时令栽种不同的蔬菜。春天三四月即可种植一畦小白菜、一畦水萝卜，这些是时鲜，一畦韭菜必不可少，韭菜是属百合科多年生草本植物，别名起阳草、懒人菜、长生韭、壮阳草，四季都可以采割。黄瓜、西红柿、豆角、辣椒、土豆都要栽种一畦，还有西葫芦也种一架，葫芦、丝瓜、南瓜、方瓜这几种瓜不能种植在地中央，可种在田地边，因为它们的藤蔓很旺盛，喜欢自由攀爬，一棵葫芦或丝瓜，搭个架子能爬满两分地，有些张扬，也有些肆无忌惮。立秋以后，黄瓜和豆角就罢秧了。空出的土地就可以种过冬吃的白菜和萝卜。秋季可再种两垄大蒜，一畦菠菜、一畦香菜；冬月，白菜拔下来放在院子里，用毡布盖好，萝卜则要挖坑用沙土盖好，防止冻坏。有了这两样，一冬基本无忧了。菠菜和香菜冬月即可采摘，这两样菜可作汤里调味，也可开水汆七成熟，拌上蒜泥、醋和酱油食之，香菜在餐桌上属小菜、配料。

如果想在寒冬腊月也能吃上超市里卖的反季节蔬菜，比如黄瓜、西红柿、豆角、西葫芦等，那就用塑料薄膜搭建一个温室大棚。不过，什么季节吃什么菜是自黄帝传下的习俗，也是顺其自然规律的法则，若是违背，难免产生副作用。反自然的事不要做，反季节的菜也不吃为好。

基本生活有了保障，关键是生活的态度。

晨起不必定点，可闻鸡起舞，也可睡到日升三竿。锻炼身体不需装腔作势，也不必有行头，随心所欲为好。饭前在院里院外看看果树，观观花草，给鸡、兔、鹅们喂喂食；或者到田里逛一逛，出门时把狗唤上，狗的脖颈上千万不要拴上绳索，牵狗，人累，狗也累，不知是人牵狗呢，还是狗牵人。狗随人后或是狗在前面，都很惬意。走到田野里，不论是茫茫的青纱帐，还是空旷荒芜的沟壑，狗总能惊起几只鸟或是野兔子。这时，心会一惊，只见身边的狗兴奋起来，健步追上前去。狗没翅膀，追鸟是徒劳，追兔子兴许有收获。尤其是冬天，兔子见了狗，很可能就成了狗的败将。

早餐一定要吃的。在城里时多是喝牛奶、豆浆，吃一个鸡蛋、馒头，或是一片面包、油条，在乡野居住，这些食物太高级，不合时宜。最好到园子里割一把新韭，再顺手摘个丝瓜，让老伴做两碗面疙瘩汤，汤里放上从鸡窝里捡来的鸡蛋，鲜香润滑可口，还好消化。

白天就要做农活了。花和树要修剪、浇水，饲养的动物们要割草喂食，尤其是菜园子要拔草、松土、浇水，等等，庄稼也不能不管不问。总之，四季都清闲不了。只有阴雨天或是雪天才可以闭门不出。当然，也有农闲之时，那只不过是自己给自己放假罢了。闲时布衣布鞋，劳作时，旧衣适宜。

做农活是身累心不累。身子疲乏了，在院子里的葡萄架下或坐或躺，看看书，听听古典名曲《高山流水》《春江花月夜》《梅花三弄》《阳春白雪》岂不乐哉？再或是听听院外丝瓜藤上的蝈蝈叫，也是一种乐趣。

看书，也有讲究。上年纪的人读书不要太功利，以愉悦心情为佳，以个人性情和喜好去选读，这样读书不劳心，也不费力。《红楼梦》《三国演义》《西游记》《水浒传》这几本名著可以阅读，不过，看这几本书还是要小心，切不可陷入情境里。最好是看看诗词——泥融飞燕子，沙暖睡鸳鸯。茅檐低小，溪上青青草。醉里吴音相媚好，白发谁家翁媪？大儿锄豆溪东，中儿正织鸡笼。最喜小儿亡赖，溪头卧剥莲蓬。诗中有小桥流水、花草树木，美貌佳人，都是养眼慧心的。

闲暇之时还可以动动笔，有感而发，写点随笔一类的文字。随笔是随心而走的文字，不需讲究，也无文法，字数不限，不要为博取名利而作。若是想出名，出名要趁早，越早越好。名和利是互生的，有了名就可能得到利。这些好处，年轻时可照单全收，尽情享受。晚年名和利已经不重要了，重要的是身体。没有好身体，美味佳肴都食之无味，对于美色只能望尘莫及了。

雨天怡人。如不是电闪雷鸣、狂风暴雨，可披件蓑衣，独立湖泊或是池塘边垂钓。

"孤舟蓑笠翁，独钓寒江雪。"柳宗元钓的是漫天大雪，独钓细雨蒙蒙亦可。说到底，钓的都是岁月。

冬日围炉取暖，在炉火上放一铁锅，将田里收获的花生或是黄豆一粒一粒放在上面烤，烤一粒吃一粒，不为果腹，只为香嘴。如果落雪，在院子里扫一片净地，撒上一把小麦或是谷子，静观屋檐下的麻雀飞来觅食。小东西一蹦一跳，院子里就添了些许的热闹。

读书写字是为怡情，养生最为根本。"上古之人，其知道者，法于阴阳，和于术数，饮食有节，起居有常，不妄作劳，故能形与神俱，而尽终其天年，度百岁乃去。"饮食是人体营养物质的主要来源，是保持机体健康的一大要素。首先应"谨和五味，食宜清淡"。《黄帝内经》则非常强调多样化饮食，必须以"五谷为养，五果为助，五畜为益，五菜为充，气味合而服之，以补益精气"。

春夏，园子里的一些时鲜菜随便怎么做都可口，尤其是清明前后，新韭长成，割一把回来，切碎，拌上虾皮，再烙两个草鸡蛋，掺在一起做饺馅，让老伴包饺子。烙韭菜合子也很好，常吃不厌。秋冬，大白菜炖豆腐，放进一把小鱼干，或加一绺粉条；萝卜炖鱼、土豆烧牛肉，都合胃口。山珍海味最好不要吃，年轻时吃能消化，上了年纪，这些东西不服水土，在胃里作乱，弄不好会像海水鱼放进河沟里，很快就死掉。饭食以五谷杂粮为主，不要吃精细面粉，也不要吃什么"橄榄油"，面包、蛋糕虽然吃起来是美味，还有"洋快餐"，年轻人都很喜欢；但年轻人喜欢的东西不一定都是好东西，就像核武器是科学产品，可它又是个足以毁灭人类的东西。五谷为养，小麦、玉米、花生，吃原生态的为好，面粉最好是七零粉，蒸馒头、包饺子、擀面条都有面的筋道，那些所谓的精面，里面到底加了什么东西，很难猜。科技日新月异，鸡蛋、粉条、猪肉都有用化工原料人工合成的，其他经过加工出来的食物不可能纯粹。玉米碾成面或碴粒状即可，玉米面做窝头，玉米碴熬糊糊，虽为粗食，但养人。"五畜为益"，指的是牛、犬、羊、猪、鸡五种禽畜类。牛、羊、猪、鸡的肉可食之，独犬不可，犬也就是狗，狗若逝去，要把它葬于一棵树下，来年看它的躯体在树的枝叶上再生。兔子虽温顺可人，食之不忍，但生于畜类，便也无碍。

人的欲壑很难填平的。在一个地方待久了，就会寂寞无聊，想走出去看看外面的世界，因此很多人热衷旅游。所谓的旅游，就是一个人在待腻的地方到另一个人待腻的地方去窥视一番。虽然说起来很愉悦，其实，做起来却劳力伤财，身体还很疲惫。

佛曰：一花一世界，一木一浮生，一草一天堂，一叶一如来，一砂一极乐，一方一净土，一笑一尘缘，一念一清静。看一花而见春，瞧一叶而知秋，窥一斑而见全豹，观滴水可知沧海。如心胸开阔，眼界清明，脚下自有山川江河。如果是个混沌的人，每片叶子、每朵花都一样，也就是生长的地方不同罢了。把身边的景色尽收眼底，于细微之处度量大千世界的变化，在山野之地思忖世道人心，总比盲目地走马观花践踏自然生态要好得多。

养生以养心为要。心静则身安。不为名利所累，不忧不怨，不羡慕年轻人，不妒忌有钱人，更不要凑热闹。可邀几位谈得来的老友，谈古不论今，说长不道短，只喝茶不饮酒，只聚会不留宿，只步行不乘车，于田畴之间或瓜棚豆架之下，或立或坐，不讲究位次，观日落日出，赏野鸟盘旋，听草丛里虫鸣，如闲云野鹤自由逍遥。

在人生路途中，可放慢脚步，也可以停顿下来，坐看云卷云舒，静听花开花落，任凭潮起潮落。

说到底，人活着不是为了赶路，而是为了感受路。

问君何能尔？唐寅的《桃花庵歌》更是说得明明白白。

但愿老死花酒间，不愿鞠躬车马前；车尘马足富者趣，酒盏花枝贫者缘。若将富贵比贫贱，一在平地一在天；若将贫贱比车马，他得驱驰我得闲。别人笑我太疯癫，我笑他人看不穿；不见五陵豪杰墓，无花无酒锄作田。

苏学文

2021年4月9日（农历二月二十八）于海州